EL HOMBRE DEL ESPEJO

EL HOMBRE DEL ESPEJO

Lars Kepler

Traducción de
Pontus Sánchez Giménez

es una colección de
RESERVOIR BOOKS

Papel certificado por el Forest Stewardship Council®

Título original: *Spegelmannen*

Primera edición: noviembre de 2023

©2020, Lars Kepler
Publicado por acuerdo con Salomonsson Agency
© 2023, Penguin Random House Grupo Editorial, S.A.U.
Travessera de Gràcia, 47-49. 08021 Barcelona
© 2023, Pontus Sánchez Giménez, por la traducción

Printed in Spain – Impreso en España

ISBN: 978-84-19437-12-9
Depósito legal: B-15.590-2023

Compuesto en M. I. Maquetación, S. L.

Impreso en Unigraf
Móstoles (Madrid)

RK 3 7 1 2 9

1

Eleonor mira por las ventanas sucias del aula y ve cómo el fuerte viento arrastra porquería a lo largo de toda la calle y obliga a los árboles y arbustos a doblarse.

Es como si hubiese un río corriendo por delante de la escuela. Denso y silencioso.

El timbre suena y el alumnado recoge sus libros y apuntes. Eleonor se levanta de la silla y sigue a los demás hasta el guardarropa.

Observa a su compañera de clase, Jenny Lind, que está de pie delante de la taquilla que tiene asignada, abrochándose la chaqueta.

Su rostro y el pelo rubio se ven reflejados en el metal de la puerta abollada.

Jenny es hermosa y diferente. Tiene unos ojos intensos que hacen que Eleonor se ponga nerviosa y le suban los colores a las mejillas.

Jenny tiene una vena artística: hace fotos y es la única alumna de secundaria que lee libros. La semana pasada cumplió dieciséis años; Eleonor aprovecha el momento y la felicita.

A Eleonor nadie le hace ni caso: no es lo bastante guapa, lo sabe, aunque una vez Jenny dijo que le gustaría hacerle una serie de retratos.

Fue después de la clase de Educación Física, cuando estaban en la ducha.

Eleonor coge sus cosas y sigue a Jenny hasta la salida.

El viento arrastra arenilla y hojas caídas junto a la fachada blanca y se las lleva por el patio.

La cuerda de la bandera azota el asta con fuerza.

Jenny llega al aparcamiento de bicicletas, se detiene y grita algo, gesticula irritada y luego empieza a caminar sin su bici. Eleonor le ha pinchado las dos ruedas, pensando que así podría ayudar a Jenny a cargar con la mochila y la bici todo el camino hasta su casa.

Volverían a hablar otra vez de la serie de retratos, de que las fotografías en blanco y negro son como esculturas de luz.

Interrumpe la fantasía antes de llegar al primer beso.

Eleonor sigue a Jenny, pasan por delante de Backavallen.

La terraza del restaurante está vacía, los parasoles blancos tiemblan con el viento.

Piensa en acelerar el paso para alcanzar a Jenny, pero no se atreve.

Se mantiene a unos doscientos metros por detrás de ella, en el camino peatonal que discurre en paralelo a la carretera Eriksbergsvägen.

Las nubes van ganando terreno por encima de los abetos.

El pelo rubio de Jenny se agita con el viento y se le pega a la cara con la corriente de aire que genera un autobús verde de línea al pasar por su lado.

El suelo retumba unos segundos.

Dejan atrás el último edificio y atraviesan el recinto de los scouts. Jenny cruza al otro lado y continúa.

El sol consigue abrirse paso y las sombras de las nubes se deslizan a toda prisa por un cercado.

Jenny vive en una casa bonita en Forssjö, junto al agua.

Una vez, Eleonor se pasó más de una hora de pie delante de su casa. Había encontrado el libro desaparecido de Jenny, el que ella misma había escondido, pero no se atrevía a llamar al timbre, así que al final se lo dejó en el buzón.

Jenny se detiene bajo el tendido eléctrico y se enciende un cigarro antes de seguir caminando. Los botones brillantes del final de su manga relucen con el fulgor de la llama.

Eleonor oye el estruendo de un vehículo pesado a su espalda.

El terreno vibra cuando un camión con semirremolque de matrícula polaca pasa por su lado a una velocidad considerable.

Al instante siguiente, los frenos chirrían y el semirremolque da un bandazo. Con un golpe de volante, el tren de carretera gira hacia el borde de la calzada, cruza la lengua de césped que la separa del camino peatonal y se coloca justo detrás de Jenny. El conductor consigue detener el pesado conjunto de vehículos.

—Pero ¿qué cojones...? —grita Jenny en la distancia.

Cae agua desde el techo y discurre por la lona azul del semirremolque, dejando estrías brillantes en la suciedad incrustada.

La puerta de la cabina se abre y el conductor baja. Una gabardina negra de piel con una extraña mancha gris se ciñe sobre su ancha espalda.

El pelo, de rizos pequeños, le llega casi hasta los hombros.

Se acerca a Jenny a grandes zancadas.

El motor sigue en marcha y el humo de los tubos de escape cromados se diluye hasta reducirse a finas volutas grises.

Eleonor se detiene y ve que el conductor le propina a Jenny un golpe en la cara.

Algunos pulpos de la lona se han desprendido y la sección que ha quedado suelta ondea al viento, de manera que Eleonor ya no puede ver a Jenny.

—¿Oye? —grita Eleonor y sigue caminando—. ¿Qué estás haciendo?

Cuando la gruesa tela de plástico vuelve a bajar, ve que Jenny está tirada en el camino peatonal, unos metros por delante del camión.

Está de espaldas, levanta la cabeza y sonríe desconcertada con sangre entre los dientes.

La lona suelta continúa agitándose por efecto del viento.

Con piernas temblorosas, Eleonor se mete en la cuneta mojada. Piensa que tiene que llamar a la policía y saca el móvil, pero le tiemblan tanto las manos que se le cae al suelo.

Se agacha, encuentra el teléfono, alza la vista y, por debajo del tren de carretera, ve los pies de Jenny pataleando en el aire cuando el conductor la levanta en volandas.

Un coche pita cuando Eleonor sale a la carretera y empieza a correr en dirección al conjunto de vehículos.

Las gafas de espejo del conductor del camión refulgen bajo los rayos del sol mientras se seca las manos ensangrentadas en los vaqueros y vuelve a subir a la cabina. Cierra la puerta, mete una marcha y empieza a moverse, con una rueda aún en el camino peatonal. Un cúmulo de polvo se levanta de la lengua de césped seco cuando el tren de carretera vuelve a incorporarse a la calzada con un rugido y aumenta la velocidad.

Eleonor se detiene, sin aliento.

Jenny Lind ya no está.

En el suelo hay un cigarrillo pisoteado y la mochila con sus libros.

La suciedad vuela por la carretera desierta empujada por las rachas de aire. Nubes de polvo recorren los campos de cultivo y atraviesan las cercas. El viento seguirá soplando en la Tierra por toda la eternidad.

2

Jenny Lind está tumbada en una pequeña barca impermeabiliza-
da con brea en un lago oscuro. La cubierta bajo su cuerpo cruje
con el vaivén de las olas.

Se despierta del sueño porque está a punto de vomitar.

El suelo se balancea.

Le duelen los hombros, las muñecas le arden.

Entiende que se encuentra dentro del semirremolque del
tren de carretera.

Está atada, de alguna manera, y un trozo de cinta americana
le tapa la boca. Está recostada de lado en el suelo, con las manos
inmovilizadas por encima de la cabeza.

Le cuesta ver bien, como si sus ojos aún estuvieran dormidos.

Unos rayos de sol destrizados se cuelan por la lona.

Pestañea y vuelve a recuperar el campo de visión.

Está tremendamente mareada y tiene un dolor de cabeza
horrible.

Los enormes neumáticos retumban sobre el asfalto.

Sus manos están atadas con bridas al marco de acero que
mantiene la lona enderezada.

Jenny trata de entender lo que está pasando. La han tirado al
suelo de un puñetazo y luego le han puesto un trapo frío sobre
la boca y la nariz.

Una ola de angustia se apodera de ella.

Mira hacia abajo y ve que el vestido se le ha subido hasta la cintura, pero aún lleva las medias puestas.

El camión avanza a toda prisa en línea recta, el motor mantiene unas revoluciones constantes.

Jenny busca desesperadamente una explicación razonable, un motivo del malentendido, pero en realidad ya comprende lo que ocurre. La única respuesta es que ahora mismo se encuentra en la situación más temible de la vida para cualquier persona, esa que tantas veces se ve en las películas de miedo, la que no puede suceder en la vida real.

Después de dejar la bicicleta en el colegio se ha puesto a caminar, haciendo como que no se daba cuenta de que Eleonor la estaba siguiendo, cuando de pronto el camión con semirremolque ha girado detrás de ella y se ha subido al camino peatonal.

El golpe en la cara ha sido tan repentino e inesperado que no ha tenido tiempo de reaccionar, y antes de que tuviera oportunidad de levantarse del suelo, le han puesto un trapo mojado en la cara.

No tiene ni idea de cuánto rato ha estado inconsciente.

Siente las manos frías por la falta de riego sanguíneo.

La cabeza le da vueltas y pierde la vista por completo durante unos instantes antes de recuperarla.

Apoya la mejilla en el suelo.

Intenta respirar con calma, no puede vomitar mientras esté amordazada.

Una cabeza de pescado reseca ha quedado atascada en una rendija de la portezuela de carga de la caja. El aire dentro del semirremolque está cargado de un hedor dulzón.

Jenny vuelve a levantar la cabeza, pestañea y ve un armario metálico con candado y dos recipientes de plástico grandes en la parte delantera del semirremolque. Están sujetados con correas gruesas y alrededor el suelo está mojado.

Trata de recordar los testimonios de mujeres que han sobrevivido a asesinos en serie y lo que comentaban acerca de resistirse o crear un vínculo a base de hablar de orquídeas.

No tiene sentido intentar gritar a través de la cinta americana, nadie la oiría. Como mucho, el conductor.

Al contrario, debe guardar silencio, es mejor que él no sepa que está despierta.

Empuja con las piernas para incorporarse, tensa el cuerpo y levanta la cabeza hacia las manos.

El semirremolque da un bandazo y a Jenny se le revuelve el estómago.

La boca se le llena de vómito.

Le tiemblan los músculos.

Las bridas se le clavan en la piel.

Con dedos entumecidos, consigue pellizcar la punta de la tira de cinta americana y se la arranca de la boca. Escupe, cae de costado y procura toser sin hacer ruido.

Su visión está afectada por la sustancia química del trapo.

Cuando mira el marco de acero que sostiene la lona es como si estuviera mirando a través de un tejido de arpillera.

Cada poste sube en vertical hasta el techo, continúa con un codo a noventa grados, luego por debajo del techo y después gira con otro codo para bajar al otro lado del semirremolque.

Hay una especie de cerchas unidas mediante barras horizontales a lo largo de los laterales.

Jenny pestañea, intenta enfocar la mirada y ve que en el otro lateral del semirremolque no hay barras: ahí la lona está reforzada con cinco filas de listones de madera ensamblados.

Jenny entiende que la idea es que se pueda enrollar la lona hacia arriba a la hora de cargar o descargar el semirremolque. Si con las manos atadas consiguiera reseguir el arco del armazón por debajo del techo hasta bajar al otro lado, a lo mejor podría abrir tela plástica y pedir ayuda o captar la atención de algún otro conductor.

Intenta subir con las bridas, pero se queda enganchada al instante.

El plástico le arde en la piel.

El camión cambia de carril y Jenny se tambalea hacia un lado y se golpea la sien con una barra.

Vuelve a sentarse, traga saliva varias veces y piensa en esa mañana y la mesa del desayuno, con pan tostado y mermelada. Su madre le contaba que ayer a su tía le colocaron cuatro endoprótesis en un vaso coronario del corazón.

El teléfono de Jenny estaba en la mesa, al lado de su taza de té. Lo tenía silenciado, pero aun así sus ojos se habían visto atraídos por las notificaciones.

Su padre se había enfadado porque lo había interpretado como que pasaba de todo y se dedicaba solo a mirar el teléfono, y a ella la encorajinó por parecerle injusto.

−¿Por qué me haces este marcaje todo el rato? ¿Qué te he hecho? ¡Solo estás descontento con la vida! −le gritó, y se fue de la cocina.

El suelo se inclina, el camión aminora la velocidad y reduce la marcha para subir una cuesta.

El sol consigue atravesar la lona a intervalos y hace brillar el suelo sucio.

Entre los pegotes de barro seco y hojas negras hay un diente incisivo.

A Jenny se le llenan las venas de adrenalina.

A tan solo un metro de ella ve dos uñas rotas pintadas de rojo. Hay rastros de sangre seca sobre uno de los postes, y pelos arrancados que se han quedado pegados alrededor de un perno de la portezuela de carga de la caja.

−Dios mío, Dios mío, Dios mío −murmura Jenny y se pone de rodillas.

Se queda quieta, deja de tensar las bridas alrededor de sus muñecas y nota que la sangre vuelve a circular con miles de pinchazos diminutos en los dedos.

Está temblando de pies a cabeza, intenta empujar otra vez hacia arriba, pero las cintas de plástico se encallan.

—Puedo hacerlo —dice entre dientes.

Tiene que mantener la cabeza serena, no puede dejar que el pánico se apodere de ella.

Mueve un poco las manos, tira hacia un lado y entiende que es posible desplazarse a lo largo de la barra inferior.

Respira demasiado deprisa mientras va esquivando protuberancias hasta llegar a la parte frontal del semirremolque, agarra la barra con ambas manos y tira, pero está soldada al último pilar, por lo que es inamovible.

Mira el armario de metal: el candado está abierto, se está balanceando en el aro.

Las náuseas vuelven a borbotear, pero Jenny no tiene tiempo para esperar, el trayecto podría terminar en cualquier momento.

Se inclina para alejarse todo lo que puede de la pared del semirremolque, estira los brazos, los tensa al máximo y alcanza el candado con la boca. Con cuidado, lo levanta, lo retira, se pone de rodillas para dejarlo caer sobre sus muslos, luego separa con cuidado las piernas y hace que el candado se deslice sin hacer ruido hasta el suelo.

El tren de carretera gira y la puerta del armario se abre.

Está lleno de pinceles, tarros, alicates, sierras de arco, cuchillos, tijeras, productos de limpieza y trapos.

El pulso se le acelera, le retumba dentro de la cabeza.

El motor empieza a sonar diferente y ahora el camión avanza a menor velocidad.

Jenny se pone de pie otra vez, se estira hacia un lado, aparta la puerta del armario con la cabeza y ve un cuchillo con un mango de plástico sucio que asoma entre dos tarros de pintura en un estante.

—Por favor, Dios, sálvame, por favor —susurra.

El conjunto de vehículos da un giro tan brusco que la puerta metálica se cierra de golpe y le golpea la cabeza con tanta fuerza que Jenny se queda aturdida por unos segundos y cae al suelo.

Vomita y vuelve a ponerse en pie, ve que está goteando sangre de sus muñecas al suelo sucio.

Se inclina hacia delante, alcanza el mango del cuchillo con la boca y lo muerde justo cuando el vehículo se detiene con un siseo.

El cuchillo raspa el estante de metal cuando Jenny lo retira.

Con cuidado, acerca el filo oxidado con la boca hacia sus manos, aprieta todo lo que puede contra la brida de plástico y empieza a serrar.

3

Jenny sujeta el cuchillo oxidado con la boca y trata de cortar la brida de alrededor de sus muñecas. Cuando ve que el filo apenas ha hecho un pequeño rasguño en el plástico blanco, muerde el mango con más fuerza y aumenta la presión.

Piensa en su padre. Su rostro apenado cuando ella le gritó esa mañana, los arañazos en el cristal de su reloj de pulsera, los movimientos impotentes de su mano.

Jenny sigue serrando, a pesar del intenso dolor que empieza a sentir en la boca.

La empuñadura del cuchillo está mojada de saliva.

Un mareo tira de ella y Jenny está a punto de darse por vencida cuando, de pronto, se oye un chasquido. La hoja del cuchillo ha cortado el plástico.

Jenny cae temblando sobre su cadera y oye el cuchillo rebotar en el suelo. Se vuelve a levantar, encuentra el arma, camina hasta el lateral derecho del semirremolque y aguza el oído.

No se oye nada.

Debe actuar con rapidez, pero las manos le tiemblan tanto que al principio tiene dificultades para atravesar la lona con el cuchillo.

Se oye un zumbido durante unos segundos.

Jenny cambia el cuchillo de posición y hace un cauteloso corte en vertical en la lona, justo pegado al último pilar, ensancha la ranura unos centímetros y mira fuera.

Se han detenido en una gasolinera para camiones, sin personal. El suelo está lleno de cartones de pizza, trapos aceitosos y condones.

El corazón le late con tanta fuerza que le cuesta respirar.

No se ve a nadie, y tampoco ningún coche.

El viento arrastra un vaso de papel por el asfalto.

Se le revuelve el estómago, pero Jenny consigue ahogar el reflejo de vomitar y traga saliva.

El sudor le corre por la espalda.

Con manos trémulas, abre la lona haciendo un corte horizontal por encima de uno de los listones de madera y piensa que saldrá por ahí y correrá a esconderse en el bosque.

Oye pasos pesados y un ruido metálico.

Su visión se vuelve borrosa otra vez.

Se cuela por la lona rajada, se queda de pie en el canto del semirremolque, siente el viento en la cara, se sujeta a la lona, se tambalea y el cuchillo se le escurre de los dedos. Cuando mira al suelo, un vahído le azota el cerebro, como si todo el tren de carretera estuviera volcando.

Al aterrizar en el suelo nota un ardor repentino en el tobillo, da un paso y consigue mantenerse en pie.

Está tan mareada que no puede caminar en línea recta.

Cada movimiento que hace reverbera aún más en su cerebro.

La bomba de gasóleo traquetea ruidosamente.

Jenny pestañea y empieza a caminar, cuando de pronto una figura grande aparece tras la esquina del semirremolque y la descubre. Ella se detiene, retrocede tambaleándose y nota que está a punto de vomitar otra vez.

Se agacha por debajo del acoplamiento embarrado que une el *dolly* del semirremolque al camión, se pone a cuatro patas y ve que la figura corre hacia el otro lado.

La cabeza le va a mil por hora: tiene que esconderse.

Se levanta con piernas temblorosas y comprende que no podrá escaparse corriendo del conductor por el bosque.

18

Ya no sabe dónde se ha metido.

El pulso le retumba en los oídos.

Tiene que volver a la carretera principal y parar un coche.

El suelo bajo sus pies se balancea y se retuerce, los árboles se mueven al pasar por su lado, la hierba amarilla en la cuneta tirita con el viento.

No ve al conductor por ninguna parte. Jenny piensa que puede haber rodeado el camión o haberse escondido detrás de una hilera de grandes neumáticos.

Su estómago se contrae, poniéndola otra vez a prueba.

Jenny mira en todas direcciones, se sujeta al lateral de la caja, pestañea fuerte y trata de comprender en qué dirección está la incorporación a la autovía.

Se oye un ruido de algo que está siendo arrastrado.

Tiene que huir, tiene que esconderse.

Las rodillas casi le flaquean del todo cuando comienza a caminar junto al semirremolque, hacia la parte trasera, ve unos cuantos contenedores de basura, un tablón informativo y un sendero que se mete en el bosque.

Se oyen motores muy cerca de allí.

Mira el asfalto, intenta recomponerse, justo cuando piensa en gritar pidiendo auxilio ve una sombra moviéndose al lado de su pierna.

Una gran mano la agarra de un tobillo y la tira al suelo. Jenny cae sobre la cadera y oye un crujido en el cuello cuando su hombro choca contra el asfalto. El conductor está debajo del semirremolque y ahora tira de ella. Jenny intenta sujetarse a uno de los neumáticos, consigue ponerse bocarriba, lanza una patada con la pierna que tiene libre, golpea la suspensión y el amortiguador, se hace una herida en el tobillo, consigue liberarse y se aparta a rastras.

Se pone en pie, todo el paisaje se vuelca a un lado, Jenny se traga la arcada, oye un golpeteo rápido, da por hecho que el conductor está rodeando el semirremolque a toda prisa.

Se tambalea hacia delante, pasa por debajo de la manguera del surtidor, camina lo más rápido que puede en dirección a la linde del bosque, mira a su alrededor y choca contra una persona.

—¿Eh? ¿Qué está pasando?

Es un policía que está haciendo pis en la hierba. Ella lo agarra por la chaqueta, está a punto de caerse y de tirarlo al suelo.

—Ayúdame...

La chaqueta se le escurre de los dedos y Jenny se tambalea hacia un lado.

—Da un paso atrás —dice él.

Ella traga saliva e intenta volver a cogerlo de la chaqueta. Él la aparta de un empujón y ella trastabilla por la hierba, cae de rodillas y frena la caída con las dos manos.

—Por favor —jadea antes de vomitar.

El suelo se balancea y Jenny se desploma de costado, mira la moto de policía desde la hierba y ve un movimiento reflejado en el brillo del tubo de escape.

Es el conductor del camión, que se acerca a paso rápido. Ella gira la cabeza y ve los vaqueros manchados y el abrigo de piel como a través de un cristal ahumado.

—Ayúdame —vuelve a decir y lucha por contener los calambres.

Intenta ponerse de pie, pero le viene otra arcada y oye a los dos hombres conversar mientras vomita de nuevo. Una de las voces dice algo de que «es mi hija» y explica que no es la primera vez que se fuga de casa y se emborracha.

El estómago de Jenny se revuelve y la boca se le llena de bilis, tose e intenta decir algo, pero vuelve a vomitar.

—¿Qué alternativas hay? ¿Amenazar con confiscarle el móvil?

—Eso me lo conozco —dice riendo el policía.

—Vamos, cielo —dice el conductor y le da una palmadita en la espalda—. Échalo todo, pronto te encontrarás mejor.

—¿Cuántos años tiene? —pregunta el agente.

—Diecisiete, así que dentro de un año podrá decidir por sí

misma…, pero si se dignara a escucharme, se sacaría el bachillerato para no tener que llevar un camión el resto de su vida.

—Por favor —susurra Jenny y se limpia una mezcla de baba y vómito de la boca.

—¿No puede pasar la noche en el calabozo, con otros borrachos? —pregunta el conductor.

—No, si tiene diecisiete —dice el policía, y luego responde a una llamada por radio.

—No te vayas —tose Jenny.

El policía va sin prisa hasta la moto mientras corta la comunicación con la centralita.

Un cuervo grazna muy cerca.

La alta hierba se inclina temblorosa con el viento y Jenny ve que el policía se pone el casco y los guantes. Sabe que tiene que levantarse y empuja el suelo con las manos. Un nuevo vahído está a punto de tumbarla de lado una vez más, pero se resiste y consigue ponerse de rodillas.

El policía se sube a la moto y arranca. Ella intenta llamarlo, pero él no la oye.

El gran cuervo alza el vuelo batiendo las alas en cuanto el policía mete una marcha y comienza a alejarse.

Jenny se deja caer en la hierba y oye la gravilla crepitando sobre el asfalto bajo los neumáticos, hasta que la moto de policía desaparece del todo.

4

A Pamela le gustan los cristales de nieve sueltos que se forman cuando la nieve empieza a derretirse en la pista. Los esquís se agarran con una fuerza que asusta.

Ella y su hija Alice se han untado protección solar, pero aun así han cogido algo de color. Martin se ha quemado la nariz y por debajo de los ojos.

Hace unas horas que han almorzado en la terraza de Topp-stugan y hacía tanto calor al sol que Pamela y Alice se han quitado las chaquetas y se han quedado en camiseta.

Los tres tienen tantas agujetas en los muslos que han decidido tomarse el día siguiente libre.

En lugar de esquiar, Alice y Martin se van a pescar salvelinos y Pamela ha reservado hora en el spa del hotel.

Cuando Pamela tenía diecinueve años, estuvo viajando con su amigo Dennis por Australia, conoció a un chico llamado Greg en un bar y se acostó con él en un bungalow. Ya había vuelto a Suecia cuando comprendió que estaba embarazada.

Pamela mandó una carta al bar en Port Douglas, a nombre de Greg, de ojos azul marino. Él le contestó un mes más tarde diciendo que tenía una relación estable y que estaba dispuesto a pagar el aborto.

El parto fue difícil y terminó en cesárea de urgencia. Tanto ella como la niña sobrevivieron, pero dado que los médicos desaconsejaron a Pamela tener más hijos, se colocó un DIU para no volver a quedarse embarazada. Dennis estuvo ahí todo el tiempo, apoyándola y animándola a cumplir su sueño de estudiar Arquitectura en la universidad.

Tras cinco años de formación, Pamela consiguió trabajo casi de inmediato en un pequeño despacho en Estocolmo, y conoció a Martin mientras diseñaba una casa unifamiliar en la isla de Lidingö.

Martin era el responsable de calidad de la constructora, viajaba por todo el país y parecía una estrella de rock relajada, con su mirada intensa y su pelo largo.

Se besaron por primera vez en una fiesta en casa de Dennis, se fueron a vivir juntos cuando Alice tenía seis años y se casaron dos años más tarde. Ahora Alice ha cumplido dieciséis y está estudiando primero de bachillerato.

Ya han dado las ocho y al otro lado de las ventanas de la suite del hotel ya está oscuro. Han llamado al servicio de habitaciones y Pamela se apresura a guardar jerséis y calcetines que han quedado tirados antes de que llegue la comida.

Martin está cantando «Riders on the Storm» en la ducha.

Han hablado de cenar delante de la tele, abrir una botella de champán cuando Alice se haya dormido, cerrar la puerta y hacer el amor.

Pamela se cuelga toda la ropa de su hija en el brazo y se mete en el dormitorio.

Alice está sentada en la cama en ropa interior, con el teléfono en la mano. Se parece a Pamela de joven, tiene los mismos ojos, el mismo pelo castaño rojizo y los mismos rizos.

—Las placas de matrícula del camión eran robadas —dice y levanta la vista del móvil.

Hace dos semanas, los medios comenzaron a informar de una desaparición en Katrineholm. Una chica de la edad de Alice había sido agredida y secuestrada.

Se llama Jenny Lind, igual que la legendaria cantante de ópera.

Da la sensación de que toda Suecia se ha implicado en la búsqueda de la chica y del camión con semirremolque de matrícula polaca.

La policía ha pedido ayuda, la ciudadanía ha hecho llegar grandes cantidades de pistas, pero por el momento no se ha hallado ni rastro de la chica.

Pamela regresa al salón, arregla un poco los cojines del sofá y recoge el mando de la tele del suelo.

La oscuridad se ciñe a la ventana.

Da un respingo cuando llaman a la puerta.

Justo cuando va a abrir, Martin sale del cuarto de baño cantando y sonriendo. Va desnudo y tiene la toalla enrollada alrededor del pelo mojado.

Pamela lo vuelve a meter en el lavabo de un empujón y oye que él sigue cantando mientras ella abre a la mujer del servicio de habitaciones que trae el carrito.

Mira su móvil para tener algo que hacer mientras la camarera pone la mesa en el salón, y piensa que seguro que la mujer se está preguntando por el canto que se oye en el lavabo.

—Se encuentra bien, te lo prometo —dice de broma.

La mujer no le devuelve la sonrisa, se limita a entregarle la cuenta en una bandeja de plata y le pide a Pamela que escriba la suma total y firme la cuenta antes de retirarse.

Pamela le grita a Martin que ya puede salir del baño, va a avisar a Alice y luego se sientan los tres en la enorme cama, cargados con platos y vasos.

Ven una película de terror reciente mientras cenan.

Una hora más tarde, tanto Pamela como Martin están durmiendo.

Cuando se acaba la película, Alice apaga la tele, le quita las gafas a su madre, recoge los platos y los vasos, apaga las lámparas y se cepilla los dientes, antes de meterse en su habitación.

La pequeña población del valle se queda enseguida en silencio. Pasadas las tres de la mañana, una aurora boreal comienza a titilar en el cielo, como troncos de un azul plateado en un paisaje devorado por el fuego.

Pamela se despierta del sueño porque oye a un niño sollozar en la oscuridad. El llanto agudo calla antes de que ella pueda entender dónde está.

Se queda inmóvil y piensa en las pesadillas de Martin.

El jadeo viene del suelo, al lado de la cama.

Cuando comenzaron a salir juntos, él solía soñar con niños muertos.

A Pamela le parecía conmovedor que un hombre adulto pudiera confesar que le daban miedo los fantasmas.

Recuerda una noche en que Martin se despertó gritando.

Se sentaron en la cocina a tomar una manzanilla. A Pamela se le erizó el vello de la nuca cuando él le describió un fantasma con todo lujo de detalles.

El niño tenía la cara macilenta y se había repeinado el pelo hacia atrás con sangre podrida, tenía la nariz partida y un ojo colgando.

Se oye otro sollozo.

Pamela ya está despierta del todo y gira la cabeza con cuidado.

El radiador está encendido debajo de la ventana y el aire caliente que desprende hace abombarse la cortina, como si hubiese un crío escondido ahí detrás, con la cara pegada a la fina tela.

Le gustaría despertar a Martin, pero no se atreve a hablar.

El gimoteo agudo se vuelve a oír, justo al lado de la cama, en el suelo.

El corazón de Pamela comienza a latir más deprisa y ella tantea con la mano en busca de Martin en la oscuridad, pero él no está ahí, la sábana está fría.

Recoge los pies y se hace un ovillo. De pronto tiene la sensación de que el llanto se está desplazando alrededor de la cama, hasta su lado, y luego calla de golpe.

Con cuidado, estira el brazo hacia la lamparita de noche. No puede distinguir su propia mano en la oscuridad.

Tiene la sensación de que la lámpara está más lejos que ayer.

Aguza el oído para captar el menor movimiento, tantea con los dedos, encuentra el pie de la lamparita y resigue el cable hacia abajo.

El llanto vuelve a oírse junto a la ventana, justo cuando Pamela encuentra el interruptor y lo pulsa.

Pestañea para protegerse de la repentina luz, se pone las gafas, se levanta de la cama y ve que Martin está tumbado en el suelo, vestido solo con el pantalón del pijama.

Está soñando con algo angustioso y tiene las mejillas húmedas de lágrimas. Pamela se pone de rodillas junto a él y posa una mano en su hombro.

—Cariño —dice con suavidad—. Cariño, te has…

Martin suelta un grito y abre los ojos de par en par.

Pestañea desconcertado, pasea la mirada por la habitación de hotel y mira otra vez a Pamela. Su boca se mueve, pero no consigue articular palabra.

—Te has caído de la cama —dice ella.

Él se incorpora y apoya la espalda en la pared, se seca la boca y mira al vacío.

—¿Qué estabas soñando? —le pregunta ella.

—No lo sé —susurra él.

—¿Una pesadilla?

—No lo sé, el corazón me va a toda leche —dice él y vuelve a subir a la cama.

Ella se sienta a su lado y le toma la mano.

—No te sienta bien ver películas de terror —dice.

—No. — Martin sonríe y la mira a los ojos.

—Pero sabes que son de mentira —dice Pamela.

—¿Seguro?

—No es sangre de verdad, es kétchup —bromea ella y le pellizca la mejilla.

Pamela apaga la luz y abraza a Martin. Hacen el amor siendo lo más silenciosos que pueden y luego se quedan dormidos, con los cuerpos entrelazados.

5

Después del desayuno, Pamela se tumba en la cama a leer la prensa en su iPad mientras Martin y Alice se preparan.

El sol ha salido y los carámbanos de hielo del otro lado de la ventana están iluminados y ya gotean.

A Martin le encanta pescar en el hielo, se ha pasado horas hablando de tumbarse bocabajo, tapar la luz y mirar el agua por el agujero para ver los grandes salvelinos acercándose.

El conserje del hotel les recomendó el lago Kallsjön, que forma parte de la cuenca hidrográfica del río Indalsälven. Allí hay mucho pez y es fácil acceder en coche, pero aun así suele haber poca gente.

Alice deja la pesada mochila junto a la puerta, se pone los crampones y se ata las botas.

—Ya me estoy arrepintiendo —dice cuando se vuelve a poner de pie—. Un masaje y un tratamiento facial no suenan nada mal.

—Voy a disfrutar cada segundo. —Pamela sonríe desde la cama—. Voy a…

—Para —la interrumpe Alice.

—Bañarme, meterme en la sauna, hacerme la manicura…

—Por favor, no quiero oírlo.

Pamela se envuelve en la bata, se acerca a Alice y le da un fuerte abrazo, besa a Martin y le desea una pesca de mierda, como ha entendido que hay que hacer.

—No os quedéis demasiado rato e id con cuidado —les dice.

—Disfruta de la soledad —dice él sonriendo.

La tez de Alice casi brilla por sí sola, y los rizos del pelo castaño rojizo asoman por debajo del gorro.

—Tienes que abrocharte la chaqueta hasta el cuello —dice Pamela.

Acaricia a su hija en la mejilla, se demora unos segundos con la mano, a pesar de percibir la impaciencia de Alice.

Los dos lunares pequeños justo debajo del ojo izquierdo de Alice siempre la han hecho pensar en dos lágrimas.

—¿Qué pasa? — Alice sonríe.

—Que lo paséis bien.

Se marchan y Pamela se queda en el quicio de la puerta, viéndolos alejarse por el pasillo hasta que desaparecen del todo.

Cierra la puerta, vuelve al dormitorio y frena en seco al oír un ruido, una fricción prolongada.

Una porción de nieve mojada se desliza por el tejado, se precipita por delante de la ventana y se desploma en el suelo.

Pamela se pone el biquini, el albornoz de felpa y unas pantuflas, mete la llave de tarjeta, el teléfono y un libro en la bolsa de tela y abandona la suite.

El spa está desierto, puesto que todo el mundo está en las pistas. El agua de la piscina grande es una balsa de aceite y en su superficie se reflejan la nieve y el bosque de fuera.

Pamela deja su bolsa de tela en una mesa entre dos tumbonas, se quita el albornoz y se acerca a un banco con toallas limpias enrolladas.

Un lateral de la piscina está bordeado por una arcada de columnas.

Pamela se mete en el agua tibia y empieza a nadar sin prisa. Después de diez largos se queda un momento al final de la piscina, justo delante de las ventanas panorámicas.

Ahora desearía que Martin y Alice estuvieran allí con ella.

«Esto es mágico», piensa y desliza la mirada por las montañas y el bosque de abetos bañado por el sol.

Nada diez largos más, luego sale del agua y se sienta en una tumbona a leer.

Un hombre joven se le acerca y le pregunta si desea algo, y ella le pide una copa de champán, aunque sea por la mañana.

La nieve se desprende con pesadez de las ramas de un gran abeto y cae al suelo. Las ramas se balancean y pequeños copos blancos revolotean al sol.

Lee tres capítulos más, se termina la copa de champán, deja las gafas y luego va a sentarse en la sauna de vapor y empieza a pensar en las pesadillas reiteradas de Martin.

Sus padres y sus dos hermanos murieron en un accidente de coche cuando él era pequeño. Martin salió despedido por el parabrisas, se arañó toda la espalda contra el asfalto, pero sobrevivió.

Cuando ella y Martin se conocieron, Dennis, el mejor amigo de Pamela, estaba trabajando como psicólogo en una consulta para jóvenes y, al mismo tiempo, se estaba especializando en trabajos de duelo. Consiguió que Martin se abriera y que hablara de su pérdida y de los sentimientos de culpa que iba arrastrando como un ancla.

Pamela permanece en la sauna hasta que se queda empapada de sudor y vapor, luego toma una ducha, se pone un biquini seco y se va a la sala de masajes. Una mujer con pómulos marcados y mirada triste le da la bienvenida.

Pamela se quita la parte de arriba del biquini, se tumba bocabajo en la camilla y la chica le pone una toalla sobre la cintura.

La masajista tiene las manos ásperas, y los aceites calientes huelen a hojas verdes y madera.

Pamela cierra los ojos y nota que sus pensamientos se diluyen.

Le viene a la mente la imagen de Martin y Alice alejándose por el pasillo silencioso sin mirar atrás.

Las yemas de los dedos de la mujer recorren su columna vertebral hasta el borde de la toalla. Le masajea la parte superior de los glúteos, haciendo que sus muslos se separen.

Después del masaje y el tratamiento facial, Pamela tiene intención de volver a la piscina y pedirse una copa de vino y una tostada de gambas.

La mujer se aplica más aceite caliente, sus manos se deslizan desde la cintura y suben por las costillas hasta las axilas.

Un escalofrío recorre a Pamela, a pesar del calor que hace en la salita de masajes.

A lo mejor solo son los músculos, que se están relajando.

Vuelve a pensar en Martin y Alice y, por alguna razón, en su fantasía los ve desde una gran altura.

El lago Kallsjön queda entre las montañas, el hielo es de color plomizo y ambos se ven como meros puntitos negros.

El masaje termina, la chica le coloca unas toallas calientes por encima y la deja sola.

Pamela se queda allí tumbada un rato, luego se levanta con cuidado y se pone la parte superior del biquini.

Sus pantuflas están mojadas y frías cuando mete los pies.

A lo lejos oye el ruido de un helicóptero.

Cambia de sala y saluda a la terapeuta facial, una chica rubia que no parece tener más de veinte años.

Pamela se queda dormida durante la limpieza y el peeling. La joven está preparando una mascarilla de arcilla cuando de pronto llaman a la puerta.

La chica se disculpa y sale de la salita de tratamiento.

Pamela oye a un hombre hablando deprisa, pero no logra distinguir las palabras. Al cabo de un momento, la chica vuelve a entrar con una expresión extraña en los ojos.

—Disculpa, pero parece que ha habido un accidente —dice la chica.

—¿Cómo que un accidente? —pregunta Pamela, alzando la voz un poco demasiado.

—Dicen que no hay ningún peligro, pero a lo mejor deberías ir al hospital.

—¿Al hospital? ¿Cuál? —pregunta Pamela y saca el móvil de la bolsa de tela.

—El hospital de Östersund.

6

Pamela no se da cuenta de que lleva el albornoz abierto mientras cruza el hotel a toda prisa. Llama a Martin y escucha con pánico creciente los tonos que se suceden.

Al comprobar que nadie contesta echa a correr, pierde una de las pantuflas por el camino, pero sigue adelante.

La moqueta amortigua los golpes de sus pasos, los ensordece como bajo el agua.

Pamela llama a Alice, pero el buzón de voz salta al primer tono.

Se detiene delante de los ascensores y pulsa el botón, se quita la otra pantufla y nota que le tiemblan las manos mientras vuelve a llamar a Martin.

—Cógelo —susurra.

Espera un momento y luego decide usar las escaleras. Se sujeta a la barandilla y sube los escalones de dos en dos.

En el rellano de la segunda planta está a punto de tropezarse con un cubo olvidado de abrillantador de suelo.

Lo esquiva y sigue subiendo mientras intenta comprender lo que le ha dicho la chica rubia.

Ha dicho que no había ningún peligro.

Pero ¿por qué no le cogen el teléfono?

Pamela sale tropezando al pasillo de la tercera planta, se tambalea y se apoya en la pared antes de empezar a correr.

Se detiene jadeando delante de la suite, saca la llave de tarjeta y entra, continúa hasta el escritorio, descuelga el teléfono fijo y, sin querer, tira al suelo el soporte de folletos, llama a recepción y pide que le reserven un taxi.

Se pone la ropa por encima del biquini, coge el bolso y el teléfono y sale de la suite.

Se pasa todo el trayecto en taxi llamando y mandando mensajes a Alice y a Martin.

Por fin consigue ponerse en contacto con el hospital, habla con una mujer que le dice que no le puede dar información.

El corazón de Pamela late a toda prisa, tiene que hacer un esfuerzo por no gritarle a la mujer del otro lado de la línea.

Los troncos y la nieve van titilando por fuera del coche a medida que avanzan. Abetos oscuros que crecen apretados bajo el sol. Se ven huellas de liebre que se alejan por una zona deforestada. La calzada está empapada de aguanieve.

Pamela junta las manos y le pide a Dios que Martin y Alice estén bien.

Los pensamientos la angustian con una intensidad insoportable; Pamela ve el coche de alquiler patinando en la nieve y cayendo por una cuesta, ve una osa aparecer corriendo de entre la maleza, un anzuelo de pesca que da un latigazo y se engancha en un ojo y una pierna que se parte por encima de la bota.

Ha llamado a Martin y Alice más de treinta veces, les ha mandado mensajes y mails, pero cuando el taxi entra en Östersund sigue sin respuesta alguna.

El hospital es un gran complejo de fachadas marrones y pasos elevados acristalados, bañados por el sol.

El agua de la nieve derretida corre por el asfalto.

El conductor se detiene junto a la entrada para ambulancias, ella le paga y salta del taxi con la ansiedad retumbándole en la cabeza.

Corre resiguiendo un muro marrón con un extraño decorado de tocones de madera pintados de un rojo sangre que la guían

34

como en un redil hasta la entrada de urgencias, se acerca a recepción y oye su propia voz en la distancia al presentarse.

Saca el carnet de identidad con manos temblorosas.

El hombre con barba de recepción le pide que se siente en la salita de espera, pero ella se queda de pie donde está, mirándose los zapatos y la alfombra negra.

Piensa que podría sacar el teléfono y buscar información sobre accidentes de tráfico en las páginas de noticias, pero no se ve capaz.

Nunca en su vida ha tenido tanto miedo como ahora.

Da unos pasos, se gira y mira al hombre con barba.

Pamela nota que no aguantará mucho más esperando, piensa que de un momento a otro entrará a buscar a su familia en los diferentes boxes de urgencias.

—¿Pamela Nordström? —dice un auxiliar de enfermería que se le acerca.

—¿Qué ha pasado? Nadie me ha dicho nada —dice Pamela y traga saliva mientras caminan.

—Yo no lo sé, tienes que hablar con el médico.

Cruzan pasillos con camillas. Puertas con ventanucos sucios que se abren de forma automática a su paso.

Una mujer mayor está llorando en una salita de espera. Los peces de un acuario se mueven en bancos relucientes a su lado.

Continúan hasta el departamento de anestesia y cuidados intensivos. El personal sanitario se mueve con rapidez por el pasillo.

El suelo de plástico es de un blanco nata y huele fuerte a desinfectante.

Una enfermera con pecas sale de una habitación y la recibe con una sonrisa tranquilizadora.

—Entiendo que estés preocupada —dice y le estrecha la mano a Pamela—. Pero no hay ningún peligro, te lo prometo, todo irá bien, enseguida podrás hablar con el doctor.

Pamela acompaña a la enfermera a una habitación de cuidados intensivos. Se oye un siseo rítmico proveniente de un respirador.

—¿Qué ha pasado? —pregunta casi sin voz.

—Lo tenemos dormido, pero está fuera de peligro.

Martin está tumbado en una cama con un tubo de plástico en la boca. Tiene los ojos cerrados y está conectado a distintos medidores que registran su actividad cardiaca, el ritmo de su pulso, los niveles de dióxido de carbono y de oxígeno en sangre.

—Pero...

La voz de Pamela se desvanece y su mano tiene que buscar apoyo en la pared.

—El hielo se ha roto y ha caído al agua, estaba helado cuando lo encontraron.

—Pero, Alice... —murmura ella.

—¿Cómo dices? —pregunta la enfermera sonriendo.

—Mi hija, ¿dónde está mi hija, dónde está Alice?

Ella misma oye lo alterada que suena su voz, su tono descontrolado, mientras la enfermera se queda pálida.

—No sabemos nada de...

—¡Estaban juntos en el hielo! —grita Pamela—. Ella estaba con él, no podéis habérosla olvidado allí, no es más que una cría..., no podéis... ¡No podéis!

CINCO AÑOS MÁS TARDE

7

Se dice que cuando una puerta se cierra, Dios abre otra. O por lo menos abre una ventana. Pero hay algunas puertas que, cuando se cierran, hacen que la frase hecha suene más a burla que a consuelo.

Pamela se mete una pastilla de menta en la boca y la parte.

El ascensor asciende con un zumbido hacia la planta de internación para pacientes con enfermedades psicóticas del hospital Sankt Göran.

Los espejos delante y detrás de Pamela multiplican su cara en un arco infinito.

Para el funeral se rapó el pelo, pero ahora los rizos castaño rojizo ya le vuelven a llegar por los hombros.

En el primer aniversario de la muerte de Alice, Pamela se tatuó dos puntos bajo el ojo izquierdo, justo donde su hija tenía sus marcas de nacimiento.

Dennis consiguió hacerla acudir al Centro de Crisis y Trauma, y paso a paso Pamela ha aprendido a vivir con la pérdida.

Ahora ya ni siquiera toma antidepresivos.

El ascensor se cierra y las puertas se abren. Pamela cruza el pasillo vacío de Psiquiatría, se presenta en recepción y entrega su teléfono móvil.

—Así que es hora de mudarse —dice sonriendo la mujer.

—Por fin —responde Pamela.

La mujer le guarda el teléfono en un casillero, le da una tarjeta de visitante con un número, se levanta de la silla y desliza su pase por el lector electrónico para abrirle la puerta.

Pamela le da las gracias y enfila el largo pasillo.

Al lado de un carrito de limpieza hay un guante de látex con sangre.

Se mete en la sala de día, saluda al enfermero y se sienta, como de costumbre, a esperar en el sofá. A veces Martin tarda mucho tiempo en arreglarse.

Hay un hombre joven sentado delante de un tablero de ajedrez. Habla solo, con ansiedad, y ajusta mínimamente la posición de una de las piezas.

Una señora mayor está mirando la tele con la boca abierta, mientras alguien que tiene pinta de ser su hija intenta hablar con ella.

La luz del mediodía se refleja en el suelo de linóleo.

El enfermero saca su teléfono, responde con voz suave y abandona la sala.

Se oyen unos gritos iracundos a través de las paredes.

Un hombre mayor con vaqueros desteñidos y camiseta negra entra en la sala, mira a un lado y al otro y luego se sienta en la butaca que hay enfrente de Pamela.

Debe de rondar los sesenta años, las arrugas de su rostro chupado son profundas, tiene los ojos de un verde intenso y lleva el pelo cano recogido en una coleta.

—Bonita blusa —dice y se inclina hacia Pamela.

—Gracias —responde ella escuetamente y se cierra la chaqueta.

—He podido verte los pezones a través de la tela —le explica él con voz tranquila—. Se pondrán duros, ahora que te lo he contado, lo sé... Mi cerebro está lleno de sexualidad tóxica...

El corazón de Pamela empieza a latir de desagrado, por un momento piensa en levantarse pasados unos segundos y volver a recepción sin dar muestra alguna de miedo.

La señora mayor delante de la tele suelta una carcajada y el hombre joven vuelca el rey negro con un dedo.

A través de las paredes llega el ruido de la cocina.

Unos hilos de polvo tiemblan en la rejilla de ventilación que hay en el techo.

El hombre delante de Pamela se arregla los pantalones en la entrepierna y luego le alarga las manos en un gesto de invitación. En el interior de sus antebrazos hay unas gruesas cicatrices que bajan desde el pliegue del codo hasta las palmas de las manos.

—Puedo hacértelo por detrás —dice con suavidad—. Tengo dos pollas... Te lo juro, soy una máquina sexual, gritarás y llorarás... —Calla un momento y señala la puerta que da al pasillo—. De rodillas —dice con una amplia sonrisa—. Llega el hombre sobrehumano, el patriarca...

El hombre mayor da una palmada con las manos y se ríe nervioso cuando un hombre corpulento entra en la sala sentado en una silla de ruedas, empujado por un enfermero.

—El profeta, el mensajero, el maestro...

El hombre en la silla de ruedas no parece dejarse importunar por la mofa, sino que se limita a dar las gracias en voz baja cuando lo sitúan al otro lado del tablero de ajedrez, y luego se coloca bien la cruz de plata que lleva colgada del cuello.

El enfermero deja la silla de ruedas y se acerca al hombre que se ha puesto de rodillas con una sonrisa forzada.

—Primus, ¿qué estás haciendo aquí? —le pregunta el enfermero.

—Tengo visita —responde, señalando a Pamela con la cabeza.

—Sabes que tienes restricciones.

—Me he confundido de pasillo.

—Levántate sin mirarla —dice el enfermero.

Pamela no alza la vista, pero puede sentir que él la sigue mirando fijamente mientras se levanta del suelo.

—Llevaos al esclavo —dice tranquilamente el hombre de la silla de ruedas.

Primus se da la vuelta y acompaña al enfermero, la cerradura electrónica emite un leve zumbido tras introducir el código, la puerta que da a la sección de pacientes se cierra tras ellos y los pasos se alejan por el suelo de linóleo, hasta que se desvanecen.

8

La puerta de la sección de pacientes vuelve a abrirse, Pamela gira la cabeza y ve a Martin. Un auxiliar de enfermería le lleva la mochila y lo acompaña hasta la sala común.

Antes, la melena rubia de Martin le caía por la espalda, caminaba relajado y vestía pantalones de cuero, zapatos negros y gafas de sol de color rosa con cristales de espejo.

Ahora está fuertemente medicado y ha subido de peso, lleva el pelo corto y enmarañado y tiene la cara pálida y angustiada. Se ha puesto una camiseta azul, pantalón Adidas y zapatillas de deporte blancas, sin cordones.

—Cariño. —Ella sonríe y se levanta del sofá.

Martin niega con la cabeza y mira asustado al hombre en la silla de ruedas. Ella se le acerca y le coge la mochila al auxiliar.

—Todo el mundo está muy orgulloso de ti —le dice este a Martin.

Martin sonríe nervioso y le enseña a Pamela una flor que se ha dibujado en la palma de la mano.

—¿Es para mí? —pregunta ella.

Él asiente rápidamente con la cabeza y vuelve a cerrar la mano.

—Gracias.

—No puedo comprar flores de verdad —dice él sin mirarla.

—Lo sé.

Martin tira de la manga del auxiliar y mueve los labios sin apenas hacer ruido.

—Ya has revisado la mochila —dice el cuidador y se vuelve hacia Pamela—. Quiere mirar la mochila para comprobar que no se ha dejado nada.

—Vale —responde ella y le entrega la mochila a Martin.

Él se sienta en el suelo, saca todas las cosas y las va colocando en fila.

Al cerebro de Martin no le pasa nada, no sufrió heridas bajo el hielo.

Pero después del accidente dejó de hablar casi por completo. Es como si cada palabra que sale de su boca fuera acompañada de una ola de ansiedad.

Todo el mundo parece estar seguro de que se trata de un trastorno por estrés postraumático, acompañado de alucinaciones paranoicas.

Pamela sabe que Martin no llora la pérdida de Alice más que ella, puesto que es imposible. Pero ella es fuerte por naturaleza y ha aprendido que las personas reaccionan de distinta manera, puesto que cada una tiene sus circunstancias. Toda la familia de Martin murió en un accidente cuando él era pequeño, y cuando Alice se ahogó, su trauma se volvió complejo.

Pamela mira por la ventana y ve que una ambulancia se ha detenido delante de urgencias psiquiátricas, pero en lugar de integrar lo que está viendo retrocede cinco años atrás en el tiempo, a la planta de cuidados intensivos del hospital de Östersund.

—¡Estaban juntos en el hielo! —gritó entonces—. Estaba con él, no podéis habérosla olvidado allí, no es más que una cría, no podéis… ¡No podéis!

La enfermera pecosa se había quedado mirándola y había abierto la boca sin lograr decir nada.

La policía y el cuerpo de salvamento fueron avisados de inmediato, volvieron volando al lago Kallsjön y bajaron con buzos.

Pamela no podía pensar con claridad, se estuvo paseando inquieta por la habitación, repitiéndose a sí misma que no era más que un malentendido, que Alice estaba bien. Se dijo a sí misma que pronto estarían los tres sentados a la mesa del comedor en Estocolmo, hablando de ese día. Fue imaginándose toda la escena, a pesar de entender que eso no iba a pasar, a pesar de que su espíritu ya sabía, de alguna manera, lo que había ocurrido.

Pamela estaba de pie junto a la cama de Martin cuando este se despertó de la narcosis. Abrió los ojos unos segundos, los volvió a cerrar un rato largo antes de alzar la vista. Miró a Pamela con el rostro serio mientras trataba de asimilar la realidad.

—¿Qué ha pasado? —susurró y se humedeció la boca—. ¿Pamela? ¿Qué ocurre?

—Te has caído a través del hielo —dijo ella y tragó saliva.

—No, era resistente —dijo él, y trató de levantar la cabeza de la almohada—. Perforé un agujero de prueba, había una capa de diez centímetros…, con eso se puede ir en moto por el hielo…, se lo dije a… —Calló de golpe y se quedó mirándola con una repentina intensidad—. ¿Dónde está Alice? —preguntó con voz trémula—. Pamela, ¿qué ha pasado? —Martin intentó levantarse de la cama, cayó al suelo y se golpeó la cara contra el linóleo, haciéndose un corte en la ceja—. ¡Alice! —gritó.

—¿Os habéis caído los dos al agua? —preguntó Pamela, alzando la voz—. Necesito saberlo. Están allí con buzos.

—No entiendo, ella… ella…

El sudor le caía por las mejillas pálidas.

—¿Qué ha pasado? ¡Háblame, Martin! —dijo con dureza y agarró a Martin por la barbilla—. Necesito saber qué ha pasado.

—Por favor, estoy intentando recordar… Estábamos pescando, eso hacíamos…, era perfecto, era todo perfecto…

Se frotó la cara con las dos manos. La ceja le empezó a sangrar.

—Solo dime lo que ha pasado.

—Espera... —Se aferró a la barra lateral de la cama con tanta fuerza que los nudillos se le pusieron blancos—. Hablamos de cruzar al otro lado del lago, a otra cala, recogimos las cosas y...

Sus pupilas se dilataron y se le aceleró la respiración. Su rostro se tensó tanto que Pamela apenas lo reconocía.

—¿Martin?

—El hielo se rompió y me caí al agua —dijo mirándola a los ojos—. No había ningún indicio de que fuera más delgado, no lo entiendo...

—¿Qué hizo Alice?

—Estoy intentando recordar —dijo él con una voz extraña y rota—. Yo iba por delante de ella cuando el hielo se rompió..., fue todo tan rápido que de pronto estaba bajo el agua. Había un montón de trozos de hielo y burbujas y... ya estaba nadando hacia arriba cuando oí el ruido... Alice se cayó al agua, se coló por debajo del hielo... Yo salí a coger aire, me zambullí de nuevo y vi que se había desorientado, que se estaba alejando del hoyo..., creo que se dio un golpe en la cabeza, porque tenía como una nube roja a su alrededor.

—Dios mío —susurró Pamela.

—Me zambullí y pensaba que llegaría a alcanzarla, cuando de pronto ella dejó de luchar y se hundió.

—¿Cómo que se hundió? — Pamela lloró—. ¿Cómo pudo hundirse?

—Nadé hacia ella, estiré la mano para intentar agarrarla del pelo, pero fallé... y se la tragó la oscuridad, yo ya no veía nada, era demasiado profundo, estaba todo negro...

Martin se quedó mirándola fijamente como la miró la primera vez, mientras la sangre le discurría por la cara desde la ceja.

—Pero tú te metiste, ¿no? ¿Verdad que te metiste para buscarla?

—No sé qué ha pasado —susurró Martin—. No lo entiendo..., no quería que me salvaran.

Más tarde, Pamela se enteró de que un grupo de gente que estaba haciendo esquí de fondo había encontrado la barrena de hielo amarilla y la mochila junto al hoyo. Quince metros más allá habían visto a un hombre bajo el hielo y lo habían sacado.

Un helicóptero había transportado a Martin hasta el hospital de Östersund. Su temperatura corporal era de veintisiete grados, estaba inconsciente y hubo que intubarlo.

Tuvieron que amputarle tres dedos del pie derecho, pero sobrevivió.

El hielo no debería haberse roto, pero las corrientes lo habían vuelto más frágil justo en el punto por donde ellos cayeron.

Esa fue la única vez que Martin habló del accidente en su totalidad, justo tras despertarse de la narcosis.

Después, dejó de hablar casi por completo y se volvió cada vez más paranoico.

El día del aniversario del accidente, a Martin lo encontraron descalzo en mitad de la autovía nevada, a la altura de Hagaparken.

La policía lo llevó a urgencias psiquiátricas del hospital Sankt Göran.

Desde entonces, lleva casi todo ese tiempo ingresado.

Ahora ya han pasado cinco años, pero Martin aún no logra aceptar lo que ocurrió.

Los últimos años, su plan de salud personalizado ha estado enfocado en conseguir que pueda vivir en un régimen abierto. Martin ha aprendido a gestionar su miedo y ha conseguido vivir en casa una semana entera sin pedir volver al hospital.

Y ahora, junto con el jefe de Psiquiatría, Pamela y Martin han acordado que se va a ir a vivir a casa definitivamente.

A los tres les parece que ya ha llegado el momento de dar ese paso.

También es importante por otra razón.

Desde hace más de dos años, Pamela está como persona de apoyo voluntaria en Bris, la Asociación por los Derechos Sociales de los Infantes, y ha conversado con niños y adolescentes que están pasando por situaciones difíciles. Fue así como entró en contacto con los servicios sociales de la ciudad de Gävle y se enteró de que había una chica de diecisiete años de quien nadie se quería hacer cargo. Se llama Mia Andersson.

Pamela comenzó a negociar con la institución para ofrecer su casa como hogar de acogida para Mia, pero Dennis le advirtió que, mientras Martin estuviera ingresado, se lo denegarían.

Cuando Pamela le habló de Mia a Martin, él se puso tan contento que los ojos se le llenaron de lágrimas. Fue entonces cuando se comprometió de verdad a intentar volver a casa de forma permanente.

Los progenitores de Mia Andersson eran ambos toxicómanos y murieron cuando ella tenía ocho años. La niña se ha pasado toda la vida rodeada de delincuencia y consumo de drogas. Ninguno de los hogares que había tenido a lo largo de los años le había servido, y ahora es demasiado mayor para que nadie quiera implicarse.

Algunas familias sufren grandes pérdidas, y Pamela ha empezado a pensar que los que se quedan tienen que acudir a personas que tengan la misma experiencia. Los tres han perdido a sus seres más queridos, se entienden y podrían comenzar un proceso de sanación conjunto.

—Vamos, cierra la mochila —dice el auxiliar de enfermería.

Martin echa la cremallera, deja caer el cierre y se levanta con la mochila colgando en la mano.

—¿Estás preparado para volver a casa? —le pregunta Pamela.

9

Los aposentos están a oscuras, pero la mirilla en el patrón sinuoso del empapelado brilla como una perla gris.

Hace más o menos una hora, el orificio estuvo oscuro durante un rato.

Jenny permanece completamente inmóvil en su cama, escuchando la respiración de Frida. Puede oír que ella también está despierta.

El perro ladra un momento en el patio.

Jenny espera que Frida no crea que ya es seguro hablar.

La escalera que lleva al piso de arriba ha crujido hace apenas un momento. A lo mejor solo ha sido la madera, que se ha contraído después de que se hiciera de noche, pero no pueden correr ningún riesgo.

Jenny mira fijamente la perla brillante, intenta ver si hay algún cambio en la luz de la habitación contigua.

Hay pequeños orificios en todas partes.

Al final aprendes a fingir que no te das cuenta de que el agujerito en los azulejos se oscurece cuando estás en la ducha o comiendo sopa en el salón.

Ser observada se ha convertido en una parte natural de la vida.

Jenny recuerda que se había sentido observada varias semanas antes de ser raptada.

Una vez, estando sola en casa, pensó que había alguien dentro de la vivienda, y a la noche siguiente se había despertado con la sensación heladora en el cuerpo de que le habían tomado fotos mientras dormía.

Un par de días más tarde, sus braguitas de seda azul celeste que tenían una mancha de regla desaparecieron del cesto de la ropa sucia. Cuando consiguió el quitamanchas, ya no estaban allí.

El mismo día que fue raptada, le habían pinchado las ruedas de la bici.

La primera época de cautiverio se desgañitaba cuando veía que había alguien mirándola por la ranura de la parte más alta de la pared de hormigón del sótano.

Gritaba que la policía llegaría de un momento a otro.

Pasados seis meses, comprendió que el agente de la moto no conectaría su encuentro con la chica que vomitaba en la hierba a la muchacha desaparecida. Él no había llegado a mirarla de verdad, solo la había despachado como a una adolescente borracha.

Jenny oye que Frida se tumba de costado en la cama.

Llevan dos meses planificando una fuga juntas. Cada noche han esperado a que dejaran de oírse los pasos en el piso de arriba y a que se acallaran los gritos en el sótano. Cuando se sentían seguras de que la casa se había sumido en el sueño, Frida cruzaba de puntillas hasta su cama para poder continuar la conversación.

Jenny se ha esforzado en no pensar en fugarse, a pesar de haber sabido todo el tiempo que tiene que salir de ahí.

Frida solo lleva ahí once meses y ya está impaciente.

Ella, en cambio, lleva cinco años acumulando conocimiento y esperando el momento oportuno.

Algún día, todas las puertas estarán abiertas y entonces saldrá sin mirar atrás.

Pero Frida alberga otro tipo de desesperación.

Hace un mes se metió en la sala de mantenimiento y cogió una llave de reserva de sus aposentos. Por el momento, el hurto ha pasado desapercibido, puesto que allí dentro una de las paredes está repleta de llaves oscuras colgadas de ganchos.

Frida decidió correr un gran riesgo, pero al mismo tiempo era necesario, puesto que por las noches la puerta está cerrada con llave y los postigos de sus habitaciones se bloquean por fuera.

No han preparado ningún equipaje, puesto que lo descubrirían.

Cuando llegue el momento, simplemente, se esfumarán.

Ya ha pasado por lo menos una hora de silencio absoluto.

Jenny sabe que Frida quiere que se fuguen esa noche. Lo único que a Jenny la echa para atrás es que las noches siguen siendo demasiado claras. Quedarán totalmente visibles en el patio antes de que puedan meterse en el bosque.

El plan es sencillo: se van a vestir, van a abrir la puerta con la llave, cruzarán el pasillo hasta la cocina, saldrán por la ventana y seguirán hasta el bosque.

Jenny se ha acercado al perro de guardia siempre que ha tenido la oportunidad, ha guardado un poco de su propia comida y se la ha dado para que el animal la reconozca y no se ponga a ladrar cuando se fugue.

Desde la casa se pueden ver torres de alta tensión grises asomando por encima de las copas de los árboles.

La idea de Jenny es seguir las torres para no perderse. La tierra de debajo suele estar despejada para que ningún árbol pueda caerse y romper el tendido eléctrico en caso de tormenta. Es un terreno mucho más fácil para avanzar que bosque a través. Podrán mantener un ritmo bastante alto y aumentar la distancia respecto a la abuela.

Frida tiene a una persona en Estocolmo en la que confía, ha prometido que él las ayudará con dinero, escondite y los billetes de tren para volver a casa.

No pueden acudir a la policía hasta que se hayan reencontrado con sus familias.

Jenny sabe qué significa la fotografía con el marco dorado que hay en la mesilla de noche. Un día de verano por la mañana, Caesar fue a casa de sus padres y les sacó varias fotos en el jardín de atrás.

Frida tiene una foto de su hermana pequeña con un casco de hípica en la cabeza. La foto está hecha justo de frente, la niña aparece con las pupilas rojas.

Caesar tiene un montón de contactos tanto dentro de la policía como en la centralita de emergencias.

Si intentan llamar al 112, él se enterará y matará a sus respectivas familias.

La idea de huir esa noche es tan atractiva que el corazón se acelera por efecto de la adrenalina, pero su intuición le dice que deberían esperar hasta mediados de agosto.

La casa está dormida y la abuela lleva varias horas sin mirarlas.

El gallo de cobre en el chapitel del tejado rechina al girar empujado por el viento.

La pulsera de oro de Frida tintinea cuando alarga el brazo en la oscuridad.

Jenny espera unos segundos y luego le toma la mano y la aprieta con suavidad.

—Ya sabes lo que pienso —dice en voz baja, sin quitar los ojos de la perla en la pared.

—Sí, pero nunca será el momento ideal —responde Frida, impaciente.

—Baja la voz… Esperemos un mes, podemos hacerlo. Dentro de un mes, a esta hora ya estará completamente oscuro.

—Entonces habrá otra cosa —dice Frida y le suelta la mano.

—Te prometo que cuando fuera esté más oscuro te acompañaré, ya te lo he dicho.

—Pero es que no estoy segura de que realmente quieras irte de aquí, quiero decir… ¿Te vas a quedar? ¿Por qué? ¿Por todo el oro, por todas las perlas y esmeraldas?

—Odio todo eso.

Frida abandona su cama sin hacer ruido y se quita el camisón, le da forma de cuerpo humano al edredón y la almohada.

—Necesito tu ayuda para cruzar el bosque, tú esa parte la dominas mucho más, lo sé…, pero sin mí tú no puedes llegar a casa —dice mientras se pone el sujetador y la blusa—. Maldita sea, Jenny, vamos a hacerlo juntas, si me ayudas, conseguirás dinero, billetes de tren…, pero yo me largo ahora, esta es tu oportunidad.

—Lo siento, no me atrevo —susurra Jenny—. Es demasiado peligroso.

Mira a Frida mientras esta se mete la blusa por dentro de la falda y se sube la pequeña cremallera en la espalda. El suelo vibra un poco cuando se pone los calcetines y las botas.

—Tienes que clavar un palo en el suelo —susurra Jenny—. Durante todo el camino, hasta que llegues a las torres de alta tensión, camina despacio, en serio, ve con cuidado.

—Vale —responde Frida y se acerca de puntillas a la puerta.

Jenny se incorpora sobre los codos en la cama.

—¿No me puedes dar el teléfono de Micke? —le pide.

Frida no contesta, solo gira la llave en la cerradura y sale al pasillo. Se oye un chasquido cuando el muelle empuja el resbalón de vuelta al hueco en el marco. Luego, todo queda en silencio.

Jenny se tumba con el corazón al galope.

Su mente va a mil por hora, se imagina vistiéndose a toda prisa y corriendo tras Frida. Cruzan el bosque sin detenerse, se suben a un tren, llegan a casa.

Contiene el aliento y aguza el oído.

No se oye nada, a pesar de que a esas alturas Frida ya debe de haber pasado por delante de la puerta de Caesar, de camino a la cocina.

La abuela suele tener un sueño ligero.

Si, accidentalmente, alguna de ellas hace un ruido, enseguida se oyen los pasos en la escalera.

Pero de momento todo sigue en silencio.

El corazón de Jenny da un vuelco cuando el perro empieza a ladrar. Entiende que Frida ha abierto la ventana de atrás y está saliendo por ella.

La cuerda se tensa y aprieta el cuello del animal.

Los ladridos se ahogan un poco y luego callan del todo.

No ha ladrado más que cuando huele el rastro de un corzo o un zorro.

Jenny mira fijamente la mirilla, el puntito de luz en la pared.

Frida ya está en el bosque.

Ha conseguido pasar la red de cascabeles.

Ahora tiene que ir con cuidado.

Jenny piensa que debería haberse ido con Frida: ahora ya no tiene ninguna llave, ninguna persona de contacto, ningún plan.

Cierra los ojos y ve un bosque negro.

Todo está en silencio.

Cuando suena la cadena en el piso de arriba, Jenny siente un escalofrío y abre los ojos.

La abuela se ha despertado.

Se oyen pasos pesados en las escaleras.

La barandilla cruje.

Un cascabel tintinea débilmente en la sala de mantenimiento; lo hacen bastante a menudo, cuando sopla el viento, y algunas veces es un animal el que activa la alarma.

La mirilla sigue brillando en la pared, no hay ningún cambio.

Jenny oye que la abuela se pone el abrigo en el vestíbulo, sale de la casa y cierra la puerta con llave.

El perro gimotea y ladra.

Se oye otro cascabel.

El corazón de Jenny late a golpes.

Algo ha ido mal.

Cierra los ojos con fuerza y oye un crujido en una habitación contigua.

La veleta del tejado gira chirriando.

Jenny abre los ojos al oír al perro ladrar en la lejanía.

Está muy excitado.

Espera que la abuela haya dado por hecho que Frida no se ha atrevido a meterse en el bosque, sino que ha tomado el camino que lleva a la mina.

Ahora los ladridos suenan más cerca.

En realidad, Jenny sabe que han pillado a Frida mucho antes de oír las voces en el patio y de que la puerta de la casa se abra de un bandazo.

—¡Me he arrepentido! —grita Frida—. Estaba volviendo, quiero quedarme aquí, me gusta…

La hacen callar de un guantazo. Suena como si Frida chocara contra la pared y se desplomara en el suelo.

—Solo echaba de menos a mamá y a papá.

—¡Cállate! —brama la abuela.

Jenny piensa que tiene que fingir que está profundamente dormida, que no había entendido que Frida estaba intentando fugarse.

Se oyen pasos en el pasillo de mármol, la puerta del *boudoir* se abre.

Frida llora y jura que ha sido un error, que ya estaba volviendo cuando ha pisado la trampa.

Jenny permanece inmóvil, escuchando sonidos de chasquidos metálicos y suspiros forzados, pero no logra entender lo que está pasando.

—No tienes por qué hacerlo —suplica Frida—. Por favor, espera, te juro que nunca más…

De pronto se pone a gritar de una manera que Jenny no ha oído nunca en una persona. Es un chillido de incontrolable dolor, hasta que cesa de repente.

Se oyen leves golpes en las paredes y muebles que cambian de sitio.

Durante un rato se escucha un gimoteo quejumbroso mezclado con respiraciones aceleradas, y luego vuelve a reinar el silencio.

Jenny permanece quieta en la cama, con el pulso tronando en los oídos.

No sabe cuánto rato lleva mirando la oscuridad, cuando la perla blanca de la pared desaparece.

Jenny cierra los ojos, abre un poco la boca y se hace la dormida.

Probablemente no pueda engañar a la abuela, pero no abre los ojos hasta que oye pasos en el pasillo.

Suena como si alguien estuviera caminando despacio y chutando un trozo de madera por delante.

La puerta se abre y la abuela entra con paso pesado. El orinal tintinea contra una de las patas de la cama.

—Vístete y ven al *boudoir* —dice y empuja a Jenny con el bastón.

—¿Qué hora es? —pregunta Jenny, somnolienta.

La abuela suspira y sale de los aposentos.

Jenny se viste a toda prisa y se pone la chaqueta mientras camina. Se detiene en el pasillo, pellizca las medias y se las sube hasta los muslos antes de continuar hasta la puerta abierta del *boudoir*.

El cielo de verano está oculto tras las cortinas. La única luz que hay en la gran sala proviene de la lámpara de lectura.

Al otro lado de la puerta, en diagonal, hay un cubo de plástico manchado de sangre.

Jenny nota que le tiemblan las piernas al entrar.

La estancia está llena de vapores de sangre, de vómito y de heces.

Al pasar junto al cubo ve que dentro están los dos pies de Frida.

El corazón le golpea el pecho por dentro.

Hasta que da la vuelta al biombo japonés con cerezos en flor no tiene una vista general de la habitación.

La abuela se ha sentado en una poltrona y el suelo de mosaico alrededor está cubierto de sangre. Tiene los labios apretados en una expresión de amargura. Sus brazos gordos están cubiertos de sangre hasta los hombros, y caen gotas de la mano que sujeta la sierra.

Frida está tumbada bocarriba en el diván.

Está sujetada por dos correas que dan la vuelta por debajo del mueble y por encima de su torso y sus muslos.

Su cuerpo tiembla a sacudidas.

Le han cortado los pies por encima del tobillo y la carne de los muñones está contraída, pero la sangre sigue brotando. El almohadón de terciopelo y los cojines están empapados, y un chorrito de sangre cae de manera constante por las patas del diván.

—Ahora ya no tiene por qué perderse otra vez —dice la abuela y se levanta con la sierra en la mano.

Frida tiene los ojos abiertos de par en par, está en estado de shock y levanta sus piernas amputadas una y otra vez.

10

La luz entra en el *boudoir* a través de las cortinas de encaje y los velos amarillos de las ventanas. Da la sensación de que el sol se esté poniendo, aunque es primera hora de la mañana.

Las motas de polvo brillan en suspensión en el aire.

Jenny ha intentado cuidar de Frida mientras la abuela estaba en la cocina.

El collar de perlas ensangrentado se mueve al ritmo de la respiración agitada de Frida. Sus párpados cerrados son de color rosa y tiene los labios mordisqueados.

Jenny ha soltado las correas que sujetaban su cuerpo.

La blusa de Frida está empapada en sudor entre los pechos y bajo los brazos. Su sujetador negro brilla a través de la tela. La falda a cuadros se le ha retorcido alrededor de la cintura.

Está muy afectada por el dolor y no parece entender lo que le ha pasado.

Jenny le ha vendado los muñones y ha ido dos veces a la cocina para explicarle a la abuela que Frida tiene que ir a un hospital.

Uno de sus gemelos está desgarrado y morado por encima de la sutura.

Jenny presupone que Frida pisó un cepo para osos en el bosque.

A lo mejor es por eso por lo que la abuela ha decidido amputarle los pies.

Frida abre los ojos, se mira las piernas serradas, levanta un poco uno de los muñones y de pronto entra en pánico.

Grita hasta que se le quiebra la voz, lanza el cuerpo a un lado, cae sobre la alfombra mojada y se calla de golpe por el repentino azote de dolor.

—Dios mío —dice llorando.

Jenny intenta que se esté quieta, pero el pánico se ha apoderado de Frida, empiezan a darle espasmos y sacude la cabeza desesperadamente.

—No quiero… —Los puntos de la pierna izquierda se abren y la herida empieza a sangrar otra vez—. Mis pies…, me ha serrado los pies…

Su pelo rubio está lacio de sudor y lágrimas, tiene las pupilas dilatadas y sus labios han perdido todo el color. Jenny le acaricia las mejillas y le repite que todo irá bien.

—Podremos con ello —dice—. Solo tenemos que detener la hemorragia.

Jenny mueve el diván y levanta con cuidado las piernas amputadas de Frida para colocarlas sobre el almohadón y reducir así el sangrado.

Frida cierra los ojos y respira agitadamente.

Jenny dirige la mirada a la mirilla que hay junto al espejo, pero hay demasiada luz en el *boudoir* para poder ver si está siendo observada.

Espera y escucha el interior de la casa.

Las botas de Frida y sus calcetines están tirados debajo de la mesa.

Cuando oye trasteo de platos en la cocina, Jenny se inclina sobre Frida, desliza con cuidado la mano por su falda y le toca los dos bolsillos.

Le parece oír algo y se da la vuelta rápidamente.

Las huellas rojas de la abuela parten del gran charco de sangre y cruzan el suelo de mosaico por delante del cubo de plástico para alejarse en dirección al pasillo.

Jenny intenta ver la puerta por la ranura entre las dos secciones del biombo japonés.

Titubea un instante y luego palpa el interior de la falda de Frida con un dedo, resigue toda la cinturilla y retira la mano rápidamente en cuanto oye pasos en el pasillo.

La abuela pasa por el *boudoir* y continúa hasta el vestíbulo.

Jenny se pone de rodillas y desabrocha dos botones de la blusa de Frida.

El perro empieza a ladrar en el patio.

Frida abre los ojos y mira a Jenny mientras esta le mete la mano por el sujetador sudado.

—No me dejes —murmura.

Jenny toca por debajo del pecho derecho y encuentra un papelito, lo saca y se levanta otra vez.

La luz que se cuela por las cortinas cambia y se vuelve más fría por un momento.

Del almohadón del diván van cayendo gotas de sangre.

Jenny echa un vistazo rápido al papelito y ve el número del contacto de Frida, se gira y se lo mete en la cinturilla de sus medias.

—Por favor, tienes que ayudarme —susurra Frida y aprieta los dientes para aguantar el dolor.

—Estoy intentando detener la hemorragia.

—Jenny, no quiero morir, tengo que ir al hospital, esto no funciona.

—Tú solo estate quieta.

—Puedo arrastrarme, te juro que puedo —dice Frida respirando entre jadeos.

La puerta de la casa se abre y los pasos de la abuela se acercan desde el vestíbulo. Sus zapatos pesados y los golpes del bastón resuenan sobre el suelo de mármol.

Las llaves en su cinturón van tintineando.

Jenny se pone junto a la vitrina y empieza a recortar nuevas compresas. Los pasos se detienen, la manilla baja y la puerta del *boudoir* se abre.

La abuela se apoya con pesadez sobre el bastón cuando entra. Su rostro severo queda a la sombra del biombo.

—Es hora de ir a casa —dice la abuela.

—Ya está sangrando menos —dice Jenny probando suerte, y traga saliva.

—Allí dentro hay sitio para dos —responde escuetamente la abuela y abandona la estancia.

Jenny sabe lo que tiene que hacer si quiere sobrevivir, pero procura no pensar en los actos concretos y las consecuencias. Se acerca a Frida y evita cruzarse con su mirada mientras se agacha y agarra los bordes de la alfombra bordada en oro.

—Espera, por favor…

Jenny se resbala con la sangre cuando empieza a caminar hacia atrás, arrastrando la alfombra por el suelo de mosaico hasta el pasillo de mármol. Frida llora y repite que ya se siente más fuerte, pero gime de dolor a la menor irregularidad en el suelo.

Jenny la arrastra por delante del cuarto de Caesar en dirección al vestíbulo y se obliga a sí misma a no escuchar los sollozos y las súplicas.

Frida intenta aferrarse a un taburete dorado, el mueble la acompaña un poco hasta que se le escapa de entre los dedos.

—No lo hagas —pide llorando.

La abuela está esperando en el umbral de la puerta que da al patio de gravilla. Un leve olor a humo llega hasta el vestíbulo. La luz de la mañana detrás de la abuela es brumosa. Jenny entiende que está quemando algo en el incinerador que hay detrás de la séptima caseta alargada.

Frida grita de dolor cuando Jenny la baja por los dos escalones y continúa por el patio.

La sangre brota de uno de los muñones. En el fondo de la alfombra combada se está formando un charco.

El perro gime inquieto mientras la abuela ata la larga correa a uno de los herrajes del contenedor de basura oxidado.

La alfombra va dejando un rastro más oscuro por el patio.

La abuela abre con llave la puerta de la séptima caseta alargada y la bloquea con una piedra. Se ve humo por encima del techo de chapa y entre las copas de los abetos.

Frida gimotea cuando a Jenny se le escapa la alfombra. Las perlas se le ciñen al cuello, sus ojos están desesperados.

—Ayúdame —implora.

Jenny se agacha y observa con apatía que se ha roto todas las uñas mientras vuelve a sujetar los bordes de la alfombra y sigue arrastrando a Frida por el suelo de hormigón.

La luz del día consigue colarse por la hilera de ventanas sucias que hay debajo de las cerchas y el tejado de chapa.

Hay un viejo reloj de estación apoyado contra la pared. Jenny se ve a sí misma reflejada como una delgada sombra en el cristal redondeado.

En el suelo hay hojas y pinaza seca.

Por encima del banco de preparación hay una tira atrapamoscas colgando y una palangana de plástico con cepos oxidados.

Jenny arrastra a su amiga por delante del recipiente de plástico y de los barriles con subproductos de pescado y se meten en la gran jaula de sacrificio.

Frida ya no puede contener el miedo a morir y empieza a llorar desconsolada.

—Mamá, quiero a mi mamá...

Jenny se detiene en el centro de la jaula, suelta la alfombra y sale sin mirar a Frida. Con el rostro alicaído, pasa junto a la abuela y sale al aire fresco del patio.

El perro ladra un par de veces, muerde la correa, da unas vueltas sobre sí mismo y levanta una nubecilla de polvo antes de acostarse con un resoplido.

Jenny coge un palo de escoba que está tirado junto a una carretilla y camina a paso ligero siguiendo las fachadas de las casetas alargadas.

Sabe que la abuela piensa que está volviendo a sus aposentos para hundir la cara en la almohada y ponerse a llorar.

La abuela cree que la ha asustado tanto que nunca intentará fugarse.

Jenny está temblando de miedo, pero aun así gira y se mete entre el viejo camión y el semirremolque, separa el cepillo del mango de la escoba a golpes con los pies y empieza a caminar.

Mientras gasean a Frida hasta la muerte, Jenny se adentra en la linde del bosque sin mirar atrás.

Sabe que tiene que hacer frente al pánico, que no puede echar a correr.

Poco a poco, va avanzando por las matas de arándanos entre los troncos de los pinos. El viento acaricia con un siseo las copas de los árboles muy por encima de su cabeza.

Una telaraña le hace cosquillas en la cara.

Jenny respira demasiado rápido en la fresca mañana y piensa que a lo mejor la abuela ya ha empezado a buscarla.

Con una mano va apoyando el palo en el suelo por delante de sí y con la otra va apartando ramas.

El bosque se cierra y la maleza se vuelve más enmarañada.

Su camino está bloqueado por un árbol caído que ha quedado atrapado entre otros dos. Jenny se agacha por debajo del tronco y justo va a incorporarse al otro lado cuando ve algo que brilla. Hay cuerdas de nailon tensadas entre los árboles. Jenny sabe que están conectadas de alguna manera a los cascabeles del cuartito de vigilancia.

Retrocede, se levanta y empieza a rodear el árbol caído.

Una rama cruje al partirse bajo su zapato.

Jenny se obliga a sí misma a caminar despacio y pasa al lado de un hoyo. El entramado de ramas y musgo ha caído sobre las estacas afiladas.

Sabe que solo tiene una oportunidad.

Pero si consigue salir del bosque, podrá caminar hasta Estocolmo, donde el contacto de Frida puede ayudarla a volver a casa.

No piensa correr ningún riesgo, sabe que tiene que acudir a

la policía de la mano de sus padres para que la protejan hasta que Caesar y la abuela hayan sido detenidos.

Unos cien metros más adelante, el bosque se abre en un paso divisorio. Han despejado de árboles un camino recto que corre siguiendo el tendido eléctrico que va de torre en torre.

Jenny rodea unas raíces levantadas y sale a un pequeño claro, cuando oye golpes sordos en la tierra a su espalda.

Un cuervo alza el vuelo en un árbol y grazna intranquilo.

El suelo que tiene delante está cubierto de helechos.

Jenny los vadea y va golpeando todo el rato con el palo por delante de ella.

Las plantas verdes le llegan por los muslos y crecen tan tupidas que no consigue verse los pies.

Ahora ya puede oír ladridos excitados y está a punto de echar a correr cuando el palo de la escoba le es arrancado de la mano y azota el suelo con un latigazo.

Jenny no mueve los pies de donde están, se inclina hacia delante y aparta los helechos con la mano.

El palo de la escoba está atrapado en un cepo.

Las gruesas costillas se han cerrado con tanta fuerza que casi han partido la madera. Le basta con doblarlo un poco de lado a lado para terminar de partirlo.

Con cuidado, cruza el claro mientras sigue tanteando el suelo con el palo de madera, se mete entre los árboles del fondo y sale al terreno deforestado.

Camina entre hierba amarilla y brotes de abedul con finas ramitas de color rosado, se detiene y aguza el oído antes de reemprender la marcha.

11

Anoche llovió mucho, pero ahora brilla el sol y han dejado de caer gotas de las copas de los árboles.

En el interior de los tres invernaderos, las hojas verdes se apretujan contra los cristales estriados.

Valeria de Castro deja la carretilla delante del almacén para cargarla de abono para las plantas.

La alarma antipánico se balancea en la cinta que lleva al cuello.

Joona Linna hunde la pala en la tierra con el pie, luego endereza la espalda y se limpia el sudor de la frente con el reverso de la mano.

Por debajo de su chubasquero abierto asoma un jersey gris de lana.

Lleva el pelo alborotado y sus ojos son como plata oscurecida, hasta que los rayos de sol los alcanzan entre las ramas.

Cada día le sigue pareciendo un nuevo amanecer tras una noche tormentosa; sales con la primera luz y ves la destrucción, empiezas a contar las bajas, pero al mismo tiempo se respira una esperanza nueva en el aire para quienes han sobrevivido.

Jenny va regularmente a visitar las tumbas con flores del *garden*. El tiempo tiene la cualidad de poder diluir la tristeza hasta volverla transparente. Poco a poco aprendes a gestionar los cambios, que la vida existe, aunque no sea como habías deseado que fuera.

Joona Linna vuelve a ejercer de inspector en el Departamento Operativo Nacional de Suecia, el DON, y vuelve a ocupar su antiguo despacho de la octava planta.

Todos los intentos de encontrar al hombre que se hacía llamar Castor han sido infructuosos. Después de ocho meses, el DON sigue sin tener más pistas que las fotos borrosas de una cámara de vigilancia en Bielorrusia.

La policía ni siquiera sabe cómo se llama.

Cada lugar con el que se lo podía vincular resultó ser un callejón sin salida.

Ninguno de los ciento noventa países miembros de la Interpol tiene ni rastro de él: es como si solo hubiese existido sobre la faz de la Tierra durante unas pocas semanas del año anterior.

Jenny se detiene y mira a Valeria sin percatarse de que lo hace con una sonrisa. Ella está empujando la carretilla por el pasillo de tierra en dirección a él. Su coleta ondulada oscila sobre el chaleco de plumas manchado de barro.

—*Radio goo goo* —dice Valeria cuando sus miradas se encuentran.

—*Radio ga ga* —responde Jenny y sigue cavando.

Pasado mañana Valeria se va a Brasil para estar presente cuando su hijo mayor se convierta en padre. Su hijo pequeño se ocupará del vivero, mientras tanto.

Lumi ha vuelto de París y se quedará hasta que Valeria se vaya, y luego pasará cinco días en casa de Joona en Estocolmo.

Antes de ayer vieron al equipo nacional de fútbol femenino ganar contra Inglaterra y llevarse el bronce en los mundiales, y ayer hicieron costillas de cordero en la parrilla.

Lumi estuvo muy ensimismada durante toda la cena, y cuando él intentó hablar con ella la notó distante, dándole contestaciones casi como si fuera un completo desconocido.

Lumi se fue pronto a la cama y dejó a Joona y a Valeria en el sofá viendo una película sobre Queen, la banda de rock. Llevan oyendo la música toda la noche en sus cabezas, y por la mañana la cosa no ha hecho sino continuar.

—*All we hear is radio ga ga* —canturrea Valeria junto a las mesas de cultivo.

—*Radio goo goo* —responde Joona.

—*Radio ga ga* —dice ella sonriendo y sigue caminando en dirección al invernadero.

Sin dejar de tararear, Joona da unas cuantas paladas y justo cuando piensa que las cosas se están arreglando y que todo irá bien, Lumi sale de la casa y se detiene en la escalera del porche.

Lleva puesta su cazadora negra y unas botas de lluvia de color verde.

Joona deja la pala a un lado, empieza a acercarse y, tras pensar que le va a preguntar si tiene alguna melodía clavada en la cabeza, descubre que tiene los ojos enrojecidos de llorar.

—Papá, he cambiado los billetes..., me vuelvo a casa esta tarde.

—¿No puedes darme una oportunidad? —tantea él.

Ella baja la cara y un mechón de su pelo castaño se desprende sobre sus ojos.

—He venido porque tenía la esperanza de que, estando aquí, lo sentiría de otra manera, pero no es así.

—Entiendo lo que dices, pero acabas de llegar y a lo mejor...

—Papá, lo sé —lo interrumpe Lumi—. Ya me encuentro mal, sé que no es justo, después de todo lo que has hecho por mí, pero has mostrado un lado que me asusta, uno que yo no había querido ver y que he intentado olvidar.

—Comprendo cómo debió de verse desde tu perspectiva, pero no tenía otra opción —dice él con una sensación sucia por dentro.

—Vale, puede que sea así, pero igualmente me encuentro mal —explica ella—. Siento que tu mundo no me hace bien, solo veo un montón de violencia y muerte, y no tengo fuerzas para ser parte de ello.

—No lo serás, nunca deberías haberlo sido..., pero solo quiero decirte que yo no veo mi mundo de esa manera, lo cual a lo mejor quiere decir que estoy tarado, tal y como tú dices.

—No lo sé, papá, no importa, quiero decir, tú eres quien eres, haces lo que crees que estás obligado a hacer, pero yo no quiero estar cerca de eso, es así.

Se quedan callados.

—¿Entramos a tomarnos un té? —pregunta él, cauteloso.

—Me voy ya, estudiaré en el aeropuerto —responde ella.

—Pues te llevo —dice él y hace el gesto de ir hacia el coche.

—Ya he pedido un taxi —dice ella y se mete en la casa para buscar su maleta.

—¿Os estáis peleando? —pregunta Valeria y se detiene a su lado.

—Lumi se va a casa —dice él.

—¿Qué ha pasado?

Joona se vuelve hacia ella.

—Es por mí, no puede soportar mi mundo… y yo lo respeto —dice él.

Una arruga pronunciada ha aparecido en el entrecejo de Valeria.

—Lleva dos días aquí.

—Ha visto quién soy.

—Eres el mejor del mundo —dice Valeria.

Lumi se ha puesto sus botas negras de cordones y sale con la maleta en la mano.

—Qué lástima que te vayas —dice Valeria.

—Lo sé, pensaba que estaba preparada, pero… es demasiado pronto.

—Puedes volver cuando quieras —dice Valeria y le abre los brazos.

Lumi le da un abrazo largo.

—Gracias por dejarme venir a veros.

Joona le coge la maleta y acompaña a Lumi hasta la explanada de giro. Se quedan de pie junto a su coche, mirando el camino asfaltado

—Lumi, te entiendo y pienso que tienes razón…, pero puedo cambiar de vida —dice Joona al cabo de un rato—. Puedo dejar de ser policía, solo es un trabajo, no vivo para ello.

Ella permanece quieta a su lado sin decir nada, el taxi ya se está acercando por la estrecha carretera.

—¿Recuerdas cuando eras pequeña y jugábamos a que yo era tu mono? —le pregunta Joona y se vuelve para mirarla.

—No —dice ella escuetamente.

—A veces me preguntaba si sabías que yo era una persona...

El taxi se detiene, el conductor se baja y saluda, mete la maleta de Lumi en el maletero y le abre la puerta del asiento de atrás.

—¿No le vas a decir adiós al mono? —pregunta Joona.

—Adiós.

Lumi se mete en el coche y él se despide con la mano y una sonrisa mientras el taxi da la vuelta, haciendo crujir la gravilla. En cuanto ha desaparecido por el camino, Joona se vuelve hacia su coche, ve el cielo reflejándose en el parabrisas, apoya ambas manos en el capó y baja la cabeza.

No se da cuenta de que Valeria se acerca hasta que le pone una mano en la espalda.

—A nadie le gustan los polis —intenta bromear.

—Empiezo a entenderlo —dice Joona y se queda mirándola.

Ella suelta un suspiro.

—No quiero que estés triste —susurra y apoya la frente en su hombro.

—No lo estoy, no te preocupes.

—¿Quieres que llame a Lumi y hable con ella? —pregunta Valeria—. Pasó por cosas horribles, pero sin ti, ni ella ni yo estaríamos vivas ahora mismo.

—Sin mí jamás habríais estado en peligro, y creo que merece la pena pensar un momento en ello —responde él.

Valeria tira de él para abrazarlo, apoya la mejilla sobre su pecho y escucha los latidos de su corazón.

—¿Comemos?

Dejan atrás la explanada y bajan a las mesas de cultivo. Encima de una pila de palés vacíos hay un termo, dos tarros de *noodles* precocinados y dos botellas de cerveza de baja graduación.

—Qué lujo —dice Joona.

Valeria vierte agua caliente del termo en los tarros de plástico, cierra las tapas y abre las botellas de cerveza contra el borde del palé superior.

Separan los palillos de bambú y esperan un par de minutos antes de sentarse a comer al sol en la montaña de arena.

—Ahora ya no me siento nada bien por tener que irme pasado mañana —dice Valeria.

—Será fantástico —dice él.

—La verdad es que estoy un poco preocupada por ti.

—¿Porque no puedo quitarme cierta canción de la cabeza?

Valeria sonríe y se baja la cremallera del forro polar de color vino. La margarita esmaltada se balancea en el hueco entre sus clavículas.

—*Radio goo goo* —canturrea.

—*Radio ga ga* —responde él.

Joona le da un trago a la cerveza y mira a Valeria mientras ella bebe un poco de caldo del tarro. Tiene tierra bajo las uñas cortas y una arruga en la frente.

—Lumi necesita un poco de tiempo, pero volverá —dice ella y se limpia la boca con la mano—. Tú soportaste todos los años de soledad porque sabías que ella estaba viva… En aquel momento no la habías perdido, y ahora pasa lo mismo.

12

Tracy oye la lluvia acercarse por los tejados de chapa de Estocolmo. Las primeras gotas caen sobre el alféizar de la ventana y al instante siguiente toda la manzana queda sumida en el estruendo.

Está desnuda en la cama, al lado de un hombre dormido que se llama Adam. Es plena madrugada y el piso desconocido está a oscuras.

Tracy ha ido a un pub con la gente del trabajo y ha conocido a Adam en la barra.

Él le ha tirado la caña, la ha invitado a copas, han empezado a bromear y ella se ha quedado cuando los demás se han ido a casa.

Adam tenía los ojos pintados con kohl y lleva el pelo decolorado. Un pelo grueso y revuelto, con las raíces negras.

Trabaja como profesor de secundaria y le ha asegurado que es de familia noble.

Han ido tambaleándose hasta su casa bajo el cielo cargado de nubes.

Adam vive en Kista, pero tiene un estudio en pleno centro.

Es un piso pequeño, con suelo desgastado y puertas raídas, la pintura agrietada en el techo y una ducha sobre la bañera.

Tiene cajas de plástico en el suelo llenas de vinilos y sábanas de seda negra en la cama.

Tracy recuerda el momento en que Adam se ha sentado en el borde de la cama con un juguete rojo de metal en la mano.

Un autobús de unos veinte centímetros, con ruedas negras y pequeñas hileras de ventanas.

Ella ha recogido las medias, la blusa y la falda plateada y lo ha colgado todo en el respaldo de una silla antes de acercarse a él en ropa interior.

Con expresión neutral, él ha cogido el autobús y ha comenzado a deslizarlo entre sus muslos, hacia arriba.

—¿Qué está pasando? —ha preguntado ella y ha intentado sonreír.

Él ha murmurado algo sin mirarla a los ojos y luego le ha pegado el parabrisas del autobús a la vulva, moviéndolo lentamente hacia delante y hacia atrás.

—En serio —ha dicho ella, y se ha apartado.

Él ha murmurado «Perdona» y ha dejado el autobús en la mesilla de noche, pero luego se ha quedado mirándola un rato largo, como si pudiera ver al conductor y a los pasajeros.

—¿En qué piensas?

—En nada —ha contestado él y se ha vuelto hacia ella con ojos alicaídos.

—¿Estás bien?

—Solo era una broma —ha dicho él y le ha sonreído.

—¿Volvemos a empezar?

Él ha dicho que sí con la cabeza y ella se le ha acercado y le ha acariciado los hombros y le ha besado en la frente y la boca, se ha puesto de rodillas y le ha desabrochado los vaqueros negros.

Ha tardado un rato en estar lo bastante duro para poder ponerse un condón.

Ella estaba excitada cuando él la ha penetrado, tumbada bocarriba en la cama mientras lo sujetaba de las caderas ha intentado disfrutar, y puede que haya jadeado de forma un poco exagerada.

Él entraba una y otra vez.

A ella se le ha acelerado la respiración y ha tensado los dedos de los pies y los muslos.

Adam ha parado y le ha apretado un pecho con una mano.

—Sigue —ha susurrado ella y ha intentado cruzarse con su mirada.

Él se ha estirado y ha cogido el autobús de juguete de la mesilla de noche para intentar metérselo en la boca. Ha chocado contra sus dientes y ella ha girado la cara; lo ha vuelto a intentar y esta vez le ha pegado el autobús a los labios.

—Para, no quiero —ha dicho ella.

—Vale, perdona.

Han continuado el coito, pero a ella se le ha cortado el rollo, solo quería terminar. Al poco rato ha fingido un orgasmo para acelerarlo todo.

Después de correrse, él estaba sudado y se ha dejado caer a un lado en la cama, ha dicho algo del desayuno entre murmullos y se ha quedado dormido con el autobús en la mano.

Ahora Tracy está mirando el techo y se da cuenta de que no tiene ningunas ganas de despertarse en ese piso junto a Adam.

Se levanta de la cama, recoge su ropa, se mete en el cuarto de baño, hace pipí, se lava y se viste.

Cuando vuelve a salir, él sigue durmiendo con la boca abierta. Su respiración es pesada, fruto de la embriaguez.

La lluvia repica con fuerza en la ventana.

Tracy sale al pasillo y al ponerse los zapatos rojos de tacón nota que aún tiene los pies algo entumecidos.

Las llaves de Adam están en un cuenco azul de cerámica encima de una cómoda, junto con su cartera y el anillo que le ha visto antes en el dedo.

Tracy coge el anillo, mira el escudo de un lobo y dos espadas cruzadas, se lo pone en el dedo anular, se acerca a la puerta y se vuelve hacia el dormitorio a oscuras.

La lluvia torrencial hace retumbar todo el edificio.

Tracy abre la puerta con la llave y sale al rellano, cierra tras de sí y baja corriendo las escaleras.

No entiende por qué le ha robado el anillo, nunca suele llevarse nada, no roba desde preescolar, cuando se llevó una pequeña tarta de plástico a casa.

Está cayendo una cortina de lluvia y el asfalto brilla.

Torrentes de agua corren por las calles, salen a chorro de los canalones.

Las alcantarillas rebosan.

Apenas ha caminado un par de metros cuando se da cuenta de que hay alguien avanzando al mismo ritmo que ella al otro lado de la calle.

Vislumbra la figura entre los coches aparcados, intenta acelerar y nota las salpicaduras frías en los gemelos.

Los pasos resuenan entre las fachadas.

Dobla por la calle Kungsten y empieza a correr por el parque Observatorielunden.

Los arbustos se agitan.

Al otro lado de la calle todas las ventanas están a oscuras.

Ya no ve al hombre por ninguna parte.

Tracy se tranquiliza, pero aún le falta el aliento cuando baja las escaleras de piedra que llevan a la calle Saltmätar.

Está oscuro y se sujeta a la barandilla.

El anillo de Adam rasca contra el metal mojado.

Tracy llega abajo y echa un vistazo atrás.

El resplandor de la farola a la izquierda del inicio de la escalera se ve gris por culpa de la lluvia. Pestañea, pero no sabría decir si la están siguiendo o no.

Sin pensárselo, Tracy decide atajar hasta el autobús por el parque infantil que hay detrás de la facultad de Economía.

Solo funciona la farola del fondo, pero no está del todo oscuro.

Gotas de agua se le cuelan por el cuello del abrigo y le bajan por la espalda.

El agua de los charcos del parque burbujea con el azote de la lluvia.

Tracy se arrepiente de haber cogido ese camino.

Hay cartones empapados y tirados en la hierba delante del gran edificio académico.

La lluvia repica contra un pequeño castillo gris claro con pared de escalada. Suena como si hubiera un perro encerrado dentro que estuviera resoplando y golpeando el cuerpo contra las paredes.

El suelo está empapado y Tracy intenta esquivar el barro para no destrozarse los zapatos.

Las ventanas de la caseta infantil brillan en la oscuridad.

La lluvia atraviesa el follaje de los árboles con un siseo y la barandilla de metal tintinea cada vez que una gota gruesa acierta en ella.

Al principio Tracy no entiende lo que ocurre.

Una especie de miedo instintivo se apodera de ella, hace que le cueste respirar.

Ralentiza la marcha, camina con pasos pesados mientras trata de asimilar lo que acaba de ver.

El corazón le golpea el interior del pecho.

Los segundos se congelan en el tiempo.

Hay una chica en la oscuridad, bajo la estructura infantil, flotando como un fantasma.

Tiene un cable de acero alrededor del cuello y la sangre se le ha escurrido por el vestido entre los pechos.

El pelo rubio está mojado y cuelga pegado a sus mejillas, tiene los ojos abiertos de par en par y sus labios amoratados están abiertos.

Los pies de la chica están a más de un metro por encima del suelo. Debajo hay unas zapatillas negras de deporte.

Tracy deja el bolso en el suelo y empieza a buscar el teléfono para llamar a la policía, cuando de pronto ve que la chica se mueve.

Sus pies han empezado a patalear.

Tracy suelta un gemido y corre hacia ella, resbala en el lodo, llega hasta la chica y ve que el cable de acero va desde su cuello hasta el nivel más alto de la estructura, y baja por el otro lado.

—¡Yo te ayudo! —grita Tracy y rodea la estructura.

El cable sale de un cabrestante manual que ha sido atornillado a uno de los pilares de madera de la caseta. Tracy agarra la manivela, pero está bloqueada de alguna manera.

Tira de ella y busca un pestillo o algún sistema de desbloqueo con los dedos.

—¡Ayuda! —grita lo más alto que puede.

Intenta quitar la tapa que cubre la transmisión, los dedos le patinan y se hace una herida en los nudillos, pega tirones de la manilla tratando de soltar todo el cabrestante, pero es imposible.

Un poco más allá hay una mujer sintecho con un gorro mojado y que observa a Tracy con la mirada hueca. Lleva unas bolsas de plástico negras a los hombros y un cráneo blanco de rata le cuelga de un cordel al cuello.

Tracy vuelve a rodear la estructura hasta la chica, la agarra por las piernas, la levanta y nota los espasmos de sus gemelos.

—¡Ayuda! ¡Necesito ayuda! —le grita Tracy a la mujer sintecho.

Tracy pisa las zapatillas del suelo, intenta hacer que la chica se ponga de pie sobre sus hombros para luego poder quitarse el cable del cuello, pero está inerte y, al mismo tiempo, rígida. Se desliza de sus hombros y cae hacia un lado.

La parte más alta de la estructura cruje.

Tracy la vuelve a levantar y la sujeta en alto, se queda de pie bajo la lluvia, en la oscuridad, hasta que el cuerpo deja de oscilar y su calor se disipa. Al final, a Tracy ya no le quedan fuerzas y se deja caer al suelo llorando, pero para entonces la chica ya hace tiempo que está muerta.

13

Una amplia zona del parque Observatorielunden ha sido acordonada y han situado agentes uniformados para mantener a periodistas y cotillas lejos del escenario.

Joona ha llevado a Valeria al aeropuerto y aparca ahora junto a la iglesia de Adolf Fredrik. Camina por el corto tramo de la calle Saltmätar hasta el cordón policial, cuando un periodista con bigote blanco y la cara llena de arrugas se abre paso hasta él.

—Te reconozco, tú eres de la Judicial, ¿verdad? —pregunta con una sonrisa—. ¿Qué ha pasado aquí?

—Tendrás que hablar con el responsable de prensa —dice Joona y pasa de largo.

—Pero ¿puedo escribir que la ciudadanía corre peligro o que...?

Joona le muestra su identificación al agente uniformado y este lo deja pasar. El suelo aún está mojado tras la lluvia de la noche anterior.

—¿Puedo hacerte una sola pregunta? —grita el periodista a su espalda.

Joona se acerca al cordón interior que rodea el parque infantil de detrás de la facultad de Economía y ve que han montado un toldo de protección y unas paredes alrededor de la estructura de juego.

Detrás del plástico blanco se ven las sombras de los técnicos.

Un hombre de unos veinticinco años con cejas pobladas,

barba recortada y camisa de color burdeos por fuera de los vaqueros lo saluda y va a su encuentro.

—Aron Beck, policía de Norrmalm —dice—. Estoy al mando de la investigación.

Se estrechan la mano antes de levantar la cinta de plástico del cordón y luego caminan juntos hasta el parque siguiendo el sendero peatonal.

—Yo soy muy impaciente, la verdad —dice Aron—. Pero Olga ha dicho que nadie toque nada hasta que tú hayas echado un vistazo a la víctima.

Se acercan a una joven mujer con pecas, pelo rojo y pestañas casi blancas. Lleva un abrigo a rayas blancas y botas negras.

—Ella es Olga Berg.

—Joona Linna —dice este y le estrecha la mano.

—Nos hemos pasado toda la mañana intentando asegurar huellas y otras evidencias científicas, pero el clima ha jugado en nuestra contra, ha desaparecido casi todo. Aunque eso forma parte del trabajo —dice.

—Un amigo mío, Samuel Mendel, solía decir que si eres capaz de pensar en lo que no hay, es que has conseguido cambiar las normas del juego.

Ella lo mira con una leve sonrisa.

—Tenían razón en lo que decían sobre tus ojos —dice ella, y los acompaña hasta la carpa.

Hay una red de planchas de protección alrededor del centro del escenario del crimen para poder pisar sin dejar huellas.

Se detienen por fuera de la esclusa mientras Olga le explica que los técnicos de la científica han registrado todas las papeleras que hay alrededor de la zona acordonada, en el metro y hasta en la plaza de Odenplan. Han tomado fotografías, han sacado un montón de huellas en el parque infantil y han asegurado pisadas en un sendero embarrado y a lo largo del caminito peatonal.

—¿Habéis encontrado algún documento de identidad? —pregunta Joona.

—Nada, ni carnet de conducir ni teléfono —responde Aron—. Esta noche ha habido una decena de denuncias de chicas desaparecidas, pero es lo de siempre, la mayoría volverá a aparecer en cuanto hayan cargado el móvil.

—Seguramente —dice Joona.

—Acabamos de interrogar a la mujer que ha encontrado a la víctima —dice Aron—. Llegó demasiado tarde para salvarla, pero por poco, y está muy muy afectada, ha mencionado a una sintecho…, pero por el momento no tenemos ningún testigo del crimen en sí.

—Me gustaría echarle un vistazo a la víctima —dice Joona.

Olga se mete en la gran carpa y les dice a sus compañeros que hagan una pausa. Al cabo de un rato, el personal técnico empieza a salir en sus monos blancos de un solo uso.

—El escenario es tuyo —dice Olga.

—Gracias.

—Prefiero no comentar de antemano lo que pienso de esto —dice Aron—. A nadie le gusta oír que se ha equivocado de cabo a rabo.

Joona aparta la cortina de plástico, entra en la carpa y se detiene. La intensa luz de los focos hace que los detalles y colores del parque infantil se vean como en un acuario de agua salada.

Hay una mujer joven ahorcada en la estructura de juego. La cabeza le cuelga hacia delante y el pelo le oculta la cara.

Joona se queda sin aliento y se obliga a volver a mirar.

La chica es un poco más joven que su propia hija, lleva una chaqueta de cuero negro, un vestido de color ciruela y unas medias negras gruesas.

Las zapatillas de deporte sucias están en el suelo, justo debajo de ella.

El vestido se ha oscurecido por efecto de la sangre que ha ido cayendo desde el corte más profundo que le ha hecho el cable.

Joona rodea la estructura pisando las placas protectoras distribuidas por los técnicos y mira el cabrestante que está atornillado a uno de los pilares.

Probablemente, el autor de los hechos haya usado un destornillador eléctrico, porque las cabezas de los tornillos no están dañadas por un cincel mellado.

Mira el cabrestante y ve que el cierre ha sido doblado con unos alicates para que sea imposible soltarlo.

Un homicidio inusual, una ejecución.

Una demostración de fuerza.

La persona que lo ha hecho atornilló el cabrestante manual a la estructura, lanzó el cable de acero al otro lado y formó un lazo con ayuda del gancho del cabrestante.

Joona vuelve a rodear la estructura y se planta delante de la joven.

El pelo rubio está mojado, pero no es lacio. Las uñas están bien cuidadas y el rostro no está maquillado.

Joona mira más arriba y ve que el cable se ha deslizado por el lateral y ha dañado el travesaño de la barandilla.

«Estaba viva cuando le pusieron el lazo al cuello», piensa.

El culpable tuvo que volver al cabrestante y se puso a girar la manivela.

Los piñones grandes transmitieron la fuerza a los pequeños, haciendo que la chica se volviera prácticamente ingrávida para su asesino.

El tambor rotó y la chica fue izada por el cuello. Luchó por liberarse, pataleó, haciendo que el cable se desplazara diez centímetros por el travesaño.

Las paredes de la carpa emiten un ruido de bolsa de plástico y se comban con el desplazamiento del aire.

Joona no aparta los ojos de la víctima cuando Aron y Olga entran en la carpa y se plantan a su lado.

—¿Qué piensas, Joona? —pregunta Olga a los pocos segundos.

—La han matado aquí —responde Joona.

—Eso ya lo sabemos —contesta Aron—. La mujer que la encontró dice que aún estaba viva y que movía las piernas.

—Entiendo la confusión —dice Joona, asintiendo con la cabeza.

—O sea, que me he equivocado igualmente —dice Aron.

Joona piensa que las señales de vida que la mujer ha creído notar no eran más que espasmos musculares, puesto que el autor de los hechos ya había tenido tiempo de abandonar la escena del crimen. El cable debe de haberle cortado por completo el riego sanguíneo arterial hasta el cerebro. La víctima habrá intentado liberarse del lazo, pateando presa del pánico durante diez segundos, hasta que ha perdido el conocimiento. Poco después, ya estaba muerta, pero las vías neurales pueden seguir mandando impulsos a los músculos durante varias horas.

—Fuera quien fuera la chica…, el responsable ha querido dejar constancia de su indefensión y demostrar su propio poder. A mí es lo que más me resuena —dice Olga.

El pelo rubio cuelga por delante de la cara, la oreja derecha asoma entre los mechones, está blanca como la cera, el forro de la chaqueta de cuero está desteñido en el interior del cuello.

Joona observa sus manos pequeñas, de uñas cortas, y las manchas claras dejadas por las joyas y el bronceado.

Con cuidado, alza una mano y aparta el pelo mojado del rostro de la joven muerta, y siente una gran pena en el corazón al encontrarse con sus ojos abiertos.

—Jenny Lind —dice en voz baja.

14

Joona se sume en cavilaciones al mismo tiempo que entra por la puerta del vestíbulo acristalado de las oficinas de la policía judicial.

Jenny Lind ha sido ejecutada con una horca en un parque infantil.

Bajo la lluvia, con un cable de acero y un cabrestante manual.

Continúa hasta la siguiente puerta de cristal, pasa los batientes giratorios, dobla a la derecha y se mete en el ascensor, que encuentra abierto.

Jenny desapareció hace cinco años en Katrineholm mientras volvía a casa después de clase. Se puso en marcha una búsqueda intensiva que duró varias semanas.

La foto de la niña salió en todas partes, y el primer año llegaron cantidades ingentes de pistas por parte de la ciudadanía. La familia le suplicó al secuestrador que no le hiciera daño a su hija y ofrecieron una gran recompensa.

El autor de los hechos conducía un camión con semirremolque cuyas placas de matrícula eran robadas, por lo que el vehículo no se pudo rastrear nunca, a pesar de haber sacado moldes de las huellas de neumáticos que dejó en el terreno, junto al camino peatonal, y de haber elaborado una foto robot del conductor a partir del testimonio de la compañera de clase de Jenny.

La implicación de la policía fue enorme, igual que la de la

ciudadanía y los medios de comunicación, pero al final se hizo el silencio.

Todo el mundo dudaba de que Jenny Lind siguiera viva.

Pero sí lo estaba, hasta hace apenas unas horas.

Ahora está colgando en el interior de la carpa iluminada, como en una vitrina de un museo.

Se oye una campanilla, el ascensor se detiene y las puertas se abren.

Carlos Eliasson tuvo que jubilarse después de asumir toda la responsabilidad de la operación de Joona Linna en los Países Bajos el año pasado. Salvó a Joona de las imputaciones a base de afirmar que él había autorizado personalmente cada paso que se había dado durante la operación.

El puesto de nueva jefa del DON se lo asignaron a Margot Silverman, quien anteriormente había trabajado como inspectora y cuyo padre había sido jefe de la policía provincial.

Mientras Joona cruza el pasillo vacío se quita la chaqueta y se la cuelga del brazo.

El despacho de la jefa está abierto, pero aun así Joona llama a la puerta y se detiene antes de entrar.

Margot Silverman no da muestras de haberse percatado de su presencia.

Sus dedos se mueven por el teclado del ordenador. Las uñas de su mano derecha están un poco mal pintadas.

Su tez es clara, con una iracunda salpicadura de pecas sobre la nariz, tiene unas hinchazones oscuras bajo los ojos y lleva la melena rubia recogida en una trenza.

En la estantería, entre libros de leyes, reglamentos internos y cartas oficiales, hay un pequeño elefante de madera, una copa de hace veinte años de una competición de hípica y varias fotos enmarcadas de los hijos de Margot.

—¿Qué tal Johanna y los críos? —pregunta Joona.

—No hablo de mi mujer y mis hijos —responde ella sin dejar de escribir.

La chaqueta recién lavada de Margot cuelga de un gancho junto a la puerta y su bolso está en el suelo.

—Pero querías hablar de algo.

—Jenny Lind ha sido asesinada —dice ella.

—La policía de Norrmalm ha solicitado nuestro apoyo —dice él.

—Se las apañan solos.

—Puede ser —responde Joona.

—Será mejor que te sientes…, porque me parece que me voy a repetir un poco —dice ella—. Cuando eres jefa, nadie se atreve a decírtelo…, forma parte de los privilegios.

—¿Ah sí?

Ella alza la vista de la pantalla.

—Puedes robar ideas y bromas de los demás… y eres superinteresante, aunque te repitas.

—Ya lo has dicho —dice Joona sin moverse del sitio.

Margot esboza un atisbo de sonrisa, pero sus ojos se mantienen igual de serios.

—Sé que durante la época de Carlos podías ir por libre y no pienso tener ningún conflicto contigo al respecto, por mucho que sea una manera obsoleta de trabajar —le explica Margot—. Tus resultados son extraordinarios, tanto en sentido positivo como negativo… Cuestas demasiado, dejas cosas rotas a tu paso y requieres más recursos que nadie.

—He concertado una reunión con Johan Jönson para revisar las cámaras de vigilancia de los alrededores del parque infantil.

—No, vas a olvidarte de ese caso —dice Margot.

Joona se marcha del despacho y piensa que el caso de Jenny Lind tiene una profundidad mucho mayor de lo que ninguno de ellos se puede imaginar por ahora.

15

Johan Jönson está esperando en el último piso de la residencia de estudiantes Nyponet, en la calle Körsbärsvägen, cuando Joona baja del ascensor.

Va en calzoncillos y con una camiseta descolorida con el texto FONUS; apenas tiene pelo en la cabeza, pero sí una barba cana y unas cejas muy pobladas.

Johan dispone de toda la planta, pero aun así ha sacado una pequeña mesa con un ordenador y dos sillas plegables al rellano.

—Ya no puedo ni entrar —dice haciendo un gesto hacia la puerta del apartamento—. Soy un acumulador compulsivo en lo referido a equipos informáticos.

—No estaría mal una cama y un cuarto de baño. —Joona sonríe.

—No es fácil cuando es difícil —suspira Johan.

Joona ya sabe que el parque infantil no aparece en ninguna grabación. Queda en un área ciega detrás de la facultad de Economía. Pero como se trata del centro de Estocolmo, la mayor parte de la zona sí que está vigilada con cámaras.

A partir de la temperatura corporal de Jenny Lind, los técnicos de la policía de Norrmalm han establecido la hora de su muerte a las tres y diez minutos de la madrugada. Pero es Nålen quien determinará la hora definitiva cuando se hayan incluido todos los parámetros.

—No es que nos haya tocado la lotería —empieza Johan—. No hay ninguna cámara apuntando al parque infantil y tampoco se ve a nadie llegar al escenario del crimen ni abandonarlo luego... Aunque sí vemos a la víctima durante unos segundos..., y tenemos una testigo ocular clara, si es que podemos encontrarla.

—Buen trabajo —dice Joona y se sienta en la silla al lado de Johan.

—Hemos seguido los movimientos de la gente que se movió por la zona antes y después del crimen..., algunas personas fueron captadas por varias cámaras antes de desaparecer.

Johan saca una bolsa de Peta Zetas, arranca una esquina y se echa el caramelo granulado en la boca. Se oye un chisporroteo entre sus dientes y un siseo que le sale de la boca mientras va escribiendo comandos.

—¿De qué intervalo de tiempo estamos hablando? —pregunta Joona.

—He estado mirando desde las nueve de la noche, que es cuando hay mucho movimiento de gente, varios centenares de personas pasan por el parque durante la primera hora... Y no he parado hasta las cuatro y media de la mañana, cuando el sitio está lleno de polis.

—Perfecto.

—He juntado las imágenes de cámaras relevantes, persona a persona, para hacerlo un poco más manejable.

—Gracias.

—Empecemos por la víctima —dice Johan y pone en marcha la grabación.

La pantalla del ordenador se llena con un vídeo que marca la hora digital en la esquina superior. La cámara enfoca la avenida Sveavägen en diagonal, hacia la boca del metro de la calle Rådman. En la parte alta de la imagen se ve un trozo del parque y la fachada de la facultad de Economía, con el ábside curvado del auditorio.

La imagen tiene bastante nitidez, a pesar de la oscuridad.

—Enseguida llega —susurra Johan.

Son las tres de la mañana. La densa lluvia se ve en estrías oblicuas bajo la luz de una farola.

El asfalto brilla frente al kiosco Pressbyrån, cerrado, y la puerta de metal del baño público.

Un hombre con chaqueta gruesa y guantes amarillos de fregar está removiendo la papelera y desaparece siguiendo el muro de pósteres arrancados y grafitis borrados.

Es muy tarde, llueve a cántaros y la ciudad está prácticamente desierta.

Una furgoneta blanca pasa por la calle.

Tres hombres borrachos se dirigen al McDonald's.

Cuando la lluvia se intensifica, la ciudad se oscurece un poco más.

En el murete del estanque hay un vaso de cartón tiritando.

El agua es engullida por una rejilla de alcantarilla.

Una persona aparece en la imagen por la izquierda, rodea la boca del metro y se queda de pie debajo del alero, de espaldas a la puerta de cristal.

Un taxi pasa por la avenida Sveavägen.

Los faros del coche le barren la cara y el pelo rubio.

Es Jenny Lind.

Solo faltan diez minutos para que muera.

Su rostro vuelve a quedar a la sombra.

Joona piensa en su breve lucha, las piernas pataleando hasta que se le saltan las zapatillas.

La sensación de asfixia de cuando se corta el flujo sanguíneo al cerebro no va *in crescendo*, como cuando contienes la respiración, sino que es explosiva y de pánico, justo antes de que la oscuridad se te eche encima.

Jenny titubea y luego avanza unos pasos bajo la lluvia, le da la espalda a la cámara, pasa por delante del kiosko, sigue el camino peatonal que bordea el estanque y sale del cuadro de la imagen.

Una cámara de vigilancia de la Biblioteca Nacional la ha filmado de lejos.

La resolución de la imagen es mala, pero la cara y el pelo de Jenny captan un poco de luz de una farola antes de desaparecer en la zona ciega y el parque infantil.

—Es todo lo que tenemos de ella —dice Johan Jönson.

—Ya veo.

Joona vuelve a reproducir la grabación en su mente. Jenny sabía a dónde iba, pero dudó, por culpa de la lluvia o porque llegaba pronto.

¿Qué iba a hacer en un parque infantil en mitad de la noche?

¿Había quedado con alguien?

Joona no puede desprenderse de la sensación de que se trata de una trampa.

—¿En qué estás pensando?

—No lo sé, solo intento retener las sensaciones un momento —responde Joona y se levanta de la silla—. A lo mejor lo que vemos en los vídeos no tienen ningún sentido ahora mismo, pero más adelante puede resultar decisivo..., algo de lo que viste y sentiste la primera vez.

—Avisa cuando quieras continuar.

Johan abre otra bolsita de Peta Zetas, reclina la cabeza y se vierte los cristales en la boca. Vuelve a sisear y chisporrotear entre dientes.

Joona se queda mirando la pared, piensa en las pequeñas manos de Jenny y las marcas blancas dejadas por los brazaletes en su bronceado.

—Pon el siguiente vídeo —dice Joona y vuelve a sentarse.

—Este sigue a la mujer que encontró a la víctima... Llega al parque infantil apenas unos minutos después del asesinato.

Una cámara CCTV ha captado a la mujer mientras corretea bajo la lluvia por la acera que separa la hilera de coches aparcados y el muro del parque.

Aminora el paso y echa un vistazo por encima del hombro, como si la estuvieran siguiendo.

La lluvia repica sobre los techos de los coches.

La mujer camina deprisa y vuelve a correr otro tramo, hasta que sale de la imagen y se mete en la zona ciega, por la escalera que baja al parque infantil.

—Ahora saltamos a cinco minutos más tarde —dice Johan—. Cuando la mujer entiende que no puede salvar a la chica ahorcada.

La imagen en el ordenador ha cambiado a la cámara que está apuntando a la boca del metro. El charco de agua en la alcantarilla de al lado del paso de peatones se ha vuelto más grande.

La mujer aparece en el césped mojado de detrás de Pressbyrån. Cuando sale al camino peatonal se ve que tiene el teléfono pegado a la oreja. Vuelve a hacerse visible al lado del lavabo público, se detiene y se apoya en un armario eléctrico con una mano y se deja caer en el suelo, apoyando la espalda en el muro amarillento.

Habla por teléfono y luego lo baja y se queda sentada con la mirada perdida en la lluvia, hasta que llega el primer coche patrulla.

—Ella es quien llamó a la centralita de emergencias, ¿has oído la conversación? —pregunta Johan Jönson.

—Aún no.

Johan abre un archivo de audio y al instante siguiente se oye la voz calmada del operador con mucho ruido de fondo mientras le pregunta qué ha pasado.

«Me he quedado sin fuerzas, lo he intentado», dice la mujer, con voz quebrada.

El audio reproduce lo que se dijo durante el vídeo que acaban de visionar, la conversación tiene lugar mientras ella se aleja del parque infantil, cruza el césped y se sienta con la espalda apoyada en el muro.

«¿Puedes explicarme dónde estás?», pregunta el operador.

«He encontrado a una chica, creo que ahora está muerta…, Dios mío, estaba colgada y he intentado levantarla…, nadie me ha ayudado y he…».

La voz se le rompe definitivamente y empieza a llorar.

«¿Puedes repetir lo que acabas de decir?».

«Me he quedado sin fuerzas, ya no podía más», dice sollozando. «Para que podamos ayudarte tienes que decirme dónde te encuentras».

«No lo sé, Sveavägen…, junto… junto al estanque… Cómo se llama…, el parque Observatorielunden».

«¿Ves algo que sirva de referencia?».

«Un kiosco Pressbyrån».

El operador de emergencias sigue tratando de conversar con la mujer hasta que la policía llega al lugar, pero ella deja de responderle y, al cabo de un rato, su mano cae con el teléfono sobre su regazo.

Johan Jönson se echa a la boca más Peta Zeta y abre el último archivo de vídeo que tiene en el disco duro.

—¿Miramos testigos eventuales? —pregunta—. Solo hay tres personas que se encuentren en las proximidades del parque infantil en el momento del asesinato.

Una nueva cámara ha captado a una mujer alta con chubasquero blanco al otro lado de la facultad de Economía mientras sube por la calle Kungsten. Tira un cigarro al suelo. La colilla brilla un instante antes de apagarse. Sin prisa alguna, la mujer continúa por la acera y desaparece en la zona ciega a las tres y dos minutos.

—No vuelve —dice Jönson.

La imagen en la pantalla cambia y se torna más oscura. La cámara más alejada capta la imagen de una mujer sintecho con varias capas de ropa que se mueve por detrás de la Biblioteca Nacional.

—Me parece que desde allí no se ve el parque infantil, pero la he añadido igualmente —dice Jönson.

—Bien.

El ángulo de la cámara cambia a la boca del metro, y la mujer sintecho se puede intuir en la penumbra moteada de más allá de Pressbyrån.

—Aquí tenemos al número tres —dice Johan.

Un hombre con paraguas y un labrador negro con correa aparece en la imagen entre el ascensor y la boca del metro. El perro olfatea entre los buzones de delante de Pressbyrån. El hombre espera un momento antes de continuar por delante de los aseos y empezar a subir por el camino peatonal.

A los veinte metros, el hombre se detiene frente al parque infantil.

Son las tres y ocho minutos.

A Jenny Lind le quedan dos minutos de vida. Probablemente, en este momento le estén ciñendo el lazo alrededor del cuello.

El perro tira de la correa, pero el hombre permanece quieto como una estatua.

La mujer sintecho avanza por el camino peatonal, hurga en una bolsa de basura negra y pisotea algo con movimientos bruscos.

El hombre del paraguas y el perro la mira un momento, y luego vuelve a dirigir la vista al parque infantil.

En ese momento debería estar viendo lo que lo que sucede, pero no da ninguna muestra de ello.

Un taxi pasa por la avenida Sveavägen, levantando una cortina de agua sucia sobre la acera.

A las tres horas y dieciocho minutos, el hombre suelta la correa del perro y avanza despacio hasta que queda oculto detrás de Pressbyrån.

—La chica está muerta y el culpable ya debe de haber abandonado el parque infantil —dice Johan.

El perro camina despacio y olisquea el césped, arrastrando la correa tras de sí. Los charcos de agua burbujean por efecto de la intensa lluvia. La mujer sintecho ha vuelto a alejarse en dirección a la Biblioteca Nacional. Son las tres y veinticinco minutos cuando el hombre regresa, cabizbajo. El agua discurre sobre su paraguas y le moja la espalda mientras él vuelve sin prisa por el mismo camino por el que ha llegado.

—En la práctica, en ese rato podría haberse acercado hasta el cuerpo —dice Joona.

El perro sigue al hombre hasta la avenida Sveavägen. Delante de la boca del metro, el hombre se agacha y recoge la correa. Su rostro tranquilo queda perfectamente visible durante unos segundos en la luz gris que sale de las puertas de cristal.

—Tenéis que encontrarlo —dice Johan y congela la imagen.

—Al principio he pensado que era ciego, cuando no reaccionaba ante el asesinato, pero no lo es, se ha fijado en la mujer sintecho cuando esta se ha movido de manera diferente —dice Joona.

—Lo ha visto todo —susurra Johan, y se cruza con los ojos grises como el hielo de Joona.

16

Sin prisa, Pamela recoge la mesa de la cena, limpia la cocina y pone en marcha el lavavajillas.

Se termina el vodka, deja el vaso en la encimera, se acerca al ventanal con cuarterones y pasea la mirada por Ellen Keys Park. Aún hay un grupito con cestas de pícnic y mantas en el césped.

Las lluvias de comienzo de verano se han visto desbancadas durante las primeras horas de la mañana por la ola de calor que ha llegado al centro de Europa desde principios de junio. Dado que los suecos saben que los días de sol son pocos, de pronto cada parque y terraza se ha llenado de gente.

—Creo que me acostaré dentro de poco. ¿Qué tenías pensado hacer esta noche?

Martin no responde. Sigue sentado en su silla con un juego en el teléfono. Está construyendo una columna de figuras geométricas hasta que se le vuelca.

Pamela mira su rostro pálido y piensa que hoy ha estado más nervioso de lo habitual. Cuando ella se ha despertado, sobre las ocho de la mañana, él estaba acurrucado en el suelo.

—Riquísimo —dice Martin y le sonríe con los ojos entornados.

—Te ha gustado la cena, ya me he dado cuenta —responde ella—. ¿Qué era lo que estaba más bueno?

Martin baja la mirada, asustado, y vuelve a concentrarse en su teléfono. Ella regresa a la encimera, limpia los fogones con agua fría para que brillen más, tira el papel de cocina, ata la bolsa de basura y la lleva al recibidor.

Martin sigue con la mirada fija en la pantallita cuando ella vuelve a la cocina. Lo único que se oye es el leve zumbido del lavavajillas.

Pamela se echa más vodka en el vaso, se sienta enfrente de Martin y abre una pequeña cajita.

—Me los ha regalado Dennis, ¿verdad que son bonitos?

Saca uno de los pendientes de aguamarina con forma de lágrima y se lo enseña a Martin. Él mira la joya y su boca se mueve como si buscara las palabras adecuadas.

—Sé que sabes que hoy es mi cumpleaños... y a veces me has preparado algún regalo —dice ella—. No hace falta que me regales nada, de verdad, pero si tienes algo, ahora es el momento de sacarlo, porque me voy a meter en la cama a leer un rato antes de estar demasiado cansada.

Él mira la mesa, susurra algo para sí mismo, suspira y desliza la mano por el canto de la mesa.

—Quería dar...

Se queda callado y desvía la mirada hacia la ventana. Se deja caer al suelo y la silla se desplaza a un lado con un estruendo.

—No pasa nada —dice ella para tranquilizarlo.

Martin se mete debajo de la mesa, camina a cuatro patas hasta Pamela y se abraza a sus piernas como un crío que intenta retener a su madre para que se quede.

Ella le pasa los dedos por el pelo, bebe y deja el vaso en la mesa, se levanta y se acerca a la ventana de la cocina para mirar la calle Karlavägen. Sus ojos vuelven a enfocar y ahora observan el reflejo de sí misma en el cristal irregular.

Una vez más, piensa en los mails que se ha cruzado con la asistente de los servicios sociales. Parece que han superado el primer paso. Según la valoración de la asistente, Pamela tiene una situación económica y social estable, el despacho del piso se puede reconvertir en un dormitorio y la jefa de Pamela ha confirmado por escrito que puede ausentarse para mantener reuniones con los servicios sociales, con la escuela o el médico.

Pasado mañana Pamela y Mia ya van a tener una reunión por Skype para «tomarse el pulso la una a la otra», tal y como lo ha expresado la asistente social.

Martin vuelve a su silla por debajo de la mesa, mira a Pamela, que está delante de la ventana, y piensa que lleva casi un año queriendo comprarle un collar de perlas, pero no se ha atrevido. Así que hoy ha ido a comprarle quince rosas rojas, pero luego ha tenido que salir de la tienda con las manos vacías porque ha entendido que los niños querían las rosas en sus tumbas.

—Oye —dice.

Ve que Pamela se seca las lágrimas de las mejillas antes de darse la vuelta. Martin no le puede explicar que le dan miedo los cumpleaños porque es cuando los niños quieren celebrar los suyos.

Se ponen celosos si él le compra un regalo a Pamela.

Quieren el pecho si habla de comida.

Martin sabe que es un tipo de pensamiento obsesivo, pero cada vez que intenta decir algo se ve obligado a interrumpirse para pensar primero en cómo reaccionarán los niños.

Entiende que, en el fondo, se trata del accidente de coche en el que perdió a sus padres y sus dos hermanos.

Martin nunca había creído que los fantasmas pudieran existir de verdad, pero de alguna manera él les abrió la puerta cuando perdió a Alice.

Ahora están sueltos en la realidad y pueden tocarlo con sus dedos fríos, pueden empujarlo y morderlo.

Ha aprendido a ir con cuidado para no atraerlos ni provocarlos.

Si él menciona un nombre, ellos lo quieren, independientemente de lo que sea. Si menciona un lugar, ellos quieren ser enterrados allí.

Pero mientras se ciña a las reglas, están tranquilos: desconentos, pero no enfadados.

—Es mejor que salgas ya con el Gandul —dice ella al aire, como si creyera que él no la está escuchando—. Porque no me gusta que salgas con él en mitad de la noche.

Martin quiere encontrar una manera de contarle lo de las rosas sin llamar la atención. A lo mejor puede pasar ella misma a recogerlas mañana por la tienda y llevárselas a la oficina.

—¿Oyes lo que te digo? ¿Martin?

Él debería contestar algo o asentir con la cabeza, pero se limita a mirarla a los ojos y piensa que no es bueno que ella pronuncie su nombre.

—Vale —dice Pamela con un suspiro.

Martin se levanta de la silla y sale al pasillo, enciende las lámparas y descuelga la correa del gancho.

Lleva el día entero teniendo extraños escalofríos por todo el cuerpo.

Como si alguien se retorciera dentro de él.

A lo mejor se está poniendo enfermo, o quizá no sea más que cansancio.

Ayer el Gandul necesitó salir en mitad de la noche y, al volver, Martin estaba temblando de pies a cabeza y tuvo que tomarse treinta miligramos de Valium. Ahora ya no recuerda qué pasó, pero los niños estaban muy amenazantes y lo obligaron a quedarse el resto de la noche sentado en el suelo.

Nunca antes había ocurrido.

Martin hace ruido con la correa y se mete en la sala de estar. El Gandul no lo oye, está tumbado en su butaca, durmiendo. Como siempre. Martin se pone de rodillas y lo despierta con cuidado.

—¿Vamos a la calle? —susurra.

El perro se levanta, hace chasquear la lengua, se sacude y lo sigue hasta el recibidor.

En realidad se llama Loki, pero cuando se hizo mayor y le entró el cansancio empezaron a llamarlo «el Gandul».

Es un labrador negro que tiene tanto dolor en las caderas que ya no puede subir ni bajar escaleras.

Se pasa casi todo el tiempo durmiendo, huele un poco raro, ya no oye bien y ve bastante mal, pero aún le gusta salir a dar paseos largos.

Pamela se prueba los pendientes en el cuarto de baño, se los quita, vuelve al dormitorio y deja la cajita encima de la mesilla de noche. Se sienta en la cama, coge el vaso de vodka y abre el libro, lo vuelve a cerrar y llama a Dennis.

—Felicidades —dice él.

—¿Estabas durmiendo? —pregunta ella y da un trago de vodka.

—No, lo cierto es que estaba trabajando, mañana me voy a Jönköping.

—Gracias por el regalo —dice ella—. Son preciosos, pero son demasiado, lo sabes, ¿verdad?

—Es que cuando los he visto he pensado que a lo mejor te los pondrías, porque parecen lágrimas.

—Ya me los he probado, son fantásticos —dice Pamela, bebe un poco más y luego deja el vaso en la mesilla de noche.

—¿Qué tal va Martin?

—Bastante bien, ha salido a pasear al perro, parece que funciona.

—¿Y tú? ¿Tú cómo estás?

—Yo soy fuerte —responde ella.

—Siempre lo dices.

—Porque es verdad, siempre he sido fuerte, puedo con las cosas.

—Pero no hace falta ser...

—Para —lo corta ella.

Oye que Dennis respira hondo, cansado, antes de cerrar el ordenador y apartarlo.

—Tú no cambias —dice luego.

—Perdón…

Dennis siempre le ha dicho que ella no cambia. En general, lo dice con una alegría pasmada, pero a veces lo expresa como una crítica.

Pamela empieza a pensar en cuando Alice cumplió dieciséis años. Por la tarde, Martin preparó un plato de pasta con gambas y queso parmesano y Dennis y su novia se quedaron a cenar.

Dennis le dio a Alice un collar que había comprado en el gran bazar de Damasco y le dijo que era igual que su madre cuando se conocieron en el bachillerato.

—Era la chica más guay y más guapa que había visto nunca.

—Pero un montón de pasta y una cesárea más tarde… —había dicho Pamela palpándose la barriga.

—Tú no cambias —había dicho él.

—Ah, vale —había replicado ella riendo.

Pamela recuerda que estuvieron hablando de hijos y ella dijo que no le tenía miedo a nada, excepto a volver a quedarse embarazada. Tanto ella como Alice estuvieron a punto de morir en el parto.

En los segundos que siguieron, las miradas se dirigieron a Martin. Pamela nuca olvidará la forma totalmente sincera en que dijo que Alice era la única hija que él jamás había deseado.

—Te has quedado callada —dice Dennis al teléfono.

—Perdón, me he acordado de cuando Alice cumplió dieciséis —responde ella.

17

Es última hora de la tarde del miércoles y el barrio de Öster-malm está en silencio y vacío, a pesar del calor que sigue haciendo. Martin y el Gandul caminan por el camino peatonal que transcurre por el centro de la avenida, entre los dos carriles de la calle Karlavägen.

Lo único que se oye es el crujir de la gravilla bajo las suelas de sus zapatos.

La oscuridad se acumula entre las farolas de época.

Ya llevan una hora y media fuera, puesto que Martin deja que el Gandul huela todo lo que le apetece, y que se tome su tiempo para hacer pipí en sitios importantes.

Los niños no suelen molestarse en acompañarlo cuando sale a dar una vuelta con el perro. Casi siempre eligen quedarse en casa esperando, pues saben que volverá.

Normalmente, se esconden en el vestidor, porque pueden mirar afuera a través de las ranuras de la puerta. Una de las viejas entradas de aire del edificio está justo por debajo del techo, detrás de las prendas. Tiene una rejilla metálica que se puede ajustar con un cordel.

Martin cree que se cuelan por allí.

La última vez que hizo un viaje de trabajo como responsable de calidad, antes de que lo ingresaran, querían cortarle la cara. Lo sujetaron con unas toallas enrolladas en el suelo de la habita-

99

ción del hotel, rompieron una maquinilla de afeitar a pisotones y consiguieron desprender una de las afiladas hojas. Cuando se cansaron, Martin fue llevado a urgencias en la ciudad de Mora y le tuvieron que dar siete puntos de sutura, pero a Pamela le contó que se había caído.

—¿Quieres volver a casa? —pregunta Martin.

A la altura del instituto Östra Real dan media vuelta y empiezan a deshacer camino. La iluminación colgante se balancea con el viento. El resplandor blanco se cuela entre el follaje de los árboles y se mueve como grietas sobre el camino peatonal.

De pronto a Martin le viene a la mente la imagen de un lago gris plateado. El sol brilla por encima de las copas de los abetos y el hielo emite leves crujidos y ruidos sordos. Alice tiene las mejillas coloradas y dice que es el sitio más bonito que ha visto nunca.

En la distancia se oye un chirrido de neumáticos deslizándose por el asfalto.

Martin gira la cabeza hacia la derecha y ve un taxi. Está quieto, a apenas un metro de él. El conductor parece estar maldiciendo en voz alta y aprieta con la mano el centro del volante.

Se oye un largo bocinazo y Martin se da cuenta de que está inmóvil en mitad de la calle Sibylle.

Acaba de cruzar y oye el taxi arrancando a su espalda.

A veces, fragmentos del recuerdo del accidente de Alice se cuelan en su conciencia.

Siempre le provoca un dolor tremendo.

Martin no quiere recordar, no quiere hablar de lo que ocurrió, aunque sabe que a Pamela le haría falta.

Cuando llega a casa ya es la una de la mañana. Cierra con llave y echa el cerrojo de cadena, le seca las patas al Gandul y le pone comida en la cocina.

Se sienta de rodillas, rodeando al anciano perro con el brazo, y controla que el animal coma y beba antes de acompañarlo a la butaca en el salón.

Cuando el Gandul se ha dormido, Martin va a cepillarse los dientes y se lava la cara.

Piensa tumbarse al lado de Pamela y susurrarle que la echa de menos y que siente mucho haberla decepcionado el día de su cumpleaños.

Entra con cuidado en el dormitorio oscuro.

Pamela ha apagado la lamparita de noche; el libro y las gafas están en la mesilla.

Tiene la cara pálida y respira con un leve siseo.

Mira la puerta del vestidor, la oscuridad que se cierne detrás de los listones horizontales.

Las cortinas se mecen suavemente con la corriente de aire cuando Martin rodea la cama.

Pamela suelta un suspiro y se tumba de costado.

Martin no quita los ojos de las puertas del vestidor mientras aparta el edredón con cuidado.

Un chirrido agudo se oye dentro del vestidor. Martin entiende que es la rejilla metálica de la vieja entrada de aire, que se está abriendo.

Alguno de los niños está entrando.

Martin no va a poder dormir aquí.

Coge el blíster de Valium de su mesilla de noche y se dirige lentamente al pasillo, al mismo tiempo que vigila el vestidor. Apoya una mano en la pared y la desliza por el empapelado a medida que va retrocediendo. No se da la vuelta hasta que las yemas de sus dedos rozan el marco de la puerta. Un escalofrío le recorre la espalda mientras sale al pasillo, pasa por encima de la correa del perro que está en el suelo y continúa hasta el salón.

Enciende la lámpara de pie y ve la luz bañando toda la estancia.

El Gandul duerme en su butaca.

La madera cruje un poco cuando Martin cruza el suelo de parquet y ve su propio reflejo en el cristal oscuro de la puerta del balcón.

Algo se mueve detrás de él.

Sin darse la vuelta, se aparta un poco a un lado para poder ver hasta el fondo del pasillo.

El grueso barniz de la puerta del baño brilla a su espalda.

El brillo parece deslizarse en horizontal, y Martin entiende que es porque la puerta se está abriendo.

Una mano de niño suelta la manilla y desaparece rápidamente en la oscuridad.

Martin se da la vuelta con el corazón al galope. El pasillo está a oscuras, pero puede ver que la puerta del lavabo está abierta de par en par.

Retrocede hasta el rincón de la sala de estar y se deja caer en el suelo, con la espalda apoyada en la pared.

Desde ahí puede vigilar las ventanas, la puerta cerrada de la cocina y la abertura oscura que da al pasillo.

Lleva todo el día luchando contra una suerte de desesperación que lo invade por dentro.

No quiere arriesgarse a estropear el proceso con Mia, pero no le puede explicar a Pamela que la medicación antipsicótica no funciona, ya que los niños existen de verdad.

En la mesita de centro hay un vaso con lápices de colores, ceras y portaminas al lado de una pila de hojas en blanco. A veces Martin usa su material artístico para escribirle mensajes a Pamela, a pesar de sus sospechas de que el niño mayor ya sabe leer.

Es mejor que hablar.

Se queda mirando fijamente el pasillo oscuro y se traga cuatro pastillas de Valium. Le tiemblan tanto las manos que el blíster se le cae al suelo.

Los ojos le escuecen de cansancio, allí acurrucado en la salita iluminada.

Se queda dormido y sueña con la luz del sol que atraviesa el hielo como chubascos amarillos.

Se despierta por un crujido.

En menos de un segundo se hace el silencio. El pulso le retumba en los oídos. Él sabe que el ruido era la puerta del vestidor al abrirse.

Alguien ha apagado la lámpara de suelo y la sala de estar está a oscuras.

Un leve resplandor del led azul de la tele se reparte por los muebles como una película de hielo.

Toda la pared que da al pasillo está negra.

La tira de leds navideños estropeada se balancea con el viento en la barandilla del balcón.

Martin mete la mano por debajo del sofá, donde se le ha caído el blíster de Valium. Palpa el suelo, pero el plástico ya no está.

Está claro que los niños no piensan dejarlo en paz esta noche.

Martin nota el mareo de la medicación cuando se acerca a la mesita de centro, coge una hoja de papel del montoncito y un carboncillo, y piensa que va a dibujar una cruz que podrá sostener en alto hasta que se haga de día.

Su mano se mueve despacio y con pesadez mientras hace los trazos del dibujo. A oscuras resulta difícil ver cómo está quedando. Mira el dibujo y ve que el travesaño es demasiado largo en uno de los lados.

Titubea y luego dibuja un travesaño extra sin entender por qué.

Con la sensación narcotizada de haber perdido toda la fuerza de voluntad, vuelve a bajar la punta al papel y dibuja un palo al lado del primero.

Sombrea las superficies de los tablones de madera y continúa haciendo el dibujo mientras sus párpados se vuelven más pesados.

Coge una hoja nueva y, sin querer, dibuja una cruz torcida, vuelve a empezar, pero se interrumpe al oír susurros en el pasillo.

Se retira hacia atrás sin hacer ruido, pega la espalda a la pared y se queda mirando fijamente la oscuridad.

Los niños están llegando.

Uno de ellos tropieza con la correa del perro. Los eslabones de metal tintinean sobre el suelo de madera.

Martin intenta respirar sin hacer ruido.

De pronto ve un movimiento en la boca del pasillo. Dos figuras entran en la sala de estar.

Uno de los niños solo tiene tres años, y el otro puede que cinco.

En el resplandor azulado del diodo de la tele se puede ver cómo la tez de color amarillo azufre de sus caras se ciñe a los cráneos y se dobla alrededor del mentón.

Algunas partes angulosas del esqueleto han atravesado las membranas y los tejidos y se marcan por debajo de la piel, como si estuvieran a punto de atravesarla.

Martin mira los dibujos que hay en la mesita de centro, pero no se atreve a estirarse para cogerlos.

El niño más pequeño solo lleva puesto un pantalón de pijama. Mira al mayor y luego se vuelve con una sonrisa hacia Martin.

Se acerca despacio, choca sin querer con la mesa, haciendo que los lápices tintineen en el vaso.

Martin intenta hacerse un ovillo.

El pequeño se detiene justo delante de él, tapando el leve resplandor. Su cabeza se inclina un poco hacia delante. Martin entiende que el niño se ha bajado los pantalones, y acto seguido nota el chorrito de orina fría sobre su entrepierna y los muslos.

Pamela se despierta antes de que suene el despertador. Le tiembla todo el cuerpo y tiene dolor de cabeza. Siente un fuerte deseo de cogerse un día de baja, llenar la taza de café con vodka y quedarse tumbada en la cama.

Son las siete menos cuarto.

Apoya los pies en el suelo y ve que el lado de Martin de la cama está vacío.

Ya ha salido con el Gandul.

Se pone la bata, nota el mareo atravesarle el cuerpo, pero se dice que podrá con ello.

Cuando sale al pasillo ve que la correa del perro está en el suelo. Continúa hasta el salón.

La lámpara de pie está encendida, la mesa está torcida y hay un blíster de Valium vacío debajo del sofá.

—¿Martin?

Martin está recostado en un rincón, apoyado en la pared y durmiendo con la mandíbula contraída. Apesta a pipí y tiene los pantalones empapados.

—Dios mío, ¿qué ha pasado?

Se acerca corriendo y le sujeta la cara.

—¿Martin?

—Me he quedado dormido —murmura.

—Ven, yo te ayudo...

Martin se levanta con pesadez y Pamela lo sostiene. Él tiene dificultades para caminar y choca con el sofá.

—¿Cuántos Valium te has tomado?

Martin no quiere ir al pasillo, intenta dar la vuelta, pero al ver que Pamela insiste, acaba cediendo.

—Tienes que contestarme —dice ella.

Él para en seco delante del baño, se pasa una mano por la boca y deja caer la mirada.

—Llamaré a una ambulancia ahora mismo si no me dices cuántas pastillas te has tomado —dice ella con voz tajante.

—Solo cuatro —susurra él y la mira con ojos espantadizos.

—¿Estás seguro? No puedes hacerme esto.

Pamela lo ayuda a quitarse la ropa y a meterse en la ducha. Martin se sienta en el plato de piedra rugosa, apoya la espalda en la pared de azulejos y cierra los ojos mientras el agua le cae por encima.

Pamela lo mira al tiempo que llama al Centro de Información Toxicológica y les explica que su marido se ha tomado cuatro Valium sin querer.

Le dicen que la dosis no es peligrosa, si por lo general él está sano. Ella les da las gracias y les pide disculpas por llamar.

Pamela sabe que Martin consume muchas pastillas para dormir y calmantes, pero nunca ha tomado una sobredosis.

Todo el día de ayer pareció más inquieto que de costumbre, mirando por encima del hombro como si se sintiera observado.

Se quita la bata, la cuelga sobre el toallero y se mete en la ducha en bragas para enjabonar a Martin y enjuagarlo, luego lo seca.

—Martin, ¿entiendes que si haces cosas así no nos dejarán cuidar de Mia? —dice ella y se lo lleva al dormitorio.

—Perdón —murmura él.

Lo arropa en la cama y le da un beso en la frente. La luz de la mañana se filtra levemente por las cortinas.

—Ahora, duerme.

Pamela vuelve al baño, mete la ropa de Martin en la lavadora y enciende el programa, va a buscar detergente y papel de cocina y se dirige al salón.

El Gandul levanta la cabeza en su butaca, se lame el hocico y se vuelve a dormir.

—¿Y cuántos Valium te has tomado tú? —dice ella y acaricia al perro en la cabeza.

Seca el sitio donde Martin estaba sentado, vuelve a poner los muebles en su lugar y mete las ceras y los lápices de colores en el vaso. Los papeles de Martin están esparcidos en un extremo de la mesita de centro. Pamela coge uno con el dibujo de una cruz negra, mira el boceto al carboncillo que había debajo y se queda sin aire.

Martin ha dibujado una estructura robusta compuesta por dos palos con dos travesaños. Del superior cuelga una persona con una soga al cuello. A pesar de tratarse de un esbozo rápido, se ve claramente que la persona muerta es una niña, puesto que lleva un vestido y tiene el pelo largo que le cae por delante de la cara.

Pamela coge el dibujo, vuelve al dormitorio y ve que Martin está despierto, incorporado en la cama.

—¿Cómo te encuentras? —le pregunta.

—Cansado —murmura él.

—He visto esto —dice con calma y le muestra el dibujo—. He pensado que a lo mejor querrías hablar sobre ello.

Él niega con la cabeza y mira intranquilo hacia el vestidor.

—¿Es una niña? —pregunta Pamela.

—No lo sé —susurra Martin.

18

El departamento de medicina forense del hospital Karolinska es un edificio de ladrillo rojo con marquesinas azules. Bajo la intensa luz del sol se puede ver hasta la última estría de suciedad en las ventanas. La bandera cuelga flácida pegada al palo frente al departamento de neurociencia, al otro lado de la calle.

Joona ha visitado el cementerio Norra y ha dejado unas flores.

Ahora gira para meterse en el parking, ve que el Jaguar blanco de Nålen está bien estacionado en su recuadro, por una vez en la vida, y aparca al lado.

Han sacado los muebles de exterior y, como de costumbre, los han colocado en el rincón interior del edificio inclinado, al resguardo del viento.

Joona se dirige al vestíbulo, sube las escaleras de hormigón y cruza por la puerta azul.

Nålen lo está esperando en el pasillo, delante de su despacho.

Es catedrático de medicina forense en el Instituto Karolinska y uno de los mayores expertos en medicina forense de toda Europa.

Su antiguo ayudante, Frippe, ha montado una banda de música y se ha ido a vivir a Londres, pero Nålen dice que la ayudante nueva, Chaya Aboulela, es igual de buena, a pesar de que no le guste el rock duro.

108

—Me ha llamado Margot: dice que no trabajas en el caso —dice Nålen con voz relajada.

—Solo es un error —responde Joona.

—Vale, voy a interpretar esa respuesta como que lo que ella me ha dicho no es correcto, y no como que tú consideras que es un error que el caso no sea tuyo.

Nålen abre la puerta de su despacho y deja entrar a Joona. Delante del ordenador hay una mujer joven con una cazadora de cuero negro.

—Ella es Chaya, mi nueva compañera de trabajo —dice Nålen agitando la mano en un gesto teatral.

Joona se acerca y le estrecha la mano. Ella tiene un rostro delgado y serio, y cejas marcadas.

Chaya se levanta de la silla y se pone la bata médica mientras los tres avanzan por el pasillo.

—¿Cómo va la investigación? —pregunta.

—Creo que tenemos un testigo ocular... pero, curiosamente, aún no se ha puesto en contacto con nosotros —explica Joona.

—¿Y cómo va? —repite Chaya.

—Estoy esperando los resultados de la autopsia —responde él.

—¿Sí, eh? —dice ella con media sonrisa.

—¿Cuánto tiempo creéis que necesitáis? —pregunta Joona.

—Dos días —contesta Nålen.

—Haciéndolo un poco de cualquier manera —añade ella.

Nålen abre las pesadas puertas y los deja pasar a la fría sala. Hay cuatro mesas de autopsia de acero inoxidable. La luz de los fluorescentes se refleja en las superficies limpias de los fregaderos y de los recipientes.

En la mesa del fondo está Jenny Lind, con toda la ropa puesta.

No parece que esté durmiendo, su postura es demasiado hundida, aplacada.

Mientras Nålen y Chaya se ponen unos guantes de látex, Joona se acerca al cuerpo.

El pelo rubio ha sido apartado de su cara grisácea.

Él observa su nariz y las pequeñas orejas con los orificios para los pendientes.

Tiene una antigua cicatriz en los labios.

Joona lo recuerda de la foto que se publicó cuando se la dio por desaparecida.

Ahora sus ojos, abiertos de par en par, se han vuelto amarillos.

El profundo corte alrededor del cuello es de un negro azulado.

Joona observa mientras Nålen recorta y empaqueta la chaqueta y el vestido de la chica.

El flash de la cámara de Chaya rebota en las superficies metálicas.

—Los técnicos de la policía de Norrmalm que trabajaron en el escenario del crimen determinaron la hora de la muerte a las tres y diez de la madrugada —comenta Joona.

—Puede ser correcto —murmura Nålen.

Chaya toma fotografías de Jenny en sujetador y medias antes de que Nålen continúe.

La ayudante saca más fotos de la chica solo con las bragas antes de que estas también le sean retiradas y empaquetadas.

Joona mira la chica desnuda, sus clavículas delgadas y los pechos pequeños. El vello púbico es rubio, las piernas y las axilas están depiladas.

Es flaca, pero no está demacrada y no hay indicios externos de haber sufrido agresiones.

Una red de venas oscuras ha comenzado a aflorar en los muslos y a ambos lados del torso.

Las manos y los dedos de los pies están de color rojo azulado.

El *livor mortis* siempre aparecen primero en las partes más inferiores del cuerpo. En un ahorcamiento, las piernas, las manos y los órganos sexuales externos son los primeros en oscurecerse.

—Chaya, ¿en qué piensas? —pregunta Joona.

—¿Que en qué estoy pensando? —pregunta ella y baja la cámara—. A ver..., ¿en qué coño pienso? Pienso que estaba viva cuando la ahorcaron..., así que no se trata de la exposición de una persona ya muerta, como vemos a veces... y, al mismo tiempo, la elección del escenario es jodidamente comunicativa.

—¿Eso qué implica, según tú? —pregunta Joona.

—No sé, que el asesinato es una muestra..., pero sin extravagancias.

—A lo mejor ahí está la extravagancia, precisamente —propone Joona.

—Un asesinato que imita una ejecución —dice ella asintiendo con la cabeza.

—Veo que tiene las yemas de los dedos dañadas por sus intentos de quitarse el lazo durante los pocos segundos que estuvo consciente... pero, por lo demás, no hay signos de violencia ni coacción física —dice Joona.

Chaya murmura algo, vuelve a levantar la cámara y sigue fotografiando cada detalle del cuerpo. El penetrante flash lanza una y otra vez las sombras de los tres contra las paredes de la sala.

—¿Nålen? —dice Joona.

—¿Qué dice Nålen? —se pregunta a sí mismo y se recoloca las gafas en la nariz—. Suelo empezar diciendo lo que ya sabemos..., que la causa de la muerte es, a consecuencia de haber sido izada, una opresión bilateral de las carótidas, lo cual interrumpió el flujo sanguíneo de la arteria al cerebro.

—Estoy de acuerdo —dice Chaya con calma y deja la cámara en una encimera.

—El examen interno lo haremos tras retirar toda la sangre para poder ver bien..., pero preveo fracturas en el hueso hioides y el cuerno superior del cartílago tiroides..., roturas en las carótidas, daños en la tráquea..., aunque no en la zona cervical de la columna.

El profundo corte del cable forma una punta de flecha negra azulada alrededor del delgado cuello. Nålen toquetea la base de la laringe para comprobar la profundidad a la que se cortó el cable.

—Cable de acero desnudo —dice como hablando solo.

Joona piensa que el juego de engranajes grandes y pequeños del cabrestante hace que, en principio, no se pueda descartar ninguna categoría de sospechoso.

—Un crío bastante pequeño tendría fuerzas para girar la manivela.

Observa el rostro de la chica y se imagina el miedo cuando le pasan el cable por el cuello, el sudor corriendo por sus axilas, las piernas temblando. Ella busca vías de escape pero sin intentar huir, a lo mejor suplica piedad, a lo mejor cree que la condonarán en el último momento si muestra sumisión.

—¿Quieres que salgamos un momento? —pregunta Nålen en voz baja.

—Sí, por favor —dice Joona sin apartar los ojos de Jenny.

—¿Cinco minutos, como siempre?

—Serán suficientes —asiente él.

Joona se queda donde está y la mira mientras oye los pasos de Nålen y Chaya por el suelo de linóleo y la puerta que se abre y se cierra.

La gran sala de autopsias queda en silencio absoluto. Joona da un paso al frente y, alrededor del cuerpo de la joven, nota los vahos de aire frío de la cámara refrigerada.

—Esto no es bueno, Jenny —dice en voz baja.

Joona recuerda muy bien los días en que desapareció. Él se ofreció a ir a Katrineholm para ayudar en la investigación, pero el jefe de policía de la región este rechazó la propuesta.

No es que Joona crea que hubiera podido salvarla, pero le habría gustado poder decirse a sí mismo que hace cinco años lo dio todo de sí.

—Encontraré a la persona que te ha hecho esto —susurra.

Joona nunca suele prometer ningún resultado, pero cuando mira a Jenny Lind no logra entender cómo una persona podría llegar a la conclusión de que tenía que morir en un parque infantil.

Que no había más alternativa para ella.

¿Quién carga con semejante falta de piedad? ¿De dónde sale ese anhelo de bloquear todas las posibles salidas, quién alberga esa dureza dentro de sí?

—La encontraré —le promete.

Joona se desplaza alrededor del cuerpo, se fija en cada detalle, las rodillas lisas, los tobillos estirados y los pequeños dedos de los pies. Continúa despacio a lo largo de la mesa de autopsias sin quitarle los ojos de encima a Jenny, y al mismo tiempo oye que Nålen y Chaya ya vuelven.

Le dan la vuelta para tumbarla bocabajo y siguen fotografiándola de manera minuciosa.

Nålen aparta el pelo rubio para que Chaya pueda tomar fotos de la punta del corte hecho por el lazo.

La mesa de acero de debajo del cuerpo resplandece con el flash como una ventana atravesada por los rayos del sol y, por un instante, el cuerpo se convierte en una silueta negra.

—Espera —dice Joona—. Tiene un poco de pelo blanco... Lo he visto cuando has hecho la foto..., justo ahí.

Señala una zona delimitada de su cogote.

—Sí, mira —dice Nålen.

En la nuca, donde termina el lóbulo occipital, se distingue un mechón de pelo sin color. Es casi imposible de ver, puesto que el resto del pelo es muy rubio.

Con una maquinilla eléctrica, Nålen recorta los pelos blancos a ras de piel y los mete en una bolsita de plástico.

—Un cambio de pigmentación —murmura Chaya y cierra la bolsa.

—Debido a que los folículos están dañados —dice Nålen.

Nålen retira los últimos milímetros de pelo con una cuchilla de afeitar para luego ir a buscar una lupa en el escritorio y ofrecérsela a Joona. Este la coge, se inclina hacia delante y observa el cuero cabelludo de Jenny aumentado: piel rosada, el cúmulo de glándulas sudoríficas y folículos pilosos y pelos sueltos que han sobrevivido a la cuchilla.

Lo que Joona está observando ahora no es un cambio natural en la piel, sino una especie de tatuaje blanco en forma de T muy elaborado. Mal curado en el borde superior y un tanto torcido.

—Está marcada en frío —dice Joona y le pasa la lupa a Chaya.

19

Joona ha cerrado la puerta del pasillo, pero aun así oye la conversación de los compañeros en el office y el sonido silbante de la impresora. Su camisa azul celestre se le ciñe en los brazos y antebrazos. La americana cuelga del respaldo de una silla y su Colt Combat y la sobaquera están guardados bajo llave en el armero.

Una luz indirecta entra por la ventana y le acaricia la mejilla y la boca seria. La arruga profunda en su entrecejo queda a la sombra.

Aparta la mirada del ordenador y observa la única imagen que hay en la pared desnuda: una foto ampliada del detalle del cráneo de Jenny.

Una T con la base ensanchada y brazos curvados reluce en su cuero cabelludo.

Joona ha visto caballos de cría que han sido marcados en frío. Se hace apretando un sello que ha sido enfriado con hidrógeno líquido contra la piel del animal. El pelo seguirá creciendo, pero sin pigmento. El frío destruye la parte de los folículos pilosos que le brindan color al pelo, pero no llega hasta la que los hace crecer.

Si el caso fuera de Joona, todas las paredes de su despacho estarían pronto cubiertas de distintas fotografías, listas con nombres y pistas, resultados de laboratorio y mapas con chinchetas.

La imagen de la marca blanca sería el centro de la gran rueda que conforma cada investigación.

115

Joona vuelve a mirar el ordenador y accede al registro de la Europol. Lleva horas buscando algún tipo de conexión con el marcado en frío en el archivo de antecedentes penales de la policía, la base de datos de sospechosos y el registro del Instituto Nacional de Medicina Legal.

No hay nada.

Pero Joona tiene la rotunda sensación de que ese asesino aún no ha terminado.

Le ha puesto un sello a su víctima en el cogote, y un sello está pensado para usarse varias veces.

Las muestras que los técnicos de la científica se llevaron del escenario del crimen están siendo analizadas ahora mismo en el Laboratorio Forense Nacional en Linköping.

La autopsia forense apenas acaba de comenzar.

Un equipo de la policía de Norrmalm está intentando rastrear el cabrestante y encontrar personas que dispongan del material y las herramientas necesarias para hacer un marcado en frío.

Aron dirigió el interrogatorio a Tracy Axelsson, la mujer que encontró a la víctima. Según la transcripción, describió a una mujer sintecho que llevaba un cráneo de rata colgado al cuello. La testigo sigue en estado de shock y al principio dijo que la mujer había asesinado a Jenny, pero luego cambió de parecer y repitió veinte veces que la mujer solo se había quedado mirándola, en lugar de ayudarla.

Un equipo ha rastreado a la sintecho, la han interrogado y han comparado sus respuestas con las secuencias de vídeo en las que aparece. Es obvio que se encontraba demasiado lejos del parque infantil en el momento del asesinato para ver nada.

No pudo responder a la pregunta de qué estaba haciendo delante de la estructura de juego cuando Tracy encontró a la víctima. Aron sugirió que estaba allí para robar las pertenencias de Jenny Lind.

Todas las pistas no son más que una masa de agua en movimiento.

El enigma sigue sin formularse.

Ahora mismo, la investigación se halla en la frustrante introducción, antes de que aparezca un solo sendero que seguir.

Aparte del hecho de que tienen un testigo ocular, piensa Joona.

Había un hombre situado frente al parque infantil que vio todo el ahorcamiento. Solo apartó la mirada en un momento dado, cuando miró a la mujer sintecho que estaba pisoteando un cartón.

A las tres y diez minutos en punto de la madrugada, su mirada se dirige al parque infantil, pero al mismo tiempo no reacciona físicamente ante lo que ve.

A lo mejor se queda paralizado por el shock.

No es del todo inusual que una persona pierda toda capacidad de reacción cuando es testigo de algo que se considera inverosímil o que provoca miedo.

El hombre se queda allí mirando hasta que se culmina el ahorcamiento y el asesino abandona el lugar del crimen. Solo entonces sale de su parálisis, se acerca despacio a la estructura y desaparece en el ángulo ciego un momentito.

Ese hombre lo vio todo.

Joona cruza el pasillo y piensa en los padres de Jenny Lind, en que a esas alturas ya habrán recibido la notificación de que su cuerpo ha sido encontrado. Puede ver cómo se quedan sin aire cuando toda la tensión de la que ya no eran conscientes se libera.

De pronto la pena es concreta, abrumadora.

Y quedará por siempre impregnada de la culpa por haber tirado la toalla en la búsqueda y por haber perdido la esperanza.

Joona llama a la puerta abierta y entra en el gran despacho de su jefa. Margot está sentada a su escritorio con el diario *Aftonbladet* delante. Lleva la melena rubia recogida en una trenza gruesa y se ha rellenado las cejas claras con un marcador castaño.

—Joder, ¿qué decir ante esto? —suspira y gira el periódico hacia Joona.

En una imagen doble se ve una foto aérea tomada con un dron del escenario del crimen cuando Jenny Lind aún estaba colgada.

—Los padres de Jenny no tenían por qué haberlo visto —dice Joona con calma.

—El jefe de redacción opina que es de interés público —dice Margot.

—¿Qué han escrito?

—Especulaciones —suspira ella y tira el ejemplar a la papelera.

El teléfono de Margot está encima de la mesa, al lado de una taza de café.

Sus huellas dactilares se ven como óvalos grises en la pantalla negra.

—No es un asesinato aislado —dice Joona.

—Sí, eso es justo lo que es... y tú lo sabes, porque tengo entendido que no has dejado el caso de lado, a pesar de haber recibido la orden directa de hacerlo —dice ella—. Carlos perdió su empleo por tu culpa. ¿Te crees que yo tengo intención de perder el mío?

—La policía de Norrmalm necesita ayuda... He leído sus interrogatorios, están llenos de fisuras, Aron no escucha atentamente, no tiene en cuenta que las palabras solo son parte de lo que se dice.

—¿Y qué más digo yo, aparte de lo que expresan mis palabras? —pregunta Margot.

—No lo sé —suspira Joona y hace ademán de marcharse.

—Porque no eres ningún Sherlock Holmes, ¿verdad que no? —le dice ella a su espalda.

Joona se detiene en el umbral de la puerta, sin darse la vuelta.

—Espero que lo de tu suegro no sea grave —dice.

—¿Me estás vigilando? —pregunta ella, muy seria.

Joona se gira y la mira a los ojos.

—Lo digo porque Johanna y tu hija pequeña ya llevan más de una semana en su casa —dice.

A Margot le suben los colores.

—Quería mantenerlo en secreto —dice.

—Siempre vienes hasta aquí en coche y lo aparcas en el garaje, pero ahora tienes un poco de tierra en los zapatos porque has cruzado Kronobergsparken desde el metro —empieza él—. Y cuando nos vimos el miércoles por la tarde no tenías pelo de caballo en la chaqueta... Pienso que la razón por la que Johanna está cogiendo el coche debe de ser bastante grave, puesto que tú lo necesitas cuando llevas a las mayores a la hípica en Värmdö... Nunca te lo saltas, para ti es importante, tú también fuiste una chica de caballos..., y si Johanna ha cogido el coche, la enferma no puede ser su madre, porque esta vive en España.

—La hípica fue ayer —dice Margot—. ¿Por qué dices que llevan una semana en casa del padre de Johanna?

—Johanna suele ayudarte a pintarte las uñas cada dos jueves..., pero esta vez los trazos en las de la mano derecha se ven un poco inseguros.

—No sé usar la mano izquierda —murmura ella.

—En tu teléfono siempre suele haber huellas dactilares pequeñas, puesto que Alva también lo usa, pero ahora solo se ven las tuyas... Por eso he intuido que se ha ido con Johanna.

Margot cierra la boca, se reclina en la silla y se queda mirándolo.

—Haces trampa.

—Vale.

—A lo mejor no soy del todo receptiva a tu encanto —dice Margot.

—¿Qué encanto?

—Joona, no me gusta amenazar con faltas de disciplina, pero si...

Joona cierra la puerta y se encamina por el pasillo hacia su despacho.

20

Joona está delante de la fotografía de la pared y mira la pintoresca letra T, la letra latina que tiene su origen en la *tau* griega y la letra fenicia *taw*, que a su vez fue una cruz.

La desaparición de Jenny Lind se convirtió en un asunto nacional, como ocurre con algunos casos, mientras otros quedan relegados a las sombras. Las redes sociales entraron en ebullición, todo el mundo estaba implicado, hubo montones de personas voluntarias que participaron en la búsqueda y la fotografía de Jenny Lind estaba en todas partes.

Joona recuerda claramente a Bengt y Linnea Lind, los padres de Jenny, desde las primeras reuniones desgarradoras con la prensa a las últimas, marcadas por la amargura, hasta que se hizo silencio.

Cinco días después de la desaparición, el programa de noticias *Aktuellt* los invitó al plató. Casi solo habló la madre. Tenía la voz quebrada por el llanto, y cuando se le hizo demasiado difícil se cubrió la boca con la mano. El padre era taciturno y formal y se aclaraba con cuidado la garganta cada vez que decía algo. La madre decía que estaba segura de que su hija estaba viva, que podía sentirlo en el corazón.

—Jenny está asustada y confundida, pero está viva, lo sé —iba repitiendo.

Todo terminaba con los padres suplicándole directamente al culpable.

Joona sabe que la policía les había ayudado a preparar lo que tenían que decir, pero sospecha que, una vez se vieron delante de las cámaras, no siguieron del todo el guion.

Detrás de ellos se proyectaba una foto de Jenny Lind.

El padre se esforzaba en mantener la voz serena.

—Esta es nuestra hija, se llama Jenny, es una chica alegre a la que le gustan los libros…, y la queremos —empezó diciendo y se secó las lágrimas de las mejillas.

—Por favor —rogó la madre—. No le hagas daño a mi hija, no puedes hacerlo… No debo decir esto, pero si es dinero lo que quieres, pagaremos, te lo prometemos, venderemos la casa y el coche, todo lo que tenemos, hasta el último objeto, con tal de recuperarla, es nuestra luz del sol y nuestro…

La madre se puso a llorar desconsoladamente y escondió la cara entre las manos. El padre la abrazó, trató de tranquilizarla y luego se volvió otra vez hacia la cámara.

—Seas quien seas —dijo con voz trémula—, que sepas que te lo perdonamos todo, mientras nos la devuelvas. Entonces nos olvidaremos de lo que ha pasado y cada uno seguirá su camino.

La intensa búsqueda se prolongó durante semanas. Los medios informaron a diario de distintas pistas, indicios y fracasos policiales.

El Gobierno sueco ofreció una recompensa de doscientos mil euros por una pista que permitiera encontrar a Jenny.

Se inspeccionaron decenas de miles de camiones, cotejando las huellas de los neumáticos.

Pero a pesar de todos los recursos y las cantidades ingentes de pistas que facilitó la ciudadanía, no hubo nada que hiciera avanzar la investigación, y en algún momento todo se apagó. Los padres le suplicaron a la policía que no tiraran la toalla, pero al final ya habían seguido hasta la última pista, sin obtener ningún tipo de resultado.

Jenny Lind había desaparecido.

Los padres contrataron a un detective privado, se endeudaron y se vieron obligados a vender la casa, hasta que se alejaron completamente de la vida pública y cayeron en el olvido para los medios de comunicación.

Joona aparta la vista de la fotografía y su teléfono empieza a sonar. Se acerca al escritorio, mira la pantalla y ve que es Nålen.

—Me has llamado varias veces —dice Nålen con su voz ronca.

—Quiero saber cómo lleváis lo de Jenny Lind —le explica Joona y se sienta a la mesa.

—No puedo hablar contigo de eso, pero ya hemos terminado…, enviaré el informe en cuanto hayamos recibido los últimos análisis.

—¿Hay algo que debería saber ya mismo? —pregunta Joona y se estira para coger papel y boli.

—Nada excepcional, aparte de la marca del cogote.

—¿Ha sido violada?

—No hay ninguna señal física de ello.

—¿Puedes confirmar la hora de la muerte?

—Desde luego.

—Nuestros técnicos nos han dicho que fue a las tres y diez minutos —dice Joona.

—Yo me atrevería a decir que murió a las tres y veinte —dice Nålen.

—¿A las tres y veinte? —repite Joona y deja el boli en la mesa.

—Sí.

—Y cuando dices que te atreverías a decirlo, en realidad estás diciendo que estás seguro de ello —dice Joona y se levanta de la silla.

—Sí.

—Tengo que hablar con Aron —dice Joona y corta la llamada.

A partir de este momento, deben considerar al testigo ocular como sospechoso. Tienen que lanzar una orden de búsqueda y captura, quizá incluso declarar la alarma nacional.

Joona no necesita volver a ver las grabaciones de las cámaras de vigilancia para saber que el hombre con el perro podría ser el autor de los hechos.

A las tres y dieciocho minutos, el hombre suelta la correa y se adentra en el ángulo muerto en dirección al parque infantil. Dado que Jenny Lind estará muerta dos minutos más tarde, no tiene tiempo de montar el cabrestante en la estructura, pero sí de acercarse y girar la manivela: sin duda alguna, podría ser él quien la ha matado.

21

Pamela consulta el reloj. Ya es primera hora de la tarde y está sola en el despacho de arquitectos. Fuera hace tanto calor que las gotas de agua condensada se acumulan en pequeños regueros que se deslizan por el cristal frío de la ventana. Dentro de un minuto tiene la reunión por Skype con Mia. Se toma el culo de vodka que queda en el tarro de cristal y se mete otra pastilla mentolada en la boca antes de sentarse delante del ordenador y abrir el programa.

La pantalla se oscurece y luego Pamela ve a una mujer mayor con grandes gafas y entiende que es la asistente social.

La mujer le sonríe a Pamela sin ninguna alegría y le explica con voz enlatada cómo suelen ir las reuniones de este tipo. Mia está prácticamente fuera de la imagen. El pelo azul y rosa cuelga a ambos lados de su rostro pálido.

—Pero, joder, ¿de verdad tengo que hacerlo? —dice Mia.

—Ven a sentarte —dice la asistente social mientras se levanta de la silla.

Mia suelta un suspiro y se sienta de tal manera que solo se la ve a medias.

—Hola, Mia —dice Pamela con una amplia sonrisa.

—Hola —saluda Mia, mirando para otro lado.

—Os dejo a solas —dice la asistente social y sale de la habitación.

Se hace el silencio un momento.

—Es una situación bastante extraña, lo sé —dice Pamela—. Pero la idea es que hablemos y nos conozcamos un poco mejor, forma parte del proceso.

—Como quieras —suspira Mia y sopla para quitarse unos pelos de los ojos.

—Bueno..., ¿qué tal estás?

—Bien.

—¿Hace el mismo calor en Gävle que en Estocolmo? Aquí estamos pasando una ola de calor, nadie tiene fuerzas para trabajar, la gente se baña en las fuentes para aguantarlo.

—La vida es dura —murmura Mia.

—Yo estoy en mi oficina —dice Pamela—. ¿Te he contado que trabajo de arquitecta? Tengo cuarenta y un años, llevo quince años casada con Martin y vivimos en la calle Karlavägen, en Estocolmo.

—Vale —responde Mia sin alzar la vista.

Pamela carraspea y se inclina hacia delante.

—Una cosa que debes saber es que Martin sufre problemas mentales, es muy buena persona, pero tiene muchos pensamientos obsesivos, TOC, que hacen que no hable demasiado, y a veces sufre ansiedad, pero está mejorando mucho. —Calla un momento y traga saliva—. No somos perfectos, pero nos queremos y esperamos que quieras venir a vivir con nosotros —dice—. O al menos probar a ver cómo te sientes. ¿Qué te parecería?

Mia se encoge de hombros.

—Tendrás tu propio cuarto..., con unas vistas preciosas sobre los tejados —continúa Pamela—. Por lo demás, somos bastante normales, nos gusta ir al cine, comer fuera, viajar, ir de compras... ¿A ti qué te gusta hacer?

—Me gusta dormir sin que nadie intente hacerme daño ni violarme... YouTube..., lo normal.

—¿Qué comida te gusta?

—Tengo que irme —dice Mia y empieza a levantarse.

—¿Tienes amistades?

125

—Un chico que se llama Pontus.

—¿Estáis juntos? Lo siento, eso no es cosa mía.

—No —dice Mia.

—Es que estoy un poco nerviosa —reconoce Pamela.

Mia se vuelve a sentar y se aparta otro mechón de la cara con un soplido.

—Pero ¿qué piensas del futuro? —intenta Pamela—. ¿En qué quieres trabajar? ¿Qué sueños tienes?

Mia niega cansada con la cabeza.

—Lo siento, pero no puedo con esto...

—¿No quieres preguntarme tú nada? —le propone Pamela.

—No.

—¿Nada que te despierte curiosidad? ¿O que quieras contarme?

La chica alza la mirada.

—Soy una pesada —explica—. No sirvo para nada, no le caigo bien a nadie.

Pamela se obliga a sí misma a no contradecirla.

—Dentro de poco tendré dieciocho y entonces la sociedad podrá dejar de fingir que no pasa de mí como de la mierda.

—Probablemente sea verdad.

Mia mira a Pamela, vacilante.

—¿Por qué quieres que viva con vosotros? —pregunta al cabo de un rato—. Tú eres arquitecta, eres rica, vives en el centro de Estocolmo. Si no puedes tener hijos, solo tienes que adoptar a una niña mona de China, ¿no?

Pamela pestañea y coge aire.

—Esto no se lo he contado a la asistente social —dice bajando la voz—. Pero perdí a mi hija cuando ella tenía tu edad, no lo he dicho porque no quiero parecer rara ni asustarte, no es que crea que tú puedes ocupar su sitio..., solo pienso que las personas que han perdido mucho pueden ayudarse las unas a las otras, porque entienden cosas.

Mia se inclina hacia delante.

—¿Cómo se llamaba? —pregunta, seria.

—Alice.

—Por lo menos no se llamaba Mia.

—No —dice Pamela con una sonrisa.

—¿Qué pasó?

—Se ahogó.

—Qué putada.

Se quedan un rato calladas.

—Después de eso empecé a tener problemas con la bebida —confiesa Pamela.

—La bebida —repite Mia con suspicacia.

—Esto estaba lleno de vodka, me lo he tomado para atreverme a llamarte —dice Pamela enseñándole el tarro.

Se da cuenta de que ahora a Mia se la ve más relajada. La chica se reclina en la silla y se queda mirando la pantalla con la cara de Pamela durante un buen rato.

—Ahora ya lo entiendo un poco mejor… y tal vez la cosa podría funcionar entre nosotras. Pero tienes que dejar de beber y tienes que encargarte de que Martin espabile.

*

Cuando se marcha de la oficina y sale al aire caliente, Pamela se siente inquieta. Decide dar un paseo antes de volver a casa con Martin.

Mientras camina, reproduce una y otra vez en su cabeza la conversación que ha tenido con Mia y le da vueltas a si no habrá sido un error contarle lo de Alice.

Saca el teléfono y llama a Dennis, pasa por delante del viejo anticuario mientras los tonos de llamada se suceden.

—Dennis Kratz —responde él, como de costumbre.

—Soy yo —dice ella.

—Perdona, ya lo he visto…, pero la boca pone el automático, en realidad no es tanto una palabra como una memoria muscular.

—Lo sé —replica sonriendo Pamela.

Ella y Dennis se conocen desde el bachillerato, y él sigue cogiendo el teléfono diciendo el apellido, aun viendo que es ella la que llama.

—¿Cómo va con Martin?

—Bastante bien, creo —contesta ella—. Por las noches está un poco intranquilo, pero…

—No te esperes un milagro.

—No, es…

Se queda callada y deja que pasen unas bicis antes de cruzar la calle.

—¿Qué ocurre ahora? —pregunta Dennis, como si pudiera vérselo en la cara.

—Ya sé que a ti te parece que es demasiado pronto, pero he tenido una primera conversación con Mia.

—¿Qué dicen los servicios sociales?

—Hemos superado el primer paso, quiero decir, pero la investigación aún no ha concluido y no se ha decidido nada.

—¿Y tú realmente esperas que esto tire para adelante?

—Sí, lo cierto es que sí —dice ella y ve a unas mujeres jóvenes que se tumban a tomar el sol en ropa interior en un trozo de césped.

—¿No crees que será demasiado para ti?

—Ya me conoces, nada es demasiado —contesta Pamela sonriendo.

—Solo dime si puedo hacer algo.

—Gracias.

Pamela cuelga el teléfono, pasa por delante de una farmacia y un estanco, cuando con el rabillo del ojo algo capta su atención.

Frena en seco, se da la vuelta y se queda mirando fijamente la portada del *Aftonbladet*.

«El verdugo», reza el titular.

Una foto aérea del parque infantil en Observatorielunden. La policía ha acordonado la zona con cinta blanquiazul y vallas antiavalancha.

Más lejos se ven varios coches patrulla.

En la estructura hay una chica ahorcada. Lleva chaqueta de cuero y vestido.

El pelo lacio oculta la mayor parte de la cara.

El corazón de Pamela se acelera tanto que se le tensa la garganta.

Es el dibujo de Martin.

El que ha hecho esa noche.

Casi idéntico.

Debió de pasar por el parque infantil antes que la policía.

22

A Pamela le flaquean las piernas cuando se mete en un callejón trasero, pasa por delante de un contenedor amarillo y se para en un portal.

A cualquier persona le habría supuesto un shock encontrar a una chica muerta.

Ahora entiende por qué Martin no ha podido dormir. Se ha estado paseando con las imágenes dentro de su cabeza, pero sin atreverse a hablar de ello.

Al final se ha tomado más Valium de la cuenta y ha conseguido hacer un dibujo.

Saca el móvil con manos temblorosas y abre la página principal del *Aftonbladet*.

Tiene que tragarse un anuncio de Volvo y dos de páginas de apuestas antes de poder abrir el artículo.

Su mirada va saltando con ansiedad por el texto mientras lo lee.

La chica muerta fue encontrada en la zona infantil del parque Observatorielunden la madrugada del miércoles.

Aún no han detenido al autor de los hechos, según Aron Beck, de la policía de Estocolmo, quien está al mando de la investigación.

Pamela abre la web de la policía y trata de entender cómo se puede poner en contacto con Aron Beck.

Al lado del número para dar pistas solo encuentra un teléfono público nacional.

Un contestador automático con voz pregrabada la va guiando hasta pasarle con una persona de carne y hueso. Pamela explica que le gustaría hablar con Aron Beck acerca del asesinato en el parque infantil.

Tras dejar su nombre y número de teléfono, guarda el móvil en el bolso. Una bola de angustia le aprieta en la garganta y le impide tragar con normalidad. Piensa que debería volver a casa y hacer que Martin le explique lo que vio.

Una chica ha sido asesinada en el parque infantil.

Pamela intenta tranquilizarse, se apoya en la puerta que tiene detrás y cierra los ojos.

Da un respingo al oír el timbre de su teléfono, encuentra el aparato en su bolso y antes de descolgar le da tiempo de comprobar que el número que llama no es ninguno de sus contactos.

—Pamela —dice, cautelosa.

—Hola, me llamo Aron, soy inspector en la región policial de Estocolmo y me han comentado que querías hablar conmigo —dice un hombre en tono cansado.

Pamela echa un vistazo al callejón vacío de lado a lado.

—Sí, acabo de leer en el *Aftonbladet* sobre la chica asesinada en el parque de juegos… Si no lo he entendido mal, tú eres quien dirige el caso.

—¿De qué se trata?

—Me parece que mi marido podría haber visto algo cuando salió a pasear al perro la noche del martes. No os puede llamar él mismo porque está psíquicamente inestable.

—Necesitamos hablar con él de inmediato —dice Aron en un tono nuevo.

—El problema es que es muy difícil hablar con él.

—¿Podrías empezar diciéndome dónde se encuentra en este momento? —pregunta Aron.

—Está en casa, en la calle Karlavägen 11 —responde ella—. Puedo estar allí dentro de veinte minutos, si corre prisa.

Pamela echa a andar, deja atrás el contenedor y vuelve a la calle Drottning. Está a punto de ser arrollada por un hombre que va en un patinete eléctrico.

—Perdón —dice ella por acto reflejo.

Pamela dobla por detrás de Kulturhuset para subir a la calle Regering, pero han levantado todo el pavimento de la plaza Brunkebergstorg y se ve obligada a volver a la calle Drottning.

«No pasa nada», piensa.

«Aún hay tiempo de sobra».

Quince minutos después de la conversación telefónica con el policía, Pamela sube a paso ligero por Kungsten. Respira deprisa y la blusa se le pega a la espalda. Con el corazón desbocado, se mete por la calle Karlavägen y descubre cinco o seis coches patrulla con las luces del techo encendidas.

Han bloqueado toda la calle y la acera alrededor de su portal.

La gente curiosa y cotilla ya ha comenzado a acumularse.

Dos agentes de policía con chalecos antibalas están pegados a la fachada con las armas desenfundadas, mientras otros dos vigilan a sendos lados de la acera.

Cuando el primer policía la ve acercarse, levanta una mano para hacer que se detenga.

Es un hombre corpulento con barba rubia y una profunda cicatriz en el tabique nasal.

Pamela sigue avanzando mientras va diciendo que sí con la cabeza, intentando indicarle que tiene que hablar con él.

—Disculpa —dice—. Pero vivo aquí y...

—Tendrás que esperar —la interrumpe él.

—Solo quería decir que debe de haber habido un malentendido, he sido yo quien ha llamado la policía para...

Calla de golpe en cuanto oye voces agitadas que provienen de su portal. Un policía abre la puerta y otros dos agentes con casco y chaleco antibalas sacan a Martin a rastras con solo un pantalón de pijama puesto.

—¿Qué hacéis? —grita Pamela—. ¿Estáis mal de la cabeza?

—Tranquilízate.

—¡No podéis tratar así a la gente! Está enfermo, lo estáis asustando…

El policía de la barba rubia la mantiene alejada.

Martin lleva las manos esposadas a la espalda. Le sale sangre de la nariz y parece asustado y confundido.

—¿Quién manda aquí? —pregunta Pamela con voz estridente—. ¿Es Aron Beck? Hablad con él, llamadlo y preguntadle si…

—No, ahora me escuchas tú a mí —la interrumpe el policía.

—Solo intento…

—Tranquilízate y guarda las distancias.

A Martin la sangre le escurre por la boca y la barbilla.

Una mujer joven que trabaja en la galería de arte que hay en la misma manzana está al otro lado del cordón policial, grabando con el teléfono móvil.

—No lo entendéis —dice Pamela y trata de recuperar algún tipo de autoridad en la voz—. Mi marido está psíquicamente inestable, sufre un tipo grave de trastorno por estrés postraumático.

—Te detendré, si no te tranquilizas —dice el policía y la mira a los ojos.

—¿Me vas a detener porque estoy alterada?

Los otros dos policías sujetan a Martin con fuerza por los brazos. Cuando él se tropieza, ellos lo levantan. Sus pies descalzos flotan por encima de los adoquines de la acera. Martin jadea por el dolor en los hombros, pero no dice nada.

—¡Martin! —grita Pamela.

Se da cuenta de que él oye su voz, sus ojos se pasean agitados de un lado a otro, pero no le da tiempo de localizarla antes de que le empujen la cabeza hacia abajo para que se suba al coche.

Pamela intenta llegar hasta él, pero el policía de la barba rubia la agarra por el brazo y la empuja contra la fachada de ladrillo.

23

La sala de interrogatorios de la policía de Norrmalm no tiene ninguna ventana y huele a sudor y a suelo sucio. Aron Beck observa al hombre al que han identificado como Martin Nordström. Tiene sangre seca en la cara y un trozo de papel metido en el orificio de la nariz. Su pelo cano apunta hacia arriba. La cadena de las esposas atraviesa un robusto aro metálico clavado en la mesa que tiene delante. Lleva puesta la camiseta del servicio penitenciario y los pantalones verdes.

Todo lo que dice y hace está siendo grabado.

Al principio se ha negado a responder a la pregunta de si quería solicitar la presencia de un abogado. Cuando Aron se lo ha repetido, él se ha limitado a decir que no con la cabeza.

Ahora los dos hombres están en silencio.

Lo único que se oye es el leve zumbido de la lámpara en el techo. El resplandor de los fluorescentes tiembla mínimamente durante un rato.

Martin intenta todo el tiempo darse la vuelta, como si quisiera descubrir si hay alguien en la habitación que tiene detrás.

—Mírame a mí —dice Aron.

Martin vuelve a girarse, se cruza fugazmente con los ojos de Aron y luego vuelve a bajar la mirada.

—¿Por qué estás aquí sentado?

—No —susurra Martin.

—Estuviste paseando al perro la noche del martes al miércoles —empieza Aron—. Sobre las tres de la mañana te encontrabas en el césped que hay al lado de la facultad de Economía. —Aron hace una breve pausa—. Justo al lado del parque infantil —añade.

Martin intenta levantarse, pero las esposas se lo impiden. La cadena restalla y vuelve a dejarse caer en la silla.

Aron se inclina hacia delante.

—¿Quieres contarme lo que pasó allí?

—No me acuerdo —dice Martin a un volumen casi imperceptible.

—Pero recuerdas que estuviste allí, ¿verdad que sí?

Martin niega con la cabeza.

—Pero algo recuerdas —dice Aron—. Empieza por ahí, cuéntame lo que recuerdas ahora mismo, tómate tu tiempo.

Martin vuelve a mirar por encima del hombro y luego mira debajo de la mesa, antes de sentarse otra vez con normalidad en la silla.

—Nos quedaremos aquí hasta que empieces a hablar —dice Aron y suelta un suspiro cuando Martin mira hacia atrás por tercera vez.

—Nada.

—¿Por qué te has levantado cuando he mencionado el parque infantil de detrás de la facultad de Economía?

Él no contesta, solo se queda un rato en silencio con la mirada fija al lado de Aron.

—Puede parecer difícil —continúa Aron—. Pero lo cierto es que la mayoría de la gente se siente aliviada cuando por fin cuenta la verdad.

Martin se cruza con la mirada de Aron un breve instante y luego mira hacia la puerta.

—Mejor hagámoslo así, Martin, mírame, estoy aquí —dice Aron y abre una carpeta negra.

Martin dirige la mirada hacia él.

135

—¿Recuerdas esto? —pregunta Aron y le pasa una fotografía por la mesa.

Martin se echa hacia atrás hasta que se queda con los brazos estirados y se le arruga la piel del reverso de las manos.

Respira de forma acelerada y cierra los ojos con fuerza.

La foto es una imagen nítida de la chica ahorcada. El flash de la cámara ilumina cada detalle del instante previo a que la oscuridad del entorno vuelva a abrazarla.

Las gotas de lluvia flotan ingrávidas e iluminadas alrededor de Jenny Lind.

El pelo mojado que le tapa la mayor parte de la cara tiene un tono de roble barnizado. Entre los mechones lacios se vislumbra la punta de la barbilla y la boca abierta. El cable de acero le ha cortado la piel, la sangre ha caído por su cuello y le ha teñido el vestido hasta hacerlo parecer negro.

Aron retira la foto y la guarda otra vez en la carpeta.

Poco a poco, Martin se va calmando.

Cuando se vuelve a inclinar sobre la mesa, sus manos están casi blancas.

Su rostro pálido está sudado y tiene los ojos inyectados en sangre.

Se queda quieto, con la mirada baja.

La barbilla le tiembla como si intentara no llorar.

—Fui yo, yo la maté —susurra, y su respiración se vuelve a acelerar.

—Explícalo con tus propias palabras —dice Aron.

Martin dice que no con la cabeza y mece el tronco con ansiedad hacia delante y hacia atrás.

—Tranquilízate —dice Aron y esboza una sonrisa afable—. Te sentirás mucho mejor cuando lo hayas explicado todo, te lo prometo.

Martin deja de moverse y respira de forma acelerada por la nariz.

—¿Qué pasó, Martin?

—No me acuerdo —contesta y traga con fuerza.

—Claro que te acuerdas, has reaccionado muy fuerte ante la imagen de la víctima, has dicho que tú la mataste —dice Aron y respira hondo—. Nadie está enfadado contigo, pero tienes que explicar lo que ocurrió.

—Sí, pero yo...

Permanece callado, mira por encima del hombro y luego debajo de la mesa.

—Has confesado que tú mataste a la chica en el parque infantil.

Él asiente sin decir nada y luego se queda toqueteando los eslabones de la cadenita de las esposas.

—No recuerdo nada —dice débilmente.

—Pero ¿recuerdas que acabas de confesar el asesinato?

—Sí.

—¿Sabes quién es ella?

Él niega con la cabeza y luego mira la puerta.

—¿Cómo lo hiciste cuando la mataste?

—¿Qué?

Martin mira a Aron con ojos ausentes.

—¿Cómo lo hiciste? ¿Cómo mataste a la chica?

—No lo sé —susurra Martin.

—¿Estabas solo? ¿U os ayudasteis entre varios?

—No puedo responder a eso.

—Pero ¿puedes responder a por qué lo hiciste? ¿Me lo quieres contar?

—No lo recuerdo.

Con un suspiro profundo, Aron se levanta de la silla y abandona la salita de interrogatorios sin decir nada más.

24

Joona se guarda las gafas de sol en el bolsillo de la camisa mientras cruza un pasillo de las dependencias de la policía de Norrmalm.

Agentes de paisano y uniformados se mueven en distintas direcciones.

Aron Beck está esperando junto a las máquinas de café, con los pies muy separados y las manos a la espalda.

—¿Qué haces aquí? —pregunta.

—Me gustaría estar presente durante el interrogatorio —responde Joona.

—Demasiado tarde, ya ha confesado —dice Aron y hace un esfuerzo por dejar de sonreír.

—Buen trabajo —dice Joona.

Aron reclina la cabeza y mira a Joona.

—Acabo de hablar con Margot y ella piensa que ya va siendo hora de que la fiscalía se encargue de la investigación.

—Suena un poco precipitado —dice Joona y coge una taza del armario—. Tú sabes que está mentalmente enfermo.

—Pero ha sido vinculado con el escenario a la hora en que se produjo el crimen, y él se ha confesado culpable.

—¿Qué móvil tiene? ¿Qué conexión tiene con la víctima? —pregunta Joona y pulsa el botón del expreso.

—Dice que no se acuerda —responde Aron.

—¿Qué es lo que no recuerda? —pregunta Joona.

—No recuerda nada de aquella noche.

Joona coge la taza y se la pasa a Aron.

—Entonces, ¿cómo ha podido confesar el asesinato?

—No lo sé —dice Aron y mira la taza en su mano—. Pero ha dicho bastante pronto que lo había hecho él, puedes mirar la grabación, si quieres.

—Lo haré, primero solo quiero saber qué piensas tú del interrogatorio.

—¿Eh? ¿Qué quieres decir? —pregunta Aron y bebe café.

—¿Cabe la posibilidad de que hayas podido malinterpretar lo que ha confesado?

—¿Malinterpretar? Ha dicho que ha sido él quien mató a la chica.

—¿Qué ha precedido a la confesión?

—¿A qué te refieres?

—¿Qué le habías dicho justo antes?

—¿Ahora soy yo el interrogado? —pregunta Aron y esboza una sonrisa sardónica.

—No.

Aron deja la taza vacía en el fregadero y se seca las manos en los vaqueros.

—Le he enseñado una foto de la víctima —dice, rezongón.

—¿De la escena del crimen?

—Le costaba recordar, he intentado ayudarlo.

—Entiendo, pero ahora sabe que se trata de una chica ahorcada —dice Joona.

—No estábamos llegando a ninguna parte. Tenía que hacerlo —dice Aron.

—Lo que tú consideras una confesión, ¿podría tratarse de otra cosa?

—¿Ahora me dirás que estoy equivocado? —pregunta Aron.

—Solo me pregunto si, por ejemplo, podría haber querido decir que él la ha matado de forma indirecta, porque no ha podido salvarla.

—Para.

—Sabemos que no tuvo tiempo de montar el cabrestante en el palo... Obviamente, existe la posibilidad de que lo hiciera antes, que usara la escalera para esquivar las cámaras, pero entonces resulta difícil comprender por qué luego coge el otro camino cuando va a matarla.

—Pero, joder, habla tú mismo con él y verás lo...

—Bien —lo interrumpe Joona.

—Y verás lo fácil que es.

—¿Se ha mostrado violento o agresivo?

—Acaba de confesar un asesinato terrible, frío, repugnante, yo mismo lo ahorcaría con un cabrestante, si me dejaran.

25

Jonna llama brevemente a la puerta antes de entrar en la sala de interrogatorios. Un funcionario de prisiones corpulento y con barba negra está sentado enfrente de Martin, mirando el móvil.

—Haz un descanso —dice Joona y deja salir al vigilante.

Martin tiene la cara macilenta e hinchada. La incipiente barba hace que se lo vea vulnerable. Lleva el pelo de punta, sus ojos claros están cansados y toda la estancia huele a sudor. Tiene las manos unidas sobre la mesa rayada.

—Me llamo Joona Linna, soy inspector en del DON, el Departamento Operativo Nacional —dice Joona y se sienta en la silla que ha quedado libre.

Martin asiente de forma casi imperceptible con la cabeza.

—¿Qué te ha pasado en la nariz? —pregunta Joona.

Martin se toca la nariz con cuidado, pero el tapón de papel ensangrentado se cae en la mesa.

—¿Te han preguntado si padeces alguna enfermedad, si necesitas algún medicamento, etcétera?

—Sí —susurra Martin.

—¿Te puedo quitar las esposas?

—No lo sé —dice Martin y echa un vistazo rápido por encima del hombro.

—¿Te pondrás violento?

Martin dice que no con la cabeza.

—Te las quito, pero quiero que te quedes todo el rato sentado en la silla —dice Joona y le abre las esposas y se las guarda en el bolsillo.

Martin se masajea las muñecas lentamente y desliza la mirada por encima de Joona, hasta la puerta.

Joona saca una hoja de papel y la deja delante de las manos entrelazadas de Martin. Observa el rostro del sospechoso mientras este mira la copia exacta del sello que Jenny Lind tenía estampado en el cogote.

—¿Qué es esto? —pregunta Joona.

—No lo sé.

—Míralo bien.

—Ya lo hago —dice él en voz baja.

—Tengo entendido que sufres un trastorno por estrés postraumático complejo y que tienes dificultades para recordar y hablar.

—Sí.

—Cuando has hablado con mi compañero, has confesado el asesinato de una mujer joven —dice Joona—. ¿Puedes decirme cómo se llama?

Él niega con la cabeza.

—¿Sabes cómo se llama? —repite Joona.

—No —susurra Martin.

—¿Qué recuerdas de aquella noche?

—Nada.

—Entonces ¿cómo puedes estar seguro de que tú mataste a la mujer?

—Si vosotros decís que lo he hecho, quiero confesarlo y aceptar mi castigo —dice Martin.

—Está muy bien que quieras confesar, pero para poder hacerlo, primero nosotros tenemos que descubrir qué fue lo que realmente pasó.

—Vale.

—Sabemos que tú estuviste allí cuando la mataron, pero eso no implica automáticamente que fueras tú quien lo hiciera.

—Creía que sí —dice él sin que apenas se oiga.

—No funciona así.

—Pero…

Las lágrimas empiezan a correr por las mejillas de Martin y las gotas caen en la mesa, entre sus manos. Joona va a buscar un pañuelo de papel y se lo entrega a Martin, quien se suena sin hacer ruido.

—¿Por qué hablas tan bajo todo el rato?

—Tengo que hacerlo —dice él y lanza una mirada a la puerta.

—¿Le tienes miedo a alguien?

Él asiente.

—¿A quién?

Martin no contesta, solo vuelve a mirar por encima de su hombro.

—Martin, ¿hay alguien que pudiera ayudarte a recordar?

Él niega con la cabeza.

—Estaba pensando en tu psiquiatra del hospital Sankt Göran —le aclara Joona.

—A lo mejor.

—Podríamos probar con él, ¿te parece bien?

Él asiente mínimamente.

—¿Sueles tener pérdidas de memoria?

—No me acuerdo —bromea Martin y baja la mirada cuando Joona se ríe.

—Ya, claro.

—Tengo lagunas bastante a menudo —susurra.

Alguien va canturreando por el pasillo y haciendo tintinear un manojo de llaves. Cuando pasa por delante de la sala de interrogatorios, la porra choca con la puerta sin querer.

Martin da un respingo y parece asustarse.

—Creo que aquella noche viste algo horrible —dice Joona mientras observa el rostro de Martin—. Algo tan terrible que no tienes fuerzas para pensar en ello…, pero tanto tú como yo sabemos que lo que viste sigue dentro de tu cerebro, y me

gustaría que empezaras explicándome lo poquito que sí recuerdas.

Martin clava la mirada en la mesa y sus labios se mueven
como si intentara dar con unas palabras que llevan mucho tiempo perdidas.

—Estaba lloviendo —dice Joona.

—Sí —afirma Martin.

—¿Recuerdas el sonido de las gotas sobre el paraguas?

—Ella estaba como...

Calla de golpe por un traqueteo en la cerradura y luego la
puerta se abre de repente. Aron entra dando grandes zancadas.

—Se acabó el interrogatorio, un fiscal se ha hecho cargo de la
investigación —explica y carraspea.

—Martin —dice Joona como si Aron no estuviera presente—.
¿Qué ibas a decir?

—¿Eh?

Martin se cruza desconcertado con su mirada y se humedece
los labios.

—Ya basta —dice Aron y agita la mano para hacer entrar al
corpulento funcionario de prisiones.

—Estabas a punto de contarme lo que viste —continúa Joona,
tratando de retener la mirada de Martin.

—No me acuerdo.

Aron coge el libro de registro del funcionario y firma la orden de traslado inminente.

—Dame un minuto, Aron.

—Lo siento, pero no puedo, ya no depende de mí —responde
él con actitud pasota.

El funcionario de prisiones pone en pie a Martin y le explica que va a volver a su celda y que allí le darán algo de comer.

—Martin —se empeña Joona—. La lluvia repicaba en el paraguas, tú miraste hacia el parque infantil y viste a la chica que
estaba como..., explícame lo que ibas a decir.

Martin dice que no con la cabeza, como si ni siquiera entendiera la pregunta. Aron le ordena al funcionario que se lo lleve.

—La viste bajo la lluvia —continúa Joona—. ¿Cómo estaba? Martin, quiero saber lo que ibas a decir.

La boca de Martin se abre, pero no sale ningún sonido. El funcionario de prisiones le agarra del antebrazo y se lo lleva.

26

Pamela aparca delante del hospital Karolinska, cruza la calle Solna Kyrkväg y entra por la verja del cementerio de Norra.

Ha estado ahí tantas veces que elige de forma automática la mejor combinación en el gran entramado de pasillos entre lápidas y mausoleos.

El policía que el viernes la aplastó contra la pared no le dijo adónde se llevaban a Martin. Aún temblaba de pies a cabeza cuando volvió a subir al piso. La puerta estaba abierta de par en par y la cerradura estaba tirada en el suelo, rota en varios pedazos después de haber sido forzada.

Pamela los recogió, ajustó la puerta y cerró los bulones de seguridad, cogió un paracetamol con codeína de la cajita de Martin y se lo tragó, se sentó al ordenador, encontró un número de teléfono de la oficina de los servicios penitenciarios y se enteró de que Martin estaba en el calabozo de Kronobergshäktet.

Le preparó rápidamente una mochila a Martin con ropa y su cartera, fue hasta allí en taxi, pero el vigilante no la dejó entrar. Le cogió la mochila, pero se negó a dejarla hablar con nadie sobre el estado mental de Martin y sus necesidades de medicación y curas.

Se quedó tres horas esperando en la calle Berg, delante de las verjas, y cuando el vigilante terminó su turno y fue sustituido por un compañero Pamela hizo un nuevo intento, hasta que acabó por tirar la toalla y volver a casa.

A última hora de la tarde la informaron de que Martin había sido detenido como sospechoso del asesinato de Jenny Lind.

La misma chica que había desaparecido cinco años atrás.

Ahora la ansiedad inicial del Pamela ya se ha mitigado y ha pasado a ser una resignación cansada sobre la absurdidad de la existencia.

Martin vio a la chica muerta en el parque infantil, a lo mejor incluso fue testigo del asesinato, pero en lugar de escuchar lo que tiene que decir lo han detenido.

Pamela se mete en la sombra bajo el olmo, coge la silla plegable, continúa hasta la tumba de Alice y se sienta.

El sol cae sobre el granito oscuro y la inscripción, las violetas y el pequeño cuenco con bastones de caramelo.

Desde la capilla norte llega el ruido de un cortacésped, y el tráfico de la autovía suena como un murmullo de tormenta en la distancia.

Pamela empieza a hablar con Alice acerca de todo lo que ha pasado los últimos días, le cuenta que han encontrado a Jenny Lind ahorcada en pleno Estocolmo, que Martin hizo un dibujo del escenario del crimen y que ella llamó a la policía porque a lo mejor él podía ayudarles.

Pamela guarda silencio mientras una señora con tacataca pasa por el camino de gravilla y espera a que desaparezca antes de hacer acopio de fuerzas para explicar el motivo real de la visita.

—Alice, te quiero —empieza diciendo y coge aire—. Hay una cosa que... No quiero que te lo tomes a mal, pero he tenido contacto con una chica que tiene diecisiete años, vive en un centro de acogida en Gävle... Quiero que se venga a vivir a casa, que tenga un sitio seguro en la vida... —Se pone de rodillas y apoya las palmas de las manos en la hierba caliente que recubre la tumba–. No quiero que pienses que ella puede sustituirte, eso no podrá hacerlo nunca… No quiero que estés triste…, pero siento que esto puede ser algo bueno para ella, y para mí y Martin… Lo siento.

Pamela se enjuga las lágrimas y se traga el llanto con una punzada de dolor en la garganta. Se levanta, camina deprisa por el estrecho camino y desvía la mirada al cruzarse con un hombre mayor que lleva una rosa roja en la mano.

Una golondrina se precipita cortando el aire, pasa volando a ras de la hierba recién cortada para cazar algo y vuelve a alzar el vuelo.

Pamela camina a paso ligero por la alameda y cae en la cuenta de que se ha olvidado de volver a colgar la silla en el árbol, pero ahora no tiene ánimos de retroceder.

Mientras recorre la acera hasta el aparcamiento siente que sus movimientos son extrañamente rígidos.

Las lágrimas le vuelven a subir a los ojos y se apresura a sentarse en el coche, se cubre la cara y llora sintiendo los espasmos en el diafragma.

Al cabo de un rato recupera el control de su respiración, se tranquiliza y arranca el coche.

Conduce el breve trayecto hasta casa, aparca en el garaje y llega al portal con la cara enrojecida fija en el suelo.

Cuando entra en el piso tiene tanto frío que empieza a tiritar. Echa el cerrojo de seguridad, cuelga las llaves en el gancho que hay detrás de la puerta y se va al cuarto de baño, se quita la ropa, se mete en la ducha y se deja envolver por el agua humeante.

Cierra los ojos, nota que su cuerpo se relaja y que va recuperando poco a poco el calor.

Cuando sale del baño, el sol de la tarde entra por la ventana dibujando un pasillo de luz en el suelo de parquet.

En el dormitorio cuelga la toalla en un gancho y se planta desnuda delante del espejo.

Mete barriga, se pone de puntillas y se mira a sí misma, las rodillas arrugadas, los muslos, el vello púbico rojo oscuro.

Los hombros se le han puesto rojos con el agua caliente de la ducha.

Pamela se envuelve en la bata, va a la cocina y se sienta a la mesa con el iPad.

Su corazón se acelera al leer las especulaciones sobre el asesinato de Jenny Lind. La policía no se ha pronunciado, pero la orden de prisión preventiva está circulando por todo internet, junto con el nombre y la foto de Martin.

Pamela pulsa el icono del gestor de correo electrónico, ve que ha recibido un mail de los servicios sociales y lo abre.

> Informe según cap. 11, §1 SoL
>
> A día de hoy hemos tomado la decisión de negar la solicitud de Pamela Nordström de acoger, por encargo de los Servicios Sociales, a una menor para cuidado y educación temporal o permanente.
>
> Con motivo de las recientes informaciones acerca de Martin Nordström, el Consejo considera que el hogar y la familia de destino suponen un peligro directo para la seguridad de la menor (cap. 4 §2 SOSFS 2012:11).

Pamela se levanta con una sensación gélida en su interior, va al armario y saca la botella de Absolut Vodka, coge un vaso grande, lo llena y bebe.

Les han negado la acogida porque han dictaminado prisión preventiva para Martin. Está claro, piensa Pamela y bebe un poco más. Desde su perspectiva es del todo comprensible, pero dado que Martin es inocente y lo soltarán un día de estos, no deja de parecerle tremendamente injusto.

27

Pamela se vuelve a llenar el vaso con manos temblorosas y lo vacía en dos tragos largos que le hacen perder toda la sensibilidad de la boca.

Vuelve a la mesa, deja el vaso y la botella con un golpe demasiado fuerte y se sienta otra vez.

El alcohol le arde en el estómago y la mirada ya le empieza a resbalar.

Se concentra y lee la notificación por segunda vez, luego busca los capítulos relevantes en la Ley de Servicios Sociales y en las regulaciones de la Dirección Nacional de Salud y Bienestar, y le parece entender que puede presentar un recurso contencioso-administrativo.

Se termina lo que queda en el vaso, coge el teléfono y llama a Mia.

—Hola, Mia, soy Pamela, la que…

—Espera —la interrumpe Mia enseguida y habla con otra persona—. No, para, tengo que coger la llamada… Vale, yo también te odio… ¿Hola?

—¿Qué pasa? —pregunta Pamela.

—Nada, solo es Pontus, está cantando debajo de mi ventana —dice ella con voz alegre.

—He visto la foto en Instagram, es muy mono —dice Pamela y se oye a sí misma balbucear un poco.

—Lo sé, debería enamorarme de él —suspira Mia.

Pamela se vuelve hacia la ventana, mira al parque de abajo y ve que hay gente tirada en el césped tomando el sol y críos jugando alrededor del pequeño estanque.

—Necesito hablar contigo antes de que te enteres por otra vía —dice Pamela y trata de poner orden en su cabeza—. Mia, los servicios sociales me han denegado la solicitud.

—Vale.

—Pero es por motivos erróneos y pienso recurrir, no hay nada decidido, no quiero que pienses que sí.

—Entiendo —dice Mia en voz baja.

Se hace el silencio. Pamela desenrosca el tapón de la botella con la mano que tiene libre, lo deja en la mesa y empieza a servirse en el vaso, pero deja de hacerlo en cuanto oye el chapaleo. Se bebe lo poco que ha podido caer en el vaso, titubea y luego le da un trago a la botella.

—Todo saldrá bien, te lo prometo —susurra.

—Mucha gente promete cosas —dice Mia con voz hueca.

—Pero esto no es más que un estúpido malentendido, creen que Martin está implicado en un asesinato.

—Espera, ¿él es el que aparece en todas partes?

—Pero no ha hecho nada, solo es un estúpido malentendido —repite Pamela—. Te lo prometo, quiero decir, tú misma sabes que a veces la policía se equivoca, ¿verdad que lo sabes?

—Tengo que irme.

—Mia, puedes llamarme siempre que…

Pamela oye un chasquido y se queda callada al entender que Mia ha cortado la llamada. Se levanta tambaleándose, se lleva la botella al dormitorio, la deja en la mesita de noche y se echa en la cama.

Sabe que Martin no ha reclamado sus derechos y no ha solicitado la presencia de un abogado. Probablemente, la policía lo haya engañado para decir cosas y señalar fotos, a pesar de que él no entendiera de qué se trataba.

Pamela se estira para coger la botella y bebe más. Su estómago se encoge para expulsar el alcohol, pero ella se resiste y procura respirar con calma.

Duda mucho de que esté siquiera permitido interrogar a una persona que está psíquicamente enferma sin que haya alguien con competencias psiquiátricas delante.

Se incorpora en la cama, coge el teléfono, busca el contacto y deja que los tonos se sucedan.

—Dennis Kratz —responde él.

—Hola —dice Pamela.

—¿Qué está pasando con Martin? —pregunta.

—Has visto lo que se está diciendo, es de locos...

Pamela se esfuerza para no juntar sílabas y palabras mientras le cuenta lo del dibujo de Martin y todo lo que ha sucedido después.

—He pensado..., ¿no podrías hablar tú con la policía? —pregunta.

—Por supuesto.

—Porque no creo que tengan..., quiero decir, las competencias adecuadas para... interrogar a una persona con trastorno por estrés postraumático complejo.

—Mañana hablaré con ellos.

—Gracias —susurra Pamela.

—¿Y tú cómo estás? —pregunta Dennis después de una pausa.

—¿Que cómo estoy? Se me hace bastante difícil —dice ella y se seca las repentinas lágrimas de las mejillas—. La verdad es que... me he tomado una copa para tranquilizarme.

—Necesitas hablar con alguien —dice Dennis.

—Me las apaño, no pasa nada...

—¿Quieres que vaya a tu casa?

—A mi casa —repite ella—. Si te soy sincera, me encantaría..., esto ha sido un poco demasiado incluso para mí.

—Me lo imagino.

—No te preocupes, ya lo resolveré, todo irá bien...

Pamela cuelga, nota que se le calientan las mejillas, se levanta y se golpea contra el marco de la puerta; luego se frota el hombro. Tambaleándose, se mete en el baño, se inclina sobre la taza del váter, se mete dos dedos en la garganta y se obliga a vomitar. Consigue expulsar parte del alcohol, se enjuaga la boca y se cepilla los dientes.

La habitación empieza a dar vueltas, Pamela se percata de que el vodka aún le está subiendo.

Se lava las axilas y se pone un vestido ligero azul con cinturón ancho.

Dennis puede aparecer en cualquier momento.

Pamela se revisa el maquillaje y se pone los pendientes nuevos.

Cuando se va a la cocina y ve el iPad sobre la mesa, vuelve a sentir la angustia retumbando en su corazón.

Le parece que nada tiene sentido. ¿Cómo ha podido imaginarse que Mia iba a poder vivir con ellos?

Se lo han denegado por motivos erróneos, pero Pamela sabe que, en verdad, se merecen la negativa.

Ella tiene problemas con la bebida, y el pensamiento obsesivo de Martin y sus alucinaciones paranoicas no acabarán de golpe y porrazo.

¿Cómo ha podido Pamela negar tal obviedad?

Una vida nueva no es más que una fantasía patética.

Metiéndola en todo esto, ha traicionado a Mia.

Y engañándose a sí misma, ha traicionado a Alice.

Vuelve al dormitorio para tumbarse en la cama y piensa que llamará a Mia y le contará las cosas tal y como son: que ella y Martin no están capacitados para ser padres.

Tiene la sensación de que todo se mueve a su alrededor; las paredes y las ventanas pasan a toda velocidad.

Pamela decide salir al balcón, enrollarse la vieja tira de leds al cuello y saltar.

Cierra los ojos y todo se vuelve negro. Cuando se despierta otra vez, están llamando a la puerta. Pamela se levanta de la cama sobre piernas inseguras y justo en ese momento recuerda que ha llamado a Dennis para pedirle que fuera a su casa.

28

Tiene la sensación de haber dormido una noche entera, pero cuando cruza el pasillo nota la embriaguez atravesarle todo el cuerpo como un viento cálido.

Quita los bulones de la puerta de seguridad y abre, deja entrar a Dennis, le da un abrazo y vuelve a cerrar con llave.

Dennis lleva una americana de tweed gris marengo y camisa azul. Se ha cortado el pelo cano hace poco y su mirada es cálida cuando mira a Pamela a los ojos.

—Ahora me avergüenzo de haberte hecho venir hasta aquí —dice ella.

—Pero a mí me gusta ser tu compinche guapo —dice él, sonriendo.

Dennis se apoya en la pared con una mano para quitarse los zapatos negros, y luego la acompaña a la cocina.

—¿Quieres una copa de vino?

—Como mínimo —responde él.

Pamela se ríe y ella misma oye lo forzada que suena la risa, se acerca al estante de vinos y coge una botella de cabernet sauvignon norteamericana.

Él la acompaña al salón. Pamela enciende la lámpara de pie y el resplandor amarillo se esparce por los muebles y se refleja en las altas ventanas que dan a la calle Karlavägen.

—Hacía tiempo que no venía —comenta Dennis.

154

—Ahora que lo dices, sí.

—Tengo la sensación de que lo único que veo son habitaciones de hotel aburridas.

A Pamela le tiemblan las manos cuando saca dos copas de vino de la vitrina. Aún está tremendamente borracha.

—¿Cómo te encuentras? —pregunta él con cuidado.

—Estoy bastante afectada —dice ella, con honestidad.

Nota que Dennis la observa mientras ella abre la botella, sirve las dos copas y le pasa una.

Él le da las gracias y mira por la ventana.

—¿Qué es ese edificio verde que se ve? —pregunta.

—Sí, ¿de dónde ha salido? —bromea ella.

Se pone al lado de Dennis y, de pronto, nota la proximidad de su cuerpo como un calor eléctrico.

—¿Siempre ha estado ahí? —dice él sonriendo.

—Por lo menos hace ochenta años…

Dennis deja la copa con cuidado sobre la mesita de centro, se limpia la boca y luego vuelve a mirar a Pamela.

—Te quedan bien los pendientes —dice y toca suavemente uno—. Estás guapísima.

Se sientan en el sofá y él le pasa un brazo por los hombros.

—¿Y si Martin ha hecho lo que dicen que ha hecho? —dice Pamela en voz baja.

—Pero no lo ha hecho —contesta Dennis.

—Sé que me lo advertiste, pero ya hemos recibido la negativa de los servicios sociales —le explica y se arregla el vestido.

—Puedes recurrir —señala Dennis tranquilamente.

—Lo haré, está claro, pero…, Dios mío, ya no sé nada —dice Pamela y apoya la cabeza en su hombro—. Me han dicho que es por culpa de Martin, a pesar de que en la práctica no vivimos juntos, sino porque estamos casados.

—¿Y aún quieres eso?

—¿Qué? —dice ella y se queda mirándolo.

—Te lo pregunto como amigo, porque me importas —dice él.

—¿Qué es lo que preguntas?

—¿Te volverías a casar con él a día de hoy?

—Es que tú ya estás pillado —dice ella sonriendo.

—Solo mientras te espero a ti.

Ella se inclina hacia delante y le da un beso en la boca, luego susurra «perdón».

Se miran seriamente a los ojos.

Ella traga saliva, piensa que está aterrorizada por dentro, que ha bebido demasiado, que quiere cosas que en verdad no quiere, que debería pedirle que se marchara, cuando en realidad quiere que se quede.

Se vuelven a besar, con sumo cuidado y suavidad.

—Sabes que esto podría ser una reacción a todo lo que ha pasado —dice él con voz ronca.

—¿Ahora estás haciendo de psicólogo, o qué?

—No quiero que te sientas mal ni hagas nada que...

—No, está...

Se queda callada y nota que el corazón se le acelera al pensar que está a punto de traicionar a Martin.

Dennis toquetea la marca profunda que hay en la hoja de la mesa de centro, de una noche que Martin intentó sacar todos los muebles al rellano.

—Tengo que ir al baño —dice ella en voz baja y deja a Dennis en el salón.

Pamela posa la copa de vino en la mesita del pasillo, se mete en el baño, echa el cerrojo y se sienta en la taza del váter con una mezcla de ansiedad y deseo.

Tiene la piel de los muslos erizada.

Termina de hacer pipí, coge el vaso del cepillo de dientes y lo llena de agua tibia, se lava bien entre las piernas, se seca y se sube las bragas otra vez.

Se retoca un poco el pintalabios y se pone unas gotas de Coco Chanel en las muñecas antes de volver al salón.

Dennis se ha levantado del sofá y está de pie delante de la

puerta de cristal que da al balcón, mirando hacia fuera. Pamela nota que la oye llegar, y cuando se acerca, él se vuelve.

—Me gustan estos cierres —dice Dennis tocando la barra de latón de la puerta.

—Españoletas —dice ella y pone una mano encima de la suya.

Se quedan allí de pie, acariciándose las manos con cuidado, se miran sonriendo. Los ojos de Dennis se vuelven graves y su boca se abre un poco, como si estuviera a punto de decir algo.

—Esto me pone un poco nerviosa —dice ella y se aparta unos rizos de la cara, aunque no haga falta.

Empiezan a besarse otra vez. Ella le acaricia el rostro, abre la boca, recibe la lengua caliente de Dennis y nota sus manos recorriéndole la espalda, bajando por su cintura hasta llegar al culo.

Pamela siente que Dennis se endurece y se restriega contra él y empieza a respirar más deprisa.

Nota la vulva caliente y palpitante.

Siempre la ha ruborizado tener tanta facilidad para mojarse.

Él la besa en el cuello y en la barbilla y empieza a desabrocharle los botones del vestido. Ella lo observa, su mirada concentrada, sus dedos trémulos.

—¿Vamos a la cama? —susurra ella.

Él le retira con cuidado el pintalabios con el reverso de la mano y luego la sigue por el pasillo y se meten en el dormitorio. Al acercarse a la cama Pamela nota que le tiemblan las piernas. Aparta los cojines decorativos y retira la colcha.

Él se quita la camisa y la tira al suelo junto a la pared. Una profunda cicatriz le atraviesa el pectoral izquierdo, como si alguien hubiese dibujado una raya en la arena con un palo.

Ella se quita el vestido y lo cuelga sobre el respaldo de la butaca, se desabrocha el sujetador y lo deja encima del vestido.

—Eres tan hermosa... —dice él, se acerca y la besa.

157

Le aprieta un pecho suavemente, le besa el cuello, se agacha y le succiona los pezones, se llena la boca con sus pechos. Luego se endereza y empieza a desabrocharse los pantalones.

—¿Tienes condones? —susurra ella.

—Puedo bajar a comprar —se apresura a decir él.

—Vamos con cuidado —dice ella, en lugar de explicarle que lleva un DIU.

Pamela se quita las bragas, se seca rápidamente un poco de flujo con ellas, las deja caer al suelo, las mete debajo de la cama con el pie y se tumba.

El colchón se balancea cuando él la imita. Dennis se tumba a su lado, la besa en la boca, entre los pechos y en la barriga.

Ella deja que le separe los muslos, le pasa los dedos por el pelo y jadea entre temblores cuando él la empieza a lamer.

Nota la lengua blanda de Dennis deslizarse sobre su clítoris y está a punto de tener un orgasmo de buenas a primeras. Le hace parar, para no parecer una muerta de hambre, le sujeta la cabeza, junta los muslos y se tumba de lado.

—Quiero sentirte dentro de mí —susurra y hace que él se tumbe bocarriba.

Pamela le agarra el pene erecto, lo aprieta con la mano y se sienta encima de él a horcajadas.

Dennis la penetra y ella jadea y entiende que no podrá aguantar muchos segundos más.

Mueve las caderas e intenta ocultar el orgasmo cuando llega a él, aprieta la mandíbula y respira por la nariz.

Le tiemblan los muslos y se inclina para apoyarse con las manos en la cama.

Dennis empieza a embestirla más fuerte mientras las contracciones de Pamela continúan.

El cabecero de la cama choca contra la pared y del angelito que está colgado del gancho cae un polvillo. Las aguamarinas con forma de lágrimas oscilan en los lóbulos de Pamela.

Ella se da cuenta de que él está a punto de eyacular, a Den-

nis se le humedece la frente y de pronto se detiene para retirarse.

—Puedes correrte dentro —susurra ella.

Él la penetra hondo, la agarra por el culo y gime, ella jadea como si llegara ahora al orgasmo, nota claramente las cascadas de Dennis y cómo sale inmediatamente de ella con un
burbujeo.

29

Se oye un bullicio de voces y de sillas moviéndose a medida que la sala de prensa de la policía se va llenando de periodistas. Hay micrófonos de distintos canales de televisión y radio montados a lo largo de la estrecha mesa que hay al fondo.

Margot está de pie junto a la pared, al lado del podio, mirando su teléfono móvil, cuando Joona se le acerca. Ella lleva pantalón negro y camisa de uniforme del mismo color. Las charreteras con galones de hojas de roble y coronas doradas brillan bajo el reflejo de los focos.

—Espero que no vayas a declarar que hemos detenido a un posible autor del crimen —dice Joona, parándose delante de ella.

—Ha confesado —responde Margot sin apartar la vista del móvil.

—Lo sé, pero es una confesión complicada, no cuadra —dice Joona—. Tiene serios problemas para recordar y para hablar. Solo intentaba hacer lo que creía correcto cuando Aron lo presionó.

Una arruga de impaciencia se ha formado en la frente de Margot cuando esta alza la vista.

—Entiendo lo que dices, pero es…

—¿Sabías que, en verdad, está ingresado en una planta psiquiátrica y que solo estaba en casa en periodo de prueba?

—Suena como una recaída —dice ella y se guarda el teléfono en el bolso.

—Si no fuera porque su enfermedad mental no tiene ningún componente violento en absoluto.

—Déjalo, tú no estás en el caso.

—Habla con la fiscal, dile que tengo que interrogar al sospechoso, solo una vez.

—Joona —suspira Margot—. Ya deberías saber cómo funciona esto.

—Sí, pero es demasiado pronto para declarar prisión provisional.

—Puede que sí, pero todo se verá, por eso tenemos una fiscalía.

—Vale —dice Joona.

En el podio, la jefa de prensa golpetea el micrófono y el bullicio de los periodistas se mitiga un poco.

—El plan es el siguiente —le explica Margot rápidamente a Joona—. Viola da la bienvenida a todos los presentes a la rueda de prensa, luego yo tomo la palabra y explico que la fiscalía ha solicitado la detención de un hombre que, por causas probables, es sospechoso de ser el autor del asesinato de Jenny Lind... Y después le cedo la palabra al jefe de la policía provincial... Él dirá algo de que el intenso trabajo de vigilancia de la policía de Norrmalm ha permitido una rápida detención y...

Antes de dejar que termine la frase, Joona da media vuelta y empieza a caminar en dirección a la salida. Pasa por el lado derecho del grupo de periodistas y llega a la puerta justo en el momento en que la jefa de prensa les da la bienvenida.

*

Muy por encima del ruido del tráfico, Joona está de pie detrás de su butaca de orejeras, con las manos apoyadas en el respaldo. Su camisa negra está desabrochada y cuelga por fuera de la camiseta blanca y los vaqueros negros.

Nathan Pollock le dejó en testamento el piso en The Corner House. Dos habitaciones en la última planta del alto edificio.

Nathan no mencionó nunca que tuviera esta propiedad, al margen de su casa habitual.

Por la ventana, Joona contempla la iglesia de Adolf Fredrik desde las alturas. La enorme cúpula con su techumbre de cobre parduzco y brillante está rodeada de copas de árboles de color verde.

Joona piensa en los movimientos compulsivos de Martin en la salita de interrogatorios.

Es como si su cuerpo no soportara tener dentro lo que había visto en directo. No podía dejar de mirar una y otra vez bajo la mesa y a su espalda.

Como si lo estuvieran atosigando en un plano puramente físico.

Joona va hasta la otra ventana. Una luna llena blanca se perfila en el cielo claro sobre los montículos de Hagaparken.

Cierra los ojos un momento y enseguida le viene la imagen del cuerpo de Jenny Lind sobre la mesa de autopsias.

La piel de un blanco antinatural y el corte negro en el cuello hacen que el recuerdo parezca una fotografía en blanco y negro.

Por mucho que Joona sea capaz de rememorar sus ojos amarillos y su pelo rubio, la sensación sigue siendo la de que Jenny no tenía color.

Sin color y sola, mirando al vacío.

Él le ha prometido que encontrará al asesino.

Y lo hará.

Aunque el caso no sea suyo, será incapaz de dejar de pensar en Jenny Lind.

Lo sabe.

Y es precisamente ese fuego lo que le impide dejar de ejercer de policía, aun sabiendo que es quizá justo lo que debería hacer.

Joona vuelve a la cómoda, coge el teléfono y llama a Lumi. Los tonos se suceden y luego se oye su voz aguda. Suena tan cerca que Joona siente como si la tuviera allí delante.

—*Oui, c'est Lumi.*

—Soy papá.

—¿Papá? ¿Ha pasado algo? —pregunta ella, intranquila.

—No, es… ¿Todo bien en París?

—Por aquí va todo como siempre, pero ahora no tengo tiempo de hablar.

—Solo necesitaba decirte una cosa…

—Ya, pero es que tampoco quiero que me estés llamando, pensaba que lo habías entendido, no tenemos ningún conflicto, pero realmente creo que necesito una pausa.

Joona se pasa una mano por la boca y traga saliva, se apoya en la superficie fría del cristal de la cómoda y coge aire.

—Solo quería decirte que tienes razón, que he entendido que tienes razón… Estoy metido en una nueva investigación, no te hablaré de ella, pero me ha hecho entender que no puedo dejar de ser policía.

—Nunca pensé que fueras a dejarlo.

—Me parece bien que te mantengas alejada de mi mundo… Me ha cambiado, me ha hecho daño, pero…

—Papá, lo único que te pido es que me des un poco de tiempo —lo interrumpe Lumi con llanto en la voz—. Sé que manejaba una imagen idealizada de ti, y ahora tengo serias dificultades para montarme una vida.

Lumi corta la llamada y Joona se queda allí de pie en el silencio.

Ella se ha alejado de él porque él le mostró quién era realmente, lo que era capaz de hacer. Lumi lo vio matar a un hombre indefenso, sin derecho a juicio, sin piedad.

Ella nunca entenderá que la crueldad era el precio que Joona estaba obligado a pagar.

El precio que Jurek había decidido.

Sus últimas palabras dan fe de ello: las enigmáticas palabras que le susurró antes de caer.

Fue en ese instante cuando Joona se transformó.

Lo percibe con más intensidad cada día que pasa.

Con una sensación de vacío, Joona mira el teléfono que tiene en la mano y luego llama a un número que jamás había pensado que volvería a usar. Después, se marcha del piso.

*

Joona sale de la estación de metro en Vällingby y es recibido por el aire caliente del mediodía. Se pone las gafas de sol y atraviesa la plaza de adoquines, con su patrón de grandes anillos blancos.

El centro está formado por edificios bajos con restaurantes, tiendas de comida, un comercio de oro, estanco y casa de apuestas.

En las portadas de la prensa se ve la cara de Martin y titulares que aseguran que el Verdugo ha sido detenido.

A veces, el oficio de policía se le antoja como un paseo largo y solitario por un campo de batalla lleno de sangre.

Joona se detiene delante de cada cuerpo y se ve obligado a revivir el sufrimiento de la víctima y a tratar de comprender la crueldad de su ejecutor.

Frente a una iglesia moderna hay un grupito de hombres jóvenes fumando en bañador.

Joona pasa por delante de dos edificios de apartamentos antes de detenerse junto a un bloque de pisos con una fachada que parece hecha de gomaespuma sucia.

El mismo color que los muros que rodean el centro penitenciario de Kumla.

Observa la hilera de pequeñas ventanas con rejas que hay a ras de suelo. Las cortinas están corridas, pero la luz interior del sótano atraviesa la tela.

Joona pulsa el botón del interfono.

—Laila, soy yo, Joona —le dice en voz baja al micrófono.

La cerradura electrónica se abre con un zumbido y Joona entra en el portal. En el sofá del rellano hay un hombre durmiendo, tiene las mejillas hundidas y sin afeitar. La camiseta está empapada alrededor del cuello. Cuando el portal se cierra de golpe, el hombre abre sus ojos cansados y mira a Joona con pupilas dilatadas.

Joona baja las escaleras hasta una puerta de sótano que se mantiene abierta con una escoba.

Joona la retira y deja que la puerta se cierre a su paso.

Suena pesada como la de una caja fuerte.

Sigue bajando la escalera y se mete en un local espacioso con paredes de hormigón pintadas de amarillo pálido y el suelo de plástico industrial.

Huele a detergente y vómito.

Laila trabaja de profesora de verano y está sentada delante del ordenador, corrigiendo exámenes de química.

En breve cumplirá setenta años, tiene el pelo de un gris grafito y lo lleva corto, las mejillas arrugadas y bolsa oscuras bajo los ojos. Lleva unos pantalones negros de piel ajustados y una blusa rosa.

Junto a la pared del fondo hay un sofá cama. Está abierto y la cama doble está tapada con una lona verde.

El mundo exterior apenas puede percibirse a través de las ventanitas que hay junto al techo.

En el suelo hay una caja de plástico con palillos asiáticos y restos de sushi.

La silla de oficina emite un crujido cuando Laila da media vuelta sobre sí misma y mira a Joona con unos ojos tranquilos castaño claro.

—Quieres empezar de cero —dice ella.

—Sí, eso creo —responde él, se quita la americana y cuelga la sobaquera con la pistola de un gancho.

—Túmbate.

Joona va hasta el sofá cama, recoloca los cojines de pana debajo de la lona, coge una sábana, la extiende y mete los bordes.

Laila pone en marcha la campana extractora del office, va a

165

buscar el cubo en el armario de debajo del fregadero y lo deja al lado de la cama.

Joona se quita los zapatos y oye el ruido de la lona bajo la sábana cuando se tumba.

Laila enciende una lámpara de aceite con chimenea de chapa que se va estrechando y la deja en la mesilla de noche que Joona tiene al lado.

—La tienda de relojes era más acogedora —dice y hace un intento de sonreír.

—Esto es acogedor —responde ella y regresa al office.

Abre la nevera y vuelve con un paquete de celofán, luego se sienta en el borde de la cama. Cuando el ordenador entra en modo de espera, la lámpara de aceite es la única fuente de luz de toda la estancia. El resplandor oscilante se deshila por los lados y un pequeño sol tirita en el techo.

—¿Te duele? —pregunta ella y se queda mirándolo a los ojos.

—No.

Hacía mucho tiempo que Joona no se veía obligado a acudir a Laila. Por lo general es capaz de gestionar la pena y el dolor por sí solo, no suele necesitar anestesiarse. Pero ahora mismo no sabe cómo va a convivir con la certeza de que se ha transformado. No ha querido reconocerlo, pero sabe que es cierto y que Lumi vio en directo el momento en que ocurrió.

La punta de la pipa es una esfera tiznada del tamaño de una lima. Laila la mira y luego la acopla en el mango de raíz de abedul.

—Solo necesito relajarme —susurra Joona.

Ella niega con la cabeza, retira el plástico que envuelve el opio crudo de color bronce y pellizca un trocito.

Joona recoloca un cojín, se tumba de lado y trata de alisar la lona arrugada que tiene debajo.

Ha comprendido que su mundo lo ha cambiado tanto que no es capaz de dejarlo ni siquiera por su hija.

«Ella me ve como parte de la fuerza que persigue el bien pero que hace el mal», piensa.

Intenta encontrar una postura más cómoda.

«Tengo que abandonarme a mí mismo para hallar el camino correcto», se dice.

Laila hace rodar una bolita pegajosa entre el pulgar y el dedo índice, la coloca en la punta de una aguja negra y la calienta sobre la lámpara de aceite. Cuando se reblandece, la pega al pequeño orificio que hay en el cabezal de la pipa y aplasta los bordes.

Con cuidado, retira la aguja y le pasa la pipa a Joona.

Las últimas veces que acudió a Laila se fue volviendo más y más débil cada día, con cada pipa. A pesar de sentir que la vida se le escurría entre los dedos, Joona no quería parar.

Laila le empezó a decir que necesitaba reunirse con Jahb-me-akka, la diosa sami de la muerte, antes de terminar el proceso. Que la vieja mujer tenía unas telas que le quería mostrar.

Joona recuerda que comenzó a soñar con la diosa de la muerte.

La espalda encorvada y el rostro arrugado.

Con movimientos tranquilos, extendió los distintos tejidos frente a él y Joona no podía dejar de mirarlos.

No sabe cómo consiguió regresar a la vida.

Siempre se ha sentido profundamente agradecido por conseguirlo, y aun así ahora vuelve a estar ahí, recibiendo la pipa en sus manos.

Una ola de angustia lo recorre de arriba abajo cuando la acerca a la chimenea de la lámpara de aceite, donde el calor se concentra en una estrecha columna.

Está a punto de rebasar un límite que no iba a volver a cruzar jamás.

Valeria se pondría muy triste, si lo viera en este momento.

La masa negra burbujea y crepita. Joona se lleva la boquilla a la boca y aspira los vapores del opio.

El efecto es inmediato.

Exhala y su cuerpo se llena de un cosquilleo feliz.

Vuelve a acercar el cabezal de la pipa a la lámpara de aceite y se llena los pulmones.

Ya se ha vuelto todo hermoso y extraordinariamente cómodo. Cualquier movimiento, por pequeño que sea, resulta placentero, los pensamientos se vuelven creativos y armónicos.

Joona sonríe al ver que Laila hace rodar una nueva bolita entre el dedo índice y el pulgar.

Aspira más humo, cierra los ojos y nota que Laila le retira la pipa de las manos.

Piensa en cuando fue en bici hasta el lago Oxundasjön de pequeño, después del colegio, y se bañó con sus amigos.

Ve la imagen centelleante de las libélulas cazando sobre la superficie lisa del agua.

El recuerdo está envuelto en una belleza apacible.

Joona fuma, escucha el burbujeo y piensa en la primera vez que vio dos libélulas formando una rueda de apareamiento.

Por unos segundos, el anillo de sus cuerpos alargados y delgados adoptó la forma de un corazón.

Joona se despierta y coge la pipa de nuevo, la mueve por encima de la lámpara de aceite, oye el crepitar del opio y absorbe los vapores dulces.

Sonríe y cierra los ojos y sueña con un tapiz con un patrón de libélulas.

Pálidas como la luna llena.

Cuando la luz cae diferente, ve que una de las libélulas parece una fina cruz, antes de ser atrapada por otra y formar un aro.

Después de ocho pipas se queda inmóvil, y pasa varias horas entrando y saliendo de los sueños, pero al final el maravilloso letargo termina convirtiéndose en un angustioso y nauseabundo malestar.

Está sudando y temblando de frío.

Intenta incorporarse, vomita en el cubo, se recuesta de lado otra vez y cierra los ojos.

Tiene la sensación de que toda la sala da vueltas a su alrededor, pegando giros repentinos en distintas direcciones.

Joona se queda un rato quieto, se recompone un poco y luego se levanta del sofá cama. La sala da vueltas, él se desploma hacia un lado, vuelca la mesilla de noche y aterriza en el suelo con el hombro por delante. Se levanta a cuatro patas, vomita directamente sobre el plástico del suelo, se desplaza un poco, pero cae y se queda quieto, jadeando.

—Necesito una pipa más —susurra.

Vomita de nuevo sin tener fuerzas para levantar la cabeza del suelo. Laila se acerca, lo ayuda a volver a la cama, le desabrocha la camisa sucia y la usa para terminar de limpiarle la cara.

—Solo un poco más —ruega él, tiritando de frío.

En lugar de responder, Laila se desabrocha la blusa, la cuelga en el respaldo de la silla de oficina, se quita el sujetador y luego se tumba detrás de Joona para calentarlo.

El estómago de este se encoge con espasmos, pero ya no vomita más.

Ella lo abraza con calma y suavidad. Hace que Joona ya no trate de poner freno a los giros de la sala.

Él tiene el cuerpo empapado de sudor frío y está temblando de pies a cabeza. Los pechos de Laila resbalan sobre su espalda mojada.

Ella le susurra algo en finlandés pegada a su nuca.

Él permanece inmóvil y de vez en cuando ve que la luz parpadea cuando alguien pasa por la calle, por delante de las ventanas bajas.

Poco a poco, el calor del Laila va calando en el cuerpo de Joona.

Los escalofríos remiten y las náuseas se desvanecen. Laila le pasa un brazo por el abdomen y tararea una canción.

—Ya vuelves a ser tú mismo —susurra.

—Gracias.

Laila se levanta y se viste. Joona se queda tumbado, observando el grueso linóleo que recubre el suelo de hormigón. En un rincón hay un cubo rojo con una fregona, debajo de la ventana. Al lado del escritorio, en el suelo, está la caja con los restos de sushi.

La luz rebota en la tapa transparente de plástico y una mancha blanca se refleja en el techo.

Joona trata de recuperar algo que ha rozado entre un sueño y otro sobre libélulas pálidas.

Tenía que ver con el asesinato.

Cierra los ojos y recuerda que ha empezado a pensar en una vez, hace muchos años, en que, por casualidad, vio tres fotografías del forense de Örebro.

En la sala de autopsias había una chica muerta.

Había sido un suicidio.

Joona recuerda el momento exacto en que hizo un alto y miró una de las fotografías: la chica estaba tumbada bocarriba y Joona había pensado que el fotógrafo había calculado mal el ángulo de la cámara, porque en el pelo oscuro del cogote se había reflejado un pequeño objeto blanco.

Pero a lo mejor no había sido ningún reflejo, a lo mejor allí el pelo era blanco.

Joona se obliga a sí mismo a levantarse del sofá cama. Se tambalea hasta el office, se lava la cara y se enjuaga la boca en el fregadero.

Las fotos estaban sobre el escritorio de Nålen, junto con una carta y un sobre rasgado.

Joona no llegó a saber la causa directa de la muerte.

Recuerda que Nålen le estaba contando que se trataba de un suicidio y justo en ese momento entró su compañero Samuel Mendel en la sala.

—Tengo que irme —repite Joona y se seca la cara con un trozo de papel de cocina.

Laila saca una camiseta blanca de una caja de cartón abierta y se la tiende a Joona. Él le da las gracias y se la pone enseguida. Las gotas de agua en su pecho son absorbidas por la tela blanca, convirtiéndose en manchas grises.

—Ya sabes que no quiero que vengas. No encajas aquí, tú tienes cosas importantes que hacer.

—Ya no es tan sencillo –dice él y se apoya en el respaldo del sofá–. Estoy cambiado, no te lo sé explicar, pero hay algo en mí sobre lo que no puedo mandar.

—Eso me ha parecido, y estoy aquí, si sientes que te parece necesario hacerlo otra vez.

—Gracias, ahora tengo que trabajar.

—Suena bien –asiente Laila.

Él descuelga la sobaquera con la pistola del gancho en la pared, se la pasa por los hombros y luego se pone la americana.

30

Joona coge un taxi directo a la comisaría de Kungsholmen. Tiene que hablar con Margot y la fiscal por la chica muerta que aparecía en las fotos del departamento de medicina forense de Örebro.

Esto no ha terminado solo porque Martin Nordström haya confesado el crimen.

No hay tiempo que perder.

El pavimento retumba bajo los neumáticos del coche cuando el taxi adelanta a un autobús de línea, regresa al carril derecho y se coloca detrás de un Mercedes antiguo.

Joona ha dormido mucho, pero aun así su cuerpo está cansado después del viaje y las manos siguen temblando tras el bajón.

Es consciente de que no puede contarle a Margot que no tiene intención de dejar nunca de lado el caso de Jenny Lind.

Y tampoco va a decir que el interrogatorio a Martin y su confesión es un error en todos los sentidos. Está claro que Martin no guardaba ningún recuerdo de aquella noche y que solo estaba diciendo lo que pensaba que Aron quería que dijera.

Una piedrecita impacta contra el parabrisas y deja la marca de una estrellita azul celeste en el cristal.

Joona piensa en la foto que vio hace tantos años y en cómo se había imaginado que había sido tomada con flash.

Había dado por hecho que la mancha blanca en el cogote de la chica muerta no había sido más que un reflejo de la luz.

Ahora piensa otra cosa.

La muerte de la chica se categorizó como suicidio. Pero estaba marcada en frío y, con toda probabilidad, había sido asesinada, igual que Jenny Lind.

Se recuerda a sí mismo que debe mostrarse humilde cuando hable con Margot, que debe decirle que respeta la labor de la policía de Norrmalm, reconocer que le cuesta abandonar algunos asuntos, y luego le tiene que pedir que le deje hacer ese último movimiento, por su propia paz mental.

Solo necesita que le conceda permiso para solicitar información del antiguo caso de suicidio, una sola llamada telefónica.

«Pero ¿qué hago si me dice que no?», se pregunta.

El coche gira y los grandes edificios arrojan largas sombras sobre el asfalto. Joona se reclina en el asiento y nota las secuelas de un vértigo que rueda por su cerebro como las esferas aceitosas de un cojinete gigante.

Saca el teléfono y llama a la región policial de Bergslagen. A los pocos segundos lo pasan con una compañera que se llama Fredrika Sjöström.

—Joona Linna —repite ella después de que él se haya presentado—. ¿En qué puedo ayudar a Joona Linna?

—Hace catorce años se suicidó una chica en Örebro, no recuerdo muy bien las circunstancias, pero me parece que fue en un vestuario, puede que de una piscina cubierta.

—No me suena —dice Fredrika.

—Ya, pero me preguntaba si podrías conseguir el informe y las imágenes de la autopsia forense.

—¿No tienes el nombre de la chica?

—No llegué a trabajar en el caso.

—Olvídate, ya la encontraré, aquí tampoco pasan tantas cosas… Solo tengo que acceder al programa —dice Fredrika—. Catorce años, dices, eso son…

Joona oye a la compañera de Örebro hablar sola mientras las teclas del ordenador traquetean bajo sus dedos.

—Tiene que ser esta —dice Fredrika y se aclara un poco la garganta—. Fanny Hoeg... Se ahorcó en el vestuario de mujeres del pabellón deportivo de Örebro.

—¿Se colgó?

—Sí.

—¿Tienes las fotos?

—No están digitalizadas..., pero tengo un número de referencia, dame un minuto y te vuelvo a llamar.

Joona cuelga, cierra los ojos y nota los suaves vaivenes del coche. Aunque pueda tratarse de una pista importante, incluso decisiva para la investigación actual, cruza los dedos queriendo estar equivocado.

Porque si está en lo cierto, existe un patrón, y entonces estarán buscando a un asesino que se ha repetido, uno que quizá sea, o va a llegar a ser, un asesino en serie.

Su teléfono empieza a sonar, Joona ya lo tiene en la mano, abre los ojos y lo coge.

—Hola, soy Fredrika otra vez —dice ella y carraspea levemente—. No se hizo una autopsia completa, solo un examen visual del cadáver.

—Pero ¿has encontrado las fotos? —pregunta Joona.

—Sí.

—¿Cuántas hay?

—Treinta y dos. Incluidas las fotos de detalle.

—¿Las tienes delante ahora mismo?

—Sí.

—A lo mejor suena un poco extraño, pero ¿hay algún error en ellas? ¿Puedes ver algún daño a raíz del revelado o algún reflejo extraño?

—¿Qué quieres decir? —pregunta Fredrika.

—Marcas pálidas, destellos, manchas de luz.

—No, se ven completamente normales... Espera, en una de ellas hay una manchita blanca.

—¿Dónde?

—En la parte superior de la foto.

—Me refiero a en qué parte del cuerpo de Fanny.

—Justo en la nuca.

—¿Hay más fotos de la nuca?

—No.

La cinta de cuentas que cuelga del retrovisor se balancea cuando el coche pasa por un badén.

—¿Qué pone en el informe? —pregunta Joona.

—Poca cosa.

—Léemelo —dice él.

El taxi se detiene en la calle Polhem, junto a la pared de piedra rústica. Joona se baja a la acera y deja pasar a una familia que ha cargado un cochecito de bebé con flamencos hinchables, pistolas de agua y parasoles.

Cruza la calle y se mete por la entrada acristalada de la policía mientras escucha a Fredrika, que va leyendo las pocas anotaciones acerca del caso de suicidio.

Catorce años atrás encontraron a una chica de dieciocho años llamada Fanny Hoeg ahorcada en el vestuario del polideportivo municipal de Örebro.

Había estado en contacto con la Iglesia de la Cienciología, y cuando se escapó de casa sus padres estaban seguros de que había entrado en la secta. La policía no logró dar con ella, y después de la fecha de su decimoctavo cumpleaños dejaron de intentarlo siquiera.

Cuando regresó a casa, sus padres estaban de vacaciones. Para entonces llevaba más de un año desaparecida.

A lo mejor necesitaba ayuda para romper con el movimiento, pero se sintió completamente sola cuando vio que sus padres se habían ido de vacaciones.

La teoría de la policía era que había ido al pabellón deportivo para buscar a su entrenadora de fútbol, como una última vía de escape, pero al no dar con ella había terminado por colgarse.

175

Tanto los técnicos de la científica como el médico forense habían considerado el caso como un suicidio y la policía había cerrado la investigación.

Joona le pide a Fredrika el nombre del forense y luego le da las gracias por la ayuda. Se detiene delante de los ascensores, apoya las manos en la pared mientras resiste el embate de los escalofríos.

Las grandes puertas de cristal de la entrada de comisaría ascienden encorvándose y prolongándose hasta el infinito.

Un grupo de personas se apresura hacia el patio acristalado mientras hablan en voz alta.

Joona las oye como en un sueño, se recompone y pulsa el botón del ascensor, se limpia la boca y se pasa la mano por el pelo.

Fredrika le ha asegurado que no ha visto ningún reflejo más en ninguna de las otras treinta fotos.

Solo en la del cogote de Fanny.

Probablemente, Joona estaba en lo cierto cuando le empezó a bajar el efecto del opio.

Fanny había sido marcada en frío.

El mismo autor de los hechos, el mismo *modus operandi*.

Joona se mete en el ascensor y llama al forense que hizo el examen del cuerpo de Fanny Hoeg hace catorce años. Por aquel entonces trabajaba en el departamento de patología, que a día de hoy está incluido en el departamento de medicina de laboratorio del hospital universitario de Örebro.

Justo cuando las puertas del ascensor se abren y Joona sale a un pasillo, un hombre con voz áspera responde al otro lado de la línea.

—Mister Kurtz.

Joona hace un alto y explica el motivo de su llamada mientras se siente atrapado por un hilo de opio.

—La recuerdo, desde luego que sí —dice el forense—. Mi hija y ella iban a la misma clase en el instituto.

—Tenía una mancha de pelo blanco

176

—Correcto —dice él, asombrado.

—Pero no le afeitaste el pelo —dice Joona y reemprende la marcha.

—No había motivo para hacerlo, no cabía ninguna duda de lo que había ocurrido, y pensé en sus familiares, que... —Se queda callado y respira hondo—. Pensé que solo se había descolorido un mechón —dice.

—Te equivocaste en casi todo.

Joona pasa de largo su despacho y piensa que el asesino tuvo a dos chicas cautivas y luego las mató. No es imposible que planee retener a otra, o que ya tenga a una tercera chica en cautiverio, se dice a sí mismo mientras sigue caminando hasta la puerta de Margot Silverman, llama con los nudillos y entra.

—Margot —dice cuando ella se cruza con su mirada—. Sabes que me cuesta soltar las cosas que no están terminadas, y me gustaría pedir autorización para solicitar datos de la zona este relacionados con un antiguo caso de muerte con posibles conexiones con el asesinato de Jenny Lind.

—Joona —suspira ella y lo mira con ojos enrojecidos.

—Sé que la fiscal se ha hecho cargo de la investigación.

—Mira este mail —dice Margot y gira el ordenador hacia Joona.

Él se acerca y lee una carta de un tal rymond933 que Aron le ha reenviado a Margot.

He leído que habéis cogido al cerdo que la prensa ha bautizado como «el Verdugo». En mi opinión, debería ser condenado a cadena perpetua y exilio.

Resulta que soy taxista y que estaba en el McDonald's de la avenida Sveavägen esa misma noche, y me puse a grabar a unos cuervos graciosos por la ventana. Pero hoy, cuando he mirado el vídeo, he visto que al fondo de la imagen se ve al cerdo, y he pensado que sus abogados ya pueden esforzarse bien en intentar salvarlo, al muy desgraciado.

Joona abre el archivo de vídeo y ve el estanque vacío, el muro de la fachada de la facultad de Economía detrás de unos leves reflejos del restaurante de comida rápida iluminado.

Unos cuervos brincan por el suelo de adoquines alrededor de un cartón de pizza.

Muy por detrás de los pájaros y el estanque se ve a Martin de pie con el paraguas en la mano y el labrador de la correa.

Desde este ángulo no se puede ver el parque de juegos.

Martin suelta la correa del perro y da un primer paso hacia delante.

Eso significa que son las tres y dieciocho minutos.

Al cabo de dos minutos Jenny Lind será ahorcada en la estructura infantil.

Martin se mete en la zona ciega de las cámaras y continúa por el césped mojado.

Joona está viendo los pocos minutos que les faltaban.

Ahora es cuando verán si Martin continúa alrededor de la caseta infantil y si va hasta la parte oculta del parque de juegos donde está la estructura.

Todavía tiene tiempo de llegar al cabrestante y empezar a girar la manivela.

Martin se detiene al lado de la caseta, mirando fijamente la estructura, da un par de pasos más y luego se queda quieto, con el paraguas sobre la cabeza.

Los árboles que tiene encima destellan por el reflejo de una luz blanca.

El agua cae del paraguas y le moja la espalda.

La cámara tiembla.

Los cuervos colaboran y consiguen abrir el cartón de pizza.

Martin permanece inmóvil un rato largo, hasta que al final da media vuelta y empieza a deshacer camino en dirección al kiosco Pressbyrån.

Solo estuvo mirando.

Ni siquiera estuvo cerca de Jenny.

Cuando Martin abandona el lugar, son las tres y veinticinco de la madrugada y Jenny Lind lleva muerta cinco minutos.

El perro va detrás de Martin arrastrando la correa por el suelo hasta que su dueño sale del encuadre en dirección a la boca de metro.

La cámara continúa grabando y luego sigue a un cuervo que alza el vuelo con un trozo de pizza en el pico. Después el vídeo termina de forma abrupta.

—¿Quieres ocuparte del caso, Joona Linna? —pregunta Margot en tono severo.

—Yo tenía razón —dice él.

—¿Qué?

—No se trata de un solo asesinato.

31

Pamela saca una botella sin abrir de Absolut Vodka de la despensa, le quita el precinto de garantía, coge un vaso del armario y se sienta a la mesa de la cocina.

Piensa que debería dejarlo, que va a dejar de beber entre semana, pero se llena el vaso de todos modos.

Se queda mirando el líquido transparente y la sombra de luz que dibuja sobre la mesa.

«Esta es la última copa», piensa, y acto seguido su teléfono empieza a sonar.

En la pantalla aparece el nombre de Dennis Kratz

Una ola de angustia le azota el estómago. Ayer, cuando lo invitó a casa, Pamela iba muy borracha. Recuerdos fragmentados de la noche y la mañana le llenan el corazón: tuvieron sexo y luego se quedaron tumbados uno al lado del otro mientras recuperaban el aliento.

Pamela había clavado la mirada en el rosetón del techo mientras la habitación se movía como una balsa en medio de un torbellino.

Se quedó dormida y luego se despertó con una sensación de peligro por dentro.

El dormitorio estaba casi completamente a oscuras.

Desnuda bajo el edredón, trató de recordar lo que había hecho la noche anterior.

Sin moverse lo más mínimo, se quedó escuchando el sonido silbante del viejo filtro de ventilación del vestidor.

Las cortinas estaban corridas, pero la luz gris de la ciudad se colaba por la ranura de en medio.

Pamela pestañeó, intentó enfocar la mirada y le pareció distinguir la huella de la mano de un niño en el cristal de la ventana.

El suelo de parquet crujió a su espalda.

Ella volvió lentamente la cabeza hacia el otro lado y vio una figura alta en mitad de la habitación, con su sujetador en un una mano.

Pamela tardó unos segundos en comprender que era Dennis, y acto seguido le vino a la memoria todo lo que había pasado.

—¿Dennis? —susurró.

—Me he dado una ducha —dijo él, mientras colgaba el sujetador del respaldo de la butaca.

Ella se incorporó en la cama y notó que estaba pegajosa entre las piernas, se humedeció los labios y vio que Dennis recogía su vestido del suelo, al pie de la butaca, y le daba la vuelta para que la etiqueta quedara por dentro.

—Creo que será mejor que te vayas —dijo Pamela.

—Vale —contestó Dennis.

—Necesito dormir —le aclaró ella

Mientras se vestía, Dennis hizo el intento de hablar con ella y decirle que no quería que se sintiera decepcionada con él ni que se arrepintiera de nada.

—Quiero decir, por mi parte tiene toda la lógica del mundo —dijo mientras se abrochaba los botones de la camisa—. Porque me parece que siempre he estado enamorado de ti, aunque no me lo haya reconocido a mí mismo.

—Lo siento, pero no puedo tener esta conversación ahora mismo —respondió ella con la boca seca—. Es que no puedo ni entender que hayamos hecho lo que hemos hecho, no encaja con la imagen que tengo de mí misma.

181

—No tienes por qué ser la más fuerte en todos los aspectos, a lo mejor es eso lo que debes aceptar.

—¿Quién lo es?

Después de que él se marchara, Pamela se levantó, fue hasta la puerta tambaleándose para echar el cerrojo y se quitó las lentillas antes de volver a la cama.

Ha dormido profundamente hasta que ha sonado el despertador. Entonces se ha levantado para ducharse, ha guardado las copas de vino y ha cambiado las sábanas, ha metido las prendas que llevaba ayer en el cesto de la ropa sucia, ha bajado al perro y se ha ido corriendo al trabajo.

Después de una visita de obra ha subido al tejado de una buhardilla en la calle Narvavägen, ha hecho unos esbozos y luego ha cogido el montacargas provisional.

Se ha quitado el caso y su cabeza ha empezado otra vez a darle vueltas a la traición a Martin, pensando que tiene que contárselo todo.

Ahora está sentada a la mesa de la cocina con el vodka delante y el teléfono sonando en la mano.

—Pamela —responde ella.

—Acabo de hablar con la policía y parece ser que la fiscal retira la acusación y va a dejar que Martin se marche —dice Dennis.

—¿Ahora?

—Una vez tomada la decisión, suele ir todo bastante rápido. Seguramente saldrá de prisión provisional dentro de veinte minutos.

—Gracias.

—¿Cómo te encuentras?

—Estoy bien…, pero ahora no tengo tiempo de hablar.

Cuelgan y ella coge el vaso y piensa que intentará volver a meter el alcohol en la botella, pero se siente demasiado estresada y lo echa al fregadero. Sale al pasillo a toda prisa, coge el bolso y las llaves, cierra tras de sí y se mete en el ascensor.

A través de la rejilla del ascensor ve cómo el suelo desaparece hacia arriba cuando la caja comienza a descender entre crujidos hasta la cuarta planta.

Las luces están apagadas, pero Pamela puede ver que hay un cochecito delante de una de las puertas.

Quiere llegar a tiempo para cuando dejen salir a Martin.

Pamela se vuelve hacia el espejo para mirarse el maquillaje y saca los polvos del bolso mientras el ascensor pasa por la tercera planta.

De pronto, toda la caja se ilumina con una luz cortante y se oye el zumbido electrónico de una cámara.

Pamela se gira, pero solo le da tiempo de ver un par de botas negras antes de que el ascensor llegue a la segunda planta.

Su corazón late agitado. No entiende su propia reacción. Debe de ser el estrés interno, que hace que todo le parezca hostil. Probablemente, solo era un agente inmobiliario que estaba tomando fotos.

Cuando el ascensor se detiene en la planta baja, Pamela retira la reja y deja atrás el rellano. Baja corriendo al garaje, se sienta en el coche y se desliza hasta el pie de la rampa al mismo tiempo que pulsa el botón del mando.

—Venga, vamos —susurra mientras la puerta del garaje se va abriendo perezosamente hacia un lado.

Sube la rampa, cruza la acera y se incorpora a la calle Karlavägen para luego aumentar la velocidad.

La cabeza le va a mil por hora.

Van a soltar a Martin y a retirar la acusación. Pamela tiene que recurrir la decisión de los servicios sociales y llamar a Mia y decirle que todo irá bien.

Un semáforo se pone ámbar y Pamela pisa el acelerador en lugar de frenar. Una mujer con burka hace un gesto irritado y alguien toca la bocina varios segundos.

Pamela continúa por Karlabergsvägen y se mete por la calle Dala, cuando un policía motorizado se pone a su lado y le hace una señal para que pare el coche.

Pamela se detiene junto a la acera y ve que el agente se baja de la moto, se quita el casco blanco y se le acerca.

Baja la ventanilla cuando el hombre llega al coche. Parece afable, con mirada escéptica y el rostro bronceado.

—Ibas un poco deprisa, ¿te has dado cuenta? —dice.

—Lo siento, es que estoy muy estresada.

—Déjame ver el carnet de conducir.

Ella rebusca en su bolso con movimientos bruscos, deja las llaves y la funda de las gafas de sol en el asiento de al lado, encuentra la cartera, la abre, pero no consigue sacar el carnet de su ranura, sino que primero tiene que retirar la tarjeta de crédito y varias tarjetas de membresía antes de conseguirlo.

—Gracias —dice el policía, y compara la foto del carnet con la cara de Pamela—. Ibas a setenta y cuatro kilómetros por hora por delante de una escuela.

—Dios mío…, no lo he visto, debo de haber pasado por alto las señales.

—En cualquier caso, estoy obligado a retirarte el carnet.

—Vale, lo entiendo —dice ella y nota que le ha empezado a sudar toda la espalda—. Pero tengo mucha prisa, ¿no puedo conservarlo un rato más, solo hoy?

—Creo que puedes contar con que el carnet te será retirado por lo menos cuatro meses.

Ella lo mira e intenta entender lo que le está diciendo.

—Pero… ¿tengo que dejar el coche aquí mismo, sin más?

—¿Dónde vives?

—En la calle Karlavägen.

—¿Tienes aparcamiento residencial?

—Garaje.

—Te acompaño hasta allí.

32

Martin está acurrucado en el suelo al lado de la cama, rodeándose las rodillas con los brazos. Lleva puesta la ropa verde del centro penitenciario. Las pantuflas planas están debajo del lavabo. Le pican los ojos por el cansancio. No ha dormido en toda la noche. La ropa de cama y la toalla están sin estrenar, envueltas en una funda de plástico al lado de la bolsa con la pastilla de jabón y el cepillo de dientes.

El hospital infantil Kronprinsessan Lovisas para niños pobres estaba ubicado en ese lugar antes de que construyeran la cárcel, en la década de los años setenta.

Anoche, los niños muertos contaron con la compañía de multitud de otros niños que se paseaban por los pasillos de la prisión provisional, aporreando todas las puertas, hasta que se detuvieron delante de su celda.

Los niños estuvieron empujando y tirando de la puerta de acero, y luego se tumbaron en el suelo para mirar a Martin por la ranura de debajo.

Como no podían entrar, querían establecer contacto visual con él, pero él se giró hacia otro lado y se ha estado tapándose las orejas hasta que ha despuntado la mañana.

Ahora oye pasos pesados acercándose por el pasillo y luego un tintineo de llaves. Martin cierra los ojos con fuerza cuando un funcionario de prisiones abre la puerta.

—Hola, Martin —dice un hombre con acento finlandés.

Martin no se atreve a alzar la vista, pero ve la sombra del hombre deslizándose por el suelo al entrar y detenerse delante de él.

—Me llamo Joona Linna, nos conocimos brevemente en la sala de interrogatorios —continúa el hombre—. Estoy aquí para contarte que la fiscal no presentará acusación, ha archivado la causa contra ti y vas a ser puesto en libertad de inmediato... Pero antes de que te vayas me gustaría pedirte disculpas por todo esto, y preguntarte si querrías ayudarnos a encontrar a la persona que mató a Jenny Lind.

—Si puedo —responde Martin en voz baja y mira los zapatos del hombre y la parte inferior de las perneras negras.

—Sé que no eres muy hablador —dice Joona—. Pero la última vez que nos vimos estabas a punto de contarme algo. Nos interrumpió mi compañero justo cuando ibas a describir a Jenny Lind bajo la lluvia.

—No me acuerdo —susurra Martin.

—Podemos hablarlo un poco más tarde.

—Vale.

Al levantarse del suelo, Martin nota que tiene todo el cuerpo agarrotado.

—¿Quieres que llame a alguien para explicarle que te dejan salir?

—No, gracias.

No se atreve a mencionar el nombre de Pamela porque la puerta está entornada. Los niños muertos querrán cogerle el nombre si él lo pronuncia, se enfadarán si no les deja ponerlo en sus lápidas.

El policía con acento finlandés encomienda a Martin a un funcionario de prisiones, quien lo acompaña a la zona de registro de la prisión, donde le entregan una bolsa con ropa, pantalones y cartera.

Cinco minutos más tarde, Martin sale a la calle Berg. La verja se cierra con un zumbido a su espalda. Empieza a caminar por la acera, siguiendo la hilera brillante de coches aparcados.

Se oyen unos ladridos de perro en la lejanía.

Delante de la gran rejilla de ventilación hay un niño con rostro macilento que lo mira fijamente. El agua desciende por su pelo mojado y cae sobre su chaqueta de tela gris; las rodilleras de sus vaqueros sucios están rotas.

Los dedos de una mano se retuercen de forma convulsiva.

Martin da media vuelta y empieza a caminar en sentido contrario. Oye pasos rápidos a su espalda. Alguien se le acerca por detrás, y acto seguido Martin nota una mano que lo agarra de la ropa. Él intenta liberarse, pero de pronto siente un fuerte puñetazo en la mejilla. Tropieza hacia un lado, cae al suelo, se rasguña la palma de la mano contra el asfalto al parar la caída.

Los oídos le pitan como cuando cayó al agua.

Recuerda que el repentino frío bajo el hielo era como ser arrollado por un coche.

En cuanto Martin intenta levantarse, un hombre con los ojos como platos y los labios tensos le golpea en la cara.

El puño del hombre le acierta por encima de la nariz.

Martin intenta protegerse con las manos y se pone de pie. Con un ojo no ve nada y le sale sangre de la boca.

—¿Qué coño hiciste con ella durante cinco años? —grita el hombre—. ¡Cinco años! Te voy a matar, ¿te enteras?, te voy a…

El hombre respira nervioso, tira a Martin de la chaqueta y los dos se tambalean hasta la calzada.

—¡Contesta!

Es el padre de Jenny Lind.

Martin lo reconoce de la tele, de cuando él y su mujer le suplicaron al secuestrador que dejara marchar a su hija.

—Es un malentendido, yo no he…

El hombre le da un puñetazo directo en la boca y Martin choca con una bici que está atada a un poste eléctrico y oye el tintineo de la campanilla.

Dos agentes de policía se acercan corriendo desde la piscina cubierta del otro lado del césped.

—¡Él secuestró a mi hija, él ha matado a mi hija! —grita el hombre y coge un adoquín suelto del suelo.

Martin se limpia sangre de la cara y ve que el niño pequeño de la lengua de césped amarillento está grabándolo con el teléfono.

La luz se refleja en el retrovisor de uno de los coches aparcados y ciega a Martin. Aparta la vista y piensa en los rayos de sol entrecortados que atravesaban el hielo.

Los policías le gritan al hombre que suelte la piedra y se tranquilice. Él respira entre jadeos, mira la piedra como si no entendiera de dónde ha salido y la deja caer en la acera.

Uno de los policías se lleva a Martin a un lado, le pregunta cómo se encuentra y si necesita que llame a una ambulancia. El otro comprueba el carnet de conducir del hombre y le explica que se le pondrá una denuncia por agresión.

—Solo es un malentendido —dice Martin y se marcha a toda prisa.

33

Llevan todo el día oyendo el sonido de las paladas y el restallido de la grava al caer dentro de la carretilla. Caesar acababa de decidir que van a construir un búnker en el que puedan esconderse todos cuando llegue el final. Parece más tenso que de costumbre y ayer tiró a la abuela al suelo de un empujón porque le parecía que iba demasiado lenta.

A pesar del calor en la jaula, Kim tirita de frío cuando Blenda empieza a peinarle el pelo con los dedos. Le cuesta soportar lo de tener a alguien a su espalda y procura concentrarse en la franja de luz que se ve por debajo de la puerta.

En el pasillo entre las jaulas, las moscas zumban alrededor del cubo con trozos de pan y pescado seco. La abuela lo ha traído esta mañana, pero aún no las han alimentado.

—¿Me dejas verte? —dice Blenda.

Aunque las dos tienen sed, Blenda coge la botella de plástico, se vierte las últimas gotas en la mano y lava la cara a Kim.

—Anda, pero si aquí hay una chiquilla, a pesar de todo —dice sonriendo.

—Gracias —susurra Kim y se lame el agua de los labios.

Kim se ha criado en Malmö y juega a balonmano. Su equipo iba de camino a un partido en Solna. El minibús se detuvo en Brahe Hus para almorzar. En los lavabos había mucha cola y Kim no podía esperar.

Decidió coger una servilleta y meterse en la linde del bosque. Estaba todo lleno de papeles usados, así que se adentró un poco más en el bosque, hasta que ya no pudo ver los edificios ni los coches.

Recuerda perfectamente el claro en el que se detuvo, la cálida luz del sol bañando las matas de arándanos y el musgo, las telarañas brillantes y las copas oscuras de los abetos.

Se bajó los pantalones y las bragas hasta los tobillos y se sentó de cuclillas con las piernas separadas.

Con una mano apartaba la ropa del chorro iluminado y de las gotitas que salpicaban del suelo.

Una rama se partió y Kim comprendió que había alguien cerca.

Los pasos se le acercaron por detrás, las piñas y las ramas crepitaban bajo los zapatos y la vegetación rozaba las perneras.

Fue todo muy deprisa, de pronto él le estaba tapando la boca con un trapo antes de tirarla de espaldas al suelo. Ella intentó liberarse a golpes y notó la orina caliente corriéndole por los muslos, hasta que perdió el conocimiento.

Kim ya lleva dos años allí.

Los primeros seis meses se los pasó sola en un sótano, antes de que la dejaran subir a la casa. Recuerda el momento en que la abuela le explicó que ya habían dejado de buscarla. Kim compartió habitación con Blenda, quien llevaba allí mucho más tiempo, tenía un brazalete de oro y había aprendido a conducir el camión. Vivían en la planta de arriba, se encargaban de limpiar y fregar, pero no mantenían ningún contacto con el resto de mujeres de la casa.

Las ruedas de la carretilla chirrían en el patio y oyen a la abuela gritarle a Amanda que si no se trabaja, no hay comida.

—¿Las conoces? —pregunta Kim en voz baja.

—No —responde Blenda—. Pero tengo entendido que Amanda se escapó de casa porque casi todo le parecía aburrido, quería ver mundo, viajar por Europa y cantar en una banda de música.

—¿Y Yacine?

—Viene de Senegal y..., no sé..., dice palabrotas en francés.

Desde que Jenny Lind intentó fugarse, todo ha cambiado. Les han retirado los privilegios a todas y ya nadie puede vivir en la casa.

Ahora viven en jaulas estrechas, como animales.

Todas han visto las polaroids de la lucha de Jenny y su cuerpo muerto.

Justo cuando Blenda ha comenzado a trenzarle el pelo a Kim, el travesaño es retirado de la puerta y Caesar entra en la caseta alargada.

Ellas pestañean en el torrente de luz diurna que las golpea y ven el machete colgando junto a su pierna. La pesada hoja destella brillos de color negro.

—Kim —dice él y se detiene delante de la jaula.

Ella baja la mirada, como la abuela les ha enseñado, y se da cuenta de que su respiración es demasiado acelerada.

—¿Todo bien? —pregunta él.

—Sí, gracias.

—¿Qué dirías de cenar conmigo?

—Con mucho gusto.

—Podemos tomar un aperitivo ahora mismo, si te apetece —dice él y abre la jaula con la llave.

Kim camina a cuatro patas y baja al suelo, se sacude un poco de porquería y paja del pantalón de chándal y sale detrás de Caesar al sol del patio.

Nota un cosquilleo en los dedos de los pies por culpa de la falta de riego sanguíneo.

La carretilla está volcada, la gravilla se ha derramado y Yacine está tirada en el suelo. La abuela la está golpeando con el bastón sin mentar palabra. Amanda corre a levantar la carretilla, coge una pala y empieza a echar la gravilla dentro otra vez.

—¿Qué es esto? —pregunta Caesar, señalando con el machete.

—Solo es un accidente —responde Amanda y lo mira.

—¿Un accidente? ¿Por qué ha habido un accidente? —pregunta él.

La abuela deja de pegar, da unos pasos hacia atrás y respira con la boca abierta. Yacine se queda en el suelo, mirando al vacío.

—Ha sido un día caluroso y necesitamos agua —responde Amanda.

—¿Tiras la gravilla para que te demos agua? —pregunta Caesar.

—No, es...

Amanda se abrocha con dedos trémulos los primeros botones de la blusa, que está empapada de sudor.

—En cuanto os doy la espalda actuáis como si las reglas no existieran —dice Caesar—. ¿Qué problema tenéis? ¿Qué haríais vosotras sin mí? ¿Os cuidaríais solas, conseguiríais la comida, os compraríais las joyas?

—Perdón, solo necesitamos agua.

—Así que piensas que Dios no sabe lo que necesitáis —dice él, alzando la voz.

—Claro que...

—Primero viene el descontento —la interrumpe él—. Y con el descontento llegan las ideas de intentar escaparse.

—No ha querido decir nada —tercia la abuela—. Tiene...

—Sois vosotras las que me habéis obligado a endurecer los castigos —ruge él—. Yo no quiero esto, yo no quiero encerraros.

—Yo jamás me escaparía —jura Amanda.

—¿Eres un perro? —pregunta él y se pasa la lengua por los labios.

—¿Qué?

—Los perros no se escapan, ¿verdad que no? —dice él y la mira fijamente—. ¿Acaso no deberías ponerte como un perro, si eres un perro?

Con una expresión ausente, Amanda deja la pala en la carretilla y se pone a cuatro patas delante de él.

La blusa se le ha salido de la falda y el lomo le brilla de sudor.

—Fanny intentó escaparse, Jenny intentó escaparse, ¿hay alguien más que quiera probarlo? —pregunta Caesar.

La agarra del pelo, le levanta la cabeza y le clava el machete en la nuca. Suena como cuando un hacha se hunde en un trozo de madera. Amanda cae de bruces sobre su propia cara. Su cuerpo se agita espasmódicamente durante unos segundos y luego se queda quieto.

—Ya me ocupo yo de ella —dice la abuela y se pone una mano sobre el collar que le cuelga del cuello.

—¿Ocuparte? Esta no se merece ningún entierro, esta se va a pudrir tirada junto a la autovía —le dice Caesar y echa a andar en dirección a la casa.

Kim se queda temblando en el patio al lado del cuerpo inerte de Amanda. Ve a Caesar tirar un cable a través del patio y conectarlo a una sierra caladora.

La siguiente hora la pasa como sumida en una niebla. Caesar va cortando el cuerpo mientras Kim y Yacine meten las partes en bolsas de plástico, las precintan y cargan los bultos en el semirremolque del camión.

En la última bolsa, Caesar mete una botella de agua, algunas joyas y una mochila, y le dice a la abuela que lo tire todo en una cuneta, muy lejos de allí.

34

Mia Andersson está sentada enfrente de su asistente de los servicios sociales, en una de las salas de la planta baja.

La taza de café que tiene entre las manos ya ha empezado a enfriarse.

Su sentimiento de soledad la sigue a cada paso que da.

Nadie la cuidó cuando era pequeña. Estar limpia y conseguir algo que llevarse a la boca dependía totalmente de ella. A los siete años encontró a su madre y a su padre muertos en el cuarto de baño. Habían tomado una sobredosis de fentanilo. Ella acabó en un centro de menores, a las dos semanas le asignaron una familia de acogida en Sandviken, pero se peleó con otra niña.

Mia es rubia, igual que su madre, pero se ha teñido el pelo de azul y rosa. Se pinta las cejas, usa mucho *kohl* y rímel. En realidad, es muy mona, pero los dientes torcidos le dan un aire monstruoso cuando sonríe.

Viste vaqueros negros, botas y jerséis holgados.

Mia ha aprendido que la gente no es buena. Las personas solo se aprovechan las unas de las otras. No existe el amor auténtico, la compasión genuina, es todo pura fachada y discurso comercial.

Una estrategia de saludable acercamiento centrada en las soluciones, a partir de métodos basados en la evidencia, como pone en el folleto.

Mia odia este sistema.

A ciertos menores no los quiere nadie, y es perfectamente comprensible.

Y quien sí los quiere es gente que resulta de lo más inapropiada.

Hoy, cuando Pamela la ha llamado por teléfono, Mia no se lo ha cogido, y cuando la ha vuelto a llamar, cinco minutos más tarde, ha bloqueado su número.

—Mia, ¿en qué estás pensando?

—En nada.

La asistente social es una mujer de unos cincuenta años con pelo cano y peinado de monaguillo. Llevas las gafas colgando de una cadenita de oro entre los enormes pechos.

—Entiendo que estés triste porque el consejo haya denegado la solicitud.

—No pasa nada.

La única vez que Mia tuvo la sensación de pertenecer a una familia fue en la época con Micke. Pero luego, cuando lo metieron en la cárcel, Mia no logró comprender cómo había podido enamorarse de él. Micke solo era bueno con ella porque ella era la que conseguía dinero a base de cometer hurtos y robar en las casas.

—Antes de venir aquí estuviste con dos familias de acogida.

—No funcionó —responde Mia.

—¿Por qué?

—Pregúntaselo a ellas.

—Te lo pregunto a ti —dice la mujer.

—Para que funcione hay que ser guapa y buena chica, pero yo soy diferente, yo a veces me frustro, como cuando la gente quiere decidir sobre mí sin entender una puta mierda.

—Haremos un análisis psiquiátrico adicional.

—No tengo ningún trastorno, no lo tengo. Lo único que pasa es que nunca se me ha asignado una familia en la que encuentre mi lugar, tal como soy.

—Pero aquí sí lo tienes —dice la asistente sin sonreír.

Mia se rasca la frente. Piensa en todos los jefes del centro de acogida que dicen que se preocupan por ella, pero no son sus padres, no quieren serlo, ya tienen sus propios hijos, eso es su trabajo, su manera de tener ingresos. No hay nada malo en ellos, pero, al fin y al cabo, el problema de Mia es ese, que no es más que la fuente de ingresos de esa gente.

—Quiero encontrar un hogar de verdad —dice Mia.

La asistente social mira sus papeles.

—Ya estás en una lista de espera y sobra decir que pienso que debes seguir en ella, pero, sinceramente, no tienes muchas posibilidades, teniendo en cuenta que dentro de poco ya cumples los dieciocho.

—Vale, lo entiendo, es lo que hay —dice Mia y traga saliva.

Se levanta de la silla y le da las gracias, le estrecha la mano a la asistente y sale de la sala, cruza el pasillo y se sienta en la escalera del primer piso.

Mia no tiene ánimos de subir si Lovisa está sufriendo una de sus crisis.

Se queda mirando memes en el teléfono, cuando de pronto le aparece la notificación de una noticia de última hora: Aron Beck, responsable de la investigación del asesinato de Jenny Lind, de la policía de Estocolmo, dice que la fiscal ha cometido un error al solicitar la detención de Martin Nordström. El hombre ha quedado totalmente libre de toda sospecha de delito y ha pasado a considerarse el testigo más importante para poder avanzar con la investigación.

Mia baja las escaleras y sale por la puerta del edificio. El aire está caliente y salen vapores del césped, los ruibarbos y el cenador de lilos caídos.

Pasa de largo los dos coches que están aparcados en el patio de tierra, baja la cuesta a paso ligero, toma un atajo a la izquierda por la hierba alta y llega a la calle Varv.

Echa un vistazo por encima del hombro.

Un hombre mayor con pelo largo y gris está de pie en el arcén, fotografiando los abejorros que revolotean alrededor de los altos lupinos.

Mia camina siguiendo la linde del bosque, va mirando entre los troncos, con la sensación de estar siendo observada.

El camino rodea la arboleda y se adentra en el polígono industrial, con locales de mayoristas de la construcción y talleres mecánicos.

Mia pasa al lado de los antiguos gasómetros.

El aire caliente vibra por encima de las cúpulas.

Un coche se acerca por detrás.

La gravilla en el asfalto cruje bajo los neumáticos.

Mia se da la vuelta, se protege los ojos del sol con la mano y ve que se trata de un taxi.

Se ha detenido veinte metros más atrás.

Mia acelera le paso y camina siguiendo la valla metálica mientras oye que el coche la empieza a seguir, y que aumenta la velocidad hasta que se pone a su lado.

Se le ocurre que podría trepar la valla y correr hasta el muelle, cuando de pronto la ventanilla baja y aparece el rostro de Pamela.

—Hola, Mia —dice—. Necesito hablar contigo.

El taxi para y Mia sube y se sienta a su lado en el asiento trasero.

—He visto que han soltado a Martin —dice Mia.

—¿Ya lo han publicado? ¿Qué dicen?

—Que él no hizo nada…, pero que es un testigo importante, o algo así.

—Podrían habérmelo preguntado desde el principio —suspira Pamela.

Mia piensa que Pamela es guapa de cara, pero que tiene los ojos tristes, y se le ve una redecilla de arrugas en la frente.

—He intentado llamarte varias veces.

—¿Ah, sí? —murmura Mia.

197

El coche arranca otra vez y Mia mira por la ventanilla y sonríe por dentro al entender que Pamela ha cogido un taxi desde Estocolmo solo porque ella no le respondía al teléfono.

—Me he puesto en contacto con un abogado para recurrir la negativa de los servicios sociales.

—¿Funcionará? —pregunta Mia y mira a Pamela desde el asiento de al lado.

—No sé qué dirán de Martin..., es una persona bastante sensible, ha tenido problemas psíquicos, ya te lo he contado, ¿verdad?

—Sí.

—Pero me temo que eso de que lo hayan encerrado en una celda haga que empiece a encontrarse peor —explica Pamela.

—¿Él qué dice?

Mientras van atravesando Gävle lentamente, Pamela le cuenta que el padre de Jenny Lind agredió a Martin delante del centro penitenciario. Pamela lo estuvo buscando hasta las dos de la mañana y llamó a todos los hospitales. A primera hora lo encontraron durmiendo en un barquito en la playa de Kungsholmen. Cuando la policía dio con él estaba muy desconcertado y no supo explicar qué estaba haciendo allí.

—He ido a urgencias psiquiátricas, pero... Martin no quería hablar, apenas ha dicho nada y le daba miedo volver conmigo a casa.

—Pero si da mucha pena, no tiene la culpa de nada —dice Mia.

—Creo que necesita tranquilizarse unos días para poder comprender que las acusaciones contra él no eran más que un error.

Pasan por la plaza Stortorget, donde tres niñas corren por los adoquines riendo y persiguiendo pompas de jabón.

—¿Adónde vamos? —pregunta Mia y mira por la ventanilla.

—No lo sé. ¿Qué quieres hacer? —Pamela sonríe—. ¿Tienes hambre?

—No.

—¿Quieres ir a Furuvik?

—¿A Furuvik? ¿El zoológico y parque de atracciones? ¿Te acuerdas de que estoy a punto de cumplir los dieciocho?

—Yo tengo cuarenta y me encantan las montañas rusas.

—A mí también —reconoce Mia, esbozando media sonrisa.

35

Son las nueve de la noche cuando el taxi deja a Pamela en la calle Karlavägen. Entra en el portal y sube en ascensor hasta el quinto piso.

Ha cogido color en la cara y lleva el pelo un poco revuelto. Ella y Mia han subido más de diez veces a la montaña rusa y han comido palomitas, algodón de azúcar y pizza.

Pamela gira la llave para quitar los bulones de seguridad, recoge el correo en el umbral, cierra y cuelga la llave en el gancho.

Mientras se desata los zapatos piensa en darse una ducha antes de meterse en la cama a leer.

Ojea el correo y de pronto se queda de piedra.

Entre los sobres hay una polaroid de Mia.

Se ha pasado un mechón de pelo azul por detrás de la oreja y parece contenta. De fondo se ve la casa encantada de Furuvik.

La foto debe de estar hecha hace apenas unas horas.

Pamela le da la vuelta y ve un texto escrito en letra minúscula. Es tan pequeña que no la puede leer.

Va a la cocina, enciende la lámpara del techo, deja la fotografía en la mesa bajo el punto más iluminado, se pone las gafas de leer y se inclina hacia delante.

Si él habla, ella será castigada.

Con el corazón desbocado, intenta comprender lo que las palabras y la foto implican. No cabe duda de que se trata de una amenaza, por parte de alguien que está intentando asustarla a ella y a Martin.

Esta tarde, los portales de noticias y las portadas se han llenado de titulares y artículos redactados a toda prisa diciendo que a Martin se le considera ahora un testigo clave.

Alguien quiere asustarla, hacerle impedir que Martin testifique.

Tiene que ser el asesino.

Los está vigilando, sabe dónde viven y conoce de la existencia de Mia.

Solo con pensarlo, Pamela siente una náusea por el miedo.

Coge el teléfono para llamar a la policía y explicar lo que ha pasado para exigir que protejan a Mia, pero al mismo tiempo entiende que eso no va a pasar. La atenderán, tomarán nota de su denuncia y luego le dirán que lo ocurrido no es suficiente para solicitar protección policial.

Lo entiende, pues no es más que una fotografía y una amenaza general, sin nombres ni detalles concretos.

Pero la persona que ha matado a Jenny Lind teme el testimonio de Martin.

Y Mia será castigada si él cuenta lo que vio.

Pamela deja el teléfono en la mesa y vuelve a mirar la foto.

Mia aparece contenta, y la hilera de aros en su oreja brilla bajo el radiante sol.

Pamela le da la vuelta a la foto, desliza un dedo sobre las letras y las ve desaparecer de la superficie satinada.

La yema de su dedo ha quedado teñida de azul y las palabras han desaparecido.

Se levanta y, mientras se dirige a la despensa, nota que le tiemblan las manos. Saca la botella de Absolut Vodka, la mira y luego la vacía en el fregadero, abre el grifo hasta que el olor se desvanece. Vuelve a la mesa y coge el teléfono para llamar a Mia y pedirle que tenga mucho cuidado.

36

Joona tarda un poco más de una hora en llegar al puerto de Kapellskär y tomar un barco taxi hasta la zona militar protegida, en la playa noreste de la isla de Idö.

El mar de Åland parece un espejo cegador.

Las gaviotas alzan el vuelo del muelle de hormigón cuando el barco atraca.

Joona sube hasta el edificio moderno de madera alquitranada, pulsa el botón del interfono y lo dejan pasar.

Se identifica en recepción y se sienta en una salita de espera climatizada.

Está en unas instalaciones muy exclusivas para altos cargos políticos, militares y empresarios, destinadas a distintas formas de rehabilitación.

Pasados cinco minutos va a buscarlo una mujer uniformada, quien le muestra el camino a una de las ocho suites.

Saga Bauer está sentada en una butaca con una botella de agua mineral en la mano, mirando como de costumbre al horizonte a través del gran ventanal.

—Saga —dice Joona y se sienta en la butaca de al lado.

Los primeros meses en la clínica, ella se limitó a caminar de un lado a otro como un animal encerrado, repitiendo que quería morir.

Ahora ya no dice nada, solo se sienta delante de la ventana a contemplar el mar. Joona va a verla con regularidad. Al principio le leía, luego comenzó a hablarle de sí mismo, pero la primera vez que observó que ella realmente escuchaba fue cuando sacó un caso a colación.

Desde entonces, le ha ido explicando las investigaciones que dirigía y ha ido compartiendo con ella sus teorías de forma continuada.

Ella atiende, y la última vez que fue a verla observó que Saga sonreía un poco cuando él mencionó el descubrimiento del marcado en frío.

Ahora Joona le habla de Martin Nordström, le cuenta que vio todo el asesinato muy de cerca, que padece un fuerte trastorno mental y que fue forzado a confesar el crimen del que ahora ya saben que es inocente.

—Fue agredido al salir del calabozo y vuelve a estar ingresado en la planta de Psiquiatría —continúa—. No está claro si podré interrogarlo…, ahora mismo parece poco probable, pero he encontrado un viejo caso que está relacionado con este…

Saga no dice nada, solo mira al agua.

Joona deja dos fotografías encima de la mesa que Saga tiene al lado.

La mirada de Fanny Hoeg es oscura y onírica. Jenny Lind mira directamente a la cámara y parece estar conteniendo una carcajada.

—Fanny fue ahorcada exactamente igual que Jenny, pero catorce años antes —dice Joona—. No tenemos fotos en detalle del sello, pero es evidente que estaba marcada en frío. Un mechón de su pelo castaño era completamente blanco.

Joona le cuenta a Saga que las dos chicas tenían más o menos la misma edad, tenían amigos y amigas, pero no pareja, y que ambas eran activas en las redes sociales.

—Poseían constituciones distintas, color de ojos distinto, y una era rubia, la otra era castaña —dice él—. Cuando Jenny fue secuestrada, la opinión general era que había sido elegida al azar…, pero cuando la comparo con la foto de Fanny, hay algo que armoniza..., algo en la nariz y los pómulos, quizá la línea del nacimiento del pelo.

Hasta ahora Saga no ha dirigido la mirada a las fotografías en la mesa.

—Obviamente, estamos buscando más asesinatos, suicidios y desapariciones que podrían vincularse al mismo sujeto —continúa Joona—. Pero en base a lo que sabemos, no es especialmente activo, a lo mejor todavía ni siquiera se ha convertido en un asesino en serie, pero sí que sigue un patrón, tiene un método..., y sé que no parará.

En el trayecto de vuelta, Joona se desvía hacia Rimbo para hablar con una criadora de caballos llamada Jelena Postnova. El estrecho camino se adentra por una alameda que conduce a un aparcamiento junto a una cerca. Aron Beck está apoyado en un Mercedes-Benz de color plateado y levanta la vista de su móvil cuando Joona aparca y se baja del coche.

—Margot ha considerado que debía venir y pedir disculpas —dice Aron—. Lo siento, lamento haberme comportado como un idiota. Debería haberte dejado interrogar a Martin antes de entrometer a la fiscal.

Joona se pone las gafas de sol y echa un vistazo a la hípica de edificios rojos de madera. Un hombre joven está montando un semental negro en un picadero. El polvo del suelo seco se cuela entre los árboles y tiñe de gris las patas del caballo.

—Margot dice que tú decides si quieres apartarme del equipo, y entiendo perfectamente que quieras hacerlo —continúa Aron—. Pero me importa una mierda el prestigio, solo me interesa una cosa y es atrapar a ese asqueroso, y si me das una nueva oportunidad pienso dejarme el pellejo hasta que me digas que pare.

—Suena bien —dice Joona.

—¿De verdad? Joder, qué alegría —dice él, aliviado.

Joona empieza a bajar por el sendero de grava en dirección a la hípica. Aron lo sigue con el paso sincronizado mientras revisan juntos la investigación.

El equipo del DON ha buscado hasta veinte años atrás en el registro, pero sin encontrar otros asesinatos, suicidios o casos de muerte que presenten el mismo patrón.

En Suecia, cada año se quitan la vida una media de cuarenta mujeres jóvenes, y más o menos el veinticinco por ciento de esos suicidios son por ahorcamiento.

Pero los homicidios por ahorcamiento son, con diferencia, mucho más inusuales. Aparte de Jenny Lind y Fanny Hoeg, solo tres mujeres han sido asesinadas mediante ahorcamiento en todo ese tiempo, y siempre en el contexto de una relación de pareja destructiva.

Se han llevado a cabo autopsias extensas, pero no hay constancia de marcados en frío ni de cambios de pigmentación en ninguno de los informes de las tres víctimas colgadas.

El sendero de grava se mete con una larga curva entre el gran edificio y un cercado con ocho caballos. Hace mucho calor al sol. En la cuneta se oye el estridor de los saltamontes, y las golondrinas cortan el aire muy por encima del tejado.

—Es más difícil con mujeres que se sospecha que han sido raptadas —continúa Aron—. Después de filtrar los casos evidentes en los que las chicas han sido sacadas del país para matrimonios forzados, aún quedan cientos de casos más.

—Los vamos a analizar todos —dice Joona.

—Pero solo hay seis de ellos que, a efectos prácticos, tengan pinta de secuestro.

Una mujer mayor sale del establo con una silla de montar en la mano, la sube a la plataforma de una pickup oxidada y luego se vuelve hacia ellos con los ojos entornados.

Lleva el pelo blanco y rapado, pantalón de montar con manchas, botas de cuero y una camiseta con una foto de Vladimir Vysotskij.

—Me han dicho que lo sabes casi todo de la cría de caballos —dice Joona y le enseña su identificación.

—Más bien de doma clásica, pero de cría también sé un poco —responde ella.

—Sería fantástico si quisieras ayudarnos.

—Si puedo, estaré encantada —dice ella y los lleva al establo—. Aquí dentro se está un poco más fresco.

Les recibe un fuerte olor a caballo y heno. Joona se quita las gafas de sol y desliza la mirada por un pasillo de cuadras con veinte boxes en penumbra. Un potente ventilador zumba por debajo de la cumbrera. Los caballos resoplan y patean el suelo.

Pasan por delante del cuartito con sillas de montar y el lugar donde limpian a los caballos, y luego se detienen. Una hilera de ventanitas deja pasar un poco de luz a través de cristales sucios.

—¿Cómo marcáis a vuestros caballos? —pregunta Joona.

—Si hablamos de trotones, los chips han sustituido al marcado en frío —responde ella.

—¿Cuándo dejasteis de marcar en frío?

—No lo recuerdo, a lo mejor hace ocho años o más o menos..., pero los triángulos aún se hacen así.

—¿Qué quieres decir? —pregunta Aron.

—Cuando un caballo sufre una herida o es demasiado viejo para hacer de caballo de monta, en lugar de sacrificarlo se puede pedir que un veterinario lo marque en frío con un triángulo.

—Vale.

—Mirad a Emmy —dice Jelena y los guía hasta uno de los boxes del fondo.

Una vieja yegua resopla y levanta extrañada la cabeza cuando se detienen delante de su cuadra. En el pelaje castaño rojizo, en lo alto del muslo izquierdo, se ve claramente un triángulo brillante.

—Eso significa que está jubilada, pero aún sirve como caballo de paseo, yo a veces la monto en el bosque...

Una mosca se posa en el rabillo del ojo del caballo y el animal sacude la cabeza, mueve un poco las patas y choca contra la pared. Cabestros, estribos y correas tintinean con la vibración.

—¿Cómo se hace el marcado? –pregunta Aron.

—Depende un poco, pero nosotros lo hacemos con hidrógeno, a casi doscientos grados bajo cero, les ponemos anestesia local y apretamos el sello contra la piel durante más o menos un minuto.

—¿Sabes de alguien que utilice este marcado? –pregunta Joona y le muestra una foto con el detalle del cogote de Jenny Lind.

Jelena se inclina hacia delante con una pronunciada arruga en el entrecejo.

—No –responde ella–. Me atrevería a decir que en Suecia no hay nadie que marque a los caballos así. Probablemente, en ninguna parte del mundo.

—¿Y qué piensas del sello?

—No tengo ni idea –dice ella–. No conozco la industria de la carne en otros países, pero en ese sello no hay ninguna cifra que haga que se pueda identificar o rastrear al animal.

—No.

—Me recuerda más a los marcados a fuego que hacían antiguamente los ganaderos de Norteamérica –dice ella–. Podían ser parecidos a ese, quizá con menos detalles.

Cuando regresan a los coches, Joona piensa que Jelena Postnova tenía razón en que el marcado de las víctimas no es un tipo de identificación, sino una marca de propiedad. El sujeto quiere mostrar que la mujer marcada le pertenece a él incluso después de su muerte.

—Trabajamos demasiado lentos, van a morir más mujeres si no damos con él –dice Joona y abre la puerta del coche.

—Lo sé, me encuentro mal solo de pensarlo.

—A lo mejor ya tiene una nueva prisionera.

37

Pamela paga y baja del taxi delante del hospital Sankt Göran, entra por la puerta 1, espera un momento justo al otro lado para comprobar si alguien la está siguiendo y luego sube en ascensor hasta la cuarta planta, se presenta en recepción y entrega su móvil.

Martin está sentado en la sala común jugando a las cartas con un hombre corpulento que va en silla de ruedas. Pamela reconoce al hombre, es un paciente recurrente de la cuarta planta. Lleva una pequeña cruz tatuada en cada yema de los dedos y es conocido como «el Profeta».

—Hola, Martin —dice Pamela y se sienta a la mesa.

—Hola —responde él en voz baja.

Pamela le pone una mano sobre el antebrazo y consigue captar su mirada unos segundos antes de que él vuelva a apartarla. Aún lleva la tirita en la frente, pero el moratón en la mejilla ya ha comenzado a ponerse amarillo.

—¿Cómo te encuentras? —pregunta ella.

—No tengo sensibilidad —contesta el Profeta y se golpea el muslo con la mano.

—Se lo decía a Martin.

El Profeta se sube la gruesa montura de las gafas en la nariz, recoge el juego de naipes y empieza a barajar.

—¿Te animas a una partida? —le pregunta a Pamela mientras corta la baraja.

—¿Tú quieres jugar? —le pregunta ella a Martin.

Él asiente con la cabeza y el Profeta empieza a repartir las cartas. Un enfermero con antebrazos musculosos está de pie junto a otra mesa en la que hay una mujer mayor pintando un mandala.

Delante de la tele hay un hombre con barba gris durmiendo.

Los aplausos de la reemisión del programa *¿Quién sabe más?* suenan débilmente por los altavoces.

—Dieces —susurra Martin y echa un vistazo a la puerta de cristal.

—¿Quieres mis dieces? —Pamela sonríe—. ¿Estás seguro? Puedes elegir los nueves, si lo prefieres...

Él niega rápidamente con la cabeza y ella le entrega tres dieces.

Pamela mira la hora de reojo y siente un peso en el estómago al pensar que en breve Martin estará gritando y sufriendo calambres.

—Hay en el mar, hay en el mar —dice el Profeta, justo cuando una puerta se abre.

Pamela alza la vista y ve que Primus —el hombre que la acosó la última vez que estuvo allí— entra en la sala común. Va seguido de un enfermero, lleva el pelo cano suelto y carga una bolsa de deporte al hombro.

Primus hace una majestuosa reverencia ante el Profeta, se recoloca la entrepierna de los vaqueros ajustados y se queda de pie detrás de la silla de Pamela.

—Hoy me han ingresado, hoy me han dado el alta —dice con una sonrisa.

—Haces lo que te dicen que hagas —dice el Profeta y baja la mirada para centrarse en sus cartas.

—Joder, cómo me voy a hinchar a follar —susurra Primus y se chupa el dedo índice.

—Quédate aquí a mi lado —dice el enfermero.

—Vale, pero ¿qué hora es? —pregunta.

Cuando el enfermero mira la hora, Primus aprovecha para acariciar a Pamela en la nuca con el dedo mojado.

—Es hora de echar a andar, así que di adiós —le dice el enfermero.

—Yo no necesito andar, yo puedo volar —dice Primus.

—Pero no eres libre —señala el Profeta con semblante grave—. No eres más que el ordenanza de Caesar, una mosca que vuela alrededor de su amo...

—Para —susurra Primus, estresado.

Pamela observa a Primus mientras acompaña al enfermero, que desliza su pase por el lector, introduce un código y abre la puerta.

Martin sigue sentado en su sitio con las cartas en la mano.

—Tus treses —murmura.

—Mis treses —dice el Profeta y levanta sus cartas de la mesa.

—Sí.

—Hay en el mar —dice y se vuelve de nuevo hacia Pamela—. ¿Me darías todos tus sietes?

—Hay en el mar.

—Se está investigando mucho en el campo de los ginoides..., que son los androides femeninos —explica le Profeta y se rasca la barbilla con los naipes—. Un investigador llamado McMullen ha diseñado un robot que escucha y recuerda lo que dices, habla y frunce la frente y sonríe.

Deja su mano en la mesa y levanta las palmas. Pamela no puede evitar mirar las diez crucecitas que lleva en los dedos.

—¿Me das todos tus reyes? —dice Martin.

—Dentro de poco ya no distinguiremos entre un ginoide y una chica de verdad —explica el profeta—. Acabaremos con las violaciones, la prostitución y la pedofilia.

—No estoy tan segura de ello —dice Pamela y se levanta de la silla.

—La nueva generación de robots podrá gritar, llorar y suplicar —dice el Profeta—. Se resistirán, sudarán de miedo, vomitarán y se mearán encima, pero...

Calla de golpe cuando una enfermera con la cara ancha y arrugas alrededor de los ojos entra en la sala común y le pide a Martin y Pamela que la acompañen.

—No has comido nada en todo el día, ¿verdad? —pregunta la enfermera en tono rutinario mientras Martin se tumba en una de las camillas de la sala de espera.

—No —contesta y mira a Pamela.

Su rostro es de agotamiento, y cierra los ojos, indefenso, mientras la enfermera le coloca un catéter en el pliegue del codo izquierdo. Luego la mujer los deja solos.

Dennis le ha explicado a Pamela qué implica una terapia electroconvulsiva. Con ayuda de corriente eléctrica, se fuerza un ataque epiléptico controlado que ayuda a recuperar el equilibrio de los neurotransmisores del cerebro.

El psiquiatra de Martin considera la terapia electroconvulsiva como un último recurso, ahora que Martin se ha visto obligado a regresar a la unidad después de tan solo unos días fuera.

—Primus ha dicho que… me van a… meter en la cárcel.

—No, solo fue el policía ese, Aron. Te engañó para que confesaras cosas que no has hecho —explica ella.

—Ah, sí —susurra él.

Ella le acaricia la mano y él abre los ojos.

—No tienes por qué ver a más policías, solo para que lo sepas…

—No pasa nada —dice él.

—Pero tienes todo el derecho del mundo a decir que no, después de lo que te hicieron.

—Pero yo quiero —susurra él.

—Ya sé que quieres ayudar, pero no me parece…

Se interrumpe porque dos auxiliares de enfermería entrar y dicen que ya es la hora. Pamela camina a su lado mientras sacan a Martin de la salita de espera y lo meten en la consulta de tratamiento.

De un enchufe sale un puñado de cables que cuelgan formando un arco y que llegan hasta una estructura llena de monitores.

Un anestesista con cejas rojizas se sienta en un taburete y gira un poco las pantallas.

Colocan la camilla de Martin en su sitio y la enfermera del anestesista le conecta distintos medidores.

Pamela se da cuenta de que Martin está inquieto, así que lo toma de la mano.

—El tratamiento dura unos diez minutos —dice la otra enfermera y le suministra anestesia por la vía.

Los ojos de Martin se cierran y su mano se vuelve blanda.

La enfermera espera unos segundos y luego le inyecta un relajante muscular.

Martin duerme profundamente y tiene la boca un poco hundida. Pamela le suelta la mano y se aparta un poco.

La enfermera anestesista le coloca una máscara con ambú sobre la boca y la nariz y le suministra oxígeno.

El psiquiatra entra en la consulta de tratamiento y se acerca a Pamela para saludarla. Tiene unos ojos profundos, los pómulos marcados y marcas rojas de afeitado en el cuello, y lleva cinco bolígrafos transparentes en el bolsillo de pecho de la bata médica.

—Puedes quedarte —le dice—. Pero a algunos familiares les parece muy desagradable cuando los músculos reaccionan a la corriente eléctrica. Te aseguro que no duele, pero aun así quiero que estés preparada.

—Lo estoy —dice ella y lo mira a los ojos.

—Bien.

La enfermera se encarga de hiperventilar a Martin para aumentar los niveles de oxígeno en el cerebro, luego le retira la máscara y le pone un protector bucal entre los dientes.

El psiquiatra pone en marcha la máquina de electroshocks y ajusta la potencia eléctrica, el ancho de pulsaciones y la frecuencia. Se acerca a Martin y le pone los dos electrodos en la cabeza.

La lámpara del techo parpadea y Martin dobla los brazos hacia su propio cuerpo en un rápido movimiento.

Sus manos tiemblan de forma antinatural y la espalda se le encorva.

Se le tensan las mandíbulas, la barbilla se le clava en el pecho, las comisuras de la boca se tuercen hacia abajo y los tendones del cuello se ponen rígidos.

—Dios mío —susurra Pamela.

Es como si se hubiese puesto una máscara retorcida. Martin está apretando tanto los ojos que unas arrugas completamente nuevas se le marcan en la cara.

El pulso se le dispara.

Le dan más oxígeno.

Las piernas empiezan a agitarse de forma espasmódica y las manos le tiemblan.

La camilla cruje y la colcha de papel se sube hasta dejar al descubierto las grietas en la piel sintética del colchón.

De pronto, las convulsiones de Martin remiten de golpe. Como cuando soplas una vela y un hilillo de humo sube deslizándose lentamente hasta el techo.

38

Martin gira la cabeza y ve la ventana y la lámpara pasando por el rabillo de su ojo como un torrente de agua.

No ha comido nada desde el bocadillo de queso y el zumo de fresa que le han dado cuando se ha despertado de la anestesia.

Pamela se ha quedado un rato a su lado hasta que ha tenido que volver corriendo al trabajo.

En cuanto se ha podido poner en pie ha ido a la sala de terapias para pintar. Sabe que no es ningún artista, pero se ha convertido en una rutina importante para él.

Deja el pincel junto a la paleta, da un paso atrás y contempla el lienzo pintado.

Ha dibujado una casita roja de madera, pero ya no recuerda por qué.

Una cara asoma en la ventana, detrás de las cortinas.

Se limpia un poco de pintura acrílica de las manos y los antebrazos y se marcha de la sala de terapias.

En realidad no se puede comer entre horas, pero a veces Martin se cuela en el comedor y busca en la nevera.

Echa a andar por el pasillo vacío.

La sala común está en silencio, pero cuando pasa por delante del hueco de la puerta ve que las sillas están colocadas como si hubiese un público invisible mirando un espectáculo.

Los niños han estado escondidos desde que Martin llegó aquí. Ni siquiera los ha oído por las noches. A lo mejor piensan que es bueno que lo hayan vuelto a ingresar.

Hace un alto y mira por el cristal de la puerta del despacho del psiquiatra. El doctor Miller está en el centro de la habitación, mirando al vacío con sus ojos claros.

Martin piensa que va a llamar a la puerta y decirle que le gustaría volver a casa, pero de pronto no recuerda su propio nombre.

El médico se llama Mike, eso sí lo sabe.

Suelen llamarlo M&M.

¿Qué está pasando? Sabe que es un paciente de la cuarta planta, que está casado con Pamela y que vive en la calle Karlavägen.

—Martin, me llamo Martin —dice y reemprende la marcha.

Una nueva ola de vértigos le atraviesa el cerebro. Los grandes armarios metálicos corren hasta la esquina y desaparecen.

Martin se cruza con una de las enfermeras nuevas —una mujer bajita con antebrazos blancos y arrugas severas alrededor de la boca—, que ni siquiera se percata de su presencia.

Cuando llega a la puerta del comedor de pacientes, se da la vuelta y ve que hay una camilla con correas delante de la sala común.

Hace un momento no estaba ahí.

Siente un escalofrío y abre con cuidado la puerta del comedor.

Las gruesas cortinas están corridas para proteger del sol exterior, por lo que la sala está sumida en una penumbra grumosa.

Hay sillas de plástico alrededor de tres mesas redondas con hules de flores y servilletas con motivos veraniegos en un servilletero.

Se oye un chasquido en alguna parte y luego un leve crujido.

Suena como un balancín que oscila desde una punta hasta la otra.

Detrás de un banco bajo con cajas de acero inoxidable se encuentra la nevera.

Martin cruza el suelo de linóleo brillante, pero se detiene al intuir un movimiento en el rincón del fondo.

Contiene el aliento y se vuelve lentamente hacia allí.

Una persona extremadamente alta está de pie con los brazos estirados hacia arriba.

Lo único que mueve son los dedos.

Al instante siguiente Martin ve que se trata del Profeta. Se ha encaramado a una silla y está bajando algo de un armario.

Martin retrocede sin hacer ruido y lo ve bajarse con un paquete de azúcar y sentarse en la silla de ruedas.

El asiento cruje bajo el peso de su cuerpo.

Martin llega a la puerta, la abre con sigilo y oye el chirrido agudo de las bisagras como un mosquito rozándole la oreja.

—Considéralo un milagro divino —dice el Profeta a su espalda.

Martin se queda quieto, suelta la puerta y se vuelve otra vez.

—Tenía que venir a buscar algunas cosas antes de irme —dice el Profeta y se acerca con la silla de ruedas hasta la encimera de la cocina.

Vacía todo el azúcar en el fregadero, saca una bolsa de plástico con un teléfono móvil que estaba escondido dentro del paquete, lo limpia un poco y se lo mete en el bolsillo antes de abrir el grifo.

—Me dan el alta dentro de una hora.

—Enhorabuena —susurra Martin.

—A todos nos llega nuestro llamamiento en la vida —dice el Profeta y rueda hasta Martin—. Primus es una mosca carroñera que necesita cadáveres para poner sus huevos, yo pongo los míos en las almas de las personas…, y tú estás intentando borrarte a ti mismo con electricidad.

39

Son las cinco y Pamela está sola en el despacho de arquitectos. Ha corrido las cortinas y está sentada delante del ordenador, dibujando un ventanal que da a una azotea verde. De pronto suena el teléfono.

—Estudio de arquitectura Roo —dice al cogerlo.

—Joona Linna, del Departamento Operativo Nacional de la policía... Antes que nada, me gustaría decir que lamento mucho la situación a la que mis compañeros te han expuesto a ti y a tu marido.

—Vale —dice ella, cortante.

—Entiendo que ya no tengas ninguna credibilidad en la policía y sé que has dejado constancia de que no quieres hablar con nosotros, pero piensa en la víctima y sus familiares, en que, al final, quienes salen perdiendo son ellos.

—Lo sé —suspira Pamela.

—Tu marido es nuestro único testigo ocular, él lo vio todo de cerca —dice Joona—. Y creo que la mayoría de gente se siente mal cuando carga con cosas que...

—Así que ahora os preocupáis por él —lo interrumpe Pamela.

—Solo digo que se trata de un asesinato terrible y que él carga dentro con el recuerdo de todo lo que vio.

—No pretendía...

Se queda callada y piensa que la nota de amenaza contra Mia

ha hecho que Pamela empiece a vigilarse las espaldas, igual que Martin.

Se ha comprado un espray de pimienta para dárselo a Mia y que pueda defenderse si alguien la ataca.

—Creemos que el autor de los hechos tuvo a Jenny Lind cautiva durante cinco años antes de matarla —continúa el comisario—. No sé si recuerdas cuando desapareció, fue muy sonado en todas partes, sus padres acudieron a los medios de comunicación y suplicaron.

—Lo recuerdo —responde Pamela en voz baja.

—Acaban de ir a ver a su hija en la morgue.

—No puedo seguir hablando —dice ella y siente un azote de ansiedad brotando de su interior como una ola de pánico—. Tengo una reunión que empieza dentro de cinco minutos.

—Pues después. Dame media hora.

Con tal de terminar la llamada cuanto antes, Pamela cede a verse con el policía en Espresso House a las seis y cuarto. Las lágrimas ya han empezado a correr por sus mejillas cuando se encierra en el cuarto de baño.

Pamela no se atreve a contarle a la policía lo de la amenaza, tiene la sensación de que, si lo hace, solo pondrá en peligro a Mia y a Martin.

Alguien la siguió hasta Gävle y le sacó a Mia una foto en el parque de atracciones.

Lo único que quería era darle a Mia la oportunidad en la vida que Alice nunca llegó a tener, pero en lugar de eso la ha puesto en el punto de mira de un asesino.

Joona observa a Pamela mientras esta se toma el café y sujeta la taza con ambas manos para poder dejarla de nuevo en el platillo sin temblar demasiado. La ha notado nerviosa. En cuanto ha llegado ha insistido en cambiarse a una mesa del primer piso, al fondo del local.

218

Su pelo castaño rojizo cae en mechones ondulados que le llegan por los hombros. Ha intentado disimular mediante maquillaje que ha estado llorando hace apenas un momento.

—Está claro que puedo entender que cometáis un error, pero esto... —dice Pamela—. Le obligasteis a confesar un asesinato, o sea, Martin está psíquicamente enfermo.

—Estoy de acuerdo contigo, las cosas no pueden hacerse así —dice Joona—. Y la fiscalía abrirá una investigación interna.

—Jenny Lind tiene..., no sé, ha ocupado un lugar especial en mi corazón..., siento mucha empatía por sus familiares, pero...

Se interrumpe y traga saliva.

—Pamela, necesito poder hablar con Martin en un contexto de calma..., preferiblemente en tu compañía.

—Vuelve a estar ingresado —dice ella escuetamente.

—Por lo que he entendido, padece un trastorno complejo por estrés postraumático.

—Tiene psicosis paranoica y lo encerrasteis y lo asustasteis.

Pamela vuelve la cara hacia la ventana y mira a la gente que pasa caminando por la calle Drottning, un piso más abajo.

Joona ve que sonríe un poco al seguir a dos chicas jóvenes con la mirada.

Una aguamarina con forma de lágrima cuelga en una de sus orejas.

Pamela se vuelve de nuevo hacia él y ahora Joona se percata de que las dos manchitas que en un principio le habían parecido dos manchas de nacimiento bajo el ojo izquierdo son, en verdad, dos tatuajes.

—Has dicho que Jenny Lind ocupa un lugar especial en tu corazón —dice Joona.

—Cuando desapareció tenía la misma edad que mi hija Alice —dice Pamela y traga saliva.

—Entiendo.

—Y apenas unas semanas más tarde, mi hija murió.

Pamela se cruza con la mirada gris pálido del inspector. Es

como si él la conociera y entendiera lo que las grandes pérdidas le hacen a alguien.

Antes de que Pamela tenga tiempo de preguntarse por qué, aparta un poco la taza de café y le habla de Alice. Las lágrimas caen sobre la mesa mientras describe el viaje a Åre hasta el día en que su hija se ahogó.

—La mayoría de nosotros experimenta grandes pérdidas en la vida —dice—. Pero las superamos. Al principio no parece posible, pero se puede seguir adelante.

—Sí.

—Sin embargo Martin…, es como si él todavía se encontrara en la primera fase del shock inicial —dice Pamela—. Y no quiero que se ponga peor de lo que ya está.

—¿Y si esto hace que se sienta mejor? —dice Joona—. Puedo pasarme por el hospital y hablar con él allí mismo. Lo haremos con cuidado, bajo sus condiciones.

—Pero ¿cómo vas a interrogar a alguien que no se atreve a hablar?

—Podemos probar con hipnosis —dice Joona.

—No creo —responde ella y sonríe sin querer—. Me parece que es lo último que Martin necesita.

40

Mia se mira la ropa, se pasa un mechón de pelo por detrás de la oreja y no puede dejar de sonreír para sí cuando llama a la puerta entreabierta de la secretaría del centro de acogida de menores.

—Adelante, entra y siéntate —dice la asistente social sin mirarla.

—Gracias.

Mia avanza entre crujidos, retira la silla enfrente de la mujer y toma asiento.

Hace calor en la sala, después de otro día de temperaturas que han rondado los treinta y cinco grados. La ventana que da a la linde del bosque está abierta y choca perezosamente contra el gancho oxidado. La asistente escribe algo en el ordenador y luego alza la vista.

—He comprobado el tema con los servicios sociales y no ha entrado ninguna petición de recurso por parte de Pamela Nordström.

—Pero me dijo que...

Mia se interrumpe, baja la mirada y se rasca un poco de pintaúñas desconchado.

—Tal y como yo lo veo —continúa la asistente—, la negativa se basaba en que el hogar se ha considerado inseguro a causa de su marido.

—Pero si era inocente, joder, lo pone en todas partes.

—Mia, no sé cómo ha razonado el consejo, pero sea como sea, no ha llegado ninguna petición de recurso..., con lo cual, la negativa sigue valiendo.

—Entiendo.

—No hay nada que podamos hacer al respecto.

—He dicho que lo entiendo.

—Pero ¿qué piensas de ello?

—Que es lo de siempre.

—Yo me alegro de poder tenerte por aquí un poco más —dice la asistente para animarla.

Mia asiente con la cabeza, le estrecha la mano, como de costumbre, cierra la puerta al salir de la oficina y empieza a subir las escaleras.

Ya de lejos oye los gritos iracundos de Lovisa y que está tirando cosas al suelo. Tiene TDAH y ella y Mia siempre acaban discutiendo.

Mia ha empezado a pensar que Lovisa podría asesinarla.

Ayer por la noche se despertó porque Lovisa había entrado a hurtadillas en su cuarto. Oyó sus pasos en la oscuridad y cómo se detuvo delante de la cama para luego sentarse en la silla al lado de la cómoda.

Mia llega al piso de arriba, se mete en su cuarto y ve que el cajón de debajo de su cómoda está abierto. Mira dentro.

—Me cago en... —dice y sale de la habitación.

El suelo viejo de madera cruje bajo sus botas. Abre la puerta del cuarto de Lovisa de un bandazo y se detiene en seco.

Lovisa está sentada de rodillas y ha vaciado todo el contenido de su bolso en el suelo. Lleva el pelo lacio y se ha arañado el reverso de ambas manos.

—¿Se puede saber por qué te has metido en mi cuarto y te has llevado mis bragas? —pregunta Mia.

—¿De qué coño hablas? Estás enferma —dice Lovisa y se levanta.

—La que tiene un diagnóstico eres tú, no yo.

—Cierra la boca —dice Lovisa y se rasca la mejilla.

—¿Puedes devolverme mi ropa interior ahora mismo, por favor?

—Pues yo creo que la ladrona eres tú, que tú eres quien me ha robado mi Ritalin —dice Lovisa.

—Vale, has vuelto a perder tus pastillas, ¿por eso me coges las bragas?

Lovisa se pasea por su cuarto y se estira estresada de las mangas mordisqueadas de la blusa.

—Yo no he tocado tus bragas asquerosas.

—Pero no puedes controlar tus impulsos y...

—¡Cierra la boca! —grita Lovisa.

—Estás tan desatada que no sabes lo que haces cuando...

—¡Cierra la boca!

—Seguro que has escondido las pastillas en un sitio ingenioso y ahora me culpas a mí porque no las encuentras...

—¡Vete a la mierda! —brama Lovisa y da una patada contra sus propias cosas, esparciéndolas por el suelo.

Mia se marcha de su cuarto y baja las escaleras. A su espalda, Lovisa grita que piensa matar a todo el mundo en la casa. Mia se pone el abrigo militar verde, aunque sea demasiado caluroso, y sale a la calle.

Para variar, coge el atajo que pasa por la arboleda y baja al polígono industrial, donde gira en dirección a los viejos gasómetros.

Los dos edificios cilíndricos de ladrillo se emplean desde hace muchos años para proyecciones de películas, funciones de teatro y conciertos.

Mia intenta mantener la decepción a raya mientras baja hasta el agua, detrás del gasómetro más grande.

La línea del bajo y la batería se oyen mucho antes de que ella llegue al descampado.

Su parca se engancha a un matorral espinoso, pero se desprende cuando ella sigue caminando.

Maxwell y Rutger están de pie mirando el humo de una barbacoa de un solo uso.

Forman parte de una pequeña pandilla que fantasea con convertirse en raperos famosos.

Maxwell ha conectado un altavoz a su teléfono e intenta rapear sobre la base, se interrumpe y se ríe.

Hay algunas botellas de cerveza clavadas en la arena.

Rutger le está sacando punta a una rama con su hachuela.

Mia salta el murete, se acerca a los dos hombres, y en el boscaje del otro lado de los raíles descubre a dos figuras.

Sigue caminando y ve que una es Shari, que está de rodillas delante de Pedro, y le da tiempo de atisbarle el pene a este en la boca abierta de la otra antes de apartar la mirada.

La luz del foco de una grúa en el muelle de Skeppsbron queda fragmentada por la copa de un árbol.

Maxwell empieza a rapear con una gran sonrisa al ver a Mia acercarse.

Ella baila despacio mientras se aproxima.

En realidad, le dan un poco de vergüenza ajena, pero siempre se hace la impresionada y aplaude después de cada verso.

La verdad es que solo queda con ellos porque pagan inusualmente bien por las pequeñas cantidades de estimulantes que ella consigue robar en la casa de acogida.

—Mi contacto está un poco nervioso por si descubren que faltan medicamentos, pero os considera clientes prioritarios, al menos eso es lo que me dice —explica Mia y saca la bolsita con las diez cápsulas de Ritalin que le robó a Lovisa.

—No sé, Mia, esto es... Pienso que la cosa se está poniendo muy cara —dice Maxwell.

—¿Queréis que se lo diga a mi contacto? —pregunta Mia y se vuelve a guardar la bolsita en el bolsillo.

—A lo mejor si te damos una buena tunda ya le queda claro lo que queremos decir.

Fingiendo que hay un contacto en la casa de acogida, Mia

ha podido subir los precios de las drogas a niveles provocadoramente altos.

—¿A qué viene tanto drama? —pregunta Pedro y se para delante de la barbacoa.

41

Una nueva base ha empezado a sonar y los bajos retumban en el altavoz. Rutger se rasca la barba con el hachuela y le dice algo a Pedro.

Mia se promete a sí misma que nunca más le venderá droga a esta panda. Son los tíos más tontos de toda Gävle, pero aun así se están volviendo suspicaces.

Shari se les acerca, saluda a Mia con la cabeza y le aguanta la mirada un rato. Tiene una mancha de pintalabios en la barbilla.

Cuando se agacha para coger una de las botellas de cerveza que hay en el suelo, Maxwell la frena con la mano y se ríe.

—Mi botella no, después de eso.

—Muy gracioso.

Shari escupe al suelo, coge la botella de Pedro y bebe.

—Mi botella no —se ríe Rutger por lo bajini.

Una grúa se ve reflejada en la superficie del agua entre las barcazas.

—¿Queréis esto o no? —pregunta Mia.

—Hazme precio —dice Maxwell y pone seis salchichas de Fráncfort sobre la rejilla de la barbacoa.

—El precio es el que es —contesta Mia y empieza a abrocharse la parca.

—Déjalo, coño, ya pago yo, joder —dice Rutger y blande el hachuela negra en la mano antes de dejarla caer al suelo.

El metal se hunde en la arena.

Saca la cartera y cuenta los billetes, pero los aparta cuando Mia alarga la mano.

—Tengo que irme —dice ella.

Rutger levanta los billetes en alto y comienza a rapear sobre una camella que se tiene que largar, porque es una persona muy solicitada y que está muy ocupada.

Pedro da palmas para marcar el ritmo y Shari empieza a mecer las caderas.

Maxwell coge el relevo e intenta rimar sobre una chica que tiene tanta sed que quiere beber de todas las botellas.

—Imbécil —dice Shari y le da un empujón.

—*Suck my bottle.* —Se ríe él.

Rutger le da el dinero a Mia, ella lo cuenta, se lo guarda en el bolsillo interior y le entrega la bolsita.

—Más tarde hay una fiesta, y quiero que vengas —dice Maxwell.

—Qué honor —murmura ella.

Mia no tiene intención de ir de fiesta con ellos nunca más, ni siquiera puede entender que él se lo proponga. Una vez fue con ellos y entonces Maxwell intentó violarla cuando iba tan borracha que se había quedado dormida en el sofá. Le dijo que iría a la policía, a lo que él respondió que no era una violación porque ella no había dicho que no.

Maxwell les da la vuelta a las salchichas, se quema los dedos, se levanta soltando una retahíla de tacos y agita la mano.

—¿Vas a venir a la fiesta o qué?

—Mira esto —dice Mia y saca el teléfono—. Esto es la ley de Suecia… Código penal, capítulo seis, párrafo primero… Pone que si alguien intenta acostarse con alguien que está durmiendo o borracha…

—Pero deja de dar la murga con eso, perra —la interrumpe él—. A que no dijiste que no, ¿pues entonces? Solo estabas ahí…

—Basta con que no dijera que sí —lo corta ella y le enseña la pantalla del móvil—. Lee lo que pone aquí, fue un intento de violación, te pueden caer hasta...

Mia recibe un bofetón tan fuerte que se desploma. La cadera choca contra el suelo y puede oír el sonido de su cabeza golpeando la arena. No ve nada, rueda hasta quedar bocabajo, respira entre jadeos, apoya las manos y se pone a cuatro patas.

—Relájate un poco, Maxie —intenta Pedro.

Mia recupera la visión, le quema la mejilla, encuentra el teléfono y trata de recomponerse.

—¡No te mereces ser violada! —le grita Maxwell.

Mia se levanta y empieza a caminar de vuelta a los gasómetros.

—No eres más que una puta, ¿lo sabes? —le grita a él mientras se aleja.

Cuando llega a la carretera, hace una pausa y se sacude la arena del pelo y la ropa. Nota sabor a sangre en la boca.

Atraviesa el polígono industrial hasta el gran nudo vial en la avenida Södra Kungsvägen. Los parasoles rojos que hay delante del Burger King se agitan con el viento. Mia cruza el aparcamiento vacío, entra por las puertas de cristal y nota el olor a queso fundido y comida a la plancha.

Pontus está en la caja, con camisa negra de manga corta y gorra.

Él antes estaba en el mismo centro de menores que ella, pero consiguió que lo ubicaran en una familia de acogida, vuelve a ir al instituto y ha encontrado un trabajo.

—¿Qué ha pasado? —le pregunta a Mia.

Mia entiende que el bofetón le ha dejado la mejilla roja y se encoge de hombros.

—He discutido un poco con Lovisa —miente.

—Pasa de ella, se estresa por nada.

—Ya lo sé.

—¿Has comido?

Ella niega no con la cabeza.

—El jefe ha dicho que pensaba irse a las seis y media —dice Pontus bajando la voz—. ¿Tienes para comprarte algo, y que puedas quedarte esperando aquí dentro?

—Un café.

Él introduce el pedido en la caja registradora, ella paga con uno de los billetes de Maxwell y Pontus se va a buscar una taza de café.

Mia va a cenar allí casi todas las tardes que Pontus tiene turno. Siempre lo espera delante del Circle K hasta que él termina. Suelen ir al parque que hay junto a la planta de tratamiento de aguas y juegan a chutar la pelota contra una pared. Antes hablaban de fugarse juntos, bajar a Europa, pero ahora que Pontus tiene una familia ya no le interesa.

—¿Cómo va lo de Estocolmo? —pregunta él.

—Al final, nada.

—Dijiste que pensaba recurrir.

—No lo ha hecho —dice Mia y nota que se le calientan las orejas.

—Pero por qué...

—No lo sé —lo interrumpe ella.

—No te mosquees conmigo.

—Lo siento, es que me habría gustado que fuese sincera, la verdad es que me caía bien, pensaba que hablaba en serio —dice Mia y gira la cara para que Pontus no vea que le tiembla la barbilla.

—Nadie es sincero, ¿tú lo eres?

—Cuando me conviene.

—Pero no estás enamorada de mí.

—Sinceramente, no creo ni que pueda enamorarme —responde ella y lo vuelve a mirar—. Pero si me enamorara de alguien, sería de ti, porque eres la única persona con la que me gusta estar.

—Pero te acuestas con los raperos.

—No, no lo hago.

—No me fío de ti —dice él, sonriendo.

—Podemos tener sexo, si es eso de lo que se trata.

—No lo es, ya lo sabes.

Mia coge su taza de café, se sienta a una mesa y contempla el tráfico de fuera.

Bebe despacio, y al cabo de un rato ve al jefe marchándose. Diez minutos más tarde, Pontus deja una bolsa de papel delante de Mia y le dice que saldrá dentro de media hora.

—Gracias —dice ella, coge la bolsa y sale al calor de la tarde.

Una pickup sucia se mete en el aparcamiento y se detiene delante de la entrada del restaurante de comida rápida. Mia camina bajo el resplandor rojizo de las farolas traseras y cruza una pequeña parcela de césped.

Siguiendo su costumbre, se sienta en una barrera de hormigón que hay cerca de unos contenedores junto a la gasolinera y mira el contenido de la bolsa.

Con cuidado, saca el vaso de Coca-Cola y lo deja en el suelo, se pone la bolsita de patatas fritas en el regazo y despliega el papel que envuelve la hamburguesa.

Mia tiene hambre y traga un bocado tan grande que le provoca una especie de calambre en la garganta y se ve obligada a esperar un rato antes de poder seguir comiendo.

Un camión con semirremolque se mete en la gasolinera y pasa lentamente por delante de los surtidores. La cabina del conductor es llamativamente oscura, por detrás del parabrisas. Da la impresión de que el camión vaya sin conductor. Uno de los retrovisores cuelga suelto de unos cables.

Mia se ve cegada por los faros del conjunto de vehículos cuando este gira y comienza a rodar en dirección a ella.

Toma un trago de Coca-Cola y vuelve a dejar el vaso en el suelo.

El camión se le pone delante y el semirremolque tapa las luces de la gasolinera.

El conjunto de vehículos se detiene con un chirrido.

El motor enmudece.

Una cadena se balancea dentro del semirremolque, tintinea al chocar contra el poste metálico de la lona.

Los frenos sueltan un siseo.

El conductor se queda sentado en su sitio, a lo mejor ha parado para dormir.

Aún salen humos de escape de los tubos verticales.

Mia se sacude unas tirillas de ensalada de la parca.

La puerta del otro lado de la cabina se abre.

Oye que el conductor se baja jadeando y que empieza a caminar en dirección a la gasolinera.

Los restos de una botella reventada brillan en la cuneta cuando un coche da la vuelta a la rotonda.

Mia se mete unas patatas fritas en la boca y oye cómo los pasos se van alejando hasta desaparecer.

Cuando se agacha para coger el vaso ve que hay algo en el suelo, justo debajo de la cabina del conductor.

Una cartera, gruesa, llena de billetes.

Se le debe de haber caído al conductor cuando se ha bajado.

Mia ha aprendido a no titubear. Mete los restos de la hamburguesa en la bolsa y se sienta de cuclillas al lado del camión, cerca de las ruedas delanteras.

Puede vislumbrar un eje de transmisión sucio. Huele a polvo de carretera y aceite.

Mia echa un vistazo a los surtidores, la tienda iluminada y los lavabos del otro lado.

Todo está tranquilo.

Se mete debajo del semirremolque, se arrastra, alarga la mano y agarra la cartera. Al instante siguiente oye los pasos del conductor.

La gravilla cruje sobre el asfalto bajo sus zapatos.

Mia se queda inmóvil, tumbada bocabajo, con los pies asomando por el otro lado.

231

En cuanto el hombre se suba a la cabina, ella saldrá a toda velocidad, se meterá corriendo entre los contenedores y bajará hasta el camino peatonal.

Respira demasiado rápido, el pulso le retumba en los oídos.

Ahora se oyen pasos al otro lado.

Justo cuando su mente roza la idea de que podría haber caído en una trampa, alguien la agarra por las piernas y la saca de un tirón tan brusco que se rasca la barbilla contra el asfalto.

Mia intenta ponerse en pie, pero un fuerte golpe entre los omoplatos la deja sin respiración.

Agita las piernas de forma descontrolada, el vaso de Coca-Cola se vuelca, los cubitos de hielo salen disparados bajo del camión.

Mia nota una rodilla pesada en la espalda, antes de que la agarren del pelo y le doblen la cabeza hacia atrás.

Siente un escozor en la boca y luego pierde el conocimiento.

Cuando se despierta, todo está a oscuras, se encuentra mareada y nota espasmos raros en el cuerpo.

De alguna manera, entiende que está tumbada en el suelo dentro del semirremolque del camión.

Huele a carne podrida.

Tiene la boca tan amordazada que le duelen las comisuras. No puede moverse. Aun así, intenta dar coces con las piernas, pero está demasiado débil y vuelve a perder el conocimiento.

42

Pamela sale del estudio de arquitectura a las siete menos veinte, cierra con llave y empieza a bajar por la calle Olof Palme en el aire caliente de la tarde.

Dentro de veinte minutos ha quedado con su jefe y un cliente importante en el restaurante Ekstedt.

Es consciente de que su estado de alerta desde la amenaza ha empezado a rozar la paranoia. Pero ahora mismo nota una picazón en la espalda fruto de la sensación de estar siendo observada.

Los pasos y los sonidos de motor la avasallan

Se cruza con una mujer joven que viste pantalón corto vaquero con flecos y a la que están echando la bronca por teléfono. Su respiración y sus respuestas arrepentidas pasan muy cerca de la oreja de Pamela.

—Yo solo te quiero a ti...

Pamela finge volverse para mirarla, y descubre a un hombre joven con gafas de sol azules que la está observando y que levanta la mano para saludarla.

Pamela vuelve a mirar hacia delante.

De lejos se oye la sirena de un vehículo de emergencia.

Unas borlas de algún tipo de pelusa ruedan por la calzada.

Pamela continúa a paso ligero mientras vigila al joven a través de su reflejo en los escaparates del otro lado de la calle.

No está muy por detrás de ella.

Piensa en la foto de Mia, en el vodka que se perdió por el sumidero, en que esta noche ha soñado que alguien la cegaba con una linterna.

Pamela sabe que a lo mejor se está imaginando que el hombre la está siguiendo, pero igualmente tiene intención de parar el próximo taxi libre que pase.

En la acera, delante de la puerta trasera de un restaurante, hay colillas y porciones de *snus*, bolsitas en monodosis de tabaco en polvo.

Una paloma se aparta agitando las alas.

Pamela atraviesa corriendo la avenida Sveavägen aunque se haya puesto verde para los coches, que le pitan con insistencia.

Cruza rápidamente por delante del Urban Deli y se adentra en la calle estrecha que termina en las puertas del túnel que pasa por debajo de Brunkebergsåsen.

Su respiración se ha acelerado.

Cuando empuja una de las puertas batientes con una mano, ve el reflejo del hombre joven sobre el cristal.

Se apresura a meterse en el pasadizo vacío y oye la puerta batiendo varias veces hasta que se detiene.

El largo túnel es redondo como un agujero de gusano, con láminas de chapa encorvada amarilla a los lados y techo plateado.

El eco de su paso ligero rebota entre las baldosas del suelo y las paredes.

Debería haber elegido otro camino.

Pamela oye que alguien entra en el túnel, echa un vistazo por encima del hombro y ve de reojo la puerta oscilando hacia dentro y hacia fuera sobre sus bisagras.

La silueta de la persona que tiene detrás se distingue contra el fondo de cristales rayados.

El túnel dobla a la derecha, y ahora él no puede verla hasta que también haya llegado a la curva.

La otra salida está a unos doscientos metros de distancia.

Una luz borrosa se cuela por las puertas de cristal.

Pamela cruza el carril bici y se detiene, pegada a la pared.

Oye que la persona de atrás ha empezado a correr.

Los pasos rápidos resuenan en el túnel.

Pamela hurga en su bolso en busca del espray de pimienta para Mia, encuentra la cajita de cartón y nota cuánto le tiemblan las manos mientras la rasga.

Mira el bote y trata de entender cómo funciona.

Los pasos se acercan a toda velocidad.

La sombra avanza por el suelo.

El hombre dobla la esquina con las gafas de sol en la frente.

Pamela sale rápidamente de su refugio con la lata de espray en ristre. Él vuelve la cara para mirarla al mismo tiempo que ella aprieta el botón.

Le acierta de lleno en la cara con el espray rojo, el joven grita y se protege los ojos, se tambalea hacia atrás y choca con la pared de chapa.

Su mochila cae al suelo con un estruendo.

Pamela sigue y sigue rociándolo.

—¡Para! —grita él mientras intenta mantener apartada a Pamela con una mano.

Ella deja caer el espray al suelo, entre las piernas, y luego le da una patada.

El chico tiene la cara llena de pintura de un rojo sangre.

Pamela saca el móvil, le toma una foto y se manda la foto a sí misma.

Una mujer de unos setenta años se acerca y se espanta al ver la cara del joven.

—Solo es pintura —dice Pamela.

Recoge la mochila del hombre, encuentra su cartera, mira el carnet de identidad, le saca otra foto y se la autoenvía.

—Pontus Berg —constata—. ¿Te importaría explicarme por qué me estás siguiendo, antes de que llame a la policía?

—Tú eres Pamela Nordström, ¿no? –jadea el hombre.

—Sí.

—Alguien se ha llevado a Mia –dice él y se incorpora con un suspiro.

—¿Cómo que se la ha llevado? ¿De qué hablas? –pregunta ella, notando cómo le sube un escalofrío por la espalda.

—Sé que parece una locura, pero tienes que creerme cuando...

—Solo dime lo que ha pasado –lo interrumpe ella, alzando la voz.

—He llamado a la policía de Gävle cinco veces, pero nadie me hace caso, aparezco en las bases de datos por un montón de cosas que he hecho... No sabía qué hacer, quiero decir, me enteré de que el proceso de acogida se ha ido a la mierda, pero Mia dijo que tú te preocupabas por ella, así que he pensado...

—Explícame por qué crees que alguien se ha llevado a Mia –lo corta Pamela–. Entiendes que este es un tema serio, ¿no? Muy serio.

El joven se levanta, se sacude la ropa y con movimientos torpes recoge su mochila.

—Fue ayer por la tarde, cuando salí del trabajo fui a ver a Mia... Solemos quedar detrás de una gasolinera que hay allí mismo.

—Continúa –dice Pamela.

—Pero al llegar casi me atropella un camión con semirremolque que estaba marchándose..., y cuando se incorporó a la carretera 76, la lona se levantó con el viento..., se había soltado un pulpo y... y pude ver de pleno el interior del semirremolque, solo unos segundos, pero estoy seguro casi al cien por cien de que Mia estaba allí tirada, en el suelo.

—¿En el camión con semirremolque?

—Al menos era su ropa, esa chaqueta militar que siempre lleva puesta... Y sé que vi una mano con una cuerda negra alrededor, así, alrededor de la muñeca.

—Dios mío –susurra Pamela.

—Era demasiado tarde para correr tras el camión y gritar o lo que fuera que pudiera hacer... No me entraba en la cabeza lo que acababa de ver, pero cuando me acerqué a la barrera de hormigón donde Mia y yo solemos sentarnos a esperar, encontré los restos de comida, y el vaso de Coca-Cola estaba volcado..., y ahora ya han pasado veintidós horas y no me coge el teléfono ni ha vuelto al centro de acogida de menores.

—¿Y le has contado todo esto a la policía?

—Bueno, acababa de tomarme la medicación y me empezó a hacer efecto justo en ese momento... No estoy enganchado, es con receta y todo eso, pero la primera hora me pongo un poco raro —dice él y se limpia la boca—. Sé que balbuceaba y que perdía el hilo... Y cuando los volví a llamar era bastante evidente que habían visto en los registros que Mia se ha escapado varias veces de distintos sitios... Se limitaron a decirme que estaban seguros de que ya volvería a aparecer dentro de unos días, cuando se le terminara el dinero. Yo no sabía qué hacer, entiendo lo que debe de parecer desde su perspectiva, y entonces pensé que seguro que a ti la policía sí que te escuchaba, si hablabas con ellos.

Pamela saca el teléfono y llama a Joona Linna, del Departamento Operativo Nacional.

43

Son las diez y media de la noche cuando su coche se acerca a Gävle. Ya por teléfono Pamela le ha contado a Joona lo de la foto polaroid de Mia y la amenaza directa.

Joona le ha preguntado por la foto, la caligrafía y la elección exacta de palabras, sin reprocharle que le haya ocultado esa información.

Durante todo el trayecto Pontus le ha descrito a Joona todo lo que vio y ha ido respondiendo con paciencia a las preguntas del policía acerca de los detalles. Se mantiene en su relato inicial y es evidente que está inquieto y que realmente se preocupa por Mia.

—¿Mia es tu novia? —pregunta Joona.

—Ya me gustaría —responde él con una media sonrisa.

—Pontus suele ponerse a cantar debajo de su ventana —dice Pamela.

—Eso podría explicarlo todo —bromea Joona.

Pamela hace un esfuerzo por mantener una conversación normal, a pesar de que el corazón le palpita de angustia. Intenta convencerse a sí misma de que pronto se comprobará que no ha sido más que un error, que Mia ya vuelve a estar en Storsjögården.

—Tengo que quitarme la pintura antes de llegar a casa —dice Pontus.

—Pareces el hombre araña —dice Pamela y consigue esbozar una sonrisa.

—¿En serio? —pregunta Pontus.

—No —responde Joona, gira el volante y aparca el coche en la gasolinera de al lado del Burger King.

El enmarcado rojo alrededor del techo plano ilumina una oscuridad brumosa. El aparcamiento está vacío y lleno de polvo.

Joona sabe que en breve confirmarán si Mia Andersson ha sido raptada o no.

Si lo ha sido, lo más probable es que se trate del mismo secuestrador.

Pero de ser así, su *modus operandi* ha cambiado.

Empieza ahorcando a Fanny Hoeg y lo hace parecer un suicidio. Catorce años más tarde, corre grandes riesgos matando a Jenny Lind en un lugar público, y ahora secuestra a una tercera mujer en un intento de acallar a un testigo.

Joona piensa que la amenaza contra Pamela y Martin es una pieza del rompecabezas que redefine el conjunto. De pronto el asesino se muestra afectivo. Y en ese caso, los asesinatos no son a sangre fría, sino más bien actos emocionales.

De cualquier modo, algo se ha tensado: ahora el sujeto se muestra más osado y activo. A lo mejor ha puesto rumbo consciente a su propia destrucción, pero al mismo tiempo hace todo lo posible para que nada ni nadie le pare los pies.

Solo hay un testigo del secuestro de Jenny Lind. Una compañera de clase se encontraba a cuarenta metros por detrás del camión con semirremolque y pudo contar lo de la lona azul y la matrícula polaca.

Vio a un hombre corpulento con pelo negro y encrespado que le llegaba por los hombros, gafas de sol y un abrigo de piel con una mancha gris en la espalda parecida a las llamas de un fuego o unas hojas de sauce.

El aire está caliente y huele a gasolina cuando Joona, Pamela y Pontus se bajan del coche. Un autobús cruza la rotonda y sus faros barren el asfalto lleno de manchas.

—Mia suele sentarse en esa barrera de hormigón —dice Pontus.

—Y tú te acercaste desde allí —señala Joona.

—Sí, crucé el césped, pasé al lado de todos los semirremolques y me paré ahí, justo cuando el camión se iba.

—Y giró hacia allí, en dirección a la E-4.

—El mismo camino por el que hemos venido nosotros —confirma Pontus.

Se meten en la tienda de la gasolinera, llena de estantes de golosinas, neveras, máquinas de café, bollos y salchichas girando en el grill del mostrador.

Joona se desabrocha el primer botón de la americana, saca la funda negra de cuero y le muestra su identificación a la joven que hay en la caja.

—Me llamo Joona Linna, del Departamento Operativo Nacional de la policía —dice—. Voy a necesitar tu ayuda.

—Vale —responde la chica con una sonrisa de desconcierto.

—Yo también quiero ser policía —murmura Pontus.

—Necesitamos acceso a vuestras cámaras de vigilancia —dice Joona.

—Pero yo no sé nada de eso —dice la joven y se pone roja.

—Imagino que tenéis algún acuerdo con una compañía de alarmas.

—Securitas, creo…, pero puedo llamar a mi jefe.

—Hazlo.

La chica saca su teléfono móvil, busca entre los contactos y llama.

—No me lo coge —dice al cabo de un rato.

Pamela y Pontus siguen a Joona detrás del mostrador. La joven se cruza con los ojos de Pontus y baja la mirada.

Joona mira el monitor que hay al lado de la caja. Ocho imágenes más pequeñas transmiten lo que cada una de las cámaras de vigilancia capta en tiempo real. Dos de las cámaras están colocadas dentro de la tienda, cuatro apuntan a los surtidores, una al autolavado y otra al aparcamiento de semirremolques.

—¿Se necesita un código? —pregunta Joona.

—Sí, pero no sé si tengo autoridad para entregarlo.

—Llamo a la compañía de seguridad y hablo con ellos.

Joona marca un número y le explica la situación al operador de Securitas. En cuanto comprueban su identidad, lo ayudan a acceder.

Joona marca una de las imágenes en miniatura y acto seguido la transmisión de la cámara se ve a pantalla completa.

Entre una columna que sostiene el tejado plano y un surtidor de líquido limpiaparabrisas se ven los contenedores azules y uno de los mástiles.

No hay ninguna otra cámara que apunte hacia allí.

Joona retrocede por la línea de grabación hasta la hora en que Mia desapareció.

Pontus se inclina hacia delante.

Una figura entra en la imagen desde la izquierda. Es una mujer joven con el pelo teñido de rosa y azul, va vestida con una parca militar y botas negras.

—Es ella, es Mia —dice Pamela y traga saliva.

Mia camina despacio y con rostro pensativo. Cuando pasa frente a los surtidores desaparece de la imagen, pero vuelve a aparecer al sentarse en la barrera de hormigón.

Deja con cuidado el vaso de Coca-Cola en el suelo, se aparta el pelo de la cara, saca la hamburguesa de la bolsa y despliega el papel.

—No sé por qué siempre tiene que sentarse allí a comer —dice Pontus en voz baja.

Mia mira hacia la carretera y se mete unas patatas fritas en la boca, le da otro bocado a la hamburguesa y luego vuelve la cara hacia el acceso de vehículos.

Unos faros la ciegan durante unos segundos y la luz se refleja en el contenedor azul que tiene detrás.

241

Mia coge el vaso de Coca-Cola, bebe y lo vuelve a dejar en el suelo, al mismo tiempo que un camión con semirremolque entra y la tapa por completo.

Pamela entrelaza las manos y le reza en silencio a Dios para que no le pase nada malo a Mia, para que solo se trate de un malentendido.

El tren de carretera se detiene.

Al aire que hay delante de la rejilla de ventilación del motor tiembla por el calor.

Ya no pueden ver a Mia por ninguna cámara.

La cabina ha quedado oculta detrás de surtidores y mangueras, solo se puede ver cómo la puerta se abre y que alguien baja del asiento del conductor.

Lo único que se distingue es el pantalón de chándal negro y holgado del conductor cuando rodea el vehículo.

Algo brilla en el suelo debajo del camión.

Al cabo de un rato, el hombre regresa, pasa de largo la cabina y se aleja hasta el semirremolque, golpea fuerte la lona con una mano.

La tela de nailon se agita.

El hombre se aparta un poco a un lado y de pronto se le ve la espalda.

En el abrigo negro de piel hay una mancha que semeja las llamas de un fuego gris.

—Es él —dice Joona.

El hombre vuelve a subir a la cabina, arranca el motor, lo deja un momento al ralentí para aumentar la presión en los frenos de servicio y luego pone en movimiento todo el conjunto de vehículos.

El tren de carretera da la vuelta y abandona la zona de la gasolinera.

Mia ya no está.

El vaso de Coca-Cola está volcado en el suelo y se ven unos cubitos de hielo brillar en el asfalto.

—¿Es él quien ha matado a Jenny Lind? —pregunta Pamela con voz trémula.

—Sí —responde Joona.

Pamela no puede respirar, tiene que irse de la tienda, choca con una estantería, un puñado de bolsas de gominolas cae al suelo, sale al aire nocturno y va directa a la barrera de hormigón en la que Mia se había sentado.

Pamela no consigue poner orden en su cabeza.

No logra entender por qué se ha llevado a Mia.

Si Martin no ha hablado con la policía...

Al cabo de un rato, Joona también sale y se sienta al lado de Pamela. Barren con la mirada la rotonda y el polígono industrial iluminado.

—Hemos activado la alarma nacional —le dice Joona.

—Se tiene que poder rastrear el camión —exclama ella.

—Lo intentaremos, pero esta vez cuenta con más ventaja.

—Pareces dudar de que la alarma nacional vaya a ser suficiente.

—No lo será —responde él.

—Entonces, todo depende de Martin —dice Pamela como para sí misma.

—No tenemos evidencias técnicas, no se puede identificar al sujeto con ninguna grabación de vigilancia, no hay más testigos oculares.

Pamela coge aire y trata de mantener una voz serena.

—Y si Martin os ayuda, Mia morirá.

—La amenaza es en serio, pero también muestra que el asesino está convencido de que Martin podría identificarlo.

—Pero, no lo entiendo..., ¿qué haríais si Martin no existiera? Sois policías. Tiene que haber otras maneras. ADN, el ordenador de a bordo del camión, el vídeo que acabamos de ver... Quiero decir, sin pretender ser borde..., pero haced vuestro puto trabajo.

—Es lo que estamos intentando.

Pamela se tambalea y Joona consigue sujetarla del brazo.

—Lo siento, solo estoy un poco estresada —dice ella en voz baja.

—Lo entiendo, y no pasa nada.

—Tienes que hablar con Martin.

—Él vio todo el asesinato.

—Sí —suspira Pamela.

—Podemos hacer interrogatorios secretos, en su planta…, sin policías a la vista, y sin ningún contacto con los medios de comunicación.

44

El sol se oculta tras las nubes y de pronto la salita de reuniones de la cuarta planta se vuelve más oscura. Martin está sentado en el sofá, con la mirada alicaída y las manos metidas entre los muslos. Pamela está de pie a su lado con una taza de té en la mano.

Joona se acerca sin prisa a una ventana y pasea la mirada por el edificio de ladrillo de urgencias psiquiátricas con acceso para ambulancias.

El doctor Erik Maria Bark se sienta más al extremo de su butaca, se inclina sobre la mesita de centro y trata de captar la mirada de Martin.

—No recuerdo nada —susurra Martin y mira hacia la puerta.

—Se le llama...

—Perdón.

—No es culpa tuya, se le llama amnesia retrógrada y es muy habitual en casos de TEPT complejo —le explica Erik—. Pero con la ayuda adecuada empezarás a recordar de nuevo y a hablar, lo he visto un montón de veces.

—¿Oyes eso? —pregunta Pamela en voz baja.

—La hipnosis puede parecer un poco misteriosa, pero solo es un estado natural que se basa en la relajación y la concentración interna —continúa Erik—. Enseguida te explico cómo funciona a nivel práctico, pero la idea base es que reduces en gran medida la atención que le prestas al entorno, más o menos como cuando vas al cine…, aunque en hipnosis dirigimos la mirada hacia dentro en lugar de seguir la película… y, en realidad, eso es todo.

—Vale —susurra Martin.

—Y cuando estés relajado de esta manera que te estoy contando, yo te ayudaré a empezar a poner un poco de orden en tus recuerdos.

Erik observa el rostro tenso y pálido de Martin. Sabe que esa hipnosis le puede asustar mucho.

—Lo haremos juntos, tú y yo —dice Erik—. Yo te acompañaré todo el tiempo, y Pamela estará aquí y podrás dirigirte a ella y hablar con ella siempre que lo desees…, o solo interrumpir la hipnosis, si quisieras.

Martin le susurra algo a Pamela al oído y luego mira a Erik.

—Quiere intentarlo —dice Pamela.

Erik Maria Bark está especializado en psicotraumatología y psiquiatría de catástrofes. Forma parte de un equipo que intenta ayudar a personas con traumas agudos y que sufren estrés postraumático.

En realidad está de excedencia para escribir una obra exhaustiva sobre hipnosis clínica, pero ha hecho una excepción cuando su amigo Joona le ha pedido ayuda.

—Martin, túmbate bocarriba en el sofá, que te explico lo que va a pasar —dice Erik.

Pamela se aparta un poco mientras Martin se quita las pantuflas y se tumba con la cabeza apoyada en el reposabrazos en un ángulo incómodo.

—Joona, ¿podrías correr las cortinas? —pregunta Erik.

Se oye el ruido de las anillas rozando la barra de metal y acto seguido la estancia queda sumida en una leve penumbra.

—Intenta acomodarte un poco más, ponte el cojín debajo de la nuca —dice Erik con una sonrisa—. No debes cruzar las piernas, deja los brazos estirados al lado del cuerpo.

Las cortinas se balancean un momento hasta que se quedan quietas. Martin yace bocarriba con la mirada fija en el techo.

—Antes de la hipnosis haremos algunos ejercicios de relajación, como respirar de forma constante, etcétera.

Erik siempre empieza con una relajación normal y corriente que, poco a poco, se va convirtiendo en inducción y luego en hipnosis profunda. Nunca les explica a los pacientes en qué momento pasan de una fase a la siguiente. En parte, porque no hay límites absolutos entre una y otra y, en parte, porque es mucho más difícil si el paciente está esperando el cambio o intenta ser consciente de él.

—Piensa en tu nuca, nota el peso, siente como si el cojín casi intentara empujarte hacia arriba —dice Erik con voz tranquila—. Relaja la cara y las mejillas, las mandíbulas y la boca…, nota cómo tus párpados se vuelven más pesados con cada respiración. Deja que los hombros caigan y que los brazos descansen sobre el almohadón, tus manos se relajan y se vuelven pesadas…

Erik va pasando tranquilamente por cada parte del cuerpo, busca tensiones con la mirada, vuelve varias veces a las manos, la nuca y la boca.

—Respira lentamente por la nariz, cierra los ojos y disfruta del peso de tus párpados.

Erik intenta no pensar en que está en juego la vida de una chica, que necesitan obtener más datos sobre el secuestrador.

Se ha puesto al día del caso, ha visto la grabación de Martin en el parque infantil y ha entendido que él presenció todo el crimen.

Está todo guardado en la memoria del cerebro de Martin. La dificultad reside en sacar a la luz observaciones reprimidas, puesto que el propio trauma se resistirá a ello.

Erik deja que su voz se vuelva cada vez más monótona y va repitiendo lo tranquilo y relajado que está todo, lo pesados que son sus párpados, antes de dejar atrás los ejercicios de relajación para pasar a los de inducción.

Erik intenta hacer que Martin deje de estar pendiente de su entorno, de las personas que se encuentran en la sala, de lo que se espera de él.

—Tú solo escucha mi voz, que te dice que estás profundamente relajado... Todo lo demás es irrelevante —dice—. Si oyes otra cosa, tú solo concéntrate aún más en mi voz, te relajas más y te centras más en lo que digo.

Una fina estría de cielo de verano asoma entre las cortinas azul celeste.

—Enseguida empezaré a contar hacia atrás, tú atiende a cada cifra, y por cada cifra que escuches te relajas más —dice Erik—. Noventa y nueve, noventa y ocho, noventa y siete... —Erik observa la barriga de Martin, sigue sus respiraciones lentas, va contando al mismo ritmo, ralentizándolas un poco—. Ahora todo es tremendamente cómodo y tú te concentras en escuchar mi voz... Imagínate que bajas unas escaleras y que por cada cifra que oyes das un paso y te relajas más y tu cuerpo se vuelve más pesado. Cincuenta y uno, cincuenta, cuarenta y nueve... —Erik siente un agradable cosquilleo en el estómago cuando sume a Martin en un estado de hipnosis profunda, al borde de la catalepsia—. Treinta y ocho, treinta y siete..., sigues bajando las escaleras.

Martin parece estar durmiendo, pero Erik ve que está escuchando todo lo que él le dice. Paso a paso, van entrando cada vez más en un estado circunscrito a la atención interior.

—Cuando llegue a cero, tú estarás paseando con tu perro por la avenida Sveavägen y te desviarás a la altura de la facultad de Economía en dirección al parque infantil —dice Erik con voz monótona—. Estás tranquilo y relajado y puedes observarlo todo sin prisa y contarme lo que ves... Aquí nada es peligroso ni hostil.

Los pies de Martin dan un respingo.

—Cinco, cuatro, tres, dos, uno, cero... Ahora estás caminando por los adoquines, pasas junto al muro y te metes en el césped.

45

La cara de Martin permanece impasible, como si ya no oyera la voz de Erik. Está tumbado en el sofá con los ojos cerrados. Todos los demás lo observan en la penumbra de la salita de reuniones. Joona está de espaldas a la ventana y Pamela sentada en la butaca, con los brazos cruzados.

—Ya he contado hasta cero —recuerda Erik y se inclina hacia delante—. Te encuentras en el césped..., al lado de la facultad de Economía.

Martin abre los ojos un poco. Su mirada titila por debajo de los pesados párpados.

—Estás profundamente relajado... y puedes explicarme lo que estás viendo en este momento.

La mano de Martin se mueve suavemente, sus ojos se cierran de nuevo y su respiración se vuelve más lenta.

Pamela mira a Erik un tanto desconcertada.

Joona permanece completamente inmóvil.

Erik observa los rasgos relajados de Martin y se pregunta qué está reteniéndolo.

Es como si careciera de la fuerza para dar el primer paso.

Erik piensa que va a pasar a darle a Martin indicaciones ocultas, propuestas que se formulan como órdenes.

—Estás al lado de la facultad de Economía —repite—. Aquí estás a salvo, y si quieres puedes... contarme lo que ves.

—Todo brilla en la oscuridad —dice Martin en voz baja—. La lluvia hace ruido al caer sobre el paraguas y en el césped.

La salita está sumida en el silencio, todos parecen contener el aliento.

Martin llevaba cinco años sin decir algo tan coherente. A Pamela le suben las lágrimas a los ojos, ya ni siquiera pensaba que Martin fuera capaz de algo así.

—Martin —dice Erik—. Has salido a pasear con el perro hasta el parque infantil en mitad de la noche…

—Porque es responsabilidad mía —dice y abre la boca en un gesto extraño.

—¿Salir con el perro?

Martin asiente con la cabeza, da un paso al frente y luego se queda de pie en el césped mojado.

Debajo del paraguas hay mucho ruido.

El Gandul quiere seguir adelante, la correa se tensa y Martin ve su propia mano alzándose un poco.

—Cuéntame lo que ves —dice Erik.

Martin mira alrededor y descubre a una mujer sintecho en la penumbra, en la cuesta que sube al parque.

—Hay una persona en el camino peatonal…, con un montón de bolsas metidas en un carrito de supermercado…

—Ahora diriges la mirada al parque infantil —dice Erik—. Y ves exactamente lo que está pasando allí, pero sin asustarte.

La respiración de Martin se vuelve más superficial y unas perlas de sudor le asoman a la frente. Pamela lo mira intranquila y se lleva una mano a la boca.

—Respiras tranquilo y escuchas mi voz —dice Erik sin forzar el tempo—. No corres ningún peligro, aquí estás perfectamente a salvo. Hazlo a tu ritmo y… cuéntame lo que ves.

—Más adelante hay una caseta roja con una ventanita pequeña, el agua cae por el techo hasta el suelo.

—Pero al lado de la caseta se ven toboganes —dice Erik—. Columpios, una estructura y…

—Las madres miran cómo juegan los críos —murmura Martin.

—Pero es de noche, la luz proviene de una farola —le explica Erik—. Ahora sueltas la correa y te vas acercando al parque de juegos...

—Cruzo el césped mojado —dice Martin—. Y llego hasta la caseta roja y me detengo...

Martin intuye el parque infantil tras la cortina de agua, bajo el leve resplandor de la farola. El charco brillante que tiene delante de los pies burbujea con las gotas gruesas que van cayendo.

—¿Qué ves? ¿Qué está pasando? —pregunta Erik.

Martin mira la caseta infantil y ve la cortina de flores al otro lado de la ventana oscura. Justo va a dirigir la mirada a la estructura cuando de pronto todo se vuelve negro.

—¿De qué color es la estructura?

Oye el ruido constante en el paraguas, pero no ve absolutamente nada.

—No lo sé.

—Desde donde estás ves la estructura de juego —dice Erik.

—No.

—Martin, estás mirando algo que es difícil de entender —continúa Erik—. Pero no te asustas, sino que me explicas lo que ves, aunque solo sean fragmentos pequeños.

Martin dice lentamente que no con la cabeza, sus labios se han vuelto pálidos y el sudor le corre por las mejillas.

—Hay alguien en el parque infantil —dice Erik.

—No hay ningún parque infantil —responde Martin.

—Entonces, ¿qué estás viendo?

—Solo hay oscuridad.

Erik se pregunta si podría haber algo que le esté tapando la vista a Martin. A lo mejor está sujetando el paraguas en un ángulo que no le permite ver lo que tiene enfrente.

—Pero hay una farola más adelante.

—No...

Martin se queda mirando la oscuridad, inclina el paraguas hacia atrás y nota la lluvia fría bajándole por la espalda.

—Vuelve a mirar la caseta —pide Erik.

Martin abre sus ojos cansados y se queda mirando al techo. La butaca cruje cuando Pamela cambia de postura.

—Le han hecho una terapia electroconvulsiva y me parece que eso afecta a la memoria —dice ella en voz baja.

—¿Cuándo se la hicieron? —pregunta Erik.

—Antes de ayer.

—Vale.

Erik piensa que es muy habitual que la memoria lingüística empeore tras la terapia electroconvulsiva. Pero entonces Martin no debería, simplemente, quedarse mirando en la oscuridad, sino más bien ir tanteando islas de recuerdos nebulosos.

—Martin, deja que las imágenes de los recuerdos afloren y no te preocupes por la oscuridad que hay entre medias... Tú sabes que estás delante de un tobogán, la escalera de cuerda y la estructura..., pero si no los ves en este momento, a lo mejor ves otra cosa.

—No.

—Vamos a meternos un poco más en el estado de relajación... Cuando haya contado hasta cero, abres tu memoria a todas las imágenes que asocies a este lugar... Tres, dos, uno..., cero.

Martin está a punto de decir que no ve nada, cuando descubre a un hombre alto con algo raro en la cabeza.

Está de pie en la oscuridad, un metro y medio por fuera del débil halo de luz de la farola.

En el suelo embarrado a los pies del hombre hay dos niños sentados.

De pronto se oye un chasquido metálico, como cuando giras el mecanismo de un juguete mecánico.

El hombre se vuelve hacia Martin.

Lleva un sombrero de copa y va vestido como en un viejo programa infantil.

Del ala del sombrero cuelga un telón de terciopelo rojo. El telón está corrido, ocultando la cara del hombre. Mechones de pelo cano asoman en el dobladillo de flecos. Empieza a caminar hacia Martin con paso incierto.

—¿Qué ves? —pregunta Erik.

Martin respira más deprisa y dice que no con la cabeza.

—Cuéntame lo que ves.

Martin levanta una mano, como si intentara protegerse de un golpe, y cae del sofá al suelo con un ruido.

Pamela suelta un grito.

Erik ya está a su lado y lo ayuda a volver al sofá.

Aún está sumido en la hipnosis. Tiene los ojos abiertos, pero está mirando hacia dentro.

—No pasa nada, va todo bien —dice Erik en tono tranquilizador y recoge el cojín del suelo y se lo pone bajo la cabeza.

—¿Qué está pasando? —susurra Pamela.

—Cierra los ojos y relájate —continúa Erik—. No hay nada peligroso, aquí estás completamente a salvo… Voy a sacarte de la hipnosis paso a paso, y cuando lo haya hecho te encontrarás bien y te sentirás descansado.

—Espera un momento —dice Joona—. Pregúntale por qué era responsabilidad suya ir al parque infantil.

—Soy yo quien quiere que salga con el perro —contesta Pamela.

—Pero me gustaría saber si hay alguien que le haya hecho tomar justo ese camino esa noche en concreto —insiste Joona.

Martin murmura algo e intenta incorporarse.

—Túmbate otra vez —dice Erik y le coloca una mano pesada en el hombro—. Relaja la cara, escucha lo que yo te digo y respira lentamente por la nariz… Recuerdas que hemos hablado de que fuiste al parque infantil cuando saliste a dar un paseo nocturno con el perro…, y entonces has dicho que era tu responsabilidad.

—Sí…

La boca de Martin se estira en una sonrisa tensa y sus manos empiezan a temblar.

—¿Quién dijo que era responsabilidad tuya coger ese camino?

—Nadie —susurra Martin.

—¿Alguien había hablado del parque infantil antes de que tú fueras hasta allí?

—Sí.

—¿Quién?

—Fue... Primus, estaba en la cabina de teléfono hablando con... con Caesar.

—¿Quieres... contarme lo que dijeron?

—Dijeron varias cosas.

—¿Tú oíste tanto a Primus como a Caesar?

—Solo a Primus.

—¿Y qué dijo, exactamente?

—«Es demasiado —dice Martin con voz grave, y luego se queda callado. Sus labios se mueven, pero lo único que se oye es un leve susurro, hasta que de pronto abre los ojos, se queda mirando al vacío y repite las palabras de Primus—. Ya sé que dije que quería ayudar, Caesar..., pero ir al parque infantil ese y cortarle las piernas a Jenny mientras aún se está ahogando y moviendo...».

Martin se interrumpe con un jadeo atormentado, se levanta tambaleándose, vuelca la lámpara sin querer, da un par de pasos y vomita en el suelo.

46

Joona cruza el pasillo a paso acelerado junto con una enfermera, espera a que la mujer introduzca el código en un lector de tarjetas y luego la acompaña a la zona de administración.

El filtro de ventilación vibra por encima del falso techo.

Es evidente que Martin ha oído y visto mucho más de lo que es capaz de decir, pero puede que lo poco que ha salido de su boca sea todo lo que necesitan.

Algo se agita en el corazón de Joona, como cuando remueves un rescoldo y las llamas vuelven a cobrar vida.

La investigación ha entrado en una fase nueva.

De pronto tienen dos nombres que están vinculados con el asesinato.

Ningún miembro de la plantilla con los que Joona ha hablado recuerda a ningún paciente llamado Caesar en la planta de Psiquiatría, pero Primus Bengtsson ha estado ingresado un elevado número de veces en los últimos cinco años.

Joona sigue a la mujer por un nuevo pasillo que es idéntico al anterior, mientras piensa en la complicada situación de Martin.

Los pacientes no tienen permiso para disponer de sus teléfonos móviles en la planta, pero hay una cabina con un teléfono comunitario.

Casualmente, Martin oyó a Primus cuando este estaba sentado en la cabina hablando con el tal Caesar acerca de lo que iban a hacer con Jenny Lind.

Por tanto, era responsabilidad suya intentar salvarla.

Dado que su trastorno obsesivo-compulsivo le impidió explicar lo que había oído, se sintió empujado a ir al parque infantil para tratar de evitar el crimen.

Pero una vez que llegó al sitio, no pudo hacer otra cosa más que convertirse en un testigo paralizado.

Se quedó como petrificado en la lluvia mientras Jenny era ejecutada delante de sus ojos.

La enfermera guía a Joona a través el comedor del personal. Los rayos de sol bañan las mesas, sacando a relucir el rastro dejado por la bayeta. Las cortinas azul celeste con dobladillos sucios oscilan con la corriente generada por el aire acondicionado.

Se meten por el siguiente pasillo, donde hay pizarras blancas en la pared y cajas de cartón con papel para la fotocopiadora en una carretilla de transporte.

—Toc, toc —dice la enfermera, haciendo un gesto para indicar que la puerta está cerrada.

—Gracias —dice Joona, llama a la puerta y entra.

El jefe de Psiquiatría, Mike Miller, está sentado a un escritorio delante de un ordenador. Sonríe relajado cuando Joona se presenta.

—Eso de ahí se clavaba en el lóbulo frontal con un martillito a través de la cuenca del ojo —dice señalando una herramienta dentro de una vitrina en la pared que recuerda a un piolet con el filo dentado.

—Hasta mediados de la década de los años sesenta —dice Joona.

—Habían roto con los métodos anticuados y vivían en una era más moderna…, igual que hacemos ahora —dice el médico y se inclina hacia delante.

—Le habéis hecho una terapia electroconvulsiva a Martin.

—Sin duda, es una coincidencia desafortunada, si de verdad creéis que ha sido testigo de un asesinato.

—Sí, pero ha conseguido facilitarnos el nombre de otro paciente de la planta que estaría directamente implicado.

—¿Bajo la hipnosis? —dice Mike arqueando las cejas con cierto regocijo.

—Primus Bengtsson —dice Joona.

—Primus —repite el psiquiatra con un hilo de voz.

—¿Está aquí ahora?

—No.

—Dado que es sospechoso de ser cómplice de un asesinato, ya no se le aplica el secreto profesional —dice Joona.

El semblante de Mike es serio, saca uno de los bolígrafos que lleva en el bolsillo de la pechera y luego mira a Joona.

—¿Y bien? ¿Qué puedo hacer por ti?

—¿Dices que Primus ha recibido el alta? ¿Implica eso que está sano?

—Esta no es una planta de internamiento psiquiátrico —responde Mike—. Casi todos los pacientes están aquí por voluntad propia…, por lo que rige el principio de que le damos el alta a cualquiera que quiera recibirla, aun sabiendo que volverá. Son personas, tienen sus derechos.

—Necesito saber si Primus se encontraba en la clínica o si estaba fuera en tres fechas distintas —dice Joona y le da a Mike la fecha de la desaparición de Jenny Lind, la fecha en que fue asesinada y la fecha de la desaparición de Mia.

Mike las apunta en un pósit amarillo y luego se hace el silencio en el despacho mientras accede a su cuenta y busca en los archivos del ordenador. Al cabo de un rato se aclara la garganta y dice que Primus no se encontraba en la clínica en ninguna de las tres fechas.

—Por nuestra parte, no tiene coartada —constata.

—Pero suele estar aquí bastante a menudo —dice Joona.

El médico aparta la vista del ordenador y se reclina en la silla de oficina. El sol de fuera cae de lado sobre su rostro delgado, resaltando las pequeñas arrugas.

—Es por una psicosis reiterada, tiene un carácter bastante cíclico... Suele querer quedarse entre una y dos semanas antes de pedir el alta... Después de unos meses libre empieza a descuidar la medicación y vuelve con nosotros.

—Necesito su dirección de residencia, número de teléfono y demás.

—No tenemos constancia de que tenga ninguna dirección estable...

—Pero ¿un número de teléfono, otras direcciones conocidas, personas de contacto?

El médico aparta un pequeño cuenco con una rosa flotante, gira la pantalla para que Joona pueda verla y señala las filas vacías en el formulario de contacto.

—Lo único que sé es que suele visitar a su hermana Ulrike..., a quien tiene en gran consideración.

—¿De qué modo?

—Puede pasarse horas hablando de lo hermosa que es, de su manera de moverse y tal.

—¿Alguna vez habéis tenido un paciente o algún trabajador que se llamara Caesar? —pregunta Joona.

El médico apunta el nombre, infla los carrillos, hace dos búsquedas en el ordenador y luego niega con la cabeza.

—Háblame de Primus.

—No sabemos nada de su vida privada, pero aparte de las psicosis está diagnosticado con el síndrome de Tourette y coprolalia —responde el médico.

—¿Es violento?

—Lo único que hace cuando está aquí es hablar de fantasías sexuales muy bizarras y subidas de tono.

—Mándame su expediente —dice Joona y le deja una tarjeta.

Joona se dirige a la puerta, hace un alto y vuelve a mirar al médico. Los ojos profundos del hombre parecen estar conteniendo algo.

—¿Qué es lo que no me estás diciendo? —pregunta Joona.

—Qué es lo que no te estoy diciendo —repite Mike y suelta un suspiro—. No lo pone en el expediente, pero he empezado a preguntarme si Primus no podría creerse sus propias palabras, que lo que nosotros vemos como provocaciones compulsivas responda, en realidad, a una imagen de sí mismo desorbitada..., en cuyo caso estaríamos hablando de una variante extrema de un trastorno de personalidad narcisista.

—¿Lo consideras un hombre peligroso?

—A la mayoría de la gente le parece un tipo de lo más desagradable... y si mis sospechas fueran ciertas, no cabe duda de que podría ser peligroso.

Joona abandona el despacho con una fuerte sensación de que la caza ha comenzado. Corre por el pasillo de vuelta a recepción, pide que le devuelvan el teléfono móvil y lee el mensaje de texto de su equipo.

Primus Bengtsson no aparece en ninguna base de datos de la policía.

Como no es dueño de ningún teléfono de contrato, tampoco se pueden rastrear sus llamadas.

No tiene dirección de residencia, pero su hermana vive en Bergvik, cerca de la ciudad de Södertälje.

Las cámaras de vigilancia de la gasolinera en Gävle han sido inspeccionadas, pero lo único que han obtenido de ellas ha sido la confirmación del modelo de camión. No se puede descartar que el conductor fuera Primus, pero al mismo tiempo resulta imposible confirmarlo.

A pesar de la alarma nacional, no han hallado ningún rastro de Mia, pero si encuentran a Primus no es del todo imposible que Mia esté con él.

Joona baja del ascensor y sale al calor. Mientras camina en dirección al coche llama a Tommy Kofoed, quien formó parte de la Comisión contra el Crimen antes de jubilarse, hace dos años.

Kofoed atiende y va asintiendo con sonidos guturales mientras Joona le cuenta el caso, la desaparición de Mia y lo que ha salido durante la sesión de hipnosis.

—No parece que Primus sea el autor de los hechos, pero está implicado de alguna manera en lo que ocurrió en el parque infantil —termina diciendo.

—Me suena a punto de inflexión —murmura Kofoed.

—Voy de camino al DON para hablar con Margot de los recursos que necesito, pero quiero que la búsqueda empiece ya mismo.

—Está claro.

—La hermana es la única referencia sólida de Primus... Lamento tener que preguntártelo, pero ¿no querrías ir hasta allí y mantenerme informado?

—Haría cualquier cosa con tal de no tener de ver a mis nietos —responde Kofoed.

47

Ya ha caído la tarde cuando Joona aparca delante de la entrada principal de la policía judicial, cruza la esclusa a toda prisa y corre hasta los ascensores.

Acaba de contarle a Aron el nuevo curso que ha tomado la investigación y han decidido hacerle una presentación conjunta a Margot.

Joona camina rápidamente por el pasillo de la octava planta de comisaría. Las hojas colgadas en el tablón de anuncios ondean con la corriente de aire que levanta a su paso.

Aron ya está esperando delante de la puerta de Margot.

—Primus no aparece en nuestras bases de datos —dice Aron—. Pero acabo de encontrar a su hermana Ulrike en el registro de antecedentes penales.

—¿Por qué motivo? —pregunta Joona.

—Está casada con Stefan Nicolic, que forma parte del círculo interno de un club de moteros criminal.

—Buen trabajo.

Joona llama a la puerta, abre y entra con Aron. Margot se quita las gafas de leer y alza la vista para mirarlos.

—La investigación ha entrado en una nueva fase y tenemos un patrón con muy mala pinta —dice Aron—. Este asesino no ha terminado, rapta a chicas y las mantiene cautivas antes de ejecutarlas.

—He oído lo de la chica de Gävle —explica Margot.

—Mia Andersson —dice Aron y le muestra una foto de la joven—. Esta es la cara que tiene. Probablemente sea ella a quien encontremos la próxima vez.

—Lo sé —dice Margot.

—Pero si volvemos a Jenny Lind —empieza a explicar Joona y se sienta en una de las butacas—, ahora ya hemos entendido que el motivo por el que Martin Nordström fue hasta el parque infantil en mitad de la noche, y es que había oído a un paciente de su misma planta psiquiátrica hablando por teléfono del asesinato antes de que este tuviera lugar.

—¿Y fue allí para verlo, o qué? —pregunta Margot.

—Está psíquicamente enfermo, oyó la conversación por casualidad y se sintió obligado a ir para impedir la ejecución, pero se quedó paralizado.

Margot se apoya en el respaldo de la silla.

—¿Hemos identificado a la persona que hablaba por teléfono?

—Sí, se llama Primus Bengtsson y estaba hablando con alguien llamado Caesar —contesta Aron y se sienta en la otra butaca.

—¿Y habéis detenido a ese Primus?

—Ya le habían dado el alta y no tiene dirección de residencia —contesta Joona.

—Hay que joderse —dice Margot y suelta un largo suspiro.

—Caesar sigue siendo tan solo un nombre, pero creemos que intentó convencer a Primus para que lo ayudara con el crimen —dice Aron.

—¿Estamos hablando de dos asesinos? —pregunta Margot.

—No se puede saber, por lo general trabajan solos, pero a veces los asesinos en serie cuentan con un acólito, pasivo o activo —responde Joona.

—Pero ¿estamos hablando de asesinatos en serie? —pregunta ella.

—Sí.

Unos golpes precavidos se oyen en la puerta.

—Ah, sí, he invitado a Lars Tamm a venir —dice Aron.

—¿Por qué? —quiere saber Margot.

—Primus suele ir a casa de su hermana Ulrike, que aparece en las bases de la policía por su conexión con una banda organizada de moteros.

Vuelven a llamar a la puerta de forma apenas audible.

—¡Entra! —grita Margot.

Lars Tamm asoma la cabeza como si esperara encontrarse una alegre sorpresa. Su cara está llena de manchitas de pigmentación y tiene las cejas blancas. Lleva siendo fiscal general en el Ministerio Público contra el Crimen Internacional y Organizado desde que este fue creado.

Con pasos precavidos, entra en el despacho y les estrecha la mano a todos los presentes antes de sentarse en la silla libre.

—¿Qué sabes del club de moteros? —pregunta Joona.

—Se hacen llamar «el Club», a secas, y son una organización criminal que se ha establecido en Suecia, Dinamarca y Alemania —responde—. El marido de Ulrike se llama Stefan Nicolic y es miembro de élite del círculo interno de la rama sueca y... ¿Qué más puedo decir...? El Club tiene vínculos con Tyson, que domina el mercado de estupefacientes en la zona de Järvafältet, y con los Roadrunners, los moteros polacos.

—¿A qué se dedican? —pregunta Margot.

—Clubes de juego ilegales, blanqueo de dinero, mercado de préstamos, cobro de créditos, contrabando de armas y un montón de drogas.

—¿Trata de personas no?

—No que nosotros sepamos, pero no cabe duda de que también hay prostitución de por medio y...

Joona sale del despacho, se aleja un tramo por el pasillo e intenta llamar a Kofoed, pero le salta el buzón de voz.

Le manda un mensaje de texto explicándole el vínculo con el Club y le pide que le devuelva la llamada en cuanto pueda. Luego regresa al despacho de Margot.

—Pero ¿hasta qué punto lo tenéis controlado? —pregunta Aron y se levanta de la butaca—. Quiero decir, ¿podría Primus pertenecer al Club sin que vosotros lo supierais?

—El Club está incluido en la categoría de crimen organizado que solemos considerar que se define a sí mismo... Cada uno elige su campo de actuación y se tarda años en alcanzar un rango superior..., pero al mismo tiempo, cuentan con una gran base.

—Entonces, ¿a lo mejor Primus podría formar parte de esa base?

—Si tiene algo que ofrecer, sí —responde Lars.

Joona intenta llamar a Kofoed otra vez, los tonos se suceden y, justo cuando está a punto de colgar, oye un chasquido al otro lado y un siseo.

—Empiezo a entender lo que significa tener a un policía de padre —responde Kofoed en voz baja.

—¿Tengo que ir a rescatarte? —pregunta Joona y vuelve a salir del despacho.

Kofoed se ríe un poco.

—La cosa es así... Aún no he visto a Primus —explica—. Ulrike estaba en la planta baja y al principio me parecía que estaba sola, pero entonces he visto de refilón a otra persona... Me he quedado esperando y justo hace un momento he conseguido sacarle una foto... La imagen es muy mala, pero a mí me parece que podría ser Mia Andersson.

—Mándame la foto y mantente alejado; ve con cuidado —dice Joona.

—Vale.

—¿Tommy? Tómate en serio lo que te digo.

—Hacía dos años que no me lo pasaba tan bien.

El teléfono vibra y Joona abre el mensaje y mira la foto de la casa de Ulrike. Ve una fachada roja con los listones de madera en horizontal, esquinas blancas, la madera agrietada y pintura descascarillada. En una ventana se ve a una mujer joven casi de perfil.

Joona amplía la foto. La resolución es muy mala. Observa la forma de la cara, la tenue luz sobre la punta de la nariz. Podría tratarse de Mia, tal y como dice Kofoed. No pueden descartar haberla encontrado.

Joona vuelve al despacho de Margot con el teléfono en la mano e interrumpe a Lars Tamm.

—Escuchadme —dice—. He pedido a Tommy Kofoed que vigilara la casa de Ulrike y...

—No debería sorprenderme —comenta Margot.

—... y acaba de mandarme esta foto —dice Joona y le entrega el teléfono.

—¿Quién se supone que es? —pregunta Margot mientras se pone las gafas.

Aron se coloca detrás de ella y se inclina sobre el teléfono.

—Podría ser Mia Andersson, ¿verdad? No cabe duda de que se le parece —dice él.

—Tendremos que pasarles la foto a los técnicos —dice Joona—. Pero si es Mia, no se quedará allí por mucho tiempo, porque esa casa no puede ser otra cosa que un lugar de tránsito.

—Asaltemos el sitio cuanto antes —dice Aron.

—Tengo que consultarlo con el servicio de inteligencia y la policía secreta —responde Margot.

—Consultarlo —repite Aron alzando la voz—. Pues ya irás tú a cortar el cable de acero cuando vayamos a recoger el cuerpo mutilado de Mia...

—Cierra el pico —lo interrumpe Margot y se levanta de su silla—. Entiendo la gravedad de la situación, esto me cabrea de lo lindo, no pienso aceptar más chicas muertas, pero si decidimos hacer un asalto tiene que hacerse bien.

—Pero si nos quedamos sentados, esperando...

—No nos quedamos sentados, esperando, no estoy diciendo eso, ¿no?, no vamos a esperar —dice tajante y luego se pasa el reverso de la mano por la boca—. Joona, ¿qué opinas? ¿Qué hacemos?

—Necesitamos mandar a gente cuanto antes y, al mismo tiempo, preparar un asalto.

—Vale, pues haremos lo siguiente —dice Margot—. Vosotros dos os metéis en un coche y vais para allá ahora mismo, y mientras tanto yo hablo con la fuerza nacional de asalto.

48

Joona se abrocha la cazadora gris por encima del chaleco antibalas y mete su Colt Combat en un sobre acolchado de UPS.

Aron está sentado en una pila de palés, moviendo una pierna con nerviosismo.

Son las once y ocho minutos de la noche y el cielo se ha oscurecido.

Hay tres coches aparcados en la penumbra del aparcamiento en pendiente, delante de la empresa Electricidad Södertälje A.B.

Margot Silverman ha solicitado las fuerzas especiales para lo que llaman una situación de excepcionalidad, a pesar de que los técnicos del DON no hayan podido confirmar que la joven mujer que Kofoed ha fotografiado sea Mia Andersson.

Dos de los nueves operadores de la fuerza nacional de asalto ya están aquí. Se mantienen a la espera detrás de una pickup oxidada con el rótulo de TUBERÍAS FRANZÉN escrito en la portezuela abatible de la caja de carga.

Bruno lleva el pelo rapado y tiene barba rubia.

Morris tiene el pelo castaño y corto, mejillas sonrosadas y lleva un pequeño crucifijo en una cadenita al cuello.

Joona dirige la operación minuto a minuto y se comunica constantemente con Margot y el cuadro de mando.

Todos tienen serias dificultades para valorar la situación.

No han visto a ninguna otra persona, aparte de Ulrike y la joven, pero la casa es grande y solo la han vigilado desde un flanco.

—Centramos toda la atención en sacar a la mujer que podría ser Mia Andersson —dice Joona—. Y nuestra tarea secundaria es detener a Primus, si es que se encuentra presente, y llevárnoslo para interrogarlo

La oscuridad domina los espacios entre los coches aparcados en el asfalto inclinado, pero un poco más allá hay un aplique con pantalla de zinc, en la fachada de un verde menta.

Los cuatro se reúnen en el estrecho halo de luz bajo la lámpara y miran el mapa.

Joona repasa la operación y señala la ruta de asalto, el punto de reunión y dónde estarán las ambulancias.

Coloca un plano de la casa encima del mapa y señala la puerta principal, el pasillo y el resto de estancias de la planta baja.

—La escalera es un problema —dice Morris.

—Pero tenéis que subir en parejas, aunque sea estrecha —dice Joona.

—Supongo que sí —responde Bruno y se rasca la barba rubia.

Están esperando a otros siete operadores de la fuerza nacional de asalto. Tres de ellos ocuparán puestos estratégicos con fusiles de francotirador por fuera de la casa. Todos los demás formarán parejas de combate que entrarán en la casa de forma simultánea.

A Aron se le cae el teléfono, que rebota un poco en el asfalto haciendo ruido, al lado de la pila de palés. Lo recoge enseguida y comprueba si el cristal se ha salvado.

Morris revisa los cargadores de su fusil de asalto, se asegura de que toda la munición sea encamisada y luego saca la mira de la bolsa de deporte.

—Me cago en todo —murmura y vuelve la lente hacia la luz—. Tengo algo en la mira.

—¿A ver? —dice Bruno.

—Está llena de pringue —dice.

—A lo mejor se puede fumar —propone Bruno.

Los dos operadores suelen bromear con los hábitos que tenía Morris antes de sentar la cabeza y hacerse policía. Cuando no conseguía encontrar hachís intentaba fumarse cualquier cosa, desde hilos de plátanos hasta *Amanita muscaria*. Una vez mezcló nuez moscada rayada y aguarrás y secó la mezcla en el horno.

Joona abre un sobre y reparte fotos de Mia Andersson, Primus, Ulrike Bengtsson y su marido, Stefan Nicolic.

—Nicolic está considerado como muy peligroso y siempre va armado... Su nombre apareció en una investigación el año pasado sobre un compañero que fue asesinado en su cama.

—Ese es mío —dice Morris.

—Tienen acceso fácil a armas pesadas —continúa Joona, nota las vibraciones y se saca el móvil del bolsillo—. Tengo que cogerlo, es Kofoed.

Atiende la llamada, oye una fricción al otro lado y una respiración muy cerca del micrófono.

—¿Me oyes? —pregunta Kofoed en voz baja—. Ha llegado un vehículo a la casa. Ahora mismo, una furgoneta con lunas tintadas que se ha parado en la rampa de acceso al garaje, se ha quedado allí, estoy un poco mal situado y no puedo ver si alguien se baja de la furgoneta ni lo que está pasando.

—Quédate donde estás —dice Joona y cuelga.

—¿Qué dice? —pregunta Aron.

—Ha llegado una furgoneta a la casa, a lo mejor es ahora cuando piensan trasladar a Mia —explica Joona y se pone de nuevo en contacto con el cuadro de mando.

Mientras habla con ellos acerca del nuevo rumbo que ha tomado la situación, ve que los dos operadores de la fuerza nacional de asalto hablan entre susurros estresados.

La mirada de Morris brilla, las mejillas y las orejas se le han puesto rojas. Con un soplido quita un poco de suciedad que se ha acumulado en el riel Picatinny del fusil de asalto y coloca la mira.

La luz del aplique de zinc cae en diagonal sobre los hombros y la espalda ancha de Bruno. Aron se mete una porción monodosis de *snus* bajo el labio superior.

—Escuchadme —le dice Joona a los tres hombres—. Margot quiere que actuemos ya mismo.

—El resto del equipo no tardará en llegar —dice Morris.

—Lo sé, pero el cuadro de mando sopesa el riesgo de que Mia Andersson sea transferida a la furgoneta... Los cortes de carretera van con retraso y lo último que quieren es una persecución en coche.

—Maldita sea —suspira Morris.

—Nos han dado órdenes de iniciar la operación sin más demora —repite Joona.

—Vale, qué cojones —dice Bruno y le lanza una mirada tranquilizadora a Morris.

—Aron y yo entraremos por la puerta principal y vosotros dos bloqueáis la salida del garaje con el coche y nos dais ciento veinte segundos antes de entrar. Sin granadas aturdidoras, sin gritos, pero estad preparados para encontrar fuego enemigo.

—El equipo llegará dentro de veinte minutos —insiste Morris.

—Venga ya, no tenemos veinte minutos —dice Aron alzando la voz—. ¿Los dejamos largarse con la chica para encontrarla ahorcada dentro de un par de años?

—Tenemos órdenes definitivas de entrar ya —dice Joona y le pasa a Aron uno de los pinganillos inalámbricos—. Comprobad que me oís y que tenéis la radio en modo directo.

Joona empieza a caminar con el sobre en la mano y Aron lo acompaña en dirección a la casa de la calle Berg.

—Tú tienes una Sig Sauer, ¿verdad?

—La última vez que lo comprobé, sí —responde Aron.

—Mantenla escondida hasta que estemos dentro de la casa.

Los dos operadores se quedan donde están y los ven desvanecerse en la oscuridad para poco después volver a ser visibles bajo el resplandor de una farola que hay más lejos.

Morris da unos pasos tensos, se apoya en la fachada verde menta con las dos manos y respira hondo unas cuantas veces.

—*I smoke two joints before I smoke two joints* —dice Bruno.

—*And then I smoke two more* —responde Morris sin conseguir sacarle una sonrisa.

—Podemos con esto —dice Bruno con calma.

—Lo sé —dice Morris y besa su crucifijo.

—¿Has conseguido quitar el pringue de la mira?

—Da igual, tampoco voy a tener que usarla.

Cogen sus bolsas de deporte con las armas y las suben a la plataforma de carga de la pickup, se sientan en sus puestos y salen del aparcamiento dando marcha atrás.

49

En silencio, Joona y Aron doblan a la izquierda y empiezan a subir hacia la cima de la pequeña colina. Las casas unifamiliares del siglo xx comienzan a apretujarse en las laderas. Unas pocas ventanas están iluminadas y el resplandor de las farolas se refleja en los adoquines.

—¿Cuándo fue la última vez que hiciste un entrenamiento de esto? —pregunta Joona y pasa por encima de un patinete eléctrico.

—Es algo que no se olvida —se limita a responder Aron.

Cruzan la calle en diagonal y continúan por un callejón sin salida con el asfalto agrietado.

Tras una pequeña pared de piedra, ven la casa de Ulrike Bengtsson en la cuesta empinada. Se eleva con su techo en punta hacia el cielo negro.

Joona piensa en la fotografía de Ulrike. Es una mujer alta de unos sesenta años y con pelo rubio, piercings en las cejas y tatuajes en los brazos. Ulrike y su hermano Primus se asemejan, sus caras están chupadas y las bocas parecen sobrecargadas de dientes.

Dejan atrás la última farola, en cuyo poste hay una canasta casera para jugar a básquet. Las sombras se estiran por delante de los dos hombres y luego se funden con la oscuridad.

Lo único que se oye es el crujido de sus pasos en la gravilla.

Hay dos contenedores de basura bajo un tejadillo, y al lado

de la entrada, en la verja, hay un cartel oxidado en el que pone ZOO & TATTOO.

La furgoneta negra está aparcada en la rampa empinada.

La ventana del dormitorio de la planta baja está tenuemente iluminada.

Joona se acerca y llama al cristal tintado de la furgoneta con los nudillos. Aron se coloca junto a la puerta trasera, retira el broche de la funda de la pistola, le quita el seguro y la mantiene escondida, pegada al cuerpo. Joona vuelve a llamar a la ventanilla y luego rodea el vehículo y mira al interior a través del parabrisas.

—Está vacía —dice.

Aron vuelve a ponerle el seguro a la pistola y sigue a Joona por la escalera de piedra hasta la casa. Nota el sudor corriendo por sus mejillas.

Las ramas de un árbol se mueven delante de una casa vecina, la luz de una ventana parpadea inquieta.

El corazón de Aron late con fuerza y rapidez en su pecho. Nota que le retumban las sienes y que rechina los dientes de una manera extraña.

Recuerda las rutinas de todas las sesiones de entrenamiento, pero nunca ha participado en una operación de emergencia como esa.

Joona dirige la mirada a la ventana del dormitorio de la planta baja. Ha captado un movimiento con el rabillo del ojo. Como si una tela negra cayera del techo hasta el suelo.

Terminan de subir la larga escalera hasta el porche que hay debajo del balcón. Joona baja la manilla de la puerta y tira de ella.

—Está cerrado —susurra Aron.

Joona se quita la mochila negra, saca una pistola de ganzúa, mete la punta en la cerradura, aprieta el gatillo hasta que se levantan todos los pasadores y luego gira y abre.

Entorna la puerta unos cinco centímetros y echa un vistazo al recibidor oscuro, vuelve a guardar la pistola de ganzúa en la mochila, saca una toalla y una cizalla, deja la toalla en el suelo,

273

en la ranura de la puerta entreabierta, y corta la cadena de seguridad.

Los trozos del eslabón caen al suelo sin hacer ruido.

—Entramos —informa Joona por radio.

Pasan por encima de unas botas rojas de motero y se meten en un pasillo largo y estrecho, con una escalera que sube al primer piso y una abertura que da a una sala de estar.

Se oye un zureo y luego un canto de pájaro a lo lejos.

Joona asegura los ángulos de tiro y le hace una señal a Aron para que lo siga por su lado izquierdo.

Poco a poco sus ojos se van acostumbrando a la oscuridad.

Aron mira hacia el piso de arriba entre los barrotes de la barandilla.

Joona continúa hacia delante y apunta a la ropa oscura que cuelga de unos ganchos que hay en una pared.

En el suelo de madera hay una fina capa de plumón y polvo escurridizo.

Aron se agazapa y apunta con la pistola al hueco oscuro de debajo de la escalera. Dentro se oye un leve raspado.

El arma le empieza a temblar en la mano.

Algo titila débilmente.

A Aron le parece ver un movimiento lento y desplaza el dedo del guardamontes al gatillo de la pistola.

Se le escapa un jadeo de sorpresa cuando un gran pájaro negro sale de la oscuridad batiendo las alas. Choca con la lámpara de techo apagada, hace un giro rozando la pared y vuela hasta la siguiente estancia.

Aron se endereza, apuntando al suelo con la pistola, y trata de recomponerse y relajar su acelerada respiración.

Ha estado muy cerca de abrir fuego.

Joona le lanza una mirada sin desviar la boca de su pistola de la abertura que tienen justo enfrente.

Unos pajaritos pasan volando por el pasillo y suben al primer piso.

—¿Qué coño es esto? —susurra Aron y se seca el sudor de los ojos.

—Concéntrate.

Aron asiente con la cabeza. Alza el arma y apunta a la abertura. Los tablones del suelo crujen bajo su peso cuando empieza a caminar.

Sobre una cómoda hay varias llaves de tubo.

Joona le hace una señal a Aron para que se mantenga pegado a la pared izquierda.

Desde la oscura sala de estar que tienen justo delante les llega un gorjeo de pájaros.

En el mismo instante en que Joona informa de que él y Aron van a entrar en la casa, Bruno y Morris giran con el coche y se meten por la calle Byggmästare. La pickup oxidada rueda entre crujidos por el asfalto y se detiene cruzada delante de los contenedores para bloquear el paso.

—No me gusta, no me gusta nada —dice Morris.

—Hacemos nuestro trabajo —dice Bruno y traga saliva.

—Pero no podemos asegurar el piso de arriba y la cocina a menos que nos separemos o…

—Tranquilo —dice Bruno—. Joona quiere que le cubramos la espalda cuando entremos, es evidente. Que le den al piso de arriba, para empezar, no hay otra forma, aseguramos las habitaciones una a una y vigilamos la retaguardia.

—Lo sé, entiendo, me habría gustado tener aquí al resto del equipo, solo es eso.

—Ya han pasado ciento veinte segundos.

Morris intenta sonreír y finge darle una calada a un canuto antes de bajarse del coche.

Pasan sin prisa por delante de los contenedores, suben la cuesta y llegan a la casa. Cuando ya no son visibles desde ninguna ventana, dejan las bolsas de deporte en el suelo en el sendero del jardín, se ponen rápidamente los cascos y sacan sendos fusiles de asalto Heckler & Koch. Corren en silencio hasta la casa y suben la escalinata hasta la entrada.

Bruno se recoloca el pinganillo, abre la puerta y apunta a la escalera en la oscuridad. Morris entra e inspecciona la pared con la ropa colgada y el acceso a la sala de estar.

Todo está en calma y en silencio.

Bruno espera a cerrar la puerta hasta que Morris ha asegurado el hueco de debajo de la escalera.

Cacas de pájaro se han deslizado por la barandilla de la escalera, se han mezclado con las plumas y se han ido acumulado por capas en la zanca.

Bruno toquetea desconcertado la formación petrificada con la boca del cañón del fusil de asalto. Unas migajas secas caen al suelo.

—A lo mejor se puede mezclar con aguarrás y fumarse —dice Morris entre dientes.

Se pone de rodillas, apunta con el arma a la oscuridad de debajo de la escalera y se arrepiente de no haber montado la linterna en el arma antes de entrar.

50

Las ventanas están tapadas con cortinas opacas y la gran sala de estar está sumida en una penumbra gris.

Hay pájaros dormitando en una mesa de billar y canturreando bajo el techo.

Joona y Aron caminan despacio a cuatro metros de distancia el uno del otro.

El suelo cruje suavemente.

Joona sigue avanzando, mira a Aron y luego se agacha para mirar debajo de la mesa de billar.

La última vez que Joona fue al campo de tiro se percató de que la carga automática de munición de su arma iba mal. Le cambió el muelle de retroceso al llegar a casa para no correr el riesgo de que se le encasquillara, pero no ha tenido tiempo de probarla desde entonces.

Asegura el flanco izquierdo de la estancia al mismo tiempo que Aron entra.

Plumitas y polvo se levantan del suelo con un pequeño remolino.

Joona se da cuenta de que la mirada de Aron se ha encallado en un loro amarillo que está trepando por la araña de techo.

Es peligroso distraerse demasiado con los detalles.

Aron alarga la mano izquierda y aparta una pluma blanca del marco de la mesa de billar.

En algún punto más al fondo hay una lámpara encendida.

Pasan por delante de una estufa de cerámica reluciente.

En el suelo hay montoncitos de cáscaras de semillas y plumas y excrementos acumulados junto a las paredes.

—A alguien se le ha ido un poco la olla —murmura Aron.

Un loro verde se está paseando por un carrito de servicio de latón, entre botellas de alcohol, jarras y copas.

Mientras Aron asegura los ángulos de tiro a los lados, percibe el miedo a la muerte como una náusea creciente en el estómago.

Mira los movimientos suaves de Joona, cómo camina pegado a la pared y con la pistola apuntando hacia delante, trazando una línea perfecta en dirección al pasillo.

El suelo encerado de madera cruje bajo el peso de sus cuerpos, y luego enmudece del todo cuando llegan a la alfombra verde del pasillo.

Joona ve que una cortina ondea momentáneamente delante de una ventana y entiende que Bruno y Morris acaban de cerrar la puerta.

—Asegurad el acceso del pasillo de servicio de la cocina y la sala de estar —les dice por el intercomunicador.

Señala la dirección en el pasillo en la que se encuentra uno de los dormitorios, en el que Kofoed ha visto a la mujer joven por última vez.

Se mueven despacio para no asustar a los pájaros.

Joona le hace una señal a Aron para que se mantenga detrás de él, en diagonal.

Aron se seca el sudor del labio superior. Ha entendido que tiene que vigilar el lavadero mientras Joona inspecciona el dormitorio.

Un pajarito pasa volando por el pasillo.

Joona alarga la mano y empuja la puerta con suavidad. Entra y gira rápidamente la pistola hacia el rincón de la derecha y luego al de la izquierda.

En el techo hay un gran espejo, justo encima de una cama doble de madera barnizada. Unos periquitos azules están sentados en el palo de la cortina formando una hilera.

En la mesita de noche hay un condón usado.

La mujer no está allí, a menos que se haya escondido en alguno de los armarios de la pared de la derecha.

Joona mira atrás, ve el rostro pálido de Aron en el pasillo y espera a que ocupe su posición.

No necesita acercarse más al lavadero, basta con que cambie de lado en el pasillo.

Un loro empieza a graznar nervioso en la sala del billar.

Aron se cruza con la mirada de Joona y asiente con la cabeza, sigue avanzando hasta la puerta abierta del lavadero y se queda quieto.

A la derecha, una lámpara está encendida en alguna parte.

En el suelo de linóleo hay una suerte de escotilla de fibra de vidrio por debajo de la cual han tirado unos tubos hasta la lavadora y la secadora.

Junto a la otra pared hay una cabina de ducha con cristales ahumados.

Aron se desplaza a un lado y su mirada queda atrapada en un espejo con un marco dorado.

Una cacatúa blanca se mueve perezosamente de lado junto a la cabina de ducha.

De pronto el corazón e Aron empieza a latir tan fuerte que le duelen los oídos.

Por el espejo ve a una mujer tendida en una camilla, justo a la izquierda de la puerta. La mujer aún no lo ha descubierto. Tiene el camisón subido hasta el pecho, va desnuda de cintura para abajo y ha cruzado las piernas a la altura de los tobillos.

Su barriga se mueve lentamente con la respiración.

Aron le hace una señal a Joona sin apartar la vista de la mujer. El monte de Venus afeitado está enrojecido por el tatuaje inacabado de un colibrí.

Las paredes de plástico de la cabina de ducha crujen débilmente.

Joona aún está apuntando con la pistola a los armarios cuando se vuelve hacia Aron y lo ve dar un paso al frente en el lavadero, sin asegurar el flanco derecho de la puerta.

Polvo y plumas se deslizan por el suelo por efecto de un movimiento inesperado.

—Aron —dice Joona—. No puedes...

Un cuchillo atraviesa la garganta de Aron desde un lateral. La punta sale justo por debajo de la oreja del lado contrario. Una cascada de sangre acompaña al filo cuando el cuchillo es retirado de un tirón.

Aron se tambalea y carraspea.

Alguien se ríe con desgana, un mueble vuelca y se oyen unos pasos rápidos que se alejan.

Joona entra corriendo en el lavadero y hace un barrido con la pistola.

Una mujer alta de unos sesenta años retrocede, amenazándolo con el cuchillo.

Se golpea el hombro contra la cabina de ducha y sigue retrocediendo hasta que llega a la pared.

Alguien ha salido del lavadero por la otra puerta y está corriendo en dirección al pasillo.

Sin dejar de apuntar a la mujer, Joona tiene tiempo de registrar una camilla vacía y una mesita con tintas para tatuajes.

Joona solicita un helicóptero sanitario, repite que es urgente, que un compañero está gravemente herido.

Aron se sienta en un taburete, deja caer la pistola al suelo y tose sangre sobre su pechera.

Palpa con la mano buscando dónde apoyarse y vuelca un paquete de detergente, derramando el polvo blanco.

La mujer sujeta el cuchillo con ambas manos y su mirada salta de Joona a Aron. Debía de estar escondida en la cabina de ducha cuando Aron ha entrado.

–Policía –dice Joona con voz tranquila–. Deja el cuchillo en el suelo.

Ella sacude la cabeza y Joona levanta una mano tranquilizadora. La mujer respira deprisa e intenta juntar los labios alrededor de sus dientes descuidados.

–Ulrike, escúchame –dice él, acercándose despacio–. Necesito saber quién más hay en la casa, para que nadie salga herido.

–¿Qué?

–Deja el cuchillo en el suelo.

–Perdón –murmura ella y baja el cuchillo, desconcertada.

–¿Cuántas personas hay...?

Ulrike blande el arma en una diagonal ascendente, apuntando al abdomen de Joona. Es un ataque sorpresa y potente. Joona retuerce el cuerpo y ve el filo del cuchillo abriendo un corte en su cazadora cuando pasa volando como una punta de flecha.

Consigue agarrarla del antebrazo con la mano izquierda, le disloca la clavícula con un golpe de culata y le despega los pies del suelo de una patada, haciéndola dar media voltereta hacia atrás.

51

Morris entra primero en la sala del billar y Bruno lo sigue en dirección a la abertura que da a la cocina.

Nota que se le ha secado la boca.

Tienen que entrar y asegurar la cocina, sin dejar de vigilar el pasillo.

Morris lleva el fusil de asalto en ristre y el dedo apoyado en el gatillo. El puntito rojo de la mira siempre coincide con el punto de impacto.

Unos pajaritos alzan el vuelo desde el suelo y pasan volando hacia el recibidor.

Han oído los breves comandos por la radio de comunicación.

Joona ha solicitado un helicóptero sanitario.

Aron está gravemente herido.

Aseguran rápidamente los ángulos de tiro a izquierda y derecha, y Morris entra en una cocina espaciosa, con suelo de baldosas gris marengo.

La puerta del lavavajillas blanco está abierta.

Hay palas de plástico en una maceta al lado de la placa de inducción.

Dos pajaritos blancos están picando migas de pan en la encimera.

Bruno mira a Morris a través del hueco de la puerta, le hace una señal para que espere y se acerca con cuidado.

Un loro gris con plumas rojas en la cola está colgando bocabajo en la lámpara de encima de la mesa.

Al otro lado de la casa se oyen unos golpes sordos. Una mujer suelta un bramido y al instante siguiente se vuelve a oír la voz de Joona por el pinganillo.

«En la casa hay dos hombres fuertemente armados —dice—. Repito, hay dos…».

En el salón se oye un fuerte petardazo y, al instante siguiente, la pickup explota delante de la casa.

La onda expansiva les golpea el pecho y hace vibrar todas las ventanas.

Todos los pájaros de la cocina echan a volar.

El jardín entero queda iluminado.

La plataforma de carga de la camioneta cae entre las ramas de los árboles y aterriza en el jardín del vecino.

Una lluvia de chapa desgarrada y piezas de motor cae por todas partes.

Un neumático se aleja rebotando por la cuesta.

El bloque del motor se precipita sobre el techo de la furgoneta.

Una nube de humo y polvo impregna el aire.

Lo único que queda en la rampa de acceso es un cráter y una puerta de coche.

Morris respira de forma controlada, continúa por la cocina y nota que la adrenalina le está enfriando la yema de los dedos.

Solo ha podido vislumbrar la explosión a través de una de las ventanas, pero entiende que alguien ha disparado un lanzagranadas desde el interior de la casa.

La puerta del salón se ha abierto unos pocos centímetros.

Los loros más grandes han vuelto a sus sitios. Los canarios siguen volando por toda la estancia.

«Tengo que sacar a Aron, ¿podéis asegurarme el paso?», dice Joona por el pinganillo.

Morris le indica a Bruno que cree que el tirador sigue en el salón y que quiere forzar la puerta.

Bruno dice que no con la cabeza y le indica a Morris que se ponga a cubierto, que vigile la puerta y espere.

Pero Morris se humedece los labios y da un paso cauteloso al frente.

Da la sensación de que la oscuridad esté latiendo dentro de la sala de estar.

Cuando se acerca, los pájaros se mueven inquietos encima de la nevera.

Morris se repite que tiene que detener al hombre del lanzagranadas para que no derribe el helicóptero sanitario.

Continúa acercándose a la puerta como sumido en un trance.

El puntito rojo de la mira tiembla a la altura del pecho en la ranura oscura.

Bruno dice algo en voz alta a su espalda.

Morris percibe un movimiento con el rabillo el ojo.

Un hombre con hombros redondeados, barba trenzada y una escopeta en las manos sale de su escondite al lado de la nevera.

Morris vuelve el arma hacia él.

Se oye un trueno al mismo tiempo que la boca del cañón refulge en la ventana de la cocina.

Morris recibe el disparo en el lateral de la cabeza.

El casco rebota hecho trizas contra la pared que tiene detrás y cae al suelo.

La sangre salpica las puertas de los armarios bajos.

Su cuerpo se desploma con pesadez y termina medio sentado contra la puerta del lavavajillas.

La mayor parte de la cabeza de Morris ha sido desgarrada, pero aún conserva parte de la zona trasera del cráneo, y la mandíbula cuelga suelta sobre el pecho.

—Joder —jadea el hombre de la escopeta semiautomática.

Joona arrastra a Aron hasta la sala de billar y Bruno regresa a la cocina a grandes zancadas.

Nota que le tiemblan las piernas.

Más allá del silbido que el estruendo le ha dejado en los oídos se oye un canto aflautado de pájaros.

El hombre que ha aparecido por detrás de la nevera está mirando fijamente el cuerpo de Morris y la sangre que ha salpicado las paredes y los armarios.

La escopeta está apuntando al suelo.

Vuelve lentamente la mirada hacia la sala de billar al mismo tiempo que Bruno aprieta el gatillo y nota las vibraciones en todo el fusil de asalto.

Las balas encamisadas atraviesan el pecho y el abdomen del hombre y destrozan la ventana que tiene detrás.

El cristal salta en mil pedazos y el marco se astilla.

Tarda poco más de dos segundos en vaciar el cargador con treinta disparos.

Los casquillos tintinean sobre las baldosas cerámicas.

El hombre de la barba trenzada cae hacia atrás y choca contra el suelo.

Una nubecilla de gotitas de sangre permanece flotando en el aire.

Bruno retrocede de nuevo hasta la sala de billar mientras quita el cargador vacío.

Creía que tenía el arma en disparo triple.

El pulso le retumba en los oídos.

Su mirada se detiene sobre el casco con los restos del cráneo de su compañero.

—Morris, maldita sea —jadea y saca un nuevo cargador.

La puerta del fondo del salón se abre hacia dentro y al otro lado aparece un hombre con pelo largo y rubio y gafas con montura negra. Va vestido con pantalón de cuero y un chaleco antibalas verde. En la mano derecha tiene una Glock 17.

Bruno se desplaza hacia atrás, tropieza con el canto de la alfombra verde, cae al suelo y se golpea la cabeza en el borde de la mesa de billar.

El cargador rebota en el suelo y se mete por debajo del pesado mueble.

Joona suelta a Aron, avanza corriendo pegado a una de las paredes y se detiene en el lado derecho de la puerta de la cocina.

Bruno rueda para salir de la línea de tiro, se arrastra hacia atrás y busca un nuevo cargador en los bolsillos de las perneras.

Joona está inmóvil, con la pistola apuntando al hueco de la puerta.

Un reflejo más oscuro se mueve en la pintura brillante del marco.

Cuando ha atado a Ulrike a una de las gruesas tuberías de la casa, ella le ha confesado que había dos guardaespaldas en la casa.

Joona ha cortado un trozo de la manguera de la ducha y se lo ha metido a Aron en la faringe, entre las cuerdas vocales, para generar un espacio de respiración razonablemente seguro. Lo ha arrastrado con ayuda de una alfombra de trapo desde el lavadero y justo estaba llegando a la sala de billar cuando ha comenzado el tiroteo.

Por encima de la casa se oye el traqueteo del helicóptero de emergencias.

Un intenso olor a pólvora flota en el aire.

El hombre rubio de la Glock entra en la sala de billar y sus ojos se detienen sobre Aron, que yace en el suelo con las dos manos alrededor del cuello.

La sangre le corre entre los dedos.

El tipo apunta con el arma a la izquierda, pero Bruno se ha escondido detrás de la mesa de billar.

Joona se precipita sobre el hombre, le agarra la muñeca, tira de su brazo hacia atrás, pega la Colt Combat a la articulación del hombro y aprieta el gatillo.

El cuerpo se mueve con un espasmo, la sangre salpica las paredes, el brazo se vuelve flácido y el arma cae al suelo con un ruido.

El hombre grita de dolor.

Joona tira del brazo inerte hacia un lado, gira el cuerpo y le suelta un codazo sobre la mejilla y la barbilla con el codo izquierdo.

Es un golpe muy duro.

La cabeza del hombre retrocede con una sacudida, las gafas salen volando y el sudor salpica en la dirección marcada por el codazo.

Se tambalean juntos hacia un lado.

El hombre se empotra en el estante de tacos de billar y se desploma en el suelo.

Aterriza sobre la cadera, apoya una mano y luego se deja caer y se queda tendido.

El casquillo vacío rueda trazando un arco delante de su nariz.

Bruno acaba de sacar un nuevo cargador, lo mete en el fusil de asalto y se asoma por detrás de la mesa de billar.

Aron está pálido y sudoroso, coge aire de forma espasmódica a través del tubo y está a punto de entrar en parada circulatoria.

52

Joona se acerca rápidamente al hombre del suelo, lo arrastra hasta la ventana y lo esposa al radiador. Vuelve con Aron, se cruza con su mirada de pánico, repite que todo irá bien, agarra la alfombra de retales y lo arrastra en dirección al pasillo. Bruno los acompaña, asegura velozmente la escalera y luego se queda apuntando con el arma hacia la sala de billar.

En el primer piso se oyen pasos pesados.

La sangre del cuello de Aron ha atravesado la alfombra y está dejando un rastro rojo y brillante en el suelo.

Una paloma blanca se aparta, se siente acorralada y levanta el vuelo batiendo las alas.

El ruido del helicóptero aumenta. Las ventanas del porche acristalado vibran.

Joona arrastra a Aron por delante de las escaleras.

Por encima del ruido del helicóptero oyen a una mujer riéndose en el primer piso. Bruno clava una rodilla en el suelo y apunta con el arma hacia el hueco oscuro del final de la escalera.

—Saca a Aron —ordena Joona y le aguanta la puerta a Bruno.

El helicóptero hace un vuelo estacionario sobre el jardín, el estruendo palpitante del rotor rebota entre las casas. La suciedad y las hojas son barridas en un círculo. Los arbustos se inclinan con la fuerte corriente de aire. Están bajando una camilla entre el porche y la casa.

Bruno se carga a Aron al hombro y sale corriendo agazapado.

Joona cierra la puerta y el ruido del helicóptero queda semiamortiguado.

Ulrike grita algo desde el lavadero.

Joona empieza a subir las escaleras con la pistola apuntando al hueco del fondo. Los excrementos secos de pájaro crujen bajo sus pies.

Según los planos de la casa, el primer piso está formado por una suite con un salón grande, dormitorio y cuarto de baño.

Se vuelve a oír la risa desganada de la mujer. Suena como si estuviera durmiendo y soñara con algo divertido.

Joona sigue subiendo hasta que sus ojos quedan a la altura del suelo y puede ver toda la sala.

Los listones de madera barnizada están llenos de polvo y plumas. La puerta del dormitorio está cerrada, pero la del baño está entornada.

Joona gira con el arma en ristre.

Entre los postes de la barandilla ve el conjunto de sofás, la tele y el escritorio.

Joona sigue subiendo.

Un suave aroma a perfume y humo flota en el aire.

El traqueteo del rotor se acelera. El helicóptero se está alejando.

Los últimos escalones se quejan del peso de Joona.

Se mueve deprisa y se queda de pie al lado de la puerta cerrada del dormitorio aguzando el oído.

Las bisagras rozan débilmente cuando abre la puerta con cuidado.

Se desplaza a un lado, echa un vistazo al interior de un dormitorio que está a oscuras y luego abre la puerta un poco más, empujando con la boca del cañón.

Pestañea y espera a que sus ojos se adapten.

En un reflejo nuboso puede intuir el suelo y las paredes blancas. El contorno de una cama se perfila en el lado derecho de la estancia.

Una fina cortina ondea con la brisa delante de una ventana abierta.

La tela blanca se abomba con parsimonia.

El marco de la ventana cruje, el gancho araña el alféizar y una luz gris inunda el dormitorio.

Un niño de unos cinco años está de pie en el centro de la estancia, inmóvil, con las manos en la espalda. Solo lleva un pantalón de pijama de seda blanca.

La luz se refleja débilmente en sus hombros delgados y el pelo peinado.

El niño mira fijamente a Joona con la respiración acelerada.

Una docena de canarios pálidos vuela por debajo del techo. El sonido de sus alas recuerda a hojas secas atrapadas en un re- molino de aire.

La cortina se abomba y entra más luz en la estancia. Joona ve que la habitación está vacía, pero justo cuando va a dar un paso al frente descubre un pie descalzo en el marco de la ventana.

Hay alguien de pie ahí fuera.

La cortina se eleva con la brisa y se descorre un poco en el palo.

Una mujer joven ha trepado a la ventana, está de pie en el mar- co, se sujeta con una mano al poste central y sonríe con rostro onírico.

No es Mia, pero probablemente sí que sea la mujer que Ko- foed ha fotografiado.

Lleva un camisón blanco. La tela tiene una mancha de sangre a la altura de su monte de Venus.

Sus pupilas son tan pequeñas que apenas se distinguen.

Joona avanza despacio por el suelo de madera pintado de blanco al mismo tiempo que apunta con la pistola a la ranura de la puerta entreabierta que tiene detrás.

Al niño le ha empezado a temblar la barbilla.

—No quiero que mates a mi madre —dice entre cortas respi- raciones.

—No pienso matar a nadie —responde Joona—. Pero quiero que se baje de la ventana, antes de que se caiga y se haga daño.

—Mamá, es bueno.

Ella resbala en el marco, algo duro golpea la ventana cuando recupera el equilibro, luego se ríe desganada.

La mujer se inclina hacia atrás, apartándose de la fachada y sujetándose con una mano al poste central.

La madera agrietada cruje.

Ahora Joona descubre que la mujer tiene un revólver de calibre pequeño en la otra mano.

Se acerca más despacio.

La cortina ondea con suavidad.

La mujer se vuelve otra vez hacia el interior del dormitorio y se rasca la cabeza con la boca del cañón del revólver.

—¿Con quién estás hablando? —pregunta adormecida.

—Me llamo Joona Linna, soy policía, estoy aquí para ayudarte y quiero que tires el revólver al suelo y que vuelvas a entrar en la habitación.

—Vas a morir bien muerto, como me toques —dice ella.

—Nadie quiere hacerte daño, voy a acercarme y te ayudaré a bajar.

—Tira de la anilla —murmura ella.

Se oye un tintineo cuando un pasador provisto de una anilla cae al suelo. La cortina se abomba y un rayo de luz ilumina al niño.

Está sujetando una granada de mano 2000 del ejército sueco y alarga el brazo hacia Joona. Su mano blanca aprieta con fuerza la palanca, bloqueando el resorte. Si la suelta, la granada explotará a los tres segundos y medio.

—No la sueltes —dice Joona.

—No quiero que la mates —solloza el niño.

—Si la sueltas, moriremos todos.

—Solo intentas engañarme —dice el niño, respirando nervioso.

—Soy policía —dice Joona y se acerca con cautela—. Quiero que...

—Quieto —lo interrumpe el niño.

La respiración agitada hace que su torso plano se mueva por los temblores. Está demasiado lejos para que a Joona le dé tiempo de abalanzarse sobre él y quitarle la granada.

Joona mira a la mujer en la ventana. Le pesan los párpados y el revólver cuelga flácido de su mano a la altura de la cadera.

—Ahora ve con cuidado —le dice al niño mientras se guarda la pistola en la sobaquera, por dentro de la chaqueta—. Vamos a resolverlo, no pasa nada, pero tú sigue sujetando como lo estás haciendo ahora.

—Tírasela —murmura la madre.

—No hagas nada —se apresura a decir Joona—. No la puedes soltar, no la tires por nada del mundo, ninguno de los que estamos aquí sobrevivirá si lo haces.

—Solo está asustado —dice la mujer sonriendo.

—No la escuches... Tu madre no entiende cómo funciona una granada de mano, yo soy policía y sé que nos matará a todos los que estamos aquí.

El niño llora y la mano en la que tiene la granada empieza a temblar.

—Tírala ya —susurra ella.

—Mamá, no me atrevo...

—¿Quieres que me viole y que te corte las piernas con una sierra? —pregunta ella arrastrando la voz.

—Te prometo que no os haré daño —dice Joona.

—Miente más que habla —Ella sonríe y se apunta a la sien con la pistola.

—Lo siento —dice el niño y lanza la granada.

Joona da un paso al frente, la caza al vuelo con la mano izquierda, se da la vuelta y la tira hacia el salón. La granada choca contra el marco de la puerta, rebota y se mete en diagonal en la estancia contigua.

Joona se arroja sobre el niño para protegerlo, al mismo tiempo que el detonador prende la mezcla de hexógeno.

La explosión es ensordecedora.

La puerta se desprende de las bisagras y entra volando en el dormitorio.

La onda expansiva les arrebata todo el aire de los pulmones.

Una nube de madera astillada y polvo los azota con fuerza.

Joona rueda hacia un lado, desenfunda la pistola y apunta a la ventana.

El dormitorio está lleno de polvo y humo.

La cortina blanca ondea indolentemente tras la oscuridad.

La mujer ya no está.

Joona se pone en pie y corre hasta la ventana.

La mujer yace tendida bocarriba en el césped, apuntando con una mano flácida al cielo. Dos operadores de la fuerza nacional de asalto corren hasta ella.

Ha salido eyectada por la ventana por la fuerza de la onda expansiva, ha caído entre las ramas del abedul y ha aterrizado en el césped.

El revólver se ha quedado enganchado en el canalón, entre las hojas mojadas.

El niño se ha levantado del suelo y está mirando los pájaros ensangrentados que yacen entre los restos de la puerta y el marco.

53

La ola de calor ha hecho que las hojas de los árboles en el parque Vanadis se oscurezcan y se arruguen. Pamela y Dennis caminan lentamente por el circuito que da la vuelta a la gran reserva de agua. El sendero seco que corta el césped levanta polvillo alrededor de sus pies.

Ayer por la noche quedaron en verse para almorzar, y Dennis lleva consigo una bolsa con sándwiches y zumo de naranja recién exprimido.

Un hombre delgado con un sombrerero como los de antes bajo el brazo ha estado siguiéndolos un rato, pero ahora Pamela ya no lo ve por ninguna parte.

Se sientan a la sombra en un banco del parque, Dennis saca un paquete de sándwiches y se lo tiende a Pamela.

Ella le da las gracias y oye los sonidos lejanos de críos jugando en el estanque de más abajo.

Si piensa en ella y Mia subiéndose a la montaña rusa le parece que fue ayer.

El recurso de Pamela ya está enviado al tribunal de lo contencioso-administrativo. Tardó un poco en conseguir todos los certificados y dictámenes que se necesitaban, pero ahora el proceso ya está en marcha y, probablemente, la decisión de los servicios sociales se verá modificada.

En cuanto los medios de comunicación comenzaron a señalar a Martin como testigo ocular, llegó la amenaza, y antes de que Pamela tuviera siquiera tiempo de asimilar la nueva situación, Mia había desaparecido.

Un sentimiento gélido de angustia atrapa a Pamela cada vez que su cerebro se pone a imaginarse las cosas terribles que Mia podría estar sufriendo en el momento presente.

No tiene claro si intentar ayudar a la policía ha sido una decisión correcta.

¿Y si Mia se ve castigada por ello?

Y al mismo tiempo, tienen que hacer todo lo que puedan para encontrarla.

Joona Linna dice que Martin es la clave.

Y el cambio de Martin durante la hipnosis fue asombroso. De pronto podía hablar de forma congruente y recordar fragmentos del rato que estuvo en el parque infantil.

—Pareces triste —dice Dennis y le aparta un rizo de la mejilla.

—Estoy bien… o, bueno, no, no estoy bien —se corrige—. No estoy nada bien, no soporto la idea de que haya raptado a Mia, sé que la culpa la tengo yo.

—No, es…

—Sí que la tengo —lo interrumpe.

—¿Por qué ibas a tenerla?

—Porque estamos ayudando a la policía —responde ella.

—Pero ¿la habéis ayudado?

—Martin les contó que había oído a un paciente de su planta hablando de Jenny Lind…, por eso fue al parque infantil aquella noche.

—¿Y tú estabas con él? ¿Tú oíste a Martin decir esto? —pregunta Dennis, y se limpia la comisura de la boca.

—Durante una sesión de hipnosis.

—Pero por favor, que se corten un poco —dice Dennis, alterado—. Primero la policía le obliga a confesar un crimen y luego intentan…

295

—No fue así —lo corta ella—. Fue…, no lo sé explicar…, tienen que encontrar a Mia. Y cuando estaba hipnotizado, Martin empezó a hablar… Es que fue increíble, formulaba frases largas.

—¿El que lo hipnotizó era médico? —pregunta Dennis con escepticismo.

—Sí, lo era.

—¿Martin dio su consentimiento?

—Sí, claro.

—Pero ¿entendía de qué se trataba? ¿Martin entendía que no iba a tener control sobre sus palabras, que iba a ser manipulado para decir lo que la policía quería que dijera?

—No fue en absoluto así —replica Pamela.

—Vale, pues menos mal… Es que soy muy escéptico con la hipnosis, he visto pacientes que se han vuelto psicóticos porque tenían la sensación de que las palabras que salían de su boca no eran suyas… Y esa sensación puede prolongarse durante varias semanas.

—Eso no nos lo explicó nadie.

—No digo que vaya a pasar, solo digo que hay riesgos y que a lo mejor deberíais tenerlos en cuenta antes de aceptar más sesiones de hipnosis.

—Nadie ha hablado de más sesiones, le dimos una oportunidad, pero al mismo tiempo… Lo cierto es que, desde la hipnosis, Martin ha tenido menos dificultades para hablar.

—Yo creo que se debe a la terapia electroconvulsiva.

—Puede ser.

Pamela desliza la mirada por los tejados de las casas, con sus bocas de ventilación de chapa reluciente y la capa temblorosa de aire recalentado. Piensa que Mia es responsabilidad suya, independientemente de lo que digan todos los demás. Si Pamela no se hubiese metido en la vida de Mia, nada de eso habría pasado.

—Es como si te cerraras todo el tiempo —dice Dennis.

—Lo siento, estoy…

—No tienes por qué disculparte.

Pamela deja la botella de zumo al lado del banco y respira hondo.

—Tú me conoces, esta no soy yo, pero se ha juntado todo al mismo tiempo, no estaba preparada, había bebido demasiado y acabé en la cama contigo, quiero decir, ¿qué me está pasando?

—Pamela... —empieza a decir él.

—Sé que me advertiste, que intentaste frenarme.

—Porque no quería que te arrepintieras —contesta Dennis y pone una mano sobre la de ella—. Martin me gusta, pero por quien me preocupo es por ti, como siempre he hecho.

—Perdón que lo estropee todo —dice ella y retira la mano.

—Visto desde fuera, a lo mejor no es lo más acertado que hemos hecho tú y yo —dice Dennis—. Pero fue humano y era comprensible.

—No para mí, yo me avergüenzo y desearía...

—Pues yo no, la verdad —la interrumpe él—. Yo no me avergüenzo, porque si te soy sincero, siempre he estado enamorado de ti.

—Dennis, entiendo que te haya podido mandar señales ambiguas y todo eso, es algo que detesto de mí misma y...

—Por favor, para.

—Y me avergüenzo, porque no tengo intención de dejar a Martin... Entonces habría sido distinto, pero las cosas no son así.

Él se sacude unas migas de los muslos.

—Respeto lo que dices —responde Dennis y traga saliva—. Pero a lo mejor no deberías tener demasiadas esperanzas de que Martin vuelva a ser quien fue. Con electroshocks y la medicación adecuada, tal vez consiga arreglárselas sin tener que ingresar en planta otra vez, pero...

—Dennis, yo te quiero como amigo y no quiero perderte.

—No te preocupes —dice él y se levanta.

*

Pamela está sentada delante del ordenador en el despacho de su casa, leyendo artículos viejos sobre la búsqueda de Jenny Lind.

Se quita las gafas y empieza a pensar otra vez en la desafortunada y horrible coincidencia: que Mia se encuentre en peligro de muerte porque Martin vio el asesinato de Jenny Lind por pura casualidad.

Jenny Lind ya está muerta, pero Mia está viva.

Pamela tiene que confiar en que Mia se salvará.

Lo hará, siempre y cuando el asesino no descubra que están intentando ayudar a la policía.

Pero si ceden a la amenaza, ya no habrá nadie que luche para rescatar a Mia: entonces sí que estará completamente sola.

No hay ningún padre ni ninguna madre que salga en televisión suplicando, que consiga implicar a todo el país ni convenza al Gobierno para ofrecer un rescate.

Pamela busca información sobre detectives privados suecos en internet.

Nunca había reparado en que de verdad existen.

Se dedican a hacer controles de antecedentes en secreto y a investigar traiciones, espionaje e infidelidades.

Y todos ellos buscan menores, familiares y amigos desaparecidos.

Se va a la cocina, abre el armario y mira la hilera de botellas de alcohol.

Si hay algo que Pamela pueda hacer por salvar a Mia, no debe permitir que nada se lo impida.

Esta vez no piensa quedarse sentada en un spa tomando champán. Prefiere morir antes que enfrentarse de nuevo al odio que ha llegado a sentir hacia sí misma.

Por un segundo Pamela piensa que vaciará todas las botellas de vodka en el fregadero, pero luego se dice que es mejor que las botellas se queden en el armario mirándola a la cara, para que su elección perdure.

Se sienta a la mesa de la cocina y llama a Joona Linna. Él lo coge y Pamela ya oye lo desequilibrada que suena su propia voz mientras lo interroga sobre la labor policial, y pregunta si lo que salió a la luz durante la sesión de hipnosis les ha permitido avanzar y cuál es el siguiente paso que deberían dar.

Joona responde pacientemente a todas las preguntas sin decirle ni una sola vez que se tranquilice, a pesar de que Pamela se repite y de que la voz se le rompe en llanto.

—Disculpa que me entrometa, pero he empezado a pensar en los padres de Jenny Lind. Al principio estuvieron extremadamente activos, participaron en todo, y de pronto se hizo silencio absoluto —dice Pamela—. Siempre he dado por hecho que los medios de comunicación perdieron el interés, al ver que no pasaba nada más y que todo se enfriaba. Quiero decir, supongo que fue así, pero nada deja de existir solo porque los medios pongan el foco en otras noticias.

—Es cierto.

—He empezado a pensar en la foto polaroid de Mia y en que el asesino se comunicó conmigo antes de llevársela... ¿Estáis seguros de que nunca se puso en contacto también con ellos? ¿Habéis hablado con esos padres ahora, después de la desaparición de Mia?

Oye al inspector cambiando de postura en la silla.

—Se niegan a mantener ningún contacto con la policía —dice Joona—. Los entiendo, fracasamos en nuestro intento de encontrar a Jenny, y ahora ella está muerta.

—Pero ¿y si no lo han contado todo? Es el mismo asesino, ¿y si los amenazó a ellos también, exigiéndoles que no colaboraran con la policía...? A lo mejor se han retirado por eso.

—La verdad es que yo he pensado lo mismo alguna vez, pero...

—A lo mejor les llegó..., perdona que te interrumpa, pero a lo mejor les llegó una fotografía de Jenny con el correo antes de que desapareciera, a lo mejor ni siquiera han descubierto el texto del reverso, la letra era diminuta...

—El problema es que cuelgan en cuanto los llamamos —dice él—. No quieren tener nada que ver con la policía.

—Pero ¿y si intento contactarlos yo? —propone Pamela antes de haber tenido siquiera tiempo de sopesar las consecuencias.

—Creo que pasará lo mismo.

—Pero estoy pensando que… si consiguiera que me escucharan tan solo un momento, entenderían que se trata de la vida de otra chica.

En cuanto cuelgan, Pamela accede a la versión online del periódico *Katrineholms-Kuriren*, clica en una pestaña titulada «En recuerdo», retrocede en el tiempo y encuentra la breve esquela de Jenny Lind, con la fecha y hora del funeral.

54

Cuando Mia se despertó en el suelo de hormigón de la jaula, recordó el incómodo trayecto en el semirremolque como si fuese un sueño. La habían amordazado con precinto y le habían atado las manos y los pies con bridas. La mayor parte del tiempo había estado bajo los efectos de algún somnífero y había perdido la noción de la distancia que debían de haber recorrido antes de llegar a su destino.

El último recuerdo claro que tiene es de la barrera de hormigón frente a la gasolinera. Estaba sentada esperando a Pontus, y entonces el tren de carretera entró con un giro y se detuvo delante de ella.

Era una trampa.

El conductor había dejado caer su cartera al suelo y había rodeado el semirremolque.

A lo mejor daba igual que se hubiese metido debajo del camión, a lo mejor él la habría atrapado igualmente. Pero al estar tumbada en el suelo era una presa más fácil, sin opción de escapar ni defenderse.

La golpeó, le puso un trapo en la cara y después quizá una inyección.

Mia no sabe cómo ha llegado a la jaula.

En la memoria, tiene fragmentos de un patio y la imagen de una fila de edificios largos y estrechos, sin ventanas.

Estaba medio inconsciente cuando notó una presión en el cogote y un frío extraño.

Cerca de una hora más tarde le había empezado a escocer el cuero cabelludo, y luego se había pasado casi dos días con la sensación de haberse quemado.

La habían marcado con un sello, igual que a todas las demás.

Ahora Mia está tendida en el suelo de hormigón cubierto con una capa de paja sucia, con la parca enrollada a modo de almohada. Levanta un poco la cabeza y bebe agua de una botella de plástico.

Los dedos aún le huelen a hamburguesa.

El sol ha salido y el tejado de chapa de la caseta alargada está crepitando. Ayer hizo tanto calor allí dentro que le palpitaban las sienes. Tenía la ropa empapada de sudor y no se le secó hasta la madrugada.

—¿Hoy no hay inspección? —pregunta Mia.

—Ya llegará —responde Kim.

—Callaos —dice Blenda desde la otra jaula.

Entre la rejilla, Mia observa el marco de luz que rodea la puerta cerrada en la fachada de la caseta alargada, el balde con pan y maíz y el botiquín colgado en la pared.

Comparte jaula con una chica que tiene veintidós años y que se llama Kim, o Kimball, en verdad. Sus padres son de México, pero ella ha nacido y se ha criado en Malmö. Kim juega a balonmano y la raptaron cuando iba de camino a un partido con su equipo.

Se parece a su madre, pero es mucho más delgada de cara.

En la rejilla de cada jaula hay fotos polaroid de padres, madres, hermanos y hermanas. La foto de la madre de Kim es de ella en la cama. Debió de despertarse justo antes de que saltara el flash y la habitación se iluminara. Se la ve con los ojos abiertos de par en par y con la boca asustada y desconcertada.

La foto de Pamela está captada a través de un espejo, detrás de la reja de un ascensor.

Por lo visto, Caesar no sabe que le han denegado la solicitud de acogida de Mia.

Mia ha estado interrogando a Kim, pero sigue sin saber por qué les ocurre eso a ellas, si hay algún plan subyacente o algún objetivo futuro que motive el cautiverio.

La abuela parece hacer cualquier cosa por Caesar.

A veces desaparece un día entero con el tren de carretera.

Puede que la brutalidad y el abrigo de piel negra fueran lo que hizo pensar a Mia que quien la había secuestrado era un hombre.

Pero ahora ya ha entendido que fue la abuela.

A veces llega con chicas nuevas.

No parecen vender a ninguna. Te quedas allí hasta que mueres.

Kim no sabe cuánto tiempo llevan haciéndolo, pero cuando ella llegó, dos años atrás, había una mujer que se llamaba Ingeborg y que llevaba allí siete años.

El día a día ha sido siempre igual. No ocurre gran cosa. Un puñado de mujeres son forzadas a vivir allí contra su propia voluntad, y un par de veces al mes Caesar llega con su Valiant gris y viola a algunas.

Hace poco había algunas chicas viviendo en la casa, tenían ropa cara y joyas de oro, pero desde el intento de fuga de Jenny Lind, Caesar se ha vuelto sumamente violento y las tiene a todas encerradas en jaulas.

Todo el mundo sabe que Caesar tiene contactos en la policía, y Blenda dice que, probablemente, Jenny creía que en Estocolmo estaba a salvo y que llamó al 112.

Han visto las fotos de aquella noche lluviosa en la que Jenny recibió su castigo. En la primera imagen da la impresión de que piensa que va a ser perdonada. Luego sigue la lucha, sus ojos abiertos de par en par y la boca tensa, la sangre cayéndole por el cuello y, al final, el peso muerto de su cuerpo flácido.

La abuela ha cambiado, dice Kim. Al principio, a veces era

303

afable y podía llamarlas para darles alguna golosina, pero ahora solo es estricta y siempre está enfadada.

Tiene un bastón con una púa venenosa. Si te la clava hondo, te pasas varias horas durmiendo. Pero si solo te araña o si la ampolla no está llena del todo, solo pierdes la visión durante un rato.

Mia le ha preguntado si no hay forma de influir en Caesar, de hacer que sienta lástima por ellas, de convencerlo para que las libere, pero todas dicen que él es mucho peor que la abuela, que él es el que manda.

La semana pasada se enfadó y mató a Amanda.

Kim se echó a llorar mientras se lo contaba, no paraba de repetir que había sido como una pesadilla.

Fuera se oyen ladridos y una mujer grita de forma descontrolada en otra caseta alargada. Kim gimotea de miedo y Mia la toma de la mano.

—Todo irá bien si depositáis vuestra fe en el Señor —dice Blenda.

Blenda es la mayor e intenta hacer que se adapten a la nueva vida para no acabar mal paradas. Es como una hermana mayor, se encarga de que se laven lo mejor que pueden y las obliga a comer y beber independientemente de cómo sepa la comida.

Blenda comparte jaula con una chica rumana que se llama Raluca, que no habla sueco pero sabe unas pocas palabras en inglés y cuatro frases en alemán. Se refiere a la abuela como Baba Yagá, como si la conociera de antes.

—Incorporaos, ya viene —dice Blenda.

El chirrido de la carretilla de la abuela se acerca y cesa de golpe. El perro resopla y la abuela le echa comida en un comedero.

—Siempre he soñado con tener una abuela —bromea Mia.

—Silencio.

—Baba Yagá —susurra Raluca y se hace un ovillo.

La abuela quita el travesaño y lo apoya en la puerta, abre y deja entrar la cegadora luz del sol.

El polvo revolotea en el aire.

La abuela levanta el comedero y lo coloca encima del banco, coge su bastón y se acerca a la primera jaula, abre la trampilla y deja entrar al perro.

Kim lleva un pantalón de chándal sucio y una camiseta con una foto de Lady Gaga. Cuando el perro se le acerca, separa los muslos.

Tiene la mirada fija en el suelo y aparta la cara.

El perro la olisquea, gira la cabeza y se lame el hocico antes de acercarse a Mia.

Ella está sentada con las piernas cruzadas y mira a la abuela mientras el perro aprieta el morro contra su entrepierna y sale de la jaula.

Cuando se acaba la inspección, bendicen la comida y la abuela les sirve alubias con carne de alce deshidratada y pan.

Hoy Mia y Kim son las primeras en salir al patio a hacer el descanso.

Están atadas la una a la otra con una brida gruesa que se les clava en la piel. No están acostumbradas a estar de pie y usar las piernas, pero intentan aprovechar para moverse todo lo que pueden antes de volver a la jaula.

En el centro del patio de gravilla hay una chica en una bañera blanca. Los baños largos se consideran tranquilizadores. Al principio la chica se pasaba las noches enteras gritando, pero después de dos semanas en la bañera se quedó callada.

—Si Jenny consiguió llegar a Estocolmo, tiene que haber una manera de escapar —dice Mia.

—Ni hables de eso —susurra Kim.

—Yo no pienso quedarme aquí esperando a que me violen —dice Mia.

El suelo está seco y sus zapatos levantan polvo. Se cogen de la mano para que la brida no les haga más cortes.

—¿Hay alguien que realmente haya visto las famosas trampas en el bosque? —pregunta Mia.

—Tú aún no entiendes nada.

Pasan por al lado de la chica en la bañera. Ella las observa con mirada apática. La piel bajo la superficie de agua está esponjosa y se ha desprendido en los pies y las rodillas.

—Somos diferentes… Tú sabes que tus padres nunca dejarán de buscar —dice Mia—. Pero a mí no me busca nadie…

55

Martin acompaña al enfermero en dirección a la sala común y se mete en la cabina. Es un cuartito estrecho cuya única ventana da al pasillo. Cierra la puerta, se sienta y descuelga el teléfono.

—Hola —dice él.

—¿Cómo lo llevas? —pregunta Pamela.

—Bien —responde él y bajando un poco la voz añade—: ¿Y tú?

—Estoy un poco cansada, estaba en la cama tomándome un té.

Martin oye un ruido de papeles cuando Pamela cambia de postura.

—Planos de obra —dice.

—¿Has oído el ruido? Echo de menos cuando estabas a mi lado mirando los planos y yo iba señalando y explicándote lo que había pensado.

Martin abre la puerta de la cabina, mira fuera y comprueba que el pasillo está vacío antes de seguir hablando.

—¿Han encontrado a Primus? —susurra.

—No, parece que no.

—No entiendo cómo no me pude acordar de que lo había oído decir aquello.

Martin deja caer la mirada sobre las marcas en la mesa, el trocito de lápiz y el papel arrugado.

—Este lunes es el entierro y el funeral de Jenny Lind. Pensaba ir —le explica Pamela.

—¿No es un poco raro?

—Sí, puede, pero me gustaría preguntarle una cosa a su madre.

—¿Tiene que ver con Mia?

—Solo pienso hacerles algunas preguntas directas, que me contesten si quieren, pero es que si no hago todo lo que puedo, no soportaré vivir conmigo misma —dice Pamela—. ¿Quieres venir conmigo? Creo que sería bueno.

—¿Por qué?

—No hace falta, si no te ves con fuerzas, pero he pensado que si te ven, a lo mejor les entraría un poco de sentimiento de culpa.

Martin se ríe.

—Me puedo poner una tirita en la nariz para dar más pena.

—Qué alegría oírte reír —dice ella.

Martin mira al pasillo y piensa que los niños lo castigarán, le dirán que se ha reído de que ellos no tienen tumbas.

—Si quieres, te acompaño —dice.

—¿Crees que a tu médico le parecerá bien?

—Como si yo estuviese aquí por obligación...

—Solo digo que a lo mejor deberías consultarlo con él, teniendo en cuenta que es un entierro. La idea no es que te pongas peor.

—Puedo hacerlo, tengo que salir de este sitio —dice Martin.

—Dennis nos llevará en coche.

—Es el mejor.

56

Joona sigue a un funcionario de prisiones que lleva un carrito de servicio hasta la celda 8.404, coge la bandeja de comida y entra.

La puerta se cierra a su espalda y la llave traquetea en la cerradura.

Deja la comida en la mesa, enciende la grabadora, enumera a las personas que se encuentran presentes y da la fecha y la hora.

Ulrike Bengtsson, la hermana de Primus, está sentada en la cama. Lleva puesta la ropa holgada de algodón de la penitenciaría. Tiene el brazo en un cabestrillo y le han sido retiradas todas las joyas. Se ha repeinado el pelo lacio hacia atrás y su rostro alargado está sin maquillar.

Ulrike lleva treinta y cinco años casada con Stefan Nicolic y no tiene hijos.

Mira a Joona con apatía y sin fuerzas para juntar los labios alrededor de su boca repleta de dientes.

La camisa gris de Joona se ciñe a sus pectorales y hombros. Ha dejado la americana en el coche y se ha arremangado los puños hasta los codos.

El vello de los brazos se le eriza con el aire frío.

En sus antebrazos y manos tiene cicatrices de cuerdas de paracaidismo y cortes de navaja.

—Espero que haya alguien que pueda darle de comer a tus pájaros —dice.

—Ya lo hará Stefan, es un proyecto suyo…, yo no entiendo cómo a alguien le pueden gustar los pájaros, para mí solo son como dinosaurios feos en miniatura…, pero él es ornitólogo de formación, tendrías que oírlo cuando se viene arriba: «Son perfectos», «Imagínate poder volar», «Cuando respiran, llenan el esqueleto de aire» y bla, bla, bla.

—Y tú tienes un salón de tatuajes —dice Joona.

—Sí.

—¿Va bien?

Ella se encoge de hombros.

—Tenías, como mínimo, una clienta —dice él.

—¿Te refieres a Lena? No sé si la llamaría clienta. Es la novia de Stefan y quería sorprenderlo con un tatuaje.

—¿La novia de tu marido?

—Por mí, que se quede con el puesto… Yo ya se la he chupado tantas veces a Stefan que ha tenido consecuencias para la evolución —dice y le enseña los dientes incisivos.

La joven mujer que salió volando por la ventana se llama Lena Stridssköld, y el niño de seis años es su hijo.

Ambos están físicamente ilesos.

Los servicios sociales se han ocupado del niño y Lena ha sido trasladada al centro penitenciario de Kronobergshäktet, en Estocolmo, en régimen de prisión provisional, igual que Ulrike y el guardaespaldas que sobrevivió.

—Serás condenada por intento de homicidio —dice Joona.

—Venga ya —suspira ella—. Si fue en defensa propia, os metéis a escondidas en mi casa, ¿qué coño querías que pensara? No es que os presentarais y me enseñarais las placas… Creía que me iban a violar y que me iban a cortar los pies.

—Pero eso no es lo que pasó, ¿verdad que no?

Uno de los policías de la fuerza nacional de asalto recibió un disparo en la cabeza con una escopeta semiautomática y murió en el acto.

A su vez, el atacante fue abatido por el otro agente diez segundos más tarde. El estado de Aron sigue siendo grave, pero estable. Joona le salvó la vida a base de mantener abierto el conducto de aire mediante el trozo de manguera de ducha.

Margot se siente engañada, puesto que Mia resultó no estar en la casa. La fuerza nacional de asalto ya la ha demandado y el caso será estudiado por asuntos internos.

—Me dislocaste la clavícula —dice Ulrike y se señala el cabestrillo.

—Eso se cura.

—¿Ahora eres médico?

Joona pone los dos cuencos de sopa de cowboy en la pequeña mesa, coloca las cucharas y los vasos, retira el plástico de los platillos con sándwiches de queso y reparte dos servilletas.

—¿Comemos, antes de que se enfríe? —pregunta.

Las técnicas de interrogatorio modernas contemplan una fase primeriza de escucha. Joona le da más peso del que suele otorgarle la mayoría.

Intenta llevar a Ulrike a un punto en el que haya explicado tanto que, de pronto, sienta que ya no tiene demasiado sentido no terminar de contarlo todo.

Joona prueba la sopa, hace un alto y mira a Ulrike con una sonrisa.

—Está rica —dice.

Ella coge la cuchara, remueve el cuenco y la prueba.

—¿Qué me podéis ofrecer, si colaboro? —pregunta Ulrike y se limpia un poco de sopa de los labios con la servilleta de papel.

—¿De qué manera estás dispuesta a colaborar?

—Os lo explico todo, si me libro de los cargos y me dais una identidad nueva.

—¿Qué es todo? —pregunta Joona y coge el sándwich del plato.

—He visto y oído lo mío, a lo largo de los años —explica ella.

—Sabemos que el Club se dedica al tráfico de drogas, al blanqueo de dinero y a la extorsión.

—Lo de siempre —dice ella y toma más sopa.

—Vale, pero ¿sabes si secuestran a chicas jóvenes, con algún propósito? —pregunta Joona.

La cuchara tintinea contra los dientes torcidos de Ulrike.

—No se dedican a la trata, si es lo que está preguntando —contesta ella.

—A lo mejor Stefan te oculta algunas cosas.

—En realidad, Stefan no es más que un *nerd* que se rodeó de los amigos equivocados durante la infancia. Se cree que mola, solo porque deja una pistola encima de la mesa antes de sentarse...

Joona se termina el sándwich y le da un trago al zumo de manzana.

—¿Conoces a Jenny Lind?

—No, ¿quién es?

—Tu hermano sí la conoce.

Ulrike alza la vista del cuenco.

—¿Primus?

—Sí —contesta Joona y la mira a los ojos.

Ulrike se inclina hacia delante y sigue comiendo. Le ha asomado una nueva arruga en el entrecejo.

—¿Has oído hablar de Mia Andersson? —pregunta Joona.

En lugar de contestar, Ulrike continúa comiendo, y al cabo de un rato inclina el bol para poder coger las últimas gotas con la cuchara.

—Lo quiero todo en papel antes de contar nada más —dice y deja la cuchara.

—¿El qué?

—Que no seré acusada, que obtendré una identidad nueva, una vida nueva.

—No tenemos ese sistema en Suecia, aquí no se hacen acuerdos así con los testigos, no te puedes librar de una condena a base de testificar contra otros.

—¿Tengo que sentirme engañada?

—Probablemente, por ti misma.

—No sería la primera vez —murmura.

Joona empieza a quitar la mesa y piensa que han llegado a ese punto en el que Ulrike entiende que ya le ha entregado parte de la verdad.

Solo le resta aceptar que no se trata de una negociación, sino de una confesión unilateral.

—¿Hacemos una pausa?

Joona piensa que el filósofo Michel Foucault escribió que la verdad no forma parte del poder, sino que está emparentada con la libertad.

La confesión es una liberación.

—Intenté matar al policía que entró en mi estudio —dice con voz queda—. Lo apuñalé en el cuello con un cuchillo y luego traté de clavártelo a ti.

—¿De quién tienes miedo? —pregunta Joona y aprieta las servilletas de papel dentro de uno de los vasitos de plástico—. ¿Es de Stefan Nicolic?

—¿Stefan? ¿De qué hablas?

—Las lámparas estaban apagadas en toda la casa..., tenías un cuchillo en la ducha y dos guardaespaldas.

—¿No los tiene todo el mundo? —dice ella, sonriendo.

—¿Le tienes miedo a Primus?

—¿Estás seguro de que eres inspector?

Joona pone su bol encima del de Ulrike, mete las dos cucharas en este último y se reclina.

—Primero querías una identidad nueva, y ahora quieres estar en la cárcel —dice Joona—. A lo mejor puedo ayudarte, si me explicas de quién tienes miedo.

Ella recoge las migas de pan de la mesa con la mano y luego se queda un rato largo con la mirada baja, hasta que vuelve a mirar a Joona.

—Hay un hombre llamado Caesar —dice.

Ulrike agita el pie derecho hasta que la pantufla se desprende y cae al suelo, luego se baja el calcetín. Tiene una herida que le corre justo por encima del tobillo. Está recién suturada. La sangre entre los bordes inflamados de la herida se ha ennegrecido y la hilera de puntos hacen que el corte parezca un grueso alambre de espino.

—Se escondió debajo de mi cama y salió en mitad de la noche y me sacó una foto.

—¿Caesar?

—Yo estaba durmiendo y me desperté cuando intentaba cortarme el pie con una sierra… Al principio no entendía lo que estaba pasando, solo sentía un dolor insoportable… Empecé a gritar y traté de tirarlo al suelo de un empujón, pero no pude, él siguió serrando, toda la cama estaba llena de sangre… No sé cómo, pero de alguna manera conseguí pulsar el botón de mi alarma particular… En cuanto empezó a sonar la alarma en toda la casa, él paró de golpe, tiró la sierra al suelo, dejó una polaroid en la mesilla de noche y se marchó… Hostia puta…, o sea, ¿quién hace algo así? ¿No te parece? Debe de estar completamente loco. Esconderse debajo de la cama e intentar cortarle los pies a la gente.

—¿Pudiste verlo bien?

—Estaba demasiado oscuro.

—Pero aun así debiste de quedarte con alguna imagen.

—No tengo ni idea, fue en plena noche, pensaba que me iba a morir.

Se vuelve a subir el calcetín con cuidado.

—¿Qué pasó después de que se marchara?

—Me hice un torniquete con un cinturón y conseguí frenar la hemorragia… La empresa de seguridad llegó mucho antes que la ambulancia, pero para entonces Caesar ya hacía rato que había desaparecido… Debajo de la cama había una bolsa de plástico con herramientas que había llevado consigo.

—¿Qué clase de herramientas?

—No lo sé, vi a uno de los vigilantes sacar dos destornilladores y una cosa con una manivela y un cable de acero.

—¿Un cabrestante?

—No sé.

—¿Dónde está ahora la bolsa?

—Stefan se hizo cargo de ella.

—¿De qué conoces a Caesar?

—No lo conozco, fue Primus quien me habló luego de él, pero Stefan está convencido de que pertenece a una banda de la competencia, por eso tenemos guardaespaldas y un montón de armas.

—Pero ¿Caesar no es una persona a la que conocieras o de la que hubieras oído hablar antes?

—No.

—¿Y qué dice Primus de él? ¿De qué se conocen?

—Se conocieron por redes sociales, de alguna manera… compartían las mismas opiniones sobre la sociedad, o algo así.

—Eso no suena a una banda de la competencia.

—Lo sé, pero Stefan lo piensa de todos modos y nos dice a Lena y a mí que nos violarán.

—¿Y tú qué piensas?

La cara de Ulrike se ve cansada y seria.

—Primero Primus dijo que Caesar era un rey, pero después de esto solo está asustado, y achicharró su teléfono móvil en el microondas de mi casa.

—Y tú le tienes tanto miedo a Caesar que quieres entrar en la cárcel.

—Le ha dicho a Primus que la próxima vez me cortará la cabeza.

—¿Por qué las amenazas se dirigen a ti?

—Para castigar a Primus, él siempre habla de lo hermosa que soy, es algo que tiene metido en la cabeza. Quiero decir, de pequeña era mona, pero eso es tiempo pasado, sin duda.

—¿Y por qué quiere Caesar castigar a tu hermano?

—Creo que Primus le ha prometido cosas que no puede cumplir, siempre tiene la lengua muy larga, un poco como yo ahora mismo.

—Es bueno que cuentes la verdad.

—¿Para quién?

—Mientras estés aquí en prisión estarás a salvo, y si me ayudas a encontrar a Primus, a lo mejor puedo detener a Caesar.

—¿Encontrar a Primus?

—¿Dónde se hospeda cuando no está ingresado?

—No lo sé.

—¿Va a tu casa?

—Stefan le ha dicho que no…, así que duerme donde puede, en casa de algún colega, en un portal, en el metro… Pero mañana el Nido del Águila está abierto, así que estará allí.

—¿Nido del Águila?

—¿La poli lo ha pasado por alto? Desde luego, sois los mejores —dice Ulrike con una sonrisa—. Es un montón de gente que se reúne y apuesta su dinero en…, al principio eran peleas de gallos. Adivina a quién se le ocurrió la idea. Pero como no todo el mundo está igual de fascinado por los pájaros como Stefan, ahora son sobre todo combates de MMA y de perros…

—¿Dónde puedo encontrar ese sitio?

—En el puerto… En el muelle sur de Södertälje hay una empresa de transporte que tiene su taller y punto de tránsito allí… Stefan tiene un acuerdo con la compañía de vigilancia.

—¿Y piensas que Primus estará en el Nido del Águila?

Ulrike se reclina en la silla con los brazos cruzados. Las bolsas oscuras bajo los ojos se le marcan más. Se la ve exhausta.

—Si no está muerto o encerrado en el manicomio, seguro que estará allí.

57

Martin no se cruza con la mirada de Pamela en el espejo mientras bajan en ascensor. Ella lo mira y piensa que tiene expresión de soledad, casi de indefensión. La luz parpadea y el ascensor se detiene.

Las puertas se abren.

Martin coge la mochila del suelo y se la pone en la espalda.

Cruzan juntos el vestíbulo.

Dennis los está esperando detrás del coche, en la explanada del final de la calle sin salida. Lleva un traje gris marengo y gafas de sol.

—Cuánto tiempo —dice y le estrecha la mano a Martin.

—Lo sé.

—Me alegro de verte.

—Igualmente —murmura Martin y echa una mirada por encima del hombro.

—Es muy amable por tu parte venir a recogernos —dice Pamela mientras se acerca al coche.

—Pamela hizo un poco de *Fast and Furious* —bromea Dennis.

—Eso me han dicho —responde Martin.

—¿Cómo te sientes al marcharte de la cuarta planta? —pregunta Dennis y le coge la mochila a Martin.

—Bien.

La mete en el maletero y cierra la puerta.

—Martin, ¿quieres ir tú delante? —pregunta Pamela.

—Me da igual.

—Hazlo, así podéis hablar —propone ella.

Dennis le abre la puerta delantera derecha a Martin, espera a cerrar hasta que se haya sentado del todo y luego le abre la puerta de atrás a Pamela.

—¿Tú estás bien con todo esto? —le pregunta en voz baja.

—Creo que sí.

Antes de que a Pamela le dé tiempo de sentarse, Dennis la atrapa por detrás, la retiene y le da un beso en la nuca.

Ella se retuerce para liberarse y se sube al coche con el corazón palpitando de ansiedad.

Dennis cierra la puerta, rodea el coche, se sienta al volante y conduce para alejarse de las instalaciones de la unidad psiquiátrica.

Pamela tiene que hablar con Dennis y decirle que no puede hacer esas cosas.

Mira los edificios que van pasando y se pregunta si no le habrá mandado las señales equivocadas al llamarlo para pedirle si quería ir a recogerlos.

A lo mejor él ha confundido la energía de Pamela con coqueteo.

El tráfico avanza despacio por los puentes que cruzan a las islas de Lilla Essingen y Stora Essingen. Los gases de escape y los vapores del asfalto caliente hacen que los rayos de sol sobre los coches se vean inertes.

Van detrás de un camión cisterna en el que alguien ha trazado el perfil de una polla enorme sobre la suciedad de un semirremolque cilíndrico. Pamela siempre se ha preguntado quién siente la imperiosa necesidad de hacer esas cosas.

Pasado Södertälje, las retenciones se disipan y pueden aumentar la velocidad; van dejando atrás barrios periféricos, pantallas acústicas y pistas de atletismo.

—¿Qué te pareció la sesión de hipnosis? —pregunta Dennis.

—No lo sé, solo quería ayudar, pero luego he tenido un poco de ansiedad.

—Lo entiendo. Sin duda alguna, para ti la hipnosis no es buena.

—Aunque a lo mejor lo mezclo con la terapia electroconvulsiva —dice Martin y se frota la nariz.

—Martin, está claro que tienes que ayudar a la policía, pero no aceptes más sesiones de hipnosis, es lo único que digo —explica Dennis—. O bien recordamos las cosas, o bien no las recordamos... Cuando intentas hurgar para sacar a la luz recuerdos que han quedado enterrados, es muy fácil cruzar la línea y empezar a recordar cosas que nunca han pasado.

—Sin embargo, me hizo acordarme de lo que había dicho Primus —dice Martin.

—Pero si lo que ves durante la hipnosis son recuerdos reales, también están ahí sin la hipnosis..., y entonces por lo menos sabes que no has sido sugestionado.

Un taxi con un faro trasero reventado se mete justo delante de ellos y obliga a Dennis a frenar tan fuerte que el cinturón de Pamela se bloquea y presiona su hombro.

Es increíble que Martin haya empezado a formular frases enteras. Pamela se pregunta si es gracias a los electroshocks, a la hipnosis o al hecho de que esté intentando ayudar a la policía a encontrar a Mia.

—Yo solo recuerdo que salí a pasear al Gandul mientras llovía —dice Martin.

Pamela se asoma entre los dos asientos delanteros.

—Pero al volver a casa hiciste un dibujo de lo que habías visto —dice.

—Eso tampoco lo recuerdo.

—No, pero aun así significa que viste a Jenny. A lo mejor no presenciaste el asesinato, pero la viste allí colgada.

—Oigo lo que dices, pero...

—Solo quiero que intentes recordar de verdad —dice Pamela y se reclina de nuevo en el asiento.

—Lo hago, lo estoy intentando, pero está todo negro.

58

El aire fresco del interior de la iglesia de Katrineholm tiene un aroma de piedra. Pamela se deja caer en un banco libre junto con Martin y Dennis, poco antes de que empiece la ceremonia.

Es un funeral discreto, solo para familiares y amistades cercanas, no hay más de una veintena de personas repartidas por los bancos, que crujen de vez en cuando.

Los padres de Jenny Lind están en primera fila. El tañido de las campanas se oye a través de los muros, y Pamela ve que la espalda del padre está temblando por el llanto.

La luz de verano se desplaza lentamente por las paredes durante el acto, iluminando los vitrales del coro con un fulgor incandescente.

El discurso del pastor es discreto, pese a sus intentos de brindar consuelo y esperanza. La madre se está tapando la cara con las manos y Pamela siente un escalofrío cuando piensa que Jenny fue secuestrada a apenas unos minutos de distancia del lugar en el que se encuentra ahora su ataúd.

El ruido de la tierra cayendo sobre la tapa del ataúd cuando el pastor dibuja una cruz le provoca náuseas, que son fruto de la ansiedad.

No ha asistido a ningún funeral desde el entierro de Alice.

Martin la coge de la mano y se la aprieta con fuerza.

Pamela baja la mirada al suelo y mantiene los ojos cerrados durante todo el salmo final, y luego oye que los más allegados se empiezan a levantar.

Hace acopio de fuerzas, alza la vista y ve a la familia de Jenny avanzando en una fila lenta para dejar flores sobre el ataúd.

Hace mucho calor en el aire quieto de la cuesta de delante de la iglesia. El padre de Jenny se ha subido al coche, pero la madre sigue recibiendo condolencias.

Dos mujeres conversan con el pastor, un hombre en silla de ruedas está esperando su servicio de transporte y una niña rasca el suelo de grava con el pie, levantando una nubecilla de polvo.

Pamela espera hasta que los últimos visitantes han abandonado la iglesia y luego coge a Martin de la mano y lo lleva hasta la madre de Jenny.

El rostro de Linnea Lind está cubierto de arrugas y su boca parece haberse encallado en un rictus de tristeza.

—Te acompaño en el sentimiento —dice Pamela.

—Gracias —responde Linnea, y sus ojos se detienen en Martin—. ¿Sois vosotros? Yo... lo siento, lamento tanto que mi marido te agrediera...

—No pasa nada —responde Martin y fija la mirada en el suelo.

—No es propio de Bengt, casi siempre está callado.

Un grupo reducido de personas se demora entre la iglesia y el aparcamiento.

—Sé que ahora no es un buen momento —dice Pamela—. Pero me gustaría mucho hablar contigo, no sé si podría llamarte mañana.

—Venid al convite del funeral —dice Linnea y la mira con ojos hinchados.

—Gracias, pero...

—He oído que perdisteis a vuestra hija el mismo año que Jenny desapareció..., así que sabéis lo que es, sabéis que no es tan fácil.

321

—Nunca se supera.

Los pocos coches de quienes van a asistir al convite hacen el breve trayecto hasta la casa de los padres y se detienen en el aparcamiento comunitario para invitados.

—¿Tú qué haces? —le pregunta Pamela a Dennis después de que ella y Martin se hayan bajado del coche.

—Me espero aquí —dice él—. Tengo que responder algunos correos.

La gente del funeral se mete en el portal de un bloque de pisos de un amarillo pálido y sube en ascensor hasta la quinta planta.

Pamela acompaña a Linnea a la cocina e intenta decir algo acerca de que la ceremonia ha sido bonita.

—¿Verdad que sí? —dice Linnea con voz hueca.

Pone en marcha la cafetera americana y abre los tarros de pastitas con movimientos ralentizados.

La mesita de centro del salón está puesta con un juego de café antiguo, tacitas pequeñas y platillos, un cuenco con terrones de azúcar, leche en una jarrita y una bandeja triple de galletas.

El viejo sofá chirría cuando los invitados se sientan.

En todas partes hay objetos decorativos y souvenires de distintos viajes, y plantas de maceta colocadas sobre manteles de ganchillo.

El padre saca las cuatro sillas de la cocina y le pide a todo el mundo que tome asiento.

Las pocas personas que han acudido intentan charlar, pero siempre se acaba haciendo el silencio. Una cucharilla tintinea al remover el café, alguien comenta la ola de calor y alguien se atreve con una broma sobre el cambio climático.

Linnea Lind enseña una fotografía enmarcada de su hija e intenta dar un discurso sobre lo especial que era Jenny.

—Todo era feminismo y comida vegana…, y que nosotros y nuestra generación estábamos tarados, usábamos las palabras equivocadas y teníamos un coche de gasolina y… y lo echo tanto en falta…

Se queda callada y permanece sentada mientras las lágrimas le ruedan por las mejillas. Su marido le acaricia la espalda.

Una mujer mayor se levanta y dice que tiene que volver a casa para pasear al perro, y entonces el resto de invitados aprovecha para despedirse también.

A pesar de que Linnea Lind les pide que lo dejen todo en la mesa, cada uno lleva su tacita a la cocina.

—¿Ya se van todos? —le susurra Pamela a Martin.

Oyen las voces en el recibidor, la puerta que se cierra y luego silencio, hasta que Linnea y Bengt vuelven.

—A lo mejor nosotros también deberíamos irnos —dice Pamela.

—No os vayáis todavía —dice Bengt con voz ronca.

Abre un armario y saca dos botellas y cuatro copas que pone en la mesa. Sin preguntar, sirve aguardiente para Martin y para él, y licor de cereza para las mujeres.

—Martin, quiero que sepas que lamento haberte pegado —dice y empuja la copa por la mesa para ofrecérsela—. Sé que no es excusa, pero pensaba que..., bueno, ya sabes..., y entonces te vi saliendo de la cárcel y algo estalló en mi cabeza...

Vacía la copa, tensa los labios al sentir la quemazón del alcohol y luego se aclara la garganta.

—Como te decía, lo lamento muchísimo... y espero que aceptes mis disculpas.

Martin asiente con la cabeza y mira a Pamela como si quisiera que ella estuviese en su piel.

—Fue culpa de la policía, en gran medida —dice ella—. Martin está enfermo y lo engañaron para confesar cosas que no había hecho.

—Yo pensaba que..., lo dicho —dice Bengt—. No es que intente quitarme la culpa...

—Ya —dice ella enseguida.

—¿Querrías estrecharme la mano? —pregunta Bengt mirando a Martin.

Este asiente en silencio, le tiende la mano y titubea una fracción de segundo cuando Bengt se la estrecha.

—¿Podemos pasar página?

—Por mi parte, sí —dice Martin en voz baja.

Pamela finge probar el licor de cereza y luego vuelve a dejar la copa en la mesa.

—No sé si habéis oído que se ha llevado a una nueva chica —comenta Pamela.

—Mia Andersson —dice Linnea al instante.

—Es horrible —murmura Bengt.

—Lo sé —susurra Pamela.

—Pero tú lo viste, ¿verdad? —dice Bengt—. ¿Martin? Tú estabas allí.

—Estaba demasiado oscuro —responde Pamela.

—¿Qué cuenta la policía? —pregunta Linnea.

—¿A nosotros? Poca cosa —contesta Pamela.

—No, claro —suspira Bengt, recoge una miga de galleta de la mesa y se la mete en la boca.

—Me estaba preguntando algo —dice Pamela—. Cuando se llevó a Jenny, ¿alguna vez él se puso en contacto con vosotros?

—No, ¿qué quieres decir? —pregunta Linnea, angustiada.

—¿Alguna carta, o una llamada telefónica?

—No...

—Solo es un loco —dice Bengt y mira para otro lado.

—Pero ¿se puso en contacto antes de que ella desapareciera?

—No te entiendo —dice Linnea, arrugando la frente.

—A lo mejor me confundo, pero creo que le sacó una foto a Mia, la chica que desapareció..., a modo de advertencia —dice Pamela y siente que se está liando con sus propias palabras.

—Nada de eso —responde Linnea y deja la copa en la mesa con más fuerza de la necesaria—. Todo el mundo nos dijo que fue una desafortunada casualidad que Jenny estuviera volviendo a casa justo en el momento en que el camión pasaba por allí.

—Ya —dice Pamela asintiendo con la cabeza.

—La policía estaba convencida de que a ese hombre se le ocurrió la idea cuando vio a Jenny —continúa Linnea con voz trémula—. Pero no fue así, no fue ninguna casualidad, intenté decírselo, ya sé que había dicho un montón de cosas distintas y que estaba enfadada y alterada, pero podrían haberme escuchado igualmente.

—Pues eso —dice Bengt como queriendo terminar y se llena la copa de nuevo.

—¿Por qué no fue ninguna casualidad? —pregunta Pamela y se inclina hacia delante para acercarse un poco a Linnea.

—Varios años después encontré el diario de Jenny, lo tenía escondido debajo de la cama, apareció cuando vinimos a vivir aquí... Llamé a la policía, pero era demasiado tarde, ya no le importaba a nadie.

—¿Qué ponía? —pregunta Pamela y la mira a los ojos.

—Jenny estaba asustada, intentó hablar con nosotros, pero no la escuchamos —explica Linnea con lágrimas en los ojos—. No fue ninguna casualidad, estaba planeado, él había elegido a Jenny, la seguía por Instagram, la había estado espiando, sabía cuándo terminaban las clases, el camino por el que ella solía ir.

—¿Eso lo escribió ella?

—Él había estado dentro de nuestra casa, había estado mirando a Jenny, le había quitado ropa interior de su cajón —continúa Linnea—. Una tarde, cuando volvimos de la clase de salsa, Jenny se encerró en el cuarto de baño... Estaba muy alterada, y mi reacción fue prohibirle mirar películas de miedo.

—Yo también lo habría hecho —dice Pamela en voz baja.

—Pero en el diario pone lo que le había pasado —continúa Linnea—. Por aquel entonces vivíamos en una casa unifamiliar, y ella había estado en la cocina haciendo los deberes, cuando cayó la tarde. Teníamos una lamparita de mesa en la ventana, pero estaba apagada... Ya sabes lo que pasa, cuando no has encendido luces dentro de casa puedes ver el jardín aunque haya oscurecido..., y a Jenny le pareció ver a una persona de pie entre los abedules.

—Entiendo.

—Creyó que eran imaginaciones suyas, que se había asustado ella sola, y encendió la lamparita de la ventana… y entonces vio al hombre claramente, se quedaron mirándose un momento y al instante siguiente él se dio la vuelta y desapareció… Jenny tardó unos segundos en entender que si ella había podido verlo cuando la lámpara estaba encendida, era porque el cristal de la ventana hacía de espejo. Eso significaba que el hombre estaba en la cocina, justo detrás de ella.

59

Jonna Linna camina por la sombra húmeda que proyecta el puente Centralbron. Los coches pasan a toda velocidad por las calzadas paralelas que discurren por encima de su cabeza, el aire está denso de tanto humo de escape. En el estribo de hormigón hay ropa sucia y sacos de dormir, latas de conserva vacías, bolsas de patatas fritas y viejas cánulas.

Joona ya tiene el teléfono en la mano cuando empieza a sonar, ve que es Pamela Nordström y lo coge.

Su voz está impregnada de excitación cuando le explica el encuentro con los padres de Jenny Lind y el contenido de las páginas del diario que la madre había encontrado.

—Se metió en la cocina, se le puso justo detrás —le cuenta—. Solo tuvieron contacto visual unos segundos y no hay ninguna descripción de la cara que tenía, pero... pero llevaba puesto un abrigo sucio con estola negra y botas de goma verdes.

—¿Lo has leído tú misma? —pregunta Joona.

—Sí, pero no pone nada más del hombre, aunque en varios sitios Jenny comenta que tenía la sensación de que alguien la estaba mirando... Y esto es interesante: una noche se despertó por un resplandor, pero cuando abrió los ojos estaba todo oscuro... Estaba convencida de que alguien le sacó una foto mientras dormía, que lo que la despertó había sido el flash de la cámara.

Un autobús pasa por el puente y levanta una nube de polvo de color plomizo.

—Siempre me ha costado creer que elegía a las víctimas de forma impulsiva —dice Joona—. Las veía en alguna parte... y está claro que luego las estaba vigilando.

—Sí.

—Todavía no hemos encontrado a Primus, y necesitamos ver otra vez a Martin, si está dispuesto.

—Él quiere ayudar, lo dice todo el rato, pero un amigo nuestro que es psicólogo considera que no deberíamos hacer más hipnosis, porque podría afectar a Martin.

—Entonces lo intentaremos sin hipnosis —dice Joona.

El eco de sus pasos desaparece cuando sale al sol del muelle. El agua emite olores mohosos.

Las banderas cuelgan flácidas en sus palos, e incluso las hojas del álamo están quietas.

Camina junto a las aguas de Strömmen, pasa por delante del Parlamento, mira el parque Strömparterren de más abajo y recuerda el agua fría de muchos años atrás.

Guían a Joona a través del grandioso comedor del sótano del Operakällarens, cruza un marco de oro y sale al porche acristalado con vistas al agua y al castillo.

En una mesa apartada ve a Margot junto con Verner Zandén, jefe de la policía secreta, Lars Tamm, fiscal general, y Gösta Carlén, el jefe de la policía provincial.

Están a punto de alzar sus copas de champán en un brindis cuando Joona se detiene frente a todos ellos.

—No hacía falta que vinieras hasta aquí, porque la respuesta sigue siendo no —le explica Margot antes de que a Joona le dé tiempo a decir nada—. Nadie ha oído hablar de ese tal Nido del Águila. Acabo de preguntarle tanto a Verner como a Lars, e incluso he hablado con el departamento 2022 y el servicio secreto.

—Pues aun así parece existir —dice Joona, empecinado.

328

—Todos los presentes están al día de la trayectoria entera del caso hasta la catastrófica operación en la casa unifamiliar, que según algunos era jodidamente necesaria.

—Tenemos tres casos de mujeres secuestradas, dos han sido halladas muertas...

Joona calla y se hace a un lado cuando el servicio del restaurante llega para servir el primer plato y rellenar las copas.

Es consciente de que debe ser cauteloso con su petición, puesto que todos saben que fue Margot quien dio la orden directa de entrar en la casa de Ulrike antes de que se hubiera reunido el equipo de fuerzas especiales al completo, y que las bajas sufridas se deben a dicha orden.

—Foie de pato asado con regaliz y salsa de jengibre —explica una camarera—. Espero que sea de su agrado.

—Gracias —dice Verner.

—Disculpa que comamos mientras hablamos —dice Lars—. Pero estamos despidiendo a Gösta, que se va a la Europol.

—Es culpa mía, pero no os molestaría si no fuera urgente —dice Joona.

Guarda silencio mientras los comensales empiezan a comer y espera para seguir hablando hasta que Margot alza la vista y lo mira.

—Me baso en que nuestro testigo ocular, Martin Nordström, oyó una conversación entre Primus y un hombre llamado Caesar —explica—. Estaban hablando de Jenny Lind y del parque infantil, apenas unos días antes del asesinato.

—Hasta ahí lo sabemos —dice Verner y desliza un trocito de hígado de pato por la salsa con ayuda del tenedor.

—Y tú todavía crees que Primus o ese tal Caesar mataron a Jenny Lind, ¿verdad? —comenta Margot.

—Yo creo que fue Caesar —responde Joona.

—Pero estás buscando a Primus —dice Margot y se limpia una comisura con la servilleta.

—¿Por qué crees que fue Caesar? —pregunta Verner.

—Porque castigó a Ulrike Bengtsson cuando Primus no lo

obedeció ciegamente… Fue a su casa en mitad de la noche e intentó cortarle un pie con una sierra.

Lars Tamm carga el tenedor con cebolla al horno, pero luego no se ve capaz de llevárselo a la boca.

—¿Encaja con el perfil del sujeto? —pregunta Gösta.

—Llevaba un cabrestante consigo —responde Joona.

—Entonces es él —zanja Verner.

Se quedan callados cuando un camarero llega para retirar los platos, recoge las migas de pan con un cepillito y una bandeja de plata y llena los vasos de agua.

—¿Qué sabemos de Caesar? —pregunta Margot cuando el camarero se ha ido.

—Nada —dice Joona—. No hay ningún Caesar en ningún registro que pudiera ser él. Si ese es su nombre real, nunca ha estado ingresado ni ha trabajado en ningún centro ni unidad psiquiátrica… Y tampoco hay nadie con ese nombre en la banda de moteros de Stefan ni en las organizaciones rivales.

—Una identidad totalmente desconocida —murmura Gösta.

—Tengo que encontrar a Primus porque él es el único que sabe quién es Caesar —dice Joona.

—Suena lógico —dice Verner con su voz grave.

—Primus no tiene casa, pero su hermana dice que nunca se pierde los encuentros en el Nido del Águila.

El personal vuelve a salir al porche sin hacer ruido y sirven vino Riesling frío y lucioperca al horno con crema de brócoli asado y colirrábano encurtido.

—¿Catamos el vino? —pregunta Margot.

Cogen las tres copas, brindan con delicadeza y beben.

—Muy rico —dice Verner.

—En cualquier caso, es inviable solicitar la intervención de la fuerza nacional de asalto con una base tan inconsistente —explica Margot.

—Creo que tenemos que ir con un poco de cuidado con ellos durante una temporada —comenta Gösta.

—Entonces iré de incógnito —dice Joona.

—De incógnito —suspira Margot.

—Si me autorizas a eso, encontraré a Primus.

—Discúlpame, pero lo dudo mucho —dice ella, sonriendo.

—Y, además, es demasiado peligroso —señala Verner y toma más vino.

—No tenemos más alternativas —explica Joona—. El Nido del Águila abre esta noche. Después, tendremos que buscar a Primus en portales y estaciones de transporte público hasta que acabe otra vez en la unidad psiquiátrica..., y si sigue su ciclo habitual, eso puede tardar meses.

—Estoy tratando de entenderlo —dice Lars y deja los cubiertos en la mesa—. ¿Podría ser que el Club les encargue secuestros y asesinatos a Primus y Caesar?

—Yo creo que no —responde Joona.

—Pero el Club vende droga y organiza apuestas..., y duplican sus beneficios mediante operaciones de préstamo.

—Lo de siempre —dice Verner.

—Pero para que eso funcione hay que cobrar las deudas —continúa Lars—. Si existe la menor posibilidad de no tener que pagar, toda la actividad colapsará.

—Pero secuestrar a mujeres jóvenes suena exagerado —replica Margot.

—No para ellos —dice Lars—. Ellos solo lo ven como un método extremo para recuperar su dinero, cuando todo lo demás deja de funcionar.

—Independientemente de cuáles sean las causas de fondo —dice Joona—, ahora mismo solo hay una persona que pueda hacer avanzar la investigación.

—Primus —dice Verner.

—¿Por qué debemos creer que Primus estará en ese sitio? —pregunta Margot.

—Su hermana dice que él nunca se pierde una velada en el Nido del Águila —contesta Joona.

—Y si está allí, ¿cómo vas a llevártelo?

—Encontraré la manera.

—Improvisarás un poco si…

Se vuelven a quedar callados cuando el camarero se acerca para retirar de nuevo los platos.

—Muy rico —dice Gösta en voz baja.

—Muchas gracias —responde el camarero antes de marcharse.

Todos miran a Margot mientras esta hace girar lentamente el vino en la copa. La luz refractada cae sobre el mantel blanco.

—Pero una operación de incógnito esta misma noche me parece un poco precipitado —dice y mira a Joona—. Y, probablemente, tampoco nos llevaría hasta Primus.

—Lo encontraré —dice Joona.

—Pero yo dudo que… Siempre suelo decir que hay que confiar en la labor policial de toda la vida, la máquina grande y lenta.

—Pero solo es esta noche cuando…

—Espera, Joona…, habrá más noches en el Nido del Águila, y entonces…

—Entonces Mia Andersson a lo mejor ya estará muerta —la interrumpe Joona.

Ella lo mira con gravedad.

—Si me vuelves a interrumpir, te quito todo el caso.

—Vale —responde él.

—¿Has entendido lo que te he dicho?

—Sí, lo he entendido.

Se hace un silencio incómodo. Gösta intenta relajar el ambiente diciendo algo sobre unas reformas de una cabaña junto al agua en Muskö, pero se rinde enseguida.

Sigue reinando un silencio embarazoso cuando les traen platos nuevos. El camarero describe rápidamente el plato de solomillo de cordero de Gotland con ragú de lentejas y avellanas, y el vino tinto de la playa oeste del estuario del Gironda, en Burdeos.

—Ahora vamos a seguir con nuestra cena —dice Margot y coge sus cubiertos.

—¿Podemos hablar más tarde de la operación? —pregunta Joona—. Solo necesito un grupo reducido... Entramos, no llamamos la atención, apartamos a Primus y lo detenemos.

Margot lo señala con el tenedor y una gota de salsa le cae en su propio zapato.

—Joona, eres listo, pero he encontrado tu debilidad —dice—. Una vez te enganchas a un caso te vuelves vulnerable, porque a partir de ese momento eres incapaz de soltarlo, estás dispuesto a hacer cualquier cosa, ya sea saltarte la ley, ser despedido o incluso acabar muerto.

—¿Eso es una debilidad? —pregunta él.

—Mi respuesta es no a una operación de incógnito esta noche —dice Margot.

—Pero tengo que...

—¿Me acabas de interrumpir? —lo corta ella.

—No.

—Joona Linna —dice Margot sin prisa—. Yo no soy Carlos, no pienso perder mi trabajo por tu culpa, tengo que sentir que entiendes que soy tu jefa, que respetarás una orden mía por mucho que no estés de acuerdo.

—Lo hago.

—Bien.

—Te ha caído un poco de salsa en el zapato —le dice Joona—. ¿Quieres que lo limpie?

Al ver que ella no contesta, Joona coge una servilleta de tela de un carrito de servicio y se pone de rodillas delante de Margot.

—Esto no es divertido —comenta Verner.

—Tengo que protestar —dice Gösta, estresado.

Joona limpia con cuidado la manchita de salsa y luego lustra el zapato con esmero.

Alguien murmura incomodado en una mesa un poco más allá, todos los comensales del porche acristalado han dejado de hablar, a Lars se le hiela la mirada y Verner clava los ojos en la mesa.

Sin prisa, Joona pasa a lustrar el otro zapato antes de levantarse y doblar la servilleta.

—Te doy a dos personas —dice Margot impasible y empieza a comer—. Solo esta noche, nada puede salir mal, infórmame mañana a primera hora.

—Gracias —contesta Joona y se marcha.

60

Tres motos en fila cruzan un polígono industrial en dirección al muelle sur de Södertälje, pasando por delante de la gasolinera Shell Truck Diesel y las naves de Scania y Trailerservice.

El ruido de los motores monocilíndricos reverbera en las fachadas lisas.

El aire de la noche es asfixiante.

Al otro lado de la bahía se ve la gran central térmica.

Joona es el que va primero y los dos compañeros lo siguen uno a cada lado.

Su misión es infiltrarse en el Nido del Águila, encontrar a Primus y conseguir apartarlo del bullicio para detenerlo con absoluta discreción.

Cuatro horas antes Joona ha repasado la misión, junto con Edgar Jansson y Laura Stenhammar.

Joona no ha trabajado con ninguno de los dos, pero recuerda que a Laura la retiraron del servicio externo en la policía de Norrmalm hace diez años, después de que lanzara una granada de mano al interior de una furgoneta en la que habían montado un laboratorio de anfetaminas. Tras aquello fue reclutada por la *Säpo*, la policía secreta, para el Departamento de Protección Constitucional, donde se dedica a cartografiar a colectivos extremistas e infiltrarse en ellos.

Edgar solo tiene veinticinco años y trabaja para los servicios secretos de las brigadas antidroga en la región de Estocolmo.

Han solicitado documentos de identidad, dinero y sendas Husqvarna Vitpilen, una moto que tiene una cilindrada de setecientos centímetros cúbicos.

Los tres se han cambiado de ropa para la misión.

Cuando se encontraron, Laura llevaba una túnica hecha a mano, pero luego se puso un pantalón ceñido de cuero, botas de motera y una camiseta blanca.

Edgar se ha cambiado los pantalones marrón claro y el jersey a cuadros por unos vaqueros, botas de cowboy y una cazadora tejana vaquera gastada.

Joona se ha puesto un pantalón de camuflaje en blanco y negro, botas pesadas y camiseta blanca.

A través de uno de sus informantes Laura ha conseguido comprar una llave electrónica que debería hacer las veces de billete de entrada.

Han estudiado fotos de Primus Bengtsson y Stefan Nicolic, han estado mirando imágenes satelitales de la zona del muelle, se han familiarizado con la distribución de los edificios, el trazado de las calles y de las altas vallas perimetrales, la envergadura del muelle y el área de contenedores ISO.

Tres militares de oficio del grupo de operaciones especiales están esperando sentados en una embarcación semirrígida en el canal y pueden acudir al muelle del Nido del Águila en menos de cinco minutos, en el supuesto de que encuentren a Primus.

Joona, Edgar y Laura pasan por debajo del alto puente del ferrocarril y siguen una valla con placas de una empresa de seguridad y avisos de la presencia de cámaras de vigilancia.

Las tres motos aminoran la marcha y se detienen delante de la verja de una terminal de transbordo para contenedores y carga a granel.

Laura saca la llave de tarjeta, la desliza por un lector en un poste solitario y siente una mezcla de nerviosismo y alivio cuando la verja se abre.

Entran y paran en un aparcamiento que ya está lleno de motos de gran cilindrada. Ruido y gritos llegan desde un edificio que recuerda a un hangar.

—Si tenéis la oportunidad, le colocáis un rastreador a Primus, pero no corráis ningún riesgo, dadle tiempo al asunto —repite Joona mientras se dirigen a la puerta.

El plan es dividirse, buscar a Primus por toda la zona sin llamar la atención.

El cielo nocturno es claro, pero aun así el área está sumida en una penumbra sin sombras.

Los tres policías caminan siguiendo la vía férrea oxidada en el muelle de hormigón.

Un grupito de hombres barbudos, tatuados y con chalecos de cuero caminan por delante de ellos en dirección al control de seguridad.

—Voy tieso —dice Edgar, sonriendo y se recoloca la cazadora vaquera.

Siguen la cola hasta la entrada. Laura se quita la goma de la coleta y su pelo teñido de henna se le desparrama sobre los hombros desnudos. Cuatro vigilantes armados con fusiles de asalto vigilan el acceso junto al arco de seguridad.

El hombre corpulento que tienen delante entrega una pistola y recibe a cambio un recibo, que se guarda en la cartera.

Ahora se oyen con más fuerza los gritos y aplausos del interior del hangar, suenan como olas rompiendo en la orilla.

Al otro lado del control de seguridad hay una mujer alta y rubia que les da la bienvenida a todos mientras reparte tíquets de bebida en forma de fotogramas recortados.

—Suerte —le dice a Joona, sosteniéndole la mirada.

—Gracias.

El interior del local está mucho más oscuro que el exterior. El público se apretuja alrededor de un ring de boxeo en el centro del hangar. Suena el breve tañido de una campana de latón y los luchadores regresan a sus esquinas. Respiran entre jadeos, y el esparadrapo blanco que llevan alrededor de las manos está manchado de sangre en la zona de los nudillos.

Los tres policías se abren paso hasta la barra entre una multitud de brazos tatuados, cabezas afeitadas, ropa negra de cuero, barbas y piercings en las orejas.

—Me encanta el rollo *cosplay* —dice Laura secamente.

El suelo mojado está lleno de vasos de plástico, monodosis de *snus* y colillas de porros.

Laura levanta uno de sus fotogramas para mirarlo al contraluz de la lámpara del bar y ve que es de una película porno: una mujer está siendo penetrada con un dildo montado en un palo largo que está acoplado a una especie de máquina.

Cambian sendos fotogramas por cervezas en vasos de plástico y siguen abriéndose paso por la multitud, se dividen y continúan en direcciones distintas.

El ring de boxeo está iluminado, el público se agolpa, las caras en primera fila captan parte de la iluminación.

Joona se acerca al combate.

La lona del ring retumba cuando uno de los luchadores lanza un ataque. Un corredor de apuestas con pelo largo y sombrero de copa redondeada se pasea entre el público recogiendo las apuestas.

Al otro lado del gran local, los enormes portones del hangar están abiertos de par en par al muelle. Las golondrinas se cuelan dentro y cazan insectos bajo el techo.

Joona observa a los dos luchadores y constata que el hombre de la esquina roja es el que va a ganar.

Vuelve a echar un vistazo al control de seguridad de la entrada y al bar, pero ya no puede ver a sus compañeros.

Pegado a uno de los laterales del hangar, y un piso más arriba, hay unas oficinas con ventanas grandes que dan al interior de la nave.

Pueden intuirse algunas personas en la cálida luz de dentro, sus sombras se deslizan por el cristal.

338

El hombre de la esquina azul grita algo, da una patada baja, luego lanza una rápida patada giratoria y acierta a su contrincante en la mejilla.

La cabeza del otro da un bandazo y el hombre se tambalea a un lado, parece un poco desconcertado, llega a las cuerdas y se aparta justo cuando termina el asalto.

El corredor de apuestas con bombín pasa de una persona a otra, va cerrando acuerdos a toda prisa y entrega los recibos.

—La esquina roja gana el combate por K.O. —dice Joona cuando sus miradas se cruzan.

—Dos punto cinco —responde el hombre.

—Vale.

Joona coge el recibo de su apuesta y el tipo del bombín sigue su camino.

El luchador de la esquina roja escupe sangre en un cubo. Huele a sudor y linimento. El contrincante se mete el protector en la boca.

Vuelve a sonar el tañido de la campana.

La lona retumba bajo sus pies.

Joona observa al público de forma sistemática, se detiene unos segundos en cada rostro para no pasar a Primus por alto.

Todos están concentrados en los luchadores.

En el suelo, detrás de la esquina azul, hay un hombre delgado que lleva un jersey negro con la capucha puesta. No se le ve la cara, pero parece totalmente indiferente al combate.

Joona empieza a abrirse paso en dirección a él.

De pronto el público se pone a gritar y a levantar los brazos.

El luchador de la esquina roja asesta una serie de golpes muy duros contra las costillas de su adversario.

Joona se ve empujado a un lado y ya no puede ver al hombre de la capucha.

El luchador de la esquina azul retrocede y trata de protegerse las costillas con el codo. Sus manos descienden un poco cuando el otro esquiva su jab.

Se oye un chasquido, como si alguien diera una palmada con las manos mojadas.

El gancho de derecha da de lleno en la mejilla del luchador de la esquina azul, que se tambalea hacia un lado. Recibe otro gancho de derecha en la sien y acto seguido se le dobla una pierna.

Cae desplomado al suelo.

Joona se abre paso y entre los brazos estirados del público ve al luchador de la esquina roja pisar varias veces a su contrincante en la cabeza mientras yace tendido en el suelo.

El público grita, algunos aplauden.

Alguien lanza un vaso de cerveza medio lleno al ring, la espuma salpica la lona.

Joona ya no puede ver al hombre de la capucha por ningún lado.

La mayor parte del público tira sus recibos al suelo.

Joona observa cada rostro mientras se acerca para entregar su recibo y obtener las ganancias.

Vuelve a mirar las oficinas. En la ventana hay un hombre que podría ser Stefan Nicolic, observando el ring de boxeo. Es poco más que una mera silueta, pero un poco de la cálida luz se refleja en su cara.

61

Edgar deja a Laura en la barra, atisba a Joona entre el público del ring y se adentra en el hangar.

Sigue el flujo de personas que salen por los portones abiertos y accede al muelle.

Un perro ladra con agresividad en alguna parte.

Edgar busca a Primus con la mirada, pasa por delante de una larga hilera de baños portátiles de plástico rígido y luego bordea una gran área de contenedores y grúas de carga.

Un hombre delgado con chaleco de cuero vomita sobre la tapa de una papelera. Sus vaqueros están mojados de orina y, antes de apartar la mirada, Edgar alcanza a ver que tiene las venas de ambos brazos destrozadas de inyectarse heroína.

En el muelle hay barcazas y buques de carga amarrados.

Todo el mundo parece dirigirse a un gran almacén con el techo abombado. Las puertas de la fachada principal están abiertas y dentro se oyen gritos y ladridos.

Edgar pasar por delante de una enorme pala cargadora y sigue la corriente de personas hasta el interior de la enorme nave.

Parece ser un depósito de sal para carreteras: todo el interior semeja un paisaje nevado.

La mitad del fondo del local está lleno de sal compactada que sube hasta el techo amarillento de plexiglás, quince metros por encima del suelo.

En la parte frontal del depósito han montado un cercado rectangular a base de vallas antiavalancha ensambladas.

El suelo es blanco, con profundas roderas de tractor y montañas de sal junto a las paredes.

Medio centenar de personas se apretuja alrededor del área delimitada.

Perros de pelea con cuellos y fauces extremadamente fuertes esperan encerrados en jaulas. Se los ve inquietos y agresivos.

Edgar empieza a buscar a Primus en medio de los rostros excitados del público.

Entre la muchedumbre ve a uno de los adiestradores metiéndose en el cercado. Sujeta la correa y el collar con ambas manos. Sus pies se ven arrastrados cuando el perro se empina y empuja con las patas traseras.

Se abre una intensa fase de apuestas. Los hombres del público gritan y señalan. Los perros tiran tanto de las correas que los ladridos acaban siendo afónicos.

Un árbitro con chaqueta a cuadros alza la mano.

El adiestrador le quita la correa al perro, pero sin soltar el collar, le grita algo al animal y se ve arrastrado un poco más hacia delante.

Edgar no puede ver el resto del cercado, pero entiende que el otro adiestrador hace lo mismo.

El árbitro marca una cuenta atrás y baja la mano.

Los dos adiestradores sueltan los collares. Los perros se abalanzan el uno contra el otro, atacan y gruñen y tratan de clavarse los dientes.

El público grita y se comprime contra las vallas.

Ambos perros se yerguen sobre las patas traseras, levantan polvo, apoyan las patas delanteras en los omoplatos del otro y tratan de morderse una y otra vez.

El marrón oscuro consigue hincarle los dientes en la oreja al otro, tira y sacude la cabeza sin soltarla. Vuelven a bajar las cuatro patas al suelo, avanzar juntos en círculo mientras la sangre va manchando el suelo blanco.

El perro de pelaje más claro gimotea.

Sus vientres se mueven rápidamente con la respiración.

El perro marrón oscuro se mantiene aferrado, sacude la cabeza, arranca parte de la oreja y se marcha corriendo con ella.

El hombre al lado de Edgar se ríe.

Con el corazón al galope, Edgar se abre paso y, de pronto, ve a Primus un poco más adentro. Lo reconoce al instante, de las fotos. No cabe ninguna duda de que es él: la cara delgada, los dientes descuidados y el pelo largo y cano.

Lleva una cazadora de cuero rojo y parece estar discutiendo algo con un hombre más bajo.

Los adiestradores gritan, los perros ladran estresados y se vuelven a lanzar al ataque.

El de pelaje más claro cae al suelo, acaba bocarriba con el otro perro encima.

Edgar ve que Primus entrega un grueso sobre y que le dan unos billetes de propina.

El perro marrón oscuro consigue atrapar al otro por la garganta.

El público grita.

El perro claro tiembla y se resiste con ojos de pánico, pero las fauces del otro perro no lo sueltan.

Edgar está tan afectado que se le empañan los ojos mientras intenta llegar hasta Primus.

La chaqueta roja de cuero se distingue entre la muchedumbre.

Edgar se seca las lágrimas con la mano y piensa que con tanta gente y alboroto no será difícil colocarle un rastreador a Primus.

—¿Qué cojones te pasa? —pregunta un hombre con barba, agarrándole del antebrazo.

—Nada —dice Edgar y se cruza con la mirada ebria del otro.

—Solo son perros —dice el hombre, sonriendo.

—Vete a la mierda —responde Edgar y se libera.

—¿Sabes lo que le hacen a la gente allí abajo, en…?

—Que me dejes —lo interrumpe Edgar y reemprende la marcha.

—Blandengue —oye a su espalda.

Primus ya no está allí. Edgar echa una ojeada rápida y descubre que se está yendo. Se abre paso, se disculpa y aprovecha el pasillo que se forma cuando el adiestrador del perro muerto saca al animal a rastras.

62

Cuando sale de nuevo al aire de la noche, Edgar vuelve a oír ladridos en el interior del almacén de sal. Hay gente moviéndose por todo el muelle, en dirección a los contenedores apilados y alrededor del portón que da al gran hangar.

Vuelve a descubrir a Primus y acelera el paso.

Un hombre mayor con una cruz gamada tatuada en la frente bebe Fanta a morro de una botella de plástico, eructa y se seca una mano en la barriga.

Primus gira y se mete por uno de los pasadizos oscuros entre los contenedores. Edgar lo sigue. La acústica cambia de forma tan abrupta que es como si alguien le tapara los oídos.

Huele a meado y vómito.

Las paredes metálicas rojas, amarillas y azules se alzan hasta los quince metros de altura.

En una intersección, Edgar ve a una docena de hombres haciendo cola frente a un contenedor abierto. En una cama plastificada hay una mujer desnuda con un hombre corpulento encima. A otra mujer en minifalda de vinilo la cogen en volandas y se la llevan.

Una mujer alta con peluca rubia se tambalea con un condón colgando entre las piernas.

La coleta de Primus rebota sobre su cazadora roja de cuero con cada paso que da. Cien metros más adelante desaparece del pasillo. Se ha metido en un contenedor abierto.

Edgar sigue avanzando, titubea un segundo, pero luego lo sigue en la oscuridad, se desplaza con cuidado junto a la pared y se detiene.

Oye a gente moverse muy cerca de él y voces quedas que le llegan de todas partes.

Un olor químico a humo flota en el aire.

Un farolillo colgado emite una luz débil y parda.

Cuando sus ojos se han acostumbrado a la oscuridad, Edgar puede intuir a una docena de personas tumbadas en el suelo o sentadas con la espalda apoyada en la pared.

Primus está delante de un hombre con barba trenzada en el rincón del fondo.

Edgar saca un billete del bolsillo, cruza sin prisa el suelo de madera contrachapada y ve que Primus está comprando un tubito de plástico que contiene algo que, probablemente, sea pasta base.

El hombre de la barba trenzada cuenta el dinero por segunda vez. Primus se mueve impaciente en el sitio y se recoge un mechón de pelo por detrás de la oreja.

Edgar pasa por encima de un hombre dormido y se acerca a Primus, finge que recoge el billete del suelo y se lo da.

—Se te ha caído esto —dice.

—¿Eh? Ah, gracias. Joder, muy amable —dice Primus y se guarda el billete.

Edgar le da una palmada en la espalda y le coloca el rastreador bajo el cuello de la chaqueta. Primus alza el tubito de plástico hacia el resplandor del farolillo y se sienta en el suelo, se apoya en la pared y recoge las piernas.

Empieza a preparar una pequeña pipa de cristal.

Debajo del farolillo hay un hombre joven formando un cono de papel de plata con manos temblorosas.

Edgar observa el perfil del rostro macilento de Primus, las arrugas en las mejillas, el pelo largo de la coleta sobre un hombro.

Primus se baja la cremallera de la chaqueta, saca un mechero del bolsillo interior y se inclina sobre la pipa.

Edgar ve que el rastreador se ha deslizado del cuello de la chaqueta y que está a punto de soltarse.

Tiene que ponérselo mejor, por lo que se le acerca un poco más.

Primus empieza a salivar mientras calienta la pipa con el mechero desde arriba.

Una nubecilla juguetona de vapor empieza a formarse en el recipiente redondo de cristal.

Se reclina y fuma.

Las lágrimas empiezan a caerle por las mejillas, y de pronto su mandíbula se tensa y sus labios se tornan blancos. Comienza a susurrar algo con nerviosismo y la pequeña pipa le tiembla entre los dedos.

Edgar se pone de rodillas a su lado y le apoya una mano en el hombro.

—¿Cómo estás? —pregunta y aprieta el rastreador contra la tela.

—No lo sé —responde Primus mientras vuelve a calentar la pipa—. No, esto no funciona, mierda, toma, para ti.

—Gracias, pero...

—Rápido, rápido, que la mierda desaparece —dice Primus impaciente y le pone la pipa en la boca a Edgar.

Antes de que este tenga tiempo de considerar las consecuencias, aspira los vapores y ve cómo el cristal se vuelve transparente otra vez.

El efecto es inmediato, sus músculos se vuelven pesados y tiene que sentarse al lado de Primus.

Empieza a cundir el pánico y Edgar piensa que se va a quedar quieto hasta que le baje el colocón antes de ir a buscar a Joona.

Una euforia intensa le sube desde los dedos de los pies hasta la entrepierna. Su pene se pone duro, el corazón le late con más fuerza y siente un cosquilleo en los labios.

—Yo me estoy tomando un montón de medicación —le explica Primus con voz relajada—. Y a veces, cuando fumo, noto como si me petara la cabeza y se me tensa toda la boca...

Edgar escucha su voz, tiene la mente completamente despejada y sabe que el subidón de felicidad solo se debe a la droga, pero aun así sonríe.

Las palpitaciones de su miembro hacen que se le tensen los vaqueros.

La gente habla en voz baja en la oscuridad.

Una mujer con un montón de trenzas pequeñitas le sonríe.

Edgar apoya la cabeza en la pared del contenedor, cierra los ojos y nota que alguien le baja la bragueta, le mete la mano por dentro del pantalón, le agarra el pene y lo aprieta con suavidad.

Respira por la nariz, tiritando.

Su corazón se acelera.

El placer es tan abrumador que todo lo demás pierde sentido.

Con movimientos suaves, la mano va subiendo y bajando.

Edgar abre los ojos, pestañea en la oscuridad y ve que Primus se inclina hacia delante para tomarlo con la boca.

Edgar lo aparta de un empujón, se levanta tambaleándose, se sube los pantalones y se los abrocha sobre el pene erecto mientras sale del contenedor.

Un pavor repentino de perderse a sí mismo lo empuja a seguir adelante, aun sabiendo que lo que está a punto de hacer es incorrecto.

Le tiemblan las piernas, el pulso retumba en sus oídos.

Edgar camina a toda prisa por el pasillo de los contenedores, continúa por el callejón, pasa por delante de los hombres que están haciendo cola, se mete en el contenedor y se detiene delante de una de las mujeres. Sus ojos castaños están alerta y tiene heridas en las comisuras de la boca. Sin mediar palabra, Edgar la agarra del antebrazo y se la lleva a un lado.

—Parece que tenemos un poco de prisa —dice ella.

Edgar le entrega todo el dinero que lleva en metálico, tiene tiempo de ver el asombro en los ojos de la mujer antes de darle la vuelta y ponerla contra la pared. Le mete las manos por debajo de la minifalda de vinilo y le baja las bragas rojas hasta las rodillas.

348

La erección resulta casi dolorosa.

Con manos trémulas, Edgar se desabrocha el pantalón y la penetra.

No se entiende a sí mismo, no quiere hacerlo pero no puede resistirse.

La droga le recorre todo el cuerpo como agua helada, se le eriza hasta el último vello de la piel, las endorfinas corren por sus venas.

Edgar la embiste deprisa y solloza cuando se corre. Tiene la sensación de que las cascadas y las contracciones no van a terminar nunca.

63

Joona se planta en la barra, al lado del hombre de la capucha, le da un empujoncito como si se hubiese tropezado, se cruza con su mirada y se disculpa.

No era Primus, sino un hombre joven con bigote rubio y piercings en las mejillas.

Joona coge su vaso de plástico y vuelve al ring de boxeo.

Dos hombres cuyas caras y torsos están repletos de cicatrices caminan en círculo bajo los intensos focos de luz.

Llevan sendas botellas rotas en la mano.

Uno lleva vaqueros azules y el otro pantalón corto negro.

Ambos se muestran cautelosos, pese a los gritos del público. Sus ademanes de atacar no terminan de concretarse.

Un hombre alto y corpulento con la cabeza afeitada y el cuello tatuado le toca el hombro a Joona. Lleva una camiseta verde y pantalón de chándal holgado.

—Disculpa —le pregunta en tono afable—. Pero... ¿me reconoces?

—A lo mejor, no sé —responde Joona y se vuelve de nuevo hacia el ring de combate.

El hombre mide dos metros y pico y pesa mucho más que Joona. Sus enormes brazos se han vuelto de un verde oscuro, con tanto tatuaje.

Joona sabe quién es, se hace llamar Ponytail-tail y pertenecía a la Hermandad, en el centro penitenciario de Kumla, pero lo trasladaron a Saltvik justo cuando Joona llegó.

—Estoy seguro de que nos hemos visto —dice Ponytail-tail.

—Es posible, pero la verdad es que no me acuerdo —contesta Joona y lo vuelve a mirar.

—¿Cómo te llamas?

—Jyrki —dice Joona, mirándolo a los ojos.

—A mí me llaman Ponytail-tail.

—Me acordaría de ese nombre —dice Joona y desvía la vista hacia el combate cuando el público se pone a gritar.

El hombre del pantalón corto lanza una patada, pero el otro le caza el pie con la mano que tiene libre, le apuñala los dedos con la botella y luego se le escurre.

—Joder, qué raro, es que me suenas un montón...

Ponytail-tail empieza a caminar en dirección a la barra, pero a los pocos pasos se da la vuelta y regresa.

—¿Vienes mucho por aquí? —pregunta.

—No mucho —contesta Joona.

—Soy tonto del culo, no lo entiendo —dice con una sonrisa y se rasca la nuca.

—A lo mejor solo me parezco a alguien que...

—Qué va, sé que te he visto en alguna parte —lo interrumpe Ponytail-tail.

—Tengo que irme —dice Joona.

—Pronto me vendrá, ya verás —dice el otro, tocándose la sien.

Joona empieza a dirigirse a los grandes portones del hangar y ve que el luchador de los pantalones cortos está dejando un rastro de sangre en el ring.

Ponytail-tail lo sigue y lo coge del brazo. Joona se vuelve con una expresión dura. El enorme hombre alza las manos en gesto de disculpa.

—Solo quería verte una vez más, dame un segundo —dice.

—Le estás dando demasiada importancia.

—¿Has vivido en Gotemburgo?

—No, no he vivido en Gotemburgo –dice Joona, impaciente.

—Vale, perdona –dice el hombretón y hace una pequeña reverencia, haciendo oscilar el martillo de Tor que lleva en una cadena al cuello.

Joona lo ve darse la vuelta y volver a la barra.

El público grita alrededor del ring.

Los dos hombres se restriegan contra las cuerdas. El hombre de los vaqueros se hace un corte profundo en la mano al sujetar la botella de su contrincante. La sangre le resbala por el antebrazo. Sin soltarla, intenta clavarle al otro su botella en la cara, pero falla una y otra vez.

64

Laura se abre paso entre el público para alejarse del ring de boxeo en dirección a la entrada. Un hombre le pasa un brazo tatuado por los hombros. No logra entender lo que le balbucea al oído, pero cree adivinar la idea de fondo.

Se quita el brazo de encima y no puede dejar de fantasear con la imagen de su exmarido viéndola en pantalones de piel y camiseta blanca, rodeada de todos esos hombres.

«Probablemente, ni siquiera levantaría la vista del teléfono móvil», piensa luego.

Un hombre joven cae de espaldas en el ring y se golpea la cabeza en la lona con estruendo. El protector bucal lleno de sangre le salta de la boca y se pierde en su pelo.

El público grita y abuchea.

El joven no se mueve, a pesar de los vasos de cerveza y la basura que le tiran. El asistente se le acerca y lo ayuda a ponerse en pie. El chico no parece saber dónde está, y cuando intenta caminar se le doblan las piernas.

Laura ha sacado un buen pellizco con el combate anterior y lo ha apostado por el luchador joven. Vuelve a mirar el recibo, lo arruga y lo deja caer al suelo. Decide ir a comprar otro vaso de cerveza y darse una vuelta por entre el grupo de hombres que hay delante de un monitor más al fondo en el hangar.

Justo cuando empieza a avanzar entre la muchedumbre para

acercarse a la barra, un hombre alto con el pelo blanco la detiene.

—Stefan Nicolic quiere invitarte a una copa en la sala VIP —dice.

—Gracias, estoy bien, no tardaré en irme —responde Laura.

—Quiere saludarte —insiste el hombre de pelo blanco, sin amabilidad alguna.

—Claro, por supuesto, qué bien.

Laura acompaña al hombre entre el público, aparta a un tipo corpulento y toca con la mano su camiseta mojada de sudor.

Un grupito se separa al ver acercarse al hombre del pelo blanco y les ceden el paso hasta una puerta que hay al fondo del hangar.

Hay dos hombres con chaleco antibalas y pistola haciendo guardia.

Laura nota que se le acelera un poco el pulso.

No tiene la menor idea de qué puede querer Nicolic de ella.

El hombre introduce un código y entra. Laura lo sigue por una escalera estrecha con lamparitas en cada peldaño.

Al otro lado de una cortina de perlas de color granate oscuro está la sala VIP.

Una luz tenue y cálida se refleja en los sillones de cuero y la mesita de centro, en la que hay un gran libro sobre pájaros.

Huele raro, a rancio.

Stefan Nicolic está de pie delante de una de las ventanas que dan al hangar, mirando el ring de boxeo y el gentío.

Detrás de una mesa auxiliar llena de jarras, copas y una cubitera hay una mujer delgada con un peinado prácticamente esférico. Lleva ropa de deporte negra y chancletas de playa.

—Hola —dice Laura con una sonrisa.

Sin responder ni cambiar de expresión, la mujer limpia una copa con un paño blanco y luego la coloca junto a las demás.

En la pared del fondo hay un águila real metida en una enorme jaula de rejas gruesas. El plumaje castaño oscuro está esponjado y es casi invisible en la penumbra, pero la cabeza dorada y el pico curvado reflejan un poco de luz.

El ave gigantesca parece seguir todo lo que ocurre en la estancia con su mirada brillante.

Cuando Stefan se da la vuelta, Laura ve que tiene unos prismáticos de plástico verde en la mano.

Sin decir nada, Nicolic se acerca al conjunto de sofás y deja los prismáticos en la mesita.

Tiene aspecto de no haber dormido en varios días, bolsas oscuras bajo los ojos y la boca flácida.

Lleva el pelo cano corto, el tabique nasal se le ha partido en varias ocasiones y tiene cicatrices en una mejilla.

—¿Todo bien? —pregunta y mira a Laura.

—Sí, desde luego…, o bueno, a lo mejor no tanto, después del último combate —responde ella señalando la ventana con la cabeza.

—No te he visto antes por aquí.

—¿Ah no?

—Tengo muy buena memoria para las caras.

—Tienes razón, es la primera vez. —Laura sonríe.

—Siéntate.

—Gracias.

Laura toma asiento y mira el ring iluminado de abajo, así como los ríos oscuros de gente que se deslizan por el suelo del hangar.

—Suelo presentarme a las personas que pierden mucho dinero al principio —dice Stefan—. Quiero decir…, hay quienes piensan que los combates están amañados, pero no lo están, lo prometo, ganamos mucho dinero independientemente de cómo acaben.

Stefan se queda callado, se cruza con la mirada de la otra mujer, levanta dos dedos un par de segundos y luego se sienta en el sillón de enfrente de Laura, con las piernas separadas.

—Pero si eres bueno leyendo los combates, puedes irte de aquí como un hombre rico…

Sin prisa alguna, la mujer sirve dos vasos altos con whisky de una jarra, añade cubitos de hielo con unas pinzas y echa un poco de gaseosa con un sifón.

En la lámpara de techo encima de la mesita de centro cuelgan dos dagas de unas tiras de cuero. Tintinean cada vez que hay una corriente de aire.

—Para peleas de gallos —dice Stefan, quien ha seguido la mirada de Laura.

—Ah —dice Laura, sin entender del todo.

—Se atan a las patas del gallo a modo de espolones.

La mujer se acerca a la mesa con semblante completamente neutral y le pasa una copa a Stefan y la otra a Laura.

—Gracias.

—Nuestras probabilidades son jodidamente buenas —continúa Stefan—. Ya lo has visto, pero la mayoría de la gente que juega pasa periodos en los que pierde. Por eso hacemos préstamos…, pero los intereses son elevados, ya te lo digo ahora, así que recomiendo préstamos de muy poca duración: devuélvelos mañana o pasado mañana.

—Lo tendré en cuenta —responde Laura y prueba el whisky.

—Hazlo.

Stefan sube el pie derecho a la rodilla izquierda y se apoya la copa en el tobillo. Sus vaqueros tienen los bajos gastados y llenos de flecos.

El guardaespaldas del pelo blanco señala a Laura y frunce los labios.

—No me gusta —dice con calma.

—¿Podría formar parte del grupo de hijos de puta cobardes que fueron a mi casa? —pregunta Stefan.

—No, tiene pinta de poli antidroga, quizá del servicio secreto… Maneja un pequeño presupuesto para jugar, pero no usa ningún préstamo, no se droga.

De pronto, el público alrededor del ring de boxeo se pone a gritar tan fuerte que los cristales vibran. Stefan coge los prismáticos de la mesa y echa un vistazo.

—René acaba de perder el último dinero que le quedaba —dice.

—¿Voy a buscarlo? —pregunta el guardaespaldas.

—Será lo mejor.

—Vale —dice el guardaespaldas y abandona la sala VIP.

Sin dirigirle ni una mirada a Laura, Stefan vuelve a dejar los prismáticos en la mesita de centro, coge su copa y la vacía. La mujer en la barra sirve otro whisky con hielo y gaseosa.

Se oye un ruido metálico en la enorme jaula cuando el águila se desplaza para ver mejor. Un vaho de muerte se esparce por la estancia. El fondo de la jaula está cubierto de excrementos que han ido cayendo sobre un montón de esqueletos muy finos.

Stefan deja su copa en la mesa y espera a que le pongan la otra en la mano. La mujer coge el vaso vacío y vuelve en silencio a su sitio.

—Antes teníamos tías en biquini que salían entre ronda y ronda, pero desde lo del #Metoo ya no funciona —dice casi como si hablara solo.

La camiseta negra se tensa sobre su barriga, lleva las gafas de leer colgando del cuello de la prenda.

—Gracias por la copa —dice Laura y deja el vaso con cuidado en la mesa—. Bajaré a jugar el último dinero que me queda y…

—Todavía no —la interrumpe Stefan.

65

Stefan Nicolic alza la mano mínimamente para indicarle a Laura que debe quedarse sentada. Acto seguido se oyen pasos y voces en la escalera. Las pequeñas dagas bajo la lámpara vuelven a tintinear.

—Me la suda —dice el guardaespaldas justo cuando entra en la sala VIP.

Lo sigue un hombre escuálido que lleva una americana a cuadros y zapatos marrones. Ronda los cuarenta años, tiene poco pelo y es pálido.

—Jocke me la ha jugado y me ha hecho bajar un nivel —dice—. Pero yo lo voy a joder a él y lo bajaré por lo menos dos niveles, puede que tres...

—Cierra la boca —lo corta el guardaespaldas.

Stefan se levanta, se acerca a la nevera del bar y saca una paloma muerta que está atada con una cadenita fina. Se acerca a la jaula y la cuelga delante del águila. La gran ave rapaz emite un gorgoteo y empieza a picotear el cadáver.

—Pagaré mañana —susurra el hombre—. Lo prometo, mañana tendré el dinero.

—Dijimos hoy —dice el guardaespaldas.

—No es culpa mía, tendría que haber cobrado hoy, pero al final es mañana, Jocke me jodió y...

Calla de golpe cuando el guardaespaldas le suelta un bofetón.

El hombre da un paso a un lado, pestañea varias veces y se lleva la mano a la mejilla.

—Joder, eso ha dolido mucho —dice—. Pero ahora ya he aprendido una lección, voy...

—¿Dónde está el dinero? —pregunta Stefan, de espaldas al hombre.

—Mañana lo tendrás, puedo llamar a mi jefe —dice el otro y saca el móvil—. Puedes hablar con él.

—Es demasiado tarde.

—No, no es demasiado tarde, un solo día, venga ya, joder, sabes quién soy.

—Ha llegado el momento —dice Stefan.

Laura ve que el hombre se guarda el móvil y hurga en su americana, coge su cartera, busca algo con manos temblorosas y saca unas fotos de su esposa y sus hijos.

—No seas patético —dice Stefan.

—Solo quiero que veas a mi familia.

—Una bala y cinco huecos vacíos.

—¿Qué? —dice el hombre sonriendo descompuesto.

Stefan saca un revólver del cajón del escritorio, lo abre y se vierte las balas en la mano, deja caer cinco en un estuche y mete la última en uno de los huecos del cargador.

—Por favor, Stefan —susurra el hombre.

—Piensa en ello como si fuera una notificación de cáncer, el pronóstico es bastante bueno, ochenta y tres por ciento de probabilidades de sobrevivir..., y el tratamiento es instantáneo.

—No quiero —susurra el hombre cuando Stefan le entrega el revólver.

—Creo que ya ha entendido la gravedad de la situación —dice Laura en voz alta.

—Cierra la boca —le ordena el guardaespaldas.

El hombre escuálido está de pie con el revólver en la mano derecha. Su cara ha perdido el poco color que tenía y le caen gotas de sudor de la punta de la nariz.

—Cuidado con el águila —dice Stefan.

El guardaespaldas lo coge por los hombros y lo gira un cuarto de vuelta, luego se aparta, saca el teléfono y empieza a grabar.

—Hazlo ya —ordena.

El revólver tiembla en la mano del hombre cuando se lo lleva a la sien. Respira nervioso y las lágrimas han empezado a rodar por sus mejillas.

—No puedo, por favor, te pagaré con intereses, yo...

—Hazlo de una vez y se habrá acabado —dice Stefan.

—No. —Llora y vuelve a bajar el arma.

El guardaespaldas suspira, se mete el teléfono en el bolsillo y le quita el revólver.

—Lo harás tú —le dice Stefan a Laura.

—Yo no estoy metida en esto —intenta ella.

—Eso es lo que diría una poli —dice el guardaespaldas y le ofrece el arma.

—No pienso disparar a una persona que no me ha hecho una puta mierda.

—No es una persona, es una rata asquerosa que vende hachís y *speed* —dice Stefan.

—Puta poli —dice el guardaespaldas.

A Laura la cabeza le va a mil por hora y nota las náuseas subiendo desde su estómago cuando le coge el revólver al guardaespaldas.

—O sea, que queréis que le dispare a un camello de mierda para demostrar que no soy poli... Creía que eso era justo lo que suele hacer la policía —dice con la boca seca.

Stefan se ríe con el comentario y luego se pone serio otra vez.

—Apoya el cañón en su frente y...

—Le dispararé en la rodilla —prueba a decir Laura.

—En la rodilla te dispararé yo a ti como no hagas lo que Stefan te dice —le espeta el guardaespaldas.

La mujer de la barra está inmóvil, con la mirada clavada en el suelo.

Laura alza el revólver para apuntar al hombre, muerto de miedo, mientras le pasan mil ideas por la cabeza. La luz amarilla se refleja en el metal oscuro.

—No lo hagas —le pide el hombre—. Por Dios, no lo hagas..., mañana tendré el dinero, mañana lo tendréis, lo prometo.

Laura baja el arma y piensa que a lo mejor puede pegarle un tiro al guardaespaldas, pero sabe que puede fallar cinco veces seguidas, si tiene mala suerte.

—Puta poli —repite el guardaespaldas, alzando la voz.

Laura vuelve a levantar lentamente el revólver y apoya el dedo en el gatillo, la falange se vuelve blanca.

El guardaespaldas le da un empujón en la espalda.

Stefan se tapa la oreja que tiene más cerca con la mano.

El corazón de Laura palpita con fuerza en su pecho cuando apoya la boca del cañón sobre la frente del hombre.

Este tiene los ojos abiertos de par en par y los mocos le caen por la boca temblorosa.

Laura aprieta el gatillo.

El tambor gira y el martillo baja con un intenso chasquido.

No había ninguna bala en el hueco del cargador.

El hombre cae al suelo de rodillas, llora desconsolado y se tapa la cara.

Antes de apretar el gatillo, a Laura le ha parecido vislumbrar un brillo de latón entre el armazón y el tambor del revólver.

Por tanto, la bala estaría en el tercer hueco.

Laura sabe que no está en absoluto segura de lo que ha visto, solo ha sido un destello, quizá un reflejo de la lámpara amarilla que cuelga sobre el sofá.

Tenía sus dudas cuando apretaba el gatillo, pero necesita aferrarse a algo; no ha visto más salida posible que obedecer.

Aún no tiene la menor idea de lo que este instante ha hecho con ella. Lo único que siente ahora es un vacío interior.

—Procura traerme el dinero mañana —dice Stefan y le quita el arma a Laura de la mano.

—Lo prometo —susurra el otro.

Laura ve que Stefan guarda el revólver bajo llave en un cajón del escritorio y piensa que necesita un arma, que tiene que poder defenderse si la situación continúa.

El guardaespaldas levanta al hombre del suelo para ponerlo en pie y se lo lleva por la cortina de perlas. Los sollozos aún se oyen mientras bajan las escaleras.

Stefan arrastra los pies hasta el cuarto de baño y la mujer delgada lo acompaña adentro sin mediar palabra y cierra la puerta.

Laura se levanta, coge una de las pequeñas dagas que cuelgan de la lámpara sobre la mesa e intenta desatar las tiras de cuero a las que está atada. Los nudos son duros. Tira con fuerza y se le escapan, las dagas tintinean y la lámpara se balancea.

La luz se desplaza por las paredes y las ventanas.

Se oye la cadena del váter.

Laura vuelve a coger las dagas y usa una para cortar la cinta de cuero.

Intenta inmovilizar la lámpara, pero aún le tiemblan las manos.

Se oye la cerradura de la puerta del baño.

Laura se sienta y se guarda la pequeña daga dentro de la bota.

Stefan sale del lavabo y la mujer regresa a su sitio.

El haz de luz de la lámpara se mueve lentamente sobre la mesa de centro.

—Como te decía, si quieres que te prestemos dinero, no hay ningún problema —dice Stefan y se planta delante de la ventana con los prismáticos, tal y como estaba cuando Laura ha llegado.

—Cuento con ganar —responde Laura y se levanta.

Al no obtener respuesta, se encamina hacia la cortina de perlas. El águila es la única que la mira cuando sale de la sala VIP.

66

La cola de gente que quiere entrar al Nido del Águila se ha vuelto aún más larga en el control de seguridad. Joona está en la barra tomando cerveza en un vaso de plástico y trata de ver las caras de las personas que van entrando en el hangar.

Vuelve a pensar en la conversación entre Primus y Caesar que Martin oyó. A lo mejor Primus sabía que Martin estaba escuchando y le tendió una trampa para que Martin fuera al parque, intentara salvar a Jenny, dejara huellas dactilares y lo captaran las cámaras de vigilancia. Primus nunca había contado con que Martin se quedaría totalmente paralizado por el pánico.

Lo mejor sería que pudieran convencer a Martin para que aceptara una nueva sesión de hipnosis, porque vio muchas más cosas de las que fue capaz de contar.

Las cavilaciones de Joona se ven interrumpidas cuando ve a Edgar abrirse paso en dirección a él. Llega a la barra con las mejillas rojas y la piel de los brazos erizada.

Sus manos se mueven deprisa y de forma espasmódica mientras busca un fotograma en los bolsillos y se lo entrega al camarero.

—Lo tenemos —susurra Edgar y se pasa la lengua por los labios—. Lo he encontrado y le he puesto un rastreador.

—¿A Primus?

363

—Ha estado a punto de caerse, pero he conseguido ponérselo más fuerte.

Edgar bebe cerveza a tragos largos, deja el vaso en la barra y se seca la boca con la mano.

—¿Cómo te encuentras?

—Bien…, o bueno, no sé, he visto las peleas de perros, es de tarados, he estado a punto de vomitar, la verdad es que estoy un poco afectado —dice, hablando demasiado rápido.

—Quédate aquí —responde Joona con calma—. Intentaré llevarme a Primus.

—No, no pasa nada, te acompaño, claro que te acompaño.

—Es mejor que te quedes aquí vigilando la salida —insiste Joona.

—Vale, me quedo aquí —dice Edgar y se rasca la mejilla con fuerza.

—Recibo la señal, buen trabajo —dice Joona después de haber mirado el teléfono.

—¡Lleva una chaqueta de cuero roja! —le grita Edgar y entiende que se está comportando de manera extraña.

Se aleja de la barra a empujones, da la vuelta al ring de boxeo y ve a una de las luchadoras recibir una patada alta en la cara, pero aun así la mujer sigue adelante y golpea con brío, pega a la otra en el cuello y la mejilla y luego las dos caen contra las cuerdas.

Según el localizador, Primus se encuentra en el borde exterior del muelle de contenedores.

Joona sigue el flujo de gente que sale por los portones abiertos del hangar y accede a la zona del muelle vallado.

Fuera aún hace calor.

Un hombre ebrio está meando de pie en la puerta de un baño portátil.

Un poco más lejos, en el interior del depósito de sal, se oyen gritos.

Joona sigue la señal y se adentra en la ciudad de contenedores de colores. Apilados en tres o cuatro niveles, crean manzanas sin ventanas y conforman una red de calles y callejones.

Hay gente moviéndose en todas direcciones.

El suelo está lleno de tapones de plástico, condones, blísteres vacíos, bolsas de chucherías y botellas vacías.

Joona mira el teléfono y ve que Primus se ha movido.

Se mete por un callejón.

Delante de un contenedor rojo hay dos hombres hablando de forma acalorada.

Ambos callan cuando Joona pasa por su lado, esperan un momento y luego continúan la conversación, pero en voz más baja.

Joona sale al espacio abierto del muelle, mira de nuevo el teléfono y ve que Primus ha vuelto al depósito de sal.

En el suelo hay huellas blancas de neumáticos que confluyen como una flecha que apunta al portón abierto.

Joona ve a la gente apartarse para dejar paso a un hombre que sale con un perro de pelea herido.

La sangre le cae por los pantalones y al suelo blanco.

Los cristales de sal crujen bajo las botas de Joona cuando se abre paso para meterse dentro.

Un perro gruñe y ladra de forma entrecortada.

El altavoz crepita y una voz grita que la siguiente pelea empieza en quince minutos.

Un corredor de apuestas se pasea entre el público recogiendo apuestas.

Joona resigue con la mirada uno de los laterales del hangar y le parece atisbar una chaqueta roja al otro lado del local.

Se abre paso y se lleva un buen golpe en el brazo cuando un grupo de hombres escandalosos intentan llegar al ring.

Huele a cerveza vieja y sudor.

En una de las jaulas de perros hay un pit bull terrier que se mueve inquieto.

Un hombre joven intenta trepar la empinada cuesta de sal, pero vuelve a caer abajo.

Joona tiene que rodear el cercado antes de que empiece el próximo combate.

Cruza por encima de una cresta de sal cuando alguien lo coge del brazo.

El hombretón que se hace llamar Ponytail-tail lo mira con los ojos como platos. Tiene los dos orificios nasales ennegrecidos de sangre coagulada.

—¿Eres mecánico? —pregunta.

—No, pero piensa que...

Una ola recorre el público y ambos se ven empujados. No muy lejos, un hombre grita con agresividad.

—Joder, no me lo puedo quitar de la cabeza —dice Ponytail-tail, mirando fijamente a Joona.

—Nadie se acuerda de todo.

De pronto, Joona descubre a Primus al otro lado del ring. Está hablando con un hombre nervioso que le está dando patadas a la valla antiavalancha.

—Sé que en cualquier momento me vendrá.

—A menos que me estés confundiendo con...

—No te estoy confundiendo —lo interrumpe Ponytail-tail y le clava la mirada.

El adiestrador con ropa militar ha sacado a un perro negro de la jaula, el animal tira con tanta fuerza de la correa que sus ladridos se asfixian.

Joona ve que Primus ha terminado la conversación y empieza a encaminarse hacia la salida.

—Tengo que irme.

Joona se da la vuelta y nota un fuerte golpe en el costado y un dolor ardiente. Mira hacia abajo y ve que Ponytail-tail le ha clavado una navaja en la parte de atrás de las costillas.

—Te vi en Kumla..., tú eres el poli que...

El enorme hombre retira el corto filo y trata de asestarle una nueva puñalada, pero Joona consigue retenerle el brazo. La muchedumbre los arrastra hacia atrás. Ponytail-tail se aferra a la camiseta de Joona y lanza ataques con el cuchillo.

—Muere, puto...

Joona gira el torso y lo golpea justo en la nuez del cuello. Ponytail-tail calla de golpe y se tambalea hacia atrás, dos hombres lo sujetan y él señala a Joona mientras tose.

La gente se abre en un círculo a su alrededor.

El dolor de la herida palpita con fuerza. Joona nota sangre caliente que le cae a lo largo del muslo por dentro de los pantalones.

Busca con la mirada algo que le pueda servir de arma y da un paso al frente. Su pierna derecha se dobla de pronto, Joona cae sobre la cadera y frena el golpe con la mano.

El hombretón sacude el filo de la navaja para quitarle la sangre y se acerca a Joona resollando.

La mirada de Ponytail-tail es resuelta, está dispuesto a aguantar los golpes y el dolor que hagan falta con tal de poder apuñalarlo de nuevo.

Joona se incorpora sobre una rodilla, termina de levantarse y se araña la espalda contra la valla antiavalancha.

Ponytail-tail va directo hacia él, camina con la mano izquierda en alto para impedir que Joona pueda verle la otra mano, y lanza un ataque frontal con el cuchillo.

Joona esquiva el filo a base de girar sobre sí mismo y aprovecha el movimiento para clavarle el codo en la nuca al gigante. Carga el golpe con todo su peso corporal y el impacto es tremendo. Los dos ruedan por encima de la valla antiavalancha y caen al suelo en el campo de pelea de los perros.

Joona se aparta rodando y se pone de nuevo en pie.

La sangre le ha oscurecido la cadera y la pernera derecha del pantalón.

Su campo de visión se constriñe.

Ya no ve a Primus.

El público se apretuja contra las vallas, grita y lanza vasos de cerveza al interior del ring.

Ponytail-tail se levanta, se lleva una mano a la garganta y echa un vistazo al cuchillo.

El perro de pelea negro ladra y tira de la correa con tanta fuerza que el adiestrador se tambalea.

Joona siente que las fuerzas lo están abandonando.

Tiene la bota llena de sangre. A cada paso que da nota que se le pega al pie.

Sabe que no puede tardar en ir a un hospital.

Ponytail-tail señala a Joona con el cuchillo, pero no consigue decir ni una palabra. Se acerca y dibuja un ocho en el aire con el brillante filo.

Joona tiene que ganarle la espalda, subirle la camiseta al cuello y retorcerla hasta cortar el flujo sanguíneo del cerebro.

Ponytail-tail hace una finta y lanza un ataque frontal con el cuchillo, Joona lo esquiva, pero nota que es demasiado lento. La hoja cambia de dirección y Joona se ve obligado a bloquearla con el brazo. El afilado filo le hace un corte profundo en la cara exterior del antebrazo.

El perro de pelea tira de la correa.

Joona grita de dolor al mismo tiempo que se precipita hacia delante por debajo de la navaja, despega las dos piernas de Ponytail-tail del suelo de un tirón y lo lanza al suelo.

Ponytail-tail queda tumbado de espaldas y el perro sale corriendo hacia él, arrastrando la correa. Se le echa encima y muerde a Ponytail-tail en el brazo, tira de él por el suelo y sacude la cabeza sin soltar la presa.

Joona cae junto a la valla, se aferra a uno de los listones para levantarse, alza la cabeza y ve a Laura abriéndose paso entre el público para llegar hasta él.

El enorme hombre rueda de costado y acuchilla al perro en el cuello hasta que el animal lo suelta.

Joona intenta ponerse en pie pero vuelve a caer, apenas le quedan fuerzas. Está perdiendo demasiada sangre y su corazón late desbocado.

—¡Joona, Joona!

Laura se ha abierto paso y, agachada, le pasa una pequeña

daga con una fina correa de cuero a través de una rendija de la valla.

Joona la coge y se levanta, está tan débil que le cuesta mantenerse en pie. Apoya una mano en la valla, intenta sujetar mejor la daga, pero se le escurre y la oye tintinear contra el metal de la barrera.

Ponytail-tail se le acerca tambaleándose, tiene un brazo desgarrado y la sangre gotea de las puntas de sus dedos.

—Puto poli —espeta y coge a Joona por la nuca con la mano ensangrentada.

Joona intenta oponer resistencia, pero Ponytail-tail empuja con el brazo y va acercando poco a poco la navaja a su cuerpo, los músculos de ambos tiemblan mientras la punta del filo penetra entre dos costillas.

El dolor es increíblemente lejano.

Joona ve su daga brillando en el suelo y cae en la cuenta de que aún está sujetando la correa de cuero con la mano.

El público ruge y varias secciones de la valla antiavalancha terminan volcadas.

La sangre corre por el filo de la navaja y la mano de Ponytail-tail.

Joona pega un tirón a la correa de cuero y ve que la pequeña daga sigue el movimiento. Se eleva del suelo trazando un arco titilante y Joona la atrapa con la misma mano.

El público grita enfervorecido.

Joona intenta defenderse de Ponytail-tail al mismo tiempo que gasta sus últimas fuerzas en hundirle la pequeña daga en el hueso frontal.

Se oye un siseo y luego se hace el silencio alrededor del ring de pelea.

Ponytail-tail da dos pasos hacia atrás.

Tiene la boca apretada y está tensando los músculos de su cuello tatuado.

Lleva la daga completamente hundida en la frente.

La larga cinta de cuero oscila por delante de su cara.

Empieza a pestañear de forma espasmódica, levanta una mano y luego cae recto de espaldas.

Su cuerpo golpea el suelo con un sonido sordo. Una nubecilla de sal seca se levanta a su alrededor.

El público brama, la gente golpea las vallas antiavalancha con las manos y agita sus tíquets de apuestas en el aire.

Joona se aleja trastabillando y taponándose la herida del costado con la mano.

Respira nervioso y jadeando.

La sangre bombea entre sus dedos.

Logra atisbar la chaqueta roja de Primus justo antes de que desaparezca por detrás de una grúa del muelle. El rojo se le duplica, crece y se agrieta en su campo de visión.

Joona pasa junto a la gran pala cargadora y nota que su corazón trabaja demasiado deprisa para compensar la caída de la presión sanguínea.

Laura lo alcanza y Joona le pasa un brazo por los hombros para apoyarse mientras siguen alejándose del depósito de sal.

—Ponte en contacto con el equipo de evacuación —dice Joona entre jadeos—. Diles que tienen que recogerme junto al ferri Ro-Ro alemán.

—Si no recibes atención médica ahora mismo, morirás.

—No pasa nada, estaré bien... Tienes que encontrar a Edgar y abandonar la zona lo antes posible.

—¿Estás seguro?

Se detienen y Joona intenta apretar con más fuerza la mano sobre la profunda herida.

—Está esperando en la barra de la entrada —dice y reemprende la marcha—. Va colocado y necesita ayuda para salir de aquí...

Aún hace mucho calor, pero el cielo se ha nublado y las grúas y las barcazas están sumidas en una penumbra gris.

Joona se tambalea en dirección a la chaqueta roja.

El farol en la punta del ferri Ro-Ro arroja una luz oscilante sobre dos figuras que están de pie en el borde del muelle.

Primus está hablando con un hombre más joven que sujeta una bolsa de deporte de piel sintética marrón.

Joona tiene que hacer una pausa para tratar de acompasar un poco la respiración antes de acercarse a ellos.

—Buen combate —dice Primus cuando ve a Joona.

Sin responder, Joona recorre los últimos metros que los separan y le da un empujón en el pecho con las dos manos. Primus cae de espaldas desde el muelle y se precipita a las oscuras aguas.

Una cascada de espuma blanca se levanta con el chapuzón.

El hombre joven de la bolsa se aparta, desconcertado.

Joona continúa adelante y salta. Tiene tiempo de ver su propio reflejo agrandándose antes de romper la superficie y desaparecer en el abrazo del agua fría. Se retuerce mientras se hunde, ve a Primus entre una nube de burbujas y sangre y lo agarra del pelo.

El ruido de un doble motor fueraborda retumba bajo el agua. Joona mueve las piernas y regresa de nuevo a la superficie.

67

Tiene la camiseta mojada en la espalda, el sudor le rezuma entre los pechos y cae a gotas de la punta de su nariz. Mia mira hacia la puerta y mastica el pan lentamente. Kim arranca una tira de carne seca y vuelve a dejar el resto en el cubo.

—Cómete la comida —dice Blenda por tercera vez.

Intenta cuidar de ellas, les dice que se cepillen los dientes con paja, que se peinen con los dedos y les enseña largos fragmentos de las Epístolas a los corintios para que se las aprendan de memoria.

A veces, Blenda puede ayudar a la abuela con otras tareas que no sean cavar el búnker, como cuando hay que sacar las alfombras persas al patio para varearlas.

Incluso ha podido conducir el camión.

Kim es la que tiene más miedo, les ha contado la historia de una chica a la que mataron porque tenía sed y la de otra a la que gasearon en la jaula de sacrificio.

Durante la pausa de ayer, Mia y Kim caminaron hasta el camión con semirremolque, que está aparcado junto a la linde del bosque. La abuela las estuvo siguiendo todo el rato con la mirada. Al fondo había una vieja lámina de chapa corrugada tirada en el patio. Las zonas en las que las hojas húmedas se habían acumulado con los años estaban oxidadas y agrietadas.

Mia tuvo tiempo de ver que había partes de la chapa que podrían arrancarse y afilarse hasta convertirlas en navajas perfectas.

Hoy ha vuelto a llevarse a Kim hasta el camión con semirremolque.

La abuela y Blenda estaban colgando la colada entre las casetas alargadas.

Mia oía las instrucciones hurañas de la abuela y las respuestas afables de Blenda. La gravilla crujía bajo sus botas.

—Volvamos —ha dicho Kim.

—Solo quiero mirar una cosa —ha respondido Mia.

Se han metido en la sombra bajo los árboles, donde han notado el olor a aceite del camión y se han detenido. Mia ha pisado la chapa y ha echado un vistazo hacia las casetas alargadas. Una sábana blanca se movía con la suave brisa.

—¿Qué haces? —ha preguntado Kim, estresada.

Mia ha clavado una rodilla en el suelo, ha recogido un trozo suelto de metal y se lo ha metido por dentro de la caña de la bota. Luego ha empezado a doblar la gran pieza de chapa para intentar partir otro.

Kim tenía miedo y ha intentado tirar de ella para ponerla en pie, pero Mia se ha resistido y ha seguido moviendo la chapa a un lado y otro.

Las escamas de óxido iban saltando de la grieta.

La cuerda de tender ha crujido cuando le han pasado una nueva sábana por encima.

El trozo de metal se ha soltado por fin y Mia se lo ha guardado rápidamente en la caña de la bota, luego se ha levantado, se ha limpiado la rodilla, y las dos han seguido caminando, alejándose de la lámina de chapa.

Mia no puede quedarse esperando a que alguien vaya a salvarla, porque sabe que no hay nadie echándola de menos.

Se termina su porción de comida, recoge una mazorca del suelo, se la mete en la boca y luego continúa con su labor.

Lenta y metódicamente, va afilado el metal contra el suelo de hormigón por debajo de su parca.

Mia ha intentado hablar con las otras de fugarse, pero Kim tiene demasiado miedo y Blenda parece creer que con el tiempo todo irá mejor. Dice que pronto regresarán a la casa y que podrán volver a ponerse ropa limpia y joyas.

—Nos moriremos aquí, si nos mantenemos pasivas —dice Mia, conteniéndose.

—Tú no lo entiendes —suspira Blenda.

—Yo entiendo que una vieja nos está controlando a todas y sé que no tiene ninguna posibilidad si colaboramos entre nosotras.

—Nadie colaborará contigo —responde Kim en voz baja.

—Pero si podríamos ganar a la abuela como si nada —dice Mia—. Con nosotras tres es más que suficiente…, sé perfectamente lo que tenemos que hacer.

—No quiero oírlo.

Mia calla y piensa que convencerá a Blenda y a Kim para que la ayuden cuando haya terminado los cuchillos de chapa.

Les enseñará que hay que clavarlos en la barriga o el cuello, donde el cuerpo es blando.

Hay que apuñalar por lo menos nueve veces e ir contando en voz alta, para que se oiga.

Mia escupe al suelo, deja la chaqueta militar sobre la hoja de chapa y sigue afilando el canto. En la caseta alargada se oye un leve sonido de raspado.

—Deja eso —dice Blenda.

—¿Hablas conmigo? —pregunta Mia.

—Deja de rascar o lo que estés haciendo.

—Yo no oigo nada —dice Mia y continúa.

El trabajo le llevará varios días, y cuando las piezas de metal tengan punta y estén afiladas, piensa hacer tiras de tela, mojarlas y envolver bien los mangos.

Ella y Kim se esconderán sendas dagas en la ropa, y en la siguiente pausa cortarán la brida pero seguirán caminando cogidas de la mano y ocultando las armas. Blenda elegirá el momento en que quiera hacerse con el bastón. Acto seguido, Mia y Kim se separarán al instante y atacarán a la abuela por delante y por detrás.

Nueve puñaladas profundas cada una antes de parar.

Cuando la abuela esté muerta, se lavarán y abrirán todas las jaulas, se llevarán agua y al perro y echarán a andar todas juntas por el camino.

Entonces ya nadie podrá detenerlas.

Las manos de Mia tiemblan por el esfuerzo, se lame las yemas encarnadas, esconde meticulosamente los dos filos y se acurruca junto a Kim y le pasa un brazo por los hombros.

—Sé que tienes miedo, prometo que cuidaré de ti, volverás a casa con tus padres, seguirás con el balonmano y...

Se queda callada al oír un coche entrando en el patio. El perro ladra nervioso y Mia piensa que las han encontrado, que la policía está de camino, pero cuando ve que Blenda se lava la cara con los restos de agua que le quedan en el cubo y empieza a arreglarse el pelo, entiende que es Caesar quien ha llegado.

El travesaño es retirado, la puerta se abre y la abuela arrastra un colchón al interior de la caseta alargada. Fuera está oscuro, pero la luz del patio se refleja en las bisagras y los herrajes.

—No quiero, no quiero —gimotea Kim en voz baja y se aprieta los ojos con los puños.

Mia intenta tranquilizarla al mismo tiempo que observa a la abuela. Lleva una camisa de felpa a cuadros y vaqueros holgados. Tiene la cara marcada por profundas arrugas y la nariz afilada y lúgubre.

El gran amuleto oscila entre sus pechos cuando entra cojeando.

Irritada, aparta de un empujón el barreño galvanizado para hacerle sitio al colchón.

Kim se aparta de Mia y se esconde en el rincón más alejado.

La abuela se acerca a la otra jaula y señala a Raluca, quien inmediatamente se arrastra hasta la trampilla y sale. Su larga trenza está llena de briznas de paja. Sus pies desnudos asoman por debajo del dobladillo sucio de su falda larga. Se tumba bocarriba en el colchón y la abuela moja un paño con algo, se lo pone sobre la boca y la nariz hasta que Raluca pierde el conocimiento.

La puerta se abre lentamente empujada por la brisa, y la luz de fuera entra en la caseta alargada.

La tez de la abuela es gruesa y arrugada, tiene unos hombros y una nuca fuertes, los antebrazos son anchos y las manos, grandes.

Coge a Raluca por la barbilla, la mira insatisfecha y luego se endereza con ayuda del bastón.

—Sal —le dice a Kim.

—No quiero, no me encuentro bien.

—Tenemos deberes que hacer.

La abuela coloca una púa de un amarillo pálido en una hendidura que hay en el extremo del bastón.

Parece un pequeño colmillo.

—No lo hagas, por favor, el pinchazo no… Saldré de la jaula, le daré las gracias al Señor, cogeré el trapo, me quedaré quieta —suplica Kim y se hace a un lado dentro de la jaula.

La abuela mete el bastón por un hueco de la rejilla, lo empuja de sopetón y le clava la púa a Kim con fuerza en el hombro.

—Ay, que…

Kim se frota el hombro y las yemas de los dedos se le tiñen de sangre.

—Sal de una vez —le dice la abuela y retira la púa del bastón.

Kim se arrastra hasta la trampilla de la jaula, sale de ella y da unos pasos inestables. Cuando intenta no llorar suena como si tuviera hipo. La puerta de la caseta alargada se cierra con un chirrido y todo vuelve a estar más oscuro.

—Túmbate.

Mia apenas se atreve a respirar. Permanece completamente inmóvil en la penumbra viendo cómo Kim se apoya en la rejilla de la jaula con una mano, parece muy debilitada, se pone de rodillas sobre el colchón al lado de Raluca, se tranquiliza y se vuelve floja.

La abuela suspira irritada mientras les retira las faldas, los pantalones y las bragas y les recoloca los cuerpos sobre el colchón.

Se levanta y se marcha.

La puerta se abre y la luz cae sobre las dos mujeres tendidas una al lado de la otra, desnudas de cintura para abajo, sucias y flacas.

El perro ladra, fuera se oyen pasos y algo cae en la carretilla haciendo ruido.

Se oyen voces, hay un hombre enfadado que le está echando la bronca a la abuela.

—¿Qué he hecho mal? —grita—. Se lo doy todo, hago lo que toca…

—No eres tú —intenta decir la abuela—. Es…

—Las sacrificaré a todas, si no les va bien —la interrumpe Caesar.

Sus pasos se acercan por el patio de gravilla, mientras la abuela lo sigue cojeando.

—Están aquí para ti, son solo tuyas, te lo prometo, están agradecidas y orgullosas…

La puerta se abre de un tirón y Caesar entra, arroja el machete al suelo y se acerca a las mujeres inconscientes que hay en el colchón.

—Si supierais lo hermosas que sois —dice con voz ronca.

Las bisagras chirrían y Caesar vuelve la cabeza, de modo que Mia puede atisbar su barbilla alzada y sus labios pálidos bajo la luz que entra desde fuera.

Cuando Caesar se gira de nuevo, las gafas destellan fugazmente en su rostro oscuro.

Mia se ha desplazado a un lado sin hacer ruido para que no le dé la luz la próxima vez que la puerta se abra. Se hace un ovillo y piensa en los filos de metal, que aún están demasiado romos para poder utilizarlos.

Caesar se pone de rodillas y saca a Kim del colchón haciéndola rodar sin mirarla.

La puerta se abre y la luz del patio baña el suelo de hormigón al mismo tiempo que le abre las piernas a Raluca.

Cuando Caesar ve que está pringada entre los muslos, la aparta de un empujón y se pone en pie.

—Vale, entiendo, pero esto no me afecta solo a mí —dice entre rápidas inhalaciones—. Yo puedo cargar con mi cruz, puedo bañarme y estar limpio...

Escupe sobre Raluca y se seca la boca con el reverso de la mano.

—Sé que os creéis que sois listas, que podéis despistarme —dice—. Pero no podréis, la cosa no funciona así.

Mia no se atreve a decir que Raluca ha tenido dolor de barriga, pero que nadie sabía que ya le había venido la regla.

—Me gustaría que pudiéramos volver a vivir juntos en la casa otra vez —dice, compungido.

Mia lo ve recoger el machete del suelo con la última luz antes de que se cierre la puerta.

Resulta difícil entender lo que está pasando.

—Pero si os perdono, pensaréis que la ley carece de autoridad —dice Caesar.

Una franja de luz vuelve a colarse por la puerta y Mia ve que Caesar agarra a Raluca del pelo y que le estira la cabeza hacia atrás.

—Así es como lo queréis —dice y apoya el filo del machete sobre su garganta—. ¿O alguna de vosotras quiere cambiarle el sitio a Raluca?

El canto del gran barreño galvanizado se ve salpicado con un leve repique. La sangre bombea a raudales del profundo corte.

Mia se tapa la boca para no gritar, cierra los ojos con fuerza, el corazón se le desboca en el pecho. Caesar le ha cortado el cuello, la ha matado durante la narcosis porque estaba menstruando.

Mia no es capaz de entender lo que acaba de presenciar.

El machete cae al suelo con un restallido.

El pulso le retumba en los oídos.

Cuando Mia vuelve a mirar, Caesar está tumbado encima de Kim.

El colchón se empapa de la sangre de Raluca y uno de los laterales se oscurece.

Kim no es consciente de que él la está violando, pero ella sabía que iba a pasar, y sentirá el dolor en los genitales cuando se despierte.

68

Joona solo recuerda retazos de lo que ocurrió después de que saltara a las aguas oscuras del muelle. Cuando el grupo de operaciones especiales los sacaron a él y a Primus con su lancha semirrígida, él estaba casi inconsciente. Era como si hubiese llegado a un abismo y estuviera haciendo equilibrios justo en el borde. Lo llevaron a toda prisa al otro lado de la bahía, hasta la central térmica, donde ya había aterrizado un helicóptero de emergencias.

Un equipo de cirujanos y anestesistas lo esperaba en el hospital Karolinska. Ningún órgano vital había sido afectado, pero la hemorragia era traumática y amenazaba con terminar con su vida. Joona se encontraba en el cuarto estadio del shock hipovolémico, el más grave. Le suturaron tejidos y le ligaron vasos sanguíneos, le drenaron el abdomen, recibió cantidades ingentes de transfusiones de sangre y le administraron cristaloides y soluciones de plasma.

Al día siguiente Joona ya se levantó a caminar por el pasillo, pero se vio obligado a volver a la cama a los treinta minutos.

Anoche llamó a Valeria, en Río de Janeiro. Su hijo había tenido una hija esa misma noche. A pesar de no contarle nada, Valeria entendió que Joona estaba herido y le preguntó si quería que volviera a casa.

—No, pero puedo bajar yo a Brasil, si necesitas ayuda con el bebé —le había dicho él.

Joona justo está terminando de almorzar cuando llaman a la puerta. Margot y Verner entran con los zapatos metidos en dos bolsitas azules de protección para no ensuciar.

—No nos han dejado entrar con flores en la planta —se lamenta Verner.

—Tanto Laura como Edgar han dimitido, y tú tienes aspecto de haber recibido una paliza mía —dice Margot.

—Pero encontramos a Primus —dice Joona y se queda mirándola.

—Buen trabajo —dice ella, asintiendo con la cabeza.

—Y conseguí llevármelo de allí.

—Increíble —murmura Verner.

—¿Qué te dije, Margot? —pregunta Joona sin dejar de mirarla.

—¿Qué quieres decir?

—Tú pensabas que no...

—Claro que pensaba que saldría bien, si fui yo quien dio luz verde para...

—Margot —la interrumpe Verner con calma.

—¿Qué queréis? —dice ella, sonriendo.

—¿Quién tenía razón? —pregunta Joona.

—Tú tenías razón —dice ella y se deja caer en la silla de visitas.

La ola de calor que subía desde el sur de Europa se ha atascado sobre Suecia. Se ha declarado la prohibición de hacer fuego en todo el país, y los niveles de las aguas freáticas son peligrosamente bajos. Se habla de récord de temperaturas y clima extremo, pero la población no puede evitar alegrarse de los calurosos días de verano.

Joona sale del hospital apoyándose en Nålen.

Los asientos de cuero del Jaguar queman por el sol y el aire acondicionado resuena como la lluvia bajo un tejado de chapa.

Nålen ayuda a Joona a abrocharse el cinturón antes de arrancar, cruza por encima de una isleta y se incorpora al carril que corresponde.

—Cuando era pequeño me regalaron un osito que podía vibrar. Aguanté tres días, hasta que al final le abrí la barriga y saqué el aparato.

—¿Qué te ha hecho pensar en eso? —sonríe Joona.

—No, nada, tú tienes el mismo aspecto de siempre —le asegura Nålen y pone las largas.

Joona recuerda cuando Lumi era pequeña y cada mañana aseguraba que había soñado con un osito de peluche. Probablemente, él y Summa se habrían mostrado tan entusiasmados la primera vez, que Lumi decidió contar lo mismo cada mañana.

Nålen se desvía para acceder al hospital de Sankt Göran, se detiene con las ruedas delanteras subidas a la acera y le pita a un hombre, que se hace a un lado.

Joona le da las gracias por llevarlo y suelta un suspiro de dolor al levantarse para bajar del coche. Poco a poco, se dirige a la entrada 1, hace un alto en el rellano y recupera el aliento antes de subir en ascensor hasta la planta de pacientes con enfermedades mentales.

Cuando el grupo de operaciones especiales sacó a Primus Bengtsson del agua, este aseguró que era un perro de pelea e intentó morder a todo aquel que se le acercaba.

Tras valorar la situación con un fiscal, lo llevaron al hospital de Sankt Göran y le pusieron a dos agentes de paisano en la puerta de la habitación.

Joona baja del ascensor y se presenta en recepción.

Unos minutos más tarde, el jefe de Psiquiatría, Mike Miller, sale a buscarlo.

—Encontraste a Primus —constata Mike.

—Sí —responde Joona—. ¿Cómo se encuentra?

—Mejor que tú.

—Bien.

—¿Quieres que yo esté presente durante el interrogatorio?

—Gracias, pero creo que no hará falta —contesta Joona.

—A Primus le gusta mucho aparentar seguridad en sí mismo, pero en realidad da pena, es una persona frágil, tenlo en cuenta.

—Haré lo que tenga que hacer con tal de salvar vidas —dice Joona.

Cruzan el pasillo, atraviesan puertas de cristal cerradas con llave y salas comunes vacías, hasta que llegan a la sala de visitas.

Joona saluda a los dos agentes que están esperando delante de la puerta y le enseña la identificación policial a uno de ellos.

Mike Miller introduce un código, abre la puerta y deja entrar a Joona. La estancia está sumida en semipenumbra, el aire es más bien frío y huele a gel hidroalcohólico.

Junto a una pared hay un barreño con viejos juguetes de plástico.

Primus Bengtsson está sentado en una de las cuatro sillas que hay alrededor de una pequeña mesa con un hule de flores. Tiene el pelo recogido en una coleta y lleva una camisa vaquera clara por fuera de los pantalones.

Su rostro marcado se ve flácido, tiene los ojos entornados y la boca abierta. Al fondo de la sala hay un enfermero sentado en el reposabrazos del sofá, mirando el teléfono.

Joona se acerca a la mesa, retira una de las sillas y se sienta enfrente de Primus.

Sus ojos se cruzan y se miran el uno al otro tranquilamente un rato.

Joona pone en marcha la grabadora, se presenta, da la fecha y la hora y luego menciona a los presentes en la sala.

—Vale, pero no quiero que se me asocie con las manos diminutas de ese de ahí —dice Primus haciendo un gesto para señalar al enfermero—. Míralo, ¿quién querría acostarse con él? Es pura biología... El ochenta por ciento de todas las mujeres desean al veinte por ciento de los hombres, los más guapos, los de mayor éxito... Y como las mujeres mandan en nuestro mundo, la mayoría de hombres se ven traicionados o se quedan sin una.

Joona piensa que sacará provecho de la soberbia narcisista de Primus. En la situación actual, no puede tener en cuenta ninguna cuestión ética. La investigación se ha estrechado hasta reducirse a una punta de lanza que señala directamente a Caesar a través de Primus.

—Trabajas para Stefan Nicolic —dice Joona.

—¿Trabajar? Vivo entre los restos y los esqueletos que caen al suelo.

—Te vimos entregarle dinero a los asistentes.

Primus se lame los labios y mira impasible a Joona. Sus ojos verde claro recuerdan al agua de un lago poco profundo.

—Las grandes ganancias tienen que ser supervisadas por Stefan..., y entonces yo estoy ahí como chico para los recados. Al fin y al cabo, soy familia y él confía en mí...

—¿A pesar de ser tú el que tiene contacto con Caesar?

—No tengo ni idea de lo que estás hablando, creía que eras algún tipo de poli antidroga.

—Estamos investigando la muerte de Jenny Lind —le dice Joona con calma.

—Vale, ¿se supone que tengo que reaccionar de alguna manera? —pregunta Primus y se rasca la frente.

—Fue asesinada en el parque infantil que hay en Observatorielunden.

—Nunca he conocido a ninguna persona llamada Caesar —explica y mira profundamente a Joona a los ojos sin pestañear.

—Creemos que sí.

—Mírate a ti mismo —dice Primus, señalando el espejo de la pared—. Cuando te vayas de aquí, le darás la espalda al espejo al mismo tiempo que tu propia imagen te dará la espalda a ti... Pero Caesar puede hacerlo al revés, su imagen se acerca de espaldas al espejo y, de pronto, está dentro de la habitación.

—Sabemos que has hablado con él, y sabemos que tú sabías que Jenny iba a ser asesinada.

—Eso no quiere decir que fuera yo quien lo hizo, ¿verdad? —dice, sonriendo.

—No, pero te convierte en el principal sospechoso, y es suficiente para meterte en prisión preventiva.

A Primus le ha asomado un brillo en los ojos y se le sonrojan las mejillas. Se nota que empieza a disfrutar de la atención que está recibiendo.

—En ese caso, no tengo por qué decir ni una palabra más hasta que haya hablado con un abogado.

—Veo que sabes cómo funciona, eso está bien —lo halaga Joona y se levanta—. Iré a pedir que llamen a un representante jurídico ya mismo, si sientes que necesitas ayuda.

—Aunque creo que debería insistir en ocuparme yo mismo de mi defensa —dice Primus y se reclina en la silla.

—Solo quiero que sepas que tienes todo el derecho a que te ayuden.

—Yo soy mi propio abogado y responderé amablemente a las preguntas, pero, como es obvio, no diré nada que pueda tener consecuencias negativas para mí o para mi hermana.

—¿Quién mató a Jenny Lind?

—No lo sé, pero no fui yo, eso no va conmigo, porque me gustan las chicas…, o sea, no le hago ascos al *hardcore* de verdad, y a veces tengo un buen puñado de pollas entre manos, pero, en serio… No entiendo por qué iba a colgar a una chica con un cable de acero, como un cazador de tiburones de La Habana.

—Entonces ¿quién lo hizo?

Primus se queda mirándolo con mirada triunfal. El ápice de la lengua le asoma entre los dientes.

—No sé.

—Tu hermana le tiene mucho miedo a Caesar —continúa Joona.

—Es Saturno, que devora a todos los que tiene cerca…, y ha

jurado que la colgará del techo y que le cortará los brazos y las piernas con una sierra.

—¿Por qué?

—¿Por qué quiere Leopoldo tener un reino? —dice Primus y se rasca el cuello—. Es un darwinista, un chad, un patriarca del Antiguo Testamento...

Primus guarda silencio, se levanta y se acerca a la ventana, donde se queda un rato mirando antes de regresar a su silla.

—¿Cuál es el apellido de Caesar? —pregunta Joona.

—Eso no lo ha dicho nunca, y si lo hubiese hecho jamás te lo contaría, por las razones antes mencionadas —dice Primus y mueve una pierna, inquieto—. ¿O me cogerás en brazos para protegerme cuando él venga a buscarme?

—Si hay una amenaza real, te podemos asignar protección de testigos.

—Miel en el filo de la navaja —dice Primus.

—Dices que nunca has visto a Caesar, pero has hablado con él.

—Por teléfono.

—Entonces ¿él te llama?

—Tenemos una cabina en la planta —contesta Primus.

—¿Qué te dice?

—Me explica con qué cosas necesita ayuda... y me hace pequeños recordatorios de que el Señor me observa... y que me ha instalado una cámara en el cerebro.

—¿Con qué cosas necesita ayuda?

—No puedo responder a eso sin que vaya a tener consecuencias negativas para mí... Lo único que puedo decir es que he tomado algunas fotos para él.

—¿Qué has fotografiado?

—He hecho un voto de silencio.

—¿A una chica en Gävle llamada Mia Andersson?

—Especulaciones —dice Primus y levanta un dedo.

—¿Cuándo empezó a llamarte?

—Este verano.

—¿Cuándo fue la última vez que te llamó?

—Antes de ayer.

—¿Qué quería?

—Invoco el artículo seis de la Convención Europea.

—¿Qué voz tiene Caesar?

—Grave, poderosa —contesta y se rasca el pecho por dentro de la camisa vaquera.

—¿Tiene algún acento o habla en algún dialecto?

—No.

—¿Se suele oír algo de fondo?

—Un tambor fúnebre encajaría, pero...

Primus se queda callado y lanza una mirada a la puerta cuando alguien pasa por el pasillo de fuera, después se aprieta la goma de la coleta.

—¿Dónde vive?

—No lo sé, pero me imagino un castillo o una finca, con habitaciones grandes y salones —dice y empieza a mordisquearse la uña del pulgar.

—¿Él te ha dicho que vive en una finca?

—No.

—¿Caesar ha estado ingresado aquí, en esta planta?

—Es alguien a quien no se le ingresa si él no quiere... Me ha contado cómo salió de Auschwitz en un vagón de primera clase... Como un puto rey —dice Primus y se le eriza el vello de los brazos.

—¿Qué quieres decir con Auschwitz?

—Tengo el síndrome de Tourette y digo un montón de cosas que no tienen sentido.

—¿Caesar ha estado ingresado en Säter?

—¿Por qué dices eso? —le pregunta Primus con una sonrisa trémula.

—Porque la Clínica Psiquiátrica de Säter tenía una vía férrea que entraba directamente en el recinto, porque tenían su propio crematorio, porque...

—Yo no te he contado eso —lo interrumpe Primus y se levanta con tanto ímpetu que vuelca la silla—. Yo no te he dicho una puta mierda sobre eso.

—No, pero puedes asentir con la cabeza si tengo...

—¡Cállate! ¡No pienso asentir con la cabeza! —grita Primus y se golpea la frente con su propia mano—. No puedes engañarme para que diga cosas que no quiero decir.

—Primus, ¿qué ocurre? —pregunta el enfermero y se pone en pie con pesadez.

—Nadie te está engañando —continúa Joona—. Haces lo correcto al contar lo que sabes.

—¿Serías tan amable de dejar de...?

—Y nadie puede..., nadie puede acusarte de nada porque te estés ayudando a ti mismo —lo corta Joona.

—No tienes mi permiso para contarle a nadie que he hablado contigo —dice Primus con voz temblorosa.

—Vale, pero entonces necesito saber...

—¡Nada más! —grita él.

Primus se acerca a la ventana y le asesta varios cabezazos al cristal, se tambalea hacia atrás y se agarra a la cortina para no perder el equilibrio.

El enfermero da una voz de alarma y se le acerca.

Primus cae al suelo, llevándose consigo toda la barra de la cortina, que restalla al chocar contra el suelo. Una nube de polvo se desprende de la tela.

—¿Podrías levantarte para que te pueda echar un vistazo? —intenta el enfermero.

—No me toques —dice Primus.

Aparta al enfermero con una mano mientras se pone en pie. Le sale sangre de una herida en la frente, le cae por la cara.

—Que te jodan —dice, señalando a Joona—. Yo no he dicho nada..., yo no te he contado una puta mierda...

La puerta se abre y entra otro enfermero.

—¿Todo bien por aquí? —pregunta.

—Primus está un poco inquieto —contesta el otro.

—Joder —murmura Primus—. Joder...

El otro enfermero aleja a Primus de Joona y se lo lleva hasta el sofá.

—¿Cómo te encuentras? —pregunta.

—Me clavarán en una cruz...

—Escucha, ya te hemos dado Haldol, pero puedo administrarte diez miligramos de Zyprexa —dice el enfermero.

69

Primus se despierta en su cama con la sensación de tener la lengua hinchada y la boca llena de saliva. Traga y piensa en cómo ha manipulado al comisario, ocupándose de su propia defensa, ciñéndose a la verdad, pero encriptándola con genialidad.

Ha sido como el acertijo de lógica de Boolos.

Nadie puede resolverlo.

Pero entonces, el inspector había entrado en la habitación, había cerrado los ojos y, por pura casualidad, había sacado la carta correcta.

No pasa nada.

Primus está bastante convencido de que nadie se dio cuenta de que aquello lo había importunado.

Todo ha ido bien, aunque ha dormido demasiado debido a la inyección en el culo. Tiene que darse prisa, antes de que Caesar se impaciente y se enfade. Hará lo que debe hacer, pero no tiene ni la menor idea de cuál es el objetivo final de la misión.

Una mano no sabe lo que hace la otra.

A Primus le da igual que el Profeta lo llame ordenanza, esclavo o moscarda, puesto que Caesar dice que podrá elegir a sus propias esposas y concubinas de una montaña enorme de vírgenes.

O a lo mejor era una larga fila.

El Profeta rechazó la propuesta de ayudar a Caesar. Que se quede en su casa descuajeringada de Täby, ahorrando dinero para una muñeca sexual.

Primus se desliza hasta el suelo, mete los pies en las zapatillas e intenta mirar la puerta, pero lo que ve es el falso techo y la mancha de humedad alrededor del aspersor.

El medicamento hace que los ojos rueden hacia arriba por sí solos.

Despacio, se mueve hacia delante con los brazos estirados, pestañea fuerte y vuelve a ver el suelo y la puerta.

Se mete rápidamente en el baño, escupe el exceso de saliva en el lavabo, hunde la mano en la cisterna y saca las tijeras que robó de la secretaría de Psiquiatría.

Se tumba bocabajo junto a la puerta que da al pasillo y mira fuera.

Al otro lado hay una silla con un policía sentado.

Primus se queda quieto, escuchando las respiraciones, los dedos moviéndose por el teléfono, los ruiditos de notificaciones y *likes*.

Después de poco más de una hora, el policía se levanta y se va al lavabo.

Primus vuelve a la cama y pulsa rápidamente el botón de alarma. En menos de un minuto oye el ruido de la cerradura y entra una enfermera del turno de noche llamada Nina.

—Primus, ¿cómo estás?

—Creo que el medicamento me ha provocado una reacción alérgica, me pica el pelo y me cuesta respirar.

—Déjame verte —dice ella y se acerca a la cama.

Primus no ha decidido de antemano lo que piensa hacer, pero la agarra de una de las muñecas y tira de ella.

—Suéltame el brazo —dice Nina.

Él se levanta de la cama y tiene tiempo de ver el rostro de preocupación de la chica justo antes de que los ojos le vuelvan a rodar hacia arriba. De pronto no ve más que la fea lámpara de techo con la pantalla de plástico gris claro.

—Ni una palabra —susurra y apoya las tijeras sobre su garganta.

—No hagas eso.

Los ojos vuelven a bajar hasta la enfermera y Primus ve que, sin querer, le ha hecho un pequeño corte en la mejilla con uno de los filos de las tijeras.

—Te cortaré la nariz y te follaré como a una cerda hasta que la sangre te salga a chorro por los morros.

—Primus, tranquilízate, podemos arre…

—Tengo que salir de aquí, ¿me oyes? —le espeta él y ve cómo unas gotas de saliva salpican a Nina en la cara.

—Mañana podemos hablar con el jefe de planta y…

Primus coge un calcetín de la cama y se lo mete en la boca. Se queda mirando su cara, los labios tensos, la barbilla arrugada, y le acaricia las cejas y la nariz con la afilada hoja de las tijeras.

—Lo noto cada vez que entras a verme —dice—. Me deseas tanto que no te aguantas, pero no te atreves, piensas que tienes que seguir las normas de la planta, pero cada vez que has entrado a verme he notado el olor de tu coño palpitando y abriéndose y lubricándose…

Escupe al suelo, gira a Nina sobre sí misma, apoya las tijeras en su garganta y empieza a dirigirla hacia la puerta.

—Nos vamos —susurra—. Si vienes conmigo, te lo daré todo, puedo pasearte montada en mi polla cada día.

Salen al pasillo vacío con iluminación de ambiente junto al suelo. Él camina detrás de Nina, la sujeta por un antebrazo y le aprieta las tijeras en el cuello.

Los ojos le ruedan de nuevo hacia arriba y ve el armazón de los fluorescentes apagados del techo mientras avanzan.

Nina se detiene y Primus entiende que han llegado a la primera puerta.

—Pasa la tarjeta, introduce tu código…

Primus pestañea y vuelve a mirar a Nina, ve que le tiemblan las manos al tocar los botones iluminados.

Se pega a su espalda y le aprieta un pecho con la mano que tiene libre.

La puerta zumba y se meten en el siguiente pasillo, pasan por delante de la sala común y llegan a recepción, donde no hay nadie.

Primus sale con Nina por la puerta de emergencia, bajan las escaleras hasta la planta baja y abandonan el edificio por la parte de atrás. Al principio lo único que ve es el cielo negro y acaba chocando con un macetero. Suelta a Nina y pestañea varias veces hasta que los edificios, las farolas y los callejones traseros vuelven a aparecer en su campo de visión.

—¿Te vienes conmigo? —pregunta—. Será una aventura…

Nina se aparta y se quita el calcetín de la boca. Él arroja las tijeras al suelo, escupe e intenta sonreír. Ella se queda mirándolo con los ojos abiertos de par en par y niega con la cabeza.

—Puta —dice él y echa a correr.

70

Ha vuelto a hacer un día de bochorno absoluto. El calor más sofocante no comenzó a ceder hasta las ocho de la tarde del día anterior.

Desde el mediodía se oye una tormenta retumbando en la lejanía.

Magda e Ingrid terminaron noveno en junio, no han conseguido ningún trabajo de verano y en agosto las dos empezarán el bachillerato en Valdemarsvik.

La ociosidad y la ola de calor del verano han hecho que el tiempo se pare como cuando eran pequeñas.

Ayer las dos estuvieron cenando en casa de Magda. El padre de esta hizo carne a la parrilla en el jardín de la casa pareada y después se sentaron los tres a la mesa de plástico blanca a comer pinchos de pollo, ensalada de patata y patatas fritas.

Son más de las nueve cuando Magda e Ingrid van a la arboleda que hay detrás del campo de fútbol y donde Magda tiene su canoa amarillo oscuro subida a tierra. Juntas, la arrastran por la hierba y la bajan al río. Ingrid termina de empujarla al agua y la sujeta mientras Magda se sube y ocupa el asiento trasero.

El lodo de la orilla se expande en forma de nube gris.

Ingrid se sienta en la bancada delantera y empuja la orilla para alejar la canoa.

Dan media vuelta y empiezan a remar río arriba, de cauce profundo, que serpentea junto a la pequeña localidad.

Lo único que se oye es el chapaleo de los remos y el chirrido de los saltamontes en las orillas.

Ingrid piensa en su hermana mayor, quien en mayo se mudó a Örebro con su novio, y en que se puso a llorar cuando su hermana dijo que no pensaba volver nunca.

Enormes árboles se inclinan sobre el agua, creando un portal de frondosa vegetación. Ambas dejan de remar y se deslizan en silencio por el agua en sombra.

El claro cielo nocturno refulge entre las hojas que tienen por encima.

Magda arrastra los dedos sobre el río tibio.

Esta es la tercera vez que cogen la canoa para ir al lago Byngaren a última hora del día. Hace unos años, cuando se descubrieron los vertidos de la fábrica, el Ayuntamiento decidió cerrar la zona de baño.

No se puede comer patatas, verduras, setas ni pescado que provengan de Gusum. Los niveles de metales pesados, arsénico y PCB en el agua y la tierra son extremadamente elevados.

Pero a Magda e Ingrid les encanta disponer de un lago entero para ellas. Reman hasta la única islita que hay, se fuman un cigarro y se bañan desnudas en el agua cristalina.

—Yo quiero volverme fosforescente —suele decir Magda.

Dejan atrás el frondoso portal. La proa redonda de la canoa corta la superficie del agua, que se desplaza lentamente.

Siguen remando y se adentran en el oscuro túnel que pasa por debajo de la autovía y oyen el eco del agua contra el hormigón mojado.

Magda gira a la derecha para evitar el carrito de supermercado oxidado que está atrapado entre dos piedras justo delante de la boca.

Salen del túnel.

La hierba del prado que llega hasta el borde roza el exterior de la canoa.

—Espera —dice Ingrid y rema hacia atrás, de manera que la proa gira hacia la orilla.

—¿Qué pasa?

—¿Ves el bolso? Allí arriba —dice Ingrid, señalando.

—Venga ya.

Entre la maleza de la pendiente que sube a la autovía hay un bolso de Prada negro.

—Es más falso que yo que sé —dice Magda.

—Y qué —dice Ingrid y baja a tierra.

Coge la cuerda que está atada a la proa, la pasa alrededor de un abedul y empieza a subir la cuesta en dirección al bolso.

—¿Qué es eso que huele tan mal? —pregunta Magda y le sigue los pasos.

Un vehículo pesado pasa retumbando por la calzada, las ramas de los árboles se mueven con la masa de aire que desplaza.

Miles de moscas revolotean en un matojo de brotes de abedul y ortigas llenas de polvo.

Ingrid coge el bolso, lo levanta para enseñárselo a Magda y empieza a bajar otra vez.

Magda se acerca a la maleza donde se agolpan las moscas. Dentro de los arbustos resecos hay tres bolsas negras de plástico. Coge una rama del suelo y empieza a toquetear una.

Un remolino de moscas alza el vuelo, arrastrando consigo un hedor espantoso.

—¿Qué haces? —grita Ingrid desde la orilla.

Magda hunde la rama en un pequeño corte en el plástico, la retuerce y abre un gran agujero. Cientos de larvas caen al suelo como un mejunje blanco.

A Magda se le acelera el corazón.

Se tapa la boca con una mano y rasga el plástico para ampliar aún más el agujero. Cuando ve el brazo cortado y la mano con las uñas pintadas no puede reprimir un jadeo.

71

Pamela y Martin se quedan sentados en la cocina a pesar de haber terminado ya de cenar. Las cajas con ensalada de fideos de arroz, gambas y rollitos de primavera siguen en la mesa.

Martin solo lleva un pantalón de color caqui y tiene la nuca húmeda de sudor. Mira a Pamela mientras esta deja su vaso de agua en la mesa. El resplandor de la vela se mueve por su rostro. Su pelo proyecta sombras rojas que oscilan por una de sus mejillas.

Cuando Pamela se vuelve hacia él, Martin se apresura a bajar la cabeza antes de que sus miradas se crucen.

—¿Has hecho la bolsa? —pregunta ella.

Él dice que no en silencio sin alzar la vista.

—No quiero más electroshocks —contesta y mira en dirección al pasillo para comprobar que no hay nadie allí.

—Lo entiendo perfectamente, pero Dennis piensa que te vienen bien —dice—. Puedo acompañarte, si te sientes intranquilo.

Una ola de ansiedad empuja a Martin a arrastrar la silla hacia atrás, dejarse caer al suelo y esconderse bajo la mesa. No hay palabras para describir el vacío que el tratamiento con electricidad deja tras de sí, es como un ansia terrorífica de algo desconocido.

—Pero es que tienes que ponerte bien ya…, y casi la mitad de las personas que hacen una terapia electroconvulsiva pierden todos los síntomas, se curan, ¿te lo imaginas? —dice Pamela.

Martin mira la tela de color frambuesa del vestido de Pamela cayendo por sus rodillas hasta llegar a sus pies morenos y las uñas pintadas de rojo.

Pamela coge la vela, se mete debajo de la mesa y se sienta con Martin, mirándolo con ojos cálidos.

—Y lo cierto es que después del tratamiento has empezado a hablar mucho más.

Él dice que no con la cabeza y piensa que es por la hipnosis.

—¿Quieres que llame a tu departamento y les diga que esta tarde no irás?

Él traga saliva, quiere contestar, pero un nudo en la garganta se lo impide.

—Háblame, por favor.

—Quiero estar en casa, puedo hacerlo...

—Yo también lo creo.

—Bien —susurra él.

—Sé que te asustas cuando te pregunto por el parque infantil, pero no puedo rendirme, se trata de Mia —dice Pamela—. Tú estuviste allí y dibujaste a Jenny Lind al volver a casa.

Martin intenta tragarse la ansiedad y decirse a sí mismo que los niños no existen de verdad. Pero, aun así, su cerebro le repite que los nombres les provocan. Ellos quieren el nombre, quieren grabarlo en una lápida o donde sea.

—Martin, no es peligroso hablar —dice ella y le pone una mano en el brazo—. Tienes que entenderlo, todo el mundo lo hace, no pasa nada.

Él mira hacia el pasillo y ve que alguien se esconde rápidamente detrás del chubasquero de Pamela, que está colgado de un gancho.

—Necesito saber si son los niños los que te impiden contar lo que viste, o si realmente no te acuerdas por efecto de la terapia electroconvulsiva.

—No recuerdo nada —dice él.

—Pero ¿lo intentas?

—Sí, lo intento.

—Pero estuviste allí, debiste de verlo todo, tú sabes quién asesinó a Jenny Lind...

—No —dice él, alzando la voz, y los ojos se le empañan.

—De acuerdo, lo siento.

—Pero cuando me hipnotizaron comencé a ver cosas...

Martin piensa que fue como si un potente foco se acabara de apagar y él se hubiese quedado parpadeando en la oscuridad. Cuando Erik Maria Bark le dijo que explicara lo que veía, tuvo la sensación de que los ojos empezaban a acostumbrarse, pero que por algún motivo se quedó encallado justo cuando estaba a punto de distinguir los primeros contornos.

—Continúa —susurra Pamela.

—Quiero volver a ver al hipnotista —dice Martin y la mira a los ojos.

72

Pamela guarda los restos de la cena en la nevera, se desabrocha el sujetador por debajo del vestido y mientras se lo saca por una de las mangas llaman al timbre.

—Es Dennis —dice Pamela—. No he conseguido hablar con él, cree que tiene que llevarte al hospital.

Coge el sujetador y lo tira al interior del dormitorio antes de abrir la puerta. Dennis va vestido informal, con vaqueros azules y una camisa hawaiana de manga corta.

—He intentado llamarte. Martin no va a ir al Sankt Göran.

—A mi teléfono se le acaba la batería cada dos por tres.

Cierra la puerta tras de sí, se quita los zapatos sobre el felpudo y murmura algo acerca del calor.

—Siento haberte hecho venir para nada —dice Pamela.

Se meten en la cocina. Martin está de pie junto al fregadero, llenando un pequeño tarro con huesitos para perro de color rosa.

—Hola, Martin —dice Dennis.

—Hola —responde él sin darse la vuelta.

—A Martin no le sienta bien la terapia electroconvulsiva —explica Pamela.

—Ya.

—No quiere volver a las sesiones del hospital.

—Podríamos hacer una cosa —dice Dennis y se sube las gafas en la nariz—. Si yo me ofrezco como responsable de la asistencia de Martin, de momento tendríamos control absoluto sobre la medicación.

—Vale —responde Martin.

—Y entonces puedes buscar a un psiquiatra que a ti te guste, Martin, sin ninguna prisa.

—¿Eso te parecería bien? —pregunta Pamela.

—Sí.

Martin sale al pasillo y acaricia al Gandul, que está tumbado entre los zapatos, esperándolo. Pamela lo sigue y recoge la correa del suelo.

—No te vayas demasiado lejos —dice Pamela y le pasa la correa.

—Creo que iremos a Gamla Stan, el casco antiguo —dice Martin y abre la puerta.

El Gandul se levanta y lo acompaña perezosamente hasta el ascensor. Pamela cierra la puerta y vuelve a la cocina.

—¿Crees que funcionará lo de tener a Martin en casa?

—La verdad es que no lo sé —dice ella y se apoya en la encimera—. Pero hay que decir que se ha empezado a comunicar muchísimo, la diferencia es tremenda.

—Fantástico —dice Dennis sin entusiasmo.

—Creo que la sensación de Martin de poder ayudar a la policía ha sido clave.

—Puede ser así, desde luego.

Una gota se desprende del grifo y se oye un sonido metálico cuando estalla contra el fregadero. La mente de Pamela va hasta las botellas de vodka que hay en el armario, hasta que consigue contenerse.

—¿Le vas a contar lo nuestro?

—Tengo que hacerlo, pero..., es que es muy difícil, sobre todo si tú asumes la responsabilidad de su tratamiento.

—Lo hago por ti, pero en realidad lo que quiero es que lo dejes y te vengas a vivir conmigo.

—No digas eso.

—Lo siento, ha sido una estupidez. Pero a menudo pienso en

cuando Alice era pequeña, antes de que conocieras a Martin. Yo vivía prácticamente en tu casa para que pudieras estudiar…, creo que fue la única vez en la vida que no me he tenido en cuenta solo a mí mismo –dice y se marcha del piso.

73

Martin ha rodeado la iglesia de Hedvig Leonora y ha bajado hasta Nybroplan. El Gandul hace pipí en un armario eléctrico y olfatea el suelo debajo de una papelera. La iluminación de un escaparate se le refleja en el pelaje negro.

Martin mira en el interior de un kiosco de tabaco y lotería y lee los titulares mientras espera.

La información destacada del diario sensacionalista *Expressen* habla de perder peso, pero lo que atrapa su atención es la noticia secundaria sobre Jenny Lind.

«El único testigo de la policía es un enfermo mental».

Martin entiende que él es el testigo y sabe que tiene problemas mentales, pero aun así se le hace raro verlo en una portada de un periódico.

Siguen caminando y, mientras cruzan el puente de Strömbron, el Gandul se tumba en el suelo junto a la barandilla.

El agua oscura corre por debajo de ellos.

Martin se pone de rodillas delante del animal y le levanta la pesada cabeza con las manos.

—¿Cómo te encuentras? —le pregunta y le da un beso en el hocico—. ¿Estás cansado? Pensaba que hoy querías dar un paseo largo.

El perro se levanta con pesadez, sacude el cuerpo, da media vuelta, camina un poco y luego se detiene.

–¿Cogemos el metro? ¿Eh, bonito? ¿Vamos al metro?

El Gandul da unos pocos pasos más y luego vuelve a tumbarse.

–Te llevaré un tramo en brazos.

Martin se lo carga en el regazo, deshace el camino por el puente y continúa por un lateral de los jardines de Kungsträd.

En la alameda hay un grupo de adolescentes. Están fumando, hablando y riendo. A unos metros de distancia, en la oscuridad de debajo de un árbol, hay dos niños pequeños con rostro macilento y ojos como de porcelana.

Martin gira de golpe a la derecha y cruza la calle, continúa hasta la boca del metro y vuelve a dejar al Gandul en el suelo.

–Te has vuelto un gordete –dice y echa un vistazo rápido al parque que ha quedado atrás.

Entran por las puertas automáticas y se detienen delante de las escaleras mecánicas. Martin siente un escalofrío en la espalda y vuelve a mirar atrás.

Las puertas tiemblan con las vibraciones de un tren que pasa a treinta metros por debajo del suelo, y luego se abren a pesar de que no hay nadie que entre ni salga por ellas.

Cuando las puertas se cierran de nuevo, Martin ve una figura pequeña plantada en la oscuridad de fuera, mirándolo.

Está borroso, y tiembla intensamente.

El suelo vuelve a retumbar con el paso de un nuevo tren que llega a la estación.

Las puertas se abren de nuevo, pero ahora el niño ya no está.

A lo mejor se ha escondido detrás de la pared que hay justo a la salida.

Martin baja por las cortas escaleras mecánicas hasta las barreras, desliza su tarjeta y se apresura hasta las siguientes escaleras.

El Gandul se tumba a sus pies y respira con dificultad.

Esas escaleras son tan largas y empinadas que Martin no puede ver dónde terminan.

Martin sujeta al animal por el collar y nota su respiración a través del cuero.

Una brisa caliente y cargada sube de los túneles y los acaricia mientras ellos descienden.

La maquinaria resuena incansable.

—Enseguida llegamos abajo —dice Martin cuando atisba el final.

Aguza la mirada y ve que hay alguien esperando al pie de las escaleras mecánicas.

Aún están tan arriba que lo único que se ve son dos pies de niño pequeño, descalzos y sucios.

El brillo de la fila de lámparas en el techo va rodando hacia arriba mientras ellos siguen bajando.

El niño retrocede.

Un tren frena con un chirrido y un temblor en el andén.

Martin tira del Gandul para que se ponga en pie y le dice que se prepare para bajarse de las escaleras mecánicas.

El niño ha desaparecido.

Martin sabe que forman parte de su enfermedad, pero le resulta difícil comprender que los niños no existen de verdad.

Según el cartel luminoso, faltan once minutos para la salida del próximo tren.

Continúan alejándose todo lo posible por el andén vacío antes de detenerse. Martin se sienta encima de un armario rojo de incendios y el Gandul se vuelve a tumbar en el suelo.

Martin lanza ojeadas por el andén vacío.

Un bordillo de piedra blanca marca la última línea de separación con las vías.

Martin se levanta al oír el sonido de pies desnudos moviéndose a toda prisa. Se da la vuelta, pero no ve a nadie por ningún lado.

Se oye un siseo eléctrico y las vías emiten unas notas agudas.

Una ola de angustia azota a Martin.

Los chasquidos metálicos le recuerdan al sonido del hielo en un lago.

Recuerda cuando estuvo tumbado en el paisaje blanco, mirando al agua por el agujero.

Dos salvelinos grandes surgieron de la oscuridad y se acercaron con cautela al anzuelo, pero luego volvieron a desaparecer.

El cristal del reloj de la estación vibra un poco.

Ahora solo faltan cuatro minutos para que llegue el metro. Debería aparecer de un momento a otro.

Martin deja al Gandul donde está y se acerca al borde del andén y mira hacia el túnel oscuro y curvado.

Unos pasos pesados y el tintineo de un manojo de llaves resuenan entre las paredes. Martin entorna los ojos y mira hacia las escaleras mecánicas, pero el andén sigue vacío.

A lo mejor hay alguien escondiéndose detrás de la máquina expendedora de chucherías. A Martin le parece atisbar un hombro y una mano pálida y amarillenta, pero sabe que, probablemente, solo se lo esté imaginando.

Un ruido vibrante va ganando intensidad. Polvo y algunos escombros se ponen en movimiento.

Martin se mira los pies al borde del andén.

Raíles, traviesas y piedras brillan en la oscuridad de abajo.

Martin alza la vista y ve su propia sombra proyectada en la pared rugosa del otro lado del andén.

Piensa en los pómulos angulosos de los niños y en sus bocas tensas y cerradas. El mayor se ha partido la clavícula y el brazo le cuelga torcido.

Martin se acerca un poco más al borde y vuelve a mirar en el interior del túnel. Un farol rojo brilla a lo lejos.

La luz parpadea, como si alguien hubiese pasado por delante.

Se acerca un tren: el retumbo rítmico va creciendo.

Martin vuelve a mirar su sombra en la pared irregular verde. Le parece más ancha que hace un momento.

De pronto, la sombra se divide en dos.

Martin entiende que alguien se le ha acercado con sigilo por detrás, y antes de que le dé tiempo de darse la vuelta recibe un fuerte empujón entre los omoplatos y cae del andén.

Aterriza en las vías, se golpea la rodilla y frena la caída con las manos. Siente una quemazón repentina cuando sus palmas se abren con el roce de la grava. Se levanta, se vuelve y resbala con el liso raíl.

El tren va directo hacia él, empujando una masa de aire sucio por delante.

Martin intenta subir de nuevo al andén, pero sus manos ensangrentadas se resbalan en la piedra blanca del borde.

El aire retumba y el suelo tiembla.

Martin ve un cartel amarillo que advierte de cables eléctricos, apoya un pie en el canto del cartel, se impulsa, logra subir al andén y se aparta rodando justo cuando el tren sale a toda velocidad del túnel y frena con un chirrido.

74

Las marcas de rayas se suceden a toda prisa en la carretera al lado del coche y los neumáticos resuenan sobre el asfalto. Joona apoya la mano derecha en el volante. La intensa luz de verano que atraviesa las copas de los abetos se refleja en el cristal de sus gafas de sol.

La Clínica Psiquiátrica de Säter está ubicada entre Hedemora y Borlänge, a doscientos kilómetros al noroeste de Estocolmo.

Allí ingresan a pacientes condenados por la justicia y a otros pacientes de todo el país que necesitan curas muy particulares.

Martin había oído a Primus hablar con Caesar sobre el asesinato de Jenny. A través de Ulrike se enteraron de que Primus iba a estar presente en el Nido del Águila.

Joona solo tuvo tiempo de interrogar una vez a Primus antes de que se fugara.

Era obvio que disfrutaba de escurrir el bulto y de encriptar sus respuestas.

Primus vive en una soberbia narcisista y creía que tenía el control absoluto sobre el interrogatorio. Saltó a la vista que se había asustado en el momento en que comprendió que, sin querer, había revelado algo.

Le había entregado a Joona la primera pista concreta sobre Caesar.

En los últimos sesenta años no había habido ningún juicio ni ingreso psiquiátrico de nadie llamado Caesar en toda Suecia.

Aun así, era evidente que Primus había hecho referencia a Säter, al hacer la comparación con Auschwitz.

Joona piensa que quizá todo lo ocurrido en el Nido del Águila haya merecido la pena por ese pequeño detalle.

Antes del interrogatorio, Caesar solo era un nombre. Ahora Joona está convencido de que estuvo ingresado en Säter en algún momento.

Joona piensa en todas las referencias que Primus había empleado para describir a Caesar durante el breve interrogatorio: Saturno, Leopoldo, darwinista, chad y patriarca.

Todas asociadas con algún tipo de masculinidad superior y despótica.

Joona se desvía de la carretera 650 y se mete en la localidad de Skönvik. Pasa por delante del pabellón permanente de Säter, que fue clausurado hace más de treinta años e incendiado trece años más tarde.

El edificio, con aspecto de mansión, parece una casa abandonada, con el tejado hundido y rejas oxidadas en cada ventana. La puerta de acceso principal está tapiada y el revoco se ha desprendido de la fachada, dejando al descubierto la pared de ladrillo del interior.

Joona sigue conduciendo, la luz del sol se fragmenta con el follaje, reduce la marcha, echa un vistazo a un mapa de la zona, da media vuelta y aparca delante de la clínica modernizada.

Es un gran complejo hospitalario con ochenta y ocho pacientes y una plantilla de ciento setenta personas contratadas.

Joona se baja del coche y nota un escozor en los puntos de sutura del corte en el costado. Entra por la puerta, pasa por el arco de seguridad, se guardas las gafas de sol en el bolsillo del pecho y continúa hasta el mostrador de recepción para presentarse.

La médica jefe que va al encuentro de Joona lleva una alarma de asalto en el cuello de la camisa. Es una mujer alta que ronda los cuarenta años, con pelo negro y la frente lisa.

—Somos conscientes de la imagen asociada a Säter... Que todo el mundo se imagina pacientes que van drogados con benzodiacepinas y psicofármacos... Terapia de expresión de la ansiedad y psicólogos que hacen aflorar recuerdos reprimidos que nunca han existido.

—Puede ser —responde Joona.

—Gran parte de las críticas están bien fundamentadas —continúa la doctora—. Las lagunas de conocimiento en la antigua psiquiatría eran enormes.

Desliza su pase, introduce un código y le aguanta la puerta.

—Gracias.

—Obviamente, hoy tampoco somos perfectos —dice ella y le indica el camino por un pasillo—. Esto es un trabajo continuo, y hace nada recibimos críticas por parte del Defensor del Pueblo por nuestras medidas coercitivas. Pero ¿qué haces con un paciente que intenta arrancarse los ojos en cuanto le quitamos las correas?

Se detiene en un office.

—¿Café?

—Expreso doble —responde Joona.

La médica jefe saca dos tazas y pone en marcha la cafetera.

—Ahora tenemos un sistema de valores consolidado para una atención de calidad asegurada —continúa—. Y estamos desarrollando valoraciones de peligro más estructuradas...

Cogen las tazas, se meten en las oficinas médicas, se sientan en sendos sillones y toman el café en silencio.

—Uno de vuestros pacientes se llamaba Caesar —dice Joona y deja su taza en la mesa.

La médica jefe se levanta y se acerca al escritorio, accede a su cuenta en el ordenador y luego se queda un rato callada antes de alzar la vista.

—No —dice.

—Sí.

La médica se queda mirando a Joona y, por primera vez, la sombra de una sonrisa aflora en su cara.

—¿Tienes un apellido o número de identificación personal?

—No.

—¿Cuándo fue eso, dices? Yo llevo ocho años aquí y nuestros registros son digitales desde hace veinte.

—¿Hay otros registros?

—La verdad es que no lo sé.

—¿Quién es la persona que lleva más tiempo trabajando aquí?

—Debe de ser Viveca Grundig, una de nuestras terapeutas ocupacionales.

—¿Está aquí ahora?

—Me parece que sí —dice la médica jefe, saca su teléfono y marca un número.

Unos minutos más tarde aparece una mujer de unos sesenta años. Su rostro es delgado y lleva el pelo corto y cano, sus ojos son de un azul claro y esboza una leve sonrisa.

—Este es Joona Linna, del Departamento Operativo Nacional —dice la médica jefe.

—¿La policía? Y yo toda la vida deseando un médico —dice Viveca sonriendo de una manera que hace que Joona le devuelva la sonrisa.

—El inspector se pregunta si tenemos registros más antiguos de nuestros pacientes, en alguna parte, de antes de la digitalización.

—Claro que sí, tenemos un archivo.

—Necesito buscar a un paciente llamado Caesar —dice Joona.

Viveca baja los ojos, se quita un pelo de la blusa y vuelve a cruzarse con su mirada.

—Esa parte del archivo está destruida —responde.

—Pero tú sabes de quién estoy hablando, ¿verdad?

—En realidad, no…

—Cuéntame —dice Joona.

Viveca se aparta el pelo gris de la frente y lo mira.

—Fue cuando yo empecé aquí. Enseguida oí hablar de un tal Caesar, que estaba ubicado en el pabellón centrar. Era paciente de Gustav Scheel.

—¿Qué oíste?

Viveca mira para otro lado.

—Solo eran tonterías…

—Explícame las tonterías —se empecina Joona.

—Estoy segura de que no eran más que habladurías, pero cuando fueron a clausurar el pabellón central, la gente decía que Gustav Scheel se oponía porque no quería desprenderse de un paciente con el que se había obsesionado.

—¿Caesar?

—Había quienes decían que estaba enamorado de él, pero solo eran rumores.

—¿Hay alguien que sepa cuál era realmente la situación?

—Puede que lo mejor sea preguntarle a Anita, que es enfermera y trabaja aquí.

—¿Trabajaba en el pabellón permanente?

—No, pero es la hija de Gustav Scheel.

Joona acompaña a Viveca a la oficina de Enfermería, que está una planta más abajo. A través de las paredes se oyen los gritos enfurecidos de un hombre.

—¿Anita?

Una mujer que está de pie delante de la nevera del office se vuelve con un yogur en la mano. Debe de tener unos treinta y cinco años y lleva el cabello revuelto en un corte de pelo de monaguillo. Aparte del rímel azul, no va maquillada, sus cejas son incoloras y sus labios carnosos están pálidos.

Deja el tarro en la mesa, pone la cucharilla encima y se seca las manos en los pantalones antes de saludar.

Joona se presenta y observa su rostro mientras repite el motivo de su visita. La frente arrugada se pliega aún más cuando Anita asiente con la cabeza.

412

—Sí, desde luego, recuerdo que mi padre tuvo un paciente que se llamaba Caesar.

—¿Recuerdas el apellido?

—Estaba inscrito sin nombre, como N. N., pero se hacía llamar Caesar... Es posible que ni él mismo supiera cómo se llamaba.

—¿Es habitual que haya pacientes cuya identidad no se conozca?

—No, no diría que es habitual, pero a veces pasa.

—Necesito mirar el archivo.

—Pero si quedó todo destruido con el incendio... —responde ella, como si le sorprendiera que Joona no lo supiera—. Los últimos años Caesar estuvo ubicado en el pabellón permanente, antes de que lo cerraran..., y toda esa parte quedó calcinada unos años más tarde.

—¿Estás segura de que se perdió todo?

—Sí.

—No debías de ser más que una niña cuando Caesar era paciente de tu padre, y aun así tienes muy claro su caso.

Anita se pone seria y a juzgar por su expresión, parece estar sopesando algo.

—Creo que es mejor que nos sentemos —dice al final.

Joona le da las gracias a Viveca por la ayuda y luego se sienta enfrente de Anita en una de las sillas altas que hay alrededor de una mesa redonda con flores de tela en un pequeño jarrón.

—Mi padre era psiquiatra —empieza ella y aparta el jarrón a un lado—. Freudiano en esencia, diría yo, y dedicó gran parte de su tiempo a la investigación..., sobre todo, los últimos diez años antes de morir.

—¿Siempre estuvo aquí en Säter?

—Sí, pero vinculado al hospital académico de Uppsala.

—Y ahora tú trabajas aquí.

—No tengo ni idea de cómo se dio la cosa. —Anita se ríe—. Me crie aquí, en una de las casas para catedráticos, y ahora vivo a cinco minutos de allí... Me mudé a Hedemora una temporada, pero no está ni a veinte kilómetros.

—Suele pasar —dice Joona sonriendo y luego se pone serio otra vez.

Ella traga saliva y apoya las manos en el regazo.

—Yo era adolescente cuando mi padre contó cómo había cogido a Caesar de paciente... Mi padre se despertó en mitad de la noche porque oyó voces, y cuando se levantó vio que la lámpara de mi habitación estaba encendida... Había un joven sentado en el borde de mi cama, acariciándome la cabeza.

La punta de su nariz enrojece y Anita se queda mirando el pasillo en actitud pensativa.

—¿Y qué ocurrió?

—Mi padre consiguió llevarse a Caesar a la cocina; era obvio que tenía problemas mentales... y él mismo lo sabía, porque pidió que lo ingresaran.

—¿Por qué acudió a tu padre?

—No lo sé, pero en aquella época mi padre era bastante conocido, se contaba entre los pocos que pensaban que todo el mundo podía curarse.

—Pero ¿por qué Caesar fue a vuestra casa, en lugar de ir directamente a Säter?

—El pabellón no tenía recepción, allí te ingresaban como última medida..., pero creo que mi padre sintió interés por el caso de Caesar esa misma noche.

—¿Y cedió a una eventual amenaza por curiosidad?

—«Ceder» a lo mejor no es la palabra correcta.

—Porque la mejor manera de tener controlado a Caesar era ingresarlo como paciente en el pabellón cerrado —dice Joona.

Ella asiente con la cabeza.

—Antes, este era un sitio en el que los pacientes perdían sus derechos humanos. No había ninguna contemplación en absoluto, a menudo se quedaban aquí hasta que morían, y entonces se los incineraba y se los enterraba en el cementerio privado.

—¿Qué pasó con Caesar?

—Le dieron el alta en menos de dos años.

Joona observa el gesto ausente de Anita y su frente arrugada.

—¿De qué trataba la investigación de tu padre? —pregunta.

Anita respira hondo.

—A ver, yo no soy psicóloga ni psiquiatra y no puedo hablar de sus métodos…, pero el principal campo de mi padre era el síndrome de despersonalización y el trastorno de identidad disociativo.

—TID —dice Joona.

—No quiero quitarle prestigio a mi padre, pero la mayoría de gente diría que su visión de la psique humana estaba anticuada, que es de otra época —dice Anita—. Una de las teorías de mi padre era que los agresores se ven traumatizados por sus propios actos y se ven afectados por distintas formas de disociación… Sé que estuvo redactando un estudio de caso sobre Caesar en el que hablaba del «hombre en el espejo».

—El hombre en el espejo —repite Joona.

—Después del desmantelamiento, mi padre se quedó en el pabellón permanente —explica Anita—. Ya no había pacientes, pero mi padre se dedicó a compilar su investigación de cuarenta años como psiquiatra clínico, el archivo era enorme… Sin embargo, una tarde se produjo un incendio en un armario eléctrico, mi padre murió y todo su trabajo acabó destruido.

—Lo lamento —dice Joona.

—Gracias —murmura ella.

—¿Tú no recuerdas nada de Caesar?

—¿Podría saber de qué va todo esto?

—Caesar es sospechoso de ser un asesino en serie —responde Joona.

—Entiendo —dice ella y traga saliva—. Pero yo no lo he vuelto a ver desde aquella vez, cuando era niña.

—Estoy intentando enfocar esto desde la perspectiva de tu padre… Un hombre con problemas mentales entra sin permiso en vuestra casa en mitad de la noche y se sienta en la cama de su hija y le pone una mano en la cabeza... Debió de asustarse muchísimo.

—Pero para él fue el comienzo de algo importante.

—¿Un estudio de caso?

—Recuerdo que sonreía cuando me contó lo de aquel primer encuentro... Caesar estaba sentado con la mano sobre mi cabeza, lo miró a los ojos y dijo: «Las madres miran cómo juegan los críos».

Joona suelta un suspiro de dolor al levantarse de la silla y le dice a Anita que tiene que irse, le da las gracias por la ayuda y se apresura por el pasillo.

Piensa en la sesión de hipnosis de Martin, durante la cual este pudo ver la parte de atrás de la facultad de Economía y la caseta roja infantil.

Erik lo guio lentamente hasta el escenario del crimen y comenzó a describir los toboganes y la estructura.

Martin asintió con la cabeza y murmuró: «Las madres miran cómo juegan los críos».

Tanto Joona como Erik creyeron que esas palabras formaban parte del intento de Martin de imaginarse un parque infantil, y Erik le había dicho que «era de noche» y que «la luz provenía de una farola» para hacer que Martin se concentrara en el recuerdo real del parque de juegos, donde no había ninguna madre esperando.

Pero Martin ya estaba metido en la situación real.

Ya no veía nada, pero sí que oía lo que estaba pasando.

Aquella noche en el parque infantil, Martin oyó hablar a Caesar.

Joona empuja la puerta principal y trota hasta el coche mientras piensa que, de alguna manera, tiene que conseguir que Martin cuente más cosas de lo que presenció.

75

Desde que Caesar volvió a desaparecer, los días no han sido más que calurosos y monótonos. Ayer no hubo ración de comida, porque la abuela se fue con el camión, pero esta mañana les ha dado pescado en salazón y patatas.

Mia no puede parar de pensar en lo que ocurrió. No logra asimilarlo.

Caesar le cortó el cuello a Raluca, la cual al instante siguiente quedó olvidada.

La durmieron y ya no se volvió a despertar nunca más.

Caesar violó a Kim, se quedó tumbado encima de ella, jadeando, y luego se levantó, se abrochó los pantalones y se fue.

La abuela estaba allí cuando Kim comenzó a recuperar el conocimiento, y se encargó de que volviera a meterse en la jaula, con su ropa en un hatillo en el regazo.

Kim aún estaba ciega, se golpeó la cabeza en el techo, se tumbó en su sitio y se quedó dormida.

El cuerpo de Raluca siguió allí toda la noche.

Por la mañana le tocó a Blenda ayudar a incinerar a Raluca en el horno que hay más allá de la última caseta alargada.

Les llevó casi todo el día, y un manto de humo dulce se posó sobre toda la finca.

Al volver a la jaula, Blenda tenía la cara tiznada y se echó a llorar. Aún tiene impregnado el olor a humo.

A Kim le duelen los genitales desde la violación. Ayer estuvo todo el día tapándose la cara con las manos, mientras Mia intentaba implicarlas a ella y a Blenda.

—No lo entiendo, nos tiene metidas en jaulas para que no nos escapemos, pero no valemos una mierda. Al principio pensé que a lo mejor era una especie de Boko Haram, en versión cristiana… Pero ahora pienso que solo es una puta revolución *incel* —dijo Mia—. Como nadie quiere acostarse con él, pues se dedica a hacer esto…, es enfermizo, seguro que tiene un grupo de fans en 4chan que lo admiran como a un dios.

—En serio —dijo Blenda, inclinándose hacia la rejilla—. ¿De verdad conoces a algún chico que, sinceramente, diría que no a esto?

—¿A tener a un montón de chicas encerradas en jaulas?

—No, pero sí como estábamos antes. Esto era un harén, era lujoso y…

—Nunca fue lujoso —la interrumpió Kim.

—Porque tú estás acostumbrada a más, claro —dijo Blenda, mordaz.

—No hace falta que nos peleemos —susurró Mia.

Ahora las dos navajas caseras están lo más afiladas que pueden estar sin disponer de una piedra de afilar de verdad. Está claro que funcionarán bien, si se aplica la fuerza suficiente.

Mia intercambió la parca que usa como almohada por la camisa de Kim, le hizo unos pequeños cortes y luego la rompió en tiras.

Mia ya no intenta implicar a Blenda en la revuelta, a pesar de que les vendría bien contar con ella. No está lo bastante motivada y a lo mejor titubearía o se echaría atrás en el momento clave.

Pero dado que Blenda es la que se mueve con mayor libertad por la zona, Mia ha intentado preguntarle por las demás casetas alargadas y por el aspecto que tiene el camino que sale del bosque.

—No lo sé —se limita a responder ella.

Pero Mia ha entendido que hay chicas en otras tres de las casetas alargadas, a lo mejor llegan a un total de diez prisioneras.

En las pausas ha atisbado movimientos y blancos de ojos en la penumbra, y por las noches se oyen llantos y tosidos.

Ayer, una mujer joven se plantó en la puerta y se quedó mirándolas. Llevaba una pala en una mano y su pelo brillaba con destellos rojos cuando lo atravesaban los rayos de sol. La abuela gritó algo y la joven desapareció.

—¿La has visto? —preguntó Mia.

—Tiene tuberculosis, morirá dentro de poco —había respondido Blenda.

Anoche, Mia y Kim estuvieron hablando entre susurros después de que Blenda se quedara dormida. Kim ha cambiado desde la última violación, dice que está preparada para ayudar en la revuelta, atendió a las indicaciones de Mia y las fue repitiendo.

La pausa se acerca y Mia ha empezado a sentir un creciente nerviosismo. Lo nota como un peso inquieto en la boca del estómago.

Mia no le cuenta a Kim que, en verdad, no tiene ninguna experiencia real en ese tipo de ataques. Solo se ha relacionado con tíos que han estado en la cárcel y que se han visto obligados a juntarse con algún grupo para poder sobrevivir, tíos que han tenido que apuñalar a adversarios para demostrar su lealtad al líder.

Las chicas de la tercera caseta alargada son las primeras en hacer la pausa. A esas alturas, Mia ya reconoce sus voces, dos de ellas casi siempre hablan sin parar, las otras dos se pasan la mayor parte del tiempo calladas y hacen un alto cada vez que una de ellas necesita toser.

Un helicóptero pasa por el bosque y la abuela le pega un grito al perro cuando este empieza a ladrar.

La mañana se tercia más cansina que de costumbre, como si todo tomara más tiempo de lo habitual.

Mia le entrega una navaja a Kim y comprueba que se la mete dentro del calcetín de deporte, en la cara interior de la espinilla derecha, y que luego le pasa la pernera por encima.

La suya la mete en la caña de la bota y comprueba que no se mueve.

Si las circunstancias acompañan, lo harán hoy.

Depende un poco del tiempo.

No es seguro que los filos de chapa puedan atravesar ropa gruesa.

A la hora del desayuno, la abuela llevaba una cazadora vaquera, pero ahora el sol está alto y ya hace mucho calor en el interior de la caseta alargada.

Si la abuela lleva la misma blusa que ayer, no hay ningún problema.

En su cabeza, Mia ha proyectado miles de escenarios distintos.

Piensa que podría hacerlo incluso sin ayuda de nadie. Cree que podría hacerlo aunque Kim no consiguiera cumplir con su parte. Mia es más pequeña y más débil que la abuela, pero si consigue ganarle la espalda, lo intentará. A lo mejor solo tiene tiempo de apuñalarla una vez antes de ser derribada, pero puede ser suficiente. Porque si la abuela está herida y sangra, Mia puede levantarse, seguirla y rodearla hasta que pueda volver a apuñalarla.

Kim está de rodillas y con las manos entrelazadas, rezando, pero para de golpe en cuanto oye pasos que se acercan a la puerta.

El perro resopla.

La abuela retira el travesaño, lo apoya en la pared y luego abre la puerta y la aguanta con una piedra.

Un polvillo flota en la luz del sol detrás de ella mientras entra con un barreño lleno de agua. El talismán que le cuelga de la cinta en el cuello golpea el borde con un tañido. Se ha quitado la cazadora y lleva una blusa azul fina, arremangada.

Kim se arrastra y saca un brazo, la abuela le pone una brida a través de la trampilla y luego Kim sale de la jaula.

Mia la sigue, la abuela la ata a la muñeca de Kim y sale también.

Se quedan de pie una al lado de la otra. Mia siente un cosquilleo en las piernas y tiene los pies entumecidos. La navaja casera le aprieta la pantorrilla contra la caña de la bota.

La abuela se pone unos guantes de fregar amarillos, coge una esponja del barreño y les frota la cara y el cuello. El agua caliente huele muy fuerte a cloro.

—Quitaos la parte de arriba como podáis.

Mia se sube la camiseta y la abuela le limpia con brusquedad debajo de los brazos, la espalda y alrededor de los pechos.

El agua caliente rezuma por dentro de sus pantalones.

A Mia le entra el pánico cuando comprende lo que va a pasar. Si la abuela ha decidido lavarlas a fondo, tendrán que descalzarse, y entonces encontrará las armas.

Mia se vuelve a bajar la camiseta y espera mientras la abuela lava el torso de Kim. La frota bajo los brazos. Kim se aguanta la camiseta y el sujetador con la mano que tiene libre y se tambalea.

—Desabrochaos los pantalones y bajáoslos.

La abuela vuelve a mojar la esponja, la retuerce, regresa y se pone delante de Mia.

—Haz sitio —le ordena.

Mia intenta separar las piernas y la abuela le mete la esponja entre los muslos. Cuando empieza a frotar, Mia cierra los ojos y jadea como si estuviera sintiendo placer.

La abuela para al instante, les espeta que se pongan la ropa y vuelve al banco. Se quita los guantes, los tira al suelo y sale con el barreño por la puerta.

76

Mia sonreía levemente al oír a la abuela vaciar el agua sucia en el desagüe que hay delante de la séptima caseta alargada. No sabía si la pegaría, pero no podía arriesgarse a que el lavado continuara.

Al cabo de un rato, la abuela vuelve, se apoya en el bastón y les ordena que salgan a dar una vuelta por el patio.

Mia y Kim se cogen de la mano y salen por la puerta. Bajo el sol directo hace mucho calor.

La ropa mojada se les pega al cuerpo.

La abuela está hirviendo algo en un gran puchero delante de la séptima caseta alargada. Blenda lo remueve con un cucharón largo. La abuela está enfadada y dice que cree que algunas de las chicas están abortando a escondidas y que el Señor las identificará y empezará a hacer una selección.

Los vapores viciados se expanden por el patio.

Mia se lleva a Kim al centro del patio de gravilla y nota que la navaja sube un poco dentro de la caña con cada paso que da.

La abuela se apoya en el bastón y las observa. Se desvían en dirección a ella, tienen que acercarse más y colarse por detrás de su espalda de una forma natural antes de que termine la pausa.

—Si vemos una oportunidad, lo hacemos —dice Mia.

—Estoy preparada —responde Kim escuetamente.

La abuela le quita el cucharón a Blenda y se vuelve hacia el puchero. Mia se detiene, mete los dedos dentro de su bota y saca la navaja la casera.

Le tiemblan las manos cuando intenta cortar la gruesa brida que les ata las muñecas. El filo resbala y casi se le cae la navaja.

—Date prisa —susurra Kim.

Mia ve que Blenda coge la pala y echa más carbón debajo de la olla. La abuela le va dando indicaciones, irritada. El cucharón golpea los cantos y emite tañidos graves. El pulso palpita en los oídos. Mia cambia el ángulo de corte, sierra rápidamente y oye el leve chasquido cuando la brida se rompe y cae al suelo. Pega la navaja al cuerpo para ocultarla mientras siguen caminando cogidas de la mano.

La abuela está mirando el interior del puchero y remueve con fuerza. El extraño colgante oscila entre sus pechos.

Las tiras de tela alrededor de los mangos de las navajas se han secado y contraído. El agarre es firme y aguantará hasta que quede empapado de sangre.

Se acercan poco a poco.

Blenda las mira a través del vapor.

Mia nota que a Kim le ha empezado a sudar la mano.

La abuela retira la espuma de la superficie y vacía el cucharón sobre la reja oxidada del desagüe.

El corazón de Mia late desbocado en su pecho.

El perro se les acerca, las rodea, las olisquea entre las piernas y gimotea inquieto.

La abuela tiene la cara brillante y las mejillas enrojecidas por efecto del vapor.

Pasan por su lado, ralentizan la marcha, dan media vuelta y se sueltan las manos.

Mia nota un chute de adrenalina helada. El vello de sus brazos se eriza. De pronto todo está claro como el agua. Las siete casetas alargadas, el puchero y la blusa azul que se ciñe a la espalda de la abuela.

Kim se sube la pernera y mete la mano por dentro del calcetín.

El filo de la hoja brilla con el sol.

Mia se cruza con la mirada de Kim, le dice que sí con la cabeza y se acerca rápidamente a la abuela con la navaja pegada al cuerpo y escondida.

La sujeta con tanta fuerza que los dedos se quedan blancos.

El perro empieza a ladrar.

La gravilla cruje bajo sus botas. El cucharón choca contra los cantos.

Kim la sigue, con intención de atacar a la abuela por delante justo después de la primera puñalada. No es consciente de que está gimoteando. La abuela suelta el largo mango del cucharón y empieza a darse la vuelta.

A Mia le tiemblan las piernas y respira demasiado rápido. Se concentra en el abdomen de la abuela, donde la blusa se ve lisa sobre la piel.

Gira el brazo hacia atrás para ganar impulso, cuando de pronto se oye un estruendo. Un fuerte golpe le sacude el lateral de la cabeza. Nota un ardor en la nuca. Mientras cae, alcanza a vislumbrar a Blenda sujetando la pala con las dos manos. La navaja sale despedida y Mia la ve desaparecer entre las rejas del desagüe antes de aterrizar en el suelo y de que todo se vuelva negro.

Los oídos se le llenan de silbidos como de fuegos artificiales.

Mia estira el cuerpo y vuela como un misil a medio palmo del suelo, se mete a toda velocidad entre los árboles del bosque y sale al camino que lleva a la mina.

Se despierta con un dolor de cabeza insoportable y entiende que está tirada en el suelo. Tiene la boca seca y la sangre en la cara está mezclada con arena.

No sabe cuánto rato lleva inconsciente.

El sol está en su cénit y rodeado por un círculo espinoso de luz rosada.

Con cuidado, Mia gira la cabeza, ve dos cruces borrosas, pestañea y piensa en el Calvario.

En mitad del patio están Kim y Blenda, con los brazos estirados hacia los lados, como Cristo. A los pies de Kim está la otra navaja y a los de Blenda, la pala.

Mia intenta entender lo que ha ocurrido.

La abuela murmura algo entre dientes y se planta delante de Kim y Blenda bajo el fuerte sol.

El perro la sigue, se sienta a su lado y resopla.

—¿Qué pensabas hacer con la navaja? —pregunta la abuela.

—Nada —contesta Kim, respirando con la boca abierta.

—Entonces, ¿para qué tienes una?

—Para defenderme.

—Yo creo que vosotras dos pensabais hacerle daño a Mia —dice la abuela—. ¿Y qué hay que hacer cuando tu mano derecha te engaña?

Kim no contesta, se queda callada mirando al suelo. Los brazos le tiemblan por el esfuerzo y bajan un poco. Su camiseta de Lady Gaga está empapada de sudor entre el cuello y los pechos.

—¡Levantad los brazos! —ruge la abuela—. ¿Podéis hacerlo o necesitáis ayuda?

—Podemos hacerlo —responde Blenda.

—¿Queréis que os clave las manos?

La abuela las rodea, le corrige un brazo a Kim con el bastón y después vuelve a situarse delante de ellas.

Blenda trastabilla y se ve obligada a dar un paso a un lado para recuperar el equilibro. El polvo del suelo reseco se llena de luz del sol.

—¿Qué os ha hecho Mia? Tú la has golpeado en la cabeza con la pala —le dice la abuela a Blenda, y luego se vuelve de nuevo hacia Kim—. ¿Qué pensabas hacer con la navaja? ¿Le ibas a cortar la cara para desfigurarla?

—No.

—¡Levanta los brazos!

—No tengo fuerzas. —Kim se pone a llorar.

—¿Por qué queréis hacerle daño a Mia? ¿Porque es más guapa que…?

—Te iba a matar —la interrumpe Blenda.

77

Hace mucho calor en el piso y a Pamela le arden los ojos. Lleva muchas horas sentada delante del ordenador, en pantalón de chándal y sujetador. Hoy se ha pedido el día libre para buscar a Mia en internet.

Ha entrado en cientos de grupos de pornografía, asociaciones misóginas y webs de modelos de desnudo, prostitución y *sugar dating*.

Ha mirado fotos de chicas maltratadas, expuestas y atadas.

Mia no aparece en ninguna parte y Caesar no sale mencionado por ningún lado.

Lo único que ha encontrado es un tremendo odio hacia las mujeres, un anhelo sin fondo de poder y un deseo tremendo de oprimir.

Cuando se levanta y se va al salón está mareada. Martin ha dejado de pintar y está sentado en el suelo, en un rincón. Va en calzoncillos.

Está rodeando al Gandul con el brazo y tiene la mirada fija en el pasillo.

Unos moratones grandes y oscuros se extienden por sus rodillas y espinillas. La herida en el antebrazo ha comenzado a curarse, pero lleva las dos manos vendadas.

Aún no ha explicado lo que le pasó.

Cuando llegó a casa con la ropa ensangrentada y ella le exigió que le contara lo que había ocurrido, él se había limitado a decir «los niños», y desde entonces ha permanecido en silencio absoluto.

—Martin, ¿te acuerdas de que me dijiste que querías volver a ver al hipnotista? —Pamela se sienta de cuclillas delante de él e intenta captar su mirada—. Sé que piensas que los niños te han hecho esto por esa razón —continúa—. Pero no es cierto, ellos no pueden hacerte daño de verdad.

Él no dice nada, se limita a abrazar al Gandul y a mirar al pasillo.

Pamela se levanta y vuelve al despacho.

Está instalando un software que le permitirá acceder a los mercados ilegales de la *darknet*, cuando de pronto la llaman al móvil.

Es Joona Linna.

Pamela lo coge en el acto.

—¿Qué ha pasado? —pregunta, y oye el miedo en su propia voz.

—Nada, pero...

—¿No habéis encontrado a Mia?

—No, no la hemos encontrado —responde Joona.

—Oí que habíais detenido a Primus, y pensé que eso sería un punto de inflexión —dice ella—. Quiero decir que él ayudó a hacerlo, ¿verdad?

Pamela se reclina, intenta acompasar la respiración y oye que Joona está sentado en un coche.

—He podido interrogarlo una vez —dice Joona—. Pero anoche consiguió fugarse del hospital Sankt Göran, no sé cómo lo hizo, teníamos a un agente en la puerta de su habitación.

—Un paso adelante, dos pasos atrás —susurra Pamela.

—No del todo, pero es algo mucho más complicado de lo que pensábamos.

—¿Y qué va a pasar ahora? —pregunta ella y se levanta de la silla con una angustia incipiente.

—Tengo que volver a ver a Martin, sentarme un rato tranquilamente con él y tratar de descubrir qué fue lo que vio y oyó.

—Martin ha sufrido un accidente —dice ella en voz baja—. Está amoratado..., y ha dejado de hablar del todo.

—¿Qué clase de accidente?

—No lo sé, se niega a hablar de ello —explica Pamela—. Pero antes del accidente dijo que quería hacer un nuevo intento con la hipnosis.

—Tengo pruebas de que Martin oyó a Caesar hablar en el parque infantil, podría ser lo que necesitamos, ¿sabes? Puede que no llegara a ver a Caesar, pero sí que lo oyó.

Pamela vuelve al salón, se detiene y mira a Martin, quien sigue sentado detrás del sofá y con la mirada fija en la penumbra del pasillo.

—Hablaré con él ahora mismo —dice Pamela.

—Gracias.

Joona se mete con el coche en el gran recinto del hospital del Instituto Karolinska y reduce la velocidad. La intensa luz que entra por el parabrisas le baña la cara y se refleja en sus gafas de sol.

Treinta años atrás, el hombre que se hace llamar Caesar entró por la fuerza en la casa del psiquiatra Gustav Scheel y se sentó en el borde de la cama de la hija de este y dijo: «Las madres miran cómo juegan los críos».

Es la misma frase que Martin pronunció durante la sesión de hipnosis, cuando Erik intentó hacerle contar lo que había visto en el parque infantil.

Martin no vio a Caesar, pero sí que lo oyó.

Joona para el coche y lo deja a diez metros del acceso a medicina forense.

El jaguar blanco de Nålen está tan cruzado que los demás coches han quedado atrapados en el aparcamiento. El parachoques trasero se ha soltado en el extremo izquierdo y descansa sobre el asfalto.

Joona camina a paso ligero en dirección a la entrada.

A Nålen le ha llegado una mujer despedazada que ha sido encontrada por dos chicas adolescentes junto a la autovía E-22, a las afueras de Gusum, a quince kilómetros de Valdemarsvik.

Tiene una marca en frío en el cogote que se parece a la que tenía Jenny Lind.

Joona va directo a la sala grande y saluda a Nålen y a Chaya. La ventilación va a toda máquina, pero a aun así el hedor en la estancia resulta repugnante.

Sobre la mesa de autopsias, recubierta con un plástico, están el torso y la cabeza de una mujer desconocida de unos veinte años. Los trozos de cuerpo se hallan en un estadio avanzado de descomposición, son oscuros y supuran líquido y están repletos de larvas de mosca vivas y de capullos granates.

La policía está comparando los despojos con personas que han sido declaradas como desaparecidas en los últimos diez años, pero la identificación no será fácil.

—No hemos comenzado la autopsia, pero parece que la mataron mediante un corte seco en las vértebras cervicales —dice Nålen—. Una espada, un hacha..., ya se verá.

—Una vez muerta, fue despedazada con una caladora y empaquetada en cuatro bolsas de basura —explica Chaya, señalando con el dedo—. La cabeza y el brazo derecho estaban en una, junto con algunas joyas de plástico, un bolso y una botella de agua.

Nålen ha rapado el pelo de la parte trasera de la cabeza de la mujer y le enseña a Joona una fotografía ampliada en el ordenador.

La marca en frío brilla en blanco en la piel oscura, con pequeños huevos amarillos entre los pelos que asoman en el borde inferior de la foto.

Es exactamente el mismo sello, pero esta vez la marca está más completa.

Lo que en Jenny Lind parecía una T muy elaborada, aquí parece una cruz.

Una cruz peculiar, o una figura con un sombrero de punta y un largo blusón con las mangas estiradas.

No se puede saber.

Joona mira fijamente la foto y piensa en vacas marcadas a fuego, sellos de plata y cruces en runas del siglo XI. Un recuerdo pasa revoloteando por su mente sin que logre atraparlo.

Siente una punzada de dolor detrás del ojo: una gota negra cae en un mar negro.

Ahora tienen tres asesinatos y un caso de secuestro. Sin duda alguna, Caesar ha entrado en una fase activa y muy muy peligrosa.

Pamela está sentada en el suelo, acaricia al Gandul y observa a Martin. Él ha flexionado las piernas y se está abrazando las rodillas. Tiene la frente fruncida y se ha manchado la mejilla con pintura de un naranja rojizo.

—Estuviste en el parque infantil —dice ella e intenta leerle la expresión—. Viste a Jenny, la dibujaste…, y Joona dice que está seguro de que oíste hablar a Caesar.

La boca de Martin se tensa de preocupación.

—¿Es así?

Martin cierra los ojos unos segundos.

—Te lo he preguntado mil veces, pero ahora tienes que contarme lo que dijo —dice ella en tono más asertivo—. Ya no se trata solo de tu miedo, también se trata de Mia, y me estoy empezando a enfadar.

Él asiente con la cabeza y la mira un momento con ojos tristes.

—Esto no va a funcionar, ¿verdad? —dice ella con un jadeo.

Unas lágrimas ruedan por las mejillas de Martin.

—Quiero que vuelvas con el hipnotista, ¿estás preparado para hacerlo?

Martin asiente discretamente.

—Bien.

—Pero me matarán —susurra.

—No, no te matarán.

431

—Me empujaron a las vías —dice Martin de forma casi inaudible.

—¿Qué vías?

—Del metro —responde él y después se tapa la boca.

—Martin —dice Pamela sin poder disimular el cansancio—. Los niños no existen, son parte de tu enfermedad, pero ya lo sabes, ¿verdad que sí?

Él no contesta.

—Quítate las manos de la boca —dice ella.

Martin niega con la cabeza y vuelve a dirigir la mirada al pasillo. Pamela no puede evitar soltar un suspiro de hastío al levantarse del suelo. Vuelve al despacho y llama a Dennis.

—Dennis Kratz —responde este.

—Hola, soy Pamela…

—Cómo me alegro de que llames —dice él—. Ya te lo he dicho, pero perdóname por haber mostrado un comportamiento inapropiado, no volverá a pasar, te lo prometo… No me reconozco a mí mismo.

—No pasa nada, olvidémoslo —dice ella y se aparta el pelo de la cara.

—Me he enterado de que Primus se ha fugado…, y no sé cómo veis vosotros la situación, pero quería preguntarte si tú y Martin queréis instalaros en mi casa del campo hasta que todo se tranquilice.

—Es muy amable por tu parte.

—Faltaría más.

Pamela ve que el gran lienzo con la casa a rayas está apoyado en la pared.

—En realidad te llamaba para decirte que Martin volverá a ver a Erik Maria Bark —le cuenta.

—Pero no para que lo hipnotice, ¿no?

—Sí.

Oye a Dennis coger aire.

—Ya sabéis lo que os dije: existe un riesgo elevado de que se vuelva a traumatizar.

432

—Tenemos que hacer todo lo que podamos para encontrar a Mia.

—Desde luego que sí —dice Dennis—. Solo estaba pensando en Martin, pero… os entiendo. Claro que os entiendo.

—Solo una última vez.

78

Erik Maria Bark está sentado a su escritorio barnizado, contemplando el jardín deslucido en el calor del mediodía.

Está de excedencia de su puesto en el hospital Karolinska, pero mantiene la consulta en su casa, en Gamal Enskede.

Esta mañana su hijo Benjamin se ha pasado por allí para cogerle prestado el coche. Erik no termina de acostumbrarse a que ya se haya hecho adulto, que se haya mudado con su novia y que esté estudiando Medicina en Uppsala.

Erik tiene el pelo revuelto y lleno de canas, bolsas oscuras bajo los ojos y unas patas de gallo muy marcadas.

Lleva el primer botón desabrochado en la camisa azul celeste y su mano derecha descansa entre el teclado del ordenador y la libreta abierta.

Después de hablar con Joona ha llamado a Pamela Nordström. Han quedado en que ella y Martin irán hacia allí ahora mismo.

La última vez, Erik no logró superar el enorme bloqueo que le impedía a Martin explicar lo que había visto en el parque infantil.

Se percató de que nunca había hipnotizado a nadie que tuviera tanto miedo.

Sabe que Martin oyó a Caesar pronunciar la misma frase que el psiquiatra de Säter había escuchado treinta años antes.

A lo mejor mediante la voz esta vez sea posible dirigir su atención a aquello a lo que no se atreve a mirar con los ojos.

Las hojas de la libreta de Erik empiezan a agitarse con un ruido y luego se quedan quietas otra vez.

El ventilador está en la punta del escritorio y gira lentamente sobre sí mismo.

En el suelo, junto a una pared, hay pilas de libros con marcadores de colores; encima de una silla descansan montones de informes y estudios impresos.

La puerta del gran armario archivador está abierta de par en par. En las baldas metálicas está su propia investigación: cintas de vídeo, casetes de dictáfonos, discos duros, libretas, diarios y carpetas con artículos sin publicar.

Erik coge el estilete español de la mesa, rasga un sobre y ojea una invitación para acudir como conferenciante a Harvard.

Un chirrido rítmico se cuela por las ventanas.

Erik se levanta y abandona el despacho, cruza la salita de espera y sale al jardín sombreado.

Joona está sentado en el balancín, con las gafas de sol en la mano y meciéndose adelante y atrás con un crujido constante.

—¿Qué tal con Lumi? —pregunta Erik y se sienta a su lado.

—No lo sé, le estoy dando tiempo…, o mejor dicho, ella me está dando tiempo a mí, porque tiene razón, debería dejar de trabajar de policía.

—Pero primero tienes que resolver este caso.

—Es como un fuego —dice para sí.

—¿Y estás seguro de que quieres dejarlo?

—He cambiado.

—Se le llama vida: te cambia —dice Erik.

—Pero yo he cambiado para peor: he empezado a pensar.

—Se le sigue llamando vida.

—Antes de continuar, necesito saber cuánto me va a costar todo esto —dice Joona, sonriendo.

—Te haré precio de amigo.

435

Joona mira hacia arriba, entre las ramas, la luz del sol moteada y las hojas que se han arrugado por el calor.

—Ya llegan los invitados —dice.

A los pocos segundos, Erik también oye los pasos por el caminito de gravilla que conduce a la puerta de la casa. Se levantan del balancín y empiezan a rodear la casa de ladrillo marrón en dirección a la entrada.

Martin va cogido de la mano de Pamela y echa una mirada a la verja de acero y la calle por encima del hombro. Los sigue un hombre de unos cuarenta años. Tiene la mirada alerta, nariz chata como la de un boxeador, gafas ahumadas, pantalón blanco y camiseta rosa.

—Este es nuestro amigo, ha asumido los cuidados de Martin —lo presenta Pamela.

—Dennis Kratz —dice él y les estrecha la mano.

Erik les muestra el camino hasta la consulta pasando por el jardín que rodea la casa.

Joona camina al lado de Dennis y le pregunta si conoce al doctor Gustav Scheel.

Dennis alza la mano y se aprieta la boca como si quisiera cambiarle la forma o la expresión con ayuda de los dedos.

—Trabajó en el pabellón permanente de Säter —le explica Joona mientras sujeta la puerta.

—Eso fue mucho antes de que yo empezara a ejercer de psicólogo —responde Dennis.

Pasan por la salita de espera, en la que hay cuatro sillones, y se meten en la consulta. Junto a una pared, al lado de una de las estanterías empotradas, hay un sofá de piel de oveja. El suelo de roble barnizado está lleno de pilas de libros y manuscritos.

—Disculpad el desorden —dice Erik.

—¿Te estás mudando? —pregunta Pamela.

—Estoy escribiendo un libro nuevo —dice él, sonriendo.

Ella se ríe cortés y se mete en la consulta con los demás. Erik frunce la frente y se pasa la mano por el pelo revuelto.

—Me alegro de que me confiéis una segunda oportunidad —dice—. Haré todo lo que pueda para que esta vez salga mejor.

—Martin quiere ayudar a la policía a encontrar a Mia, es muy importante para él —dice Pamela.

—Se lo agradecemos mucho —dice Joona y ve que Martin sonríe discretamente, pero sin cruzarse con su mirada.

—Después de la primera sesión empezó a hablar mucho…, pero ahora ha retrocedido, no sé si debería contar lo que…

—Pamela, ¿puedo hablar contigo? —dice Dennis.

—Espera, solo quería explicar que Martin…

—Ahora, si puede ser —la interrumpe él.

Pamela lo acompaña a la salita de espera. Él se sirve un poco de agua en un vasito de cartón en el lavabo de invitados.

—¿Qué estás haciendo? —pregunta ella, tranquila.

—No creo que sea buena idea que le cuentes los traumas de Martin al hipnotista —dice y bebe un trago.

—¿Por qué no?

—En parte, porque Martin tiene que poder contarlo a su propio ritmo, y en parte, porque el hipnotista podría usar ese conocimiento de la manera equivocada, mediante las sugestiones.

—Pero ahora se trata de Mia —dice ella.

79

Cuando Pamela y Dennis vuelven con los demás, Martin está sentado en el diván de cuero marrón, mordisqueando la venda que le cubre la palma de la mano izquierda. Erik se apoya en el canto del escritorio y Joona mira por la ventana.

—Creo que ya podríamos empezar, Martin, si estás preparado —dice Erik.

Martin asiente con la cabeza y luego mira inquieto hacia la puerta entornada de la salita de espera.

—Suele ser más cómodo estar estirado —señala Erik en tono afable.

Martin no contesta, pero se quita los zapatos, se tumba con cuidado en el diván y se queda mirando el techo.

—Todo el mundo se acomoda y apaga los teléfonos móviles —dice Erik y cierra la puerta de la salita de espera—. Preferiría que estuvierais callados, pero si hay que decir algo, es importante hacerlo en un tono relajado.

Corre las cortinas y se asegura de que Martin esté cómodo, antes de acercar la silla de oficina y empezar con los ejercicios lentos de relajación.

—Escucha mi voz —dice—. Ahora todo lo demás es irrelevante..., estoy aquí por ti y quiero que te sientas a gusto y a salvo.

Le dice a Martin que relaje los dedos de los pies, y lo ve hacerlo; le dice que relaje los gemelos, y ve que sus piernas descienden unos milímetros. Va pasando por todas las partes del cuerpo, generando así una especie de mecánica entre lo que él dice y lo que Martin hace.

—Está todo en calma y relajado, tus párpados se vuelven más pesados...

Erik pone una voz cada vez más monótona mientras guía a Martin hacia una suerte de letargo receptivo, antes de conducirlo a la inducción en sí.

El ventilador de la mesa emite un chasquido y cambia de sentido, las cortinas se mueven. Un halo de luz amarilla se cuela por el hueco dejado por la cortina y atraviesa la estancia, incidiendo las pilas de libros y de documentos.

—Estás tranquilo y profundamente relajado —dice—. Si oyes algo más, aparte de mi voz, solo concéntrate aún más en lo que yo digo.

Erik observa el rostro de Martin, la boca entreabierta, los labios agrietados y la punta de la barbilla. Busca cualquier tensión mientras habla de ir cayendo en un descanso cada vez más profundo.

—Voy a empezar a hacer una cuenta atrás... y por cada cifra que oigas, te relajarás un poco más —dice con voz queda—. Ochenta y uno, ochenta y..., setenta y nueve.

Como de costumbre, mientras continúa con la cuenta atrás, Erik experimenta una sensación de hallarse bajo el agua junto con su paciente. Las paredes, el suelo y el techo desaparecen, los muebles se alejan poco a poco en la oscuridad del océano.

—Estás completamente tranquilo y relajado —dice Erik—. No hay nada más, lo único que escuchas es mi voz... Te imaginas que estás bajando por una larga escalera, te gusta hacerlo..., y por cada cifra que oigas, tú bajas dos peldaños y te relajas todavía más y te concentras más en mi voz.

Erik prosigue la cuenta atrás y ve que la barriga de Martin se mueve lentamente, como la de una persona dormida, pero sabe que, al mismo tiempo, su cerebro está muy activo y concentrado en todas las palabras que oye.

—Treinta y cinco, treinta y cuatro, treinta y tres… Cuando haya llegado hasta cero, estarás de nuevo en el parque infantil en tu memoria, y podrás contar sin miedo alguno todo lo que ves y oyes… Veintinueve, veintiocho…

Entre las cifras de la cuenta atrás, Erik cuela algunas referencias sobre el lugar y la hora a los que regresan.

—Está lloviendo a raudales y oyes las gotas repicando en el paraguas… Diecinueve, dieciocho…, sales del camino peatonal y cruzas la hierba mojada.

Martin se humedece los labios y su respiración se vuelve más pesada.

—Cuando haya llegado a cero, tú habrás caminado hasta la parte de atrás de la facultad de Economía —dice Erik en tono suave—. Te detienes e inclinas el paraguas, de tal manera que puedes ver el parque infantil con claridad.

Martin abre la boca como si intentara gritar sin voz.

—Tres, dos, uno, cero… ¿Qué ves ahora?

—Nada —responde Martin de forma casi inaudible.

—Tal vez haya una persona allí presente que está haciendo algo que te resulta incomprensible, pero no es en absoluto peligrosa para ti, así que puedes explicar con total tranquilidad… lo que ves.

—Está todo negro —responde Martin y mira fijamente al techo.

—El parque infantil no, ¿verdad?

—Es como si estuviera ciego —dice él con voz más angustiada, y gira la cabeza a la izquierda con un pequeño espasmo.

—¿No ves nada?

—No.

—Pero antes veías la caseta roja…, descríbela para mí otra vez.

—Solo está todo oscuro…

—Martin, estás relajado y tranquilo…, respiras despacio, y mientras yo cuento de tres a cero, estarás sentado en la primera fila de un teatro… Por los altavoces se oye lluvia pregrabada, y en el centro del escenario hay una réplica del parque infantil…

440

En la resonancia hipnótica, Erik ve que Martin se hunde en un agua oscura. Su rostro blanco está recubierto de burbujitas plateadas y la boca está sellada.

—Tres, dos, uno, cero —cuenta Erik—. El parque infantil en el escenario está hecho de cartón, no es de verdad, pero los actores son idénticos a las personas reales y hacen y dicen exactamente lo mismo que en el parque.

La cara de Martin se tensa y sus párpados empiezan a temblar. Pamela reconoce el dolor en su rostro y piensa que a lo mejor debería pedirle al hipnotista que no lo presione demasiado.

—Un poco más lejos hay una farola que desprende una luz tenue —dice Martin—. Hay un árbol entre medias, pero cuando las ramas se balancean con la lluvia, un poco de luz cae sobre la estructura.

—¿Qué ves? —pregunta Erik.

—Una mujer mayor vestida con sacos de basura…, lleva una joya extraña al cuello… y va arrastrando bolsas de plástico sucias…

—Vuelve a mirar el escenario.

—Está demasiado oscuro.

—Pero la luz del cartel de salida de emergencia llega hasta el escenario —dice Erik.

A Martin le tiembla la barbilla, las lágrimas ruedan por sus mejillas y su voz es casi inaudible cuando continúa hablando:

—Dos niños pequeños están sentados en el suelo, en un charco embarrado…

—¿Dos niños? —pregunta Erik.

—Las madres miran cómo juegan los críos —susurra Martin.

—¿Quién dice eso? —pregunta Erik, y nota que se acelera su propio pulso.

—No quiero —dice Martin con una voz cargada de llanto.

—Describe al hombre que…

—Ya es suficiente —lo interrumpe Dennis, y luego baja rápidamente la voz—. Lo siento, pero tengo que ponerle fin a esto.

—Martin, no hay nada a lo que debas tener miedo —dice Erik—. Enseguida te voy a sacar de la hipnosis, pero primero quiero saber a quién oíste, quién era la persona que habló, sé que lo estás viendo en el escenario que tienes delante.

El pecho de Martin se mueve con espasmos.

—Está demasiado oscuro, solo oigo la voz.

—Los técnicos de luces encienden un foco y apuntan a Caesar con él.

—Se esconde. —Martin llora.

—Pero la luz lo sigue y lo pilla al lado de la estructura y...

Erik se queda callado al ver que Martin ha dejado de respirar. Sus ojos ruedan hacia atrás y se ponen en blanco.

—Martin, voy a contar lentamente desde cinco —dice Erik y echa un vistazo rápido al botiquín de pared, donde tiene inyecciones de cortisona y un desfibrilador—. No hay nada peligroso, pero tienes que escuchar mi voz, hacer justo lo que yo te diga...

Martin tiene los labios blancos, su boca se abre, pero no consigue coger aire, sus pies empiezan a temblar y los dedos de las manos se estiran.

—¿Qué está pasando? —pregunta Pamela, con miedo.

—Voy a empezar a contar, y cuando llegue a cero vas a respirar con normalidad y te sentirás relajado... Cinco, cuatro, tres, dos, uno, cero...

Martin coge una bocanada de aire prolongada y abre los ojos como si se despertara por la mañana o tras una larga noche de sueño. Se incorpora, se humedece la boca y adopta una expresión pensativa, antes de alzar la vista y mirar a Erik.

—¿Cómo te sientes?

—Bien —responde y se seca las lágrimas de las mejillas.

—Creo que no ha ido como esperábamos —comenta Dennis.

—No pasa nada —le dice Martin.

—¿Estás seguro? —pregunta Pamela.

—¿Puedo saber si... si el que se llama Caesar es quien mató a Jenny Lind? —pregunta Martin y se levanta con cuidado.

442

—Creemos que sí —responde Erik.

—Porque a lo mejor lo he visto, pero justo cuando he mirado la estructura se ha vuelto todo oscuro, quiero decir que no me importaría volver a probar —dice.

—Lo hablamos —dice Dennis.

—Vale —susurra Martin.

—¿Nos vamos? —pregunta Dennis.

—Enseguida voy, solo quiero intercambiar unas palabras con Erik —dice Pamela.

—Te esperamos en el coche —dice Dennis y se lleva a Martin.

—Yo salgo —dice Joona.

Erik descorre las cortinas y abre las ventanas hacia el jardín. Ve a Joona salir al sol y detenerse en mitad del césped, con el móvil pegado a la oreja.

—Disculpa que Dennis interfiriera en la hipnosis —dice Pamela—. Pero tú no conoces a Martin igual de bien que él y lo has presionado mucho.

Erik la mira a los ojos y asiente con la cabeza.

—Lo cierto es que no sé decir por qué sale mal —dice—. Martin presenció algo terrible y ahora está como encerrado en su propio miedo.

—Sí, eso es de lo que te quería hablar... Es complicado, pero lo que hace callar a Martin, según él mismo, son dos niños muertos, dos fantasmas... Lo tienen vigilado y lo castigan físicamente si habla —explica Pamela—. ¿Le has visto las manos? Las tiene destrozadas, y tiene las rodillas amoratadas... A lo mejor lo atropelló una bici o qué sé yo, pero para él fueron los dos niños, que lo empujaron a las vías del metro... Lo he visto un montón de veces, siempre son los niños.

—¿De dónde salen?

—Martin perdió a sus padres y a sus dos hermanos en un accidente de coche cuando él era pequeño.

—Entiendo —dice Erik.

—Eso es lo que te quería contar: que esto es muy difícil para él

—dice Pamela a modo de conclusión y se vuelve hacia la puerta.

Él le da las gracias y la acompaña al jardín, la ve acelerar el paso en dirección a la verja, y luego Erik se acerca a Joona, que está sentado en el balancín.

—¿Qué ocurre con Martin?

—Forma parte de la población que es muy hipnotizable, pero aun así no se atreve a contar lo que ve —explica Erik y se sienta al lado de Joona.

—Tú sueles encontrar la manera de esquivar el trauma.

Joona se reclina con el teléfono en la mano, empuja con las piernas y hace que el balancín comience a mecerse.

—Pamela me ha contado que Martin sufre una especie de alucinación paranoica de dos niños que vigilan cada palabra que dice —explica Erik—. Ella lo relaciona con que Martin perdió a sus dos hermanos y a sus padres en un accidente de coche cuando era pequeño.

—¿Y ahora les tiene miedo?

—Para él es real, se ha abierto las manos y cree realmente que fueron los niños quienes lo empujaron a las vías del metro.

—¿Te lo ha dicho Pamela?

—Me ha dicho que eso es lo que piensa Martin.

—¿Te ha dicho dónde ocurrió? —pregunta Joona y endereza la espalda en el balancín.

—No, me parece que no lo sabía... ¿En qué estás pensando?

Joona se levanta, se aparta unos pasos y llama a Pamela. Ella no se lo coge, y al cabo de varios tonos salta el buzón de voz.

—Hola, Pamela, soy Joona Linna otra vez —dice—. Llámame en cuanto oigas esto.

—Suena serio —dice Erik.

—Caesar advirtió a Pamela de que no colaborara con la policía, es posible que la esté vigilando y haya intentado silenciar a Martin.

80

Después de la oración matutina, Mia y Blenda caminan juntas por el patio bajo un sol de justicia. Mia intenta mantener el ritmo, pero en cuanto Blenda considera que camina demasiado despacio, le pega un tirón del brazo y hace que la brida se le clave en la piel.

La abuela está de pie delante del camión, hablando por teléfono.

La puerta del conductor está abierta y su peluca rizada ha caído al suelo.

A Mia le palpita la cabeza por culpa del golpe que Blenda le dio con la pala, y le da la impresión de que tiene toda la mejilla inflamada.

Al despertarse estaba tirada en el suelo.

La abuela había obligado a Kim y a Blenda a estar con los brazos en cruz mientras las interrogaba.

Al final Blenda confesó que había pegado a Mia con la pala para impedir que matara a la abuela.

En ese momento Mia pensó que ya se había acabado todo, pero entonces la abuela se enfureció con Blenda.

—¡Mia no tiene ningún arma! —había gritado—. He buscado entre su ropa y no hay nada. No llevaba ningún arma, pero tú y Kimball sí, vosotras sí que ibais armadas.

Mia comprendió que ninguna de ellas había visto cómo la navaja rebotaba en el suelo y desaparecía en el desagüe.

Kim y Blenda se quedaron una al lado de la otra en el intenso calor del mediodía, con los brazos estirados. Sudaban y respiraban entre jadeos.

La abuela montó el colmillo afilado en la hendidura de su bastón y dobló la abrazadera para fijarlo.

Kim estaba temblando de pies a cabeza y al final ya no le quedaban fuerzas. Llorando, bajó los brazos y susurró perdón.

La abuela se quedó mirándola, dio un paso al frente y le clavó el colmillo bajo el pecho derecho.

—Por favor —sollozó ella, se desplomó en el suelo y se quedó tirada de costado, jadeando.

Mia y Blenda tuvieron que volver a las jaulas. Cayó la tarde, estuvieron en silencio esperando a Kim, pero no volvió.

Desde entonces no la han vuelto a ver y Blenda sigue sin decir ni una palabra.

El humo del horno permanece suspendido al sol, por encima del tejado de las casetas alargadas.

Se oyen tosidos junto al grifo.

Blenda arrastra a Mia hasta la sombra que proyecta la fachada de la casa y se detiene. Está acalorada y tiene la cara roja, el sudor le corre por las mejillas.

La abuela se les acerca y se apoya con pesadez sobre el bastón. Las ranuras de sus ojos brillan oscuras, tiene la boca cerrada y apretada y sus labios finos están recubiertos de arrugas profundas.

—Hoy os toca ayudar —dice y desprende una llave del manojo que lleva en el cinturón.

—Por supuesto —responde Blenda.

—Id a limpiar la casa siete. Blenda, tú eres la responsable.

—Gracias —contesta ella y alarga la mano que tiene libre para coger la llave.

La abuela se demora unos segundos y la mira con ojos entornados.

—La impureza se contagia, ya lo sabes.

Le entrega la llave a Blenda, esta se lleva a Mia de un tirón y luego empiezan a caminar las dos juntas hasta la última caseta alargada. El sol está en lo alto del cielo y les quema el cuero cabelludo.

—No fue culpa mía que la pagara con Kim y contigo. ¿Qué querías que hiciera? —dice Mia en voz baja—. No te entiendo, de verdad. Si no te lo hubieras cargado todo, ahora estaríamos todas libres.

—¿Libres de qué? —le espeta Blenda.

—No me creo que quieras quedarte aquí.

Blenda no contesta, solo se limita a tirar de Mia hasta la caseta alargada del fondo, mete la llave en el candado, lo desbloquea y lo cuelga de la hembrilla de la puerta antes de abrir.

Un fuerte hedor las recibe en cuanto se meten en la oscuridad.

Mia pestañea en un intento de acostumbrar los ojos.

Miles de moscas zumban perezosas.

El aire quieto está caliente y cargado de olor a carne fermentada y deposiciones.

A Blenda le entran arcadas y tiene que taparse la boca.

Al final los ojos de Mia se adaptan a la oscuridad y entonces ve que hay pelajes tiznados junto a las paredes, apilados en montones enormes.

Alza la vista y jadea cuando ve el cuerpo colgado.

Una cuerda plateada pasa por la polea de un puente grúa situado justo por debajo del techo y baja hasta el cuello de Kim. Esta tiene la cara hinchada y de color lila grisáceo, como el lodo marino.

Las moscas revolotean en sus ojos y su boca.

En realidad, Mia solo sabe que es Kim por el pantalón de chándal rojo y la camiseta de Lady Gaga.

—Bájala con cuidado —ordena Blenda y tira de Mia hacia un lateral.

—¿Eh?

—Tú le das a la manivela.

—No te entiendo.

Mia mira alrededor hasta que comprende que Blenda se refiere a un cabrestante que hay en la pared.

—Nos toca incinerarla —se limita a explicarle Blenda.

La mano de Mia alcanza la manivela y empieza a girar, pero no ocurre nada. Cuando pega un tirón, el temblor se propaga por el cable hasta el cuerpo de Kim. Una nube de moscas alza el vuelo.

—Tienes que desbloquearlo y...

Blenda se queda callada porque un coche pita en el acceso a la finca. Lo oyen rodar por el patio, vuelve a pitar y luego se detiene.

Blenda murmura algo y tira de Mia en dirección a la puerta, la abre un poco y mira por la ranura.

—Es él —dice.

Como sumida en un letargo, Mia la acompaña al sol de fuera. Está mareada y nota que le tiemblan las piernas al caminar hacia la casa.

Al lado del camión hay un turismo lleno de polvo. La chapa gris alrededor de las ruedas está carcomida por el óxido.

—Están dentro de la casa —dice Blenda con una sonrisa onírica—. Tú nunca has estado allí dentro, pero...

La joven mujer del pelo rojo oscuro cruza el patio. Carga con un yugo a los hombros, del que cuelgan dos cubos pesados. Camina despacio, se detiene y deja los cubos en el suelo con cuidado, tose.

—Creo que deberíamos irnos a nuestras jaulas —dice Mia en voz baja.

—Ya lo entenderás...

Justo cuando Blenda empieza a tirar de Mia en dirección a la casa, la puerta se abre y la abuela asoma la cabeza.

—Entrad —les ordena—. Caesar quiere saludaros.

Suben dos escalones y se meten en el recibidor. El abrigo de piel de la abuela está colgado de una percha de acero. Mia sigue a Blenda por el pasillo, el suelo está recubierto con una lámina de linóleo marmolado.

Entran por una puerta entornada y Mia tiene tiempo de atisbar un pequeño dormitorio con los postigos cerrados. En el centro de la habitación hay un catre de hierro con gruesas cinchas de sujeción de cuero.

Al fondo del pasillo se ve una cocina. Alguien se mueve en la luz diurna que entra por la ventana.

Caesar sale al pasillo sosteniendo un sándwich de jamón dulce, las saluda relajado con la mano y va a su encuentro.

Mia nota su propio olor a sudor al detenerse. Tiene la cara sucia y el pelo lacio. Blenda tiene sangre seca bajo la nariz y su pelo grueso está lleno de briznas de paja.

—Queridas mías —dice Caesar cuando llega hasta ellas.

Le da el medio sándwich a la abuela, se limpia las manos sobre el pantalón y observa a las dos jóvenes.

—A Blenda la conozco... y tú eres Mia, tan especial...

Blenda mira al suelo, pero Mia lo mira a los ojos durante unos segundos.

—¡Qué mirada! ¿Has visto, mamá? —dice él con una sonrisa.

La abuela abre una puerta y las hace meterse en una sala más grande y rodear un biombo de dos piezas, con empapelado.

Deja el sándwich sobre un plato dorado en la mesa y enciende la lámpara de suelo con pantalla granate y flecos. Las cortinas están corridas, pero la luz diurna se filtra por los huecos de entre las telas.

Todos los muebles y paneles de madera han sido pintados con espray dorado, en los almohadones del sofá hay manchas parduzcas y los cojines tienen ribetes encolados y borlas doradas en las esquinas.

—¿Os puedo invitar a algo? —pregunta.

—No, gracias —contesta Mia.

—No todo son normas y castigos —dice Caesar—. Los castigos

449

responden a los fallos que comete cada una, eso está claro, pero las que son fieles se ven recompensadas y reciben más de lo que jamás podrían haber soñado.

—Está todo en las manos del Señor —murmura la abuela.

Caesar se sienta en un sillón tapado con una tela de felpa amarilla, cruza una pierna sobre la otra y se queda mirando a Mia con ojos entornados.

—Quiero que nos conozcamos más y nos hagamos amigos.

—Vale.

Mia nota que le empiezan a temblar las piernas otra vez. Ve que el suelo está cubierto con una alfombra de baño con patrón de mosaico y que la suciedad se ha acumulado en los surcos entre las tiras de tela.

—Relájate —dice él.

—Tiene buenos dientes —dice la abuela—. Y unos…

—Hazlo y punto —la interrumpe él.

La abuela parte el tapón de una ampolla, extrae con cuidado el colmillo de color nata y le da la vuelta al bastón.

—Espera, tengo un regalo —dice Caesar y saca un collar de perlas de plástico del bolsillo—. Es para ti, Mia.

—Es demasiado —dice ella, afónica.

Blenda hace un ruido extraño que recuerda a un arrullo.

—¿Quieres que te ayude? —pregunta Caesar y se levanta.

Con gesto pausado, rodea a Mia y le cuelga el collar al cuello.

—Sé que te resulta difícil entender que ahora este collar sea tuyo, pero te lo he regalado, son tus perlas.

—Gracias —repite ella en voz baja.

—¡Mírala!

—Es hermosa —dice la abuela.

El corazón de Mia empieza a latir presa del pánico en cuanto ve a la anciana colocar el colmillo en la ranura del bastón y sujetarlo con la abrazadera.

—¿No puedo estar despierta? —pregunta Mia y dirige la mirada a Caesar–. Quiero poder darle gracias a Dios y mirarte a los ojos.

Él da un paso atrás y se queda mirándola con una media sonrisa.

—Conque sí, ¿eh? Mamá, ya la has oído.

81

Mientras la abuela retira el colmillo del bastón, Mia reprime el impulso de vomitar con una sonrisa forzada. Sabe que Caesar la está mirando e intenta enderezar la espalda y, al mismo tiempo, mantener la mirada virtuosamente baja.

—Mia, tan especial... —dice él.

Nota la respiración de la abuela cuando esta corta la brida con unas tenazas. Mia se masajea la muñeca mientras la cabeza le va a mil por hora. Se dice a sí misma que podría coger la pesada urna que hay en el pedestal y reventársela a Caesar en la cabeza, abrir una ventana y salir por ella.

—Llevaré a Blenda a la jaula —susurra la abuela.

—Sé que ahora mismo es un poco incómodo para todos —dice Caesar y con el dedo hace un tirabuzón con un mechón de pelo de Mia—. Pero dentro de poco... No os imagináis la abundancia que os espera.

Mia se esfuerza en no echarse para atrás. Oye a la abuela y a Blenda abandonar la gran sala y cruzar el pasillo hasta el recibidor. La puerta de la casa se abre y se cierra, la cerradura traquetea y luego se hace el silencio.

—Iré a buscar la jarra de vino de oporto —dice Caesar y le suelta el pelo.

—¿Te acompaño? —pregunta ella.

—No, tú puedes quitarte la ropa —dice él con fría naturalidad.

Caesar se encamina hacia la puerta, pero Mia ve que se detiene detrás del biombo. Mia se quita la camiseta. Las perlas de plástico vuelven a caer entre sus pechos haciendo ruido y se enganchan un poco en el aro que sobresale del sujetador.

En cuanto oye que los pasos de Caesar se alejan por el pasillo, con piernas temblorosas corre hasta la ventana y aparta las cortinas.

Sus manos tiemblan al girar los dos cierres y al intentar abrir la ventana de un empujón.

No se mueve.

Mia apoya todo su peso, empuja y oye que el marco de la ventana cruje.

Pero es imposible.

Entonces se da cuenta de que la ventana está clavada al marco por lo menos en diez puntos distintos.

Le entra el pánico, no puede quedarse ahí y dejar que la violen, tiene que llegar hasta la puerta de la casa.

No se oye nada.

Se acerca poco a poco al hueco de la puerta de la sala, observa el aplique de la pared, no ve ningún movimiento, sigue adelante y asoma la cabeza.

No ve a nadie.

Gira la cabeza hacia la puerta de entrada, pero justo cuando piensa que puede ir corriendo hasta allí cae en la cuenta de que cuando la abuela ha salido con Blenda de la casa, ha oído que cerraba con llave.

Mia titubea un segundo y luego camina de puntillas en dirección a la cocina.

Se oye un tintineo de copas y una puerta de armario que se cierra.

Tantea la puerta de un dormitorio, pero está cerrada con llave; continúa por el siguiente pasillo, procurando respirar en silencio.

Las sombras se mueven en la cocina cuando Caesar pasa por delante del halo de luz que entra por la ventana.

Mia llega a la siguiente puerta.

Un listón del suelo cruje con su peso bajo la alfombra de plástico.

Baja la manilla y se mete en un dormitorio oscuro que tiene la ventana tapiada con un tablero tricapa.

Con cuidado, entrecierra la puerta y mira hacia el pasillo por la rendija.

Su corazón late demasiado rápido.

Se oyen unos pasos pesados y Mia contiene el aliento cuando Caesar pasa por delante de la puerta y gira para entrar en el salón. Mia abre la puerta y corretea lo más silenciosa que puede hasta la cocina.

Unos golpes fuertes resuenan por las paredes de la casa.

Caesar grita.

Mia tropieza con una silla, está a punto de caerse, pero consigue mantener el equilibrio y llega hasta la ventana.

Le tiemblan las manos cuando intenta girar el cierre.

Se le escapa y se hace una herida en el nudillo, pero consigue abrir la ventana al mismo tiempo que oye a Caesar correr por el pasillo.

Sus pies resuenan en el suelo.

Mira se sube al alféizar de la ventana y salta. Aterriza entre malas hierbas y las perlas le azotan los dientes.

Mira el bosque ensombrecido, se levanta y echa a andar. Los abejorros zumban alrededor de los altos lupinos.

A su espalda, Caesar suelta un rugido por la ventana abierta de la cocina.

Mia está a punto de adentrarse en el bosque cuando se oye un chasquido breve y metálico entre las ortigas. El repentino dolor en el tobillo la hace soltar un grito. Mira hacia abajo y ve que ha pisado un cepo para zorros.

El shock la atraviesa como una ola gélida, y tarda unos segundos en comprender que los afilados dientes de acero no han conseguido atravesar la gruesa caña de la bota.

Su pie está ileso.

El perro ladra nervioso al otro lado de la casa.

Mia intenta separar las costillas del cepo con las manos, pero el muelle es demasiado potente.

Han soltado al perro, el animal rodea la casa a toda velocidad, se detiene delante de Mia y ladra, hace un pequeño ademán de ataque y vuelve a ladrar, salpicando saliva.

De pronto le hinca los dientes en el muslo y se echa para atrás, tirando a Mia al suelo.

La abuela se acerca cojeando entre los hierbajos, sujetando el bastón con ambas manos.

Mia intenta apartar al perro de una patada, pero el animal la rodea de nuevo y le pega un mordisco en el hombro.

Cuando la abuela llega hasta ella, Mia ve que el colmillo ya está montado en el bastón.

Intenta protegerse con las manos.

La abuela la golpea con el bastón, y el colmillo se clava en la palma derecha de Mia. Nota un ardor y la mano empieza a palpitar. Mia se chupa la herida y escupe, pero sabe que no servirá de nada.

Medio inconsciente, nota que la arrastran hasta el patio. Se queda tumbada en la gravilla e intenta mantenerse despierta, mientras alguien la ata a una de las patas de la bañera con bridas gruesas.

Le pesan los párpados, que quieren cerrarse todo el rato. Entorna los ojos y ve que Caesar se acerca a ella con el machete negro en la mano. La abuela cojea hasta su lado con semblante intranquilo.

—Prometo...

—¿Cómo vas a respetar al Señor si no respetas las leyes? —dice él, echándole la bronca.

—Son estúpidas, pero aprenden y te darán doce hijos para...

—Para ya con eso, tengo otras cosas en las que pensar, aparte de...

455

Caesar se ve interrumpido por el timbre de un teléfono, se detiene entre jadeos, saca el móvil, deja caer el machete al suelo y se aleja antes de coger la llamada.

La conversación es muy breve, él asiente con la cabeza y dice algo antes de guardarse el teléfono en el bolsillo y correr hasta el coche gris.

—¡Espera! —grita la abuela y cojea tras él.

Él se sienta al volante, cierra la puerta y arranca haciendo derrapar los neumáticos, da media vuelta en el patio y desaparece.

A Mia se le calientan las mejillas, la mano en la que le han clavado el colmillo está totalmente dormida y siente una tensión extraña en la axila.

Unos pasos crujen en la gravilla, muy cerca de su cara.

Es la mujer del pelo rojo y rizado. Se sienta de cuclillas junto a Mia, le coge la mano y mira la herida.

—No tengas miedo, te has llevado un buen pinchazo y dormirás dos o tres horas —dice en voz baja—. Pero yo estaré aquí todo el rato, vigilaré que nadie te haga daño...

Mia entiende que está intentando consolarla, pero sabe que nadie puede protegerla. En cuanto vuelva, Caesar la matará o la mutilará mientras está inconsciente.

—Tengo que escaparme de aquí —susurra.

—Cuando te despiertes intentaré encontrar la manera de cortar las bridas..., y entonces te vas corriendo por el camino, no por el bosque... —La joven se interrumpe y se tose en la mano—. Y si lo consigues...

Mia ve que se le empañan los ojos cuando intenta resistir el ataque de tos. La luz del sol hace que su pelo rojo brille como el cobre. Tiene dos pequeñas marcas de nacimiento en la mejilla, justo debajo del ojo, y los labios agrietados.

—Si consigues salir de aquí, vas a la policía y se lo cuentas todo —dice y se tose en el pliegue del codo—. Me llamo Alice, llevo cinco años aquí, llegué unas semanas después de Jenny Lind, de quien supongo que ya has oído hablar... —Tose un lar-

go rato y se limpia un poco de sangre de los labios–. Estoy enferma, seguramente es tuberculosis. Tengo fiebre y me cuesta mucho respirar, por eso me dejan moverme libremente, saben que
jamás tendré fuerzas para escaparme –continúa–. Te hablaré de
todas las que estamos aquí y tú memorizarás cada nombre, para
que…

    –Alice, ¿qué haces? –grita la abuela.

    –Solo compruebo que respire –dice ella y se levanta.

    –Mira en el desagüe –susurra Mia.

82

Tracy Axelsson acaba de volver al trabajo después de sus vacaciones en Croacia. Trabaja como auxiliar de enfermería en el hospital de Huddinge. Joona ha quedado con ella para tomar un café justo enfrente de la entrada principal del hospital.

Joona tiene el teléfono pegado a la oreja mientras paga el café. Pamela sigue sin cogerlo.

Tracy ya está sentada a una mesa redonda, con una taza de café delante. Tiene la cara bronceada y lleva pantalones y blusón azules del consejo provincial.

Como Martin no lograba explicar lo que veía en el parque infantil, a pesar del profundo estado de hipnosis, Erik probó con algo que se llama intervenciones. Trasladó los acontecimientos del parque infantil a un escenario de teatro, en un intento de esquivar el miedo.

Martin describió a una mujer mayor que iba vestida con bolsas de basura, llevaba una joya extraña al cuello y arrastraba bolsas de plástico sucias.

La policía ha encontrado a la mujer sintecho que aparece en las grabaciones de las cámaras de vigilancia. La han interrogado y han analizado las imágenes. Esa mujer estuvo todo el tiempo fuera del ángulo muerto.

Y no llevaba un gorro de piel de animal ni tenía ningún cráneo de rata colgando al cuello, como había sugerido Tracy.

458

Aron descartó la descripción que esta había dado sobre la mujer sintecho alegando que Tracy estaba en estado de shock.

Pero ahora que Martin acaba de describir a una mujer mayor con una joya extraña al cuello, es evidente que la persona a la que Tracy vio no es la mujer sintecho que había en la cuesta, sino otra mujer mayor que quedaba dentro del ángulo muerto.

Una mujer que había llegado al parque infantil y que se había marchado de él sin ser grabada por las cámaras.

«A lo mejor ella es la madre que mira cómo juegan los críos», piensa Joona.

Cuando Caesar juega.

Joona coge su café, saluda a Tracy y se presenta antes de sentarse en la silla de enfrente.

—Solo me gustaría dejar claro que os llamé para preguntaros si os venía bien que me fuera de viaje —dice—. Solo hablasteis conmigo una vez, eso es todo... Después ya no me ha llamado nadie, nadie me ha preguntado más cosas, nada...

—Ahora estamos aquí —dice Joona en tono afable.

—Fui yo quien la encontró, fui yo quien intentó salvarla..., pero murió igualmente, lo sé, fue terrible... A lo mejor me habría venido bien que alguien me preguntara cómo estaba, pero solo me fui a casa a llorar.

—Normalmente, a los testigos se les ofrece asistencia —dice Joona.

—A lo mejor lo hicisteis, pero en tal caso yo estaba demasiado en shock para entenderlo —dice Tracy y da un sorbo de café.

—En aquel momento yo no era quien estaba al mando de la investigación..., pero ahora me han pasado el caso a mí y al Departamento Operativo Nacional.

—¿Qué diferencia hay?

—Yo hago más preguntas —dice y mira el teléfono—. He leído la transcripción de tu interrogatorio... y en tu testimonio hablas de una mujer sintecho que no te ayuda cuando intentas salvar a Jenny Lind.

—Sí.

—¿Me la podrías describir? —le pide Joona y saca su libreta.

—Ya lo he hecho —suspira Tracy.

—Lo sé, pero no a mí... Me gustaría saber lo que recuerdas ahora... No lo que has dicho, sino los recuerdos que guardas de aquella noche... Estaba lloviendo y tú ibas de camino a casa por la calle Kungsten, bajaste las escaleras y elegiste el trayecto más corto, que pasa por el parque infantil.

Los ojos de Tracy se empañan, baja la cabeza para mirarse las manos. Joona observa que lleva un anillo de nobleza en el dedo índice izquierdo.

—Al principio no entendía qué era lo que estaba viendo —dice en voz baja—. Estaba bastante oscuro, parecía un ángel flotando en el aire.

Se queda callada y traga saliva.

Joona toma un sorbo del café negro y piensa que la imagen del ángel es una ocurrencia a *posteriori*, una formulación que a Tracy le gusta.

—¿Qué te hizo reaccionar?

—No lo sé.

—Puede ser un simple detalle.

—Vi un reflejo en el cable..., al mismo tiempo que ella movía los pies, como si justo estuviera a punto de quedarse sin fuerzas... Me acerqué corriendo, no pensé nada en concreto, pero era evidente que se estaba quedando sin aire, era de locos, tiré de la manivela aquella pero no sabía cómo funcionaba, estaba trabada, estaba todo oscuro y llovía a cántaros.

—Intentaste levantarla, pensaste que podría quitarse el lazo ella misma, con las manos —dice Joona, sin mencionar que Jenny ya estaba muerta antes de que Tracy hubiese llegado siquiera al parque infantil.

—¿Qué podía hacer? Necesitaba ayuda, y entonces vi a la mujer sintecho allí de pie, mirándome, a tan solo unos metros —explica Tracy y desvía la mirada hacia la ventana.

—¿Dónde?

Vuelve a mirar a Joona.

—Al lado de un pequeño cuatro por cuatro, o lo que sea que represente. Uno de esos que tienen un muelle por debajo, para poder balancearse.

—¿Qué pasó?

—Nada. Le grité que me ayudara, pero ella no reaccionó…, no sé si es que no entendía lo que le estaba diciendo o si tenía un daño cerebral o algo así, pero no reaccionó… Solo se quedó mirándome, y al cabo de un rato desapareció en dirección a las escaleras…, y al final yo ya no tenía más fuerzas para levantar a Jenny.

Tracy se queda callada y se enjuga una lágrima con el reverso de la mano.

—¿Qué aspecto tenía la mujer sintecho? —pregunta Joona.

—No sé, lo típico… Hombros tapados con bolsas de basura, un montón de cosas en bolsas de Ikea.

—¿Le viste la cara?

Tracy asiente con la cabeza y se recompone un poco.

—Se la veía jodida, quiero decir, estaba arrugada, de dormir en la calle…

—¿Dijo algo?

—No.

—¿No reaccionó de ninguna manera ante tus gritos?

Tracy bebe un poco más y se rasca la muñeca.

—Estaba allí plantada, mirándonos. Fue como si se relajara cada vez más a medida que yo le gritaba.

—¿Qué te hace pensar eso?

—Los ojos… al principio estaban tensos, luego se volvieron… no dulces, sino vacíos.

—¿Qué llevaba puesto?

—Bolsas negras de basura.

—¿Y debajo de las bolsas?

—¿Cómo voy a saberlo?

—¿Qué llevaba en la cabeza?

Tracy enarca las cejas.

—Ah, sí, llevaba un viejo gorro negro de piel de animal, que estaba empapado por la lluvia.

—¿Cómo sabes que estaba empapado?

—A lo mejor solo lo di por hecho, porque estaba lloviendo.

—Pero ¿qué ves si regresas a aquel momento?

Tracy cierra los ojos un breve instante.

—A ver…, la única luz que había en el parque de juegos provenía de una farola potente, y cuando ella entró en el halo de luz vi que el gorro brillaba, era como si hubiese una gota de agua pegada en cada pelito del gorro.

—¿Qué más viste?

Los labios pálidos de Tracy se estiran hasta configurar una sonrisa.

—Eso ya os lo he dicho, y entiendo que suene raro, pero sé que vi que la mujer llevaba un collar con una cabeza de rata, o sea, solo el hueso.

—El cráneo.

—Exacto.

—¿Cómo sabes que era de rata?

—Es lo que pensé, hay bastantes ratas en Observatorielunden.

—¿Cómo era? El cráneo en sí.

—¿Cómo era? Como un huevo blanco, más o menos, pero con dos agujeros…

—¿De qué tamaño?

—Así —dice Tracy y marca unos diez centímetros con los dedos.

—¿Llevaba más joyas?

—Creo que no.

—¿Le viste las manos?

—Eran blancas como un hueso —dice en voz baja.

—Pero ¿llevaba anillos?

—No.

—¿Pendientes?

—Creo que no.

Joona le agradece a Tracy su ayuda, le da el número de teléfono del Servicio de Atención a las Víctimas y le recomienda que se ponga en contacto con ellos.

Mientras Joona se apresura hasta el coche, repasa la conversación con Tracy y la imagen que le ha generado de la mujer en el parque infantil.

En todos los interrogatorios la han descrito como una sintecho y han comentado que, probablemente, estuviera ebria o drogada.

Pero después de hablar con Tracy ya no cree que se trate de una mujer que vive en la calle.

Joona cree que esa mujer mató a Jenny Lind junto con Caesar.

Tracy ha descrito el rostro de la mujer diciendo que estaba arrugado por el frío y el sol, y aun así sus manos eran blancas como un hueso.

Pero solo parecían blancas, porque llevaba guantes de látex.

Por eso no han encontrado ni una sola huella dactilar en el cabrestante ni la manivela.

La razón por la que se quedó allí plantada mirando es que quería asegurarse de que Tracy no lograba salvar a Jenny.

El móvil vibra en el bolsillo interior justo cuando Joona abre la puerta del coche.

—Joona —dice al descolgar.

—Hola, soy Pamela, no había escuchado los mensajes del buzón de voz.

—Qué bien que me llames. Te llamo por dos cosas, y seré breve —le explica mientras se sienta en el coche recalentado—. Martin te dijo que lo habían empujado a las vías... y si no me equivoco, fue entonces cuando se hizo daño.

—No quiere hablar de ello, pero sí, es lo que a mí me ha parecido entender.

—¿Cuándo fue eso? —pregunta Joona y empieza a conducir.

—El jueves por la tarde, a última hora.

—¿Sabes en qué parada de metro?

—No tengo ni idea.

—¿Se lo puedes preguntar?

—Estoy en la calle, pero hablaré con Martin en cuanto llegue a casa.

—Te agradecería mucho si lo pudieras llamar ahora mismo.

—Es que nunca coge el teléfono cuando está pintando —dice ella.

Joona cambia al carril de la derecha en la autovía E-20 después de pasar por Aspudden.

—¿Cuánto crees que tardarás en llegar a casa? —pregunta Joona.

—Menos de una hora.

El muro de protección bordea la carretera y, cuando el coche sube al puente, se ve sustituido por la barandilla de metacrilato.

—El otro motivo de mi llamada es que deberíais sopesar la posibilidad de solicitar protección de testigos.

Se hace un largo silencio al otro lado de la línea.

—¿Fue Caesar quien empujó a Martin? —susurra finalmente Pamela.

—No lo sé, pero Martin es el único testigo ocular y está claro que Caesar teme que pueda darnos pistas relevantes —responde Joona—. A lo mejor ya no se atreve a confiar en que os doblegaréis ante la amenaza.

—Aceptaremos toda la protección que se nos pueda brindar.

—Bien —dice Joona—. La unidad de protección de testigos se pondrá en contacto contigo a lo largo de la tarde.

—Gracias —dice Pamela en voz baja.

83

Pamela atraviesa Hagaparken con el teléfono en la mano. Las motas de sol y sombra hacen que el camino peatonal parezca un puente que cruza un río de aguas titilantes.

Es evidente que la policía considera que el cuadro de amenaza que pesa sobre ellos es muy grande.

Pamela ya debería haber solicitado la protección.

Al salir de casa se sentía inquieta y había llamado a Dennis. Él estaba reunido, pero le había prometido que pasaría a recogerla por la capilla de Norra Kapellet.

Ahora Pamela está asustada de verdad y sopesa interrumpir el paseo y volver a casa.

Caesar ha intentado matar a Martin.

Al acercarse al viaducto que cruza por debajo de la autovía, aminora el paso y se quita las gafas de sol.

Un grupito de gente se ha juntado alrededor de un hombre que está tumbado en el carril bici. El sonido de una ambulancia se aproxima. Una mujer joven repite que cree que está muerto, y luego se lleva una mano a la boca.

Pamela se mete en el césped para no pasar demasiado cerca, pero no puede evitar echar un vistazo. Entre las piernas de las personas se cruza con los ojos abiertos de par en par del hombre tendido en el suelo.

Siente un escalofrío por la espalda y corre a meterse en el

viaducto con la sensación de que todas las personas que están rodeando al hombre la miran a ella.

El gran cementerio huele a hierba recién cortada.

Pamela sale del pasillo, atraviesa una zona de árboles altos y ve que el sol cae justo sobre la tumba de Alice.

El graznido de una urraca suena en la distancia.

Pamela se pone de rodillas y apoya una mano sobre la piedra caliente.

—Hola —susurra y resigue la inscripción con un dedo, las letras que han sido talladas en el granito.

A veces Pamela piensa que, en realidad, el nombre de su hija ha sido sacado de la piedra. Que lo único que queda son las hendiduras dejadas por las letras.

La lápida carece del nombre de Alice igual que el ataúd carece de su cuerpo.

Pamela viene a hablar con su hija cada domingo, aunque ella no esté ahí.

Su cuerpo nunca fue hallado.

Bajaron con buzos, pero el lago Kallsjön tiene una profundidad de ciento treinta y cuatro metros y hay fuertes corrientes subacuáticas.

Durante mucho tiempo, Pamela se estuvo imaginando que alguien rescataba a Alice del agua antes de que Martin fuera encontrado por el grupo de esquiadores de fondo. Se imaginaba a una mujer afable que tiraba de su hija para sacarla, la envolvía en pieles de reno y la tumbaba en su trineo. Alice se despertaría al resplandor de la lumbre en su cabaña de madera, y la mujer le daría té cargado y sopa. Se había golpeado la cabeza en el hielo, y a la espera de que Alice superara la pérdida de memoria la mujer cuidaría de ella como si fuera su propia hija.

Pamela sabe que esas fantasías no eran más que una forma de no soltar la última brizna de esperanza que le quedaba.

Aun así, después del accidente dejó de comer pescado porque no podía evitar pensar que podría tratarse de los peces que se habían comido el cuerpo de Alice.

Pamela se levanta y ve que el jardinero ha vuelto a colgar su silla plegable en el árbol. Va a buscarla, limpia las semillas de la tela y se sienta delante de la tumba.

—A papá lo han hipnotizado, ya sé que suena muy raro, pero es para intentar que recuerde lo que vio... —Se queda callada al darse cuenta de que hay alguien mirando en dirección a ella entre los árboles, medio escondido detrás de un tronco. Pamela intenta aguzar la vista, y se siente aliviada al comprobar que es una mujer mayor de espalda ancha—. No sé qué va a pasar —continúa Pamela y vuelve a dirigir la mirada a la lápida—. Estamos amenazados y Mia ha desaparecido, el que asesinó a Jenny Lind la ha secuestrado para asustarnos, solo porque papá intenta ayudar a la policía. —Se seca unas lágrimas de las mejillas y justo le da tiempo de ver cómo la mujer mayor desaparece detrás del tronco—. Por lo menos parece que nos pondrán vigilancia en casa... Si no, nos iremos a vivir una temporada a la casa de campo de Dennis —dice Pamela y afianza la voz—. Y no creo que pueda venir aquí, mientras tanto. En realidad solo quería decirte eso... Tengo que irme. —Se levanta y vuelve a colgar la silla en el árbol, pero regresa a la tumba y se abraza a la lápida—. Alice, te quiero..., en realidad solo estoy esperando a morir para poder verte otra vez —susurra y se levanta.

Pamela pasa por la sombra de debajo del árbol, sigue bajando por la cuesta hasta el pasillo, ve una plantación de rosas preciosas, piensa que debería coger algunas y colocarlas en la tumba, pero se obliga contenerse.

Cuando llega al aparcamiento de la capilla, el coche ya está allí y puede atisbar el rostro de Dennis entre los reflejos del parabrisas.

84

El asfalto retumba bajo los neumáticos, hasta que Joona sale de la autovía E-18, pasado Enköping, y continúa subiendo en dirección norte hacia las provincias de Västmanland y Dalarna.

—He intentado localizar a Margot —dice Johan Jönson al teléfono.

—No necesitas pasar por ella, Caesar empujó a Martin a las vías —le aclara Joona—. Si podemos encontrar la grabación, probablemente, lo tenemos.

—Pero ¿dónde coño tengo que buscar? ¿Qué estación era?

—Aún no lo sé, pero alguna del centro de Estocolmo.

—Eso supone unas veinte estaciones.

—Escúchame —lo interrumpe Joona—. Esto es lo único que importa ahora mismo, tienes que conseguir la grabación ya.

—Normalmente no están predispuestos a...

—Mete al fiscal, lo que sea, pero hazlo —lo interrumpe de nuevo.

Joona no debería tardar más de cuarenta minutos en llegar a casa de Anita, la hija de Gustav Scheele. Vive en una casa adosada en Säter, a tan solo tres kilómetros del hospital.

No era más que una niña cuando Caesar se metió en su dormitorio, se sentó en el borde de su cama y le puso una mano en la cabeza.

Si su padre no le hubiese contado cómo conoció a Caesar

468

cuando ella ya era un poco mayor, Anita no lo habría podido saber nunca.

Pero resulta que sí lo sabía, y cuesta creer que no le hiciera más preguntas a su padre.

Tiene que haber más.

A lo mejor ella es la que más sabe de Caesar de todas las personas con quienes él se ha cruzado hasta ahora.

Joona piensa en su última conversación con Anita. Ella había aprendido a evitar las críticas a la investigación de su padre a base de tomar distancia de ella, a pesar de sentirse orgullosa, en el fondo.

La psiquiatría de antaño siempre está rodeada de un aura sucia, había intentado justificar ella.

Aun así, ella se ha formado como enfermera, se ha asentado en Säter y trabaja en la clínica psiquiátrica.

Joona adelanta a una caravana de tráilers. Las ventanas del coche sueltan un suspiro de succión cada vez que pasa por el hueco entre un vehículo y otro.

Su pistola está en la guantera y el chaleco antibalas, metido en la bolsa de tela que hay en el asiento del copiloto.

Caesar ha intentado matar a Martin en alguna estación de metro en el centro de Estocolmo. Si el momento está capturado en imágenes, es posible que puedan identificarlo, a menos que lleve una máscara.

A lo mejor tanto Caesar como la mujer mayor se encontraban en el andén.

Matan juntos.

¿O acaso Caesar necesita público, alguien en quien reflejarse, de la misma manera que un niño quiere que su madre lo mire cuando hace piruetas en los columpios del parque?

Joona bebe agua, deja la botella de nuevo en el posavasos del coche y permite que su memoria vuelva a la entrevista con Tracy.

Piensa en su descripción del cráneo con forma ovalada que la mujer llevaba al cuello. Sin duda alguna, es demasiado grande para tratarse de un cráneo de rata.

«Más bien podría ser de algún tipo de mustélido», y al instante siguiente ya sabe la respuesta.

El gorro rojo no estaba hecho de piel sintética. El pelaje era graso. Las gotas de lluvia eran repelidas y se acumulaban en los extremos de los pelos.

«Tiene que ser piel de visón», piensa, y cae en la cuenta de algo que lo deja de hielo.

Un escalofrío le recorre el espinazo.

Es como si todo el caso cristalizara en ese instante.

Pega un volantazo para salirse de la calzada y para el coche en el arcén, a la sombra de un viaducto.

Joona cierra los ojos y regresa al recuerdo de una ocasión en la que visitó el Museo de Historia Nacional con su padre.

Tiene ocho años y está atravesando el gigantesco esqueleto de una ballena azul. Las voces y los pasos reverberan en el altísimo techo.

Joona escucha a su padre, que lee un cuadro informativo delante de una mangosta disecada en plena lucha con una cobra.

El anorak nuevo le está empezando a dar calor, lo desabrocha y continúa hasta la foto de un visón.

En una vitrina de cristal hay tres cráneos ovalados.

Uno está del revés, de manera que se puede ver el interior.

En el interior curvado hay una marca.

Grabada en la estructura del hueso hay una especie de cruz.

Joona está sentado en el coche con los ojos cerrados, en el arcén, y analiza el recuerdo de la imagen del cráneo.

La forma se parece a una figura humana con capucha puntiaguda y mangas anchas que está de pie con los brazos en cruz, como Jesucristo.

Joona abre los ojos, coge el teléfono de la consola, hace una búsqueda de imágenes de cráneos de visón y encuentra una foto al instante.

En el interior del cráneo se ve una suerte de relieve de la figura con los brazos en cruz.

Ha sido conformada por la evolución a medida que se iban ajustando las arterias y las meninges.

De forma más o menos clara, la figura aparece en todos los dibujos y fotografías científicos.

Es exactamente el mismo símbolo con el que están marcadas las chicas muertas.

Todas las piezas encajan y forman un pasaje que lleva del cráneo del visón directo al asesino.

Joona sabe que muy pocos asesinos en serie se comunican activamente con la policía, pero todos tienen su patrón, su sensación de estructura y sus preferencias. Todo ello deja rastro.

Joona no sabe cuántas veces ha repasado el patrón de Caesar y cambiado de sitio las distintas piezas del rompecabezas. La esfinge ha ocultado la respuesta dentro del propio enigma. Lo que parece una ruptura del *modus operandi* del asesino es, en verdad, una parte lógica y necesaria.

Pone el coche en marcha, mira por el retrovisor, se incorpora de nuevo a la calzada y pisa el acelerador.

Siempre ha tenido la capacidad de retroceder en su memoria a recuerdos visuales exactos. Por lo general, es una habilidad cansina y tormentosa.

Una y otra vez, Joona revive el pasado hasta el último detalle.

Después de Hedemora, la carretera continúa como una raya entre campos de cultivo y cercados hasta Säter.

Joona da la vuelta a una rotonda que tiene una escultura azul que parece una gran cabeza de hacha y se adentra en una zona residencial de casas apretujadas.

Aparca en el acceso al garaje de Anita, detrás de un Toyota rojo, se baja del coche y se acerca a la casita de revestimiento de madera roja y tejado de teja.

El aspersor salpica las baldosas de piedra.

Anita lo ha visto llegar y está esperando en la puerta. Lleva un vestido a topos con cinturón ancho de tela.

—Has conseguido venir —dice.

Joona se quita las gafas de sol y le estrecha la mano.

—No puedo invitarte a gran cosa, pero el café está caliente...

Lo guía por el pasillo hasta una cocina de azulejos blancos en las paredes y una mesa redonda con sillas blancas.

—Qué cocina más bonita —dice Joona.

—¿Te parece? —dice ella, sonriendo.

Anita le pide que tome asiento y saca dos tazas de porcelana con platillo y cucharilla, sirve café y pone un cartón de leche y un cuenco con terrones de azúcar en la mesa.

—Sé que ya te lo he preguntado —empieza a decir Joona—. Pero ¿no tienes ninguna foto de la época en que tu padre trabajaba en el pabellón? ¿Fotos de grupo de la fiesta de jubilación de alguien o cualquier otra cosa?

Anita se queda pensando mientras echa un terrón de azúcar en el café.

—Hay una foto mía en su despacho..., es la única foto que conservo del interior del pabellón..., y no tiene nada que te pueda servir.

—Me encantaría verla, de todos modos.

A Anita se le sonroja la punta de la nariz cuando saca el monedero del bolso.

—Yo cumplía siete años y mi padre me había conseguido una bata médica en miniatura —dice y deja una fotografía en blanco y negro delante de Joona.

Anita lleva bata y trenzas y está sentada en la silla de su padre, delante del enorme escritorio, repleto de mamotretos y montañas de informes.

—Bonita foto —dice él y se la devuelve.

—Solía llamarme doctora Anita Scheel —dice ella con una sonrisa.

—¿Él quería que siguieras sus pasos?

—Supongo que sí, pero...

Anita suspira y una marcada arruga aparece entre sus ojos de color miel.

—Tú tenías unos quince años cuando tu padre te contó que un día Caesar había entrado en vuestra casa y se había sentado en el borde de tu cama.

—Sí.

—¿Le preguntaste a tu padre qué pensaba él sobre lo que Caesar había querido decir con eso de que las madres tienen que mirar cómo juegan los críos?

—Claro.

—¿Qué te dijo?

—Me dejó leer un capítulo del informe clínico que decía que el trauma original de Caesar estaba vinculado a su madre.

—¿De qué manera?

—El estudio es extremadamente académico —responde ella y deja la taza con cuidado en el platillo.

Anita tiene la frente arrugada en distintas direcciones, como si se pasara las veinticuatro horas del día paseándose y dándole vueltas a algo.

—¿Sabes qué creo? —dice Joona—. Creo que aún conservas el estudio del caso de Caesar de tu padre.

Ella se levanta y se lleva la taza, la deja en la encimera y sale de la cocina sin decir una palabra.

Joona mira la vieja radio con antena telescópica que hay encima de la mesa. La sombra de un pájaro pasa por la ventana.

Anita vuelve a la cocina y deja un dosier de unas trescientas hojas delante de Joona. El lomo está cosido con cordel rojo, y en la primera página se puede leer, en la tipografía irregular de una máquina de escribir:

```
El hombre en el espejo
(Estudio de caso psiquiátrico)

Facultad de Psiquiatría del Hospital Académico
Doctor Gustav Scheel, Pabellón permanente de Säter
```

Anita vuelve a sentarse en su silla, apoya la mano en el informe y mira a Joona a los ojos.

—No me gusta mentir —dice—. Pero he aprendido a decir que todo se quemó cuando murió mi padre... y lo cierto es que casi todo quedó destruido, pero *El hombre en el espejo* lo tenía en casa.

—Has querido proteger a tu padre.

—Este informe podría ser el gran ejemplo de los abusos que cometía la Psiquiatría en Suecia —responde ella con voz neutral—. Mi padre podría convertirse en el Minotauro del laberinto, un Menguele, a pesar de que muchas de las cosas que escribe son interesantes.

—Necesito que me prestes este documento.

—Puedes leerlo aquí, pero no llevártelo —dice ella con una expresión ausente en su boca carnosa.

Joona asiente con la cabeza y se cruza con su mirada.

—No tengo nada que decir acerca de la investigación de tu padre, lo único que quiero es encontrar a Caesar antes de que mate a más chicas.

—Pero esto solo es una descripción de caso —replica ella.

—¿No sale mencionada ni insinuada la identidad real de Caesar en ningún sitio?

—No.

—¿No aparece ningún nombre de persona ni ningún topónimo en todo el estudio de caso?

—No, ninguno..., casi todo el texto está redactado a un nivel teórico —dice ella—. Y todos los ejemplos que sirven como descripción tienen lugar en el interior del pabellón... Caesar no tenía documentos de identidad e iba a pie cuando llegó a nuestra casa.

—¿Se dice algo de visones en algún sitio, o cría de animales?

—No, o bueno... En una ocasión Caesar explica que ha tenido una pesadilla en la que estaba encerrado en una jaula estrecha.

Anita se masajea la nuca y la clavícula izquierda por debajo del vestido.

—Caesar se presentó en vuestra casa y pidió que lo ingresaran —dice Joona—. Pero ¿qué pasó después?

—Lo ingresaron; al principio le dieron una medicación muy fuerte y lo esterilizaron de buenas a primeras, en aquella época era algo que aún se hacía de forma rutinaria, es horrible, pero era así…

—Sí.

—Cuando mi padre intuyó que Caesar sufría TID, le redujo la medicación y comenzó a hacerle entrevistas en profundidad, que son la base del estudio de caso.

—¿Y qué dice, a grandes rasgos?

—Mi padre tiene una teoría muy convincente de que Caesar sufría un doble trauma —explica Anita y pasa una mano por el informe—. El primer trauma tuvo lugar en la primera infancia, antes de que cumpliera ocho años, puesto que es más o menos entonces cuando madura la corteza cerebral… Y el segundo trauma tuvo lugar en la edad adulta, justo antes de que acudiera a mi padre. El primer trauma es lo que genera las circunstancias necesarias para poder dividirse en varias personas…, pero eso no ocurre hasta que tiene lugar el segundo trauma. Mi padre comparaba el caso con el de Anna K., que era una mujer con una veintena de personas dentro de sí misma… y una de ellas era ciega, y sus pupilas no reaccionaban al estímulo lumínico cuando le hacían exámenes clínicos.

Joona abre *El hombre en el espejo*, ojea un resumen en inglés y luego echa un vistazo al índice.

—Te dejo leyendo a solas, hay más café en la jarra —dice Anita y se pone de pie.

—Gracias.

—Si necesitas algo, estaré en el despacho.

—¿Te puedo preguntar una cosa antes de que te vayas?

—¿Sí?

Joona abre una foto de un cráneo de visón en el teléfono, la amplía y le enseña a Anita la figura de la cruz.

—¿Sabes qué es esto?

—Jesús, ¿no? —dice ella.

Después se fija un poco más y sus mejillas pierden el color.

—¿En qué piensas? —pregunta Joona.

Ella lo mira con ojos asustados.

—No lo sé, es... es que en *El hombre en el espejo* pone que cuando encerraban a Caesar en su celda por las noches, podía pasarse horas de pie con los brazos extendidos, como si estuviera crucificado.

85

Pamela cierra la puerta con llave y cruza el pasillo hasta el despacho. Martin ha vuelto a montar el gran lienzo en el trípode.

—He intentado llamarte —dice ella.

—Estoy pintando —responde él y mezcla un poco de pintura roja con la amarilla en la paleta.

—Dijiste que el jueves te empujaron a las vías del metro —dice Pamela—. Joona necesita saber en qué parada estabas.

—Pero tú dices que los niños no existen de verdad —dice él mientras pinta con trazos lentos.

—No quiero preocuparte.

A Martin se le eriza el vello de los brazos, deja el pincel y se queda mirando a Pamela.

—¿Fue Caesar quien me empujó? —pregunta.

—Sí.

—Fue en Kungsträdgården…, no vi a nadie, solo oí pasos a mi espalda.

Pamela le manda un mensaje de texto a Joona y luego se sienta en la silla de oficina junto al escritorio.

—Dennis quiere que vayamos a su casa de campo, y yo le dije que íbamos a ir, pero al final nos han concedido la protección de testigos…

—Pero…

—Esta tarde vienen a recogernos.

477

—Pero tengo que hacer otra sesión de hipnosis —dice él, con calma.

—De todas formas, no ves nada.

—Pero él está ahí, lo sé, pude oírlo...

—¿A Caesar?

—Creo que le vi la cara en un destello...

—¿Qué quieres decir?

—Como un flash de una cámara.

—Hizo una foto —dice ella y siente un escalofrío.

—No lo sé.

—Sí, creo que lo hace, creo que saca fotos —dice Pamela—. ¿No podrías intentar describir lo que viste?

—Está todo negro...

—Pero piensas que Erik Maria Bark podría encontrar ese segundo del flash... y que te daría tiempo de describir a Caesar.

Martin asiente en silencio y se levanta.

—Hablaré con Joona —dice ella.

Martin abre el armario y saca la caja de chuches para perros y llena un tarro de plástico.

—Yo saco al Gandul —dice Pamela.

—¿Por qué?

—No quiero que salgas.

Pamela despierta al perro y se lo lleva al pasillo. El animal bosteza mientras le pone el collar.

—Cierra con llave cuando hayamos salido —le dice a Martin.

Coge su bolso y sale y abre la puerta del ascensor. El Gandul la sigue perezoso, moviendo un poco la cola.

Martin cierra los bulones de la puerta de seguridad con la llave.

Los cables traquetean y tintinean durante el descenso hasta la calle.

Todo el portal huele a ladrillo caliente.

Salen y bajan por la calle Karlavägen en dirección a la facultad de Arquitectura, donde Pamela cursó sus estudios.

Piensa que Caesar podría ser cualquier hombre con el que se cruza por la acera. No tiene ni la menor idea de cuál es su aspecto.

Cuando el Gandul olisquea alrededor de un canalón, ella aprovecha para mirar hacia atrás y comprobar si alguien la está siguiendo.

Un hombre delgado está mirando el escaparate de la galería de arte.

Pamela sigue caminando, pasa por delante de la empinada escalera en dirección a la iglesia de Engelbrekt y cruza el césped. El Gandul hace pipí en uno de los árboles y sigue caminando en dirección a la cueva que abrieron en la roca de la montaña. Durante la Segunda Guerra Mundial hizo las veces de refugio, pero ahora es un columbario donde los supervivientes guardan las urnas de sus allegados.

El Gandul olfatea la pared de la cueva.

Pamela vuelve a mirar hacia atrás y ve que el hombre en el que se había fijado antes se está acercando por la calle a zancadas.

Es Primus.

Por acto reflejo, Pamela tira del Gandul y se meten en la sombra de la boca de la cueva, donde se pegan a la puerta cerrada.

Primus hace un alto en la acera y mira alrededor. La coleta gris se balancea sobre su espalda. El Gandul quiere irse y gimotea un poco cuando Pamela lo retiene. Primus se da la vuelta, mira hacia la cueva con ojos entornados y da un paso al frente.

Pamela contiene el aliento, cree que él no puede verla.

Un camión pesado pasa por la calle, los arbustos se agitan con la corriente.

Hojas y porquería revolotean en la entrada de la cueva.

Primus empieza a caminar directo hacia ella, buscando con la mirada. Pamela se da la vuelta, abre la puerta del columbario y tira del Gandul para que la siga.

El aire está más fresco y huele a flores viejas y velas encendi-

479

das. El suelo está cubierto por una capa de grava y la roca desnuda del techo está pintada de blanco.

El columbario parece una biblioteca, pero en lugar de hileras de estanterías con libros hay un archivo de mármol verde con cientos de puertecillas cerradas.

Pamela avanza a paso ligero, oye el crujido de la grava bajo sus pies, deja atrás la primera estantería y gira detrás de la segunda.

Se pone de rodillas y le rodea el cuello al Gandul con el brazo.

No puede ver a ningún visitante, pero hay sillas colocadas y las velas están prendidas en los pesados candelabros de hierro fundido.

La puerta se abre y se cierra al cabo de un rato largo.

Pamela apenas tiene tiempo de sentir la esperanza de que Primus haya tirado la toalla, cuando de pronto oye pasos en la grava. Primus camina despacio y luego se detiene.

—Tengo un mensaje de Caesar —dice al aire—. Este sitio le gustaría, está obsesionado con las cruces pequeñas…

Pamela se levanta y piensa en las cruces que el Profeta tenía en los dedos.

Se imagina crucecitas por todo su cuerpo, en las paredes, el techo y el suelo.

Los pasos en la grava se aproximan.

Pamela mira a un lado y al otro en busca de un camino de huida, se da la vuelta para echar a correr, pero Primus rodea la fila de estanterías y se planta justo delante de ella.

—Déjame en paz —dice Pamela.

—Caesar no quiere que Martin haga más hipnosis —dice Primus, mostrándole una polaroid muy nítida.

El rostro sucio de Mia está iluminado por el flash. Está cansada y chupada. El fotógrafo sujeta un machete negro. La pesada hoja descansa sobre su hombro, con el filo afilado apuntando a la garganta.

Pamela tropieza hacia atrás y el bolso se le cae al suelo.

—Dice que le cercenará los brazos y las piernas, que quemará las heridas y la mantendrá viva en una caja de cartón…

Cuando Primus da un paso al frente, el Gandul empieza a ladrar. Pamela se agacha para recoger las cosas que se han salido del bolso.

El Gandul ladra como llevaba años sin ladrar y se lanza al ataque lleno de rabia. Primus se echa para atrás y el Gandul le enseña los dientes y gruñe.

Pamela coge la correa y tira del Gandul en dirección a la puerta. Al salir, lo coge en brazos y echa a correr sin mirar atrás.

Jadeando, deja al perro en el suelo delante del portal, introduce el código y tira del animal para entrar en el rellano. Se meten directamente en el ascensor y suben hasta el quinto piso. La puerta de casa está entornada.

Pamela cierra rápidamente con llave y llama a Martin mientras lo busca por el piso.

Con manos temblorosas, saca el teléfono del bolso y lo llama.

—Martin —responde él con cuidado.

—¿Adónde has ido?

—Voy a pedir que me hipnoticen otra vez.

—No puedes hacerlo.

—Tengo que hacerlo, es la única manera.

—Martin, escúchame, si Caesar se entera de esto matará a Mia, va en serio, lo hará.

—Porque tiene miedo…, sabe que lo vi cuando el flash se disparó.

86

Erik Maria Bark está sentado a la sombra del gran roble, con el ordenador sobre la mesita endeble del jardín, tratando de escribir un capítulo sobre una hipnosis clínica grupal.

Oye que la verja de la calle se abre y se cierra, alza la vista y ve a Martin doblar la esquina de la casa a paso ligero en dirección a la salita de espera, hasta que sus miradas se cruzan.

Martin cambia de rumbo y se acerca a Erik, se pasa la mano por el pelo y echa un vistazo por encima del hombro antes de saludar.

—Perdona que me presente así, pero ¿tienes tiempo para...?

Calla de golpe al oír un coche que pasa por la calle, y se mete detrás de los lilos con mirada asustada.

—¿Qué está pasando? —pregunta Erik.

—Caesar dice que le hará daño a Mia si quedo contigo.

—¿Has hablado con Caesar?

—No, me lo ha dicho Pamela.

—¿Y dónde está ella?

—Creo que está en casa.

—¿No os iban a poner protección de testigos?

—Vendrán a buscarnos esta tarde.

—Suena bien.

—¿Podemos entrar?

—De acuerdo —contesta Erik.

Apaga el ordenador y se lo lleva a casa, cruzan la sala de espera y se meten en el despacho.

—Nadie puede saber que estoy aquí —dice Martin—. Pero quiero hacer otra sesión de hipnosis, creo que vi a Caesar en el parque infantil, solo un instante, cuando se disparó un flash.

—¿Crees que alguien sacó una foto en el parque infantil?

—Sí.

Erik piensa que al principio Martin podía describir la lluvia, los charcos de agua y la caseta de juego, hasta que quedó cegado. Por eso luego lo veía todo negro.

—Podemos hacer otro intento, desde luego —dice Erik y pone en marcha el ventilador del escritorio.

—¿Ahora mismo?

—Sí, si tú quieres, ahora mismo —responde Erik.

Martin se sienta en el diván. Mira hacia la salita de espera y mueve una pierna, nervioso.

—Me gustaría dividir la hipnosis en dos secciones —le explica Erik—. La primera consiste en abrir un pasaje hasta tus recuerdos… y, la segunda, en tratar de recordar con la mayor exactitud posible.

—Lo probamos.

Erik acerca una silla y se sienta.

—¿Empezamos?

Martin se tumba bocarriba y mira al techo con ojos tensos y una arruga marcada en la frente.

—Tú solo atiende a mi voz y sigue mis indicaciones —dice Erik—. Dentro de nada te sentirás lleno de una calma interior. Tu cuerpo se sumirá en un agradable estado de reposo. Primero notas el peso de tus talones sobre el almohadón, relajas los gemelos, los tobillos, los dedos de los pies…

Erik intentará usar el estrés interior de Martin para sumirlo en un estado de mayor relajación. La tensión es siempre excepcional: el cerebro anhela el descanso. Igual que el auténtico afán del mecanismo del reloj es detenerse.

—Relaja la barbilla —dice Erik—. Deja que tu boca se quede medio abierta, respira por la nariz y nota el aire saliendo lentamente por la boca, acariciando la lengua y los labios...

A pesar de que, veinte minutos más tarde, Martin ya se encuentre en un estado de considerable reposo, Erik continúa con el descenso hacia la inducción.

El ventilador chasquea y cambia de sentido. Una mota de polvo alza el vuelo con el nuevo movimiento del aire.

Erik hace una lenta cuenta atrás, lleva a Martin a un estado de relajación cataléptica y sigue bajando.

—Cincuenta y tres, cincuenta y dos...

Nunca ha hecho bajar a un paciente a ese nivel, y no se detiene hasta que empieza a preocuparle que las funciones corporales de Martin también entren en reposo, que su corazón vaya a dejar de latir.

—Treinta y nueve, treinta y ocho..., vas cayendo y respiras más y más tranquilo...

Erik ha estado pensando y cree que, probablemente, Pamela tiene razón en que el hecho de que Martin no se atreva a hablar debido a que las alucinaciones que tiene de los niños están vinculadas con la pérdida de sus hermanos.

Es posible que Martin no estuviera presente cuando enterraron a su familia, a lo mejor estaba ingresado en el hospital después del accidente, o quizá estuviera demasiado en shock para comprender lo que estaba pasando.

Seguramente, que sus hermanos vuelvan como dos fantasmas durante las psicosis de Martin se deba a que de niño no llegó a ver cómo los enterraban, nunca logró entender que estaban muertos.

—Veintiséis, veinticinco..., cuando llegue a cero, estarás de pie en un cementerio, estás allí para enterrar a tus hermanos.

Martin ya ha bajado a los estadios más inferiores de la hipnosis profunda, donde la censura interior es mucho más débil, pero donde el tiempo y la lógica empiezan a nublarse.

Erik sabe que los sueños pueden interponerse a los recuerdos reales, que fragmentos de psicosis anteriores pueden abrirse un hueco, pero aun así piensa que ese nivel de profundidad es necesario para lo que va a intentar hacer.

—Once, diez, nueve...

Erik no tiene la menor idea de cómo fue el entierro, cómo se veía desde fuera, pero piensa que va a generar una ceremonia propia que ligue el funeral y el sepelio.

—Seis, cinco, cuatro..., ahora ves el cementerio, es un lugar armonioso donde la gente se despide de las personas que ya no están vivas —dice Erik—. Tres, dos, uno, cero..., y ahora tú estás allí, Martin. Sabes que has perdido a tu familia, estás triste, pero entiendes que los accidentes ocurren, sin sentido ni causa..., tus padres ya están enterrados, y ahora estás ahí para despedirte de tus dos hermanos.

—No entiendo...

—Ahora caminas en dirección a un grupo de personas vestidas de negro.

—Ha nevado —susurra Martin.

—Hay nieve en el suelo y en las ramas desnudas de los árboles... La gente se aparta cuando tú te acercas a la tumba recién excavada, ¿la ves?

—Una rama de abeto marca el sitio —murmura él.

—Al lado de la tumba hay dos ataúdes pequeños con las tapas abiertas... Tú te acercas y ves a tus hermanos, los dos están muertos, es algo triste, pero no da miedo... Los miras, reconoces sus caras y te despides por última vez.

Martin se pone de puntillas y mira a los dos niños que están ahí tumbados con labios grisáceos, ojos cerrados y repeinados.

Erik ve que unas lágrimas afloran a sus ojos.

—El pastor cierra las tapas de los ataúdes y dice que tus hermanos descansarán en paz, mientras los ataúdes van bajando en la tierra.

Martin ve que el cielo es de un color blanco y lúgubre, como el hielo de un lago.

Los copos de nieve se elevan del suelo, como cuando le das la vuelta a un globo de nieve.

Ascienden acariciando los pantalones del pastor, el abrigo y el sombrero de copa negro.

Martin da un paso al frente, ve los ataúdes de sus hermanos en el fondo de la tumba y piensa que por fin reposan en tierra bendecida.

El alto pastor se quita el sombrero y saca una cabeza tallada en una gran patata.

—Polvo eres, polvo serás —dice Erik.

El pastor enseña la cabeza calva y finge que es esta la que pronuncia las palabras del Génesis.

Martin no puede dejar de mirar fijamente la cara tallada, la nariz ancha y roja, los dientes separados y las cejas esculpidas.

—Dos hombres cogen unas palas y empiezan a echar tierra sobre los ataúdes —dice Erik—. Tú te quedas quieto hasta que la tumba está llena y compactada.

Martin permanece completamente inmóvil, ni siquiera se puede percibir su respiración en el abdomen. Sus dedos no se agitan ni se mueven un milímetro.

—Martin, ahora nos adentraremos en la segunda parte de la hipnosis, ya no hay nada que se interponga en el camino hacia tus recuerdos, tus hermanos están muertos y enterrados y no pueden castigarte si hablas —dice Erik—. Voy a volver a hacer una cuenta atrás, y cuando llegue a cero estarás de nuevo en el parque infantil… Diez, nueve…, podrás observar el asesinato sin sentir miedo…, ocho, siete…, los niños ya no tienen ningún poder sobre ti…, seis, cinco…, podrás describir a Caesar de forma detallada en el resplandor del flash de una cámara…, cuatro, tres…, ahora caminas en la oscuridad, oyes la lluvia repicando en el paraguas y te acercas al parque infantil…, dos, uno…, cero…

87

La luz del verano se refleja en la carcasa plateada de la radio. Una mota de sol tiembla en la mejilla de Joona y su barbita rubia.

Joona ha leído deprisa y concentrado y ahora está ojeando la bibliografía que aparece al final de *El hombre en el espejo*.

Johan Jönson está en la estación de metro de Kungsträdgården. Si consigue obtener una imagen, es probable que puedan identificar a Caesar pronto.

Joona cierra el informe y acaricia la portada con la mano.

Gustav Scheel utiliza a su paciente para demostrar la existencia de personalidades múltiples y la posibilidad de recibir un tratamiento.

La identidad y hábitat reales de Caesar no aparecen en ningún lado del texto.

Aun así, la investigación de Joona está llegando a su final: las últimas piezas del rompecabezas no tardarán en ser colocadas.

Porque, aunque todos los métodos y las teorías del informe clínico hayan quedado obsoletos, Joona empieza a comprender la psique de Caesar, su sufrimiento y su lucha interna.

Esto le brinda a Joona la posibilidad de predecir sus actos.

La mente de Joona vuelve al último capítulo, en el que Gustav Scheel presenta su conclusión: que Caesar sufrió un doble trauma que dividió su personalidad en dos.

Si el trauma es masivo y tiene lugar antes de cumplir ocho años —antes de que la corteza cerebral esté completamente desarrollada—, el sistema nervioso central se verá afectado.

Caesar solo tenía siete años cuando experimentó algo tan terrible que su cerebro se vio obligado a encontrar su propia manera de almacenar y activar la información.

El otro trauma tuvo lugar cuando tenía diecinueve años, cuando su futura esposa se ahorcó en el dormitorio.

El cerebro de Caesar ya había encontrado una manera alternativa de gestionar las vivencias duras desde el primer trauma, y a los diecinueve el método definitivo fue dividirse a sí mismo en dos partes independientes.

Una persona era violenta, abrazaba esos traumas y habitaba en la oscuridad que los rodeaba, mientras que la otra persona llevaba una vida normal.

> Ahora mismo, una puede convertirse en un verdugo o un torturador en cualquier conflicto, mientras que la otra podría dedicar su vida a ayudar a la gente, haciéndose pastor o psiquiatra.

En el capítulo final, Gustav Scheel vuelve a comentar que Caesar se hallaba en un estado caótico cuando fue a pedir ayuda. Después de dos años de terapia se había estabilizado. Seguía colocándose cada noche en su celda con los brazos en cruz, como Jesucristo crucificado, pero las dos personas en su interior habían empezado a buscarse la mirada la una a la otra en el espejo, justo cuando el pabellón permanente fue desmantelado y el tratamiento se vio interrumpido.

Gustav Scheel escribe que Caesar habría necesitado muchos años más para metabolizar el trauma.

Según él, las personalidades múltiples pueden fusionarse y convertirse en una unidad, si todas las partes se conocen entre ellas y no quedan secretos ocultos en el sistema.

El respaldo de la silla cruje cuando Joona se reclina pasa masajearse la nuca con una mano. Mira por la ventana y ve a dos niños cargando con un bote de goma por la acera.

Joona lee una última vez las frases de conclusión del informe clínico, en las que Scheel comenta que la única manera de tratar un trauma psicológico es volver a él y reconocer que lo ocurrido ocupa un lugar en el relato de vida de la persona.

> Y esto se aplica a todos y cada uno de nosotros: si no soportamos el vernos reflejados en nuestros propios recuerdos, tampoco podemos llorar lo ocurrido y seguir adelante. A lo mejor suena paradójico, pero cuanto más intentamos ignorar la parte dolorosa de la vida, más poder tendrá sobre nosotros.

Joona piensa en que, en este informe clínico, Caesar es una persona que tomó dos direcciones en una bifurcación de la vida. Un asesino en serie tomó una dirección y un hombre normal y corriente tomó la otra. Probablemente, el asesino está al corriente de su reflejo, pero no al revés, puesto que semejante conocimiento imposibilitaría el llevar una vida normal.

Se termina el café, y mientras enjuaga la taza en el fregadero Anita entra en la cocina.

—No te molestes —dice ella.

—Gracias.

—¿Has terminado de leer los abusos de mi padre?

—Era otra época, pero para mí es evidente que estaba intentando ayudar a Caesar.

—Gracias por decir eso…, me refiero a que, la mayoría de gente solo vería recuerdos implantados, esterilización, medidas coercitivas, aislamiento…

El teléfono de Joona empieza a vibrar, él le da la vuelta y ve que Johan Jönson le ha mandado un archivo comprimido.

—Disculpa, tengo que mirar esto —dice él rápidamente y se vuelve a sentar.

–Por supuesto –dice ella asintiendo con la cabeza y ve que Joona se concentra en su pantalla.

El inspector se pone pálido de golpe. Se levanta de la silla con tanto ímpetu que la silla golpea la pared, y luego sale a toda prisa al pasillo sin decir ni una palabra.

–¿Qué ocurre? –pregunta ella, yéndole detrás.

Anita oye el nerviosismo en la voz de Joona cuando este repite la dirección Karlavägen 11 al teléfono y dice que es urgente, sumamente urgente. Joona vuelca el paragüero sin querer, deja la puerta abierta y corre hasta el coche.

88

Pamela se pone de rodillas delante de la butaca en la que está tumbado el Gandul. Lo acaricia y el perro mueve un poco la cola sin abrir los ojos.

—Mi héroe.

Se levanta y va al dormitorio, cuelga la falda y la blusa en el vestidor y cierra la puerta estriada.

El piso está en silencio y todo está en calma. Pamela siente un escalofrío cuando unas gotas de sudor se deslizan por su espalda.

Teme que Caesar haya seguido a Martin a casa de Erik Maria Bark, le da miedo que pueda hacerles daño a Martin y a Mia.

La imagen del rostro sucio de Mia y el ancho filo amenazando su garganta no deja de venirle una y otra vez a la mente.

Va al cuarto de baño, se quita la ropa interior, la echa en el cesto de la ropa sucia y se mete en la ducha.

El agua caliente le moja el pelo, la nuca y los hombros.

Entre el ruido del chorro oye que su móvil empieza a sonar en el dormitorio.

Acaba de hablar con Dennis y le ha contado que ha aceptado la propuesta de protección de testigos. Él ha sonado un poco decepcionado, pero se ha ofrecido a cuidar del Gandul mientras estén fuera.

Irá a recogerlo dentro de una hora.

Pamela piensa en que Dennis siempre ha estado allí para ella.

Cuando Alice tenía trece años sufrió una crisis. Les gritaba a Pamela y a Martin a diario, con lágrimas en los ojos. No soportaba cenar con ellos, se encerraba en su cuarto y ponía música a un volumen tan fuerte que vibraba todo el armario de la vajilla.

Pamela recuerda que Dennis se había ofrecido a que Alice hiciera terapia con él, solo para probar, y sin cobrar.

No llegaron a hacerlo.

Cuando Pamela le sacó el tema a Alice, esta se puso hecha una furia.

—¿Tengo que ir a un psicólogo solo porque no aguanto más fingir que soy la hija perfecta todo el rato?

—No seas infantil.

Pamela recuerda la cara enfadada de Alice y piensa en lo tonta que había sido por abrazarla y explicarle que ella la quería de manera incondicional y por encima de todo.

Pamela se enjabona, se mira los pies bronceados en el suelo de azulejos rugosos y vuelve a pensar en Primus.

Se asustó tanto que se le cayó el bolso, y tuvo que agacharse para recoger sus cosas a toda prisa mientras el Gandul ladraba.

De pronto se percata de que no está segura de si se ha dejado la llave de casa en el columbario.

Ha sido todo tan rápido...

Y la puerta estaba entornada cuando ha llegado a casa.

¿Y si Primus tiene su llave?

Pamela intenta ver algo a través de la mampara empañada. La puerta que da al pasillo apenas se puede distinguir, como un marco gris.

El agua humeante cae con un chorro ruidoso.

Pequeñas gotas de condensación cuelgan bajo el grifo del agua fría.

Le entra champú en los ojos, tiene que cerrarlos, y trata de oír algo más allá del ruido de la ducha.

Le parece oír un leve chirrido.

Pamela se enjuaga, cierra el grifo, pestañea y mira la puerta del baño.

El agua corre por su cuerpo.

Estira la mano, coge una toalla y mira la puerta. Está cerrada, pero no ha echado el cerrojo. Debería alargar el brazo y hacerlo, y luego quedarse esperando hasta que lleguen Martin, Dennis o los policías de la unidad de protección de testigos.

El espejo empieza a desempañarse.

El malestar le provoca náuseas.

Pamela se seca sin apartar los ojos de la puerta.

A través de las paredes se oye el murmullo del ascensor.

Estira una mano, baja la manilla, empuja la puerta y da un paso atrás.

El pasillo está vacío.

Se puede ver una tenue luz que proviene de la cocina.

Se envuelve en una toalla, da un paso al frente y aguza el oído para ver si oye algún movimiento.

Cuando ve que el teléfono no está en la mesilla de noche cae en la cuenta de que lo ha puesto a cargar en la cocina.

Pamela saca rápidamente una muda del cajón, los vaqueros blancos y una camiseta.

Se pone las bragas sin apartar la mirada de la puerta.

El teléfono vuelve a sonar en la cocina.

En cuanto se haya vestido se pondrá en contacto con los de protección de testigos.

Un extraño ruido dentro del armario vestidor la hace quedarse de piedra en mitad de un movimiento. Ha sonado como si una montaña de cajas de cartón hubiese caído al suelo. Pamela mira la puerta del armario, aguanta la mirada sobre la oscuridad estática que se ve entre los listones.

El ruido debe de haber llegado de los vecinos del otro lado de la pared.

Cuelga la toalla sobre el poste de la cama y sigue vistiéndose con movimientos temblorosos.

No ha entrado nadie en el piso, lo sabe, y aun así esas estancias y esos muebles insisten en infundirle miedo.

Estaría más tranquila si estuviera en la acera de abajo, en el calor del verano y entre la muchedumbre.

Pamela se abrocha el pantalón vigilando el pasillo con la mirada, y vuelve a pensar en la botella de vodka.

Podría tomarse un vasito para tranquilizarse antes de llamar.

A lo mejor basta con dar un trago, solo para notar el calor en la garganta y la barriga.

Se pasa la camiseta por la cabeza y durante unos segundos pierde el pasillo de vista.

A su espalda oye un chasquido y la puerta del armario vestidor se desliza unos centímetros. Pamela tiene la sensación de que se le va a parar el corazón.

El viejo conducto de ventilación emite un ruido sibilante por encima de la barra del perchero.

Justo cuando Pamela se dispone a colgar la toalla mojada en el cuarto de baño, oye una llave girando en la puerta del piso.

Avanza despacio y sopesa si le dará tiempo de correr hasta la cocina y coger el teléfono.

La cerradura resuena y la puerta se abre.

A su espalda, la puerta del armario vestidor se cierra con un golpe seco, empujada por la repentina corriente de aire.

Pamela mira alrededor en busca de algo que le sirva de arma.

Alguien cruza el pasillo a paso lento.

Pamela oye crujir el umbral del hueco que da a la salita.

Avanza unos pasos, se detiene en la abertura y ve la luz de la cocina bañando la pared del pasillo.

A lo mejor le da tiempo de correr hasta el recibidor y salir por la puerta, si es que está abierta.

La luz de la pared se oscurece.

Alguien se mueve a toda prisa por la cocina, sale al pasillo y se encamina hacia el dormitorio.

Pamela retrocede y choca con el baúl, que a su vez golpea la pared. Se da la vuelta y rodea la cama, y entonces Martin entra en la habitación.

—¡Joder! Me has dado un susto de muerte —exclama.

—Llama a la policía —dice él y se frota la boca, estresado.

Le falta el aliento y está pálido.

—¿Qué ha pasado?

—Creo que Caesar me persigue… He hecho otra hipnosis —dice con voz asustada—. Lo he visto en el parque infantil, he visto a Caesar, no lo sé explicar…

El sudor le cae por las mejillas y sus ojos están abiertos de par en par de un modo extraño.

—Intenta explicarme lo que ha pasado —le ruega ella.

—Se va a vengar… Tengo que vigilar la puerta, llama a la policía.

—¿Estás seguro de que te están siguiendo de verdad? Ya sabes que…

—El ascensor se ha parado —la interrumpe él y empieza a temblar de pies a cabeza—. Escucha, está aquí, al otro lado de la puerta, Dios mío…

Pamela lo sigue por el pasillo, se mete en la cocina, coge el teléfono de la encimera, le quita el cable, se da la vuelta y ve a Martin acercarse despacio a la puerta.

Martin se estira y baja la manilla.

La puerta no está cerrada con llave.

Pamela siente un escalofrío cuando la hoja se abre a la penumbra del rellano.

Martin se queda mirando fijamente la rejilla del ascensor, titubea un instante y luego sale y cierra tras de sí.

Pamela mira el teléfono, pero antes de que le dé tiempo de hacer nada, la puerta se vuelve a abrir y Martin entra de nuevo con una pesada bolsa de deporte en la mano. Echa el cerrojo, cuelga las llaves en uno de los ganchos y se mete en la cocina con una mueca ofendida en la boca.

—¿Qué está pasando, Martin? ¿De dónde ha salido esa bolsa?

—Martin va a morir —responde él con voz afligida, y mira a Pamela como si fuera una extraña.

—¿Por qué dices que…?

—Calla —la interrumpe él y vacía el contenido de la bolsa en el suelo.

Un puñado de herramientas pesadas restallan sobre el parquet. Pamela ve un serrucho, varios alicates, un cabrestante con cable de acero, un machete y una bolsa de plástico sucia.

—Deja el teléfono en la encimera de la cocina —ordena él sin mirar a Pamela.

Martin saca un botellín de plástico pringoso de la bolsa y retira el celo que tiene alrededor del tapón. Pamela está intentando leer la expresión desconocida que observa en su rostro: las cejas, curiosamente contraídas, y los movimientos bruscos al moverse.

—¿Puedes explicarme qué estás haciendo? —le pregunta y traga saliva.

—Por supuesto —responde él y coge unos trozos de papel de cocina—. Nos llamamos Caesar y estamos aquí para matarte a ti y…

—Deja de hacer eso —lo interrumpe Pamela.

Piensa que Martin está sufriendo una psicosis paranoide, que ha dejado de tomar su medicación, que se ha enterado de que ella le ha sido infiel.

Martin retira el tapón de plástico, humedece el papel y va directo hacia ella.

Pamela retrocede desconcertada y choca contra la mesa. El canto topa con el radiador y las últimas uvas ruedan en el cuenco.

Martin se acerca a toda prisa.

En sus ojos hay una expresión que ella no había visto nunca. De manera casi instintiva, Pamela comprende que está en peligro de verdad.

Busca a tientas con la mano, agarra el pesado cuenco, golpea y le da a Martin en la mejilla. Él se tambalea a un lado, apoya la mano en la pared y trata de recomponerse con la cabeza vencida por el peso.

Pamela sale corriendo al salón, continúa hacia el recibidor, pero oye los pasos de Martin y sabe que él ya la ha alcanzado.

Mira el balcón.

La vieja tira de luces de Navidad brilla en la barandilla bajo la luz del sol.

Martin entra en la sala de estar desde el pasillo con el machete negro en la mano.

Está sangrando por la sien y su cara está tan tensa que se le deforma igual que cuando le explicó que Alice se había ahogado.

—Martin —dice ella con voz trémula—. Sé que piensas que eres Caesar, pero...

Él no contesta, solo avanza directo hacia ella, y Pamela se mete corriendo en la cocina, cierra la puerta y mira al pasillo.

De pronto Pamela comprende que Martin y Caesar son la misma persona.

Sabe que es así, sin realmente podérselo creer, y al mismo tiempo es como si miles de detalles empezaran a colocarse en su sitio y adquirieran sentido.

El piso está en silencio.

Pamela mira la puerta cerrada que da a la salita, le parece ver un cambio de luz por la ranura entre la hoja y el marco y se dirige hacia el pasillo haciendo el menor ruido posible.

Su respiración acelerada suena demasiado fuerte.

Pamela piensa en correr hasta la puerta del piso, coger las llaves del gancho, abrir y salir a hurtadillas.

El suelo cruje bajo su peso.

Con cuidado, sigue avanzando, y de pronto se cruza con los ojos de Martin en el gran espejo.

Él está inmóvil en el recibidor, esperándola, con el machete en la mano.

Pamela retrocede sin hacer ruido, coge el teléfono y lo desbloquea con manos temblorosas.

Martin revienta el espejo con un ruido ensordecedor. Una cascada de fragmentos de cristal salpica sobre las paredes y en los rincones.

Pamela piensa en salir al balcón, llamar a la policía y tratar de llegar trepando hasta la casa de los vecinos de abajo.

Baja la manilla de la puerta que da al salón, abre con cuidado y echa un vistazo.

Apenas le da tiempo de ver un rápido movimiento y un destello del rostro tenso de Martin antes de que la parte plana del machete le golpee la mejilla.

Pamela oye un chasquido y su cabeza choca con el marco de la puerta.

Todo se vuelve negro.

Se despierta en el suelo de la cocina. La lámpara de araña de acero fundido tiembla en el techo.

Pamela oye un ruidito mecánico.

Proviene del cabrestante.

Está atornillado a la pared.

—Martin —jadea ella.

Un largo cable de acero se desliza rozando el suelo, sube hacia el techo, cruza por dentro de la lámpara y luego baja hasta meterse en el cabrestante que Martin está accionando con la manivela.

Pamela apenas ha terminado de verlo cuando nota el lazo ceñirse a su cuello y tirar de ella hacia el centro de la cocina.

Rueda sobre sí misma y se tumba bocabajo, gatea y se levanta, pero no le da tiempo de quitarse el lazo antes de que el cable se vuelva a tensar.

Una de las velas de la lámpara de araña cae al suelo y se parte por la mitad.

Martin deja de girar la manivela y mira a Pamela.

Ha arrastrado la mesa y las sillas hasta la salita.

Pamela consigue abrir un poco el lazo con dos dedos, empieza a llorar de miedo e intenta cruzarse con la mirada de Martin.

—Martin, sé que tú me quieres…, sé que no quieres hacer esto.

Él gira la manivela una vuelta más y Pamela tiene que sacar los dedos del lazo y ponerse de puntillas para poder respirar.

Agarra el cable por encima de la cabeza para no perder el equilibrio.

Ya no logra hablar.

Lo único que puede hacer es coger aire por su garganta comprimida.

La cabeza le va a mil por hora, pero no logra entender por qué está pasando todo esto.

Sus gemelos ya han empezado a temblar por el esfuerzo.

No sabe cuánto rato aguantará de puntillas.

—Por favor —logra pronunciar.

Martin gira la manivela, el lazo se ciñe aún más, le quema la piel. Las vértebras crujen y Pamela tiene tiempo de notar la sensación antinatural de que te levanten por la cabeza, antes de que se le acabe el oxígeno.

De fondo se oyen las sirenas de, como mínimo, cuatro vehículos de emergencias.

No existe ninguna posibilidad de apoyarse con las manos. La lámpara de araña tiembla y más velas caen al suelo.

Una tormenta le ruge en los oídos.

Su campo de visión se reduce por momentos, pero llega a ver cómo Martin sale corriendo al recibidor, abre la puerta y desaparece.

La lluvia deja estrías blancas en las lunas laterales del coche. Alice se ha quedado dormida en la silla. Pamela no puede soltarle los deditos.

Apenas está consciente cuando los agentes de policía entran a toda prisa. Intentan bajarla al suelo, pero el cabrestante está bloqueado.

Uno de ellos coge el machete de la encimera, aprieta el cable contra la pared con una mano y luego lo corta de un golpe.

Pamela se desploma en el suelo, el cable suelto se desliza con la lámpara de araña y cae a su lado emitiendo un silbido.

Los agentes le retiran el lazo del cuello y la ayudan a pasárselo por la cabeza. Pamela rueda sobre un costado, se palpa el cuello, tose y escupe saliva mezclada con sangre.

89

A partir de Enköping, Joona ha podido mantener una velocidad constante de ciento noventa kilómetros por hora por la autovía.

Pita insistentemente para avisar al resto de vehículos que circulan por el carril izquierdo.

Pamela sigue sin coger el teléfono. Joona no ha recibido ninguna puesta al día de la situación y solo puede cruzar los dedos para que la policía no haya llegado demasiado tarde.

Bloques grises de pisos y torres de electricidad van pasando a toda prisa.

Llegará a Estocolmo en veinte minutos.

Joona estaba hablando con Anita en la cocina de esta cuando ha recibido el mensaje de Johan Jönson.

Se sentó a la mesa, protegió la pantalla con la mano para evitar el reflejo del sol y abrió el vídeo de la grabación de la cámara de vigilancia.

En el andén vacío se veía a un hombre con pantalón claro y camisa blanca. Al mirar a un lado y al otro, nervioso, se podía ver claramente su rostro.

Era Martin.

Johan Jönson había encontrado el vídeo del intento de asesinato.

Sin prisa, Martin se acercaba al canto del andén, miraba al interior del túnel y luego al frente.

Los raíles brillaban.

Los faros de un tren aproximándose podían verse en el interior del túnel.

Todo parecía temblar.

Martin estaba completamente quieto pero de pronto estiró los brazos hacia fuera, como Jesucristo en la cruz.

Un resplandor parpadeaba en su cara.

Martin se tambaleó un poco, pero no bajó los brazos.

De repente, se arrojó a las vías, frenó la caída con las manos, se levantó tropezando y miró desconcertado alrededor.

El tembloroso haz de luz del metro lo bañaba entero. Martin pareció entrar en pánico, trastabilló hasta el alto canto del andén y resbaló, pero consiguió subir a la plataforma justo antes de que el tren pasara a toda velocidad por su lado.

Joona había llamado a la centralita mientras salía de la cocina de Anita y corría hasta el coche.

Durante todo el trayecto desde Säter se ha estado comunicando con sus compañeros, sabe que la incursión en el piso de Pamela aún está en proceso y está esperando a que alguien lo ponga al día de la situación.

Martin y Caesar son la misma persona.

Esa es la respuesta al enigma.

Ahora Joona tiene que encontrar a Mia antes de que sea demasiado tarde.

Intenta poner orden en su cabeza, repasa el texto de *El hombre en el espejo* y piensa en la pesadilla de estar encerrado en una jaula estrecha.

Hay una conexión bizarra con los visones, pero los intentos de encontrar granjas de visones, artesanos peleteros o inmuebles y terrenos que sean propiedad de Martin o de alguien llamado Caesar no han dado ningún resultado.

Un equipo del DON ha ampliado la búsqueda a Dinamarca, Noruega y Finlandia.

Joona tiene que reducir un poco la marcha al tomar la salida de Estocolmo, coge el carril reservado para autobuses, se mete por la zona restringida y sale a la carretera E-4.

La luz de la tarde baña las copas sinuosas de los árboles de Hagaparken.

Adelanta a un aerobús por la izquierda, pisa el pedal del acelerador a fondo y se le pone delante, intenta llamar de nuevo a Pamela, suenan dos tonos y luego alguien descuelga.

—Pamela —dice una voz afónica al otro lado de la línea.

—¿Estás en casa?

—Estoy esperando la ambulancia, esto está lleno de policías.

—¿Qué ha pasado?

—Martin ha venido y me ha golpeado y ha intentado colgarme…

—¿Lo han detenido?

Pamela tose y parece que tiene dificultades para respirar. De fondo se oyen voces y sirenas.

—¿Martin está detenido? ¿Lo tenemos? —repite Joona.

—Ha desaparecido —dice ella sin apenas resuello.

—No sé si has podido entender que Martin vive una especie de doble vida como Caesar —dice Joona.

—No me entra en la cabeza, es una locura, ha intentado matarme, me ha ahorcado y…

Pamela se interrumpe y vuelve a toser.

—Tienes que ir al hospital, podrías haber sufrido daños severos.

—Sobreviviré, me han bajado a tiempo.

—Solo una cosa más antes de colgar —dice Joona y gira para desviarse hacia Norrtull—. ¿Sabes dónde podría estar Martin? ¿Dónde podría tener cautiva a Mia?

—No tengo ni idea, no lo entiendo —dice ella y tose de nuevo—. Pero su familia es de Hedemora y a veces él va hasta allí para visitar la tumba familiar…

Joona recuerda que Caesar había ido a pie cuando se presentó en casa de Scheel, después del segundo trauma.

Hedemora queda a tan solo veinte kilómetros de Säter.

Joona gira el volante a la derecha, cruza todos los carriles y sale de la autovía justo antes de que empiece el guardarraíl.

Se oye un golpe en los amortiguadores cuando el coche se mete en la hierba. La guantera se abre y la pistola cae al suelo.

El coche va levantando una nube de polvo a su paso. La tierra y las piedras salpican contra los bajos antes de que Joona salga con un salto al desvío que lleva a Frösunda.

—¿Qué está pasando? —pregunta Pamela.

—¿Martin o su familia conservan alguna propiedad en Hedemora? —pregunta Joona.

—No..., creo que no, vaya. Pero me parece que no sé nada de él, a decir verdad.

Un camión se acerca por la izquierda en el viaducto.

Joona acelera por la rampa, ve el semáforo cambiar a rojo, cruza en diagonal el carril contrario y oye el chirrido de los frenos del camión desgañitándose.

El parachoques derecho roza la barandilla.

El camionero se echa sobre la bocina.

Joona aumenta la velocidad al cruzar el puente y baja por la rampa curvada, se ve interrumpido por un transporte de caballos y lo adelanta por el arcén, metiendo dos ruedas en la hierba seca. Sale a la autovía y sigue conduciendo en dirección norte.

Joona oye unas sirenas de ambulancia desaparecer más atrás.

—¿Martin te ha hablado alguna vez de una granja de visones?

—¿Una granja de visones? ¿Tiene una granja de visones en Hedemora? —pregunta Pamela.

Joona oye más voces al otro lado de la línea, gente que le pregunta a Pamela cómo se encuentra, si tiene dificultades para respirar y que le piden que se tumbe. Después, la llamada se corta.

90

El color azul parpadea sobre las paredes oscuras de ladrillo y se aleja por el asfalto como flechas de luz. Sube por la fachada del otro lado de la calle Karlavägen y se refleja en las ventanas del restaurante.

—Tengo que hacer una cosa —le dice Pamela al personal de la ambulancia con un murmullo, y empieza a caminar en dirección a su garaje.

La calle está llena de vehículos de emergencias y agentes uniformados que están hablando por sus dispositivos de radio. Gente curiosa se ha ido agolpando detrás del cordón policial y está grabando la escena con el móvil.

—Pamela, Pamela.

Al darse la vuelta, el cuello le duele tanto que no puede reprimir un gimoteo. Han dejado pasar a Dennis, que va corriendo por la acera a su encuentro.

—¿Qué ha pasado? —pregunta, sin aliento—. Te he llamado y...

—Es Martin —dice ella y tose—. Martin es Caesar...

—No te entiendo, Pamela.

—Ha intentado matarme —dice ella.

—¿Martin?

Dennis mira la profunda marca que el cable de acero le ha dejado en el cuello. Su rostro adopta una expresión de desconcierto y desesperación. Le tiembla la barbilla y los ojos se le llenan de lágrimas.

—¿Dónde tienes el coche? —pregunta ella.

—Necesito hablar contigo.

—No tengo fuerzas —dice ella y echa a andar—. Me duele el cuello y la nuca y tengo que ir a...

—Escúchame —la interrumpe él y la agarra con fuerza del brazo—. No sé cómo decirte esto, pero parece ser que Alice sigue viva, que era una de las cautivas de Caesar.

—¿Qué estás diciendo ahora? —pregunta ella y para en seco—. ¿Estás hablando de mi Alice?

—Está viva —dice él, con lágrimas cayéndole por las mejillas.

—No... no entiendo.

—La policía ha encontrado a otra víctima y llevaba una carta encima.

—¿Qué? ¿De Alice?

—No, pero menciona el nombre de Alice, dice que es una de las prisioneras.

Pamela se pone blanca y se tambalea.

—¿Estás seguro de eso? —susurra.

—Estoy seguro de la carta y estoy seguro de que es tu Alice a la que se refiere.

—Cielo santo, cielo santo...

Dennis la sujeta y trata de tranquilizarla, Pamela llora tan fuerte que tiembla de pies a cabeza, no puede ni respirar.

—Te acompaño al hospital y...

—¡No! —grita y se pone a toser.

—Solo intento...

—Perdón, lo sé, lo sé, pero es que esto es demasiado..., necesito que me dejes tu coche, tengo...

—Pamela, te has lesionado el cuello.

—Me da igual —dice Pamela y se seca las lágrimas de las mejillas—. Dime lo que pone en la carta. ¿Pone dónde está Alice? Necesito saberlo.

Dennis intenta explicarle que hace apenas media hora lo han llamado para dar apoyo psicológico a un hermano pequeño que tenía que identificar los restos de una de las víctimas de Caesar, a la que habían encontrado al lado de una autovía.

Una médica llamada Chaya Aboulela los ha llevado a una sala en la que olía muy fuerte a flores.

El cuerpo estaba tan maltrecho que permanecía tapado, pero el hermano ha tenido que mirar una mano de la chica y las bolsas de plástico transparente con los restos de su ropa.

El chico se ha puesto a llorar al ver que las prendas estaban cubiertas de manchas oscuras de sangre, ha rasgado una de las bolsas, ha sacado una de las perneras y le ha dado la vuelta.

—Es ella —ha dicho, y les ha enseñado que había un bolsillo secreto en el interior de la pernera derecha.

Dennis había estado rodeando al hermano con el brazo por los hombros mientras este sacaba unos billetes y un papelito del bolsillo secreto.

Soy Amanda Williamsson, estoy retenida por un hombre que se llama Caesar y por su madre.

Somos varias chicas las que vivimos en siete casetas pequeñas que en realidad no son para personas. No podemos hablar entre nosotras, así que no sé mucho de las demás, pero comparto jaula con una chica de Senegal que se llama Yacine, y en la otra jaula de mi casa vive Sandra Rönn, de Umeå, y una chica enferma que se llama Alice Nordström.

Me atrevo a decir que si lees esto es que estoy muerta, pero por favor, enséñale esta carta a la policía, tienen que encontrarnos.

Y por favor, diles a Vincent y a mamá que los quiero, siento mucho haberme escapado, solo estaba estresada y triste.

91

Alice ha procurado que le asignaran la tarea de fregar las jaulas a pesar de no tener fuerzas para hacerlo. Cada vez que cruza el patio para llenar los cubos con agua limpia comprueba si Mia se ha despertado.

La última vez que Alice pasó por allí, Mia reaccionó a sus pasos en la gravilla, pero sin conseguir abrir los ojos.

Está tumbada de lado, en vaqueros y con un sujetador sucio, atada a una de las patas de la bañera.

La abuela le había clavado el veneno en la mano, y Mia empezó a llorar de miedo cuando, poco después, comenzó a quedarse ciega, hasta que perdió la conciencia.

Normalmente, recuperas la vista cuando te despiertas.

Alice no ha encontrado ningún arma afilada que le pueda servir para cortar las bridas, pero tampoco ha olvidado las palabras de Mia exhortándola a mirar en el desagüe.

Aún no ha tenido la oportunidad de levantar la rejilla. La abuela está limpiando el camión y el semirremolque y tiene un ojo puesto en ella todo el rato.

Mia debe despertarse y escapar antes de que vuelva Caesar. Si no, la matará mientras duerme, o esperará a que se despierte y la obligará a ponerse en cruz hasta que se rinda, y entonces le pondrá el lazo al cuello.

Alice deja los cubos delante de la segunda caseta alargada,

quita el yugo y lo apoya en la pared, tose y escupe en el suelo. Fuera aún hace calor, pero ella tiene frío porque le está volviendo a subir la fiebre.

La abuela carga con una aspiradora por el patio. El cráneo de visón que lleva colgando del cuello rebota en el tubo.

Alice se recompone, intenta hacer acopio de nuevas fuerzas, levanta los cubos y se acerca a la jaula de la derecha en la oscuridad.

—Sandra, vete al rincón —dice y se tose en la mano—. Voy a echar agua.

Alice vacía el balde de agua con detergente en el suelo de la jaula. Sandra está sentada de cuclillas y se ha subido el vestido hasta las rodillas. Su cabeza hace combarse un poco la rejilla del techo. El agua corre entre sus pies descalzos, choca contra la pared de detrás y oscurece el suelo de hormigón.

Sandra coge el cepillo que Alice le pasa y limpia las heces resecas que hay en el rincón.

—¿Cómo tienes el cuello? —pregunta Alice.

—No mejora.

—Miraré a ver si encuentro algo que puedas usar de almohada.

—Gracias.

El agua sucia corre por un canalón hasta el tubo del desagüe. En el colador hay pelos y porquería que han quedado atrapados.

—Voy a enjuagar —dice Alice.

Vacía el otro cubo sobre el suelo de la jaula y coge el cepillo por la trampilla.

—¿Vuelves a tener fiebre? —pregunta Sandra al ver la cara de Alice.

—No creo que aguante mucho más —responde esta con voz apagada.

—Para, pronto estarás mejor.

Alice le sostiene la mirada.

—Sabes que me has prometido que encontrarás a mi madre cuando salgas de aquí.

—Sí —contesta Sandra, seria.

Alice se lleva los cubos vacíos, sale y cierra la puerta, tose y escupe flema ensangrentada en el suelo.

Blenda está despedazando y cremando a Kim detrás de la séptima caseta alargada. El olor dulzón a cadáver quemándose y carbonizado es terrible. El humo se esparce por todo el lugar y hace que el sol de la tarde parezca una moneda de acero a través de la bruma.

Alice camina cargando con el yugo en una mano, pone rumbo a la caseta alargada seis y ve que Mia por fin levanta un poco la cabeza del suelo y mira hacia ella con ojos entornados.

La abuela no parece estar en el patio. A lo mejor está dentro del semirremolque.

Alice empieza a llenar el primer cubo, agarra la rejilla oxidada del desagüe con las dos manos, la levanta y la deja en el suelo.

La abuela surge de la bruma que se ha acumulado en la linde del bosque de detrás del camión con semirremolque, con un bote de lejía en la mano.

Alice empieza a llenar el segundo cubo y ve que la abuela se sube al semirremolque. Se inclina hacia delante, sumerge la mano en el agua fría del desagüe, se tumba bocabajo y mete todo el brazo.

Con las yemas de los dedos nota que el tubo tiene una curvatura pronunciada.

Con cuidado, recorre el saliente con los dedos, encuentra una especie de tela mojada y luego un objeto metálico afilado.

Saca el trozo de chapa y lo deja caer en uno de los cubos, vuelve a colocar la rejilla, se pone de pie y echa un vistazo rápido al semirremolque.

La abuela sigue allí dentro.

En el cubo hay un trozo alargado de metal que ha sido afilado hasta convertirlo en un arma cortante. La tela que envuelve el mango casi se ha desprendido por completo. Alice se agacha y coloca los cubos en el yugo, estira las piernas y se acerca a la bañera.

Mia levanta la cabeza y mira a Alice con ojos rojos y entrecerrados.

—Quédate quieta mientras hablo —dice Alice y vuelve a mirar el semirremolque—. ¿Crees que puedes ponerte en pie y correr?

—A lo mejor —dice Mia.

Alice deja los cubos en el suelo e intenta reprimir los tosidos.

—Tienes que estar segura…, la abuela soltará al perro cuando se dé cuenta de que no estás.

—Dame diez minutos más.

—Dentro de poco ya habré terminado de limpiar las jaulas y no sé si tendré más oportunidades —responde Alice.

—Cinco minutos…

—Si te quedas aquí, morirás, ¿lo entiendes? Haremos esto: dejaré la navaja aquí contigo, escóndela debajo de la bañera antes de echar a correr… Huye por el camino, y si llega un coche te ocultas en la cuneta, pero no te metas en el bosque porque hay trampas por todas partes.

—Gracias —dice Mia.

—¿Te acuerdas de cómo me llamo?

—Alice —dice Mia e intenta humedecerse los labios.

Alice saca rápidamente la navaja del cubo, se la pone a Mia en la mano que tiene libre, se levanta y echa a andar en dirección a la primera caseta alargada.

Caesar las matará a todas cuando entienda que Mia se ha escapado. Después del intento de fuga de Jenny Lind, su nivel de violencia se ha descontrolado. Ahora es como si solo estuviera esperando una excusa para exterminar a toda la granja.

Vuelve a dejar los cubos, les quita el pesado yugo y lo apoya en la pared, abre la puerta y se gira hacia el patio. En la calima humeante ve que Mia se levanta con movimientos inestables, suelta la navaja, se apoya en el canto de la bañera y empieza a caminar.

Alice entra con los cubos en la caseta alargada y abre las dos jaulas.

—Volved a casa, seguid el camino, cuidado con el bosque —dice.

—¿De qué hablas? —pregunta Rosanna.

—Caesar matará a todas las que se queden.

—No entendemos lo que dices.

—Mia se está escapando, voy a abrir las demás jaulas, daos prisa...

Alice piensa que irá a recoger la navaja de debajo de la bañera y que matará a la abuela, dejará salir a las demás de las jaulas y luego se meterá en la casa y se tumbará en una cama.

Mira hacia la puerta, ve la luz de la tarde tiritar en una ranura y oye a las mujeres moverse en las jaulas que tiene detrás.

La puerta chirría suavemente en las bisagras.

Alice cierra sus ojos cansados y le parece oír música de los auriculares de otra persona en un vagón de metro.

Vocecitas alteradas y ladridos.

Alice vuelve a abrir los ojos y ve que la luz de fuera ha adquirido un tono sucio y rojizo.

Entiende que está delirando por la fiebre, que está a punto de desmayarse.

Una sombra pasa por delante.

Alice cae a un lado, se golpea el hombro en una jaula y consigue recuperar el equilibro.

La oscura estancia se retuerce.

Dos de las cuatro mujeres ya han salido de las jaulas.

«Tenéis que daros prisa», piensa Alice y empieza a avanzar en dirección a la puerta.

Tiene la sensación de estar flotando, al mismo tiempo que el ruido de la gravilla bajo sus pies resulta ensordecedor.

Alice ve alzarse su propia mano como si estuviera cogida por un cordel.

Las yemas de sus dedos alcanzan la puerta y la empujan.

No puede evitar hacerlo, a pesar de estar viendo a la abuela por la ranura.

La puerta se desliza.

Las mujeres detrás de Alice gritan de miedo.

La abuela está apoyada en el bastón y tiene un hacha en la otra mano.

Envuelta en el humo del crematorio, Mia está en mitad del patio, con los brazos estirados como Jesucristo crucificado.

Una hora más tarde, está todo completamente a oscuras, excepto por la luz del camión con semirremolque, que está en marcha con el motor al ralentí. Los faros delanteros alumbran el bosque y las luces traseras tiñen la casa de rojo.

Alice intenta mantener el equilibrio al lado de Mia con los brazos estirados hacia los lados. Unos pasos más allá están las dos mujeres que han salido de sus jaulas en la primera caseta alargada. El perro ha mordido a Rosanna muy fuerte en los muslos y las rodillas y parece que le duele mucho. Sangra en abundancia y ya ha perdido el equilibrio varias veces.

La abuela ha colocado el colmillo en el bastón y sujeta el hacha con la otra mano. Las mira con una mezcla de expectación e ira.

—Os malcriamos y entonces vosotras intentáis escaparos, pero aquí encontramos a todas las ovejas descarriadas, nunca nos rendimos, puesto que sois tan valiosas para nosotros…

Alice tose e intenta escupir, pero está tan débil que la mayor parte de la sangre termina en su barbilla y el pecho.

—Dios es quien os llama —dice la abuela y se coloca enfrente de ella.

Alice oscila y levanta un poco más los brazos. La abuela la observa un rato largo, y luego se acerca a Rosanna.

—¿Necesitas descansar?

—No —llora la joven.

—Cansarse es humano.

El perro traza un círculo alrededor de ellas. El hacha se mece junto al muslo de la abuela. Ladea la cabeza y sonríe un poco.

Alice piensa en la única vez que subió al gran dormitorio. Al lado de la cama doble había una cuna que estaba llena de esqueletos blancos, miles de cráneos pequeños de animales.

Y arriba del todo había dos cráneos de niños.

El humo sigue brotando de alrededor de la séptima caseta alargada. Crea formaciones redondas en la oscuridad, como cráneos grandes y blandos.

Alice se despierta porque se le recalientan las manos, levanta rápidamente los brazos otra vez.

La abuela no se ha dado cuenta.

El corazón le late con fuerza y la adrenalina gélida invade su sistema circulatorio.

Tiene que encontrar la manera de detenerse a sí misma en cuanto note que empieza a sumirse en sueños febriles.

Las piernas heridas de Rosanna se doblan y ella se pone de rodillas, sin bajar los brazos. La abuela apoya el hacha en el hombro y se queda mirándola.

—Ya me levanto, me pongo de pie —suplica Rosanna.

—¿Dónde está la cruz? No veo la cruz.

—Espera, ya...

El hacha se hunde en su frente y casi le corta la cabeza en dos partes. Alice cierra los ojos y se vuelve ligera, se despega del suelo y se marcha volando con el humo por encima de las copas de los árboles.

92

Erik se despierta con dolor de cabeza en el suelo de su despacho, y nota un calor bajo la espalda como el de una roca caliente.

Mira la lámpara del techo y trata de recordar lo que ocurrió.

Martin ha ido a verlo para que lo hipnotizara una última vez antes de que él y Pamela fueran aislados en una vivienda protegida.

Erik cierra los ojos unos segundos.

Martin estaba sumido en hipnosis profunda, cuando de pronto se ha levantado del diván con los ojos de par en par, ha cogido el cenicero de bronce y ha golpeado a Erik varias veces en la cabeza.

Erik se ha desplomado sobre la mesa y ha arrastrado una pila manuscritos consigo al caer al suelo, donde luego se ha quedado inconsciente.

Ahora todo está en silencio.

El sol de la tarde se filtra por las cortinas.

El teléfono está encima de la mesa.

Probablemente, aún esté grabando.

Erik piensa que llamará a Joona y luego ira al cuarto de baño a inspeccionarse la cabeza.

Cuando intenta incorporarse, nota una quemazón repentina en el hombro derecho.

No logra despegar el torso ni un centímetro del suelo.

El dolor le hace jadear. Cierra los ojos y se queda completamente inmóvil antes de volver a abrirlos y levantar con cuidado la cabeza.

El estilete español que usa como abrecartas le atraviesa el hombro y está clavado al suelo de parquet de roble.

El calor bajo la espalda procede de la sangre que está saliendo de su cuerpo.

Erik tiene que respirar más despacio.

Si permanece completamente inmóvil, podrá alargar el tiempo antes de entrar en parada circulatoria.

Intenta relajar el cuerpo mientras repasa lo sucedido.

Erik ha celebrado un funeral de los dos hermanos de Martin mediante una sugestión intrahipnótica, para que este sintiera que ya no tenían ningún poder sobre él.

Ha sido un craso error.

Los hermanos no solo han estado impidiendo que Martin recordara y hablara, sino que también eran los encargados de vigilar el paso que daba acceso a una cara completamente distinta de él.

Sin premeditarlo, al entrar en la segunda parte de la hipnosis Erik ha abierto una puerta que llevaba muchos años cerrada.

Ha contado hasta cero mientras guiaba a Martin de vuelta a su recuerdo del parque Observatorielunden.

—Ahora caminas en la oscuridad —le ha dicho Erik—. Oyes la lluvia repicando en el paraguas y te acercas al parque infantil..., dos, uno, cero...

—Sí —ha susurrado Martin.

—Te detienes junto a la caseta de juegos.

—Sí.

—El tiempo se frena, se dispara el flash de una cámara, poco a poco la luz se expande en la noche, llega hasta la estructura y se congela en el momento de mayor intensidad..., y ahora ves a Caesar.

—Hay un montón de capas de cristal, pero entre los reflejos veo a un hombre con un sombrero de copa gastado...

—¿Lo reconoces?

—El hombre talla una cara en una patata muy grande con una puntilla y... sus labios húmedos se mueven, pero creo que la que habla es la cara tallada...

—¿Qué está diciendo? —pregunta Erik.

—Que soy Gedeón y David, Esaú y el rey Salomón... Y yo sé que es cierto y veo mi propia cara de pequeño..., está sonriendo y asiente en silencio.

—Pero ¿qué ves en el resplandor del flash?

—A Jenny.

—¿Ves a Jenny Lind en el parque infantil?

—Está agitando las piernas, se le cae un zapato y empieza a columpiarse..., el lazo se ciñe aún más y la sangre comienza a discurrir por su cuello y entre sus pechos, se palpa con las manos...

—¿Quién está tomando la foto?

—La madre... que mira cómo juegan los críos...

—¿La madre está sola con Jenny en el parque infantil?

—No.

—¿Quién más hay?

—Un hombre.

—¿Dónde?

—Dentro de la cabañita..., está mirando por la ventana.

Erik ha sentido un escalofrío al comprender que Martin había visto su propia cara reflejada en la ventana cuando se había disparado el flash.

—¿Cómo se llama el hombre?

—Nuestro nombre es Caesar —ha respondido él, con calma.

A Erik se le ha acelerado el pulso y su corazón ha empezado a latir más fuerte. Sin duda alguna, aquello era lo más curioso que había vivido nunca como hipnotista.

—Dices que te llamas Caesar, pero entonces, ¿quién es Martin?

—Un reflejo —ha murmurado.

El trastorno de identidad disociativo aparece en el *DSM-IV-TR*, el manual de psiquiatría más empleado del mundo, pero aun así son muchos los profesionales que rechazan el diagnóstico.

De hecho, Erik no cree en la existencia de personalidades múltiples, pero en ese momento no pensaba cuestionar a Caesar como individuo independiente.

—Háblame de ti, Caesar —ha dicho Erik.

—Mi padre era un patriarca…, era dueño de una empresa de transportes y una granja de visones, en la que yo me crie. El Señor lo recompensó mediante las pieles de visón y lo hizo rico…, era un elegido y le fueron prometidos doce hijos.

—¿Doce hijos?

—Después de mí, mi madre ya no pudo tener más hijos…

—Pero tuviste dos hermanos, ¿verdad que sí?

—Sí, porque… una noche mi padre llegó a casa con una mujer que había encontrado por el camino y me explicó que pensaba tener más hijos con ella. Silpa gritó mucho la primera temporada en el sótano, pero cuando llegó mi hermanastro Jockum, ella se mudó arriba, a la casa…, y cuando nació el pequeño Martin, exigió que mi madre abandonara su sitio en el dormitorio.

Martin ha abierto la boca como si no pudiera respirar y se le ha tensado el abdomen.

—Tú solo escucha mi voz… Respira lentamente, relaja todo el cuerpo —ha dicho Erik y le ha puesto una mano en el hombro—. Explícame lo que le pasó a tu madre.

—¿Mi madre? Le cayó encima la ira de mi padre… Tuvo que pasar once horas de pie en el patio, como Jesucristo en la cruz…, y luego se trasladó a vivir al sótano.

—¿Tú estabas con ella en el sótano?

—Yo era el primogénito —ha dicho en un tono casi imperceptible—. Pero una noche mi madre subió a hurtadillas a la casa y me despertó para…

La boca de Martin ha continuado formando palabras y frases,

pero ya no se oía nada. Ha cerrado y abierto las manos y el mentón ha comenzado a temblarle.

—No te oigo.

—Estaban todos muertos —ha susurrado.

—Vuelve a la misma situación, al momento en que tu madre te despertó.

—Me dijo que la acompañara afuera, que arrancara el motor del camión y esperara hasta que ella volviera.

—¿Cuántos años tenías?

—Siete y medio… Había empezado a probar a conducir en el patio… Tenía que ponerme de pie para llegar a los pedales, mi madre decía que era un juego, que ella me miraría mientras yo jugaba… y yo vi a mi madre apoyar una escalera contra la casa, me saludó desde allí, luego se encaramó con la manguera que salía del tubo de escape y la metió por la ranura del ventanuco de ventilación del dormitorio.

—¿Quién había allí dentro? —ha preguntado Erik, notando claramente el sudor que le empapaba la espalda.

—Todos…, mi padre, Silpa y mis hermanos —ha respondido Martin con una sonrisa triste—. Mi madre me sentó delante de la tele en la planta baja y me puso un vídeo mientras ella sacaba los cuerpos a rastras…, y cuando hubo terminado entró y me dijo que todo estaba bien.

—¿En qué sentido estaba todo bien?

—Pues que no era mi padre si no yo el que iba a tener doce hijos… Y yo miré mi propia cara, que se reflejaba en el cristal del televisor, en el que salía un hombre con sombrero de copa, y me sentí satisfecho.

Erik había dado por hecho que Martin había inventado a Caesar en un intento de reconvertir el asesinato y los sentimientos de culpa en otra cosa, pero en ese momento comprendió que era Caesar quien tenía a Martin dentro.

—Tenías siete años y medio, ¿qué pensaste cuando te dijo que ibas a tener doce hijos?

—Me enseñó la imagen del interior de los visones y me dijo que esa era mi señal, que esa figura era yo, dibujado en mi túnica de confirmación…, con los brazos extendidos y un capuchón en punta.

—No lo entiendo del todo.

—Era yo —ha susurrado Martin—. Dios ha creado un paraíso para sus hijos…, y las madres tienen que mirarlos cuando juegan.

Erik ha procurado retener a Martin en el mismo nivel de profundidad de hipnosis y lo ha guiado con cuidado por el pasado.

Caesar le ha hablado de su infancia fuertemente cristiana, el trabajo y la formación académica en la granja. Algunos pasajes han sido casi imposibles de oír, como cuando ha descrito las entregas de alimento a base de productos de pescado y restos de matadero.

—Cuando el antiguo conductor dejó el trabajo, lo sustituyó una mujer joven llamada Maria. Yo siempre me mantenía alejado de ella cuando llegaba, pero mi madre veía cómo la miraba… Y un día mi madre invitó a Maria a entrar y le ofreció café y galletas de jengibre. Se quedó dormida en el diván, mi madre le quitó la ropa y me dijo que Maria iba a brindarme muchos hijos… La tuvimos encerrada en el sótano y yo dormía con ella cada noche que no sangraba… Al verano siguiente ya tenía una pequeña barriga y pudo subir a vivir en la casa.

Su sonrisa ha desaparecido y la saliva ha comenzado a caerle por la boca relajada. Con voz ausente y balbuceante, Caesar ha explicado lo que ocurrió después. Erik no ha podido distinguirlo todo, pero ha intentado juntar las palabras lo mejor que ha podido.

Ha quedado claro que Maria comenzó a pedirle que la soltara, por el bien del niño, pero cuando la mujer comprendió que eso no iba a pasar, se ahorcó en el dormitorio. Caesar quedó completamente en shock y perdió el norte.

—Yo era hierba arrancada del suelo, había sido arrojado al río —ha murmurado.

Erik ha entendido que Caesar abandonó la granja y se puso a caminar por los senderos en una suerte de estado de fuga, hasta que llegó a la vivienda de Gustav Scheele. Pero no recordó nada hasta que el doctor habló con una persona en su interior a la que sí reconocía. La persona se llamaba Martin, igual que su hermano más pequeño, y Martin no era consciente de nada que hubiese tenido lugar antes de llegar al pabellón de Säter.

—Estaba obligado a compartir cuerpo con él —ha dicho—. A veces… a veces no puedo controlar cuándo me veo absorbido y me apago.

—¿Así es como lo sientes?

—Mi campo de visión se contrae y…

Se ha puesto a murmurar cosas incoherentes sobre espejos frente a espejos, un agujero de gusano interminable y flexible que desaparece como el fuelle de un acordeón.

Después se ha quedado callado y ha pasado un buen rato sin responder a ninguna pregunta. Cuando Erik estaba a punto de sacarlo de la hipnosis, Caesar ha empezado a explicar lo que hacía paralelamente a cuando Martin se montó una vida en Estocolmo.

Caesar regresó con su madre a la granja y, junto con ella, comenzó a dar vueltas con el camión con semirremolque y a secuestrar a mujeres jóvenes. Ha descrito el aspecto que tenían, la manera en que las amaba y cómo terminaron sus vidas.

A Erik le ha parecido que Martin llevaba una doble vida pero sin ser consciente de ello. Viajaba mucho por motivos de trabajo, y ha supuesto que volvía con su madre en cuanto tenía la oportunidad.

Con los años, Caesar había empezado a vigilar a mujeres por las redes sociales, cartografiaba sus vidas, se acercaba a ellas todo lo que podía sin ser visto y las fotografiaba.

—¿Martin no sabe lo que haces?

—Él no sabe nada, está ciego…, ni siquiera se enteró cuando cogí a Alice.

—¿Alice?

—Martin no podía hacer nada…, y cuando el camión se marchó, él fue directo hacia una rama de abeto que marcaba un hoyo en el hielo y se dejó caer al agua para morir.

Ahora Erik mira al techo y se siente invadido por una fuerte angustia al pensar que Pamela cree que Alice se ahogó en el agua. Intenta quitarse el estilete del hombro, pero es imposible. Ya no se nota los dedos y no puede mover la mano derecha. Su respiración se ha acelerado y entiende que se está desangrando.

Erik ha intentado hacer que Caesar siguiera hablando, pero se ha dado cuenta de que ya estaba saliendo de la hipnosis.

—Caesar, estás profundamente relajado… Escuchas mi voz, cualquier otro sonido solo te hace concentrarte más en lo que digo… Dentro de poco volveré a dirigirme a Martin. Cuando haya contado hasta cero, será Martin con quien hable… Pero antes de eso quiero que me cuentes dónde tienes retenidas a las mujeres.

—Eso no importa, tienen que morir de todos modos… No quedará nadie, ni piedra sobre piedra, no…

Su rostro ha comenzado a tensarse, ha abierto los ojos y se ha quedado mirando al vacío, su boca parecía buscar las palabras.

—Te hundes más, te sientes más y más relajado, respiras tranquilamente —ha continuado Erik—. Nada de lo que hemos hablado ni es peligroso ni te da miedo, todo irá bien en cuanto me hayas contado dónde se encuentran las mujeres…

Martin aún estaba sumido en el trance hipnótico cuando se ha levantado del diván, se ha tapado una oreja con la mano, ha volcado la lámpara de suelo sin querer y entonces ha cogido el cenicero de bronce y ha golpeado a Erik en la cabeza.

Gotas de sudor corren por las mejillas de Erik y ahora ya tiene tanto frío que se ha puesto a temblar.

Erik cierra los ojos y oye que hay alguien en el jardín, por fuera del despacho, e intenta pedir ayuda, pero la voz que emite entre las respiraciones superficiales es poco más que un jadeo.

93

El coche chirría cuando Joona adelanta a un camión de troncos cargado hasta los topes en la autovía 70. Mientras conducía hacia el norte, ha buscado información sobre cría de animales de piel y granjas de visones en la zona de Hedemora, pero sin resultado.

Pasado Avesta, encuentra un antiguo foro que menciona una granja de visones no registrada llamada Dormen que vende pieles Blackglama a precios bajos.

Cuando Joona añade el nombre de Dorma en la búsqueda, encuentra una granja abandonada en el bosque, bastante cerca de la cueva mina de Garpenberg, a poco más de diez kilómetros de Hedemora.

Tiene que ser esa.

Joona mantiene una velocidad constante de ciento sesenta kilómetros por hora, ve una fábrica de cemento pasar a toda velocidad por su derecha y llama a Roger Emersson, el jefe de la fuerza nacional de asalto.

—Necesito que autorices una operación de inmediato.

—La última vez, a mi amigo le volaron la cabeza —dice Roger.

—Lo sé, lo lamento y desearía…

—Era su trabajo —lo interrumpe Roger.

—Sé que estás al corriente de nuestra investigación y creo haber localizado a Caesar —dice Joona y piensa que todo tarda demasiado.

—Vale —dice Roger.

—Creo que se encuentra en una vieja granja de visones en las cercanías de la mina de Garpenberg, en las afueras de Hedemora.

—Entendido.

—Yo voy de camino, existe el riesgo de que esto escale a una situación con rehenes bastante grave.

—¿Y no puedes tú solo?

—Roger, no es buen momento para conflictos, necesito escuchar que has entendido que la situación es grave, tengo que poder confiar en ti.

—Tranquilo, Joona, ya vamos, ya vamos…

Joona gira a la izquierda y sale de la autovía a la altura de Hedemora y conduce a toda prisa en la oscuridad, entre campos de cultivo con instalaciones de riego lúgubres.

Joona intenta aminorar al tomar la salida, pero la velocidad a la que circula sigue siendo tan elevada que los neumáticos se deslizan por el asfalto. Los matorrales secos que bordean la calzada rascan el lateral del coche. Joona vuelve a pisar el acelerador en cuanto sale a la recta, se mete en un estrecho puente que cruza Dalälven y vislumbra el agua, que titila con una negrura propia del inframundo.

El coche pega una sacudida al pasar el último estribo del puente, el teléfono suena y Joona lo coge justo al rebasar las luces de la localidad de Vikbyn.

—Hola, Joona, soy Benjamin Bark, el hijo de Erik…

—¿Benjamin?

—Mi padre está herido…, estoy con él en la ambulancia, no corre peligro, se pondrá bien…, pero dice que tengo que llamarte y explicarte que Caesar y Martin son la misma persona…

—¿Qué ha pasado?

—Me he encontrado a mi padre en el despacho con un estilete atravesada en el hombro, yo no entiendo nada, pero dice que ese hombre va de camino a su granja de visones para destruir todas las pruebas y desaparecer del mapa…

—Yo estoy a punto de llegar.

—Hay trampas por todo el bosque, tenía que avisarte de ello.

—Gracias.

—Mi padre estaba bastante desconcertado, pero justo antes de que le pusieran la máscara de oxígeno ha dicho algo de que Caesar se había llevado a una chica que se llama Alice.

—Sí, Nålen me acaba de informar de ello.

Joona gira a la izquierda después de Finnhyttan y continúa por el camino del bosque. Un lago negro refulge entre los árboles.

Los faros del coche cortan la oscuridad y tiñen los troncos de color gris. Un corzo se detiene un segundo al borde del camino y luego desaparece de nuevo.

Joona piensa que es perfectamente posible que Martin haya recibido el alta y luego lo hayan vuelto a ingresar en la cuarta planta sin que Pamela supiera nada.

Forma parte del secreto profesional.

Pero tiene que disponer de un coche en algún sitio, en un garaje o en un parking de larga estancia.

Hasta la fecha, su doble vida ha funcionado, pero de pronto Caesar está desesperado. Probablemente, cree que tanto Erik como Pamela están muertos. Sabe que la policía no tardará en encontrarlo, por lo que quiere borrar todas las huellas y huir.

Joona deja atrás una alta verja de acero en la parte trasera de las enormes instalaciones mineras de la empresa Boliden. Los focos en los postes eléctricos iluminan la vieja mina a cielo abierto.

Más allá se ven edificios industriales modernos entre los troncos, y luego se vuelve a cerrar la oscuridad.

Joona gira con un volantazo y continúa adentrándose en el bosque de coníferas.

Según las imágenes satelitales, la granja de visones queda apartada y se compone de una vivienda y siete edificios pequeños y alargados.

El camino se va estrechando y el firme es cada vez más irregular.

Cuando comprende que se está acercando a la granja, reduce la velocidad, enciende las luces de posición y, un poco más adelante, se mete con el coche en el borde del camino y se detiene.

Recoge la pistola, que había caído al suelo, y encuentra dos cargadores de reserva en la guantera, se baja del coche, se pone el chaleco antibalas y empieza a correr por el camino junto al bosque.

El aire cálido de la noche huele a pinaza y musgo seco.

Cada vez que su pie izquierdo toca el suelo Joona siente una punzada de dolor en la herida del costado, que se le expande por todo el cuerpo.

Un kilómetro más adelante intuye un resplandor nebuloso y decide avanzar caminando, le quita el seguro a la pistola y carga una bala en la recámara.

Se aproxima sin hacer ruido.

No ve a Caesar, pero delante de la casa hay un Chrysler Valiant muy desvencijado y con la puerta del conductor abierta.

Y casi en el centro de un patio de tierra hay un camión con semirremolque, con el motor en marcha.

Humo y gases de escape quedan iluminados por los faros traseros del semirremolque, se ensanchan lentamente en el aire estático, como una nube de sangre bajo el agua.

De no haber sido por la advertencia de Benjamin, está claro que Joona se habría acercado a la casa bosque a través, pero ahora se limita a avanzar por el camino.

Pese a la oscuridad, puede ver la ajada casa de madera y el contorno de los edificios estrechos de la derecha, destinados a albergar las jaulas para visones.

El aire brumoso que llena el patio palpita indolente en el resplandor proyectado por el camión con semirremolque.

En la penumbra ve a tres mujeres totalmente quietas, con los brazos extendidos como si estuvieran crucificadas.

Están en la misma posición que el dibujo del interior de los cráneos de visón, que el símbolo del marcado en frío, que Martin en el andén y que Caesar en su celda en el pabellón permanente.

Joona sigue avanzando despacio, con la pistola apuntando al suelo, y descubre a una mujer mayor detrás de las chicas en pie. Está sentada en el borde de una vieja bañera, con un bastón en el regazo.

Una de las chicas se tambalea, pero recupera el equilibrio. Levanta la cara, y el pelo rizado se aparta de sus mejillas.

Es una copia de Pamela. Tiene que tratarse de Alice.

Joona se acerca al borde del tenue círculo de luz y ve ahora que Alice está temblando de arriba abajo, sus piernas flaquean y está a punto de bajar los brazos.

La señora mayor se levanta con pesadez a su espalda y levanta la barbilla.

Un perro empieza a ladrar delante de la casa.

Caesar sigue sin aparecer por ninguna parte.

Las fuerzas especiales tardarán, como mínimo, media hora en llegar.

Alice da un paso al frente y baja los brazos. Su torso se mueve al ritmo de sus respiraciones jadeantes.

Joona alza la pistola al mismo tiempo que la señora mayor suelta el bastón y se acerca a Alice por detrás.

Algo brilla a su lado.

Lleva un hacha en la mano derecha.

Joona apunta a su hombro y desplaza el dedo hasta el gatillo.

Si se ve obligado a disparar, habrá delatado su presencia y tendrá que enfrentarse por su cuenta a lo que llegue después.

Alice se aparta el pelo de la cara, se tambalea otra vez y se vuelve hacia la vieja mujer.

Parecen intercambiar unas palabras.

Alice junta las manos en gesto de súplica. La anciana sonríe, dice algo y, de repente, blande el hacha.

Joona abre fuego y le da en el hombro. La sangre del orificio de salida salpica la bañera que la señora tiene detrás.

El hacha continúa su trayectoria descendente.

Joona le dispara en el codo, al mismo tiempo que una de las otras chicas tira con fuerza de Alice.

La hoja pasa rozándole la cara.

La mujer mayor ha perdido el agarre y el hacha cae al suelo de tierra y desaparece en la oscuridad.

Los disparos resuenan entre las casas.

El perro ladra nervioso.

Alice cae de lado.

La vieja se tambalea hacia atrás y se agacha para recoger el bastón mientras la sangre sale bombeada de las heridas de bala.

En los edificios alargados se oyen gritos de pavor.

Joona avanza a toda prisa por el halo de luz con el arma en ristre. Ve que la joven que está ayudando a Alice a ponerse en pie es Mia Andersson.

—Joona Linna, del Departamento Operativo Nacional de la policía —dice con voz tranquila—. ¿Dónde está Caesar? Necesito saber dónde se encuentra.

—Está cargando el semirremolque con un montón de cosas de la casa —responde Mia—. Va y viene y…

—Se ha llevado a Blenda, está sentada en la cabina —dice la tercera chica y baja los brazos temblorosos.

Mientras saca las esposas, Joona apunta con la pistola al semi-rremolque, que está delante de la casa.

—¿Quién es Blenda?

—Es una de nosotras.

Alice se apoya en Mia y mira a Joona desconcertada, tose exhausta y está a punto de caer al suelo. Se seca la boca e inten-ta decir algo, pero no consigue articular palabra. Mia la sujeta y le va diciendo que ahora todo irá bien.

La señora mayor mira extrañada la sangre que corre por las

yemas de sus dedos. Su mano izquierda se aferra al mango del bastón con tanta fuerza que los nudillos se vuelven blancos.

—Suelta el bastón y acerca la mano —dice Joona.

—Estoy herida —murmura ella y alza lentamente la vista para mirarlo.

Joona lanza una mirada fugaz a la casa y el semirremolque, da dos pasos al frente y ve a una mujer muerta en la bañera manchada de sangre.

—Acerca tu mano izquierda —repite él.

—No entiendo…

Un hombre suelta un grito en el bosque, por detrás del tren de carretera, y luego calla de golpe.

—¡Cuidado! —grita Mia.

Joona percibe el rápido movimiento con el rabillo del ojo, intenta esquivar el bastón y nota que algo afilado le hace un pequeño corte en la mejilla.

Desarma a la mujer golpeando el bastón con la pistola y luego le despega los pies del suelo. La vieja cae de espaldas.

Se golpea el cogote en la gravilla y se muerde la lengua.

Joona barre la zona con una mirada rápida, luego empuja a la señora con el pie para que se tumbe bocabajo, le clava una rodilla entre los omoplatos y le esposa la mano izquierda a la bañera.

Joona gira de nuevo el arma hacia el semirremolque y se seca la sangre de la mejilla. La nube iluminada de gases de escape se ensancha con suavidad.

—El bastón es venenoso —dice entre toses Alice.

—¿Qué veneno es? ¿Qué hace? —pregunta él.

—No sé, te duermes, pero me parece que no ha tenido tiempo de rellenar la ampolla.

—Entonces, probablemente solo te canses o te quedes ciego un rato —dice Mia y se pasa un brazo de Alice por los hombros.

La vieja se levanta, pero no le queda más remedio que quedarse agachada hacia delante. Le sale sangre de la boca. Entre gruñidos, tira con todas sus fuerzas, pero no consigue mover la bañera ni un milímetro.

—¿Cuántas personas hay encerradas? —pregunta Joona.

—Ocho —contesta Mia.

—¿Están todas ahí dentro?

—Mamá —jadea Alice.

94

En el hueco de separación entre el semirremolque y el camión distingue a dos personas. El rostro de Pamela es alumbrado por las luces del vehículo articulado.

Joona gira rápidamente el arma hacia allí y entiende que Pamela debe de haberse subido al coche justo después de la conversación que han tenido por teléfono mientras él entraba en Estocolmo, y que debe de haber encontrado la granja de visones de la misma manera que él.

Una rama se parte bajo una bota. Unos helechos negros se bambolean.

Pamela sale despacio de la linde del bosque, y ahora Joona ve que la persona que tiene detrás es Caesar.

Camina pegado a la espalda de Pamela y mantiene un cuchillo contra su cuello.

Joona se acerca a ellos con el arma a punto.

La cara de Caesar está oculta detrás de la de Pamela.

Esta pisa en falso y Joona tiene tiempo de vislumbrar la mejilla de Caesar entre el pelo de Pamela.

Su dedo tiembla sobre el gatillo.

A lo mejor podría rozarle la sien a Caesar con una bala, si Pamela consiguiera apartarse un poquito de él.

—¡Policía! —grita Joona—. ¡Suelta el cuchillo y apártate de ella!

—Mamá, mírame —dice Caesar.

Caesar hace un alto y desliza el filo del cuchillo unos centímetros por la garganta de Pamela, la sangre empieza a brotar de su cuello hasta que le moja la camiseta. Ella no reacciona al dolor, solo sigue mirando fijamente a su hija con los ojos abiertos de par en par.

La hoja del cuchillo descansa directamente sobre la garganta de Pamela. Si Caesar le corta la aorta, morirá antes de que les dé tiempo de llevarla a un hospital.

Joona da un paso al frente, ve el hombro de Caesar pegado al de ella un instante antes de volver a quedar tapado, pero mantiene la línea de tiro.

—¡Cógeme a mí! —grita Alice y se tambalea hacia delante.

Joona sujeta la pistola con ambas manos y apunta al ojo izquierdo de Pamela, desplaza la mirilla en horizontal por su pómulo hasta la oreja.

Los pasos de Alice se oyen en la gravilla.

Pamela se detiene y mira a Joona a los ojos.

Empuja el cuello hacia delante, contra el filo del cuchillo, y Joona entiende qué es lo que piensa hacer. La sangre cae rápidamente por su garganta.

Joona está preparado.

Pamela aprieta el cuello aún más contra el filo y Caesar se ve obligado a rebajar un poco la presión con el cuchillo para seguir el movimiento.

Suficiente para que, rápidamente, Pamela pueda retirar la cabeza hacia atrás y hacia un lado.

Joona aprieta el gatillo y ve cómo Caesar se tambalea cuando la bala le arranca la oreja.

La cabeza de Caesar pega una sacudida como si hubiese recibido un gancho de izquierda, y acto seguido él clava una rodilla en el suelo, detrás de la lona del semirremolque.

Joona lo pierde de vista.

Se desplaza a toda velocidad hacia la izquierda, pero ahora Pamela está en medio. Se ha quedado paralizada, sin poder apartar los ojos de su hija. Su boca se abre como para decir algo, pero no le sale ninguna palabra. Caesar se ha caído al suelo y está tumbado en la oscuridad, a su espalda. Lo único que se ve es la suela de uno de sus zapatos.

—¡Pamela, apártate de él! —grita Joona mientras avanza con el arma en ristre.

Caesar se levanta detrás de ella, tapándose los restos de la oreja con una mano, mira el cuchillo con expresión de desconcierto y lo deja caer al suelo.

—¿Pamela? —dice con voz preocupada—. ¿Qué sitio es este? No entiendo lo que...

—¡Dispárale! —le grita Pamela a Joona y da un paso a un lado.

Joona apunta al centro de su pecho y aprieta el gatillo al mismo tiempo que siente el impacto de la onda expansiva de una tremenda explosión.

Sus pulmones expulsan todo el aire y Joona sale despedido hacia atrás a la vez que oye la detonación.

El cristal de todas las ventanas de la casa se rompe en mil pedazos que salen disparados en todas direcciones.

El interior de la vivienda es expulsado al exterior, arrastrando consigo paredes y tejas.

El revestimiento de madera se hace añicos, las cerchas se parten y salen repelidas en vertical.

Al instante siguiente, después de la onda expansiva se genera una bola de fuego que se expande a tanta velocidad que incendia los elementos que han sido arrojados al aire.

Joona aterriza de espaldas y rueda hasta quedar bocabajo. Se protege la cabeza con las manos mientras le cae encima una lluvia de cristales y astillas de madera.

El bosque seco de coníferas que bordea el patio se incendia.

Un barrote pesado de madera le golpea en la nuca y todo se vuelve negro.

Como en un mundo aparte, Joona oye a Alice llamando a su madre.

Vuelve en sí e intenta levantarse.

Los restos de la casa están envueltos en llamas, la cumbrera colapsa y una nueva columna de chispas se levanta en el interior del edificio.

El eco de la explosión resuena como olas que rompen.

Joona se pone en pie. Fragmentos y polvo se desprenden de su ropa.

La pistola ha desaparecido, y tampoco puede ver a Caesar por ningún lado.

En el suelo hay trozos de casa ardiendo que iluminan un amplio perímetro alrededor de los restos de la vivienda.

Pamela camina trastabillando, grita el nombre de Alice y va apartando trozos de madera humeante.

La gran nube de polvo sigue cayendo sobre el patio. Hay copos incandescentes revoloteando en la bruma.

Alice no aparece, pero Mia y la tercera chica se levantan del suelo. Al lado de una puerta en llamas hay una zapatilla de deporte.

—¿Habéis visto por dónde se ha ido Caesar? —pregunta Joona.

—No, yo… Algo me ha golpeado la cara y me he desmayado —dice Mia.

—¿Y tú?

—No oigo nada —dice la otra, aturdida.

A Mia le sale sangre de la nariz y tiene un corte en la frente. Tiritando, se quita una larga astilla que se le ha clavado en el antebrazo derecho.

—¿Mia? —dice Pamela.

—¿Qué haces aquí?

—He venido a buscarte —dice ella y se tambalea.

Pamela sigue caminando, está sangrando abundantemente por una herida en el muslo. Lleva la pernera empapada. Retira una sección de pared con empapelado dorado.

Se oye una segunda explosión, más débil, en la última de las casetas alargadas. La puerta se abre de un bandazo y las llamas comienzan a lamer el hastial.

—¿Podéis sacar a las demás de las jaulas? —pregunta Joona y recoge un trozo de cañería del suelo.

—Creo que sí —responde Mia y mira la sangre que le corre por el antebrazo y gotea del codo.

El fuego de la última casa se ha propagado al tejado de la que tiene al lado.

—¿Puedes hacerlo? —pregunta Joona—. Porque yo tengo que encontrar a Caesar.

—Puedo hacerlo, puedo hacerlo —contesta Mia.

La anciana está sentada con la espalda apoyada en la bañera, con una expresión apática en la boca ensangrentada. La cara se le ha llenado de metralla. Tiene los dos ojos perforados. Por sus mejillas manchadas de polvo corre sangre con grumos de los cuerpos cristalinos destrozados.

Joona acelera el paso en dirección al semirremolque.

Los últimos restos de la vivienda colapsan, levantando llamaradas y cascadas de chispas. Joona nota el intenso calor del fuego. Ahora toda la linde del bosque está ardiendo y el humo negro se retuerce en su ascenso hacia el cielo nocturno.

El tren de carretera suelta un suspiro y empieza a rodar.

Al volante hay una mujer joven a la que Joona no había visto hasta ahora.

El motor se revoluciona de manera extraña, las grandes ruedas giran, los restos de un marco de ventana se parten bajo los neumáticos.

Joona corre y salta por encima de una encimera de acero inoxidable deformada. Las planchas pesadas del chaleco antibalas le rebotan en las costillas.

—¡Alice! —grita Pamela y sigue al conjunto de vehículos cojeando.

95

El vehículo articulado se lleva por delante uno de los postes de la verja y sale al camino del bosque dando un volantazo. Las ruedas retumban en el firme. Joona corre por el patio entre fragmentos de la casa en llamas. Los pulmones le escuecen por el humo, y el creciente dolor en el abdomen lo azota como si lo estuvieran apuñalando de nuevo.

—¡Alice! —grita Pamela con voz rota.

Joona salta la cuneta, ataja por las matas de ortigas, sale al camino y consigue agarrarse a uno de los palos traseros de la lona justo cuando el conductor pisa el acelerador.

Los engranajes rascan en la caja de cambios.

A Joona se le cae la barra de acero pero consigue sujetarse, se deja arrastrar por el semirremolque, logra cogerse a la portezuela de carga de la caja con la otra mano y sube al tren de carretera.

Se pone de pie en el suelo tembloroso al lado de un viejo reloj de péndulo.

Los neumáticos levantan polvo y suciedad a medida que avanzan.

El semirremolque da un bandazo y Joona se agarra a un listón del techo para no caerse.

Toda la caja de carga está llena de mobiliario.

Los muebles más grandes están colocados a los lados, formando un pasillo centrar de cajas más pequeñas, sillas, lámparas y un espejo de suelo con marco dorado y ornamentado.

Con el último resplandor de la casa ardiendo, Joona tiene tiempo de ver a Caesar al fondo del todo. Está sentado en una butaca, con los codos apoyados en los reposabrazos y mirando el móvil.

Una de sus mejillas brilla ensangrentada. Los restos de la oreja parecen pequeños ganchos que sobresalen.

Alice está de pie a su lado, amordazada con cinta americana. Está atada a un palo vertical mediante una brida al cuello. Sus narinas están tiznadas de hollín y le sangra una ceja.

El semirremolque gira y Alice se agarra con las manos para no hacerse daño en el cuello.

El tren de carretera se adentra en el bosque y de pronto todo queda oscuro.

Joona entiende que la mujer a la que han llamado Blenda es la que está conduciendo el camión. Ha podido verle fugazmente la cara en la cabina mientras él corría.

Las ramas y la maleza van azotando la lona. Parte de la tenue luz de los faros del semirremolque logra atravesar la tela de nailon.

—Me llamo Joona Linna —dice Joona—. Soy inspector del Departamento Operativo Nacional de la policía.

—Este camión es mío y tú no tienes ningún derecho a estar aquí —responde Caesar y se guarda el móvil en el bolsillo.

—Un equipo de asalto viene de camino, no tienes ninguna posibilidad de salirte con la tuya, pero si te rindes ahora te verás favorecido en el proceso judicial.

Joona saca su identificación policial y la muestra, se acerca, pasa por encima de un hatillo de pieles de visón, aparta una silla dorada y avanza pasando junto al gran espejo.

—Tu ley no es mi ley —dice Caesar y deja caer la mano derecha del reposabrazos.

Alice no se atreve a retirar la cinta americana de su boca, pero intenta cruzarse con la mirada de Joona y decirle que no con la cabeza.

Joona pasa junto a una vitrina y oye el tintineo de la cerámica al compás de las vibraciones. Vuelve a alzar su identificación para tener un motivo para acercarse. Caesar lo mira alerta a través de sus gafas polvorientas.

Entre un diván puesto de pie y un cabecero de cama acolchado hay varias secciones de un estuco de plástico dorado.

El acoplamiento entre el camión y el semirremolque cruje.

El suelo empieza a temblar bajo sus pies.

Joona se detiene delante de un barreño con cientos de fotos polaroid de mujeres jóvenes. Algunas aparecen durmiendo en su cama, otras están fotografiadas a través de una puerta entornada o de una ventana.

—En realidad, tú ya sabes que esto se ha terminado —dice Joona e intenta ver qué es lo que Caesar esconde junto al sillón.

—No se ha terminado, hay planes para mí, siempre los ha habido —responde él.

—Deja a Alice y hablamos de los planes.

—¿Que suelte a Alice? Antes le corto la cabeza —contesta.

Joona observa el antebrazo de Caesar y ve que sus músculos se tensan. La mano se está aferrando a algo y el hombro se eleva un par de centímetros.

Justo cuando Joona pasa por encima del barreño, Caesar se lanza al ataque con un machete. El movimiento no lo sorprende, pero es muy enérgico.

El machete baja desde las sombras y a mucha velocidad.

Joona se aparta de un salto.

La hoja cae en picado y corta el delgado cuello de una lámpara de pie con un breve tañido. La pantalla de flecos se precipita al suelo.

El semirremolque da otro bandazo con un traqueteo.

Joona tropieza de espaldas.

Caesar respira por la nariz, lo sigue y vuelve a blandir el machete.

Los neumáticos traseros del semirremolque se meten en la

cuneta, el suelo se inclina y los muebles chocan entre ellos. Las barras de acero que mantienen la lona erguida emiten un sonido rítmico.

Rollos de precinto caen de un armario.

La puertecilla se vuelve a cerrar.

Caesar recupera el equilibrio, sigue a Joona y ataca de nuevo. Saltan unas chispas cuando el machete golpea los listones del techo.

Los neumáticos retumban con fuerza en el camino.

Joona retrocede y vuelca un mueble-vitrina entre él y Caesar. Piezas de una vajilla de cerámica y cristal estallan en mil pedazos al chocar contra el suelo.

Un fuerte golpe se propaga por todo el tren de carretera cuando el camión revienta un árbol que asoma a un lado del camino. Joona se tambalea hacia delante y Caesar cae de espaldas.

La rama partida rueda por el techo y rasga la lona.

Papeles suelos y servilletas revolotean y salen despedidos con la corriente de aire.

Alice está sangrando por el cuello en los puntos en los que la brida la ha cortado.

Joona se apoya en el respaldo de una silla. Una sensación gélida se extiende desde el corte que tiene en la mejilla.

Caesar se levanta con el machete colgando de una mano. El afilado filo corre como un hilo de plata a lo largo de la hoja negra.

—Escucha, estoy al corriente de tu enfermedad, recibirás ayuda —dice Joona—. He leído el informe clínico de Gustav Scheel, sé que tienes a Martin dentro de ti y sé que él no quiere hacerle daño a Alice.

Caesar se humedece la boca con la lengua, como si estuviera tratando de identificar un sabor desconocido.

Joona ha empezado a tener dificultades para ver bien.

Una de las luces frontales del semirremolque ha desaparecido, y la otra se balancea de sus cables con un resplandor parpadeante.

Ahora el semirremolque está casi completamente a oscuras.

Las copas negras de los abetos van pasando con un cielo azul profundo de fondo.

Caesar sonríe y su cara se desdobla y se separa a medida que la visión de Joona se desenfoca.

—Vamos a jugar —dice y se esconde detrás del cabecero de cama.

Joona se acerca con cuidado a la vitrina volcada. Pestañea en la oscuridad y trata de distinguir movimientos. Trozos de cristal y de cerámica crujen bajo sus pies.

Caesar ha cambiado de lado y vuelve a atacar. La hoja pasa justo por delante de la cara de Joona y hace un corte en el almohadón del diván. El relleno sale expulsado.

Las partes sueltas de la lona rasgada se enganchan con algo en el camino y son arrancadas de cuajo. Un rollo de alfombra marmolada ocre cae por encima de la portezuela de carga de la caja y rebota en la cuneta.

Alice se quita la cinta americana de la boca, tose y se deja caer al suelo hasta que la brida que lleva al cuello se queda enganchada en un listón travesero. Estira una pierna, alcanza el teléfono de Caesar con el pie y se lo acerca.

Joona ya no puede ver a Caesar entre los muebles. Entiende que es por efecto del veneno. El frío de la herida se ha esparcido por toda su cara y le llega hasta las orejas.

El semirremolque gira y Joona se aferra a un secreter para no perder el equilibrio.

Pestañea, pero el contorno de los objetos se funde en la oscuridad.

De pronto Alice enciende la linterna del teléfono e ilumina a Caesar, que se ha acercado a hurtadillas a Joona.

—¡Cuidado! —grita.

Caesar blande tres machetes: la hoja afilada y dos sombras. Joona tiene tiempo de inclinar el cuerpo, de manera que la punta solo abre un corte en el chaleco antibalas.

El filo pesado arranca una esquina del secreter.

Joona se echa para atrás.

Alice sigue a Caesar con la linterna.

Con el resplandor que le llega por la espalda, su pelo queda iluminado y las arrugas tensas de sus mejillas se vuelven más pronunciadas.

Caesar pasa por encima de la vitrina volcada y desaparece detrás del gran espejo.

Joona avanza despacio y se frota los ojos con el pulgar y el índice.

Un hoyo en el camino hace que todos los muebles se sacudan.

Caesar está desaparecido, pero Alice ilumina la parte trasera del espejo.

Su mirada es oscura y concentrada.

Joona se ve a sí mismo en el espejo tembloroso, rodeado de muebles y cajas de cartón. Da tres pasos rápidos al frente, hacia su propio reflejo, atraviesa el cristal de una patada y golpea a Caesar justo en el pecho.

Caesar sale despedido hacia atrás y cae de espaldas entre una nube de esquirlas.

Joona no se percata de que se ha cortado.

El semirremolque da un bandazo y Alice grita de dolor. El haz de luz de la linterna se desliza por las paredes.

Joona rodea el marco dorado del espejo y ve que Caesar ya se ha vuelto a poner de pie. Alice lo ilumina justo cuando Caesar lanza un nuevo ataque. La pesada hoja cae en diagonal. Pero en lugar de apartarse, Joona se echa hacia delante y golpe a Caesar en la barbilla con la mano izquierda. La cabeza de Caesar se dobla hacia atrás y las gafas salen volando. Joona completa su movimiento y le bloquea el brazo del arma a la altura del pliegue del codo.

Se tambalean juntos hacia un lado.

Joona lo golpea en la cara y el cuello con el puño derecho hasta que el machete tintinea en el suelo.

Se oye un fuerte golpe y el tren de carretera entero da una sacudida.

De pronto, todo queda iluminado como si fuera pleno día.

El camión ha reventado la verja de la parte trasera de la gran mina. Unos potentes focos que coronan unos postes muy altos iluminan toda la zona.

Joona empuja a Caesar hacia abajo y le pega un rodillazo en el pecho, mantiene la llave que le bloquea el brazo y tira hacia arriba mientras Caesar cae.

El codo se parte con un fuerte chasquido.

Caesar grita, se desploma bocabajo y Joona le hunde el pie entre los omoplatos.

Alice ha conseguido coger el machete y corta la brida que tiene al cuello.

El tren de carretera avanza a toda velocidad por un camino ancho de tierra. Una nube de polvo se bambolea bajo los faros traseros del semirremolque.

Joona mira hacia delante, la imagen se desplaza en su campo de visión, pero aun así entiende que van directos a la cantera abandonada, cuyas paredes son escarpadas como acantilados.

—¡Alice, tenemos que saltar! —grita.

Como en un sueño, Alice pasa por encima de Caesar, se tambalea y se cruza con la mirada de Joona. La joven tiene la cara bañada en sudor, las mejillas de rojo febril y los labios casi blancos.

La caja de cambios chirría y Blenda gira a la derecha, choca contra un volquete en desuso y pone rumbo al pozo minero.

—¡Salta! —grita Joona y saca las esposas.

Pestañea con fuerza, pero no puede más que intuir a Caesar como una mera sombra en el suelo.

Alice se mueve despacio, se detiene al final del semirremolque y contempla el paisaje de gravilla, el camino polvoriento y la pendiente en el lado izquierdo.

El machete cuelga flácido de su mano.

El freno bombea con un chirrido, pero no funciona. El parachoques delantero cuelga suelto y va rascando el suelo y levantando más polvo.

Joona deja a Caesar y corre hacia atrás para ir con Alice, pero de pronto pierde la visión por completo. El conjunto de vehículos atraviesa la última verja. Trozos arrancados de valla caen en la polvareda. El camión se acerca a la enorme mina a cielo abierto con el motor rugiendo.

96

Bajo la luz de los faros del coche Pamela ve árboles destrozados, cunetas destrozadas y rastros de polvo en suspensión.

No va muy por detrás del camión con semirremolque.

Dennis había aparcado el coche fuera del cordón policial de la calle Karlavägen, y mientras conducían hacia el norte Pamela había estado buscando información sobre granjas de visones alrededor de Hedemora, y se había acordado de que una vez Martin le explicó que de pequeño solía jugar en una mina.

Sale de una curva, pisa el acelerador y pasa por encima de ramas rotas tiradas en el estrecho camino del bosque, que rascan los bajos del coche.

Las imágenes de lo que ha pasado cuando ella y Dennis han llegado a la granja la atosigan como escalofríos febriles.

Dejaron el coche al lado del tren de carretera, Caesar los descubrió y trataron de huir por el bosque, pero de pronto Dennis se detuvo en seco y empezó a gritar.

Pamela se había arrodillado para intentar abrir el cepo, pero Caesar se les acercó y golpeó a Dennis en la cabeza con una piedra. Luego la agarró a ella por el pelo y le puso un cuchillo a la garganta.

Pamela nota que está conduciendo demasiado deprisa para su nivel de control del coche, se ve sorprendida por una curva cerrada y el vehículo derrapa en la tierra suelta.

Pisa el freno e intenta girar el volante, pero el coche pega un trompo y se sale del camino. La parte trasera se empotra contra un árbol y las lunas estallan en mil pedazos.

Pamela jadea por el dolor de la herida en la pierna.

Cambia de marcha, sube hacia atrás al camino, sigue adelante y acelera.

Al acercarse a la mina iluminada ve que la verja metálica está destrozada. Se mete en el área restringida y ve el camión entre la polvareda, unos pocos cientos de metros más adelante.

La gravilla resuena bajo los neumáticos.

El camión pega un giro abrupto, choca con un terraplén y vuelca. El acoplamiento se parte y el cable es arrancado de cuajo. El semirremolque con el *dolly* se suelta y derrapa.

El camión patina de lado por el suelo y se empotra contra una pala cargadora que está aparcada, el parabrisas se hace añicos y la carrocería se deforma.

El semirremolque desacoplado y con la lona destrozada rueda hacia atrás, en dirección a la cantera.

El eje roto restalla en el suelo.

Pamela pisa a fondo y pasa por encima de las secciones aplastadas de la última verja.

Algo se queda enganchado en el eje delantero y hace que Pamela pierda el control de la dirección. Es como si se estuviera deslizando por el hielo.

Pisa el freno y el coche pega un bandazo, el parachoques delantero topa con un montón de mantas antiexplosivas hechas con tiras de neumáticos reciclados y se detiene. Los faros se rompen y la cabeza de Pamela rebota contra la luna de su puerta. Pamela la abre, sale trastabillando y empieza a perseguir el semirremolque, que se va deslizando lentamente.

—¡Alice! —grita.

Los neumáticos del doble eje pasan el borde del precipicio y se oye un estruendo cuando el semirremolque aterriza sobre el bastidor.

Sigue deslizándose muy despacio hacia el vacío, hasta que se detiene en equilibrio, como un balancín.

Pamela aminora el paso y a medida que se acerca nota que está temblando de pies a cabeza.

El aire está cargado de olor a diésel y arena caliente.

Se oye un crujido y las ruedas del *dolly* se levantan ligeramente del suelo cuando el semirremolque se balancea.

Martin se pone de pie en mitad del semirremolque, cogiéndose el codo de un brazo con la otra mano.

Prácticamente toda la lona ha sido arrancada, y el armazón de acero conforma una especie de jaula a su alrededor.

El gran reloj de cuco vuelca y se precipita a la cantera dando una vuelta de campana en el aire. Pamela lo oye chocar con un canto más abajo, sigue cayendo y estalla contra el fondo.

—Eso no, eso no —susurra.

Llega al borde del precipicio y cuando mira abajo siente que está a punto de desmayarse.

Alice y Joona no están ahí. Da un paso atrás y trata de recomponerse, pero la cabeza le va a mil por hora.

El semirremolque vuelve a balancearse y el brazo articulado golpea el suelo con un tintineo. Los restos desgarrados de la lona ondean suavemente con la brisa.

—Pamela, ¿qué está pasando? —pregunta Martin con voz asustada—. No recuerdo lo que...

—¿Dónde está Alice? —grita ella.

—¿Alice? ¿Te refieres a nuestra Alice?

—Nunca ha sido tuya.

El semirremolque vuelve a balancearse y un barreño de plástico se desliza por el suelo, pasa junto a sus piernas.

Unos fragmentos del canto de la mina se desprenden y caen al vacío.

El chasis cruje quejumbroso.

Martin da dos pasos hacia Pamela y el semirremolque recupera el equilibrio, pero de pronto se desliza medio metro hacia atrás raspando el suelo. Martin cae de bruces y frena el golpe con una mano, se vuelve a poner de pie y mira a Pamela.

—¿Yo soy Caesar? —pregunta Martin.

—Sí —responde ella y se cruza con sus ojos despavoridos.

Martin baja la mirada, se queda un rato quieto, luego le da la espalda a Pamela, se agarra a los listones del techo y avanza lentamente hacia la mina a cielo abierto.

Cuando rebasa el punto medio, el semirremolque empieza a escorar y las ruedas del *dolly* se levantan del suelo enfrente de Pamela.

Los muebles y las esquirlas de cristal comienzan a correr por el suelo y a precipitarse al vacío.

Martin se detiene y se aferra mientras todo el semirremolque comienza a deslizarse por el borde.

Varios trozos de roca se desprenden y repican contra las paredes de la mina en la caída.

Los bajos del semirremolque arañan la piedra con un ruido ensordecedor y luego es como si el abismo hubiese olido el rastro, se despertara de su letargo y engullera a Caesar de un solo bocado.

El semirremolque ha desaparecido.

El silencio se hace inverosímilmente largo, hasta que el frente golpea con un estruendo una cornisa que sobresale de la roca, treinta metros más abajo. El semirremolque da una vuelta de campana, sigue cayendo a las sombras y se hace añicos contra el fondo de la cantera entre un nubarrón de polvo.

Pamela gira la cara mientras oye el ruido resonando entre las paredes de piedra. Se pasa una mano temblorosa por la boca, mira su coche, la verja aplastada y el camino de tierra que recorre la cuesta.

Dos figuras surgen de detrás del camión volcado. Están subiendo por la cuesta de al lado del camino.

Pamela da un paso hacia ellos y se aparta el pelo de la cara.

Joona Linna avanza despacio con los ojos cerrados y parece sostener a Alice de la cintura para que pueda mantenerse en pie.

Pamela corre cojeando a su encuentro y no sabe si de verdad está llamando a su hija o si solo todo ocurre dentro de su cabeza.

Joona y Alice se detienen cuando Pamela llega hasta ellos.

—Alice, Alice —repite Pamela entre sollozos.

Le rodea la cara a su hija con las manos y la mira a los ojos. Una sensación de piedad inconcebible la envuelve como agua caliente.

—Mamá —dice Alice, sonriendo.

Juntas, caen de rodillas en la gravilla y se abrazan con fuerza. De fondo se oyen las sirenas de los vehículos de emergencias.

97

El fluorescente del techo se refleja en la pantalla sucia del teléfono sobre el texto rojo de *CNN Breaking News from Sweden*.

Agentes de policía vestidos negro, con casco y armados con fusiles de asalto se encuentran en un patio de tierra rodeado de un bosque de coníferas.

Un grupo de mujeres sucias son acompañadas a diversas ambulancias, algunas van en camilla. Al fondo se ven los restos humeantes de una casa que ha colapsado tras ser devorada por las llamas.

«La pesadilla ha llegado a su fin —explica el presentador—. Doce chicas han vivido en cautiverio en una granja de visones en las afueras de Hedemora, algunas hasta cinco años».

Pasan algunas imágenes de dron de edificios calcinados en el bosque, mientras informan de que la policía aún no quiere hacer declaraciones sobre un eventual sospechoso.

Una de las jóvenes habla con una periodista mientras es atendida por el personal sanitario.

«Ha sido un solo policía, nos ha encontrado, ha venido hasta aquí…, Dios mío —llora—. Solo quiero volver a mi casa, con mamá y papá».

Se la llevan a una ambulancia que está esperando.

Lumi detiene el vídeo de la noticia, cierra los ojos un rato y luego coge el teléfono y llama a su padre.

Escucha los tonos, sale del taller de la academia y ya está caminando por el pasillo cuando Joona lo coge con voz intranquila.

—¿Lumi?

—He visto la noticia de las chicas que...

—Ah, eso..., ha terminado bastante bien, a pesar de todo —dice él.

Le tiemblan tanto las piernas que tiene que parar y sentarse en el suelo, con la espalda apoyada en la pared.

—Has sido tú quien las ha salvado, ¿verdad? —pregunta.

—Un trabajo conjunto.

—Perdóname por haber sido tan estúpida, papá.

—Pero tienes razón. Debería dejar de ser policía.

—No, no deberías dejarlo, yo... Estoy tan orgullosa de que seas mi padre, has salvado a esas mujeres, que...

Se queda callada y se seca unas lágrimas de las mejillas.

—Gracias.

—No me atrevo a preguntarte si estás herido —susurra ella.

—Algunos moratones.

—Dime la verdad.

—Estoy en cuidados intensivos, no corro peligro, pero me han apuñalado un par de veces, tengo un poco de metralla de una explosión y me pusieron un veneno que no han conseguido identificar.

—¿Nada más? —dice ella, sonriendo.

Han pasado cinco días desde los acontecimientos en la granja de visones. Joona sigue ingresado en el hospital, pero lo han trasladado de cuidados intensivos y ya no tiene que estar en cama.

Las bombas que Caesar había colocado en las casetas alargadas no llegaron a detonarse.

Doce mujeres fueron liberadas, pero Blenda murió a los dos días por las heridas sufridas cuando el camión volcó.

En el fondo de la vieja cantera encontraron el cuerpo destrozado de Caesar. Entre los restos del semirremolque y los muebles hechos añicos había una caja de cartón con los esqueletos de sus hermanos y cientos de cráneos de visones.

La anciana está en prisión preventiva y aislada, la fiscal se ha hecho cargo de la investigación.

A Primus lo detuvieron delante de la casa de su hermana.

El examen científico del escenario de los crímenes sigue en marcha y aún no está claro cuántas mujeres han muerto y han sido asesinadas en la granja de visones a lo largo de los años. Algunas fueron incineradas y a otras las enterraron o las tiraron troceadas en bolsas de plástico a lugares inaccesibles.

Cuando no le están haciendo análisis, rehabilitación o cambiándole las vendas, Joona se reúne con la fiscal.

Valeria ha cambiado los billetes y ya está de camino a casa. Estaba tan preocupada por él que se puso a llorar cuando hablaron por teléfono.

Ayer fue a visitarlo Erik Maria Bark. Casi ha recuperado la movilidad en el hombro, estaba de un humor radiante y le contó que ha empezado un nuevo capítulo en su libro que se basa en el viejo informe clínico *El hombre en el espejo*.

Joona lleva un pantalón de chándal negro y una camiseta gastada en la que pone REGIMIENTO DE HÚSARES. Ha tenido sesión con el fisioterapeuta, quien le ha preparado un programa para reforzar el abdomen y la espalda tras las heridas.

Mientras regresa a paso lento por el pasillo, piensa en el hallazgo de los esqueletos de los hermanos y el hecho tan retorcido de que no fueran ni enterrados ni incinerados. Tiene que llamar a Nålen y preguntarle cómo se produjo la descomposición, si primero los enterraron o si los hirvieron para retirar la carne de los huesos, como con los cráneos de visón.

Joona entra en su habitación, deja la hoja con ejercicios sobre la cama, se acerca a la ventana, pone la botella de agua en el alféizar y mira fuera.

El sol se abre paso entre las nubes e ilumina el cristal rugoso de la botella. Una sombra llena de luz le cae sobre la mano, cuyos nudillos suturados están cubiertos con esparadrapo.

Llaman a la puerta y Joona se vuelve justo cuando Pamela entra. Camina ayudándose de una muleta, va vestida con un jersey verde de punto y una falda a cuadros y lleva el pelo recogido en una coleta.

—La última vez que vine estabas dormido —dice ella.

Deja la muleta apoyada en la pared, se acerca a Joona cojeando y le da un abrazo. Después, se retira y lo mira con ojos serios.

—Joona, la verdad es que no sé qué decir... Lo que hiciste, que te...

Se interrumpe porque se le traba la voz, baja la cabeza.

—Desearía haber resuelto antes el enigma —dice él.

Ella se aclara la garganta y vuelve a mirarlo.

—Tú fuiste el primero en resolverlo, yo he recuperado mi vida gracias a ti... Más que eso, más de lo que jamás podría haber soñado.

—A veces las cosas salen como toca —dice él con una sonrisa.

Ella asiente con la cabeza y luego mira hacia la puerta.

—Ven a saludar a Joona —dice Pamela alzando y dirigiendo la voz al pasillo.

Alice entra con paso cauteloso. Su mirada es despierta y tiene las mejillas sonrosadas. Lleva unos vaqueros azules y cazadora también vaquera. El pelo suelto le cae por los hombros.

—Hola otra vez —dice, entra y se detiene a un metro de la puerta.

—Gracias por ayudarme dentro del semirremolque —dice Joona.

—Ni siquiera lo pensé, no había más alternativa —responde ella.

—Pero fue muy valiente por tu parte.

—No, era... Llevaba tanto tiempo encerrada que casi había

empezado a aceptar que nadie nos encontraría —dice Alice y mira a su madre.

—¿Cómo estáis? —pregunta Joona.

—La verdad es que estamos bastante bien —responde Pamela—. Estamos magulladas, vendadas y cosidas... Alice sufre neumonía, pero le han dado antibióticos y ya no tiene fiebre.

—Bien.

Pamela se vuelve hacia la puerta y luego cruza una mirada con Alice.

—¿Mia no quiere entrar? —pregunta en voz baja.

—No lo sé —responde ella.

—¿Mia? —grita Pamela.

Mia entra, le aprieta la mano a Alice y luego se acerca a Joona. El pelo azul y rosa cae sobre sus mejillas.

Tiene los labios pintados de rojo, se ha puesto rímel y lleva un chaleco de camuflaje y pantalones negros.

—Mia —dice y alarga una mano.

—Joona —responde él y se la estrecha—. Cuánto te he buscado estas últimas semanas.

—Gracias por no tirar la toalla.

Mia se queda callada y sus ojos se empañan.

—¿Cómo te encuentras? —pregunta él.

—¿Yo? Yo tuve suerte, me las apañé bastante bien.

—Va a ser mi hermana —dice Alice.

Mia baja la mirada y sonríe para sí.

—Estamos de acuerdo en que voy a adoptar a Mia —dice Pamela.

—Pero a mí me cuesta creerlo —susurra Mia y se tapa la cara con las manos un buen rato.

Pamela se sienta en la silla y estira la pierna herida. La luz de fuera le baña el rostro cansado y tiñe sus rizos de un rojo cobrizo.

—Antes decías lo del enigma —dice y coge aire—. Ahora ya sé la respuesta, pero aun así no consigo entender que Martin hiciera todo esto, es como si no me encajara, yo lo conozco, lo conocía, era una buena persona...

—Lo sé, a mí me pasa lo mismo —dice Alice y se apoya en la pared con una mano—. Pero al revés..., quiero decir, al principio le estuve suplicando a Caesar que me soltara, lo llamaba Martin, intentaba hablarle de mamá, de recuerdos que teníamos en común, pero él no reaccionaba. Era como si no tuviera ni la menor idea de lo que le estaba contando..., y al cabo de un tiempo empecé a pensar que, casualmente, Caesar solo se parecía un montón a Martin, pero no era él. No conseguía entenderlo.

Joona se pasa una mano por el pelo. Una arruga aparece entre sus cejas.

—He hablado bastante con Erik Maria Bark y creo que hay que aceptar que Martin y Caesar compartían cuerpo, pero eran psíquicamente independientes —dice—. Seguramente, Martin no tenía ni idea de que Caesar existía siquiera, por mucho que estuviera librando una especie de batalla inconsciente contra él... Pero Caesar sí que sabía de la existencia de Martin, lo odiaba y se negaba a aceptar su derecho a existir.

—¿Eso puede ser? —pregunta Pamela y se seca unas lágrimas de las mejillas.

—Creo que no hay ninguna otra respuesta —dice Joona.

—Hemos sobrevivido, eso es lo único que cuenta —comenta Pamela.

—Mamá, ¿puedo esperar fuera? —pregunta Alice.

—Ya nos vamos —dice Pamela y se levanta otra vez.

—No quiero meteros prisa, solo necesito salir un poco y respirar —dice Alice y le pasa la muleta.

—Ya hablaremos más tarde —dice Joona.

—Te llamo —responde Pamela—. Solo necesito preguntarte si sabes algo del juicio.

—Parece que va a empezar a mediados de agosto... La fiscal pedirá que las sesiones sean a puerta cerrada —le explica.

—Bien —dice Pamela.

—No podrán entrar periodistas ni público, solo las personas directamente afectadas…, como víctimas y testigos.

—¿Nosotras? —pregunta Mia.

—Sí —asiente él.

—¿La abuela estará presente? —pregunta Alice y se pone pálida.

98

Las puertas de la sala de seguridad del tribunal de primera instancia de Estocolmo están cerradas. La iluminación artificial se refleja en el cristal blindado que da a la tribuna, prácticamente vacía.

Delante del todo, sentados a la mesa de madera clara, están el juez, tres miembros del jurado y el auxiliar judicial.

La fiscal es una mujer de unos cincuenta años que se apoya en un tacataca para caminar. Tiene un rostro simétrico y ojos grandes y oscuros, lleva un traje gris claro y una pinza rosa le recoge el pelo rubio.

La abuela permanece inmóvil en la silla. Viste la ropa holgada del servicio penitenciario. Una venda le cubre los dos ojos y tiene el brazo derecho enyesado. Mantiene la boca cerrada con fuerza y sus labios están llenos de arrugas muy marcadas, como si estuvieran cosidos.

Ni ella ni Caesar constan en ningún registro, y como ella no quiere dar su nombre la llaman N. N.

Todo sugiere que ella, igual que su hijo, también nació y se crio en la granja de visones.

La abuela no ha dicho ni una palabra en toda la vista principal, ni siquiera a su representante legal. Tras la demanda judicial presentada por la fiscal, el abogado defensor explicó que la acusada reconoce algunas circunstancias, pero no se declara culpable de haber cometido ningún delito.

Las declaraciones de las testigos y partes acusantes se han prolongado dos semanas. Muchas de las jóvenes que han estado en cautiverio han tenido dificultades para relatar los abusos y las agresiones, algunas se han quedado sentadas con semblante gélido y rodeándose con los brazos; otras no han podido más que llorar y temblar.

Hoy es el último día de declaraciones y Joona Linna ha sido llamado al juicio.

La fiscal se acerca despacio al estrado. Las ruedas de goma del tacataca se deslizan en silencio por el suelo de la sala. La mujer se detiene, saca una fotografía de la carpeta que lleva en el cesto, pero tiene que hacer un alto, porque la mano le tiembla demasiado. Se toma unos segundos y luego enseña la foto de Jenny Lind que fue divulgada por los medios de comunicación cuando desapareció.

—¿Podrías hablarnos del trabajo policial que condujo a la operación en la granja de visones? —pregunta.

La sala permanece en absoluto silencio mientras Joona explica de forma detallada su investigación. Lo único que se oye, aparte de su voz, es el zumbido del sistema de sonido y algún que otro tosido.

La abuela ladea la cabeza, como si estuviera escuchando música en una sala de conciertos.

Joona termina su declaración haciendo énfasis en el papel activo que tenía la abuela en el secuestro de las jóvenes, en su cautiverio, en el maltrato, en las violaciones y en los asesinatos.

—Martin encontraba a las víctimas en las redes sociales y las acosaba…, pero era ella la que se ponía una peluca y un abrigo de cuero negro y conducía el camión —explica.

—¿Crees que lo hacía obligada? —pregunta la fiscal.

—Creo que se obligaban mutuamente…, en un juego complejo de miedos y vínculos destructivos.

La fiscal se quita las gafas de leer y el rímel se le corre un poco por la mejilla.

—Tal como hemos mostrado, las agresiones se prolongaron durante mucho tiempo —dice y mira a Joona—. Pero ¿cómo pudieron continuar después de que Martin pasara a depender de la internación hospitalaria?

—Estaba ingresado por voluntad propia y no recibía atención psiquiátrica —responde Joona—. Y al igual que la mayoría de personas de su planta, podía solicitar el alta o pedir permisos de un día más o menos cuando quisiera…, sin que la familia ni las personas más cercanas fueran informadas, por efecto del derecho de confidencialidad de los pacientes.

—Hemos contrastado cada suceso con las altas registradas en la planta —le dice la fiscal al juez y a los miembros del jurado—. Tenía un coche no registrado en un garaje privado en Akalla, el mismo Chrysler Valiant que fue hallado en la granja de visones durante la operación policial.

Joona sigue respondiendo a preguntas durante dos horas. Después de una pausa, la fiscal resume su demanda frente al tribunal y concluye pidiendo cadena perpetua para la acusada.

El abogado defensor no entra en más detalles, no intenta sembrar dudas, pero repite que la acusada ha actuado de buena voluntad y que no se reconoce culpable de ningún delito.

La sala se vacía para que el tribunal pueda hacer su valoración. Los guardias jurados se llevan a la abuela, mientras que Joona sale por el arco de seguridad para ir a la cafetería del juzgado con Pamela, Alice y Mia.

Joona compra café, zumos, bollos y sándwiches y les pide que intenten comer algo, aunque no tengan hambre.

—Puede ser una larga espera —dice.

—¿Queréis algo? —pregunta Pamela.

Alice dice que no con la cabeza y se aprieta las manos entre los muslos.

—¿Mia?

—No, gracias.

—¿Un bollo?

—Vale —responde y lo coge.

—¿Alice? De todas formas toma un poco de zumo —dice Pamela.

Ella asiente con la cabeza y coge el vaso, se lo lleva a la boca y prueba el zumo.

—¿Y si la dejan libre? —comenta Mia y picotea un poco de azúcar perlado del bollo de canela.

—No lo harán —dice Joona.

Se quedan sentados en silencio alrededor de la mesa, escuchando causas y demandas que van anunciando por los altavoces y viendo a gente levantarse y salir de la cafetería.

Pamela come un poco de sándwich y bebe café.

Cuando los llaman de vuelta a la sala de seguridad para oír el veredicto del tribunal, Alice se queda sentada mientras los demás se levantan.

—Yo no puedo, no quiero volver a verla nunca más —dice.

Tres semanas más tarde, Joona camina por un pasillo del pabellón de mujeres del centro penitenciario Kronobergshäktet. El suelo de linóleo brilla como el hielo bajo la fría luz de los fluorescentes. Las paredes, molduras y puertas están desgastadas y llenas de marcas. Un funcionario de prisiones con guantes de látex azules sube un saco de ropa sucia a un carro.

En la sala de la que dispone el Instituto Nacional de Medicina Legal están sentados la investigadora social forense, el psicólogo y el psiquiatra en sus sitios de costumbre, esperándolo.

—Bienvenido —dice el psiquiatra.

La mujer mayor a la que se conocía como la abuela está sentada delante de los especialistas en una silla de ruedas y atada con correas de sujeción. Le han retirado la venda de la cabeza. El pelo gris le cuelga lacio sobre sus mejillas y tiene los ojos cerrados.

—¿Caesar? —susurra.

La enfermera dice algo para tranquilizarla y le acaricia una mano.

Tres semanas atrás, cuando el tribunal terminó su deliberación y las partes implicadas fueron llamadas de vuelta a la sala, Alice y Pamela se quedaron en la cafetería. Pero Mia acompañó a Joona a la sala y estuvo a su lado cuando el juez hizo público el razonamiento que había seguido el jurado.

La anciana no mostró ninguna reacción en el momento en que el juez dijo que la consideraban culpable de todas las acusaciones.

—La condenada pasará un examen psiquiátrico antes de que las partes presenten sus alegaciones y se dicte sentencia.

Desde entonces, el psicólogo ha analizado su capacidad intelectual general y su personalidad, mientras que el psiquiatra la ha examinado en base a problemas neurológicos, hormonales y cromosómicos.

El objetivo es descubrir si estaba mental y gravemente enferma cuando cometió los crímenes, si hay riesgo de recaída y si necesita atención psiquiátrica.

—¿Caesar? —vuelve a preguntar.

El psiquiatra espera a que Joona haya tomado asiento. Carraspea y repite el motivo de la reunión, menciona a todas las personas presentes en la sala, como siempre, y deja constancia de que ninguna tiene que guardar secreto profesional de cara al tribunal.

—Cuando Caesar me deje salir todo volverá a ir bien —dice la abuela entre dientes.

Las gruesas correas de cuero crujen cuando intenta juntar los brazos. Sus manos se vuelven blancas, hasta que se rinde.

—¿Podrías explicar por qué mataste a Jenny Lind en el parque infantil? —pregunta el psicólogo.

—El Señor mandó colgar a Judas Iscariote —dice la señora, con total serenidad.

—¿Te refieres a que Jenny Lind era una traidora?

—Primero, la pequeña Frida se fue corriendo por el bosque

y quedó atrapada en un cepo…, yo la ayudé a volver a casa y a adaptarse.

—¿Cómo? —pregunta Joona.

La anciana gira la cabeza y lo mira con los párpados medio cerrados. Lo único que se ve de sus prótesis oculares provisionales es el plástico acrílico blanco.

—Le serré los pies para que no volviera a sentir la tentación de escaparse… Ella se arrepintió y confesó que tenía un papelito con el número de teléfono de un amigo… Como yo sabía que estaba mintiendo cuando me dijo que Jenny no conocía sus planes, cambié la nota por otra con el teléfono de mi hijo y dejé a las chicas a solas un momento… Quería saber si habían escondido un teléfono en el bosque, quería enseñarles que el Señor lo ve todo…

Joona piensa que Jenny Lind debió de sorprender a la abuela a base de actuar muy rápido, después de tantos años en cautiverio. Jenny pensaba que dependía de la persona de contacto, puesto que Caesar había mentido diciendo que tenía amigos en la policía. Tras encontrar la nota, no vaciló ni un segundo, sino que echó a correr por el bosque en cuanto tuvo la oportunidad.

—Ahora sabemos que Jenny llamó a tu hijo cuando llegó a Estocolmo y que él le propuso que se vieran en el parque infantil…, pero ¿por qué fuiste tú hasta allí? —pregunta Joona.

—Era culpa mía que se hubiese fugado, era mi responsabilidad.

—Pero Caesar fue igualmente —dice él.

—Solo para comprobar que era castigada tal y como él había ordenado… Todo el mundo debía contemplar su vergüenza.

—¿Puedes explicar qué ocurrió en el parque infantil? —pregunta el psicólogo.

La anciana dirige su mirada blanca y brillante hacia él.

—Jenny se rindió en cuanto vio que era yo la que estaba esperando junto a la estructura… Lo único que pidió fue que no castigáramos a sus padres —dice la abuela—. Se puso con los brazos en cruz y dejó que le colocara el lazo alrededor del cuello, pensaba que Caesar la perdonaría si le mostraba que aceptaba su castigo, pero Caesar ya no albergaba ningún amor por ella y no dijo nada cuando comencé a girar la manivela.

—¿Y tú querías perdonarla? —pregunta el psicólogo.

—Al fugarse, le clavó un cuchillo en el corazón a mi hijo... Nada conseguía detener la hemorragia, él sufría, y la aflicción lo volvió impaciente, las metió a todas en jaulas, pero no sirvió de nada, ya no podía confiar en ellas.

—¿Y cuál era tu papel en todo eso?

La anciana se inclina hacia delante con una sonrisa de satisfacción, el pelo le cae sobre la cara. Detrás de los mechones en sus ojos se intuyen dos estrías blancas horizontales.

—¿Puedes entender por qué Jenny Lind quería fugarse? —pregunta el psicólogo al ver que ella no responde.

—No —dice la abuela y vuelve a alzar la cabeza.

—Pero sabes que ninguna de las jóvenes llegó a la granja por propia voluntad.

—Primero hay que someterse... La alegría llega un poco más tarde.

El psicólogo hace una anotación y pasa varias hojas de su documento de apoyo metodológico. La abuela junta los labios, las pronunciadas arrugas vuelven a marcarse.

—¿Consideras que tú misma sufres algún tipo de enfermedad mental? —pregunta el psicólogo.

Ella no contesta.

—¿Sabías que Caesar padecía una enfermedad mental grave?

—El Señor elige sus piedras angulares sin pedir permiso —dice ella y escupe en dirección al psicólogo.

—Creo que necesita hacer una pausa —dice la enfermera.

—¿Solía Caesar hablar de Martin Nordström? —le pregunta Joona.

—No pronuncies ese nombre —dice la abuela y tira de las correas de la silla de ruedas.

—¿Por qué no?

—¿Es él quien está detrás de todo esto? —pregunta la abuela, alzando la voz—. ¿Es él quien intenta estropear las cosas?

Ahora tira con tanta fuerza que las ruedas de la silla chirrían.

—¿Qué te hace pensar eso?

—¡Porque él siempre ha odiado y perseguido a mi hijo! —grita ella—. Porque es un puto envidioso de…

Con un bramido, la abuela consigue liberar un brazo. Le sale sangre de la piel arañada.

La enfermera prepara rápidamente una inyección con el líquido de una ampolla y coloca una cánula.

La abuela gruñe entre jadeos, se chupa la sangre del reverso de la mano y luego intenta soltar la correa que le sujeta el otro brazo.

—¿Caesar? —grita con voz rota—. ¡Caesar!

EPÍLOGO

Valeria y Joona están sentados uno frente al otro en la cocina de ella, comiendo hamburguesas caseras con patatas cocidas y salsa de nata, pepinillos encurtidos y mermelada de arándanos. El fuego crepita en la vieja estufa de hierro fundido y va lanzando diminutas estrellas de luz que se deslizan por las paredes blancas.

Joona lleva viviendo en casa de Valeria desde que esta volvió de Brasil. Todo está igual que siempre, a excepción de la fotografía de una niña recién nacida en la puerta de la nevera.

El lunes terminó el juicio. La abuela fue sentenciada a recibir atención psiquiátrica con protocolo especial de alta, y fue ingresada en la unidad 30 de Säter.

La anciana ciega es violenta y la mantienen aislada del resto de pacientes, en una cama con correas fijada al suelo. Las horas que está despierta se las pasa gritando y pidiéndole a Caesar que la saque del sótano.

Mientras comen, Joona le cuenta a Valeria el caso en el que ha estado ocupado durante su ausencia. Se lo describe todo, desde el primer asesinato del que tuvieron noticia hasta la muerte de Caesar en la cantera y cómo, finalmente, las extrañas piezas de la investigación terminaron encajando.

—Increíble —susurra ella cuando Joona por fin se queda callado.

—La respuesta fue que era tan culpable como inocente.

—Lo entiendo, entiendo que esa sea la respuesta al enigma, como tú lo llamas..., claro que encaja, pero de todos modos me cuesta bastante imaginarme cómo Martin y Caesar podían compartir cuerpo.

—Es difícil aceptar la existencia del TID y las personalidades múltiples.

—Un poco —dice ella y sonríe, de manera que le sale una arruga en la barbilla.

—La base de todo es que Caesar nació en casa y nunca lo registraron, nadie sabía de su existencia ni a qué lo estaban exponiendo... Toda su vida giraba en torno al padre severo y castigador y su idea de tener muchos hijos, de repoblar el mundo —explica Joona.

—Pero la madre no estaba dispuesta a ser descartada.

—Caesar no había ni cumplido los ocho años cuando la ayudó a matar al padre y al resto de la familia... Ella le explicó a Caesar que Dios lo había elegido y que iba a tomar el relevo de su padre y a tener él mismo doce hijos.

—¿De dónde sacó eso?

—Encontró una prueba de que Caesar era el elegido en los cráneos de los visones, le parecía que veía una imagen de su hijo ataviado con la túnica de confirmación..., de pie y con los brazos extendidos, como Jesucristo crucificado.

—El marcado en frío —susurra Valeria—. Ahora sí que me están dando escalofríos...

—Se aferraban a eso, los dos, les encajaba, les tenía que encajar por fuerza... y, obviamente, todo estaba fundamentado en la Biblia —dice Joona.

Valeria se levanta de la mesa y echa otro tronco en la estufa, sopla un poco las brasas y cierra la puertecilla, luego llena la cafetera con agua.

—Pienso bastante a menudo que las religiones patriarcales quizá no hayan sido tan buenas para las mujeres.

—No.

—Aun así, no deja de haber una distancia considerable entre ser el elegido de Dios y convertirte en asesino en serie —dice Valeria y se sienta de nuevo.

Joona le habla de la primera mujer a la que mantuvieron cautiva, su suicidio después de haberse quedado embarazada y la época de Caesar como paciente en el pabellón permanente de Säter. Le explica las reflexiones de Gustav Scheel acerca de que Caesar tenía a dos personas dentro de sí para poder sostener tanto al niño que se sentía vinculado a sus hermanastros como al niño que había ayudado a matarlos; tanto al muchacho que sabía que estaba mal tener a una mujer encerrada en el sótano como al que se tomaba ese derecho.

La auotimagen pomposa de Caesar como padre fundador era el método que utilizaba para no tener que sentir el dolor que nacía de esos traumas insoportables.

Pero la maniobra psicológica estaba constantemente amenazada por la vida feliz de Martin junto a Pamela y la hijastra, Alice.

—Caesar empezó a odiar a Martin.

—Porque era su opuesto: una persona buena y moderna —dice Valeria.

—Y fue Martin a quien Gustav Scheel decidió incluir en el registro civil y a quien le dio una vida nueva.

—Ya entiendo —dice Valeria y se reclina en la silla.

—Estamos bastante seguros de que Caesar provocó el incendio en el pabellón permanente para matar a su médico y eliminar cualquier vínculo con Martin.

—Porque después de eso, él era el único que sabía la verdad —dice Valeria.

—Sí, esa era la idea…, pero lo curioso es que Martin participó igualmente en la lucha interna… Para Caesar, era una lucha consciente, y para Martin, inconsciente, lo cual quedó muy claro cuando Caesar secuestró a Alice y se la entregó a su madre el día que salieron a pescar. La respuesta de Martin fue acercarse a un hoyo en el hielo y dejarse caer al agua, sin saber que, en realidad, lo que estaba haciendo era intentar ahogar a Caesar.

—Pero no lo consiguió —susurra Valeria.

—A Martin lo salvaron y entró en una psicosis paranoica en la que sus hermanastros muertos lo vigilaban… Esto es difícil de saber, pero a lo mejor la internación hospitalaria era su forma de intentar mantener a Caesar encerrado.

Joona se levanta y golpea la lámpara de techo con la cabeza, sirve dos tazas de café y las lleva a la mesa.

—Pero es difícil engañarse a uno mismo.

—No, ese es el quid de la cuestión —dice Joona y se sienta—. Caesar se encargaba de obtener permisos para poder continuar con normalidad. Y, probablemente, todo podría haberse alargado durante años si Jenny Lind no se hubiese fugado. Caesar empezó a pisar terreno pantanoso, se sentía humillado y comenzó a fantasear con castigos abominables.

—Por eso intentó meter a Primus —asiente Valeria y sopla el café caliente.

—Lo llamaba desde el móvil que el Profeta tenía escondido, y esto es interesante… Martin se encontraba en la planta cuando Caesar llamó a Primus, pero no oyó su propia voz, porque pertenecía a Caesar… y esa parte de él estaba bloqueada —dice Joona—. Lo único que oyó fueron los intentos de Primus de no verse implicado en el asesinato.

Joona piensa en que Jenny hizo todo el camino hasta Estocolmo en tres días, en una tienda 7-Eleven alguien le prestó un teléfono y concertó una cita en el parque infantil.

—Obviamente, fuera de la planta Martin y Caesar tenían el mismo teléfono —dice Valeria.

—Martin estaba en casa de Pamela, pero cuando Jenny llamó fue Caesar quien se lo cogió —respondió Joona—. No creo que Martin fuera consciente de qué fue lo que lo empujó a salir con el perro en mitad de la noche, pero cuando llegó al parque infantil Caesar volvió a coger las riendas… En realidad, lo que veíamos en las grabaciones de las cámaras de vigilancia no era a un testigo paralizado, sino a Caesar vigilando desde una distancia prudencial que la ejecución fuese llevada a cabo de la forma correcta.

—Entonces, ¿siempre es Caesar el que gana?

—En realidad, no…, porque Martin libraba una lucha en el subconsciente, dibujaba lo que había visto y se dejó hipnotizar para delatar a Caesar —dice Joona—. Y tampoco fue Caesar quien empujó a Martin a las vías del metro, fue Martin intentando matar a Caesar.

—Sin entenderlo él mismo.

—Es un poco rebuscado, pero se podría decir que Martin se curó cuando el semirremolque estaba haciendo equilibrios en el borde de la cantera —dice Joona—. Allí comprendió que él y Caesar eran la misma persona, pudo ver todo aquello de lo que era culpable y tomó la decisión consciente de sacrificarse a sí mismo para detener a Caesar.

Invitan a Joona a pasar a la suite de Saga, se sienta en uno de los dos sillones y contempla las rocas peladas y la superficie rizada del mar al otro lado del ventanal panorámico.

—Ya se huele un poco el otoño en el aire —dice él y la mira.

Saga lleva una manta plateada por encima y tiene un libro de la biblioteca de Norrtälje en el regazo.

Joona le explica que Caesar no era consciente de que había sido esterilizado en el pabellón permanente de Säter, pero que con el tiempo la incapacidad de responder a la imagen que tenía de sí mismo como patriarca se convirtió en su excusa para controlar a mujeres y ejercer un poder sexual sobre ellas.

Cuando Joona finalmente se levanta para irse, Saga coge el libro que ha tenido todo el rato en el regazo. Es la novela *Lord Jim*, de Joseph Conrad. La abre y saca una postal que iba con el libro a modo de punto, y se la entrega a Joona.

La fotografía en blanco y negro es de 1898 y en ella aparece el viejo cementerio del cólera en Kapellskär.

Joona le da la vuelta y lee las cuatro oraciones escritas a mano con rotulador negro.

Tengo una pistola roja de la marca Makarov. En el cargador hay nueve balas blancas. Una de ellas espera a Joona Linna. La única que puede salvarlo eres tú.

Artur K. Jewel

Joona le devuelve la postal a Saga y ella la mete de nuevo en el libro, antes de mirarlo a los ojos.

—El nombre es un anagrama —dice.

El hombre en el espejo está pensado para entretener, pero, al mismo tiempo, la literatura policiaca puede servir de plataforma para debates sobre el ser humano y la época que nos ha tocado vivir.

Igual que han hecho muchos autores y autoras antes que nosotros, hemos decidido aislar un problema global y colocarlo en una situación delimitada que es posible resolver. Esto no implica que no seamos conscientes de la realidad.

Las cifras no oficiales son enormes, sin duda, pero según la ONU y la OMS, más de mil millones de mujeres han sufrido violencia sexual en todo el mundo. Más de cuarenta millones de mujeres están prostituidas, veintiocho millones de mujeres viven en condiciones de esclavitud y setecientos cincuenta millones de mujeres han contraído matrimonio antes de cumplir dieciocho años. Ochenta y siete mil mujeres son asesinadas cada año, la mitad de ellas a manos de su pareja o de algún miembro de la familia.

LA SERIE JOONA LINNA
AL COMPLETO

«Lo querrás saber todo sobre Joona Linna».

JANET MASLIN, *The New York Times*

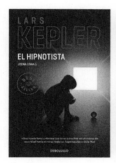

#1 El hipnotista

#2 El contrato

#3 La vidente

#4 El hombre de arena

#5 En la mente del hipnotista

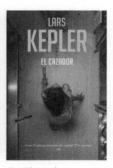

#6 El cazador

#7 Lazarus

#8 El hombre del espejo